商周國學叢刊

# 唐詩三百首

# 編輯人語

唐詩究竟有多少首？數字難明。《全唐詩》收錄近五萬首詩，然窮此一生，恐怕也難讀盡。歷代各家選本輩出，以清代蘅塘退士孫洙的《唐詩三百首》為佳。孫氏為乾隆年間人，曾任直隸、山東知縣，其編選唐詩，立意清楚，編排恰當，以體例分編，選詩表現出盛唐氣象，題材廣泛，情感豐富，遠勝各家。孫氏另為《三百首》做簡單注釋與評點。評點內容涉及作詩之法、工拙優劣，兼明詩文大意，對讀者賞析、玩味詩作極具啟發作用。

《三百首》之後，諸家注本應運而生，其中以章燮《唐詩三百首注疏》與陳婉俊《唐詩三百首補注》最為著名，各有特色。

章燮字象德，號雲仙，浙江人，工吟詠，以授讀子弟為樂。撰寫注疏，將三百首擴增到三二一首詩，內容強調疏通句意，串講全詩，內容夾敘夾議，引導讀者感受詩的情境與詩人的情感轉折。並大量摘選各家詩話、引用古籍，俾令讀者能以更全面的角度理解原詩精髓。例如在注疏杜甫〈八陣圖〉詩時，章氏引用歷代地理類書籍文獻、各家說法，引文千餘字，解釋十分詳盡。

陳婉俊乃金陵人氏，號上元女史，為清嘉慶、道光年間人，所撰《唐詩三百首補注》忠於孫氏編選，並為詩人撰寫小傳。其注釋文字簡潔得當，易於了解。全書不分析詩文意蘊，避免妨礙讀者閱讀思考、觀感。雖內容精簡、篇幅簡短，卻是至今最著名的三百首注釋本之一。

本書編排，兼採眾家之長，以孫氏選詩為本，保留評點內容，以「眉批」小字穿插於詩中，令讀者能於誦讀之際參考體會。此外，考量章、陳兩家各有所長，可為互補，因此以現代編排方式，將兩書內容完整整理，採條列式併陳，俾使讀者既能透過陳氏補注明瞭典故名物，同時透過章氏串講，領略全詩的境界與深意。

然而章、陳二家闡述，雖多採歷代詩話與古籍文獻，然在引用考證上難免有傳抄之誤，致使郢書燕說、張冠李戴，出典引述錯誤頻繁可見。本書編輯時，盡可能逐句確認、校正修改，如有無法查證或難明之處，皆以「編按」另作說明。雖竭盡所能，但或有不盡周詳之處，尚祈不吝指正。

陳名珉（商周出版編輯）

# 導讀：《唐詩三百首》
## ——一部富含生命情懷、豐富多采的詩歌經典

唐詩的意境氛圍令人迷醉與回味，如飲酒，如品茶，如逢春花秋月，如遇美人豪傑。也可以想像是享受美食百匯或澎湃宴席，抑或是欣賞人生道路的每一處風景，無論姹紫嫣紅、光風霽月，崇山綠野、瑞雪冰川，在在皆是一句一境界。

唐詩，是我國古典文學瑰寶，其發展高度在傳統文學中堪稱是詩歌創作的巔峰，李白、杜甫、王維、孟浩然、白居易、李商隱……名家輩出，名篇迭創，登峰造極，受到後世千千萬萬、男男女女、老老少少的東西方人士深深喜愛，頻頻撥挑閱讀者的心弦，叩問愛詩者的心門。

為何會如此？

蓋括說來，原因既簡單又不簡單。簡單是因為：唐詩作品表現了不同詩人的生命情調，富有各式各樣的人生主題，可以喚起我們的共感共鳴；不簡單是因為：詩歌文字藝術的技巧與思想內涵，浸淫其中日久，可以訓練讀詩者的遣詞用字，並引領我們感受，培養我們擁有詩情畫意的「眼」與「心」。這也就難怪許多國語文教師運用唐詩背誦來提升學生的寫作能力，甚至陶冶學生的性靈。俗話說「學琴的孩子不會變壞」，筆者則以為「讀詩的孩子不會變壞」！試問：受經濟能力許可限

制，有多少孩子能夠學琴？但讀詩，任何識字的孩子都可以為之。

然而，唐代詩歌並不是單單屬於學生族群而已，而是全民屬性、惠而不費的「美食」！每一個年齡層都可以悠遊其中，體會詩意，獲取所需。同樣的作品在不同年齡閱讀，滋味截然不同，層次益深。所謂「好詩不厭百回讀」，只要接觸，必然有所收穫，哪怕淺嚐，可要是「吃」進去了，必感滋味豐美，營養滿分。

怎麼說呢？

首先是培養詩情畫意的心靈與思維，提升正能量。

行走在人生道路上，難免遭遇挫折或困局，例如失去了親人或家庭發生變故、考試沒考好大意失荊州，或者跟朋友吵架甚或失戀了，也有可能時運不濟丟掉了工作……這些都是我們人生中可能面對的種種困難，而如何看待這樣令人或焦慮、或沮喪、或憔悴的逆境，將之翻轉成有益的心情養，分形成正向能量，提煉成我們的生命助力，閱讀唐詩、培養詩情畫意的心靈、思維，絕對是有效的方法，這在筆者教學實踐多年，深有見證。我們的心靈、思維如何，眼中呈現的世界便會如何。當我們讀詩，詩人或悲或喜的境遇，藉由詩句與我們的心緒纏綿碰撞，在氣韻的渲染和潛移默化中，詩情畫意成為一股堅實的力量，透過這樣的力量，即使面對險惡、汙穢、昏亂或各種各樣的人生百態，皆可以砥礪精神轉身蛻變，昇華成為美麗──儘管我們眼眶有淚。

其次，是想像力的發揮、創造力的培養，使生活靈動。

閱讀理解必須發揮想像力，把文字設想、展延為時空情境，在進行設想與展延時，務必張開想像的翅膀，發揮想像力，憑虛御風，久而久之，以想像力為基底的創造力培養，自然醞釀蓄積其中。劉勰《文心雕龍》中說「積學以儲寶，酌理以富才」，當積累巧熟詩歌文字到一定程度時，詩情內化為心靈動力，詩境布局成理解才識，從閱讀到理解、從理解到更進一步詮釋，而最終，詮釋需要發揮想像力與創造力，方能創新視野，成就閱讀滿足。許多人都知道，理解分為淺層次與深層次的理解，前者多半是表層文字意義的知曉，後者則是再三咀嚼品味而生發的深層體會，此體會連結大腦神經運作，形塑成音樂與繪畫的心理節奏，以及空間與色調的境界想像，於是靈動了我們的生活，讓生活更有滋有味有朝氣。

然後，是涵融心靈美感、豐富文化素養，拓展生命視域。

詩歌文學素來被國語文教育所重視的原因，主要根植於文字要求精練、優美，文句推敲「動靜皆陳、聲色並俱」，藝術風格臻於開闊恢弘的境界有關，因此也是美感教育的涵融、生命視域的寬闊。唐詩不同派別的藝術表現，各種主題的多元開展、遣詞用字的推敲、情景交融的經營、錚鍾音韻的講究，不但紮實了我們的文化根基，更豐富了我們的文化素養。例如閱讀杜甫的名篇〈絕句〉：「兩個黃鸝鳴翠柳，一行白鷺上青天。窗含西嶺千秋雪，門泊東吳萬里船。」表面上是四句寫景，實則景致綜觀有聲有色、動靜兼陳，更重要的是描繪了詩聖杜甫屹立不搖的心志（千秋雪）和遼闊寬廣的胸襟（萬里船）。如此的心志、胸襟，成為千百年來讀書人的素養追尋，直到今天依舊是生命視域的崇高境界。

回到日常生活層面而言，在什麼樣的場合使用怎樣的表述方式與語言文字，分寸拿捏得宜、適切，正是文化素養的具體顯現，也是生活點滴聞一知十的歷歷如繪。閱讀唐詩，有此助益！

既然如此，讓我們閱讀唐詩吧！但一個嚴肅的問題立刻擺在眼前：唐代詩歌作品如此之多，根據《全唐詩》的記載，收錄了四萬八千九百多首，我們窮盡一生也無法全部精讀完熟。即使雄心萬丈想要全部讀完，也不一定「能夠」與「必要」，因為作品難免有重要與相對不重要、傑出與相對不那麼傑出者，而我們的時間、精力有限，勢必需要聰明的選擇。那麼，到底應該如何選擇唐詩作品呢？筆者的建議是：古人的挑選眼光，可以有效幫助我們一臂之力。

清代蘅塘退士孫洙在乾隆年間所編撰的《唐詩三百首》，以「取易不取難」（好理解）、「取情不取理」（好想像）為原則，選錄重要的唐詩作品計三百一十一首，是一部膾炙人口、大家耳熟能詳的書。從成書之後便廣受歡迎，尤其在現當代，在華人世界裡，許許多多的人從小學階段便接觸這本書或背誦書中的詩作，可以說是知名度非常高甚至是最高的一本唐詩選錄古籍。因此坊間所見，有各式各樣的不同版本。然則如何在眾多的版本之中選擇較好的那一本來閱讀，可說是一大難題。

商周出版的《唐詩三百首》，是經典注解版，採取清代陳婉俊和章燮兩家的注疏解釋做為輔助。這兩家各有特色：陳婉俊的注著重於文字解釋，精簡而優美；章燮的注旁徵博引，源流清晰，兼述多家詩話，內容極為周延，對於每一首詩都給予相當完整的評價。融兩家注解之長，合為一個新排版本，加上清晰的標點符號與漢字注音，非常有利於喜愛詩歌的讀者朋友們閱讀。商周出版的《唐詩三百首》除了有豐富、清晰、兼採兩種重要古書版本的注釋，具備視覺舒適感極強的排版，略去了壓抑想像力的翻譯（有時翻譯斲喪美感，讓人無言），足以讓大家愉悅歡喜、放心篤定的走入詩歌文學的祕境。

生活中有詩的力量，生命中有詩情畫意的「心」與「眼」，讓我們來讀《唐詩三百首》吧！是為序。

臺灣師範大學國文學系 潘麗珠 二〇一八年三月寫於中正品園

# 《唐詩三百首》蘅塘退士原序

世俗兒童就學，即授《千家詩》，取其易於成誦，故流傳不廢。但其詩隨綽掇拾，工拙莫辨，且止五七律、絕二體，而唐、宋人又雜出其間，殊乖體製。因專就唐詩中膾炙人口之作，擇其尤要者，每體得數十首，共三百餘首，錄成一編，為家塾課本，俾童而習之，白首亦莫能廢，較《千家詩》不遠勝耶！諺云：「熟讀《唐詩三百首》，不會吟詩也會吟。」請以是編驗之。

# 《唐詩三百首補注》凡例

一、是書名曰補注，但詮實事，以資檢閱。若詩中義蘊之深、意境之妙，讀者宜自領取，無庸強就我範，曲為之說，反汨初學性靈也。識者鑒諸。

一、取證之書，當以最先者為主。自王逸注《離騷》於玄圃引《淮南子》、李善注〈洛神賦〉之遠游屢引繁欽〈定情詩〉，使後人藉口。至近世箋唐詩者，遂有引宋人詩為證，且雜以俗語，殊乖體例，茲編援引，未敢效尤。

一、是編引注之義有二：凡詩中用事，即引本事以證之者為正注。至尋源遡流，博採他書以相證者為互注。正注非陳、隋以上之書，不列於篇；而互注則自唐、宋及明，間為採入，然必有「按某書」、「某某云」字樣以別之，終不敢以口吻為策府也。

一、詩中有誤用事者，如少伯之龍城飛將是也。有借用事者，如右丞之衛青天幸是也。諸如此類，不可枚舉。今誤者辨之，借者證之，非如宋、元諸人，竄易古書，為之立解。

一、詩中字有疑誤，必索古本訂正。其無可參訂者，則云「當作某字」。字有兩可者，則云「一作某字」，或云「某本作某字」。至於點畫訛舛、魯魚混淆，則寄目以視，假腕以書，亦不能保其必無也，尚冀世之君子是正焉。

一、詩人爵里姓氏、原書闕注，今博覽史傳諸書，更為廣注，俱列於諸公詩之初見者題上，俾讀是公詩即得梗概。其餘行事，有關於詩，則隨篇分附，此不備載。

一、凡詩中所詠邑里山川古蹟，必稽之前籍，參以唐誌，又實以明地誌及大清《一統志》。蓋陵谷既遷，名號數易，非本諸唐誌則不知所自來，非證以今名則不復可尋考，兼而列之，庶幾覽古之一助。閱者幸不以妄引後世書傳概之。

一、凡宋元明諸家詩話，有關詞義，間採一二。他如品騭高下、較量淺深等語，概置弗錄。正以是編專注而未及評解、雕龍之論，姑俟異日。

一、詩中有一事屢見者，設俱為繁引，未免詞複言重。今凡有事已見前者，後不復贅。間有重見者，引用之字面雖同，而引證之字義要自有辨。

一、是書原刻旁批，往復周詳。有譏有淺陋者，然意在啟迪初學，並非概語宏通，其誘掖苦心，不可沒也，今悉仍之。

上元女史陳婉俊識

# 目錄



## 五言古詩

## 五言樂府



## 七言古詩

## 七言樂府



## 五言律詩

七言律詩

## 七律樂府



## 五言絕句

## 五絕樂府



## 七言絕句

## 七絕樂府

# 五言古詩

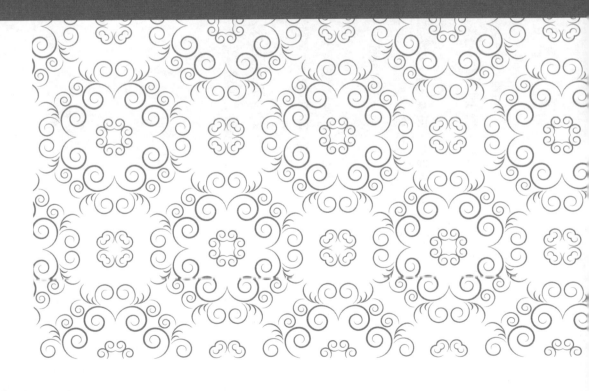

## 張九齡

九齡，字子壽，韶州曲江人。七歲知屬文，擢進士，始調校書郎，玄宗即位遷右補闕，進中書侍郎。母喪奪哀，拜同平章事。卒謚文獻。

# 感遇[1]四首

### 其一

孤鴻海上來，池潢不敢顧。側見雙翠鳥，巢在三珠樹。[2]矯矯珍木巔，得無金丸懼？美服患人指，高明逼神惡。[3]今我遊冥冥，弋者何所慕？[4]

1. 【注疏】王堯衢曰：「感，思也，思其有幸遭遇。一云感之於心，寓之於目，發於中而寄於言，如《莊子》寓言之類是也。」〈感遇〉詩十有餘篇，今從三百錄其二，又從合解選其二。王堯衢云：「以見其寄托之遠，洗華從璞，自具初唐之骨。」
【補注】《唐音》注：「感遇云者，謂有感於心而寓於言，以攄其意也。」
2. 【注疏】一解，王堯衢注：「是時牛李在朝，九齡罷相，故托為孤鴻之詞，以自比潢積水池也，不敢顧畏之也。」側見，不敢正視也。雙翠鳥巢於珠樹，比二小人居美位，指李林甫、牛仙客也。翠鳥產南粵。三珠樹在厭火國北，生赤水上，其樹如柏，葉皆為珠。
3. 【注疏】二解，言小人專高位，毫無忌憚也。矯矯，珍木之巔，極危之處也，翠鳥專而居之，得無懼金丸之彈乎？彼美服者尚憂人指，處高明者恐逼神惡，則小人專美位而能久享也。
4. 【注疏】三解，仍合「孤鴻」句，有鳥自高飛，羅當奈何之意。

## 其二

**蘭葉春葳蕤1，桂花秋皎潔。欣欣2此生意3，自爾為佳節4。誰知林棲5者，聞風坐相悅。草木有本心6，何求美人折！**

1.【音釋】蕤：《說文解字》：「从艸甤聲。」《廣韻》：「儒隹切，音甤。」

【補注】葳蕤：《字典》：「蕤，儒佳切，音甤。」《說文》：「草木華垂貌。」王粲詩：「昊天降豐澤，百卉挺葳蕤。」

2.【補注】欣欣：陶潛《歸去來辭》：「木欣欣以向榮，泉涓涓而始流。」

3.【補注】生意：《世說》：「桓玄敗後，殷仲文還為大司馬咨議，意似二三，非復往日。大司馬廳前有一老槐，甚扶疎。殷因月朔與眾在廳，視槐良久，歎曰：『槐樹婆娑，無復生意。』」

4.【補注】佳節：曹植《表》（編按，《冬至獻履襪頌表》）：「一陽佳節。」

【注疏】一解，葳蕤盛貌，皎明也，《楚辭・漁父》：「安能以皎皎皓皓之白，而蒙世俗之塵埃乎。」《新書・道術篇》：「厚志隱行謂之潔。」彼蘭葉也，遇春而葳蕤。桂華也，遇秋而皎潔。欣欣然，皆有所感而發生意，豈不皆遇其時，自爾成為佳節乎！此借物以起興也。

5.【補注】林棲：曹毗〈對儒〉：「不追林棲之迹，不希抱鱗之龍。」

6.【補注】本心：《魏志・管寧傳》：「豈自遭之而違本心哉。」

【注疏】二解，賦而興也。林棲者，隱士也。聞風，聞其遇時之風。悅者，悅其得時之濟也。「感」字寓其內有本心，不失堅貞幽靜之操。何求美人折，隨所遇而安也。樂府「花開堪折即須折，莫待無花空折枝」，彼蘭桂之花，各遇春秋而舒其蘊矣，誰知林棲之士聞其風而悅其遇，感而嘆曰：「夫豈草木有本心哉，何曾有意求乎？」美人而折其枝也，不期然而然者，是故有所感而思也，此寄志幽棲無用世之意也。

## 其三

幽人歸獨臥，滯慮洗孤清。持此謝高鳥，因之傳遠情[1]。日夕懷空意，人誰感至精？飛沉理自隔，何所慰吾誠[2]？

1.【注疏】一解，此自寫也。

2.【注疏】二解，此思君也。曲江罷相，歸臥山林，積滯之慮，一洗孤清。持此謝高鳥，傳情於君，又恐不達，則夕懷空意，誰感吾之精誠乎？彼飛沉者，理自相隔，朝野者，勢不相侔，則思君之情不能自慰矣。

## 其四

江南有丹橘[1]，經冬猶綠林[2]。豈伊地氣暖[3]，自有歲寒心[4]。可以薦嘉客[5]，奈何阻重深[6]。運命[7]惟所遇，循環[8]不可尋。徒言樹桃李，此木豈無陰？[9]

1.【補注】江南丹橘：《楚辭》：「后皇嘉樹，橘徠服兮。受命不遷，生南國兮。」王逸注：「橘受天命生於南國。」〈吳都賦〉：「其果則丹橘餘甘，荔枝之林。」

2.【補注】經冬綠：李尤〈七歎〉：「梁土清塵，盧橘是生，白華綠葉，扶疎冬榮。」

3.【補注】地氣暖：《周禮．冬官》：「橘逾淮而北為枳，此地氣然也。」曹植〈橘賦〉：「背江洲之暖氣。」

4.【補注】歲寒：《論語》：「歲松柏之後凋也。」李元操〈寒然後知詠橘〉詩：「能守歲寒心。」

4.【注疏】一解，《爾雅翼》：「江南為橘，江北為枳。」《說文》：「果出江南，樹碧而冬生。」江南地氣最暖，故梅柳先發於江南。松柏有歲寒之心，皆備用也。蓋言江南之地有丹橘焉，經冬綠而不凋，夫豈藉伊地氣之暖哉。良由自操者，貞一若松柏之性，有歲寒之心耳，此亦托物以起興也。

5.【補注】嘉客：《詩經》：「所謂伊人，于焉嘉客。」劉楨詩：「蘋藻生其涯，華葉紛擾溺。采之薦宗廟，可以羞嘉客。」

6.【補注】重深：〈魯靈光殿賦〉：「東序重深而奧祕。」

【注疏】二解，二句關鈕過脈處，上句完上截，下句起下文。重，重陰；深，深處也；阻，為重陰所阻，不能薦享也。

7.【補注】運命：李康《論》（編按，《運命論》）：「夫治亂，運也；窮達，命也。」

8.【補注】循環：《史記・高祖紀贊》：「三王之道若循環，終而復始。」謝靈運詩：「四時循環轉，寒暑自相承。」

9.【補注】無陰：〈吳都賦〉：「椰葉無陰。」《韓詩外傳》：「春樹桃李，夏得陰其下，秋得食其實。」

【注疏】三解，賦而興也。運命，己之運命也，循環，天地之循環也。《全唐詩話》：「寶曆中，楊於陵僕射人，觀其子率兩榜門生迎於潼關，宴新昌里第，元、白俱在賦詩席上。楊汝士詩後成，元白覽之失色。詩曰：『文章舊價留鸞掖，桃李新陰在鯉庭。』」此木指丹橘也。蓋言人之遭遇唯由命運，命運之顯達一聽循環，不可強也，乃必冀其成陰，獨推桃李而樹之，亦覺徒言矣。然則丹橘豈無成陰哉？亦不過遭遇之日有早晚之不同耳。

## 李白

白，字太白。母夢長庚星而生。通詩書，喜縱橫術，擊劍爲任俠。天寶初，賀知章言於玄宗，有詔供奉翰林。因失意於貴妃，賜金放還。祿山反，永王璘節度東南，迫致之。及璘敗，白坐繫潯陽獄，流夜郎，以赦得釋。代宗以左拾遺召，而白已卒。年六十四。

# 下終南山[1]過斛斯[2]山人宿置酒

暮從碧山下，山月隨人歸。卻顧所來徑，蒼蒼橫翠微[3]。〔眉批〕四句下山。相攜及田家，〔眉批〕過斛斯山人。童稚開荊扉[4]。綠竹入幽徑，青蘿拂行衣[5]。歡言得所憩[6]，〔眉批〕宿置酒。美酒聊共揮[7]。長歌吟〈松風〉，曲盡河星稀[8]。我醉君復樂，陶然共忘機[9]！

1. 【補注】終南山：《元和郡縣志》：「終南山在雍州萬年縣南五十里。」《太平寰宇記》：「終南山在鄠縣南三十里。」《雍錄》：「終南山橫亙關南面，西起秦隴，東徹藍田，凡雍、岐、郿、鄠、長安、萬年，相去且八百里，而連峙據其南者，皆此一山也。」《一統志》：「終南山在西安府南五十里。」

2. 【補注】斛斯：《通志・氏族略》：「代北複姓有斛斯氏，其先居廣牧，世襲勿莫大人號，斛斯部因氏焉。」

3. 【補注】翠微：《爾雅》：「山未及上，翠微。」《疏》謂：「未及頂上，在旁陂陀之處名翠微。」一說山氣青縹色，故曰翠微也。

【注疏】一解，先寫路上暮景。《爾雅・釋山》：「山未及上曰翠微。」《疏》：「未及頂上，在旁陂陀之處。」山氣青縹色，故曰翠微。橫木攔也，如木攔橫於半山也，蓋言薄暮之時，從終南下山，則見碧山之間，一月隨我而歸，卻反身回顧，望我所處。蒼然一帶，翠微之色，橫於月光山影之中，此天然之暮景如畫也。

4. 【補注】荊扉：沈約詩：「荊扉且新故。」李周翰注：「荊扉，以荊為扉也。」

【注疏】二解，次寫門內之景。李周翰注以荊為門扉也。正行之間，忽遇斛斯山人，相與攜手同歸，行及田家，由其所居處扣山門，則聞童穉應聲，將荊扉開闢。於是入其門，又有幽徑一條，兩旁夾以綠竹，山邊垂者是青蘿。其青蘿飄動，拂拭行衣，由是及其家矣。

5. 【補注】所憩：《詩・召南》：「召伯所憩。」注：憩，音器，息也。

6. 【注疏】已入其家。

【補注】共揮：《曲禮》：「飲玉爵者弗揮。」注：振去餘酒曰揮。

7. 【注疏】置酒。

【補注】松風：《風俗通》：「河間雜歌二十一章，內有〈風入松曲〉。」

8. 【注疏】夜深。

【補注】陶然：陶潛詩：「揮茲一觴，陶然自樂。」

【注疏】三解，結到「宿」字。《詩．召伯》：「所憩。」憩，息也。《禮．曲禮》：「飲玉爵者弗揮。」注：振去餘酒曰揮。河，天河也。陶，暢也。河星，河中之星也。稀，謂夜深則河明矣，河明而星則稀矣。

## 月下獨酌

花間一壺酒，獨酌無相親；舉杯邀明月，對影成三人。[1]（眉批）題本獨酌，詩偏幻出三人。月影伴說，反覆推勘，愈形其獨。月既不解飲，影徒隨我身；暫伴月將影，行樂須及春。[2]我歌月徘徊[3]，我舞影零亂；醒時同交歡，醉後各分散。永結無情遊，相期邈[4]雲漢。[5]

1. 【注疏】一解，先出月，後出影，以「月」、「影」二字交互迭見，此連珠體；天上之月，杯中之影，獨酌之人，映成三人也。從寂靜中做得如許鬧熱，真仙筆也。

2. 【注疏】二解，將，偕也。以「春」字應上「花」字，使「花」字不寂寞。

3. 【補注】月徘徊：曹植詩：「明月照高樓，流光正徘徊。」

4. 【補注】邈：《離騷》：「神高馳之邈邈。」

5.【補注】雲漢：《詩．棫樸》：「倬彼雲漢，為章于天。」注：雲漢，天河也。

【注疏】三解，徘徊，月行貌。零亂，酒中月下之影搖動也。物我無情，以有情人遇之，可以永結矣。期，期會；邈，渺也，屈原《離騷》：「神高馳之邈邈。」《詩．大雅》：「倬彼雲漢。」《爾雅．釋天》：「箕斗之間，漢津也。」即曰天河。蓋言相期醉夢之中，而神情高馳乎雲漢也。

# 春思

燕草[1]如碧絲，秦桑低綠枝；當君懷歸日，〔眉批〕承燕草。是妾斷腸時。[2]〔眉批〕承秦桑。春風不相識，何事入羅幃？[3]

1.【補注】燕草、秦桑：按蕭士贇云：「燕北地寒生草遲，當秦桑低綠之時，燕草方生。」

2.【注疏】一解，三句串。

3.【注疏】二解，燕北地寒，草生最遲，秦南地暖，柔桑早綠。低，葉盛貌。蓋言燕草方生，秦桑正綠，當君見草懷歸之日，是妾見桑斷腸之時矣。末句喻此心貞潔，非外物所能搖，可謂得〈國風〉不淫不誹之體。

## 杜甫

甫，字子美，襄陽人。舉進士不第，因遊長安。玄宗朝奏賦三篇，帝奇之，使待制集賢院，數上賦頌，高自稱道。肅宗拜右拾遺。坐房琯事，出爲華州司功。屬飢亂，棄官客秦州，負薪采橡栗自給。流落劍南，嚴武表爲參謀檢校工部員外郎，往來夔、梓間。大曆中，客耒陽。一夕大醉，卒。年五十九。有集六十卷。

# 望嶽 1

岱宗2夫如何？（眉批）字字是望。齊魯3青未了。造化鍾神秀，陰陽割4昏曉。5盪胸6生曾雲7，決眥8入歸鳥。會當凌絕頂，（眉批）結明望字。一覽眾山小。9

1. 【注疏】鶴注（按朱鶴齡《杜詩箋注》）：公〈壯遊詩〉云：「忤下考功第，獨辭京尹堂，放蕩齊趙間，裘馬頗清狂。」乃在開元二十四年後，當是時作。《元和郡縣志》：「泰山一曰岱宗，在兗州乾封縣西北三十里。」

2. 【補注】岱宗：《虞書》：「東巡狩至于岱宗。」《五經通義》：「宗，長也，為羣嶽之長也。」《前漢書．郊祀志》：「岱宗，泰山也。」按：泰山，在山東泰安州。

3. 【補注】齊魯：《史記》：「泰山之陽則魯，其陰則齊。」

4. 【補注】割：《老子》：「大制不割。」割，分也。

5. 【注疏】一解，《虞書》：「東巡狩至於岱宗。」《前漢書．郊祀志》：「岱宗，泰山也。」《史記．貨殖傳》：「泰山之陽則魯，其陰則齊。」《莊子》：「造化之所始，陰陽之所變，造化乾坤也。」《左傳》：「天鍾美於是。」鍾，聚也。徐增曰：「山後為陰，日光不到，故易昏；山前為陽，日光先臨，故易曉。」《老子》：「大制不割。」割，分也，未了不斷之象也。

6. 【補注】盪胸：馬融〈廣成頌〉：「動盪胸臆。」

7. 【補注】雲：《公羊傳》：觸石而出，膚寸而合，不崇朝而遍雨乎天下者，泰山之雲也。

8. 【音釋】眥音自。《說文解字》：「从目此聲。」《廣韻》：「疾智切，音漬。」

9. 【補注】決眥：〈子虛賦〉：「弓不虛發，中必決眥。」公借用謂人目眥決裂入鳥之歸處。

【注疏】二解，前解詠嶽，寓「望」字；後解詠望，寓「嶽」字。馬融〈廣成頌〉：「動盪胸臆。」《集韻》：「曾，通作層。」《公羊傳》：觸石而出，膚寸而合，不崇朝而遍雨乎天下者，泰山之雲也。曹植〈冬獵篇〉：「張目決眥。」決，開也；眥，目眶也。曹植詩：「歸鳥赴喬木。」絕頂，最高之處也。蓋言吾將會於何時當凌絕頂，縱目一覽更見眾山之小也，有登泰山而小天下之意。仇兆鰲曰：「此望東嶽而作也。詩用四層寓意，首聯遠望之色，次聯近望之勢，三聯細望之景，末聯極望之情。上六實敘，下二虛摹。」王嗣奭《杜臆》云：「『盪胸』句，狀襟懷之浩蕩。『決眥』句，狀眼界之空濶。公身在岳麓，而神遊嶽頂，所云『一覽眾山小』者，已冥搜而得之矣，非必再登絕頂也。」

## 贈衛八處士[1]

人生不相見，動如參與商[2]；今夕復何夕[3]，共此燈燭光。[4]少壯能幾時？鬢髮各已蒼。訪舊半為鬼[5]，驚呼熱中腸。[6]焉知二十載，重上君子堂。昔別君未婚，兒女忽成行；[7]怡然敬父執，問我：「來何方？」[8]問答乃未已，驅兒羅酒漿。夜雨剪春韭[9]，新炊間黃粱。[10]主稱：「會面[11]難。」一舉累十觴。十觴亦不醉，感子故意長。[12]明日隔山岳，世事兩茫茫。[13]

1.【補注】衛八處士：按《唐拾遺記》：「公與李白、高適、衛賓相友善。時賓年最少，號小友。」此當是也。

【注疏】鶴注：「處士，隱者之號。以有處士星，故名。唐有隱逸衛大經，居蒲州，衛八亦稱處士，或其族子。蒲至華，止一百四十里。恐是乾元二年春，在華州時，至其家作。」山岳，指華岳言。朱注：「衛處士，未詳。師氏引《唐史拾遺》作衛賓，乃偽書杜撰，今削之。東方朔《設難》：『令世之處士時雖不用魁然，無徒廓然獨居。』」

2.【補注】參商：《左傳》：「子產曰：『昔高辛氏有二子，伯曰閼伯，季曰實沉，居於曠林，不相能也。日尋干戈，以相征討。后帝不臧，遷閼伯於商丘，主辰，商人是因。故辰為商星；遷實沉於大夏，主參，唐人是因。以服事夏、商。』」故參為晉星。按，商星居東方卯位，參星居西方酉位，此出彼沒，永不相見。曹植《與吳質書》，別有參商之闊。

3.【補注】今夕何夕：《詩經》：「今夕何夕，見此良人。」

4.【注疏】一解，此敘今昔聚散之情。《史記》：「人生一世間。」〈滑稽傳〉：「淳于髡曰：『朋友交遊，久不相見。』」動如若轍如之意。《左傳》：高辛氏有二子，曰閼伯、曰沉實，日尋干戈。帝遷閼伯於商邱，主辰，故辰為商星遷；實沉於大夏，主參，故參為晉星。參商二星相隔遙遠，千古不得相見。《詩》：「今何夕何夕，見此邂逅？」《漢書．外戚傳》曰：「張燈燭，設帷帳。」

5.【補注】半為鬼：魏文帝《與吳質書》：「昔年疾疫，親故多罹其災。……觀其姓名，已登鬼錄矣。」

6.【補注】中腸：阮籍詩：「傾城迷下蔡，容好結中腸。」

【注疏】二解，此敘死別生離之苦。〈秋風詞〉：「少壯幾時奈老何。」陶潛詩：「鬢髮各已白。」魏文帝《與吳質書》：「親故姓名，半為鬼錄。」《列子》：「內熱生病。」魏文帝詩：「斷絕我中腸。」

7.【注疏】暗寓「今」字。

8.【注疏】三解，此敘久別暫聚，悲喜交集之況。未婚，未娶也。成行，成列也。怡，和悅也。記見父之執。父執，父同志之友，公自謂也。

9.【補注】剪韭：《郭林宗別傳》：「林宗有友人夜冒雨至，剪韭作炊餅食之。」

10.【補注】黃粱：《爾雅》：「黃粱穗大毛長，殼米俱麤於白粱。」

【注疏】四解，此敘處士款待之情，有殺雞為黍之意。驅，使也。羅，列也。《南史》：「文惠太子問周顒菜食味？曰：『春初早燕，秋末晚菘。』」炊，爨也。間，雜也。胡夏容曰：「比人炊飯雜米菽，故用間字。」黃粱，稻穀名。

11.【補注】會面：古詩：「道路阻且長，會面安可知。」

12.【注疏】五解，此敘敘別之情，殷勤極至。古詩：「道路阻且長，會面安可知。」舉，舉杯也。累，積累也。十觴，言其多也。亦不醉，俗語云：「酒逢知己千杯少。」故意，故交之意。

13.【注疏】六解，結到明日復別，不能再會之意。〈吳都賦〉：「夤緣山岳之岊（按音結）。」《晉書》：「阮籍遺落世事。」古詩：「四顧何茫茫。」觀其先下「夕」字，次下「夜」字，後用「明日」二字。長篇全賴線索穿貫，層次用然，所以不紊。

【注疏】周甸注曰：「前曰人生，後曰世事；前曰如參商，後曰隔山岳。總見人生聚散不常，別易會難耳。」

## 佳人[1]

絕代[2]有佳人，幽居在空谷[3]。自云良家子[4]，零落依草木。[5]關中[6]昔喪亂，兄弟遭殺戮；官高何足論？不得收骨肉。[7]世情惡[8]衰歇，萬事隨轉燭[9]。夫壻輕薄兒[10]，新人美如玉。（眉批）以上敘佳人之遭遇。[11]合昏[12]尚知時，鴛鴦[13]不獨宿；（眉批）以下寫佳人之志節。但見新人笑，那聞舊人哭？[14]在山泉水清，出山泉水濁。[15]侍婢賣珠迴，牽蘿補茅屋。摘花不插髮，采柏動盈掬[16]。天寒翠袖薄，日暮倚修竹。[17]

1.【注疏】鶴注：「此當是乾元二年在秦州作。司馬相如〈長門賦〉：『夫何一佳人兮，步逍遙以自娛。』此為陳王后見廢而作。詩題正取之。」

2.【補注】絕代：〈李延年歌〉：「北方有佳人，絕世而獨立。」

3.【補注】空谷：《詩》：「皎皎白駒，在彼空谷。」

4. 【補注】良家子：《史記．外戚世家》：「竇姬以良家子入宮侍太后。」

5. 【注疏】一解，仇兆鰲曰：「『自云』二字，并貫下段官高，應良家子。」此敘美人遭亂以致零落失依也。〈李延年歌〉：「北方有佳人，絕世而獨立。」《論衡》：「幽居靜處，恬淡自守。」《詩》：「皎皎白駒，在彼空谷。」《史記．外戚世家》：「竇姬以良家子入宮侍太后。」《楚辭》：「惟草木之零落兮。」草曰零，木曰落，取此以比佳人不遇也。

6. 【補注】關中：〈禹貢〉：「雍州之域，天文鬼井分野。」周王畿地，秦曰關中，即今西安府。《漢書》注：「自函關以西，總各關中。」

7. 【注疏】二解，此言親戚不足依，富貴不足恃也。《漢書．高帝紀》：「懷王與諸將約，先入定關中者，王之。」顏注：「自函谷關以西，總名關中。」《詩》：「天降喪亂。」《唐書》：「天寶十五載六月己亥，祿山陷京師。」《抱朴子》：「官高者，其責重。」《史記．鄒陽傳》：「意合則胡越為昆弟，不合則骨肉出逐不收。」

8. 【補注】惡：作去聲。

9. 【補注】轉燭：庾肩吾詩：「聊持轉風燭，暫照廣陵琴。」

10. 【補注】輕薄兒：沈約詩：「洛陽繁華子，長安輕薄兒。」

11. 【注疏】三解，此言所遇非時，所嫁非人，薄命之苦也，衰歇天地之否也。隨轉燭，即《莊子》所謂「萬事銷亡」也。庾肩吾詩：「聊將轉風燭，暫映廣陵琴？。」《後漢書．宗室傳》：「光武曰：『孝孫素謹善。』」當是長安輕薄兒誤之耳。古詩：「長跪問故夫，新人復何如？」古詩：「美者顏如玉。」

12. 【補注】合昏：《風土記》：「合昏，槿也，華晨舒而昏合。」《本草》：「合歡，即夜合也。人家多植庭除，一名合昏。」

13. 【補注】鴛鴦：梁元帝〈鴛鴦賦〉：「豈如鴛鴦相逐，俱棲俱宿。」鄭氏《昏禮．謁文贊》：「鴛鴦鳥雌雄相類，飛止相匹。」按，雄名曰鴛，雌名曰鴦。江總詩：「池上鴛鴦不獨宿。」

14.【注疏】四解，此言萬物尚知相依不舍之情，而人却有棄舊圖新之念也。周處《風土記》：「合昏，槿也，華晨舒而昏合。」《本草》：「即夜合也，人家多植庭除，一名合昏。」《古今注》：「鴛鴦，鳧類，雌雄未嘗相離。」江總詩：「池上鴛鴦不獨宿。」王僧孺詩：「新人含笑近，故人含淚隱。」隱，痛也。

15.【補注】清濁：按，守正清而改節濁也。

【注疏】五解，二句關鈕，上句完「良家子」，下句起下文。

16.【補注】盈掬：《詩》：「終朝采綠，不盈一掬。」

17.【注疏】六解，此言婦雖見棄，終能以貞節自操。竹柏，自比也。〈東方朔傳〉：「董偃與母以賣珠為市。」《詩》：「終朝采綠，不盈一掬。」毛萇注：「兩手為掬。」薛綜曰：「修，長也。」

【注疏】仇兆鰲曰：「按天寶亂後，當是實有是人，故形容曲盡。舊說托棄婦以比逐臣，傷新近猖狂，老成凋謝而作，恐懸空撰，意不能淋漓愷至如此。」按舊說未必非，是仇說未必是真，蓋托物興比，乃唐人本色，況杜遭際，非為順境，安之其不寓意耶！

# 夢李白[1]二首

## 其一

死別已吞聲[2]，生別長惻惻[3]。江南瘴癘[4]地，逐客[5]無消息。[6]故人入我夢，（眉批）信其真。明我長相憶。君今在羅網[7]，何以有羽翼？（眉批）疑其真。恐非平生魂，路遠不可測。[8]（眉批）又疑其非。魂來楓林[9]青，魂返關塞黑；（眉批）又信其是。落月滿屋梁[10]，猶疑照顏色。（眉批）其來畢竟無疑。水深波浪闊，無使蛟龍得。[11]（眉批）其去恐有不測。

1. 【補注】李白：〈李白集序〉：「天寶十五年，白臥廬山，永王璘迫至之。璘軍敗，白坐繫潯陽獄，得釋。乾元元年，終以汙璘事，長流夜郎。遂泛洞庭，上峽江至巫山，以赦得釋。」又按本傳：「坐永王璘事，長流夜郎，會赦還潯陽，坐事下獄。時宋若思將吳兵赴河南，道經潯陽，釋囚，辟為參謀。」集中有贈中丞宋公五排詩序其事。

【注疏】盧注：「考李白年譜，乾元元年流夜郎二年，半道承恩放還，白寄王明府詩云：『去年左遷夜郎道，今年敕放巫山陽。』其自巫山下漢陽過江夏，而復遊潯陽等處，蓋在二年。公客秦州，正其時也。觀詩中『觀塞』、『江南』等字可見。曾鞏〈李白集序〉：『白臥廬山，永王璘迫致之。璘敗，白坐繫潯陽獄，得釋。乾元元年，終以汙璘事，長流夜郎。』」

2. 【補注】吞聲：江淹〈恨賦〉：「自古皆有死，莫不飲恨而吞聲。」

3. 【補注】惻惻：〈寡婦賦〉：「庶浸遠而哀降兮，情惻惻而彌甚。」

4. 【補注】瘴癘：《南史・任昉傳》：「流離大海之南，寄命瘴癘之地。」孫萬壽詩：「江南瘴癘地，從來多逐臣。」

5. 【補注】逐客：《史記・秦始皇紀》：「十年，大索逐客。李斯上書說，乃止逐客令。」

6. 【注疏】一解，先敘流夜郎。〈焦仲卿妻詩〉：「生人作死別，恨恨那可論。」《後漢書・宦者傳》：「羣公、卿士杜口吞聲。」蘇武詩：「淚為生別滋。」歐陽建詩：「惻惻心中酸。」孫萬壽詩：「江南瘴癘地，從來多逐臣。」趙注：「潯陽，今之江州也，屬江南東路。」虞羲詩：「君去無消息。」逐客，李白也。

7. 【補注】羅網：《後漢書・鄧皇后紀》：「先君既以武功書之竹帛，兼以文德教化子孫，故能束脩不觸羅網。」

8. 【注疏】二解，此敘夢中之情。仇兆鰲云：「白繫潯陽，故云羅網。恐非平生，疑其死於獄也。」故人，李白也。楊素詩：「入夢訪幽人。」樂府：「下有長相憶。」《說苑》：「孔子曰：『君子慎所從，不得其人，則有羅網之患。』」蔡琰〈笳曲〉（按〈胡笳十八拍〉）：「焉得羽翼兮將汝歸。」古詩：「路遠莫致之。」沈約詩：「夢中不識路，何以慰相思。」

9.【補注】楓林：〈招魂〉：「湛湛江水兮，上有楓林。極目千里兮，傷春心。魂兮歸來哀江南。」

10.【補注】屋梁：〈神女賦〉：「其始來也，耀乎若白日初出照屋梁，其少進也，皎若明月舒其光。」

11.【注疏】三解，此言夢覺相思，恐其不返也。魂，夢中之魂。楊慎曰：「夢中見之，而覺其猶在，即所謂夢中魂魄。」猶言是覺後精神尚未回也。《楚辭．招魂》：「湛湛江水兮，上有楓林。目極千里兮，傷春心。魂兮歸來哀江南。」伏知道詩：「落月與雲齊。」宋玉〈神女賦〉：「其始來也，耀乎若白日初出照屋梁，其少進也，皎若明月舒其光。」魏．甄后詩：「想見君顏色。」吳均《續齊諧記》：「漢建武中，長沙人歐回，見一人自稱三閭大夫曰：『吾嘗見祭甚盛然，為皎龍所苦。』」

## 其二

浮雲終日行，遊子久不至；三夜頻夢君，情親見君意。[1]告歸常局促[2]，苦道來不易。（眉批）六句夢中情景。江湖多風波，舟楫恐失墜[3]。出門搔白首，若負平生志。[4]冠蓋[5]滿京華，斯人獨憔悴[6]。（眉批）六句醒後悲懷。孰云網恢恢[7]？將老身反累。千秋萬歲[8]名，寂寞身後[9]事。[10]

1.【注疏】一解，此以頻夢起。古詩：「浮雲蔽白日，遊子不復返。」傅玄詩：「夢君結同心。」鮑照詩：「惆悵情意親。」《世說》：「潘岳答樂廣曰：『要須得君意。』」

2.【補注】侷促：《史記．灌夫傳》：「上怒曰：『公平日數言魏其、武安長短，今日廷論，局趣效轅下駒。』」

3.【補注】失墜：《後漢書．梁統傳》：「宣帝聰明正直，總御海內，臣下奉憲，無所失墜。」

4.【注疏】二解，此敘夢中，恐其塗中有失也。《前漢書．直不疑傳》：「同舍有告歸。」仲長統詩：「何為局促。」晉僧張奴歌：「樂所少人往，苦道若翻囊。」〈賈誼傳〉：「經制不定，是猶渡江湖亡維楫，中流而遇風波，船必覆矣。」《詩》：「搔首踟躕。」潘岳詩：「白首同所歸。」謝惠連詩：「生平無志意。」

5.【補注】冠蓋：班固〈西都賦〉：「冠蓋如雲，七相五公。」

6.【補注】顦顇：《楚辭．漁父辭》：「屈原既放，游於江潭，行吟澤畔，顏色顦顇，形容枯槁。」按，顦顇，亦作憔悴。

7.【補注】恢恢：《老子》：「天網恢恢，疎而不漏。」

8.【補注】千秋萬歲：阮籍詩：「千秋萬歲後，榮名安所之。」

9.【補注】身後：庾信詩：「眼前一杯酒，誰論身後名？」

10.【注疏】三解，此傷其遭遇坎坷，深致不平之意。《魏國策》：「冠蓋相望。」郭璞詩：「京華遊俠窟。」《楚辭》：「顏色憔悴。」《道德經》：「天網恢恢。」阮籍詩：「千秋萬歲後，榮名安所知。」《莊子》：「寂寞無為。」庾信詩曰：「眼前一杯酒，誰論身後名？」

【注疏】陸時雍曰：「是魂？是人？是夢？是真？都覺恍惚無定。親情苦意，無不備極矣。」

【注疏】吳山民曰：「子美〈天末懷李白〉詩其末聯云：『應共冤魂語，投詩贈汨羅。』今上篇云：『水深波浪濶，無使蛟龍得。』此又云：『江湖多風波，舟楫恐失墜。』疑是時，必有妄傳太白墜水死者，故子美云云。後世遂有沉江騎鯨之說，蓋因公詩附會耳。太白卒於當塗李陽水家，葬於謝家青山，二史可考，安有沉江事乎？」仇兆鰲云：「此因頻夢而作，故詩語更進一層，前云『明我憶』，是白知公；此云『見君意』，是公知白。前云『波浪蛟龍』，是公為白憂；此云『江湖舟楫』，是白又自為憂。前章說夢處，多涉疑辭，此章說夢處，宛如目擊。形愈疎而情愈篤，千古交情，惟此為至。然非公至性，不能有此至情，非卒文，亦不能寫此至性。」

## 王維

維，字摩詰，太原人。九歲知屬辭，開元九年擢進士第一，官給事中。兩都陷，爲賊所得，服藥佯瘖。賊平定罪，以〈凝碧池詩〉聞於行在，特宥之，官至尚書右丞。工草隸，善畫，名盛於開元天寶間。寧薛諸王，待若師友。有別墅在輞川，嘗與裴迪遊其中，賦詩爲樂。喪妻不娶，孤居三十年，上元初卒。

## 送別

下馬飲君酒，問：「君何所之？」君言：「不得意，歸臥南山陲1。」但去莫復問，白雲無盡時。2

1.【補注】陲：陲，音陲。《說文》：「邊也，疆也。」《左傳．成十三年》：「虔劉我邊陲。」《韻會》：「本作垂。」《爾雅．釋詁》：「疆、界、邊、衛、圉，垂也。」

2.【注疏】以問答法詠贈別。「下馬」即杜甫所謂「留君下馬」，即同傾也。《史記．虞卿傳》：「不得意乃著書，歸臥隱居也。」南山，終南山。陲，邊也。「君言」二句，答詞，「但去」二句，有羨之意。言其悠悠不盡，幽隱之事，言之不了也。此疑送孟浩然歸南山作。

## 送綦毋潛1落第還鄉

聖代無隱者，（眉批）從赴試起。英靈2盡來歸，遂令東山3客，不得顧採薇。4既至金門5遠，

〔眉批〕四句落第。孰云吾道非6？江淮渡寒食7，京洛8縫春衣。9置酒長安道，〔眉批〕四句還鄉。同心10與我違；行當浮桂棹11，未幾拂荊扉。12遠樹帶行客，〔眉批〕四句送行。孤城當落暉。吾謀適不用13，勿謂知音14稀。15

1. 【注疏】綦母複姓潛。
2. 【補注】英靈：《隋書》：李德林美容儀，善談吐。天統中兼中書侍郎，於賓館受國書，陳使江總目送之曰：「此河朔之英靈也。」
3. 【補注】東山：《晉書．謝安傳》：「安，字安石，尚從弟也。始有東山之志，居會稽與王羲之及高陽、許詢、桑門，支循游處。出則漁弋山水，入則言詠屬文。雖受朝寄，然東山之志，始末不渝。每形於言色。……又中丞高崧曰：『卿屢違朝旨，高臥東山。』」
4. 【補注】薇：《史記》：「武王既平殷亂，伯夷叔齊恥食周粟，隱於首陽山，采薇而食。」
【注疏】一解，反起法。聖代，至世也。〈禮運〉：「大道之行也，與三代之英。」注：倍選曰俊，千人曰英。《泰誓》：「惟人，萬物之靈。」概言賢才也。來歸，言賢才來歸朝廷也。《晉書》：「謝安寓居會稽，棲遲東山，此安舊業也。」〈伯夷傳〉：「伯夷、叔齊，孤竹君之二子。父欲立叔齊，及父卒，叔齊讓伯夷。伯夷曰：『父命也。』遂逃去。叔齊亦不肯立而逃之。國人立其中子，於是伯夷、叔齊聞西伯昌善養老，盍往歸焉。及至，西伯卒，武王載木主，號為文王，東伐紂。伯夷、叔齊叩馬而諫曰：『父死不葬，爰及干戈，可謂孝乎？以臣弒君，可謂仁乎？』左右欲兵之，太公曰：『此義士人也。』扶而去之。武王已平殷亂，天下宗周，而伯夷、叔齊恥之，義不食周粟，隱於首陽山，采薇而食之。及餓且死，作歌。其辭曰：『登彼西山兮，采其薇矣。以暴易暴兮，不知其非矣。神農、虞、夏忽焉沒兮，我安適歸矣？于嗟徂兮，命之衰矣！』遂餓死於首陽山。」顧，盼也。
5. 【補注】金門：〈解嘲〉：「今吾子幸得應金門，上玉堂有日矣。」注：金門，金馬門也。宦署門傍有銅馬，故謂之金馬門也。

6. 【補注】吾道非：《史記．孔子世家》：「《詩》云：『匪兕匪虎，率彼曠野。』吾道非耶，吾何為于此？」

7. 【補注】寒食：《荊楚歲時記》：「去冬至一百五日，即有疾風甚雨，謂之寒食，禁火三日，造餳、大麥粥。」按并州俗，冬至後一百五日，為介子推斷火冷食三日。

8. 【補注】京洛：班固〈東都賦〉：「子徒習秦阿房之造天，而不知京洛之有制。」按：京洛，東京洛陽也。

9. 【注疏】二解，望其遇而終不遇。《史記．滑稽傳》：「東方朔……酒酣，據地歌曰：『陸沉於俗，避世金馬門。宮殿中可以避世全身，何必深山之中，蒿廬之下。』」金馬門，官署門也，門旁有銅馬，故謂之金馬門。《家語》：「楚昭王聘孔子，孔子往陳蔡，發兵圍孔子。孔子曰：『《詩》云：「匪兕匪虎，率彼曠野。」吾道非乎？』」《釋名》：「淮，圍也。圍繞揚州分界，東至於海。」寒食，詳後（按可見七言絕句韓翃〈寒食〉詩題注）。謝朓詩：「誰能久京洛？緇塵染青衣。」蓋言其不憚金門之遠，既至於此，誰知際遇不隆，不能行其道。念寒食之渡江淮，一路間費跋涉之苦，乃得至京洛，因之不第，淹留以至春，衣皆敝。嘆補緝無人，只自縫耳。

10. 【補注】同心：《易》：「二人同心，其利斷金。」

11. 【音釋】棹音兆。《廣韻》：「直教切，四。」

【補注】桂棹：《楚辭》：「桂棹兮蘭枻。」注：棹，楫也。

12. 【注疏】三解，此寫餞別也。唐明皇詩：「可憐寒食與清明，光輝併在長安道。」置酒，設餞也。《易》：「二人同心，其利斷金。同心之言，其臭如蘭。」違，違願也。桂棹，即《詩》云：「桂楫松舟。」拂，去也。行，當言將來也。蓋言自此餞別，固不如願矣，將來一別，行當浮桂棹，仍從去淮而渡，不久至君家矣。

13. 【注疏】吾謀適不用：《左傳》：「子無謂秦無人，吾謀適不用也。」

14. 【補注】知音：古詩：「不惜歌者苦，但傷知音稀。」

15.【注疏】四解，實敘送行也。「遠樹」句，記其行孤；「城」句，記其時也。適，偶然也。張說〈岳州宴別詩〉：「孤城臨楚客，遠樹入素宮。」古詩：「不惜歌者苦，但傷知音稀。」謀，策也。後二句寬慰之辭，以為吾為君謀，雖偶然不見用，則君勿謂當道無人，遂嘆知音之稀耳。

## 青谿[1]

言入黃花川[2]，每逐青谿水；隨山將萬轉，趣途無百里。[3]聲喧〔眉批〕聞。亂石中，色靜〔眉批〕見。深松裡；漾漾汎菱荇，[4]〔眉批〕溪中。澄澄映葭葦。[5]〔眉批〕溪上。我心素已閒[6]清川澹如此，請留盤石[7]上，垂釣將已矣。[8]

1.【注疏】《一統志》：「青谿有九曲，連綿數十里，以泄玄武湖水，接於秦淮。」又《水經注》：「沮水南逕臨沮，縣西，青谿水注之，水出縣西青山，山之東有濫泉，即青谿之源也，口徑數丈其深不測，泉甚靈潔，至於炎陽有亢，陰雨無時，以穢物投之，輒能暴雨。其水導源東流，以源出青山，故以青谿為名，尋源浮谿，最奇為深峭。」

【補注】清谿：《水經注》：「沮水南經臨沮，縣西，青谿水注之。」

2.【補注】黃花川：杜氏《通典》：「鳳州黃花縣有黃花川。」《方輿勝覽》：「黃花川在鳳州梁泉縣，大散水流入黃花川。」

3.【注疏】一解，敘其曲折也。《水經注》：「大散水西入黃花川。」趣，趨也，音娶。無，平聲。蓋言所趣之途，計無百里，而繞山曲折，若將萬轉之迴環也。

4.【音釋】荇音幸。《唐韻》：「何梗切。」《說文解字》：「莕，或从行。」

【注疏】水。

5.【音釋】葭音加。《唐韻》：「古牙切，音嘉。」《說文解字》：「从艸叚聲。」

【注疏】二解，敘其深峭靈潔也。菱，同淩，菱角是也。《傳》：「荇，接余。」《疏》曰：「莖葉紫赤色，正圓，徑寸餘。浮在水上，根在水底，與水淺深等。大如釵股，上青下白。」《廣韻》：「葭，蘆也。」《說文》：「葦之未秀者，亦曰大葭。」

6.【補注】心閒：〈遊天台山賦〉：「遊覽既周，體靜心閒。」

7.【補注】盤石：成公綏〈嘯賦〉：「坐盤石，漱清泉。」注：《聲類》曰：「盤，大石也。」

8.【注疏】三解，言其泛清谿，以寄志也。《詩》：「我心匪石，不可轉也。」成公綏〈嘯賦〉：「坐盤石。」注：盤，大石也。

## 渭川[1]田家

斜陽照墟落[2]，窮巷牛羊歸。野老念牧童，倚杖候荊扉。[3]雉雊[4]麥苗秀，蠶眠[5]桑葉稀。田夫荷鋤[6]至，相見語依依。[7]即此羨閑逸，悵然吟〈式微〉。[8]

1.【補注】渭川：《水經注》：「渭水出首陽縣烏藏山，西北有渭源城，渭水出焉。」《漢書·貨殖傳》：「齊魯千畝桑麻，渭川千畝竹。」

【注疏】《說文》：「水出隴西。首陽謂首亭南谷。」《周禮·夏官·職方氏》：「雍州，其浸渭。」〈禹貢〉：「導渭自鳥鼠同穴。」《漢書·貨殖傳》：「齊魯千畝桑麻，渭川千畝竹。」

2.【補注】墟落：范雲詩：「軒蓋照墟落。」注：墟落，謂村墟籬落。

3.【注疏】一解，敘田家日暮，村舍蕭疏之景也。墟，邱墟。落，村落。《史記・陳丞相世家》：「張良隨平至其家，家乃負廓窮巷，以蔽席為門。然門外多有長者車轍。」《詩》：「日之夕矣，牛羊下來。」牧，養也。〈歸去來辭〉：「稚子候門。」「野老」句，承「牛羊」；「倚仗」句，承「斜陽」。

4.【補注】雉雊：潘岳〈射雉賦〉：「麥漸漸以擢芒，雉鷕鷕（按音咬）而朝雊。」鄭康成《毛詩箋》：「雊，雉鳴也。」

5.【補注】蠶眠：庾信〈燕歌行〉：「春風燕來能幾日？二月蠶眠不復久。」注：蠶將蛻，輒臥不食，古人謂之俯，後人謂之眠。

6.【補注】荷鋤：陶潛詩：「帶月荷鋤歸。」

7.【注疏】二解，此敘農時也。〈月令〉：「雉雊雞乳。」包何詩：「幾處折花驚蝶夢，數家留葉待蠶眠。」蘇轍詩：「蠶眠初上簇，麥熟正磨鎌。」荷，負也。依依，不舍也。

8.【補注】式微：《子貢詩傳》：「狄侵黎，黎侯出奔，衛穆公不禮焉。黎人怨之，賦〈旄邱〉。黎大夫勸其君以歸國，賦〈式微〉。」《詩》：「式微式微，胡不歸。」
【注疏】三解，言隨遇皆安也。末句慨嘆之，即此不必另尋幽境也。閑優，閑逸。《詩》：「式微式微，胡不歸。」蓋因式微而羨閑逸也。

## 西施[1]詠

豔色天下重，西施寧久微？朝為越溪女，暮作吳宮妃。[2]賤日豈殊眾？貴來方悟稀。
邀人傅香粉[3]，不自著羅衣。君寵益嬌態，君憐無是非。[4]當時浣紗[5]伴，莫得同車
歸。持謝鄰家子，效顰[6]安可希？[7]

1.【補注】西施：《吳越春秋》：「越得苧蘿山鬻薪之女，曰西施、鄭旦。飾以羅縠，教以容步，三年學成而獻於吳。」

【注疏】按：西施，即西子。姓施，名夷光。居苧蘿山、若耶溪之西，故曰西子。為世絕色。《吳越春秋傳》：「越王以吳王淫而好色，與大夫種謀，乃使相於國中，得苧蘿山鬻薪之女，曰西施、曰鄭旦，飾以羅縠，教以容步，習於土城，臨於都巷，三年學服，而使相國范蠡獻之於吳，吳王大悅。伍子胥諫曰：『王勿受。臣聞，賢士，國之寶；美女，國之咎。夏亡以妹喜，殷亡以妲己，周亡以褒姒。』吳王不聽，遂受之。」

2.【注疏】一解，此敘西施有此姿色，何患其遭遇之不速也？

3.【補注】傅粉：《史記》：「孝惠時，郎侍中皆傅脂粉。」

4.【注疏】二解，言其一朝得寵，即自高其聲價也。《拾遺記》：「越謀滅吳，吳貢美人二人，一名夷光，一名修明。吳處以椒華之房，貫細珠為簾幌，朝下以蔽景，夕捲以待月。二人當軒並坐，理鏡靚妝於珠幌之內，竊視者莫不動心驚魄，嗟而目之，若雙鸞之在輕霧，沚水之漾芙蓉。」無是非者，為無是非曲直之謂也。

5.【補注】浣紗：《寰宇記》：「會稽縣東有西施浣紗石。」《水經注》：「浣紗溪在荊州，為夷陵州西北。秋冬之月，水色淨麗。」

6.【補注】效顰：《莊子》：「西子病心而顰其里，其里之醜人見而美之，歸亦捧心而顰其里。其里之富人見之，閉門而不出，貧人見之，挈妻子而去之走。彼知顰美而不知顰之所以美。」按顰，古作矉。

7.【注疏】三解，推開說以不遇之人結之。《廣輿記》：「苧蘿山在諸暨縣，下有浣紗江。西施、鄭旦居此。」《莊子》：「西施病心而顰其里。其里之醜人見而美之，歸亦捧心而顰其里。其里之富人見之，堅閉門而不出，貧人見之，挈妻子而去之走。彼知顰美而不知顰之所以美。」蓋以西施選歸於吳，則當時浣紗之伴莫得同車而歸，何哉？無西施之色耳。持此得選之理，敢謝諸鄰家女子曰：「無其色而效其顰。」希望其遇者自不知諒耳。

**孟浩然**

名浩，字浩然，以字行。襄州襄陽人。少好節義，喜賑人患難。隱鹿門山，年四十乃遊京師。嘗於太學賦詩，一座嗟服無敢抗。張九齡、王維雅稱道之。維私邀入內署，俄而玄宗至，浩然匿床下。維以實對，帝喜曰：「朕聞其人而未見也，何懼而匿？」詔浩然出。帝問其詩，浩然再拜，自誦所爲。至「不才明主棄」之句，帝曰：「卿不爲求仕而朕未嘗棄卿，奈何誣我？」因放還。張九齡爲荊州，辟置于府。府罷，開元末，病疽背卒。

# 秋登蘭山[1]寄張五

北山（眉批）蘭山。白雲裡，隱者自怡悅[2]。相望試登高[3]，（眉批）登山。心隨雁飛滅。[4]愁因薄暮起，興是清秋發。時見歸村（眉批）下山。人，沙行渡頭歇。[5]天邊樹（眉批）遠望。若薺，[6]江畔洲（眉批）近見。如月。[7]何當載酒來？（眉批）寄張。共醉重陽節。[8]

1. 【補注】蘭山：《名山記》：「石門山在慶符縣治南，下瞰石門江，林薄間多蘭。有春蘭、秋蘭、石蘭、竹蘭、素蘭、鳳蘭，一名蘭山。」
【注疏】《名山記》：「石門山在慶符縣治南，下瞰石門江，林薄間多蘭。有春蘭、秋蘭、石蘭、竹蘭、素蘭、鳳尾蘭，一名蘭山。」
2. 【補注】怡悅：陶宏景〈答詔問山中何所有〉詩：「山中何所有？嶺上多白雲。只可自怡悅，不堪持贈君。」
3. 【補注】登高：《齊民．月令》：「重陽日，必以糕酒登高眺迥……以暢秋志，採茱萸甘菊泛酒。」
4. 【注疏】一解，言登蘭山以望張五也。蘅塘退士以北山即為蘭山，非也。蓋蘭山在慶符縣治之南，何以指之為北山？想張五必隱居縣治之北山，故登蘭山乃可以相望而見也。心隨雁沒，望之遠也。

5.【注疏】二解，敘秋暮發山所望之景。沙行，溪沙上行走之人。歇，止也。

6.【補注】樹若薺：《顏氏家訓》：「《羅浮山記》云：『望平地樹如薺。』故戴暠詩云：『長安樹如薺。』又鄴下有一人《詠樹》詩云：『遙望長安薺。』……皆耳學之過也。」

【注疏】遠。

7.【注疏】低。

8.【補注】重陽載酒：《續晉陽秋》：「陶潛嘗九日無酒，坐宅邊東籬下菊叢中，摘菊盈把。未幾，望見白衣人至，乃刺史王宏送酒也。」

【注疏】三解，欲訂同登後期，所以寄也。《韻會》：「薺，草名。」洲，沙洲。如月，憑高而望，狀其小也。薺，狀其細也。

## 夏日南亭懷辛大

山光忽西落，池月漸東上。散髮乘夕涼，（眉批）夏日。開軒（眉批）南亭。臥閑敞。1荷風送香氣，

（眉批）氣。竹露滴清響。（眉批）聲。2欲取鳴琴彈，恨無知音3賞。感此懷故人，中宵勞夢想。4

（眉批）懷辛。

1.【補注】閑敞：〈南都賦〉：「體爽塏以閑敞。」《廣韻》：「敞，露舍也，屋無壁也。」

【注疏】一解，先敘夏晚南亭風景。山光，落日之光。張衡〈南都賦〉：「體爽塏以閑敞。」注：敞，高顯也。日落用「忽」字，月上用「漸」字，極斟酌。

2.【注疏】二解，敘夏夜風景，承上起下之處。

3.【補注】知音：《呂氏春秋》：「伯牙鼓琴，鍾子期聽之。方鼓琴而志在太山，鍾子期曰：『善哉乎鼓琴，巍巍乎如太山。』少選之間而志在流水，鍾子期曰：『善哉鼓琴，湯湯乎若流水。』子期死，伯牙擗琴絕絃，終身不復鼓琴，以為世無足為鼓琴者也。」

4.【補注】夢想：司馬相如〈長門賦〉：「忽寢寐而夢想兮，魂若君之在旁。」

【注疏】三解，後寫懷辛大也。《列子》：「伯牙鼓琴，志在高山，鍾子期曰：『峩峩然若泰山。』志在流水，曰：『洋洋然若江河。』」子期死，伯牙絕絃，以無知音者。」司馬相如〈長門賦〉：「忽寢寐而夢想矣，魂若君之在旁。」

## 宿業師山房待丁大不至

夕陽度（眉批）起宿意。西嶺，群壑倏已暝。松（眉批）見。月生夜涼，風（眉批）聞。泉滿清聽。[1]樵人歸欲盡，[2]煙鳥棲初定。[3]之子[4]期宿來，[5]孤琴候蘿徑。[6]（眉批）待丁不至。

1.【注疏】間。一解，敘晚景起。

2.【注疏】襯。

3.【注疏】襯。

4.【補注】之子：《詩》：「之子于歸。」注：之子，是子也。

5.【注疏】待。

6.【注疏】二解，寫丁大不至也。之子，指丁大。期，期其來。宿，隔一日也。每將孤琴候於蘿徑之間，以待其來，然而終不至也。

## 王昌齡

昌齡，字少伯，江寧人。第開元十五年進士，補祕書郎，遷汜水尉。晚節不矜細行，貶龍標尉，以亂還鄉，爲刺史閭丘曉所殺。

# 同從弟南齋翫月憶山陰[1]崔少府

高臥南齋時，開帷月初吐。清輝澹水木，演漾[2]在窗戶。（眉批）四句玩月。苒苒[3]幾盈虛？澄澄[4]變今古。[5]美人（眉批）憶崔。清江畔，是夜（眉批）山陰。越吟[6]苦。千里[7]其如何？微風吹蘭杜。[8]

1. 【補注】山陰：《漢地理志》：「山陰，會稽郡縣。」
2. 【補注】演漾：阮籍〈詠懷詩〉：「泛泛乘輕舟，演漾靡所望。」
3. 【補注】荏苒：《晉書．李暠傳》：「時移節邁，荏苒三年。」陶潛詩：「荏苒經十載，暫為人所羈。」
4. 【補注】澄：謝莊〈月賦〉：「降澄輝之靄靄。」
5. 【注疏】一解，以南齋翫月起。《世說》：「淵明云：夏日北窗高臥，涼風颯至，自謂羲皇上人。」（按此語非出自《世說新語》，應出自〈與子儼等書〉）《釋名》：「帷，圍也，所以自障圍也。」林逋〈湖上晚歸〉詩：「橋橫水木已秋色，寺倚雲峰正晚晴。」《說文》：「演，長流也。」漾，水搖動貌，言水月之光交映，窗戶演漾不定也。苒苒，光陰迅速也。《禮》：「月滿則盈，月缺則虛也。」（按查《禮記》中並未有此句，或可能為《戰國策》：「日中則移，月滿則虧，物盛則衰。」或《管子》：「日極則昃，月滿則虧。」）澄澄，清光也。清光猶是，而古今則變矣。
6. 【補注】越吟：《史記》：「越人莊舄仕楚執珪，有頃，病。楚王曰：『舄思越思越則越聲，不思越則且楚聲。』往聽之，則猶尚越聲也。」王粲〈登樓賦〉：「莊舄顯而越吟。」庾信〈哀江南賦〉：「吳歈越吟，荊豔楚舞。」

7.【補注】千里：謝莊〈月賦〉：「美人邁兮音塵絕，隔千里兮共明月。」

8.【補注】蘭杜：江孝嗣詩：「石泉行可照，蘭杜向含風。」

【注疏】二解，憶山陰崔少府也。美人指少府。是夜，月夜也。山陰縣屬越，以其在越孤吟，自覺清苦也。南齋與越遙隔千里。蘭，蘭花；杜，杜若。蓋言少府在越，其聲名所播，到處皆聞，一若蘭杜之香，因微風之所致，雖遠隔千里，皆可領其臭也。

### 邱爲

爲，蘇州嘉興人。事繼母孝，常有靈芝生於堂下。累官太子右庶子，時年八十餘而母無恙。給俸祿之半。初還鄉，縣令謁之，爲候門磬折，令坐，乃拜，里胥立庭下，既出，乃敢坐。經縣署，降馬而趨。卒年九十六。

## 尋西山隱者不遇

絕頂一茅茨，1直上三十里。2（眉批）尋。扣關無僮僕，3（眉批）不遇。窺室唯案几。4若非巾柴車，5（眉批）陸路。應是釣秋水。（眉批）水路。差池6不相見，黽勉空仰止。7草色新雨中，松聲晚窗裡。及茲契幽絕，自足蕩心耳。8雖無賓主意，頗得清淨理。興盡9方下山，10何必待之子？11（眉批）上山起、下山結。

1.【音釋】茨音慈。《說文解字》：「从艸次聲。」《廣韻》：「疾資切，十三。」

【補注】茅茨：《史記》：「堯舜采椽不斷，茅茨不翦。」注：茅茨，茅蓋屋也。

【注疏】隱者。

2.【注疏】西山。

3.【注疏】尋。

4.【注疏】不遇。一解，總起法。茅茨，茅屋也。

5.【補注】巾車：《左傳》：「子產曰：『文公之為盟主也，諸侯賓至，車馬有所，巾車脂轄。』」按《周禮》：「巾車。」注：巾，猶衣也。巾車，車官之長。孔子息陬操，巾車命駕，將適唐都。柴車：《高士傳》：「何點常躡草屩，乘柴車。」江淹擬陶詩（編按即〈雜詩陶徵君田居〉詩）：「日暮巾柴車。」

6.【補注】差池：《詩》：「燕燕于飛，差池其羽。」注：差池，不齊之貌。《左傳》鄭公孫僑曰：「謂我敝邑，邇在晉國，譬諸草木，吾臭味也，而何敢差池？」

7.【音釋】黽音泯。《廣韻》：「武盡切。」《正韻》：「弭盡切，从音泯。」《玉篇》：「眉耿切。」《廣韻》：「武幸切。」

【補注】抑止：《詩》：「高山抑止，景行行止。」

【注疏】二解，承上寫「尋」字之神。江淹擬陶潛詩：「日暮巾柴車。」巾柴車者，以巾飾柴車也。差池，飛貌，謂如燕羽之飛，往來不遇也。陸機〈文賦〉：「在有無而僶俛。」《毛詩》作黽勉。又高山仰止，蓋言隱者不知何處去也，若非巾柴車以適朋友之家，應是攜長竿以釣秋水之濱也。所以我來彼往，遲早差池，不能相見耳。黽勉，躊躇空在此，深懷仰止。

8.【注疏】不遇亦得。三解，寫隱居處風景也。蓋言看雨中草色，聽窗裡松聲及茲相契幽絕之境，不必遇隱者，自足開蕩我之心耳。意即注下。

9.【補注】興盡：《語林》：王子猷居山陰，大雪，夜眠覺，開室酌酒，四望皎然，因起徬徨，詠左思〈招隱〉

詩：「忽憶戴安道，時戴在剡溪。」即便夜乘輕船就戴，經宿方至。既造門，不前便返。人問其故？子猷曰：「吾本乘興而行，興盡而返，何必見戴？」

10.【注疏】遙應「直上」二句。

11.【注疏】四解，正以不遇意結之。《語林》：王子猷居山陰，大雪，夜開室命酌，四望皎然，因詠〈招隱〉詩：「忽憶戴安道。時戴在剡溪。」便乘舟往，經宿方至，既造門便返。或問之，對曰：「乘興而來，興盡而返，何必見戴？」之子，指隱者。此結足第三解意，蓋言雨中草色，格外生新；窗裡松聲，殊堪入聽，則耳目以得清淨趣，以及幽絕之境、契慕之深。適逢其時，自足飄蕩吾之心神矣。雖無賓主款洽之情，而風流雅致，頗得清淨之理。遊興既盡，方自下山，何等暢達！如必拘拘以待隱士而歸，則何以適我性情也。

## 綦毋潛

綦毋潛，字孝通。開元中由宜壽尉入爲集賢院待制，遷右拾遺，終著作郎。

### 春泛若耶溪[1]

幽意無斷絕，此去隨所偶。晚風（眉批）泛。吹行舟，花（眉批）春。路入溪口。[2]際夜轉西壑，隔山望南斗[3]。潭煙飛溶溶，林月低向後。[4]生事且瀰漫，願為持竿叟。[5]

1.【補注】若耶溪：《水經注》：「若耶溪水，上承嶕峴麻溪。溪之下，孤潭周數畝，麻潭下注若耶溪。水至清，照眾山倒影，窺之如畫。」《寰宇記》：「若耶溪在會稽縣東二十八里。」

【注疏】《水經注》：「若耶溪水，上承嶕峴麻溪。溪之下，孤潭周數畝。麻潭下注若耶溪。水至清，照眾山倒影，窺之如畫。」《寰宇記》：「若耶溪在會稽縣東二十八里。」

2.【注疏】春。一解四句，總起偶遇也。「晚」字，一詩之主。

3.【補注】南斗：《越絕書》：「越故治，今大越山陰南斗也。」張衡〈周天大象賦〉：「眺北宮于玄武，泊南斗于牽牛。」

4.【注疏】二解，正寫「泛」字，承「晚」字。轉，舟轉也。溶溶，煙盛貌。低，夜深月沉也。向後，舟泛於前故，月向後也。

5.【注疏】三解，因泛溪旋生幽隱之心也。生事，一生事也。木華〈海賦〉：「渺瀰湠漫。」言水濶無邊，且如生事無窮，一若瀰漫也。世事茫茫，徒事憔勞，不如持竿叟，清而且閑，故願為耳。

**常建** —— 建，開元十五年進士，官盱眙尉。

## 宿王昌齡隱居

清谿深不測，隱處惟孤雲。（眉批）隱居。松際露微月，（眉批）宿王。清光猶為君。茅亭宿花影，藥院滋苔紋。[1]余亦謝時[2]去，西山鸞鶴[3]群。[4]（眉批）因宿起見。

1.【注疏】一解，敘隱居處佳境也。蓋言松際露微月清光一片，若為君而流鑒也。見花影宿於茅亭之外，苔痕滋乎藥院之間，夜景清幽，皆一一可得而玩。「惟」字，除孤雲外無塵物也。

2. 【補注】謝時：《列仙傳》：「王喬，周靈王太子晉也。好吹笙，作鳳鳴，遊伊洛間，道士浮丘公接上嵩山，十餘年後來於山上，告桓良曰：『告我家，七月七日待我緱氏山巔。』果乘白鶴駐山巔，望之不得到，舉手謝時人而去。」

3. 【補注】鸞鶴：《稽神記》：裴航傭巨舟，載于襄漢，同載有樊夫人者，國色也。航賂侍婢達詩曰：「儻若玉京朝會去，願隨鸞鶴入青冥。」（按此文應出於《太平廣記》或《豔異編》）

4. 【注疏】二解，以偕隱結也。以為宿此佳境，余亦觸謝時之心，遂歸去之願，偕隱西山，得與鸞鶴為群，可乎？鸞鶴者，比昌齡也。

**岑參**

參，南陽人，天寶中進士。試大理評事，攝監察御史。杜甫薦之，轉右補闕，累遷侍御史，出爲嘉州刺史。

## 與高適薛據[1]登慈恩寺[2]浮圖[3]

塔勢如湧出[4]，孤高聳天宮。（眉批）先從下望。登臨出世界[5]，磴道盤虛空。[6]（眉批）四句登。突兀壓神州[7]，崢嶸[8]如鬼工。四角礙白日，七層摩蒼穹。[9]（眉批）二句到頂。下窺（眉批）此從上臨下。指高鳥，俯聽聞驚風。[10]連山若波濤，奔湊似朝東[11]（眉批）東。。青槐夾馳道[12]（眉批）南。，宮館何玲瓏！[13]秋色從西（眉批）西。來，蒼然滿關中。[14]五陵[15]北（眉批）北。原上，萬古青濛濛。[16]（眉批）八句四方之景。淨理了可悟，勝因夙所宗。誓將挂冠[17]去，覺道資無窮。[18]

1.【補注】薛據：荊南人，官太子司議郎。

2.【補注】慈恩寺塔：《長安志》：慈恩寺，隋無漏寺故地。高宗在東宮時，為文德皇后立，故名慈恩。浮圖，永徽三年沙門玄奘所立，後漸頹。長安中改建。《寺塔記》：「慈恩寺凡十餘院，總一千八百九十七間。」

3.【注疏】《寺塔記》：「慈恩寺凡十餘院，總一千八百九十七間。」按浮圖，通作浮屠，亦作佛圖。永徽三年，沙門玄奘所立，後漸頹，長安中改建。

4.【補注】湧出：《法華經》：「佛前七寶塔，高五百由旬。出地湧出，住在空中。」

5.【補注】世界：《金剛經》：「三千大千世界。」

6.【注疏】一解，四句總起。磴道，浮屠內石級也。

7.【補注】神州：《河圖括地志》：「崑崙東南，地方五千里，名曰神州，中有五山，帝王居之。」《唐書・禮樂志》：「孟冬，祭神州地祇於北郊。」左思詩：「皓天舒白日，靈景耀神州。」

8.【補注】崢嶸：左思〈賦〉（按〈三都賦〉）：「徑三峽之崢嶸，躡五屼之蹇滻。」

9.【注疏】二解，四句言高聳也、突出貌。兀，高而上平也。《集韻》：「厭，或作壓鎮也。」《河圖括地象圖》：「崑崙東南，地方五千里，名神州。」《說文》：「崢嶸，山峻貌。」《格古要論》：「嘗有戒指內篐，瑪瑙其面，碾成十二支生肖，紋細如髮，謂之鬼工。」《十州記》：「崑崙山，東南接積石圃，西北接北戶之室。東北臨大闊之井，西南至承淵之谷，此四角之大山，實崑崙之支輔。」言四角高聳如崑崙四角也。《說文》：「礙，阻也。」章八元〈慈恩塔〉詩：「十層突兀在虛空，四十門開面面風。」蒼穹，天也。

10.【注疏】三解，二句關鈕，承上起下處。

11.【補注】朝東：《詩》：「沔彼流水，朝宗于海。」《神仙傳》：「麻姑入拜，王方平曰：『接侍以來，見東海三為桑田。』」

12.【補注】馳道：《史記・秦始皇紀》：「二十七年賜爵一級，治馳道。」注：應劭曰：「馳道，天子道也。」

13.【注疏】南寓夏。

14.【注疏】西秋。

15.【補注】五陵：〈西都賦〉：「北眺五陵。」李善注：「高帝葬長陵，惠帝葬安陵，景帝葬陽陵，武帝葬茂陵，昭帝葬平陵。」

16.【注疏】寓冬。四解，上寫四角，此寫四方，皆從登臨做出。蓋言東方山勢，一若春日波濤，奔湊而來，似欲朝拱此間也。從南望之，則見夏槐所夾之馳道，透迤直通離宮。千門萬戶，何其玲瓏乃爾也。從西望之，則見秋色蒼然一片，澄碧之氣，滿乎關中矣。暨觀北原，則見五陵之間，濛濛青色至冬不凋，萬古常存也。〈西都賦〉：「北眺五陵。」李善注：「高帝葬長陵，惠帝葬安陵，景帝葬陽陵，武帝葬茂陵，昭帝葬平陵。」

17.【補注】挂冠：《後漢．逸民傳》：「王莽時，逢萌解冠，挂東城門歸，將家屬浮海。」

18.【注疏】五解，此以悟道結之。淨，清淨了明也。悟，悟道。因，因緣。夙，夙昔也。誓，決辭。蘇軾詩：「欲挂衣冠神武門，先尋水竹溫南村。」覺，知覺。資，助也。無窮，不盡之辭。

## 元結

字次山，瀼州人。天寶十二載舉進士，國子司業蘇源明見肅宗，薦結可用，召議京師，上時議三篇。擢右金吾兵曹參軍，攝監察御史，爲山南西道節度參謀，以討賊功遷監察御史裡行節度。呂諲請益兵拒賊，帝進結水部員外郎，佐諲府，又參山南東道來瑱府。瑱誅，結攝領府事。代宗立，固辭丐侍親，歸樊上，授著作郎，久之拜道州刺史，進授容管經略使。身諭蠻豪，綏定八州。會母喪，人皆詣結度府請留，加金吾衛將軍。所至立教愛民，著有《元子》十篇，卒贈禮部侍郎。

# 賊退示官吏[1]

癸卯歲（代宗廣德元年），西原賊入道州，焚燒殺掠，幾盡而去。明年，賊又攻永州，破邵，不犯此州邊鄙而退，豈力能制敵歟？蓋蒙其傷憐而已！諸使何為忍苦徵斂？故作詩一篇以示官吏。

昔年逢太平，山林二十年。泉源在庭戶，洞壑當門前。井稅[2]有常期，日晏猶得眠。[3]
忽然遭世變，數歲親戎旃[4]。今來典斯郡，山夷又紛然。城小賊不屠，人貧傷可憐！
是以陷鄰境，此州獨見全。[5]使臣將王命，豈不如賊焉？今彼徵斂者，迫之如火煎。
誰能絕人命？以作時世賢。[6]思欲委符節[7]，引竿自刺船，將家就魚麥，歸老江湖邊。[8]

1. 【補注】西原賊：《唐書．元結傳》：「代宗拜結道州刺史。初，西原蠻掠居人萬數去。遺戶裁四千，諸使調發符牒二百函。結以人困甚，不忍加賦。即上言：『臣州為賊焚破，糧儲、屋宇、男女、牛馬幾盡。今百姓十不一在，耋孺騷離，未有所安……請免百姓所負租稅及租庸使和市雜物十三萬緡。』帝許之。明年，租庸使索上供十萬緡。結又奏：『歲正租庸外，所率宜以時增減。』詔可。結為民營舍給田，免徭役，流亡歸者萬餘。」
2. 【補注】井稅：《詩》：「歲取十千。」注：九夫為井，井稅一夫，其田百畝。《孟子》：「耕者九一。」注：九一者，井田之制也。方一里為一井，其田九百畝，中畫井字，界為九區。一區之中，為田百畝，中百畝為公田，外八百畝為私田，八家各受私田百畝，而同養公田，是九分而稅其一也。
3. 【注疏】一解，以幽居在家，偏逢太平日起。山林，幽居也。泉水之源，在乎庭戶之中，而洞壑之流，已當門

4. 前而繞。井稅，井田之稅。有常期，無重稅也。晏，遲也。

【音釋】旃音沾。《說文解字》：「从㫃丹聲。」《集韻》：「从諸延切，音饘。」

5. 【補注】戎旃：《齊書．謝朓傳》：「契闊戎旃，從容讌語。」

【注疏】二解，言出仕之日，偏遭變亂之時也。《舊唐書．裴度傳》：「詔曰：『遙聽鼓鼙，更張琴瑟，煩我台席。』」董茲，戎旃典守也。山夷，西源賊。又紛然，復亂也。屠，殺也。陷，沒也。

6. 【注疏】三解，言亂後撫民，宜以薄斂為先也。將，奉也。徵斂，催租迫急也。火煎，謂炭之有焰方熾者。《北史．魏宗室傳》：「河南王曜，長子平君為齊州刺史時，歲頻不登。齊人饑饉，平原以私米三千餘斛為粥，以全人命。百姓咸稱詠之。」

7. 【補注】符節：《孟子》：「若合符節。」注：符節，以玉為之，刻文字而中分之，彼此各藏其半，有故則左右相合，以為信也。《漢書》符節注：符節者，如今宮中諸官之詔符也。《索隱》曰：「絕，度也。」

8. 【注疏】四解，言怠於仕進，自甘隱遯，委，棄置也。孟子曰：「委而去之。」《玉篇》：「符節，分為兩邊，各持一以為信。」《說文》：「漢制，以竹長六寸分而相合。」《釋名》：「符，付也。書所敕命於上，付使傳行之也。」節，旌節也。刺，舟尾撥刺也，自不必招隱也。魚麥，未詳。王融〈書〉（按為〈竟陵王與隱士劉虯書〉）：「迹塵珪組，心逸江湖。」歸老，欲告老歸於江湖也。

## 韋應物

應物，京兆長安人。少以三衛郎事明皇，後折節讀書，屢仕爲滁州刺史，改江州，入爲左司郎中，復出爲蘇州刺史。貞元中尚存。按，其年百餘歲矣。爲郎時似近豪俠，至後鮮食寡欲，焚香掃地而坐。詩品高潔，朱子謂其無一字造作，氣象近道，眞傳人也。而新舊《唐書》俱不爲之立傳，何耶？

## 郡齋中雨與諸文士燕集[1]

兵衛[2]森畫戟[3]，宴寢凝清香。海上風雨至，逍遙池閣涼。[4]煩痾[5]近消散，嘉賓復滿堂。自慚居處崇，未睹斯民康[6]。理會是非[7]遣，性達形迹[8]忘。[9]鮮肥屬時禁，蔬果幸見嘗。俯飲一杯酒，仰聆金玉[10]章。神歡體自輕，意欲凌風[11]翔。[12]吳中[13]盛文史，群彥今汪洋[14]。方知大藩[15]地，豈曰財賦[16]強！[17]

1. 【注疏】貞元初，應物為蘇州刺史。
2. 【補注】兵衛：《戰國策》：「宗族甚盛，居處兵衛甚設。」
3. 【補注】畫戟：《新唐書．盧坦傳》：「舊制，官、階、勳俱三品，始聽立戟。」按，戟音棘，格也，旁有枝格也。雙枝為戟，單枝為戈。
4. 【注疏】一解，先敘夜雨海篇。衛，捍也。《晉書．元帝紀》：「警衛森嚴。」警，言宿衛也。《說文》：「森，木多貌。」《集韻》：「戟，有枝兵也。」《東京夢華錄》：駕行儀衛，象七，次第高旗大扇，畫戟長矛，五色介胄。元稹詩：「露簟有微潤，清香時暗焚。」梁元帝詩：「漫漫悠悠天未曉，逍遙夜夜聽嚴更。」
5. 【音釋】痾：《說文解字》：「从疒可聲。」《廣韻》：「枯駕切。」
【補注】痾：亦作痾，病也。潘岳〈閑居賦〉：「舊痾始痊。」
6. 【補注】民康：曹植〈七啟〉：「散樂移風，國富民康。」
7. 【補注】是非：《列子》：「橫心之所念，橫口之所言，不知我之是非利害歟，亦不知彼之是非利害歟。」
8. 【補注】形迹：陶潛詩：「誰為形迹拘。」

9.【注疏】二解，與諸文士述懷也。陳師道詩：「風雨入懷泥滿眼，時須好語滌煩痾。」居處崇，言居刺史位也。《謚法》：「令民安樂曰康。」《正韻》：「遣，逐也。」《世說》：「時人以謂山濤不學孫吳，而暗與之理會。」《莊子》：「故有儒墨之是非，以是其所非而非其所是。」蔡邕〈薦邊讓書〉：「無術不綜，心通性達。」末二句曰特患事理不能會耳。理而能會，則是非立判矣。特患人性不能達耳，性而能達，則物我皆忘矣。

10.【補注】金玉：《抱朴子》：「三墳金玉。」

11.【補注】凌風：古詩：「焉得凌風飛。」阮籍詩：「揮袖凌虛翔。」

12.【注疏】三解，正寫晏集也。蓋言鮮肥之味，非不能辨，但時屬炎天，人所禁食，聊進園蔬果品。倘諸公不厭澹泊，勸君俯飲一杯清酒，撰幾句文章，俾我仰聆金玉之音，殊覺神志歡然，體自輕健，不禁逍遙之興，凌清風而翔乎杳冥間矣。

13.【補注】吳中：《史記》：「項梁嘗殺人，與籍避仇吳中。」

14.【補注】汪洋：劉孝威詩：「風神灑落，容止汪洋。」

15.【補注】大藩：蕭慤詩：「大藩連帝室。」

16.【補注】財賦：《書．禹貢》：「底慎財賦。」

17.【注疏】四解，言郡中文史之盛也。吳中，蘇州也。群彥，諸文士。汪洋，言其濟濟多士也。藩，域也。大藩，財賦廣聚之地。豈曰，言不僅財賦強，人才且盛也。

## 初發揚子[1]寄元大校書[2]

悽悽[3]去親愛[4]，泛泛入煙霧[5]；歸棹[6]洛陽人，殘鐘廣陵[7]樹。[8]〔眉批〕四句初發，十字作八層看。今朝為此別，何處還相遇？世事波上[9]舟，沿洄安得住？[10]〔眉批〕四句寄元。

1.【補注】揚子：《一統志》：「鎮江府大江，即揚子江也。一名京江，東注大海，北距廣陵。」

【注疏】《一統志》：「鎮江府大江，即揚子江。」

2.【補注】校書：《通典》：「校書郎，唐置八人，掌讎校典籍，為文士起家之正選。」

3.【補注】悽悽：劉惠連詩：「悽悽留子言。」

4.【補注】親愛：傅咸賦序（按為〈感別賦序〉）：「情相親愛，有如同生。」

5.【補注】煙霧：古詩：「紈扇如圓月，出自機中素。畫作秦王女，乘鸞入煙霧。」

6.【補注】歸棹：梁簡文帝詩：「悠悠歸棹入。」

7.【補注】廣陵：《志勝》：廣陵，即古揚州之域。其曰廣陵郡者，東漢及唐天寶間名，相沿於西漢之廣陵國也。

8.【注疏】一解，以初發揚子起，暗寓「寄」字。《一統志》：「洛陽，成周之地，漢為郡，今屬河南府。」《史記．五宗世家》：「江都王建國，除地入於漢，為廣陵郡。」〈古長干曲〉：「妾家揚子住，便弄廣陵潮。」

9.【補注】波上：《三輔黃圖》：「纜雲舟於波上。」

10.【注疏】二解，寄元大校書，難期後會也。波上，舟不定也。㳂作沿，《傳》：「順流而下曰沿。」洄，水流貌。蓋言聚散不常，世事變換，卻如波上之舟，泛濫無定，安得於沿洄之間，妄圖止住哉！

# 寄全椒[1]山中道士[2]

今朝郡齋[3]冷，忽念山中客；澗底束荊薪[4]，歸來煮白石。[5]〔眉批〕四句道士。欲持一瓢[6]酒，遠慰風雨夕。落葉滿空山，何處尋行跡？[7]〔眉批〕四句寄。

1.【補注】全椒：《一統志》：滁州有全椒縣，縣有神山，有洞極深，景物幽邃。

2.【補注】道士：《釋名》：「人行大道曰道士。士者何？理也、事也。身心順理，惟道是從，從道為事，故曰道士。」（編按，查《釋名》無此解，疑出典於《太霄琅書經》）

3.【補注】郡齋：按，建中二年，應物出刺滁州。

4.【補注】荊薪：陶潛詩：「荊薪代明燭。」

5.【補注】白石：《晉書．鮑靚傳》：「靚學兼內外，明天文、河洛書，為南海太守。嘗行部，入海遇風，飢甚，取白石煮食之。」

【注疏】一解，以寂靜中憶道士起。建中二年，應物出刺滁州，即滁州之郡齋也。山中客，道士也。《晉書．鮑靚傳》：「靚學兼內外，明天文、河洛書，為南海太守。嘗行部，入海遇風，飢甚，取白石煮食之。」

6.【補注】一瓢：《論語》：「一簞食，一瓢飲。」

7.【補注】行迹：陶潛詩：「寂寂無行迹。」

【注疏】二解，結出欲訪之意，又恐不遇，是以寄也。王維詩：「空山不見人。」

## 長安遇馮著 1

客從東方來，衣上灞陵2雨。問客：「何為來？」「采山因買斧。」3冥冥花正開，
颺颺燕新乳。昨別今已春，鬢絲生幾縷？4

1.【補注】馮著：按《全唐詩》注：「馮著嘗受李廣州署為錄事。」

2.【補注】灞陵：《漢書．地理志》：「京兆尹縣，灞陵故芷陽，文帝更名。」庾信詩：「灞陵採樵路，成都賣卜錢。」按，灞作霸。

3.【注疏】一解，寫馮著跡其所來也。《漢書．地理志》：「京兆尹縣，灞陵故址。隋文帝更名。」〈吳都賦〉：「煮海為鹽，採山鑄錢。」

4.【注疏】二解，寫遇馮著正當春日也。冥冥，幽深貌。鳥飛去曰颺。昨別，年昔一別，猶如昨也。幾縷，謂白髮也。蓋以昔年逢君，正見冥冥之花開滿春園，颺颺之燕學飛新乳。當時一別，猶如昨也，今又逢君，已是春也。雖時光風熊，依然無恙，而君之髮絲較昔年則多生幾縷白髮矣，傷何如哉！

## 夕次盱眙縣 1

落帆逗2淮鎮3，停舫臨孤驛。浩浩風〔眉批〕聞。起波，冥冥日〔眉批〕見。沉夕。4人歸山郭5〔眉批〕陸路。暗，雁下蘆洲6〔眉批〕水路。白。猶夜憶秦關7，聽鐘未眠客。8

1.【音釋】盱音虛。眙音宜。

【補注】盱眙縣：《一統志》：盱眙縣在泗州城南七里，漢置屬臨淮郡，唐屬楚州。

2.【補注】逗：《玉篇》：「逗，住也。」

3.【補注】鎮：按《韻鑰》：「藩鎮、山鎮，皆取安重鎮壓之義。」《一統志》：「泗洲有泗水鎮。」

4.【注疏】一解，以夕次時正遇風波起。落，卸帆也。逗，帆收露出，見淮鎮逗於舟前也。驛，驛舍。浩浩，風大貌。冥冥，幽暗也。

5.【補注】山郭：謝朓詩：「還望青山郭。」

6.【補注】蘆洲：鮑照詩：「今旦入蘆洲。」考各本俱作蘆州。按，當作蘆洲，從王選本。

7.【補注】秦關：張華〈蕭史〉詩：「龍飛逸天路，鳳起出秦關。」

8.【注疏】二解，因秋夕起客愁也。人歸，下承「夕」字。城外曰郭，郭外有山。秦關，秦中之關，乃是故國之關也。鐘，曉鐘也。

## 東郊

吏舍[1]跼終年，出郭曠清曙，楊柳（眉批）近景。散和風，青山（眉批）遠景。澹吾慮。[2]依叢[3]（眉批）止。適自憩，緣澗還復去。（眉批）行。微雨靄芳原，（眉批）見。春鳩[4]鳴何處？[5]（眉批）聞。樂幽心屢止，遵事跡猶遽。終罷斯結廬[6]，慕陶直可庶。[7]

1.【補注】吏舍：《史記．曹相國世家》：「相舍後園近吏舍。」

2.【注疏】景中寓情。一解，以春日郊遊起。跼，拘束。「散澹」二字，凝錬極。

3.【補注】叢：《詩．葛覃》注：「灌木曰叢。」

4.【補注】春鳩：曹植詩：「春鳩鳴飛棟。」

5.【注疏】二解，寫東郊嘗覽也。依叢，依楊柳也。還復去，徘徊之意。

6.【補注】結廬：陶潛詩：「結廬在人境，而無車馬喧。」注：結，構也。按《全唐詩》注：「言當此之時，心以幽事為樂，而輒復中止者，蓋遽以隱遯為高，則猶嫌縣耳，然終當罷官而結廬也。平生企慕陶公，今而後其庶幾乎。」

7.【注疏】三解，有情於仕進也。事，王事。罷，罷官也。古詩：「結廬在人境。」陶，指陶淵明。庶，庶幾。蓋言樂趣在幽既已心焉。迴溯無奈，不如所願，每遭中止之虞，何也？蓋因王事靡監，身為之役，所以刑跡間猶有急遽之情也。雖然中心所慕，素仰淵明，吾終罷官，即於斯境結其廬，撫孤松、臨清溪，則庶幾可以得陶淵明之風趣矣乎。

## 送楊氏女

永日方慽慽[1]，出行復悠悠。女子今有行[2]，大江泝輕舟。[3]爾輩苦無恃[4]，（眉批）此五字一篇之主。撫念益慈柔。幼為長所育，兩別泣不休。對此結中腸，義往[5]難復留。[6]（眉批）一筆收住。自小闕內訓[7]，（眉批）再申前說。事姑貽我憂。賴茲託令門，仁卹庶無尤。[8]貧儉誠所尚，資從豈待周！孝恭遵婦道[9]，容止順其猷。[10]別離在今晨，見爾當何秋？居閒始自遣，臨感忽難收。歸來視幼女，零淚緣纓[11]流。[12]（眉批）應前作收，歸到幼女。

1.【補注】慽慽：慽音戚，或作慼，通作戚。《說文》：「憂也。」《論語》：「小人長戚戚。」陸機〈贈張士然〉詩：「慽慽多遠念，行行遂成篇。」

2. 【補注】有行：《詩》：「女子有行，遠父母兄弟。」

3. 【注疏】一解，四解總起。慽慽，愁貌。悠悠，遠貌。《詩》：「女子有行，遠父母兄弟。」泝同溯。《爾雅．釋水》：「逆流而上曰溯。」

4. 【補注】無恃：《詩．小雅》：「無父何怙，無母何恃。」

5. 【補注】義往：《禮》：「女子二十而嫁，義當往也。」

6. 【注疏】二解，言女子自幼失怙，臨別更可傷也。〈小雅〉：「無母何恃。」無恃，失怙也。結，鬱結也。《禮》：「女子二十而嫁，義當往也。」

7. 【補注】內訓：《後漢書．班昭傳》：「作〈女誡〉七篇，有助內訓。」

8. 【注疏】三解，恐其閨訓未嫻，冀賴諸姑仁卹也。闕內，訓母早亡也。令，善也。令門，夫家也。怨，尤也。

9. 【補注】婦道：《孟子》：「以順為正者，妾婦之道也。」

10. 【注疏】四解，言雖出寒門，猶幸有柔順之德。《說文》：「尚，庶幾也。」資，資財。從，妝奩從嫁也。豈待周，言未能全備。孝，孝事舅姑。恭，恭敬夫子也。容止，容度動止。猷，道也。蓋言女子出嫁，不在妝奩，而在執婦道也。

11. 【補注】纓：《儀禮》：「主人入，親說婦之纓。」注：纓，佩屬，以五采為之，形如小囊。蓋女子十五時許嫁所佩。既嫁說之，親說，示纓為己繫也。淚纓：郭璞〈游仙〉詩：「悲來惻丹心，零淚緣纓流。」

12. 【注疏】五解，言送別後自敘傷寒之情當何。秋，期後會也。《詩》：「一日不見，如三秋兮。」遣，消遣也。言未送女之始，閑居在家，無所感觸，聊可自遣。忽逢送別，臨岐傷感，潺潺掉淚，殊覺難收，且待歸來，悽惻之情可緩矣。乃獨相遇，膝下幼女迎笑於前，觸動離情，不禁兩淚更繞頸纓流矣。以為他日長成，亦如楊氏女也，不且為之傷極乎！

## 柳宗元

宗元，字子厚，河東人。貞元九年舉博學宏詞科，進授校書郎，累遷監察御史、擢禮部員外郎。順宗即位，王叔文得政，引入內政與計事。俄而叔文敗，坐貶永州司户，放浪山水間，以詩文自娛。元和十年徙柳州刺史，時劉禹錫得播州，宗元謂播州非人所居，而夢得「有親在堂，無母子俱往理」，如不往，便爲母子永訣，願請於朝，以柳易播。會大臣爲禹錫奏改刺，改刺連州。宗元在柳州有善政，年四十七卒於官，柳州人以神事之。

# 晨詣超師院讀禪經

汲井1漱寒齒，（眉批）晨詣。清心拂塵服。閒持貝葉2書，步步出東齋讀。3（眉批）讀經。真源4了無取，妄跡世所逐。遺言5冀可冥，繕性6何由熟？7道人庭宇靜，（眉批）超師院。苔色8連深竹；日出霧露餘，9青松如膏沐10。淡然離言說，悟悅心自足。11

1. 【補注】汲井：謝靈運詩：「激澗代汲井。」
2. 【補注】貝葉：〈西域傳〉：「西域有貝多樹，國人以其葉寫經，故曰貝葉書。」
3. 【注疏】一解，四句總起。《說文》：「汲，引水於井也。漱，盪口也。」《世說》：「孫楚少時欲隱遯，語王武子曰『當枕石漱流』，誤云『漱石枕流』。王曰：『流可枕，而石可漱乎？』孫曰：『枕流欲洗其耳，漱石欲厲其齒。』」「清心」句，言漱井水內則可以清心，拂塵服外則可以去垢，謂內外潔淨，誠其心，方可讀禪經也。《釋典》：「西域無紙，以貝多樹葉寫經文，又稱經文為梵筴。」宋无詩：「貝葉應多此處繙。」故為之貝葉書。

4.【補注】真源：劉潛詩：「降道訪真源。」

5.【補注】遺言：王粲詩：「古人有遺言。」

6.【補注】繕性：《莊子》：「繕性於俗。」注：繕，治也。

7.【注疏】二解，正寫讀禪經也。真源，儒道之真源。了，訖也。妄跡，釋家妄誕之跡。世所逐，當聖賢之世必為所逐也。遺言，禪經也。冥，冥福。《莊子》：「繕性於俗。」注：繕，治也。熟，熟讀經文也。吾且讀其禪經，以儒家正大之真源，彼了然而無取，將聖賢之世所逐之妄跡，在乎貝葉之中，在彼之遺言。恃覺迷而欺世，以為熟讀經文，庶可冀其有驗資冥福於無窮。然而余之繕性大成，不能絕俗，何由熟讀哉！

8.【補注】苔色：〈別賦〉：「春宮閟此青苔色。」

9.【注疏】應「晨」字。

10.【補注】膏沐：《詩．衛風》：「豈無膏沐，誰適為容？」

11.【注疏】三解，此言超師院之景，幽閒清淨，遊目賞心，反得雅趣也。蒼色，院古也。離言說，忘言也。悟悅，悟前之非悅，今之是也。心自足，不求外營也。以為余之繕性天成，既不慕夫禪家之理，遇此禪家之境，則見庭宇蒼然，翠色連於深竹之間，更當日出之時，霧消露漬之餘，殊覺青松浮翠，猶如膏沐所濡耳。則中心淡然無慮，將一切世間言說，離之於無何之鄉，豈不悟前非而悅今是？使心神自覺，其暢足也乎。

## 溪居

久為簪組[1]束，幸此南夷[2]謫。閒依農圃[3]鄰，偶似山林客。[4]曉耕翻露草，夜榜[5]響谿石，來往不逢人，長歌楚天碧。[6]

1. 【補注】簪組：王勃〈秋日宴洛陽序〉：「簪組盛而車馬喧，庭宇虛而筦絃亮。」

2. 【補注】南夷：《楚辭．九章》：「哀南夷之莫吾知兮。」

3. 【補注】農圃：《北史．甄琛傳》：「專事產業，躬親農圃。」

4. 【注疏】一解敘其所以來此溪居也。《釋名》：「簪，兓也，連冠於髮也。」《傳》：「組，綬類。」《說文》：「其小者，以為冕纓。」南夷謫，公擢禮部員外郎，王叔文得政，引入內禁，與計事。俄而叔文敗，坐貶永州司戶。郭璞詩：「長揖當途人，來去山林客。」偶，偶然。因謫至此，非關隱也，故曰似束縛也。簪組而曰束，謫而曰幸，不怨之怨，怨深哉。

5. 【音釋】榜音謗。《全唐詩》注：「一作搒，孔孟切。」
【補注】榜：《楚辭》：「齊吳榜以擊汰。」注：榜，進船也。《廣韻》：「榜人，舟人也。」按：榜，北孟切，祊去聲。

6. 【注疏】二解，言既似山林客，則所事俱是山林矣。來往不逢人，言無故交也。楚屬南夷，故曰楚天。按：「曉夜」二字，寓日月淹留意。

# 五言樂府

《漢書・禮樂志》：「武帝定郊祀之禮，乃立樂府，采詩夜誦，有趙代秦楚之謳，以李延年為協律都尉，多舉司馬相如等數十人造為詩賦，略論律呂，以合八音之調。」師古注：「樂府之名，蓋始於此。」按：李孝光、郭茂倩〈樂府詩序〉云：「太原郭茂倩所輯樂府詩百卷，上采堯舜時歌謠，下迄於唐，而置次起漢郊祀。茂倩欲因以為四詩之續耳。」郊祀若〈頌〉，歌鼓吹若〈雅〉，琴曲雜詩若〈國風〉。以其始漢，故題云樂府詩。樂府，教樂之官也，於殷曰瞽宗。周因殷，周官又有大司樂之屬，至漢乃有樂府名。茂倩雜取詩謠，不可以皆被之弦歌，且後人所作，弗中於古，率成於侈心，猶錄而不削，其意或有屬也。

王昌齡

# 塞上曲

蟬鳴空桑林，八月蕭關[1]道。出塞復入塞，處處黃蘆草。[2]從來幽并[3]客，皆共塵沙老。莫學游俠兒，矜誇紫騮[4]好。[5]

1.【補注】蕭關：《漢書．匈奴傳》：「孝文十四年，匈奴入朝那、蕭關。」《括地志》：「隴山關在原州，即古蕭關。」

2.【注疏】一解，以塞上蕭條敘起。蟬，秋蟬。空桑，葉落也。蕭關道，關外之道，入於蕭國也。蘆荻逢秋，葉黃色。

3.【音釋】并音冰。《廣韻》：「府盈切，四。」《說文解字》：「从从，幵聲。」
【補注】幽并：《漢書．地理志》：「周既克殷，定官分職，改禹徐梁二州合之於雍青，分冀州之地以為幽并。」《隋書．地理志》：「自古言勇俠者，皆推幽并。然涿郡太原，自前代以來，皆多文雅之士。」

4.【補注】紫騮：《古今樂錄》：「〈紫騮馬〉，蓋從軍久戍，懷歸而作也。」楊炯詩：「俠客重周遊，金鞍控紫騮。」

5.【注疏】二解，言征戍關塞之人，不可恃其強也。幽、并，二州名。師古曰：「俠之言挾，以權力俠輔人也。」《玉篇》：「紫騮，馬。」《說文》：「赤馬，黑毛尾也。」蓋言從古以來，征戍幽并之客不一，其人皆共塵埃。沙漠之中，以至老死，有幾個生還故國者？莫學游俠之兒，恃其志氣剛強，生死不懼，縱有紫騮之好，儘爾矜誇，其如淹留挫折何哉？

## 塞下曲

飲馬[1]渡秋水，水寒風似刀。平沙日未沒，黯黯見臨洮。[2]昔日長城[3]戰，咸言意氣高。黃塵[4]足今古，白骨亂蓬蒿。[5]

（眉批）好大喜功，到頭總是黃塵白骨。

1. 【補注】飲馬：陳琳〈飲馬長城窟〉詩：「飲馬長城窟，水寒傷馬骨。」按注言：秦人苦長城之役也。

2. 【補注】臨洮：《漢書．地理志》：「隴西郡臨臨洮縣。」江淹《上建平王書》：「西洎臨洮、狄道，北距飛狐、陽原。」

【注疏】一解，以塞外秋晚起，古詩：「飲馬長城窟。」。《春秋感精符》：「霜，殺伐之表。季秋霜始降，鷹隼擊，王者順天行誅，以成肅殺之威。」《國語》：「火見而清風戒寒。」賀知章詩：「不知細葉誰裁出？二月春風似剪刀。」此言風似刀者，其寒痛入骨也。塞外之地一片沙漠，故曰平沙。黯，黯深黑貌。《漢書．地理志》：「隴西郡臨洮縣。」以為當殘日未沒之時，一望平沙之遠，黯黯中所見者，知是臨洮也。

3. 【補注】長城：《廣輿記》：「陝西有臨洮府，長城在府城西，秦始皇築。」

4. 【補注】黃塵：劉昶〈斷句〉：「白雲滿鄣來，黃塵暗天起。」

5. 【注疏】二解，言塞上拋屍露骨者，皆昔日英雄也。《史記．蒙恬傳》：「秦已并天下，乃使蒙恬將三十萬眾……築長城……起臨洮，至遼東，延袤萬餘里。」《史記．晏子傳》：「晏子為齊相。出，其御之妻從門而窺其夫。其夫為相御，擁大蓋，策駟馬，意氣洋洋，其自得也。」《廣韻》：「足，滿也。」《國語．諸稽郢行成於吳》曰：「君王之於越也，緊起死人而肉白骨也。」柳宗元詩：「迴瞬晃昡別群玉，獨赴異域穿蓬蒿。」蓋言古今之歿於沙場者，何人收斂？則見白骨纍纍，雜亂蓬蒿之內，傷之至也。

## 李白

# 關山月[1]

明月（眉批）月。出天山[2]，蒼茫雲海間。長風[3]幾萬里，吹度玉門關（眉批）關。。[4]漢下白登[5]道，胡窺青海[6]灣。由來征戰地，不見有人還。[7]戍客望邊色，思歸多苦顏；高樓[8]當此夜，嘆息未應閑。[9]

1. 【補注】關山月：《樂府解題》：「《關山月》，傷別離也。」蕭士贇曰：「《關山月》者，樂府鼓角橫吹十五曲之一。」王褒詩：「無復漢地關山月。」
2. 【補注】天山：《漢書．武帝紀》：天漢二年，貳師將軍三萬騎出酒泉，與右賢王戰於天山。注：天山在西域蒲類國，去長安八千餘里，即祁連山也。匈奴謂天為祁連。
3. 【補注】長風：陸機詩：「長風萬里舉。」
4. 【補注】玉門關：《後漢書．班超傳》：「超上疏曰：『臣不敢望到酒泉郡，但願生入玉門關。』」注：玉門關屬燉煌郡，今沙州也，去長安三千六百里。

5. 【注疏】一解，先敘其地，將題字一一拆開。

【補注】白登：《漢書．匈奴傳》：「冒頓圍高帝於白登七日。」注：白登，臺名，去平城七里。《括地志》：「朔州定襄縣，本漢平城縣，縣東北三十里有白登山，山上有臺，名曰白登臺。」

6. 【補注】青海：《北史．吐谷渾傳》：「治伏俟城，在青海西十五里，青海周圍千餘里。」《潛確類書》：「洮州衛有青海，在洮州之西，周圍千里，中有小山。隋將段文振西征，逐虜於青海，即此。」

7. 【注疏】二解，次敘關山之事。

8. 【補注】高樓：徐陵〈關山月〉詩：「思婦高樓上，當窗應未眠。」

9. 【注疏】三解，敘當今遭貶於此者。

10. 【注疏】王琦注：《漢書》：貳師將軍與左監王戰於天山。晉灼注：「天山在西域，近蒲類國，去長安八千餘里。」顏師古曰：「天山，即祁連天山也。匈奴謂天為祁連，今鮮卑語尚然。」月出於東而天山在西，今日明月出天山，蓋自征夫而言矣。謂已過天山之西而回首東望，則儼然見明月出於天山之外也。《漢書》「匈奴引兵南踰」句注：「攻太原至晉陽下，高帝自將兵往擊之，會冬大寒，雨雪卒之，墮指者十二三。於是冒頓佯敗，走誘漢兵。漢兵逐擊冒頓，冒頓匿其精兵。見其羸弱，於是漢悉兵三十二萬北逐之。高帝先至平城，步兵未盡到，冒頓縱精兵三十餘萬騎，圍高帝於白登七日。漢兵中、外不得相救，餉絕。」顏師古注曰：「登在平城東南，去平城十餘里。」《地輿廣記》：「雲州雲中縣，有白登山。匈奴圍高祖於此。」《周書》：「吐谷渾治伏俟城，在青海青西十五里。青海周圍千餘里，建德五年，其國大亂，高祖詔皇太子征之。軍渡青海，至伏俟城，夸呂遁去，虜其餘眾而還。」琦按：青海，隋時屬吐谷渾。唐高宗時為吐蕃所據，儀鳳中李敬元、開元中王君奐、張景順、崔布逸、皇甫淮明、王宗嗣，先後與吐蕃攻戰，皆近其地。《元和郡縣志》：「玉門關在瓜州晉昌縣東二十里。」《一統志》：玉門關在陝西，故瓜州西北十八里。漢霍去病破走月支，開玉門關。班超在西域上書願生入玉門關，即此。

# 子夜歌[1]

## 其一

秦地羅敷女，採桑綠水邊；素手青條上，紅妝白日鮮。蠶饑妾欲去，五馬莫留連。[2]

1. 【補注】子夜：《唐書．樂志》：「〈子夜歌〉者，晉曲也。晉有女子名子夜，造此聲，聲過哀苦。」《樂府古題要解》：「後人因為四時行樂詞，謂之子夜四時歌。吳聲也。」
【注疏】《宋書》：「〈子夜歌〉者，有女子，名子夜，造此聲。晉孝太原中，瑯琊王軻之家有鬼歌〈子夜〉。殷允為豫章時，豫章僑人庾僧度家亦有鬼歌〈子夜〉。殷允為豫章，亦是太元中，則子夜是此時以前人也。」《樂府古題要解》：「子夜，右舊史云，晉有女子曰子夜，所作聲至哀。後人因為四時行樂之詞，謂之〈子夜四時歌〉，吳聲也。」雲按：《李白集》中原題〈子夜吳歌〉，有春、夏、秋、冬四首。三百首中僅錄其秋，今補全。
2. 【注疏】此子夜春歌，莫留連以望妾也。
3. 【注疏】王琦注：古辭：「日出東南隅，照我秦氏樓，秦氏有好女，自名為羅敷。羅敷善蠶桑，採桑城南隅。青絲為籠系，桂枝為籠鉤；頭上倭墮髻，耳中明月珠。緗綺為下裙，紫綺為上襦。使君從南來，五馬立踟躕。使君遣吏往，問是誰家姝？秦氏有好女，自名為羅敷。羅敷年幾何？二十尚不足，十五頗有餘。使君謝羅敷，寧可共載不？羅敷前致詞，使君一何愚？使君自有婦，羅敷自有夫。」梁武帝〈子夜四時歌〉：「君住馬已疲，妾去蠶欲饑。」胡震亨曰：「清商吳曲〈子夜歌〉，後人更為四時等歌。其歌本四句，太白擬之六句，為異然。當時歌此者，亦是有送聲、有變頭，則古辭未可以拘矣。」

## 其二

鏡湖三百里，菡萏[1]發荷花。五月西施採，人看隘若耶。回舟不待月，歸去越王家。[2]

1.【音釋】萏音旦。《唐韻》：「徒感切，音髧。」

2.【注疏】此子夜夏歌，歸去越王家，不得復見也。

【注疏】王琦注：「《通典》：『漢順帝永和五年，馬臻為會稽太守，創立鏡湖，在會稽、山陰兩縣界築塘蓄水。水高田丈餘，田又高海丈餘，若水少則洩湖灌田，如水多則閉湖洩田中水入海，所以無凶年。其提塘周圍三百一十里都灌田，九千餘頃。』毛萇《詩傳》：『菡萏，荷花也。』《說文》：『芙蓉未發為菡萏，已發為芙蓉。』《方輿勝覽》：『若耶溪在會稽縣東南二十五里，北流與鏡湖合。西施採蓮、歐治鑄劍之所。』」

## 其三

長安一片月，萬戶擣衣聲。秋風吹不盡，總是玉關情。何日平胡虜？良人[1]罷遠征。[2]

1.【補注】良人：《孟子》：「其妻歸告其妾曰：『良人者，所仰望而終身也。』」《正義》：「妻謂夫曰良人。」

2.【注疏】此子夜秋歌詩。見此良人。《正義》曰：「妻謂夫曰良人。」望天下太平，願良人早歸也。

## 其四

明朝驛使發，一夜絮征袍。素手抽鍼冷，那堪把剪刀！裁縫寄遠道，幾日到臨洮？[1]

1.【注疏】此子衣冬歌，恐征夫受寒也。

2.【注疏】王琦注：曹植詩：「發篋造裳衣，裁縫紈與素。」唐時臨洮郡即洮州也，屬隴西道，與吐蕃相近，有莫門軍、神策軍在，古為西羌之地。

# 長干行[1]二首

## 其一

妾髮初覆額，折花門前劇[2]；郎騎竹馬[3]來，遶床弄青梅。同居長干里，兩小無嫌猜。[4]十四為君婦，羞顏未嘗開；低頭向暗壁，千喚不一回。[5]十五始展眉，願同塵與灰；常存抱柱[6]信，豈上望夫臺？[7]十六君遠行，（眉批）時明皇幸西蜀，從行軍士久而未歸。瞿塘灩澦堆；[8]五月不可觸，猿聲天上哀。[9]門前遲行跡，一一生綠苔[10]；苔深不能掃，落葉秋風早。八月蝴蝶來[11]，雙飛西園草。感此傷妾心，坐愁[12]紅顏老。[13]早晚下三巴[14]，預將書報家；相迎不道遠，直至長風沙。[15]

1.【補注】長干：〈吳都賦〉：「長干延屬，飛甍舛互。」注：建業南五里有山岡，其間平地，吏民雜居，號長干。中有大長干、小長干，皆相連。大長干在越城東，小長干在越城西。地有長短，故號大、小長干。《方興勝覽》：「建康府有長干里，去上元縣五里，在秦淮南。」《樂府遺聲》：「〈都邑三十四曲〉中有〈長干里行〉。」按：地下而廣曰干。庾信〈怨歌行〉：「家住金陵縣前，嫁得長干少年。」

【注疏】王琦曰：劉逵〈吳都賦〉注：「建業南五里有山岡，其間平地，吏民雜居。長干中有大長干、小長干，皆相連。大長干在越城東，小長干在越城西。地有長短，故號大、小長干。」韓詩曰：「考槃在干，地下而廣曰干。」《方輿勝覽》：「建康府有長干里，去上元縣五里。」李白〈長干行〉所謂「同居長干里」，乃稜陵縣東里巷。江東謂山隴之間曰干。《景定建康志》：「長干里在秦淮南。」雲按：《李白集》內原有二首，三百首中只有一首，今錄全以備覽誦。

2. 【補注】劇：按：劇音極，戲也。

3. 【補注】竹馬：《博物志》：「小兒五歲曰鳩車之戲，七歲曰竹馬之戲。」

4. 【注疏】一解，以少時敘起。初覆額，謂垂髫也。《博物志》：「小兒五歲曰鳩車之戲，七歲曰竹馬之戲。」遶，匝也。弄，戲也。言青梅弄於床上，二人遶床匝走，以爭取也。無嫌猜，因兩小也。

5. 【注疏】二解，言初嫁也。「低頭」二句，承「羞顏」二字。

6. 【補注】抱柱：《莊子》：「尾生與女子期於梁下。女子不來，水至不去，抱柱而死。」

7. 【補注】望夫臺：按：《蘇欒城集》：「望夫臺，在忠州南數十里。」

【注疏】三解，敘合巹時，滿望偕老也。

8. 【補注】瞿塘灩澦堆：《一統志》：「瞿塘在夔州府城東，舊名西陵峽，乃三峽之門。兩崖對峙，中貫一江，灩澦堆當其口。」《太平寰宇記》：「灩澦堆周回二十丈，在夔州西南二百步蜀江中心瞿塘峽口。冬水淺，屹然露百餘尺；夏水漲，沒數十丈，其狀如馬，舟人不敢進。諺云：『灩澦大如馬，瞿塘不可下；灩澦大如樸，瞿塘不可觸。』」

9. 【注疏】四解，言送別也。觸聽猿聲，應動離愁也。

10. 【補注】綠苔：江總詩：「自悲行處綠苔生，何悟啼多紅粉落。」

11.【補注】蝴蝶黃：按楊升菴謂：「蝴蝶或黑或白，或五彩皆具，惟黃色一種，至秋乃多，蓋感金氣也。太白『八月蝴蝶黃』之句，以為深中物理。」

12.【補注】坐愁：鮑照詩：「安能行嘆復坐愁。」

13.【注疏】五解，言久別感傷也。遲，待也。行跡，行人之跡。「生深」二字寓久別意。綠苔、落葉、秋風、蝴蝶俱是傷感物。坐，坐待年老也。

14.【補注】三巴：譙周《三巴記》：「閬白水東南流，曲折三迴如巴字。」《華陽國志》：「獻帝建安六年，改永陵為巴郡，以固陵為巴東，安漢為巴西，是為三巴。」《小學紺珠》：「三巴，巴郡，今重慶府。巴東，今夔州。巴西，今合州。」

15.【補注】長風沙：《唐詩紀事》：「長風沙，地名，在池州之雁汊下八十里。」《太平寰宇記》：「長風沙，在舒州懷寧縣東一百九十里，置在江界，以防寇盜。」按：自金陵至長風沙凡七百里。又按肆園居士云：「長風沙，即今懷寧縣東五十里長風夾也。自金陵至長風沙五百里，或以為七百里，誤。」

【注疏】六解，妄想歸音，使其迎夫有日。路雖遠，亦不辭其勞苦也。道，言也。

【注疏】王琦注：「劇，戲也。塵與灰言其合同而不分也。《史記》：『尾生與女子期於梁下，女子不來，水至不去，抱柱而死。』《蘇欒城集》：『望夫臺在忠州南數十里。』《南史》：『巴東有淫預石，高出水二十餘丈，及秋水至纔如見焉。次有瞿塘大灘，行旅忌之淫預石，即灩預堆也。』《一統志》：『瞿塘在夔州府城東，舊名西陵峽，乃三峽之對門。二岸峙，中貫一江，灩預堆當其口。』《太平寰宇記》：『灩澦堆周圍二十丈，在夔州西南二百步蜀江中心瞿塘峽口。冬水淺，屹然露百餘尺；夏水漲，沒數十丈。其狀如馬，舟人不敢進。……諺曰：「灩預大如馬，瞿塘不可下；灩預大如鼈，瞿塘行舟絕；灩預大如龜，瞿塘不可窺；灩預大如襆，瞿塘不可觸。」又曰：「猶與，言舟子取途，不決水脈，故猶與也。」』江總詩：『自悲行處綠苔生，何悟啼多紅粉落。』楊升奄謂：「蝴蝶或黑或白，或五彩皆具。惟黃色一種，至秋乃多，蓋感金氣也。」引太白「八月蝴蝶黃」之句，以為深中物理而評。今本來字為淺。琦謂以文義論之，終以來字為長。鮑照詩：『安能行嘆復坐愁？』《華陽國志》：『獻帝初平元年，征東中郎將安漢趙穎建議，分巴為三郡。穎欲得巴舊名，故曰益州牧劉璋以墊江以上為巴郡。江南龐義為太守治安漢，以江州至臨江為永寧郡。朐忍至魚腹為固陵郡巴，遂分矣。建安六年，魚腹蹇胤、白璋爭巴名，璋乃改永寧為巴郡，以固陵為巴東，徙龐義為巴西太守，是為三巴。』《小學紺珠》：『三巴，巴郡今重慶府；巴東今夔州；巴西今合州。』《太平寰宇記》：『長風沙在舒州懷寧縣東一百九十里，直在江界，以防寇盜。』李白〈長干行〉云：『相迎不道遠，直至長風沙。』即其處也。陸遊《入蜀記》：『太白〈長干行〉云：「早晚下三巴，預將書報家，相迎不道遠，直至長風沙。」蓋自金陵至長風沙七百里，而室家來迎其夫，甚言其遠也。地屬舒州，舊最激險。』《唐詩紀》：『長風沙。地名。在池州之雁汊下八十里。』」

## 其二

憶妾深閨裡，煙塵不曾識。嫁與長干人，沙頭候風色。[1]五月南風興，思君下巴陵；八月西風起，想君發揚子。[2]去來悲如何？見少別離多。湘潭幾日到？妾夢越風波。[3]昨夜狂風度，吹折江頭樹。淼淼暗無邊，行人在何處？[4]好乘浮雲驄，佳期蘭渚東。鴛鴦綠蒲上，翡翠錦屏中。[5]自憐十五餘，顏色桃花紅，那作商人婦，愁水復愁風。[6]

1. 【注疏】一解，敘昔日幽閒，嘆今日勞苦也。沙頭，沙嘴。「風色」二字，埋一首之根。
2. 【注疏】二解，敘無時不望夫君得歸也。古歌：「南風之薰兮，可以解吾民之慍兮。」西風，秋也。李長吉詩：「茂陵劉郎秋風客。」以後皆從「風色」二字遞落揚子江也。
3. 【注疏】三解，敘傷別也。去，憶夫去；來，思夫來也。見，相見也。越風波，言不畏風波之險而夢可以越湘潭也。

4. 【注疏】四解，言從夢中冒險而去，終不得一會也。郭璞賦：「江狀滔天以淼茫。」淼音渺，大水。

5. 【注疏】五解，言思念之深，觸物皆傷景也。

6. 【注疏】六解，以自憐自怨結之。「十五餘」，應前章，以為十五以前不知愁思故。青春顏色紅若桃花，那知十五以後嫁作商人之婦，自夫一別，但輒經年，是以今日愁水、明日愁風，把妾昔日紅顏都消憔悴矣。

【注疏】王琦注：「唐時，巴陵郡本巴州也。武德六年，更名岳州，屬江南西道圖經揚子江，在真州揚子縣左與鎮江分界。《江南志》：『揚子江發源岷山，合湘漢、豫、章諸水，繞江寧府城之西南，經西北至鎮江，始名為揚子江，東流入海。』《元和郡縣志》：『潭州有湘潭縣，東北至州一百四里。』《西京雜記》：『文帝有良馬九匹，皆天下之駿馬也。一名浮雲。』《楚辭》：『與佳期兮夕張。』曹植詩：『朝發鸞台，夕宿蘭渚。』鬱林，《禽經》注：『翡翠，狀如鵁鶄而色正，鮮縟可愛。飲啄於澄蘭洄淵之側，尤惜其羽，日濯於水中。』《異物志》：『翠鳥形如燕赤，而雄曰翡青，而雌曰翠。其羽可以飾帷帳。』

【注疏】雲按：選三百首者，只錄前章，不錄後章，不知何意？況二章詞意前後層次一線貫通，不可折斷，直作一首讀可也。前首自幼說起，說到望其還歸而止，後首是望其不歸說起，一層一層，直到自憐自恨而止。安可刪也？此五古長篇換韻格。

## 孟郊

字東野，湖州武康人。少隱嵩山，年五十始成進士，爲溧陽尉。韓愈極重之，薦於鄭餘慶，奏爲參軍。未幾卒，張籍諡曰貞曜先生。

## 烈女操[1]

梧桐相待老，鴛鴦[2]會雙死；貞婦貴殉夫，捨生亦如此。[3]波瀾[4]誓不起，妾心古井水。[5]

1. 【注疏】《漢書．匡衡傳》：「《詩》曰：『窈窕淑女，君子好逑。』言能致其貞潔，不貳其操。」《避暑錄話》：「雍容隱顯，皆不失其操者，管幼安耳。」《後漢書．王龔傳》：「王公束修勵節，敦樂藝文，不求苟得，不為苟行，但以堅貞之操，違俗失眾，橫為讒佞所搆毀。眾人聞之，無不嘆慄。」蓋〈烈女操〉類是。
2. 【補注】鴛鴦：《古今注》：「鴛鴦，水鳥，鳧類也。雌雄未嘗相離。人得其一，一思而死，故謂之匹鳥。」
3. 【注疏】一解，興而賦也。「梧桐」句，未詳。《烈女傳》：「宋康王埋韓憑夫妻，宿夕，文梓生，有鴛鴦雌雄各一，恆棲樹上，晨夕交頸，聲音感人。」楊維楨詩：「琵琶本是韓朋木，彈得鴛鴦兩處飛。」《玉篇》云：「殉者，用人送死之謂也。」捨生者，即捐生也。
4. 【補注】波瀾：謝靈運詩：「傾耳聆波瀾，舉目眺嶇嶔。」
5. 【注疏】二解，比也。此明其貞潔信可守。王維詩：「人情反覆似波瀾。」蓋言妾之清心如古井之水，澄而皎潔，縱有風吹，誓不起波瀾也。

## 遊子吟

慈母手中線，遊子身上衣；臨行密密縫，意恐遲遲歸。[1]誰言寸草心，報得三春暉？[2]

1.【注疏】一解，言慈母待子之情，刻刻不忘也。

2.【注疏】二解，比也。言父母之恩，人子不能寸報也。寸草心，細微也。三春暉，和且普也。

# 七言古詩

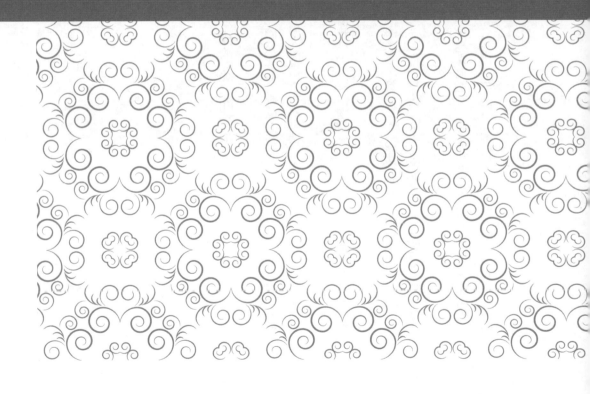

## 陳子昂

子昂，字伯玉，梓州射洪人。文明初舉進士，武后時擢靈臺正字，遷右拾遺。嘗上疏勸武后興明堂、太學。后稱改周，子昂上〈周受命頌〉。聖曆初，解官歸。縣令段簡貪暴，聞其富，欲害之，捕送獄中，憂憤死。

# 登幽州臺歌[1]

前不見古人，後不見來者；念天地之悠悠[2]，獨愴然[3]而涕下。[4]

1. 【補注】幽州：《爾雅》：「燕曰幽州。」《釋名》：「幽州在北，幽昧之地也。」《晉書‧地理志》：「舜以冀州，南北濶大，分衞以西為并州，燕以北為幽州，周人因焉。」《春秋‧元命苞》：「箕星散為幽州，分為燕國。」
   【注疏】《周禮‧夏官職方氏》：「東北曰幽州。」《爾雅》：「燕曰幽州。」《史記‧天官書》：「尾箕幽州。」
2. 【補注】悠悠：陸機賦：「天悠悠而彌高。」《列子》：「名者，實之賓。」而悠悠者，趨名不已。
3. 【補注】愴然：《唐韻》：「愴，楚亮切，音創，傷也。」《禮‧祭義》：「霜露既降，君子履之，必有悽愴之心，非其寒之謂也。」
4. 【注疏】古人，謂堯舜禹湯文武周孔子也。不見來者，不見堯舜禹湯文武周公孔子也。悠悠，渺遠得無期貌。「獨」字應兩「不見」字。愴，傷也。悲憤之情不洩，故涕下。按此時悲歌慷慨，餘韻凄然，與孔子〈獲麟歌〉、夷齊〈采薇歌〉、商山四皓〈紫芝歌〉同一聲調。

**李頎**

——頎，東川人。開元十三年進士，調新鄉縣尉。有集傳於世。

# 古意

男兒事長征，少小幽燕客，賭勝馬蹄下，由來輕七尺[1]；殺人莫敢前，鬚如蝟毛磔[2]。
黃雲隴底白雲飛，未得報恩不得歸。[3]遼東[4]小婦年十五，慣彈琵琶解歌舞，今為羌
笛[5]出塞聲，使我三軍淚如雨。[6]

1. 【補注】七尺：沈約〈王儉碑銘〉：「傾方寸以奉國，忘七尺以事君。」
2. 【音釋】磔音哲。《說文解字》：「从桀石聲。」《爾雅》：「陟格切，十一。」
【補注】蝟毛磔：《晉書．桓溫傳》：「溫豪爽有風概，姿貌甚偉。劉惔嘗稱之曰：『溫眼如紫石稜，鬚作蝟毛磔，孫仲謀、晉宣王之流亞也。』」《埤雅》：「蝟狀似鼠，性極鷙鈍，物少犯近則毛刺攢起如矢。」《物類志》：「蝟毛順者雄，逆者雌。」按：蝟音渭。
3. 【注疏】一解，先敘意氣豪俠也。幽燕，二州名。賭勝，賭勝負也；輕，輕生也。《晉書．陸機傳》：「身長七尺，其聲如雷。」沈約〈王儉碑銘〉：「傾方寸以奉國，忘七尺以事君。」《爾雅．釋獸》：「彙，毛刺。」《炙轂子》：「刺端分兩歧者蝟，如棘鍼者蝝。蝟似鼠，性獰鈍，物少犯近，則毛刺攢起如矢。」彙即蝟。磔，音摘，張也。隴，疑即《說文》所謂天水，大阪也。黃雲，隴黃盧塞也。白雲飛，時在秋也。
4. 【補注】遼東：《漢書．地理志》：「遼東郡，縣，遼陽，大梁水西南至遼陽，入遼。」
5. 【補注】羌笛：馬融〈長笛賦〉：「近世雙笛從羌起，羌人伐竹未及已。龍鳴水中不見已，截竹吹之聲相

似。」注：羌，西戎也。羌笛與笛，二器不同。蓋羌人伐竹未畢，有龍鳴水中，不見其身，羌人旋即截竹吹之，聲與龍相似。

6.【注疏】二解，此言軍士戍邊，思歸不可得，聞笛傷感也。《韻會》：「遼東，國名。契丹之後，至耶律德光，號大遼。遼在東邊，故曰遼東。」《風俗通》：「琵琶，長尺五寸，象三才五行，四絃象四時。」傅元〈琵琶序〉云：「漢送烏孫公主，念其道遠，思慕故國，使知音者於馬上作之。」《魏志・賈詡傳》：「太祖與韓遂、馬超戰於渭南，問計於詡。對曰：『離之而已。』太祖曰：『解。』」注：謂曉悟也。周制，諸侯大國三軍。蓋言塞外之婦，原屬遼東，年方十五，慣彈琵琶，則歌舞中素為解悞矣。今西羌之笛變為出塞之聲，習慣之自然，詎知愁乎？殊不知使我三軍中觸動離情，將潸然涕淚掉下矣。則昔日之意氣，不為挫折哉！

## 送陳章甫

四月南風大麥黃，棗花未落桐葉長。（眉批）出門時景。青山朝別暮還見，嘶馬出門思故鄉。[1]陳侯立身何坦蕩？[2]虬鬚虎眉[3]仍大顙。[4]腹中貯書一萬卷，[5]不肯低頭在草莽。[6]（眉批）陳平日品概。東門酤酒飲我曹，心輕萬事如鴻毛[7]；（眉批）出門時意氣。醉臥不知白日暮，有時空望孤雲高。[8]長河浪頭連天黑，津吏[9]停舟渡不得。（眉批）陳出路風波。鄭國[10]遊人未及家，洛陽[11]行子空歎息。[12]聞道故林[13]相識多，罷官昨日今如何？[14]（眉批）送別。

1.【注疏】一解，此敘送別時當首夏也。〈月令〉：「孟夏，麥秋至。」蔡邕曰：「百穀各以初生為春，熟為秋，麥以初夏熟，故四月以麥為秋。」馬鳴聲破為嘶。言大麥黃時，當棗花盛開、桐葉正長之日也。今而送別之處，自朝及暮，尚見青山不見陳君矣，此去豈不思鄉耶？馬而且然，況於人乎！

2. 【補注】坦蕩：《論語》：「君子坦蕩蕩。」《晉書・阮籍傳》：「其外坦蕩，而內淳至。」

【注疏】一層。

3. 【補注】虬鬚：《三國志・崔琰傳》：「琰對客虬鬚直視，若有所瞋。」按：虬作虯，音求。《說文》：「龍子有角者。」虎眉：《帝王世紀》：「文王昌，龍顏虎眉。」

4. 【音釋】顙音嗓。《說文解字》：「从頁桑聲。」《唐韻》蘇朗切，桑上聲。

【補注】大顙：《周易》：「巽，於人也，為寡髮，為廣顙。」

【注疏】一層。

5. 【注疏】又一層，三句頓，言文武全才也。

6. 【補注】草莽：《孟子》：「在野曰草莽之臣。」

【注疏】二解，此言文武兼嫻，正當創業立功也。孝親，夫孝始於事親，中於事君，終於立身。坦，平也。蕩，大也。《說文》：「虬，龍子有角者。」張說〈郭知運碑〉：「猿臂虎口，虬鬚鶴瞬，射穿七札，劍敵萬人。」《帝王世紀》：「文王昌，龍顏虎眉。」顙，額也。貯，積也。《孟子》：「在野曰草莽之臣。」

7. 【補注】鴻毛：司馬遷〈報任少卿書〉：「人固有一死，死或重於泰山，或輕於鴻毛，用之所趨異也。」

8. 【注疏】三解，此敘餞別時意氣揚揚舉止不凡也。《詩》：「出其東門。」《玉篇》：「酤，買酒也。曹，輩也。」司馬遷〈報任少卿書〉：「人固有一死，死或重於泰山，或輕於鴻毛。」空望，將一切世事舉皆空也。孤雲高，自比於雲之高也。

9. 【補注】津吏：《列女傳》：趙簡子南擊楚，至河津。津吏翠臥，不能渡。簡子怒，將殺之。津吏之女仍持楫而前曰：「妾父知君王將渡，恐值風波，故禱河神，不勝杯酌餘瀝，醉于此。君命誅之，願以微軀易父之死。」

10. 【補注】鄭國：《說文》：「鄭，京兆縣，周厲王子友所封。」按：鄭武公定平王於東都，因徙其封，施舊號於新邑，是為新鄭。今河南開封府鄭州是也。

11.【補注】洛陽：《漢書．地理志》：「河南郡縣雒陽。」注：雒同洛，漢火行忌水，故去洛水而加隹。

12.【注疏】四解，此言不濟於世，必受風波之畏也。津吏，守津官也。鄭國，今河南開封府鄭州是也。陳君其殆鄭州人乎！李頎，東州人，在洛陽送別，故曰洛陽行子。《增韻》：「大聲歎息曰太息。」為長出其氣也。

13.【補注】故林：按，故林，猶故園也。

14.【注疏】五解，此結罷官之日，亦不至落寞也。以君之故林平素相識者不少，其人他日歸鄉，必有攜酒盛漿，相迎道左。試觀昨日罷官，今日餞別，其喧譁相送為何如熱鬧哉？

## 琴歌[1]

主人有酒歡今夕，請奏鳴琴廣陵[2]客。[3]月照城頭（眉批）月明。烏半飛[4]，霜淒萬木風入衣；（眉批）風冷。銅鑪（眉批）火以煖之。華燭燭增輝，初彈〈淥水〉[5]後〈楚妃〉[6]。（眉批）皆曲名。一聲已動物皆靜，四座無言（眉批）一句寫旁聽者。星欲稀。[7]清淮奉使千餘里，敢告雲山從此始。[8]

1.【注疏】《後漢書．馬融傳》：「融所著賦、頌、碑、誄、書、記、表、奏、七言、琴歌、對策、遺令，凡二十一篇。」《水經注》：「昔孔子行於郕之野，遇榮啟期于是。衣鹿裘，披髮琴歌，三樂之歡，夫子善其能寬矣。」

2.【補注】廣陵：《晉書．嵇康傳》：「康將刑東市，顧視日影，索琴彈之，曰：『昔袁孝尼嘗從吾學〈廣陵散〉，吾每靳固之，〈廣陵散〉于今絕矣。』」《漢書．地理志》：「廣陵國，景帝四年更名將都，武帝年更名廣陵郡。」

3.【注疏】一解，先敘飲酒，引起奏琴也。《宋書．戴顒傳》：「為〈衡陽王〉義季鼓琴，並新聲變曲，其三調〈游絃〉、〈廣陵〉、〈止息〉之流，皆與世異。」《世說》：「會稽賀思令善彈琴，嘗夜坐月中，臨風鳴絃。忽有一人，形貌甚偉，著械，有慘色，在中庭稱善，便與共語，自云是嵇中散，謂賀云：『卿手下極快，但於古法未合。』因授以〈廣陵散〉。賀因得之，於今不絕。」

4.【補注】烏飛：魏武帝〈短歌行〉：「月明星稀，烏鵲南飛。」

5.【補注】淥水：《樂府詩集．齊明王歌辭七曲》：「王融應司徒教而作也。一曰〈明王曲〉、二曰〈聖君曲〉、三曰〈淥水曲〉。」庾信〈春賦〉：「陽春淥水之曲，對鳳迴鸞之舞。」

6.【補注】楚妃：《歌錄》：「石崇〈楚妃歎〉曰：『莫知其所由，楚之賢妃，能立德著勳，垂名於後，唯樊姬焉。故今歎詠之聲，永世不絕。』」陸機〈吳趨行〉：「楚妃且莫歎，齊娥且莫謳。」

7.【注疏】二解，此美琴歌聲也。「月照」二句，言夜深矣。陸游詩：「棐几閑臨帖，銅爐靜炷香。」韓愈詩：「終宵處幽室，華燭光爛爛。」〈淥水〉、〈楚妃〉皆曲名。〈長笛賦〉：「擬法於〈韶箾〉、〈南籥〉，中取度於〈白雪〉、〈淥水〉，下采制於〈延露〉、〈巴人〉。」阮籍《樂論》：「漢桓帝聞楚琴，悽愴傷心，依倚扆而悲，慷慨長息曰：『善乎哉！為琴聲若此，一而已足矣。』」魏武帝〈短歌行〉云：「月明星稀，烏鵲南飛。」

8.【注疏】三解，此聞琴歌一動鄉情也。言奉使清淮，遙隔家鄉千有餘里。今聞琴歌，已動歸心，是以敢告朝廷，欲歸山而隱，則幽隱之志，從此決矣。

## 聽董大彈胡笳兼寄語弄房給事[1]

蔡女昔造胡笳[2]聲，（眉批）敍胡笳來歷。一彈一十有八拍。胡人落淚沾邊草，漢使斷腸對歸客。古戍蒼蒼烽火[3]寒，大荒[4]陰沉[5]飛雪白。先拂商絃後角羽[6]，四郊秋葉驚摵摵。[7]董夫子，（眉批）董大。通神明[8]，深松[9]竊聽[10]來妖精。言遲更速皆應手，（眉批）彈。將往復旋如有情。（眉批）以下寫胡笳聲中情景。空山百鳥[11]散還合，萬里浮雲陰且晴[12]。嘶酸[13]雛雁[14]失群夜，斷絕胡兒[15]戀母聲。[16]川為靜其波，鳥亦罷其鳴。烏珠[17]部落[18]家鄉遠，邏娑[19]沙塵哀怨生。[20]幽音變調忽飄灑，長風吹林雨墮瓦；迸泉颯颯飛木末[21]，野鹿呦呦[22]走堂下。[23]長安[24]城連東掖垣[25]，鳳凰池[26]（眉批）房給事。對青瑣門[27]，高才脫略[28]名與利，日夕望君抱琴至。[29]

1. 【補注】按《品彙》注：「《唐史》，董庭蘭善鼓琴，為房琯門客。天寶五載，琯攝給事中。」《增韻》：「弄，戲也。」此疑贈庭蘭兼寄次律也。

2. 【注疏】《晉書．樂志》：「胡角者，本有應胡笳之聲，後漸用之。」《舊唐書．音樂志》：「絲桐惟琴曲有胡笳聲。」

【補注】胡笳聲：《史記．樂書》：「胡笳似悲栗而無孔，後世鹵簿用之。伯陽避入西戎所作，卷蘆葉吹之也。」《蔡琰別傳》：「琰字文姬，先適河東衞仲道，夫亡無子，歸寧于家。漢末為胡騎所獲，在左賢王部伍中。春月登胡殿，感笳之音，作〈胡笳十八拍〉，為琴曲以見志。」按，大胡笳十八拍，號沈家聲；小胡笳十九拍，號祝家聲。《舊唐書．音樂志》：「絲桐惟琴曲有胡笳聲。」

3. 【補注】烽火：《史記．司馬相如傳》：「烽舉燧燔。」注：《索隱》曰：「《纂要》云：『烽，見敵則舉；燧，有難則焚。烽主晝，燧主夜。』」《酉陽雜俎》：「狼糞煙直上，烽火用之。」《漢書》：「烽火通於甘泉。」

4. 【補注】大荒：《山海經》：「大荒之中有山，名曰大荒之山。日月所入，是謂大荒之野。」

5. 【補注】陰沉：《文心雕龍》：「天高氣清，陰沉之志遠；霰雪無垠，矜肅之慮深。」

6.【補注】商絃角羽：《列子》：「鄭師文從師襄遊，柱指鉤絃，三年不成章。師襄曰：『子可以歸矣。』師文曰：『且小假之以觀其後。』無幾何，復見師襄，曰：『子之琴何如？』曰：『得之矣，請嘗試之。』於是當春而叩商絃，以召南呂，涼風忽至，草木成實；及秋而叩角絃，以激夾鐘，溫風徐迴，草木發榮，當夏而叩羽絃，以召黃鐘，霜雪交下，川池暴沍；及冬而叩徵絃，以激蕤賓，陽光熾烈，堅冰立散。師襄乃撫心高蹈曰：『微矣！子之彈也，雖師曠、鄒衍無以加之。』」

7.【補注】摵摵：盧諶詩：「摵摵芳葉零。」

8.【注疏】一解，此敘胡笳之聲極悽慘也。〈蔡琰傳〉：「琰，字文姬，漢末為胡騎所獲。感笳之音作〈胡笳十八拍〉。其詞曰：『胡笳動兮邊馬鳴，孤雁歸兮聲嚶嚶。』」〈劉琨傳〉：「在晉陽為胡騎所圍數重，城中窘迫無計，琨乃乘月登樓清嘯，中夜奏胡笳。賊流涕歔欷，有懷土之切。」吳邁遠〈胡笳曲〉：「邊風落衰草，鳴笳墜風禽。」「漢使」句，未詳。王貞白〈塞上曲〉：「夕照依烽火，寒笳咽戍樓。」《山海經》：「大荒之中，有山名曰大荒之山，日月所入……是謂大荒之野。」《文心雕龍》：「天高氣清，陰沉之志遠；霰雪無垠，矜肅之慮深。」商絃角羽，詳李白〈聽蜀僧濬彈琴〉注。《六書故》：「摵摵，借以狀落葉之聲。」

9.【補注】神明：《晉書》：「東先生，通神明。」

10.【補注】深松：宋武帝詩：「深松朝已霧。」

11.【補注】竊聽：《史記》：「秦王跽曰：『寡人願聞失計。』然左右多竊聽者，范睢恐，未敢言內而先言外事，以窺秦王之俯仰。」

12.【補注】百鳥：張翰詩：「百鳥互相和。」

13.【補注】陰沉：《文心雕龍》：「天高氣清，陰沉之志遠；霰雪無垠，矜肅之慮深。」

14.【補注】嘶酸：釋寶月詩：「君不見孤雁關外發，酸嘶度揚越。」

【補注】離雁：孫楚〈笳賦〉：「若夫廣散吟、五節白紵、太山長曲，哀及梁父，似鴻雁之將離，乃群翔于河渚。」

15.【補注】胡兒：〈胡笳十八拍〉：「不謂殘生兮卻得還歸，撫抱胡兒兮泣下沾衣。……焉得羽翼兮將汝歸，一步一遠兮足難移。」

16.【注疏】二解，此言董大善彈胡笳，音節瀏湸，令人忘憂也。《唐史》：「董庭蘭善鼓琴，為房琯門客。天寶五載，官攝給事中。」董庭蘭，即董大也。「深松」句，言其感動鬼神也。「言遲」句，言其手法高妙也。「空山」二句，言鳥獸率舞也。陰陽，變幻也。「嘶酸」二句，言其歌聲慷慨、人物忘情也。皆未詳其實典。

17.【補注】烏珠：按王阮亭《古詩選》：「沈歸愚選《全唐詩》，皆作烏孫。」《史記．大宛傳》：「烏孫在大宛東北可二千里。」《漢書．西域傳》：「烏孫願得尚漢公主為昆弟，元封中，遣江都王建女細君為公主以妻焉。公主歌曰：『吾家嫁我兮天一方，遠托異國兮烏孫王，穹廬為室兮旃為牆。』」

18.【補注】部落：《晉書》：胡俗以部落為種類，屠各最豪貴。

19.【補注】邏娑：《唐書．薛仁貴傳》：「吐蕃入寇，命為邏娑道行軍大總管。」按：邏娑，吐蕃城名。

20.【注疏】三解，此言歌到極哀之處，萬籟收聲，哀怨之情發及胡夷也。《唐書．范希朝傳》：「在朔方時，招突厥別部沙陀於落眾萬餘有之，其後用沙陀戰者，所至有功。」烏珠部落，夷國之部伍也。邏娑，吐蕃城名。《唐書》：薛仁貴為邏娑道總管。

【補注】沙塵：《十真記》：「蘭沙之地，去中都萬里，沙如細塵。」

21.【補注】木末：屈原《九歌》：「采薜荔兮水中，搴芙蓉兮木末。」《說文》：「木上曰末。」

22.【補注】呦呦：《詩．小雅》：「呦呦鹿鳴，食野之苹。」按自幽音至堂下，皆狀其琴之聲也。

23.【注疏】四解，言笳聲高調，撼動乾坤，呦鹿畏伏也。《韓非子》：晉平公登虎祁之堂，令師曠鼓清角。師曠曰：「不可。昔者黃帝合鬼神於西泰山之上，駕象車而六蛟龍，畢方並轄。蚩尤居前，風伯進掃，雨師灑道，虎狼在前，鬼神在後，騰蛇伏道。鳳皇覆上，大合鬼神，作為清角。今者君德薄不足以聽之。」公不聽師曠，不得已鼓之。一奏，雲從西北方起；再奏，大風隨之，裂幃幙，破俎豆，墮廊瓦，座上散走，平公死懼，伏於廊室。晉國大旱，赤地千里。飄灑，飛揚也。

24. 【補注】長安：《漢書．地理志》：「京兆，縣長安。高帝五年置，惠帝元年初城，六年成。」按：長安，在陝西西安府。長安縣，唐所都也。

25. 【補注】掖垣：《唐書．權德輿傳》：「左右掖垣，承天子誥命。禁中有東、西兩掖垣，乃禁牆也。」

26. 【補注】鳳凰池：《晉書》：「荀勗久在中書，專管機事。後為尚書令，甚罔罔悵悵。或有賀之者，勗曰：『奪我鳳凰池，何賀耶？』」按：中書地在樞近，人謂之鳳凰池。

27. 【補注】青瑣門：《漢官儀》：「黃門郎。日暮入，對青瑣門拜。」《宮閣簿》：「青瑣門在南宮。」《漢書．元后傳》：「曲陽侯根，驕奢僭上，赤墀青瑣。」師古注：「青瑣者，刻為連環文而青塗之也。」

28. 【補注】脫略：《謝尚傳》：「開率穎秀，辨悟絕倫。脫略細行，不為流俗之事。」

29. 【注疏】五解，前四解聞董大善彈胡笳，此約日夕時，欲房給事偕來，再奏其曲也。房官給事故曰：「東掖垣，鳳凰池。」詳〈賈至早朝大明宮〉注。《漢官儀》：「黃門郎，每日暮向青瑣門拜，謂之夕郎。」《謝尚傳》：「開率穎秀，辨悟絕倫，脫略細行，不為流俗之事。」按《史記．樂書》：「胡笳，似觱篥而無孔。後世鹵簿用之。伯陽避入西戎而作，卷蘆葉吹之，則胡笳、蕭類，可吹不可彈。」題曰彈胡笳，又是琴類，可彈不可吹矣。考《韻會小補》：「大胡笳十八拍，號沈家聲；小胡笳十九拍，號祝家聲。」想沈、祝二家改造。乃曰胡笳者，不忘本也。

## 聽安萬善吹觱篥[1]歌[2]

南山截竹為觱篥，（眉批）先敘觱篥原委。此樂本自龜茲[3]出。流傳漢地曲轉奇，涼州[4]胡人（眉批）安。為我吹。傍鄰聞者多歎息，遠客思鄉皆淚垂。[5]世人解聽不解賞，（眉批）以下寫觱篥聲中情景。長颷[6]風中自來往。枯桑老柏寒颼飀[7]，九雛[8]鳴鳳亂啾啾，龍吟虎嘯一時發，萬籟百泉相與秋。[9]忽然更作漁陽摻[10]，黃雲蕭條白日暗。變調如聞〈楊柳春〉[11]，上林[12]繁花照眼新。[13]歲夜高堂列明燭，美酒一杯聲一曲。[14]

1. 【音釋】觱音必。篥音栗。

【補注】觱篥：《樂書》：「觱篥，以竹為管、以蘆為首，狀類胡笳而九竅、所法者角音而已。」《通典》：「觱篥出於胡中，胡人吹角以驚馬，後乃以笳為管、竹為首。」《明皇雜錄》：「觱篥本龜茲國樂，亦曰悲栗。」注：按以其聲悲也。

2. 【注疏】《樂書》：「以竹為管，以蘆為首，狀類胡笳而九竅。所法者，角音而已，其聲悲篥，一名笳管。」《通典》：「觱篥出於胡中，其聲悲，胡人吹角以驚馬。」

3. 【音釋】龜音秋。茲音慈。

【補注】龜茲：《漢書》：「龜茲國王治延城，去長安七千四百八十里。」《逸史》：「李謩，開元中吹笛為第一部。嘗會鏡湖，吹〈涼州〉，至曲中，坐客有獨孤生者曰：『公聲調雜夷樂，得無有龜茲之侶乎？』李生大駭，起拜曰：『丈人神絕，某師實龜茲人也。』」注：龜茲，音鳩慈。

4. 【補注】涼洲：《晉書．地理志》：「漢改周之雍州為涼州，蓋以地處西方，常寒涼也。」《唐書．禮樂志》：「天寶樂曲，皆以邊地名。若涼州、伊州、甘州之類。〈涼州曲〉，本西涼所製也。」

5. 【注疏】一解，先敘觱篥之由，其聲極哀也。馬融〈長笛賦〉：「惟鐘籠之奇生兮，於終南之陰崖。託九成之孤岑兮，臨萬仞之石磎。」又：「近世雙笛從羌起，羌人伐竹未及已。龍鳴水中不見已，截竹吹之聲相似。剡其上孔通洞之，裁以當篴便易持。」龜茲，國名，詳王翰〈涼州〉題注。《晉書．地理志》：「漢改周之雍州為涼州，蓋以地處西方，常寒涼也。」《唐書．禮樂志》：「天寶樂曲，皆以邊地名，若涼州、甘州、伊州之類。〈涼州曲〉本西涼所製，其聲本宮調，有大遍、小遍。」《國史補》：「李謩秋夜吹笛於瓜州，舟檝甚隘。初發，群動皆息；數奏，微風颯至。俄傾間，舟人、商賈，有怨嗟悲泣之聲焉。」

6. 【補注】颷：《爾雅》：「扶搖，謂風之猋。暴風從下而上，謂之颷。」按《字典》：「颷飆同譌作颸，俗作颷，皆音標，義亦同。」

7. 【音釋】颼音搜。飀音留。

【補注】颼飀：〈吳都賦〉：「與風飋颺，颲瀏颼飀。」《名畫記》：「煙霞翳薄，風雨颼飀。」

8. 【補注】九雛：《晉書》：「穆帝升平四年，鳳凰將九雛見于豐城。」古樂府：「鳳凰鳴啾啾，一母將九雛。」《孫卿子》：「鳳鳥啾啾（一作秋秋），其翼若干，其聲若簫。」（編按：《孫卿子》即為《荀子》）

9. 【注疏】二解，敘觱篥之聲，可以通靈感物也。司馬彪詩：「長颷一飛薄，吹我之四遠。」佚名詩：「枯桑知天風。」《宣和畫譜》：「鶴之軒昂，鷹隼之擊搏，楊柳梧桐之扶疏風流，喬松老柏之歲寒磊落。」《玉篇》：「颼飀，風聲也。」古樂府：「鳳凰鳴啾啾，一母將九雛。」《北史．張定和傳論》：「論虎嘯風生，龍騰雲起，英賢奮發，亦各因時。」李白詩：「笛奏龍吟水，簫鳴鳳下空。」孔平仲詩：「微風撼晚色，爽氣回萬籟。」王安石詩：「雨過百泉出，秋聲連眾山。」

10. 【音釋】摻音燦。

【補注】漁陽摻：《後漢書．禰衡傳》：「曹操聞衡善擊鼓，乃以為鼓吏。因大會賓客，閱試音節。衡為漁陽參撾，蹀躧而前，聲節悲壯。」注：撾，擊鼓椎也。參撾，擊鼓之法。按《韻會正韻》：「摻，七紺切，驂去聲，與參同。」鼓，曲也。

11. 【補注】楊柳：《技錄》：「〈折楊柳〉，古曲名也。」王褒詩：「涂歌楊柳曲，巷飲榴花樽。」

12. 【補注】上林：〈上林賦〉：「獨不聞天子之上林乎？」注：上林苑。

13. 【注疏】三解，言其變化無窮，有〈白雪〉、〈陽春〉之妙。《禰衡傳》：操聞衡善擊鼓，乃召為鼓吏。因大會賓客，閱試音節，次至衡，衡方為〈漁陽摻撾〉，蹀躍而前。《甘澤謠．許雲封》曰：「〈落梅〉流韻，感金谷之遊人；〈折柳〉傳情，悲玉關之戍客。」按〈楊柳〉、〈梅花〉皆曲名。上林蘗花，即梅花也。

14. 【注疏】四解，以歲逼客孤，異鄉聞笛，有一段不勝傷感意，溢於言外。歲夜，除夕也。兩「一」字有傷孤寂意。

孟浩然

## 夜歸鹿門歌1

山寺鐘鳴晝已昏，漁梁2渡頭爭渡喧；人隨沙岸向江村，3余亦乘舟歸鹿門。4鹿門月照開煙樹，5忽到龐公6棲隱處；7巖扉松徑長寂寥，唯有幽人自來去。8

1. 【注疏】《襄陽記》：「鹿門山，舊名蘇領山。建武中，襄陽侯習郁立神祠於山，刻二石鹿夾神道口，俗因謂之鹿門廟，遂以廟名山也。」《一統志》：「山在襄陽府城之東南三十五里。」
2. 【補注】漁梁：按，漁梁，當作魚梁。《水經注》：「沔水中有魚梁洲，龐德公所居。」按，魚梁洲在湖北襄陽府。
3. 【注疏】起岸，各投於家。
4. 【注疏】一解，以人歸引起自歸。漁梁，魚床也。晝已昏，嘆時暮也。爭渡喧，歸者急也。

5. 【注疏】路上夜景。

6. 【補注】龐公：《後漢書．逸民傳》：「龐德公者，襄陽人也。居峴山之南，未嘗入城府，躬耕田里。荊州刺史劉表數延請，不能屈。後攜妻、子登鹿門山採藥，不返。」

7. 【注疏】忽到，有不期即到意。

8. 【注疏】二解，前解欲歸鹿門虛描，後解已歸鹿門實做。《後漢書．逸民傳》：「龐公者，襄陽人也。荊州刺史劉表數延請，不肯屈。後攜妻、子登鹿門山採藥，不返。」幽人來去，不與外交也。此短章換韻法。

## 李白

## 廬山[1]謠寄盧侍御虛舟[2]

我本楚狂[3]人，鳳歌笑孔丘。手持綠玉杖[4]，朝別黃鶴樓[5]。五嶽[6]尋仙不辭遠，一生好入名山遊。[7]廬山秀出南斗[8]傍，屏風[9]九疊雲錦[10]張；（眉批）此段自下望上。影落明湖青黛光，金闕前開二峯[11]長。銀河倒挂三石梁[12]，香爐瀑布[13]遙相望[14]。迴崖沓嶂[15]凌蒼蒼[16]，翠影紅霞映朝日，鳥飛[17]不到吳天長。[18]登高壯觀[19]天地間，（眉批）四句自上臨下。大江茫茫去不還。黃雲萬里動風色，白波九道[20]流雪山。[21]好為〈廬山謠〉[22]，興因廬山發。（眉批）以下寄侍御。閒窺石鏡[23]清我心，謝公[24]行處蒼苔沒。[25]早服還丹[26]無世情，琴心三疊[27]道初成。遙見仙人綵雲28裡，手把芙蓉朝玉京29。先期汗漫九垓上，願接盧敖30遊太清。31（眉批）寄盧。

1.【補注】盧山：《太平寰宇記》：「盧山，在江州南，高三千六百六十丈，周迴二百五十里。其山九疊，川亦九派。」《九江志》：「周武王時，匡裕兄弟七人皆有道術，結盧於此。仙去，空盧尚存，故曰盧山。」按，盧山，在江西南康府西北二十里。又按，南康在盧山之陽，九江在盧山之陰。

2.【注疏】王琦曰：「《太平寰宇記》：『廬山，在江州南，高三千六百六十丈，周廻二百五十里。其山九疊，川亦九派。』《郡國志》云：『廬山疊嶂九層，崇岩萬仞。』《山海經》：『所謂三天子鄣，亦曰天子都也。周武王時，匡裕，字子孝。兄弟七人，皆有道術，結廬於此。仙去，空廬尚存，故曰廬山。』李華《三賢論》：『范陽盧虛舟幼真，質方而清。』賈至有〈授盧虛舟殿中侍御史制〉云：『敕大理司直盧虛舟，閒邪存誠，遯世頤養，操持有清廉之譽，在公推幹蠱之才，可殿中待御史……云云。』殆其人也。」

3.【補注】楚狂：《論語》：「楚狂接輿，歌而過孔子，曰：『鳳兮！鳳兮！何德之衰？往者不可諫，來者猶可追。已而，已而！今之從政者殆而。』孔子下，欲與之言。趨而避之，不得與之言。」《高士傳》：「陸通，字接輿，楚人也。時謂楚狂。楚王遣使者往聘，通變名易姓，遊諸各山。俗傳以為仙去。」

4.【補注】玉杖：《後漢書．禮儀志》：「民年始七十者，授之以玉杖、長尺，端以鳩為飾。」

5.【補注】黃鶴樓：《太平寰宇記》：「費文禕登仙，駕鶴憩此。」《述異記》：「荀瓌憩江夏黃鶴樓上，望西南有物飄然降自雲漢，乃駕鶴之賓也。賓主歡對，辭去，跨鶴騰空，渺然煙滅。」按，黃鶴樓在湖北武昌府黃鵠磯上。

6.【補注】五嶽：《周禮．春官．大宗伯》：「以血祭祭社稷，五祀五嶽。」按，東嶽泰山，在山東泰安府；西嶽華山，在陝西華陰縣；南嶽衡山，在湖廣衡州府；北嶽恆山，在山西渾源洲；中嶽嵩山，在河南登封縣。

7.【注疏】一解，以己所以欲遊廬山作謠，以寄盧虛舟也。《高士傳》：陸通，字接輿，楚人也。好養性，躬耕以為食。楚昭王時，通見楚政無常，乃佯狂不仕，時人謂之楚狂。孔子適楚，接輿遊其門曰：「鳳兮！鳳兮！何如德之衰也？來世不可待，往世不可追。天下有道，聖人成焉！天下無道，聖人生焉！方今之世，僅免刑焉。福輕乎羽，莫之知載；禍重乎地，莫之知避。已乎，已乎！臨人以德。殆乎，殆乎！畫地而趨。迷陽，迷陽！無傷吾行。卻曲，卻曲！無傷吾足。山木自寇也，膏火自煎也，桂可食，故伐之；漆可用，故割之。人皆知有用之用，而不知無用之用也。」孔子下車，欲與之言，避而趨之，不得與之言。虞集〈送張道士上清〉詩：「手持綠玉杖，頭戴白綸巾。」黃鶴樓，詳崔顥詩（按即七言律詩〈黃鶴樓〉詩）。《說文》：「東岱、南衡、西華、北恒、中泰室，五岳也。」

8.【補注】南斗：《一統志》：「盧山上直南斗分野。」

9.【補注】屏風：《一統志》：「屏風疊在盧山，自五老峯而下，九疊如屏。」

10.【補注】雲錦：江淹詩：「雲錦被沙汭。」

11.【補注】金闕二峯：《太上決疑經》：「銀宮金闕，列仙所居。」（編按《太上決疑經》無此句，白居易《六帖》有「銀宮金闕，紫府青都，是神仙所居」句）《述異記》：「盧山，西南有石門山，狀若雙闕。」按，二峯，即香爐峯、雙劍峯也。

12.【補注】三石梁：《述異記》：「盧山有三石梁，長數十丈，廣不盈尺。」按《盧山紀事》：「三疊泉在九疊屏之左，永勢三折而下，如銀河之挂石梁。」

13.【補注】香爐瀑布：《盧山記》：東南有香爐峯，游氣籠其上，氤氳若香煙。又南北有瀑布十餘處，香爐峯與雙劍峯在瀑布之旁，水源在山頂，人未有窮其源者。西為康王谷之水簾，東為開元禪院之瀑布。

14.【補注】相望：古詩：「兩宮遙相望。」按，望音王。

15.【補注】沓嶂：任昉詩：「沓嶂易成響。」

16.【補注】蒼蒼：莊子：「天之蒼蒼。」

17.【補注】鳥飛：馬援〈武溪深曲〉：「滔滔武溪一何深！鳥飛不度，獸不敢臨。嗟哉，武溪多毒淫！」

18.【注疏】二解，此敘廬山佳勝。宋．陳令舉《廬山記》：「舊志云：『漢武帝過九江，築羽章館於屏風疊，下臨相思澗。今五老二峯，疊石如屏嶂，蓋其故地。』」《水經注》：「廬山之北有石門水，水出嶺端，有雙石高竦，其狀若門，因有石門之目焉。水導雙石之中，懸流飛瀑，近三百許步，下散漫十許步，上望之連天，若曳飛練於霄中矣。」《潯陽記》曰：「廬山上有三石梁，在開元寺西。」黎崱言在五老峯上，或云在簡寂觀及上霄、紫霄二峯間。桑喬《廬山紀事》則竟以為無，如竹林之幻境。眾說紛然，莫知所指。今三疊泉在九疊屏之左，水勢三折而下，如銀河之挂石梁，與太白詩正相脗合，非此外別有三石梁也。後人必欲求其地以實之，失之鑿矣。釋慧遠《廬山記》：「其山大嶺凡七重，圓基周迴垂五百里。其南嶺臨宮亭湖，下有神廟，七嶺會同，莫有升之者。東南有香爐峯，游氣籠其上，氤氳若香煙。西南有石門山，其形似雙闕，壁立千餘仞，而瀑布流焉。其中鳥獸草木之美，靈藥芳林之奇，所稱名代。」楊炯詩：「重巖窅不極，疊障凌蒼蒼。」「翠影」句，言高也。「鳥飛」句，言遠也。

19.【補注】壯觀：司馬相如〈封禪書〉：「斯天下之壯觀。」

20.【補注】九道：郭璞〈江賦〉：「流九派於潯陽。」《太平寰宇記》：「《潯陽記》云：『九江在潯陽，去州五里，名曰白馬江，是大禹所疏。會於桑落洲，上下三百餘里合流。昔秦皇漢武，並登盧山以望九江也。』」《尚書》九江注：「江於此州界，分為九道。」《潯陽記》九江注：「一曰烏白江，二曰蜯江，三曰烏江，四曰嘉靡江，五曰畎江，六曰源江，七曰廩江，八曰提江，九曰箘江。」

21.【補注】雪山：〈雪賦〉：「雪山峙於西域。」

【注疏】三解，言廬山之高曠也。《尚書》：「九江孔殷。」孔安國注：「江於此州，界分為九道。」《潯陽記》云：「一曰烏白江，二曰蜯江，三曰烏江，四曰嘉靡江，五曰畎江，六曰源江，七曰廩江，八曰提江，九曰箘江。」《後漢書．班超傳》注：「西域有白山，通歲有雪，亦名雪山。」此言雪山狀瀑布之白也。

22.【補注】謠：《列子》注：「徒歌曰謠。」

23.【補注】石鏡：《一統志》：「石鏡峯在南康府西二十六里，有一圓石懸崖，明淨照見人影，隱現無時。」謝靈運〈入彭蠡湖口〉詩：「攀崖照石鏡。」

24. 【補注】謝公：謝靈運〈有登廬山絕頂望諸嶠〉詩。

25. 【注疏】四解，此言詠謠之由。《藝文類聚》：「宮亭湖邊，山間有石數枚，圓若鏡，明可以鑑人，謂之石鏡。」《一統志》：「石鏡峯在南康府西二十六里，有一圓石懸崖，明淨照人見影，隱現無時。蒼苔沒，世遠年湮也。」

26. 【補注】還丹：《參同契》：「色轉更為紫，赫然成還丹。」《廣弘明集》：「燒丹成水銀，還水銀成丹，故曰還丹。」

27. 【補注】琴心三疊：按《黃庭經》：「琴心三疊舞胎仙。」梁邱子注：「琴，和也；疊，積也。存三丹田使和積如一。」

28. 【補注】彩雲：王融詩：「巫山彩雲合。」

29. 【補注】玉京：《魏書．釋老志》：「道家之源，出於老子。先天地以資萬類，上處玉京，為神王之宗，下在紫微，為飛仙之王。」

30. 【補注】盧敖：《淮南子》：「盧敖遊於北海，至蒙穀之上，見一士，方軒軒然迎風而舞。盧敖與之語曰：『惟敖背郡離黨，窮於六合之外，非敖而已乎。今卒覩夫子於是，子殆可與敖為友乎？』若士齤然而笑曰：『吾與汗漫期於九垓之外，吾不可以久留。』若士舉臂而竦身，遂入雲中。」高誘注：「盧敖燕人，秦始皇召以為博士，使求神仙，亡而不反。」汗漫，不可知之也。九垓，九天之外。

31. 【補注】太清：《淮南子》：「太清之治也，和順以寂寞。」

【注疏】五解，方結出寄盧侍御。《抱朴子》：「還丹，服一刀圭，百日仙也。朱鳥鳳凰翔覆其上，玉女至旁。」《廣弘明集》：「燒丹成水銀，還水銀成丹，故曰還丹。」《黃庭經》：「琴心三疊舞胎仙。」梁邱子注：「琴，和也。疊，積也。存三丹田，使和積如一。」《枕中書》云：：「始天王在天中心之上，名曰玉京山。山中有宮殿，並以金玉飾之。」《淮南子》：「盧敖遊於北海，經乎太陰，入乎玄闕，至於蒙穀之上，見一士焉，深目而玄鬢，淚注而鳶肩，豐上而殺下，軒軒然方迎風而舞。顧見盧敖，慢然下其臂，遯逃乎碑下。盧敖就而視之，方卷龜殼而食蛤黎。盧敖與之語曰：『惟敖為背群離黨，窮觀於六合之外者，非敖而已乎？敖幼而好遊，至長不渝，周行四極，惟北陰之未闚，今卒覩夫子於是，予殆可與敖為友乎？』若士者齤然而笑曰：『吾與汗漫期於九垓之外，吾不可以久駐。』若士舉臂而竦身，遂入雲中。」高誘注：「盧敖，燕人。秦始皇召以為博士，使求神仙，亡而不返。」汗漫，不可知之也。九垓，九天之外也。

## 夢遊天姥[1]吟留別[2]

海客談瀛州，[3]〔眉批〕先作陪。烟濤微茫信難求；越人語天姥，雲霓[4]明滅或可覩。[5]天姥連天向天橫，勢拔五嶽掩赤城[6]；〔眉批〕敘天姥。天台[7]四萬八千丈，對此欲倒東南傾。[8]我欲[9]因之夢吳越，〔眉批〕入夢遊。一夜飛渡鏡湖[10]月。[11]湖月照我影，送我至剡溪[12]；謝公宿處今尚在，淥水蕩漾清猿啼。腳著謝公屐[13]，身登青雲梯[14]，半壁見海日，空中聞天雞[15]。千巖萬轉路不定，〔眉批〕倘怳迷離，純是夢境，與實寫遊山景態者迥別。迷花倚石忽已暝。熊咆龍吟[16]殷巖泉[17]，慄深林兮驚層巔[18]。雲青青兮欲雨，水澹澹[19]兮生煙。列缺霹靂，[20]邱巒崩摧，洞天[21]石扇，訇[22]然中開；青冥浩蕩不見底，日月照耀金銀臺。[23]霓為衣兮風為馬，[24]雲之君兮紛紛而來下[25]；虎鼓瑟[26]兮鸞回車[27]，仙之人兮列如麻[28]。忽魂悸[29]以魄動，怳驚起[30]而長嗟！惟覺時之枕席，失向來之煙霞。[31]世間行樂亦如此，古來萬事東流水。[32]〔眉批〕二句結穴，點明作詩之旨。別君去兮何時還？且放白鹿[33]青崖[34]間，須行即騎訪名山，安能摧眉[35]折腰[36]事權貴[37]，使我不得開心顏？[38]

1.【補注】天姥：《一統志》：天姥峯，在台州天台縣西北，與天台山相對。其峯孤峭，下臨嵊縣，仰望如在天表。按，姥音母。

2.【注疏】王琦曰：「一作別東魯諸公。《太平寰宇記》：『天姥山在越州剡縣南八十里。』《名山志》云：『山有楓千餘丈。傳云登者聞天姥歌謠之響。』謝靈運詩：『瞑抵剡中宿，明登天姥岑。高高入雲霓，還期那可尋。』即此也。」

3.【補注】瀛洲：《十洲記》：「瀛洲在東海中，地方四千里。」

4.【補注】雲霓：謝靈運詩：「瞑投剡中宿，明登天姥岑。高高入雲霓，還期那可尋。」

5.【注疏】一解，以瀛洲興起天姥也。《十洲記》：「瀛洲在東海中，地方四千里，大抵是對會稽，去西岸七十萬里，上生神芝仙草，又有玉石，高且千丈，出泉如酒，味甘，名之為『玉醴』，飲之數升輒醉，令人長生。洲上多仙家，風俗似吳人，山川如中國也。」《元和郡國志》：「天姥山與括蒼山相連，石壁上有刊字蝌蚪形，高不可識。春月樵者聞蕭鼓笳吹之聲聒耳。元嘉中，遣名畫寫形於團扇，即此山也。」微茫、明滅，即含「夢」字。

6.【補注】赤城：孫綽〈天台山賦〉：「赤城霞起而建標。」《太平廣記》：「章安縣西有赤城山，周三十里，一峯特高，可三百餘丈。」按，章安即今台州府寧海縣。又按，赤城山在天台北，石皆赤色，壁立如城。《輿地志》：「赤城山有赤石羅列，長里餘，遙望似赤城。」

7.【補注】天台：《雲笈七籤》：天台山高一萬八千丈，洞周圍五百里，名上玉清平之天。上應台星，故曰天台。在台州天台縣。

8.【補注】東南傾：《楚辭》：「康回馮怒，地何故以東南傾。」

【注疏】一解，將五嶽、赤城、天台諸山一抑，更見天姥之高也。《太平廣記》：「章安縣西有赤城山，周三十里，一峯特高，可三百餘丈。」《海錄碎事》：「顧野王《輿地志》云：『赤城山有赤石羅列，長里餘，遙望似赤城。』《一統志》：「天姥峯在台洲天台縣西北，與天台山相對。」《雲笈七籤》：「天台山高一萬八千丈，洞周圍五百里，名上玉清平之天，即桐柏玉真人所理，葛仙翁煉丹得道處。上應台宿，故曰天台。」《楚辭》：「康回馮怒，地何故以東南傾。」

9.【注疏】日之所思，夜則成夢。

10.【補注】鏡湖：《述異記》：「越州鏡湖，世傳軒轅鑄鏡湖邊，因得名。」按，越州即今紹興府。

11.【注疏】三解，二句度出「夢」字。鏡湖，詳李白〈子夜歌〉注。

12.【音釋】剡音善。

【補注】剡溪：《元和志》：「剡溪出越州剡縣西南，北流入上虞縣界，為上虞江。」按，剡縣即今紹興府嵊縣。

13.【補注】謝公屐：《南史》：「謝靈運尋山陟嶺，必造幽峻巖嶂數十重，莫不備盡登躡。嘗著木屐，上山則去其前齒，下山則去其後齒。」

14.【補注】青雲梯：謝靈運〈登石門最高頂〉詩：「惜無同懷客，共登青雲梯。」

15.【補注】天鷄：《天中記》：「桃都山有大樹曰桃都，枝相去三千里，上有天鷄。日初出照此木，天鷄即鳴，天下鷄皆隨之。」

16.【補注】熊咆龍吟：《楚辭》：「虎豹鬬兮熊羆咆。」《廣韻》：「咆音庖。咆嗥，虎聲。」張衡賦：「龍吟方澤。」

17.【補注】巖泉：蕭鈞詩：「巖泉咽不流。」

18.【補注】層巔：謝靈運詩：「築觀基曾巔。」按，曾音層。

19.【補注】澹澹：〈高唐賦〉：「水澹澹而盤紆。」《說文》：「澹，水搖也。」

20.【補注】列缺霹靂：揚雄〈與獵賦〉：「霹靂列缺，吐火施鞭。」應劭注：「霹靂，雷也。列缺，天隙雷光也。」《通雅》：「列缺，雷光也。陽氣從雲決裂而出，故曰列缺。」

21.【補注】洞天：《高士傳》：「洞天周涉，妙藥為糧。」《本集》注：「唐貞觀中，華陰雲臺觀法師，隨長公弼徑至一石壁，臨無底之谷，一徑闊數寸。公弼以指扣石壁，劃然開一門，中有天地日月。」

22. 【補注】訇：訇音轟，大聲也。

23. 【補注】金銀臺：郭璞詩：「神仙排雲出，但見金銀臺。」

【注疏】四解，敘夢中一路所見所聞之景，極其勝也。《元和郡志》：「剡溪，出越州剡縣西南，北流入上虞縣界為上虞江。」《南史》：「謝靈運尋山涉嶺，必造幽峻巖嶂數十重，莫不備盡登躡。嘗著木屐，上山則去其前齒，下山則去其後齒。又詩：『共登青雲梯。』謂山嶺高峻，如上入青雲，故名半壁。謂石壁之半，即見日出之光也。」《述異記》：「東南有桃都，山上有大樹曰桃都，枝相去三千里。日初出照此木，天雞即鳴，天下之雞皆隨之鳴。」淮南王〈招隱士〉：「虎豹鬥兮熊羆咆。」〈高唐賦〉：「水澹澹而盤紆。」揚雄〈羽獵賦〉：「霹靂列缺，吐火施鞭。」應邵曰：「霹靂，雷也。列缺，天隙電光也。」《通雅》：「謂陽氣從雲缺裂而出，故曰列缺。」郭璞詩：「但見金銀臺。」《廣韻》：「匉訇，大聲也。」韓愈〈華山女〉詩曰：「訇然振動如雷霆。」

24. 【補注】霓衣風馬：《楚辭》：「青雲衣兮白霓裳。」《漢書．郊祀歌》：「靈之下兮若風馬。」傅玄〈吳楚歌〉：「雲為車兮風為馬。」

25. 【補注】來下：《楚辭》：「流澌紛兮將來下。」

26. 【補注】虎鼓瑟：〈西京賦〉：「總會仙倡，戲豹舞羆。白虎鼓瑟，蒼龍吹篪。」

27. 【補注】鸞車：《太平御覽》：「太微天帝，登白鸞之車。」《楚辭》：「既亡鸞車之幽藹。」

28. 【補注】列如麻：〈上元夫人之步玄曲〉：「忽過紫微垣，真人列如麻。」

29. 【補注】悸：《說文》：「悸音忌，心動也。」

30. 【補注】驚起：鮑照詩：「驚起空歎息，恍惚神魂飛。」

31. 【注疏】五解，言夢中所遇皆神仙也。傅玄〈吳楚歌〉：「雲為車兮風為馬。」〈西京賦〉：「總會仙倡，戲豹舞羆。白虎鼓瑟，蒼龍吹篪。」《太平御覽》：「太微天帝，登白鸞之車。」〈上元夫人之步玄曲〉：

「忽遇紫微垣，真人列如麻。」《說文》：「悖，心動也。」怳與恍通，怳然，自失也。覺，夢覺。向來，即嚮也之意。

32.【注疏】六解，因夢中之幻，悟及古今之幻。

33.【補注】白鹿：《楚辭》：「騎白鹿而容與。」

34.【補注】青崖：江淹詩：「猿嘯青崖間。」

35.【補注】摧眉：王琦注：「摧眉，低首也。」

36.【補注】折腰：梁．蕭統《陶潛傳》：「淵明，潯陽柴桑人也。少有高趣，為彭澤令。歲終，會郡道督郵至，吏請曰：『應束帶見之。』淵明歎曰：『我不能為五斗米折腰向鄉里小兒。』即日解綬去職。」

37.【補注】權貴：《漢書》：「杜業不附權貴。」

38.【注疏】七解，結出留別意。前言我欲，此言訪名山，則夢前夢後皆有意於天姥也。《楚辭》：「騎白鹿而容與。」江淹詩：「猿嘯青崖間。」摧眉，低首也。折腰，曲躬。陶潛不能為五斗米折腰。權貴，國忠輩。開心顏，吐氣揚眉也。

## 金陵酒肆留別[1]

風吹柳花[2]滿店香，[3]吳姬壓酒勸客嘗；[4]金陵子弟來相送，[5]欲行不行各盡觴。[6]請君試問東流水[7]，別意與之誰短長？[8]

1.【注疏】《唐書．地理志》：江南道昇州縣，上元望本江寧。武德三年，更江寧為歸化；八年，更歸化曰金陵；九年，更金陵為白下。〈李白傳〉：嘗乘舟與崔宗之自采石至金陵，著宮袍，坐舟中，旁若無人。

2.【補注】柳花：古樂府：「柳花經東陰。」

3.【注疏】時。

4.【注疏】酒肆。

5.【注疏】送別。

6.【補注】盡觴：曹植詩：「別易會難，當各盡觴。」
【注疏】留別。

7.【補注】東流水：樂府：「不見東流水，何時復西歸。」

8.【注疏】別。羅隱云：「聞說江南舊歌曲，至今猶自唱吳姬。」壓，合也。

## 宣州謝朓樓餞別校書叔雲[1]

棄我去者昨日之日不可留；亂我心者今日之日多煩憂！長風萬里送秋雁，對此可以酣[2]高樓。[3]蓬萊[4]文章建安[5]骨，（眉批）校書。中間小謝[6]又清發。（眉批）自喻。俱懷逸興壯思飛[7]，欲上青天覽日月。[8]抽刀斷水水更流，[9]舉杯銷愁[10]愁更愁。人生在世不稱意，明朝散髮[11]弄扁舟。[12]

1.【補注】謝朓樓：《江南通志》：「寧國府北樓，謝朓為宣城太守時所建，亦稱謝公樓。」按，今寧國府，東漢曰宣城，隋唐曰宣州。《南史》：「謝朓，字玄暉，文章清麗。」校書：按《唐書．魏徵奏引諸儒校集祕書》：「國家圖籍，粲然完整。」
【注疏】王琦曰：一作〈陪侍御叔華登樓歌〉。《江南通志》：「疊嶂樓在寧國府郡治後，即謝朓為宣城太守時之高齊地。一名北樓，亦稱謝公樓。唐咸通間，刺史獨孤霖改建，易今名。」

2. 【補注】酣：孔安國《尚書傳》：「樂酒日酣。」

3. 【注疏】一解，以餞別起。秋雁比校書叔雲也。陸機詩：「長秋萬里舉，慶雲鬱嵯峨。」

4. 【補注】蓬萊：《後漢書．竇章傳》：「是時，學者稱東觀為老氏藏室，道家蓬萊山。」注：言東觀經籍多也。蓬萊，海中神山，為仙府。幽經祕錄，並皆在焉。

5. 【補注】建安：《滄浪詩話》：「東漢建安之末，有孔融、王粲、陳琳、徐幹、劉楨、應瑒、阮瑀及曹氏父子所作之詩，世謂之建安體。風骨遒上，最饒古氣。」按，建安，獻帝年號。

6. 【補注】小謝：鍾嶸《詩品》論謝惠連云：「小謝才思富捷，恨其蘭玉夙凋，故長轡未騁。」

7. 【補注】壯思飛：劉楨詩：「君侯多壯思，文雅縱橫飛。」盧思道《盧記室誄》：「麗詞泉湧，壯思雲飛。」

8. 【注疏】二解，此言叔雲文章蓋世，送別之人，亦皆俊傑也。「蓬萊」句，指李雲言。「小謝」句，喻諸別送者。《後漢書．竇章傳》：「是時，學者稱東觀為老氏藏室，道家蓬萊山。」章懷太子注：「言東觀經籍多也。蓬萊，海中神山，為仙府，幽經祕錄，並皆在焉。」《滄浪詩話》：「東漢建安之末，有孔融、王粲、陳琳、徐幹、劉楨、應瑒、阮瑀及曹氏父子所作之詩，世謂之建安體。風骨遒上，最饒古氣。」鍾嶸《詩品》論謝惠連云：「小謝才思富捷，恨其蘭玉夙凋，故長轡未騁。」一云：「小謝才思富捷，〈秋懷〉、〈搗衣〉之作，雖復靈運銳思，何以加焉。」盧思道《盧記室誄》：「麗詞泉湧，壯思雲飛。」明月，言文章光芒也。

9. 【注疏】襯。

10. 【補注】銷愁：曹子建詩：「誰與銷愁？」

11. 【補注】散髮：《後漢書．袁閎傳》：「延熹末，黨事將作，閎遂散髮絕世。」

12. 【注疏】三解，以送別結之。張華詩：「散髮重陰下。」張銑注：「散髮，言不為冠所束也。」《史記．貨殖傳》：「范蠡既洩會稽之恥，乃乘扁舟浮江湖。」

# 走馬川[1]行奉送封大夫[2]出師西征

君不見走馬川行雪海[3]邊，平沙莽莽黃[4]入天。（眉批）川形形勢。輪臺[5]九月風夜吼，一川碎石大如斗，隨風滿地石亂走。[6]匈奴草黃馬正肥，[7]金山[8]西見煙塵飛，漢家大將[9]西出師。[10]（眉批）出師西征。將軍金甲[11]夜不脫，（眉批）以下寫軍行之苦。半夜軍行戈相撥，風頭如刀[12]面如割，[13]馬毛帶雪汗氣蒸，五花[14]連錢[15]旋作冰，幕中草檄[16]硯水凝。[17]虜騎聞之應膽慴[18]，料知短兵[19]不敢接，軍師[20]西門佇獻捷。[21]

1. 【補注】走馬川：按，雪海，西域康居地。走馬川，川之近雪海者。
2. 【補注】封大夫：《唐書》：「封常清，蒲州人。擢安西副大都護，安西四鎮節度副大使，未幾，改北庭都護，持節伊西節度使。」
3. 【補注】雪海：《新唐書．西域傳》：「蔥嶺水南流者，經中國入于海，北流者，經胡入于海，北三日，行度雪海，春夏常雨雪。」
4. 【補注】黃沙：《北史．吐谷渾傳》：「沙洲刺史部內有黃沙，周圍數百里不生草木，因號沙洲。」何遜詩：「野岸平沙合。」
5. 【補注】輪臺：《新唐書．地理志》：北庭大都護府有輪臺縣，大曆六年置，有靜塞軍。
6. 【注疏】一解，此言西塞風塵險阻也。《新唐書．西域傳》：「葱嶺水南流者，經中國入於海。北流者，經胡入於海。北三日，行度雪海，春夏常雨雪。」《漢書．西域傳》：「自伐大宛之後，西域震懼，多遣使來貢獻。於是輪臺、渠黎皆有田卒數百人，置使者、校尉、領護，以給外國使者。」《新唐書．地理志》：北庭大都護府有輪臺縣。大曆六年置，有靜塞軍。《獨異記》：寶曆元年，資州資陽縣山，有大石，忽吼湧，下山越澗，復上坡，可百步。其石頭走時，有鋤夫見之，各手執鋤，趕至石所，見其石可高二丈。

7. 【補注】馬肥：《史記．匈奴傳》：「秋，馬肥，大會蹛林。」

8. 【補注】金山：北邊備對，突厥阿史那氏，得古匈奴北部之地，居金山之陽。《一統志》：「金山在陝西永昌衛城北二里。又，在故昌松縣南。」

9. 【注疏】封丈夫。

10. 【注疏】二解，此言匈奴犯邊，封大夫所以出師也。《一統志》：「金山在陝西永昌衛城北二里。」煙塵飛，作叛也。

11. 【補注】金甲：蔡琰詩：「金甲耀日光。」

12. 【補注】風如刀：《漢書》：「熱風如燒，寒風如刀。」

13. 【注疏】三解，此言封大夫出師之早也。《揮麈後錄》：「上為康王，再使虜中，欲就鞍時，二后送至廳前，有小婢招兒者，見四金甲人，狀貌雄偉，各執弓劍，擁衛上體。婢指示眾，雖不見，然莫不畏肅。」夜不脫，言警備也。撥，以戈導行步，言未曉也。嚴寒之地，風烈如刀也。

14. 【補注】五花：《名畫要錄》：「開源內廄，有飛黃、照夜、浮雲、五花之乘。」

15. 【補注】連錢：梁元帝〈紫騮馬〉詩：「長安美少年，金絡鐵連錢。」《爾雅》：「青驪驎，驒。」注，色有深淺，斑駁隱鄰曰驒，今之連錢驄也。

16. 【補注】草檄：《南史．蔡景歷傳》：「武帝將討王僧辯，召令草檄。景歷援筆立成檄。」注見下篇。

17. 【注疏】四解，此言冒雪出征，馬駿兵強，不畏寒苦也。《北史．宇文貴傳》：「貴少從師受學，輟書嘆曰：『男兒當提劍汗馬，以取公侯，何能為博士也！』」《北齊書．楊休之傳》：「除中書侍郎，有士人戲嘲休之云：『有觸藩之羝羊，騎連錢之驄馬。』」開元內廄有飛黃、照夜、浮雲、五花之乘。或云取〈丹元子步天歌〉：「五箇吐花王良星。」旋，旋毛也。旋毛之汗，凍成冰也。《韻會》：「檄，陳彼之惡，說此之德，曉諭百姓之書也。」司馬相如〈諭巴蜀檄〉是也。

18.【補注】慴：按，慴，質涉切，音讋，失氣也，服也，怖也。又音攝。慴慴，恐懼也。

19.【補注】短兵：《楚辭》：「車錯轂兮短兵接。」

20.【補注】軍師：按王阮亭《古詩選》作車師。《漢書．西域傳》：「輪臺，西去車師千餘里。」又車師前國，王治交河城；後國，王治務塗谷。按，蘅塘退士本作軍師。

21.【補注】獻捷：《左傳》：「蠻夷戎狄，不式王命。王命伐之，則有獻捷，王親授而勞之。」

【注疏】五解，此言封大夫威猛，聞風料其畏服也。虜騎，匈奴騎兵也。慴，失氣也。《楚辭》：「車錯轂兮短兵接。」接，接戰。〈吳都賦〉注：「短兵，刀劍也。佇，久立也。」《左傳》：「蠻夷戎狄，不式王命。王命伐之，則有獻捷，王親受勞之。」

## 輪臺歌奉送封大夫出師西征

輪臺城頭夜吹角[1]，（眉批）聞。輪臺城北旄頭[2]落。[3]（眉批）見。羽書[4]昨夜過渠黎[5]，單于[6]已在金山西。戍樓[7]西望煙塵黑，漢軍屯在輪臺北。上將[8]擁旄[9]西出征，（眉批）出師西征。平明吹笛[10]大軍行。[11]四邊[12]伐鼓[13]雲海湧，三軍大呼[14]陰山[15]動。（眉批）二句所聞。虜塞[16]兵氣[17]連雲屯[18]，戰場白骨[19]纏草根。劍河[20]風急雲片闊，（眉批）天寒。沙口石凍馬蹄脫。[21]（眉批）地凍。亞相[22]勤王[23]甘苦辛，誓將報主靜邊塵[24]（眉批）送封。。古來青史[25]誰不見？今見功名勝古人。[26]

1.【補注】吹角：《演繁露》：「《通典．樂門》蚩尤率魑魅與黃帝戰，乃命吹角作龍吟禦之。」

2.【補注】旄頭：《史記．天官書》：「昴曰旄頭，胡星也。」注：動搖若跳躍者，胡兵大起。

3.【注疏】一解，以輪臺起。言角聲吹動，則旄頭即向城北而下矣。夜吹角，角即觱篥也。

4.【補注】羽書：《史記．高帝記》：「以羽檄徵天下兵。」注：檄者，以木簡為書，長尺二寸，用徵召也。有急事，則加以鳥羽插之，名曰羽檄。

5.【補注】渠黎：《漢書．西域傳》：「渠黎城至龜茲五百八十里。自武帝初通西域，置校尉屯田渠黎。」按，渠黎亦作犂。

6.【補注】單于：《史記》：「皇帝敬問匈奴單于。」《前漢書．匈奴傳》：「單于者，廣大之貌也。」按，單音蟬。單于者，匈奴君也。

7.【補注】戍樓：庾信詩：「戍樓侵嶺路。」

8.【補注】上將：《史記》：「懷王使宋義為上將。」

9.【音釋】旄音茅。《說文解字》：「从㫃从毛，毛亦聲。」《唐韻》：「莫袍切。」《集韻》：「亡遇切，音務。」

【補注】擁旄：班固《涿邪山祝文》：「仗節擁旄。」

10.【補注】吹笛：《樂纂》：「軍中之樂，鼓笛為上，使聞之者，壯勇而樂和。」

11.【注疏】二解，言封大夫出師也。《漢書．高帝紀》注：「檄以木簡為書，長尺二寸，用徵召也。有急事則加以鳥羽，插之名曰羽書。」渠黎城在龜茲五百八十里，武帝初置校尉，屯田渠黎。《漢書．匈奴傳》：「屠耆單于使烏籍都尉備呼韓邪單于，是時，呼揭王自立，為呼揭單；右奧鞬王自立，為車黎單于。烏籍都尉亦自立，為單籍單于。凡五單于。」公有句云：「輪臺風物異，地自古單于。」《爾雅．釋言》注：「戍守，所以止寇賊。」煙，烽煙也。煙塵蔽日，故曰黑，言單于之兵眾多也。屯，屯兵。上將，先鋒也。大軍，封大夫之師也。前曰吹角，整旅也；此曰吹笛，出師也。有呼應。

12.【補注】四邊：朱超詩：「雲霧四邊收。」

13.【補注】伐鼓：《詩・小雅》：「伐鼓淵淵。」〈東都賦〉：「舉烽伐鼓，申令三驅。」

14.【補注】大呼：《後漢書・臧宮傳》：宮進兵，呼聲動山谷。

15.【補注】陰山：《漢書・匈奴傳》：「侯應曰：『臣聞北邊塞至遼東外，有陰山，東西千餘里，草木茂盛，多禽獸。本冒頓單于依阻其中，治作弓矢，來出為寇，是其苑囿也。至孝武時，出師征伐，斥奪此地，攘之于幕北，……然後邊境得用少安。』……邊長老言：『匈奴失陰山之後，過之，未嘗不哭也。』」

16.【補注】虜塞：《漢書・匈奴傳》：「遣人之西河虎猛，制虜塞。」注：虎猛，縣名，制虜塞在其界。

17.【補注】兵氣：《漢書・西域傳》：「矛端生火，此兵氣也。」

18.【補注】雲屯：《後漢書・南匈奴傳論》：「控弦抗戈，覘望風塵，雲屯鳥散，更相馳突。」

19.【補注】白骨：蔡琰詩：「白骨不知誰。」江淹〈恨賦〉：「試望平原，蔓草縈骨。」

20.【補注】劍河：《新唐書・回鶻傳》：「青山之東，有水曰劍河，偶艇以渡，水悉東北流，經其國，合而北入海。」

21.【注疏】三解，此言出征勇猛，不畏死亡也。〈小雅〉：「伐鼓淵淵，振旅闐闐。」言戰鬬也。蘇軾《表忠觀碑》：「奮梃大呼，從者如雲。」雪海湧，陰山動，川岳皆應也。輪臺、金山、雪海，俱詳前。《漢書・匈奴傳》：「侯應曰：『臣聞北邊塞至遼東外，有陰山，東西千餘里，草木茂盛，多禽獸。本冒頓單于依阻其中，治作弓矢，來出為寇，是其苑囿也。至孝武時，出師征伐，斥奪此地，攘之於幕北，……然後邊境得用少安。』……邊長老言：『匈奴失陰山之後，過之，未嘗不哭也。』」《後漢書・南匈奴傳論》：「控弦抗戈，覘望風塵，雲屯鳥散，更相馳突。」纏草根，言草根纏於白骨也。《新唐書・回鶻傳》：「青山之東，有水曰劍河，偶艇以渡，水悉東北流，經其國，合而北入海。」馬蹄脫，凍極也。

22.【補注】亞相：「漢制，御史大夫謂之亞相。」見《容齋續筆》。

23.【補注】勤王：《書・金縢》：「昔公勤勞王家。」

24. 【補注】邊塵：江淹詩：「何日邊塵靜。」

25. 【補注】青史：江淹《上建平王書》：「俱啟丹冊，並圖青史。」

26. 【注疏】四解，此言忠悃之誠，克伐之績，可垂千古也。白居易《李昌元可兼御史大夫制》：「亞相之秩，威重寵崇。」江淹〈上建平王書〉：「俱啟丹間，並圖青史。」亞相，封大夫也。

# 白雪歌送武判官歸[1]

北風捲地白草[2]折，[3]（眉批）因風下雪。胡天八月即飛雪。忽如一夜春風來，千樹萬樹梨花[4]開。[5]（眉批）四句詠雪。散入珠簾[6]濕羅幕，[7]狐裘[8]不暖錦衾[9]薄。將軍角弓[10]不得控，都護鐵衣[11]冷猶著。[12]（眉批）四句雪後之寒。瀚海[13]闌干[14]百丈冰，[15]（眉批）因雪成冰。愁雲慘淡萬里凝。[16]（眉批）以下送武。中軍[17]置酒飲歸客，胡琴[18]琵琶[19]與羌笛。紛紛暮雪下轅門，[20]風掣紅旗凍[21]不翻。[22]輪臺東門送君去，去時雪滿天山路；[23]山迴路轉不見君，雪上空留馬行處。[24]（眉批）仍歸到雪上作結。

1. 【注疏】《樂府詩集》：「唐高宗顯慶二年，太常言〈白雪〉琴曲本宜合歌，今依琴中舊箇，以御制雪詩為〈白雪〉歌辭。」

2. 【補注】白草：《漢書．西域傳》：鄯善國多白草。注：白草，草之白者，似莠而細，無芒。

3. 【注疏】寒早也。

4. 【補注】梨花：蕭子顯詩：「洛陽梨花落如雪。」

5. 【注疏】承「雪」字。

6. 【補注】入簾：〈雪賦〉：「終開簾而入隙。」

7.【補注】羅幕：陸機詩：「蘭室接羅幕。」

8.【補注】孤裘：《詩．檜風》：「羔裘逍遙，狐裘以朝。」

9.【補注】錦衾：《詩》：「角枕粲兮，錦衾爛兮。」

10.【補注】角弓：鮑照詩：「角弓不可張。」《周禮》：「燕之角。」翰曰：「燕弧，角弓，出幽燕地。」

11.【補注】鐵衣：〈木蘭〉詩：「寒光照鐵衣。」

12.【注疏】苦寒也。

13.【補注】瀚海：《史記．匈奴傳》：「驃騎將軍……與左賢王接戰……左賢王遁走。驃騎封於狼居胥山，禪姑衍，臨瀚海而還。」注，瀚同翰。瀚海，北海名，群鳥解羽於此。虞羲詩：「瀚海愁雲生。」

14.【補注】闌干：按，闌干，縱橫貌。〈吳都賦〉：「珠琲闌干。」

15.【補注】百丈冰：《神異經》：「北方層冰萬里，厚百丈。」

16.【注疏】極冷之境。一解，以白雲起。《漢書．西域傳》：「鄯善國出玉，多葭葦、檉柳、胡桐、白草。」耿湋〈隴西行〉：「白草三冬色，黃雲萬里愁。」梨花，比白雪也。控，引也。〈褚遂良傳〉：「光武中興，不踰葱嶺。孝章即位，都護來歸。」戴暠〈度關山〉樂府：「將軍一百戰，都護五千兵。」〈木蘭歌〉：「朔氣傳金柝，寒光照鐵衣。」《史記．匈奴傳》：「驃騎將軍……與左賢王接戰……左賢王遁走，驃騎封於狼居胥山，禪姑衍，臨瀚海而還。」注：北海也，群鳥解羽於此。按，闌干，疑即天山巖名。公詠〈天山雪歌送蕭治歸京〉云：「晻靄寒萬里凝，闌干陰崖千丈冰。」

17.【補注】中軍：《詩》：「中軍作好。」《周禮》：「大司馬中軍以鼙令鼓。」

18.【補注】胡琴：《劍俠傳》：「王敬宏於威遠軍會宴，有侍妓善鼓胡琴。」

19.【補注】琵琶：《晉書．阮咸傳》：「咸妙解音律，善彈琵琶。」《釋名》：「琵琶，本出于胡中，馬上所鼓也。推手前曰枇，引手卻曰杷，象其鼓時，因以為名也。」

20.【補注】轅門：《漢書》注：「軍行以車為陣，轅相向為門。」

21.【注疏】應「雪」字。
【音釋】掣音徹。《正韻》：「敕列切，音徹。」《說文》：「从手，瘛省聲，尺制切。」
【補注】旗凍：虞世基詩：「霜旗凍不翻。」
22.【注疏】應「濕」字。
23.【注疏】又應「雪」字。
24.【注疏】又應「雪」字。二解，以送武判官歸收結。胡琴、琵琶、羌笛，皆軍中樂器。掣，曳也。《周禮．天官》：「掌舍，掌王會同之舍。設車宮、轅門。」注：王者出行於外，次車為藩，仰車以轅，相向表門，故曰轅門。天山，詳李白〈關山月〉注。馬行處，蓋言所送之人已去，僅見雪上馬蹄之跡，故曰空留。
【注疏】此詩連用四雪字，第一雪字，見送別之前；第二雪字，見餞別之時；第三雪字，見臨別之際；第四雪字，見送歸之後。字同而用意不同耳。

杜甫

## 韋諷錄事宅觀曹將軍畫馬圖[1]

國初已來畫鞍馬，神妙[2]獨數江都王[3]。將軍得名三十載，人間又見真乘黃。[4]曾貌先帝照夜白[5]，（眉批）先作陪襯。龍池[6]十日飛霹靂。內府[7]殷紅馬腦盤，[8]婕妤傳詔才人索。[9]盤賜將軍拜舞[10]歸，輕紈細綺相追飛。貴戚權門[11]得筆跡[12]，始覺屏障生光輝。[13]昔日太宗拳毛騧[14]，近時郭家獅子花[15]。今之新圖有二馬，復令識者久嘆嗟。此皆騎戰[16]一敵萬，縞素漠漠開風沙。[17]其餘七匹〔眉批〕又七匹。亦殊絕，迥若寒空動煙雪。霜蹄蹴踏[18]長楸[19]間，馬官[20]廝養[21]森成列。[22]〔眉批〕帶敘。可憐九馬〔眉批〕總一筆。爭神駿，顧視清高[23]氣深穩。借問苦心愛者誰？後有韋諷〔眉批〕點韋。前支遁。[24]憶昔巡幸新豐宮[25]，翠華拂天[26]來向東。〔眉批〕以下就馬發感慨。騰驤[27]磊落[28]三萬匹[29]，皆與此圖筋骨[30]同。自從獻寶[31]朝河宗，無復射蛟[32]江水中。君不見金粟堆[33]前松柏裡，龍媒[34]去盡鳥呼風！[35]

1. 【補注】韋諷：按黃鶴注：「諷為閬州錄事，居在成都。」曹將軍：《名畫記》：「曹霸，魏曹髦之後。髦書稱於魏代。霸在開元中已得名，天寶末，每詔畫御馬及功臣。官至左武衛將軍。」
【注疏】鶴注：「詩云『金粟堆』、『龍媒』，當是葬明皇後作，必廣德二年公再到成都時也。韋諷為閬州錄事，諷之居在成都。」《名畫記》：「曹霸，魏曹髦之後。髦書稱於後代。霸在開元中已得名，天寶末，每詔寫御馬及功臣。官至左衛將軍。」朱注：「曹將軍〈九馬圖〉後藏長安薛紹彭家，蘇子瞻有贊。」
2. 【補注】神妙：孔臧〈楊柳賦〉：「固神妙之不如。」
3. 【補注】江都王：《名畫記》：「江都王緒，霍王元軌之子，太宗猶子也。善書畫，鞍馬擅名，垂拱中官至金州刺史。」
4. 【補注】乘黃：《竹書紀年》：帝舜元年，出乘黃之馬。《穆天子傳》：「伯夭皆致河典，乃乘渠黃之乘為天子先，以極西土。」董逌《畫跋》：「乘黃，其狀如狐，背上有角。霸所畫馬，未嘗如此，特論其神駿耳。」
【注疏】一解，首敘曹將軍，借江都王作陪。《杜臆》：江都王後，曹霸齊名。是唐朝百五十年間第二手也。《名畫記》：「江都王緒，霍王元軌之子，太宗皇帝猶子也。多才藝，善書畫，鞍馬擅名。」《竹書紀年》：帝舜元年，出乘黃之馬。董逌《畫跋》：「乘黃，狀如狐，背有角。霸所畫馬，未嘗如此，特論其神駿耳。」

5. 【補注】照夜白：《明皇雜錄》：「上所乘馬有玉花驄、照夜白。」《開元記》：「照夜白，封泰山回，令陳閎圖之。」《畫鑑》：「曹霸〈人馬圖〉，紅衣美髯，奚官牽玉面騂，綠衣閹官牽照夜白。」

6. 【補注】龍池：《唐六典》注：興慶宮，今上潛龍舊宅也。宅東有井，忽湧出為小池，嘗有雲氣，或黃龍出其中。景雲中，其沼浸廣，遂澒洞為龍池也。《長安志》：「龍池，在南內南薰殿北。」

7. 【補注】內府：《周禮》：「內府掌受九貢、九賦、九功之貨賄。」

8. 【補注】馬腦盤：《唐書．裴行儉傳》：「平都支遮匐獲瑪瑙盤，廣二尺，文彩燦然。」按瑪瑙，亦作馬腦。

9. 【補注】婕妤、才人：《唐書．百官志》：「內宮有婕妤九人，正三品。才人七人，正四品。」《漢書．外戚傳》注：「婕，言接幸於上。妤，美稱也。」

【注疏】二解，此言詔索畫馬者。曾貌，曾欲仿先帝照夜白也。《明皇雜錄》：「上所乘馬有玉花驄、照夜白。」《長安志》：「龍池，在南內南薰殿北。躍龍門南，本是平地，垂拱後因雨水流潦成小池，後又引龍首支渠分溉之。日以滋廣，彌亙數頃，深至數丈，常有雲氣，或見黃龍出其中，謂之龍池。」《公羊傳》：「急雷為霹靂。」注，雷疾而甚者為震。震與霆，皆為之霹靂，言馬之神駿也。《周禮》：「內府掌受九貢、九賦、九功之貨賄，良兵良器以待邦之大用。」殷，音黳，赤黑色也。今人以赤黑為殷色，血色久則殷。《唐書．裴行儉傳》：「平都支遮匐獲瑪瑙盤，廣二尺，文彩粲然。」《唐．百官志》：「內官有婕妤九人，正三品。才人七人，正四品。」詔，上命也。索音色，求也。言以內之玉帛以詔，廣求畫馬者。

10. 【補注】拜舞：《吳越春秋》：「群臣拜舞天顏舒。」

11. 【補注】權門：《漢書．息夫躬傳》：「趨權門為名。」

12. 【補注】筆跡：陸機《表》（按謝平原內史表）：「事蹤筆跡，皆可推校。」

13. 【注疏】三解，此言將軍應詔畫馬，受賜榮歸也。《吳越春秋》：「采葛婦作詩曰：『群臣拜舞天顏舒。』蓋言君有所賜，臣必拜舞而受之。」輕紈、細綺，絹之佳麗者。以將軍拜舞而歸，則見隨後持輕紈細綺相追飛以送其門。而索畫者皆權門貴戚之公子，得其筆跡，張之屏障，亦生光也。

14.【補注】拳毛騧：《長安志》：「太宗所乘六駿，刻石象於昭陵北闕之下。五曰拳毛騧，黃馬黑喙，平劉黑闥時所乘。」

15.【補注】獅子花：《杜陽雜編》：「代宗自陝還，命御馬九花虯並紫玉鞭轡賜郭子儀。……以身被九花紋，號九花虯。額高九寸，毛拳如麟。亦有獅子驄，皆其類。」按，《天中記》載杜詩注：「獅子花即九花虯也。」

16.【補注】騎戰：《六韜》：「以車與騎戰，一車當幾騎？」

17.【注疏】四解，先敘二馬之神妙。《金石錄》：「太宗六馬，其一曰拳毛騧，黃馬黑喙。」《杜陽雜編》：「代宗自陝還，命以御馬九花虯并紫玉鞭轡賜郭子儀。九花虯即范陽節度使李懷仙所貢。……額高九寸，拳毛如麟。亦有獅子驄，皆其類。」今之新圖，即曹將軍行畫之馬圖也。以太宗、代宗之二馬，興起畫中之二馬。識者，賞識之人。《六韜》：「以車與騎戰，一車當幾騎？」極形容其神駿。每一匹皆可以敵萬也。縞素，指畫絹言。蓋言將縞素一展，則見風沙漠漠，那馬若在關塞外馳驅飛躍一般。

18.【補注】蹴踏：〈南都賦〉：「蹴踏咸陽。」

19.【補注】長楸：曹植詩：「走馬長楸間。」

20.【補注】馬官：《晉書．天文志》：「東壁北十星曰天廄，主馬之官。」若今驛亭也。

21.【補注】廝養：按，郭茂倩《樂府》雜有〈邯鄲才人嫁為廝養卒婦〉歌。按《漢書》注：「析薪為廝，炊烹為養。」

22.【注疏】五解，後敘七馬之神妙，寫九馬拆開不直，致殊異也，絕妙也，霞雪比其色也。唐高宗詩：「寒空碧霧輕。」《莊子》：「蹄可以踐霜雪。」〈南都賦〉：「蹴踏咸陽。」曹植詩：「走馬長楸間。」汘：古人種楸於道，故曰長楸。馬官，司馬之官。廝養，養馬之卒。森，眾多也。《左傳》：「不鼓不成列。」

23.【補注】清高：《高士傳》：「鄭樸修靜默，世服其清高。」

24.【補注】支遁：《世說》：「支遁嘗養數匹馬，或言道人畜馬不韻。支遁曰：『貧道重其神駿耳。』」

【注疏】六解，將九馬總一筆，然後將韋諷。清高，言馬之精神也，深穩，言馬之德性也。欲視其良，須在識者用其苦心耳。用苦心而能愛者，誰也？前有支遁，後有韋諷。《世說》：「支道林嘗養數匹馬，或言道人畜馬不韻，支曰：『貧道重其神駿耳。』」

25.【補注】新豐宮：《唐書．地理志》：「京兆府昭應縣，本新豐……更溫泉曰華清宮。」《唐志》：「昭應本新豐，有宮在驪山下。」

26.【補注】翠華拂天：〈上林賦〉：「建翠華之旗。」〈東都賦〉：「旌旗拂天。」

27.【補注】騰驤：〈西都賦〉：「乃奮翅而騰驤。」

28.【補注】磊落：按《文選》注：「磊落，眾多貌。」

29.【補注】三萬匹：蕭子顯詩：「漢馬三萬匹。」

30.【補注】筋骨：《列子》：「伯樂曰：『良馬，可形容筋骨相也。』」

31.【補注】獻寶：《穆天子傳》：「天子西征至陽紆之山，河伯無夷之所都居，是惟河宗氏，天子沉璧禮焉。河伯乃與天子披圖視英，用觀天之寶器，曰天子之寶。」玉海引《水經注》：「玉果、璿珠、燭銀、金膏等物，皆河圖所載、河伯所獻。穆王觀圖，乃導以西邁矣。」按，穆王自此歸而上昇，以比玄宗之升遐也。

32.【補注】射蛟：《漢書．武帝紀》：「元封五年，自潯陽浮江，親射蛟江中，獲之。」

33.【補注】金粟堆：《舊唐書》：「明皇親拜五陵，至睿宗橋陵，見金粟山岡有龍蟠虎踞之勢，復近先塋。謂侍臣曰：『吾千秋萬歲後，宜葬此地。』暨升遐，遵先旨葬焉。」《長安志》：「明皇泰陵在薄城東北三十里金粟山。」

34.【補注】龍媒：《漢書．禮樂志》：「天馬徠龍之媒。」

【補注】呼風：《楚辭》：「遵野莽以呼風兮。」

35.【注疏】七解，以馬之盛衰，慨國之盛衰結之。《唐書》：「京兆府昭應縣，本新豐……有宮在驪山下。」

《洞冥記》：東方朔遊吉雲之地，越扶桑之東，得神馬，高九尺，股有旋毛，如日月狀。如月者，夜光；如日者，晝光。毛色隨四時而變。帝問朔，朔曰：「昔西王母來，靈光之輦適東王宮舍，稅此馬於芝田而食芝草。東王公怒，棄馬於渚津天岸，臣至王公壇，因騎而返，繞日三匝，入漢關，關門猶未掩。」問其名，曰：「步景。」〈西京賦〉：「乃奮翅而騰驤。」注：騰，超也。驤，馳也。磊落，眾多也。蕭于顯詩：「漢馬三萬匹。」《列子》：「伯樂曰：『良馬，可形容筋骨相也。』《穆天子傳》：「天子西征至陽紆之山，河伯無夷之所都居，是惟河伯氏。天子沉璧禮焉，河伯乃與天子披圖視典，用觀天予之寶器，曰天子之寶。」玉海引《水經注》云：「玉果、璿珠、燭銀、金膏等物，皆河圖所載，河伯所獻。穆王視圖，乃導以西邁矣。」舊注：周穆王自此歸而上昇，蓋以比玄宗之升遐也。《漢．武帝紀》：「元封五年……白潯陽浮江，親射蛟江中，獲之。」《舊唐書》：「明皇嘗至睿宗橋陵，見金粟山岡有龍盤虎踞之勢，謂侍臣曰：『吾千秋萬歲後葬此。』暨升遐，群臣遵先旨葬焉。」《新唐書》：「明皇泰陵在奉先縣東北二十里金粟山。廣德元年三月，葬泰陵。」《漢書．禮樂志》：「天馬徠龍之媒。」鳥呼風，言至今只見林鳥呼風啼雨而已。

【注疏】此詩純用襯法，以江都王襯曹將軍；以乘黃、照夜、拳毛、獅子襯畫馬；以支遁襯韋諷；以三萬匹襯九馬。然後以穆天子、漢武帝襯唐玄宗。其間錯綜、磊落、先豪邁後感慨，寄情寓意，令讀者殊覺感傷。陸時雍曰：「詠畫者多詠真。詠真易，詠畫難。畫中見真，真中帶畫，尤難。」此詩亦可稱畫筆矣！「可憐」、「九馬」二句妙得神趣。

## 丹青引贈曹將軍霸[1]

將軍魏武[2]之子孫，於今為庶[3]為清門。英雄割據[4]雖已矣！文彩[5]風流[6]今尚存。[7]

〔眉批〕四句敘曹家世。學書初學衛夫人[8]，但恨無過王右軍[9]。丹青不知老將至，富貴於我如浮雲。[10]開元之中常引見[11]，承恩數上南薰殿[12]。凌煙[13]功臣少顏色，〔眉批〕先寫畫人。將軍下筆[14]開生面[15]。良相頭上進賢冠[16]，猛將[17]腰間大羽箭[18]，褒公鄂公[19]毛髮動，英姿[20]颯爽來酣戰。[21]先帝天馬玉花驄，〔眉批〕次寫畫馬。畫工如山貌不同[22]。是日牽來赤墀[23]下，迥立閶闔[24]生長風。〔眉批〕先寫真馬，只一句氣象萬千。詔謂將軍拂絹素，意匠[25]慘澹經營[26]中；斯須[27]九重真龍[28]出，一洗萬古凡馬[29]空。[30]〔眉批〕次寫畫馬，只二句已盡其工處。玉花卻在御榻上，榻上[31]庭前[32]屹相向；〔眉批〕真馬畫馬夾寫，更奇。至尊[33]含笑催賜金，圉人[34]太僕[35]皆惆悵[36]。弟子韓幹[37]早入室，〔眉批〕餘波再敘。亦能畫馬窮殊相；幹惟畫肉不畫骨，忍使驊騮[38]氣凋喪。[39]〔眉批〕收畫馬，言外見霸之工在畫骨。將軍畫善蓋有神，偶逢佳士亦寫真[40]；〔眉批〕收畫人。即今飄泊干戈際，屢貌尋常行路人。途窮反遭俗眼白，[41]世上未有如公貧；但看古來盛名下[42]，終日坎壈[43]纏其身。[44]〔眉批〕有欲節去此四句者，其說頗有見。

1. 【補注】丹青：《漢書．蘇武傳》：「李陵賀武曰：『竹帛所載，丹青所畫。』」
【注疏】黃鶴編在廣德二年，成都詩內。〈吳都賦〉：「丹青圖其像。」
2. 【補注】魏武：按曹將軍，曹髦之後。曹髦，魏武帝之曾孫，在位六年，為司馬昭所弒。
3. 【補注】為庶：《左傳．昭公三十二年》：「三后之姓，於今為庶。」注，夏商周，三后之子孫，本高貴也，今或降而為眾庶。
4. 【補注】割據：《漢書．序傳》：「割據山河。」
5. 【補注】文彩：〈報任安書〉：「文采不彰於後世。」
6. 【補注】風流：《後漢書．方術傳論》：「世之所謂名士者，其風流可知矣。」
7. 【注疏】一解，先敘其家世。《魏志》：「太祖武皇帝，沛國譙人，姓曹，名操。漢曹參之後。」《左傳》：

「三后之姓，於今為庶。」明皇末年，霸得罪削籍為庶人。《漢書．序傳》：「割據山河，保此懷民。」一中涵光曰：「公於昭烈武侯，皆極推尊。此於魏武，只以割據已矣一語輕逑，便見正閏低昂。」司馬遷〈報任少卿書〉：「文采不彰於後世。」《後漢書．方術傳論》：「世之所謂名士者，其風流可知矣。」

8. 【補注】衛夫人：《法書要錄》：「羊欣傳《古來能書人名》：『蔡邕受于神人，而傳崔瑗及女文姬。文姬傳之鍾繇，鍾繇傳之衛夫人，衛夫人傳之王羲之。』」《書斷》：「衛夫人名鑠，字茂漪，廷尉展之女弟。恆之從女，汝陰太守李矩之妻也。隸書尤善，規矩鍾公。右軍少常師之。永和五年卒。子克為中書郎，亦工書。」《書史會要》：「王曠，導從弟，與衛世為中表，故得蔡邕書法於衛夫人，以授子羲之。」

9. 【補注】王右軍：《晉書》：「王羲之字逸少，起家祕書郎，後為右軍將軍。」《書斷》：「篆、籀、八分、隸書、章草、飛白、行書、草書，通謂之八體，惟王右軍兼工。」

10. 【補注】富貴浮雲：《論語》：「不義而富且貴，於我如浮雲。」
【注疏】二解，以書陪畫，方見不觑。《錢箋》：「張懷瓘《書斷》：『衛夫人名鑠，字茂漪，廷尉展之女弟，恆之從女，汝陰太守李矩之妻也。隸書尤善，規矩鍾公，右軍少常師之。永和五年卒，子克為中書郎，亦工書。』《法書要錄》：『羊欣傳《古人能書者名》：『蔡邕受於神人，而傳崔琰及女文姬。文姬傳之鍾繇，鍾繇傳之衛夫人，衛夫人傳之王羲之。』」《晉書》：『王羲之，字逸少，起家祕書郎，後為右軍將軍。』《書斷》：『篆、籀、八分、隸書、章草、飛白、行書、草書，通謂之八體，惟王右軍兼工。』蓋言書畫兼優，但願名傳不朽，不知老之將至，奚遑計及功名哉！」

11. 【補注】引見：《漢書．王商傳》：「引見白虎殿。」

12. 【補注】南薰殿：《長安志》：「興慶宮之北有龍池，門前有瀛洲，門內有南薰殿。」

13. 【補注】凌煙：《唐書》：「太宗圖功臣於凌煙閣。」

14. 【補注】下筆：〈賈捐之傳〉：「君房下筆，語言妙天下。」

15. 【補注】生面：《南史．王琳傳》：「回腸疾首，切猶生之面。」

16.【補注】進賢冠：《後漢書．輿服志》：「進賢冠，古緇布冠也。文儒者之服。」

17.【補注】猛將：李陵〈答蘇武書〉：「猛將如雲，謀臣如雨。」

18.【補注】羽箭：《酉陽雜俎》：「太宗好用四羽大笴長箭，嘗一抉射洞門闔。」

19.【補注】褒公鄂公：《舊唐書》：「凌煙功臣李靖等二十四人，開府儀同三司。鄂國公尉遲敬德第七，故輔國大將軍、揚州都督、褒國忠壯公段志元第十。」

20.【補注】英姿：《後漢書．朱祐景丹等論傳》：「英姿茂績。」

21.【補注】酣戰：《韓非子》：「楚師……酣戰之時。」

【注疏】三解，此敘奉詔寫真之始也。「常」字，數字，反映末段「漂泊」、「坎壈」等字。仇云：「少顏色，舊跡將滅；開生面，新像重摹也。」黃注：「於功臣，但言褒、鄂，舉二公以見其餘，想畫此尤生動耳。」《漢書．王商傳》：「引見白虎殿。」《長安志》：「南內，興慶宮內。正殿曰興慶殿，前有瀛洲門內有南薰殿，北有龍池。」《唐書》：「貞觀十五年二月，圖功臣於凌煙閣。」《兩京記》：「太極宮中有凌煙閣，在凝陰殿南。功臣閣在凌煙閣南。」《五代會要》：「凌煙閣在西內三清殿側，畫像皆北向。閣有隔，隔內北面寫功高宰輔，南面寫功高侯王。隔外次第圖畫功臣題贊。」《通鑑》：「魏文侯謂李克曰：『家貧思賢妻，國亂思良相。』」《後漢書．輿服志》：「進賢冠，古緇布冠也。文儒者之服。」唐時，百官朝服皆進賢冠。〈李陵書〉：「猛將如雲，謀臣如雨。」《酉陽雜俎》：「太宗好用四羽大笴長箭，嘗一抉射洞門闔。」《舊唐書》：「凌煙功臣李靖等二十四人，開府儀同三司，鄂國公尉遲敬德第七，故輔國大將軍、揚州都督褒國忠壯公段志玄第十。」毛髮動，即壯士髮衝冠之意。英姿，俊貌。颯爽，颯然、慷爽也。酣戰，愈戰愈有精神也。言所畫之像，戰鬭如生也。

22.【補注】貌不同：沈約詩：「如嬌如怨貌不同。」

23.【補注】赤墀：見上，蔡女〈胡笳〉青瑣注。

24.【補注】閶闔：《淮南子》：「排閶闔，淪天門。」《離騷》：「吾令帝閽開關兮，倚閶闔而望予。」

25.【補注】意匠：〈文賦〉：「意司契而為匠。」

26.【補注】經營：《歷代名畫記》：「畫有六法……五曰經營位置。」

27.【補注】斯須：《樂記》：「禮樂不可斯須去身。」按《讀杜心解》及王阮亭《古詩選》，斯須俱作須臾。

28.【補注】真龍：〈論衡〉：「楚葉公好龍……真龍聞而下之。」《尚書中候》謂：帝堯即政，有真龍銜甲，赤文綠色，有帝王錄興亡之數。

29.【補注】凡馬：《抱朴子》：「凡馬野鷹。」

30.【注疏】四解，此敘其畫馬工妙不常也。《名畫記》：「明皇好馬，命韓幹畫圖，其駿有玉花驄、照夜白。」如上言畫工之多也。《禮》：「天子赤墀。」《辨命論》：「時有在赤墀之下。」《文選》注：「紫微宮門名曰閶闔。」陸機詩：「長風萬里舉。」陸機〈文賦〉：「辭程才以效伎，意司契而為匠。」戴復古詩：「意匠如神變化生，筆端有力任縱橫。」《歷代畫品》：「畫有六法……五曰經營位置。」九重，天子之門也。真龍，真馬也。韓文（編按韓愈〈送溫處士赴河陽軍序〉）：「伯樂一過冀北之野，而馬群遂空。」凡，群也。

31.【注疏】畫。

32.【注疏】真。

33.【補注】至尊：《爾雅注疏》：「君者，至尊之號。」《史記．孝武帝本紀》：「朕以眇眇之身承至尊，兢兢焉懼弗任。」

34.【補注】圉人：《周禮》：「圉人掌養馬。」

35.【補注】太僕：《漢書．百官表》：「太僕，秦官，掌輿馬。」

36.【補注】惆悵：按中氏《說杜》：「惆悵者，訝其畫之似真。」

37.【補注】韓幹：《名畫記》：「韓幹，大梁人。王右丞見其畫推獎之。官至太府寺丞。善寫人物，尤工鞍馬。初師曹霸，後獨自擅。玄宗好大馬，西域歲有獻馬者，幹悉圖其駿，則有玉花驄、照夜白等。」

38.【補注】驊騮：《漢書．地理志》：「造父得驊騮、騄耳之乘。」

39.【補注】凋喪：陸機詩：「舊齒皆凋喪。」

【注疏】五解，贊其畫馬之工，不但自稱名手，即弟子亦復高妙。然御畫尤當親寫也。觀榻上所畫玉花驄，那真的玉花驄立在墀下，屹然相向，莫分真假，所以至尊含笑愛賞賜金也。催，促也。申涵光曰：「圉人、太僕皆惆悵，訝其畫之似真耳，非妒其賜金也。」《周禮》：「圉人，掌養馬、芻牧之事，以役圉師。」《漢書．百官表》：「太僕，秦官，掌輿馬。」朱注：「太僕，馬官。圉人，廝養也。」《錢箋》：「《名畫記》：『韓幹，大梁人，王右丞見其畫推獎之。官至太府寺丞。善寫貌人物，尤工鞍馬。初師曹霸，後獨自擅。』杜甫〈贈畫馬歌〉云云，徒以幹馬肥大，遂有畫肉之誚。玄宗好大馬，西域大宛，歲有來獻者。命幹悉圖其駿，則有玉花驄、照夜白等。時岐、薛、申、寧王廄中皆有善馬，幹並圖之，遂為古今獨步。」《漢書．地理志》：「造父善馭疾馬，得驊騮、騄耳之乘，幸於穆王。」陸機詩：「舊齒皆凋喪。」入室，即升堂入室意。

40.【補注】寫真：《唐書》：閻立本善於寫真，〈十八學士圖〉乃立本之跡。

41.【補注】眼白：《晉書．阮籍傳》：「籍能為青白眼，見禮俗之士，以白眼對之。及嵇喜來弔，籍作白眼，喜不懌而退。」

【注疏】時來天子之眼何其青，運去俗人之眼何其白。

42.【補注】盛名下：《後漢書．黃瓊傳》：「盛名之下，其實難副。」

【音釋】壈音凜。《廣韻》：「盧感切，八。」

43.【補注】坎壈：《九辯》：「坎壈兮貧士，失職而志不平。」《楚辭》：「志坎壈而不違。」

【注疏】六解，此敘畫馬之後也。仇曰：「此言隨地寫真，慨將軍之不遇。」又曰：「不寫佳士而寫常人，已落魄矣。況遭俗眼之白，窮益甚矣，故結語含無限傷感。」又曰：「盛名之下，坎壈纏身，此借曹以自鳴其不平。讀公莫相疑行，可見漂泊干戈際，正當祿山叛逆、吐蕃入寇之時。」屢貌，每象尋常行路人也。顏延之〈詠阮步兵詩〉：「物故不可論，窮途能無慟？」〈黃瓊傳〉：「盛名之下，其實難副。」《楚辭》：「志坎壈而不違。」

## 寄韓諫議[1]

今我不樂[2]思岳陽[3]，身欲奮飛[4]病在牀。美人娟娟[5]隔秋水，濯足洞庭[6]望八荒[7]。（眉批）此詩向無確解。所稱美人，或以為即指諫議。則諫議不知何人？無從據信。錢注謂指李泌，尤牽強附會，毫無證據。但其詩直追屈宋，不可不讀。學者當如讀〈蒹葭〉、〈秋水〉之篇，初不知其何指，而往復低徊，自有不能已者。必求其人以實之則鑿矣。鴻飛冥冥[8]日月白，青楓葉[9]赤天雨霜。[10]玉京[11]群帝[12]集北斗[13]，或騎麒麟[14]翳鳳凰。芙蓉旌旗煙霧落，影動倒景[15]搖瀟湘[16]。星宮[17]之君醉瓊漿[18]，羽人[19]稀少不在旁。[20]似聞昨者赤松子[21]，恐是漢代韓張良[22]；昔隨劉氏[23]定長安，帷幄[24]未改神慘傷。國家成敗吾豈敢？色難[25]腥腐[26]餐楓香。[27]周南[28]留滯古所惜，南極老人應壽昌[29]。美人胡為隔秋水？焉得置之貢玉堂？[30]（眉批）結明詩旨。

1. 【補注】諫議：按諫議大夫起於後漢。《續通典》：「武后龍朔二年改為正諫大夫。開元以來，仍復。凡四人屬門下官。」
【注疏】鶴注：「依梁氏編在大曆元年之秋。」《杜臆》：「詩言岳陽、洞庭、瀟湘、南極。韓蓋，楚人，岳陽其家也。」
2. 【補注】不樂：《詩．唐風》：「今我不樂，日月其除。」
3. 【補注】岳陽：師注：「岳州，巴陵郡曰岳陽。有君山、洞庭、湘江之勝。」按，此係諫議隱居處。《地理志》：「岳州在岳之陽，故曰岳陽。」按，岳陽即今湖廣岳州府。

4. 【補注】奮飛：《詩．邶風》：「靜言思之，不能奮飛。」

5. 【補注】娟娟：鮑照〈初月〉詩：「未映西北墀，娟娟似蛾眉。」

6. 【補注】洞庭：〈禹貢〉：「九江孔殷。」注：九江，即今之洞庭湖也。沅水、漸水、元水、辰水、敘水、西水、澧水、資水、湘水皆合於洞庭，意以是名九江也。按，洞庭在府西南。

7. 【補注】八荒：〈揚雄傳〉：「陟西岳以望八荒。」

8. 【補注】鴻飛冥冥：《法言》：「鴻飛冥冥，弋人何篡焉。」

9. 【補注】楓葉：謝靈運詩：「曉霜楓葉丹。」

10. 【補注】雨霜：鮑照詩：「北風驅雁天雨霜。」

【注疏】一解，仇曰：「首敘懷思韓君之意。《楚辭》以美人比君子，此指韓諫議也。」岳陽、洞庭，韓君之居。鴻飛、冥冥，韓已遯世。青楓、葉赤，時屬深秋矣。《詩》：「我今不樂。」師氏曰：「《地理志》：『岳州巴陵郡在岳之陽，故曰岳陽，有君山、洞庭、湘江之勝。』」《詩》：「不能奮飛。」又或「偃息在床」。又，「彼美人兮，西方之人兮。」娟娟，美好貌。古詩：「盈盈一水間，脈脈不得語。」所謂隔秋水也。〈滄浪歌〉：「滄浪之水濁兮，可以濯我足。」〈揚雄傳〉：「陟西岳以望八荒。」《法言》：「鴻飛冥冥，弋人何慕焉。」謝靈運詩：「曉霜楓葉丹。」又鮑照詩有「北風驅雁天雨霜」之句。

11. 【補注】玉京：按《元君》注：「玉京者，無為之天也。東南西北，各有八天，凡三十二天，蓋三十二帝之都。玉京之下，乃崑崙北都。」

12. 【補注】群帝：江淹詩：「群帝共上下。」

13. 【補注】北斗：《晉書．天文志》：「北斗在太微北，七政之樞機，號令之主。」

14. 【補注】麒麟：《集仙錄》：「群仙畢集，位高者乘鸞，次乘麒麟，次乘龍、鳳、鶴，每翅各大丈餘。」

15. 【補注】倒景：〈大人賦〉：「貫列缺之倒景兮。」注引淩陽子《明經》：「列缺氣去地二千四百里，倒景氣去地四千里，其景皆倒在下。」

16. 【補注】瀟湘：謝脁詩：「洞庭張樂地，瀟湘帝子游。」

17. 【補注】星宮：《前漢書・天文志》：「經星常宿，中外官凡百七十八名，積數七百八十三星，皆有州國官宮物類之象。」

18. 【補注】瓊漿：《楚辭》：「華酌既陳，有瓊漿些。」

19. 【補注】羽人：《楚辭》：「仍羽人於丹丘兮。」

20. 【注疏】二解，唐汝詢曰：「此借仙官以喻朝貴也。」仇曰：「北斗象君，群帝指王公；麟鳳旌旗，言騎從儀衛之盛；影動瀟湘，謂聲勢傾動乎；南楚星君，比近侍之沾恩者；羽人，比遠人之去國者。」《靈樞奎景內經》：「下雜塵境，上界玉京。」《元君》注：「玉京者，無為之天也。東、西、南、北各有八天，凡三十二天，蓋三十二帝之都。玉京之下乃崑崙北都。」江淹詩：「群帝共上下。」趙注：「群帝如五方之帝、三十二天之帝，雖皆稱帝而於大帝為卑，猶諸王、三公之於天子也。」《晉書・天文志》：「北斗七星在大微北，人君之象，號令之主。」《集仙錄》：「群仙畢集，位高者乘鸞，次乘麒麟，次乘龍、鳳、鶴，每翅各大丈餘。」翳，語助辭。蕭愨詩：「芙蓉露下落。」此「落」字本所謂旌旗如落煙霧之中。相如〈大人賦〉：「貫列缺之倒景兮。」注引凌陽子《明經》：「列缺氣去地二千四百里，倒景氣去地四千里，其景皆倒在下。」《漢書・郊祀志》：「登遐倒景。」注：在日月之上，反從下照，故其景倒。《真誥》：「羽童捧漿瓊。」漿，酒也。《楚辭》：「仍羽人於丹丘兮。」羽人，飛仙也。仇曰：「羽人稀少，韓已去位。」此句起下。

21. 【補注】赤松子：《史記・留侯世家》：「張良曰：『吾以三寸如為帝者師，封萬戶，位列侯，布衣之極，於良足矣。願棄人間事，從赤松子遊耳。乃學辟穀引道輕身。』」

22. 【補注】韓張良：陸機《高祖功臣傳》：「太子少傅留文成侯韓張良。」

23. 【補注】劉氏：《史記・高祖本紀》：「帝嘗與呂后曰：『周勃厚重少文，然安劉氏者必勃也。』」令為太尉。

24.【補注】帷幄：〈高帝紀〉：「運籌帷幄之中，決勝千里之外，吾不如子房。」

25.【補注】色難：《神仙傳》：「壺公數試費長房，繼令噉溷，臭惡非常，長房色難之。」

26.【補注】腥腐：鮑照詩：「何時與爾曹，啄腐共吞腥。」

27.【補注】楓香：《爾雅注》：「楓有脂而香。」《南史》：「任昉營佛殿，調楓香二石。」

【注疏】三解，仇曰：「申明諫議去官之故。」又曰：「以張良、方韓是當平定西京者，帷幄未改言，老謀仍在。成敗豈敢，言不忘憂國。色難腥腐，蓋厭濁世而思潔身矣。」〈張良傳〉：「願去人間事，從赤松子遊耳。」赤松子，詳浩然〈宴梅道士〉詩（編按應為〈宴梅道士山房〉詩）。《漢書》：「張良，字子房，其先韓人也。」〈高祖紀〉：「運籌帷幄之中，決勝千里之外，吾不如子房之功。」〈出師表〉：「至於成敗利鈍，非臣之明所能。」逆，覩也。《前漢．鄧通傳》：「太子齰癰而色難之。」鮑照〈升天行〉：「何時與爾曹，啄腐共吞腥。」注：啄腐吞腥，謂酒肉之人。《爾雅》注：「楓似白楊，葉圓而岐，有脂而香，今之楓香是也。」張遠注：「楓香，道家以之合藥，故云餐。」

28.【補注】周南留滯：《史記．太史公自序》：「是歲，天子始建漢家之封，而太史公留滯周南，不得與從事。」注：古之周南，今之洛陽。

29.【補注】老人壽昌：《晉書》：「老人一星在弧南，一曰南極，常以秋分之旦見於丙，秋分之夕沒於丁。見則治平，主壽昌。」

30.【補注】玉堂：《十洲記》：「崑崙有流精之闕、碧玉之堂，西王母所治也。」按《夢溪筆談》：「唐翰林院在禁中，乃人主燕居之所。玉堂、承明、金鑾殿皆在其間。」

【注疏】四解，仇曰：「末想其老成宿望，再出而濟世匡君也。」杜曰：「南極老人非祝其多壽，此星治平則見進此人於玉堂，是即老人星見矣，蓋意在治平也。」《史記》：「太史公留滯周南。」《晉書》：「老人一星在弧南，一曰南極，常以秋分之旦見於丙，秋分之夕見於丁。見則治平，主壽昌。」玉堂即主殿。顏師古曰：「玉殿在未央宮。」

# 古柏行[1]

孔明廟前有老柏，[2]柯如青銅根如石；[3]霜皮溜雨四十圍，黛色[4]參大二千尺。雲來[5]氣接巫峽[6]長，月山寒通雪山[7]白。[8]君臣已與時際會，[9]樹木猶為人愛惜。[10]（眉批）二句揭明通首作意。憶昨路遶錦亭[11]東，先主武侯同閟宮。[12]崔嵬枝幹郊原古，窈窕[13]丹青戶牖[14]空。落落[15]盤踞[16]雖得地，[17]冥冥孤高多烈風。[18]扶持[19]自是神明力，正直原因造化功。[20]（眉批）是古柏，是孔明廟前之柏，正喻夾發，言近指遠，託興遙深。大廈[21]如傾要梁棟，[22]萬牛[23]迴首丘山[24]重。不露文章[25]世已驚，未辭翦伐[26]誰能送？苦心豈免容螻蟻，[27]香葉曾經宿鸞鳳。[28]志士幽人莫怨嗟，古來材大難為用！[29]（眉批）結穴。

1.【注疏】鶴注：「此大曆元年至夔州作。」趙次公曰：「成都先主廟，武侯祠堂附焉。夔州先主廟、武侯廟，各別。」此詩云：「孔明廟前有老柏。」蓋指夔州柏也。中云：「憶昔路繞錦亭東，先主武侯同閟宮。」追言成都廟中柏也。公〈夔州十絕〉云：「武侯祠堂不可忘，中有松柏參天長。」此可證也。蔡夢弼曰：「成都先主廟西院即武侯祠，有武侯手植古柏。」公〈蜀相〉詩云：「丞相祠堂何處尋？錦官城外柏森森。」此又一證也。田況《古柏記》：「自唐季凋瘁，歷王、孟二國，蠹槁尤甚。然以祠中樹，無敢伐者。宋，乾德丁卯歲仲夏，枯柯復生，日益敷茂，觀者嘆聳，以為榮枯之變，應時治亂。自二分迄今，八百餘年矣。明季，蜀經張獻忠之亂，成都老柏今不復存。」

2.【補注】孔明廟柏：《蜀志》：「諸葛亮字孔明，身長八尺，每自比于管仲樂毅。先主即帝位，策為丞相。建興元年封武鄉侯。」按，趙注《杜詩解》：「成都先主廟，武侯祠堂附焉。夔州先主廟、武侯廟各別。」此詩蓋指夔州柏也。按，杜詩〈夔州十絕〉云：「武侯祠堂不可忘，中有松柏參天長。」即指此。

3.【補注】銅石：任昉《述異記》：「盧氏縣有盧君冢，冢傍柏一株，……根勁如銅石。」

4.【補注】黛色：江淹〈靈丘竹賦〉：「參差黛色。」

5.【補注】雲來：蕭慤詩：「雲來覺山近。」

6.【補注】巫峽：《宜都山川記》：「巴東三峽巫峽長。」（編按，本文有誤，《宜都山川記》內文應為「巴東三峽猿鳴悲」。「巴東三峽巫峽長」出於《水經注》）

7.【補注】雪山：《後漢書．班超傳》注：「西域有白山，通歲有雪，亦名雪山，在成都西。」

8.【注疏】二句舊在愛惜之下，今依須溪改正則氣順矣。

9.【補注】際會：張衡詩：「邂逅承際會。」

10.【補注】愛樹：《左傳》：「思其人，猶愛其樹。」

【注疏】一解，先敘古柏興起，君臣際會之盛衰也。銅比幹之青，石比根之堅。霜皮溜雨，色蒼白而潤澤也。四十圍，二千尺，形容柏之高大也。氣接巫峽，寒通雪山，正從高大處，想見其聳峙陰森氣象耳。君臣際會即起下「先主武侯」。巫峽在東而近，雪山在西而遠。朱注：「四十圍、二千尺，皆假象為詞，非有故實。」任昉《述異記》：「盧氏縣有盧君冢，冢傍柏二株根，……勁如銅石。」劉越石〈扶風歌〉：「上枝拂青雲，中心十數圍。」江淹〈靈丘竹賦〉：「參差黛色。」《左傳》：「思其人，猶愛其樹，況用其道而不恤其人乎。」

11.【補注】錦亭：《蜀志》：「錦江，織錦成，濯其中則鮮明，故曰錦江。」按錦江在成都。朱注：「嚴武有〈寄題杜二錦江野亭〉詩，故曰錦亭。」

12.【補注】閟宮：《詩．魯頌》：「閟宮有侐。」注：閟，深閉也。宮，廟也。侐，清靜也。《成都古今記》：

「先主廟西院即武侯廟，廟前有雙大柏，古峭可愛，人云武侯所植。」趙注：「此追言成都廟中柏也。」

13.【補注】窈窕：〈魯靈光殿賦〉：「旋室便娟以窈窕。」

14.【補注】戶牖：鮑照詩：「開軒當戶牖。」

15.【補注】落落：杜篤賦：「長松落落。」

16.【補注】盤踞：中山王〈文木賦〉：「或如龍盤虎踞。」

17.【補注】得地：沈約賦：「棲根得地。」

18.【補注】烈風：陸機序：「欲隕之葉，無所借烈風。」

19.【補注】扶持：〈遊天台山賦〉：「實神明之所扶持。」

20.【注疏】二解，此詠成都古柏，若非先主武侯英靈，安能至今不朽哉！仇曰：「郊原古有，古致也。戶牖空虛，無人也。此柏下雖得地而上受風侵，至今長存無恙者，蓋以神明呵護為造化鍾靈耳。錦亭，錦江野亭也。」《錢箋》：「《寰宇記》：『先主廟在成都府西八里，惠陵東七十步。武侯廟在先主廟西。』」《成都記》：「先主廟西院即武侯廟，廟前有雙大柏，古峭可愛，人云諸葛手植。」《詩》：「閟宮有侐。」《詩正義》：「所居之宮形狀窈窕，幽深而閒靜也。」〈司馬相如傳〉：「丹青赭堊。」杜篤〈首陽山賦〉：「長松落落。」《西京雜記》：「中山王〈文木賦〉：『或如龍盤虎踞。』」沈約〈高松賦〉：「鬱彼高松，栖根得也。」陸機〈豪士賦序〉：「欲隕之葉，無所借烈風。」〈天台山賦〉：「實神明之所扶持。」王羲之詩：「大矣造化工，萬殊莫不均。」

21.【補注】大廈：《文中子》：「大廈之傾，非一木所支。」

22.【補注】梁棟：《晉書》：「栝柏豫章雖小，已有棟梁之器。」梁武帝詩：「出家為上首，入仕作梁棟。」

23.【補注】萬牛：按本詩注，杜預《水災疏》：「所留好種萬頭。」此萬牛所本。

24.【補注】丘山：鮑照詩：「丘山不可勝。」

25.【補注】文章：中山王〈文木賦〉：「既撥既刊，見其文章。」

26.【補注】翦伐：《詩・召南》：「蔽芾甘棠，勿翦勿伐，召伯所茇。」

27.【補注】螻蟻：賈誼賦：「橫江湖之鱣鯨兮，固將制於螻蟻。」按螻即螻蛄，秦晉間謂之蠹。

28.【補注】鸞鳳：《易林》：「枝葉茂盛，鸞鳳以庇。」謝承《後漢書》：方儲種松柏，鸞棲其上。

29.【注疏】三解，因物及人，慼慨繫之矣。仇曰：「濟世大任必須大材，問世大材須是大用，能用則為宗臣名，世不用則為志士幽人。」此段托喻大意。「大廈」四句伏下材大難用。容螻蟻，傷其赤心已盡。宿鸞鳳，喜其餘芳可挹。賦中皆有比義。《文中子》：「大廈之傾，非一木所支。」《晉書》：「袁粲見王儉而嘆曰：『宰相之材也。栝柏豫章雖小，已有棟梁之器。』」杜預《水災疏》：「所留好種萬頭。」此萬牛所本。鮑照詩：「邱山不可勝。」〈文木賦〉：「既剝既刊，見其文章。」《詩》：「蔽芾甘棠，勿翦勿伐。」郭璞〈蚍蟻賦〉：「屬莫賤於螻蟻。」《焦氏易林》：「枝葉茂盛，鸞鳳以庇。」《杜臆》：「才大難為用，出王充《論衡》，即孔子道大莫容意。」皇常明曰：「『不露文章』二句，先器識，後文藝，與浮華炫露者自異也。『大廈』二句，此賢者難進而易退，非其招不往也。」

## 觀〈眉批〉書法妙。公孫大娘弟子舞劍器行并序〈眉批〉題已定詩旨。

大曆（代宗年號）二年十月十九日，夔府別駕元持宅，見臨潁李十二娘舞劍器，壯其蔚跂（音同其），問其所師？曰：「余公孫大娘弟子也。」開元三載[1]，余尚童稺，記於郾城[2]觀公孫氏舞劍器[3]、渾脫[4]，瀏灕頓挫，獨出冠時。自高頭宜春[5]梨園[6]二伎坊內人，洎外供奉，曉是舞者，聖文神武皇帝初，公孫一人而已。玉貌[7]錦衣，況余[8]白首；今茲弟子，亦匪盛顏。既辨其由來，知波瀾莫二，撫事慷慨，聊為〈劍器行〉。昔者吳人張旭[9]，善草書帖，數常於鄴縣，見公孫大娘舞西河劍器，自此草書長進，豪蕩感激，即公孫可知矣。[10]

昔有佳人公孫氏，一舞劍[11]器動四方。觀者如山色沮喪，[12]天地為之久低昂。[13]㸌如羿射九日[14]落，矯如群帝[15]驂龍翔。來如雷霆[16]收震怒，[17]罷如江海凝清光。[18]絳脣珠袖兩寂寞，晚有弟子傳芬芳。臨潁美人在白帝[19]，妙舞此曲神揚揚[20]。與余問答既有以[21]，感時[22]撫事增惋傷。[23]先帝侍女八千人，公孫劍器初第一。五十年[24]間似反掌[25]，風塵澒洞[26]昏王室。梨園子弟散如煙，女樂餘姿映寒日。[27]金粟堆前木已拱[28]，瞿塘石城草蕭瑟。玳筵急管曲復終，樂極哀來[29]月東出[30]。老夫不知其所往？足繭[31]荒山轉愁疾。[32]

1. 【注疏】《錢箋》：「三載一作五載，時公年六歲。公七齡思即壯，六歲觀劍，似無不可。詩云『五十年間似反掌』，自開元五年至是年，凡五十一年。」
2. 【補注】郾城臨潁：《唐書．地理志》：「臨潁郾城二縣，俱屬許州。」按，許州在河南。
3. 【補注】公孫劍器：《明皇雜錄》：「安祿山獻白玉簫管數百事，陳於梨園，諸公主及虢國以下，競為貴妃弟子。時公孫大娘能為〈鄰里曲〉及〈裴將軍滿堂勢〉、〈西河劍器渾脫舞〉，妍妙皆冠絕於時。」
4. 【補注】渾脫：《樂府雜錄》：「健舞曲有稜大、阿連、柘枝、劍器、胡旋、胡騰等。」《正字通》：「劍器，武舞，用女伎雄妝，空手而舞。」《文獻通考》：「或以劍器為刀劍，誤也。」《唐書》：「中宗宴近臣及修文學士，詔偏為伎。工部尚書張錫為〈談容娘舞〉，將作大匠宗晉卿為〈渾脫舞〉。」注：按《五行志》：「長孫無忌以烏羊毛為渾脫氈帽，謂之趙公渾脫，因演以為舞。」《居易錄》：「按陳暘《樂書》云：『樂府諸曲，自古不用犯聲，唐自則天末年，〈劍器〉入〈渾脫〉，為犯聲之始。〈劍器〉，宮調；〈渾脫〉，商調。以臣犯君，故為犯聲。又唐多解曲，〈柘枝〉用〈渾脫〉解之類。』」觀此，則〈劍器〉、〈渾脫〉自別為舞曲之名。今人誤讀〈杜詩序〉，以〈劍器〉為句，而以「渾脫瀏灕頓挫」六字為句，以為極贊舞器之妙，譌謬沿襲。文字中往往以「渾脫瀏灕」四字連綴用之，可笑也。又閱李中麓〈開元太僕塞上曲〉云：「黃河萬里障邊隅，點鹵年來謀計殊。不用輕帆並短棹，渾脫飛渡只須臾。」自注云：「脫音駝，然後知渾脫舞、渾脫帽皆當作平聲。」按：「朱中丞《續談》云：『予于役三關，次太子灘，隔岸群彝來，亂流而渡，見有騎一物浮水面者，問之，曰渾脫也。蓋取羊皮去其骨肉而製之，故以為名。』」渾脫帽義應爾。

5.【補注】高頭宜春：《教坊記》：「右教坊在光宅坊，左教坊在延政坊。右多善歌，左多工舞。妓女入宜春苑，謂之內人，亦曰前頭人。」按，高頭疑即前頭之謂。

6.【補注】梨園：《唐書．禮樂志》：「明皇既知音律，又酷愛法曲，選坐部伎子弟三百教于梨園，聲音有誤者必覺而正之，號皇帝梨園弟子。」

7.【補注】玉貌：鮑照〈蕪城賦〉：「東都妙姬，南國麗人。蕙心紈質，玉貌絳脣。」

8.【補注】况余：按蘅塘退士云：「况余二字，當是晚餘之訛。」又按，《讀杜心解》評云：「玉貌憶公孫，白首悲今我。」則「况余」二字不謬矣。

9.【補注】張旭：《國史補》：「旭常言，始吾見公主、擔夫爭路，而得筆法之意，後見公孫氏舞劍器而得其神。」

10.【注疏】《唐書》：「臨潁、郾城二縣，俱屬許州段安節。」《樂府雜錄》：「健武曲有稜大、阿連、柘枝、劍器、胡旋、胡騰等；軟舞曲有涼州、綠腰、蘇合香、屈柘、團圓、旋、甘州等。」《正字通》云：「劍器，古武舞之曲名。其舞用女妓雄妝，空手而舞。見《文獻通考．舞部》。《新唐書．五行志》：「長孫無忌以烏羊毛為渾脫氈帽，人多效之，謂之趙公渾脫。因演以為舞。」崔令欽《教坊記》：「右教坊在光宅坊，左教坊在延政坊，右多善歌，左多工舞，妓女入宜春院，謂之內人。」《雍錄》：「開元二年正月，置教坊於蓬萊宮側，上自教法曲，謂之梨園弟子。」《明皇雜錄》：「上素曉音律，安祿山獻白玉蕭管數百，事陳於梨園，自是音響不類人間。諸公主及虢國以下，競為貴妃弟子，每受曲之終，皆廣有進奉。時公孫太娘能為〈鄰里曲〉及〈裴將軍滿堂勢〉、〈西河劍器渾脫舞〉，妍妙皆冠絕於時。」李肇《國史補》：「張旭草書得筆法，後傳張邈、顏真卿。旭嘗言：『始吾見公主、擔夫爭路，而得筆法之意；後見公孫氏舞劍器，而得其神。』」正此注腳。

11.【補注】觀者：《禮記》：「觀者如堵。」

12.【補注】沮喪：《莊子》：「嗒焉似喪其耦。」

13.【注疏】一解，此言公孫氏妙技不但驚人，且感動天地也。色沮，喪駭貌。久低，昂動貌。曹植詩：「南國有佳人。」《書》：「四方風動。」《禮記》：「觀者如堵。」《莊子》：「嗒焉似喪其耦。」《前漢書．楊惲傳》：「奮袖低昂，頓足起舞。」

14.【補注】九日：《淮南子》：「堯時十日並出，堯令羿射中九日，烏皆死，墜其羽翼。」

15.【補注】群帝：夏侯玄賦：「又如東方群帝兮，騰龍駕而翺翔。」

16.【補注】雷霆：《易》：「鼓之以雷霆，潤之以風雨。」

17.【補注】震怒：《書》：「皇天震怒。」

18.【注疏】二解，狀公孫氏健舞之神，正承天地，久低昂意。仇曰：「㸌然下垂，如九日之並落，矯然上騰，如驂龍翔空；其來忽然，如雷霆過而響尚留，其罷陡然，如江海澄而波乍息，皆細摩舞態也。」黃生注考《教坊記》：「劍器乃健舞也。」故序云「壯其蔚跂」，而詩以「四如」形容之。下一句尤妙，方見不是雄裝健兒。梁元帝賦：「睹㸌火之迢遙。」《淮南子》：「堯時十日並出，堯令羿射中九日，日烏皆死，墮其羽翼。」夏侯玄賦：「又如東方群帝兮，騰龍駕而翺翔。」《詩》：「如雷如霆，徐方震驚。王奮厥武，如震如怒。」江海凝青光，言舞罷時如江海波濤忽然止息，澄凝之象，則見一片青光包涵水面也。

19.【補注】白帝：《元和郡國志》：「公孫述至魚復，有白龍出井中，因號魚復為白帝城。」《寰宇記》：「公孫述據蜀，自以承漢土運，故號曰白帝城。」按，白帝城在四川夔州府東。

20.【補注】揚揚：〈管晏列傳〉：「意氣揚揚，甚自得也。」

21.【補注】有以：《史記》：「信陵君不恥下交，有以也。」

22.【補注】感時：《楚辭》：「余感時兮悽愴。」

23.【注疏】三解敘出弟子。仇曰：「寂寞傷公孫已逝，芬芳喜李氏猶存。絳脣珠袖，公孫氏之玉貌舞衣也，猶言人琴俱亡，故曰兩寂寞。」〈神女賦〉：「吐芬芳其若蘭。」《唐書．地理志》：「潁川郡有臨潁縣白帝城。」美人名李十二娘也。其家屬臨潁，今於白帝城中遇之，故云。梁簡文帝詩：「妙舞自巴渝。」劉琨詩：「此曲悲且長。」《史記．晏子傳》：「意氣揚揚。」《詩》：「必有以也。」《楚辭》：「余感時兮悽愴。」《傳》：「亮為宋公修張良廟，教撫事彌深。」《六書故》：「惋，駭恨也。」

24.【補注】五十年：按，自開元三年至是凡五十三年。

25.【補注】反掌：《漢書．枚乘傳》：「易於反掌，安於泰山。」

26.【音釋】澒音鬨。《說文解字》：「从水項聲。」《廣韻》：「胡孔切，五。」

【補注】澒洞：《淮南子》：「未有天地之時，……鴻濛澒洞。」按，澒音汞，澒洞，相連貌。

【注疏】音汞。

27.【補注】寒日：陶潛詩：「慘慘寒日。」

【注疏】四解，又追敘公孫氏，有傷往事意。仇曰：「風塵，指祿山陷京；餘姿，即臨潁舞態。」《文中子》：「如反掌耳。」言其速也。《淮南子》：「未有天地之時，……鴻濛澒洞，莫知其門。」澒洞，相連貌，昏，暗也。《詩》：「王室如燬。」陶潛詩：「慘慘寒日。」即李白詩「宮女如花滿春殿，只今惟有鷓鴣飛」意。

28.【補注】木拱：《左傳》：「穆公曰：『爾何知，中壽，爾墓之木拱矣。』」

29.【補注】哀來：魏文帝樂府：「樂往哀來摧肺肝。」

30.【補注】月東出：《詩》：「日居月諸，東方自出。」

31.【補注】足繭：《戰國策》：「蘇子足重繭，日百里而後舍。」注：繭，足胝也。

32.【注疏】五解，言世事荒涼，自傷老而不遇也。仇曰：「金粟承先帝，瞿塘承白帝，樂極承妙舞，哀來承撫事，足繭行遲反，愁太疾臨去。而不忍去也。」《長安志》：「明皇太陵在蒲城東北之金粟山。」《傳》：「爾墓之木已拱矣。」《漢書．食貨志》：「石城十仞。」蕭瑟，黃落貌。江淹詩：「玳筵歡趣密。」鮑照詩：「催筵急管為君舞。」〈司馬相如傳〉：「曲終而奏雅。」漢武帝〈秋風辭〉：「歡樂極兮哀情多。」月東出，用「長夜漫漫何時旦意」。老夫，自謂也，不知其所往，用「予安適歸」意。《戰國策》：「足重繭而不休息。」注，足傷皮皺如蠶繭也。荒山，比世衰轉反也。

【注疏】附渾脫說：〈居易錄〉陳暘《樂書》云：「樂府諸曲，自古不用犯聲。唐自則天末年，劍器入渾脫，為犯聲之始。劍器，官調；渾脫，商調。以臣犯君，故為犯聲。又唐多解曲，如柘枝用渾脫解之類，觀此，則劍器渾脫自各為舞曲之名，今人誤讀。」〈杜詩序〉：「以劍器為句，而以『渾脫瀏灕頓挫』六字為句，以為極贊舞器之妙，譌謬沿襲，文字中往往以『渾脫瀏灕』四字連綴用之，可笑也。」李中麓〈開元太僕塞上曲一首〉云：「黃河萬里障邊隅，黠虜年來謀計殊。不用輕帆并短棹，渾脫飛渡只須臾。」自注：「然後知渾脫舞、渾脫帽皆當作平聲。」脫音駝。朱中丞《涴水續談》云：「唐長孫無忌以烏羊毛為渾脫氈帽，時人效之，號趙公渾脫。予於役三關，次太子灘。隔岸群彝來見，亂流而渡。見有騎一物浮水面者，問之，曰渾脫也。蓋取羊皮去其骨肉而製之，故以為名。趙公之帽，義亦應耳。」

## 元結

# 石漁湖上醉歌并序[1]

漫叟[2]以公田米釀酒，因休暇，則載酒於湖上，時取一醉。歡醉中，據湖岸，引臂向魚取酒，使舫載之，徧飲坐者。意疑倚巴丘，酌於君山[3]之上，諸子環洞庭而坐，酒舫泛泛然觸波濤而往來者，乃作歌以長之。

**石魚湖，似洞庭，夏水欲滿君山青。[4]山為樽，水為沼，酒徒[5]歷歷坐洲島。[6]長風連日作大浪，不能廢人運酒舫。[7]我持長瓢坐巴丘，[8]酌飲四座以散愁。[9]**

1. 【補注】石魚湖：元結〈石魚湖上詩序〉：「漚泉南山有獨石，在水中，狀如游魚，魚凹處，修之可以賙酒。水涯四匝，多欹石相連，石上堪人坐，水能浮小舫載酒，又能繞石魚洄流，乃命湖曰石魚湖，鐫銘於湖上，顯示來者，又作詩以歌之。」

2. 【補注】漫叟：《唐詩紀事》：「元結始號猗玗子，後稱浪士，又曰漫郎，更曰聱叟。」《唐書．元結傳》：「酒徒又曰公漫久矣，可以漫為叟。」

3. 【補注】君山：《博物志》：「君山上有美酒數斗，得飲者不死。」《水經注》：「是山，湘君之所遊處，故曰君山。昔秦始皇遭風于此而問其故？博士曰：『湘君出入則多風。』」按，君山在岳州府西南洞庭湖中。君山有石穴潛通吳之包山。郭景純所謂「巴陵地道」是也。

4. 【注疏】一解，先敘湖中風景。元結〈石漁湖上詩序〉：「漚泉南山有獨石，在水中，狀如游魚，魚凹處，修之可以賙酒。水涯四匝，多欹石相連，石上堪人坐，水能浮小舫載酒，又能繞石魚洄流，乃命湖曰石魚湖，鐫銘於湖上，顯示來者。又作詩以歌之。」夏水，洪水也，洪水漲則見石魚浮於水面。卻似一點君山，故曰似。

5.【補注】酒徒：《史記．酈生傳》：「酈生瞋目按劍叱使者曰：『走！復入言沛公，吾高陽酒徒，非儒人也。』」

6.【注疏】二解，次敘賞覽山，為樽取酒，近「南山作壽杯」意。《史記．酈生傳》：「酈生瞋目按劍，叱使者曰：『走！復入言沛公，吾高陽酒徒，非儒人也。』」《爾雅．釋水》：「水中可居曰洲。」《說文》：「海中有山，可依止曰島。」

7.【注疏】三解，言日日行樂，不為風雨所阻也。高啟詩：「林近書燈露，溪迴酒舫通。」

8.【補注】巴丘：巴丘湖亦名青草湖，北連洞庭南。按，漢湘東納汨羅之水，巴丘山在岳州府南。羿屠巴蛇于洞庭，積骨為丘，故名。

9.【注疏】四解，有長隱意。瓢，酒瓢也。高適詩：「兀然還復醉，尚握樽中瓢。」握，持也。《爾雅》：「楚有雲夢。」注，今華容巴邱湖，比石魚湖也。晉〈白紵舞歌詩〉：「清歌徐舞降祇神，四座歡樂胡可陳。」李商隱詩：「欲為平生一散愁，洞庭湖上岳陽樓。」

【注疏】按此詩元公必傷唐季，淡於宦途，有懷隱遁而作，故托石魚湖以起興耳。「石魚」等句，言欲隱遁不必遙在三湘五湖方為真隱，即此石魚湖，當夏水滿溢之時，安見不及洞庭君山也。「山為樽」等句，遇此勝境正堪盤旋笑傲也。「長風」二句比世亂，下句有鳥自高飛，羅當奈何意。末以逍遙世外之情結之。

## 韓愈

愈，字退之，昌黎人。三歲而孤，兄會嫂鄭鞠之，隨兄官嶺表。兄卒，愈自知刻苦學儒，比長，通六經百家。貞元八年擢進士，累調四門博士，遷監察御史，上疏極論宮闈，德宗怒，貶陽山令。元和初，擢知國子博士，分司東都，改都官員外郎，尋復爲博士，改比部郎中，進中書舍人，爲裴度行軍司馬。平蔡，遷刑部侍郎。憲宗迎佛骨入禁內，上表力諫。帝怒，將抵以死，大臣皆爲愈言，乃貶潮州刺史，量移袁州，召拜國子祭酒，轉兵部侍郎。王廷湊亂，召愈宣諭，極論順逆利害，廷湊畏服之。歸，轉吏部侍郎，轉京兆尹兼御史大夫，後以李逢吉、李紳交構，遺患於愈，罷爲兵部侍郎，後復爲吏部侍郎。卒年五十七，贈禮部尚書，謚曰文。

# 山石[1]

山石犖确[2]行徑微，黃昏到寺[3]蝙蝠[4]飛。升堂坐階新雨足，芭蕉[5]葉大梔子[6]肥。[7]僧言古壁[8]佛畫好，以火來照所見稀。[9]鋪床拂席置羹飯，疏糲[10]亦足飽我飢。[11]夜深靜臥百蟲絕，清月[12]出嶺光入扉。[13]天明獨去無道路，出入高下窮煙霏。[14]山紅澗碧紛爛漫，時見松櫪[15]皆十圍。[16]當流赤足蹋澗石，水聲激激風生衣。[17]人生如此自可樂，豈必局束為人鞿[18]？嗟哉吾黨[19]二三子[20]，安得至老不更歸？[21]

1. 【注疏】樊曰：「此時當是去徐即洛時作，故其後有『人生如此自可樂，豈必局束為人鞿』之句，蘇內翰嘗與客遊南溪，醉後相與解衣濯足，因詠公此篇，慨然知其所以樂，而忘其在數百年之外，因次其韻，見《坡集》。」

2.【補注】犖确：《正韻》：「磽确，石地，亦作墝确。」按，犖确，亦石地不平貌。

3.【補注】黃昏到寺：按肄園居士注：「《韓文公外集》：『洛北惠林寺題名云：貞元十七年七月二十二日宿此而歸。詩云「哺時堅坐到黃昏」，與此正一時事。』」

4.【補注】蝙蝠：《爾雅》：「蝙蝠，服翼。」注，或謂之仙鼠。曹植賦：「明伏暗動，盡似鼠形。」按《烏臺詩話》：「燕以日出為旦，日入為夕。蝠以日入為旦，日出為夕，爭之不決。」

5.【補注】芭蕉：蘇頌《草木疏》：「芭蕉葉大者二、三尺，圍重皮相襲，葉如扇生。」

6.【補注】梔子：《酉陽雜俎》：「諸花少六出者，惟梔子花六出，即西域薝蔔花也。」梔與支同。

7.【注疏】一解，敘入寺正當黃昏雨後，初夏之時也。《集韻》：「犖，力角切，音碧，不平貌。」《正韻》：「确音學。」磽确，石地也。徑，山路也。微，微茫也。《爾雅．釋鳥》：「蝙蝠，服翼。」注，齊人呼為蟙蠌，或謂之仙鼠。梔子，花也。開盛曰肥。芭蕉葉大，梔子肥時，正寫夏景。

8.【補注】古壁：盧照鄰詩：「古壁有丹青。」

9.【注疏】敘黃昏時，與僧交接看畫。

10.【補注】疏糲：《詩》：「彼疏斯粺。」《箋》：「疏，麤也，謂糲米也。」按，〈汧國夫人傳〉：「李娃曰：『今夕之費，願以貧窶之家，隨其疏糲以進之。』」

11.【注疏】敘山僧款待殷勤也。

12.【補注】清月：王融詩：「清月冏將曙。」

13.【注疏】敘寺中留宿，二解。六句敘來，分開三層，從黃昏寫到夜深，有次序，句句不脫僧寺、不離夜深。末句造語尤為奇絕。

14.【補注】煙霏：〈廣絕交論〉：「煙霏雨散。」

【注疏】敘天明辭歸尚早，不能辨其歸路。應上「行逕微」句。

15. 【補注】松櫪：〈南都賦〉：「其木則樫松楔稷，槾栢杻櫄，楓柙櫨櫪，帝女之桑。」

16. 【注疏】敘日出時一路所見之景。應上「芭蕉葉大梔子肥」句。

17. 【注疏】三解，敘一路所聞景。「當流足蹋」應上「升堂坐階」；「水聲激激」應「新雨定」。無道路，為煙霏所迷也。出入高下，山徑崎嶇也。曉日出時所照之山，必有紅光。澗中之水，其色碧綠也。十圍，言其大也。爛漫，日光也。當流，涉水也。赤足，銑腳也。激激，流水也。風生衣，言人立澗石而清風吹動衣襟以取樂也。

18. 【補注】鞿：《楚辭》注：「馬韁在口曰鞿。」《漢書．刑法志》：「是以猶鞿而御駻突。」

19. 【補注】吾黨：《論語》：「吾黨之小子狂簡。」

20. 【補注】二三子：《論語》：「二三子以我為隱乎。」

21. 【注疏】四解，以感慨結之，如此緊跟。「當流」、「赤足」二句有振衣千仞岡，濯足萬里流意。自可樂者，可以樂饑也。束，拘束。局，局促也。屈原《離騷》：「余雖好修姱以鞿羈兮，謇朝誶而夕替。」注，馬韁在口曰鞿，革絡頭曰羈。末句有歸歟之嘆。

## 八月十五夜贈張功曹[1]

纖雲[2]四卷天無河，[3]清風吹空月舒波。[4]沙平水息聲影絕，[5]一盃相屬君當歌。[6]君歌聲酸辭且苦，不能聽終淚如雨。[7]（眉批）此時公與張俱徙掾江陵，俟命於郴而作。洞庭連天九疑[8]高，蛟龍出沒猩鼯[9]號。十生九死到官所，[10]幽居默默如藏逃。下牀畏蛇食畏藥[11]，海氣濕蟄[12]熏腥臊。[13]昨者州前搥大鼓，嗣皇繼聖登夔皐。[14]赦書[15]一日行萬里，[16]罪從大辟皆除死。[17]遷者追迴流者還，滌瑕[18]蕩垢清朝班。州家[19]申名使家[20]抑，[21]坎軻[22]祇得移荊蠻。[23]判司[24]卑官不堪說，未免捶楚[25]塵埃間。同時流輩多上道，天路幽險[26]難追攀。[27]君歌且休[28]聽我歌，[29]我歌今與君殊科。[30]一年明月今宵多，[31]人生由命非出他，[32]有酒不飲奈明何？[33]

1. 【補注】張功曹：《張署墓志》：「署，河間人，舉進士，拜監察御史，為幸臣所讒，與同輩韓愈、李方叔三人俱為縣令南方。二年逢恩，俱徙掾江陵，半歲，邕管等奏為判官。」
【注疏】樊曰：「張功曹，署也。公與張以貞觀二十一年二月二十四日赦自南方，俱徙掾江陵，至是俟命於郴，而作是詩。公在江陵《祭郴州李使君》云：『輟行謀於俄頃，見秋月之三彀。逮天書之下降，猶低回以宿留。』此其證也，詩怨而不亂，有〈小雅〉之風。」

2. 【補注】纖雲：傅玄詩：「纖雲時髣髴。」

3. 【注疏】層次。

4. 【補注】月波：《漢書．郊祀歌》：「月穆穆以金波。」
【注疏】層次。

5. 【注疏】層次頓，再讀下句。

6. 【補注】當歌：魏武帝〈短歌行〉：「對酒當歌，人生幾何。」
【注疏】一解，先敘中秋賞月對酒當歌也。《說文》：「纖，細也。」四，天之四邊也。卷，收也。河，天河。無者，言纖雲尚未卷盡而天河猶隱也。《國語》：「火見而清風戒寒。」吹空，言雲吹去而見澄空也。波，水波。月色舒來，其光如水流動，月明見沙平，水靜風聲息也。聲，水聲。影，月影。絕，清絕。萬籟俱寂，夜已深也。師古曰：「屬，什也，猶今之舞訖。」相，勸也。魏武帝〈短歌行〉：「對酒當歌，人生幾何？」

7. 【注疏】二解，關鈕處。上句完「君當歌」，忍不住嗚咽之聲；下句令聽者有無限淒其之感。

8.【補注】九疑：《水經注》：「營水西流，逕九疑山下，磐基蒼梧之野，峯秀數郡之間。羅巖九舉，各導一谿，岫壑負阻，異嶺同勢，遊者疑焉，故曰九疑山。」按，疑亦作嶷。九疑山，大舜葬處，在永州府寧遠縣南。

9.【補注】猩鼯：猩、見七絕「已涼」注。《爾雅．釋鳥》：「鼯鼠，夷由。」注，狀如小狐，似蝙蝠，肉翅，項脅毛紫黑色，背上蒼艾色，腹下黃，喙頷雜白，腳短爪長，尾二尺許，飛且乳，亦謂之飛生鼠，聲如人呼，一曰夷由。江淹詩：「夜聞猩猩啼，朝見鼯鼠游。」

10.【注疏】孫曰臨武。

11.【補注】畏蛇畏藥：按，南方多蛇，又多畜蠱，以毒藥殺人，見聞人倓《古詩箋注》。

12.【補注】濕蟄：《洛陽伽藍記》：「地多濕蟄，攢育蟲蟻。」

13.【補注】腥臊：《韓子》：「腥臊惡臭，而傷害腹胃。」

【注疏】自敘到官之苦。

14.【音釋】皐同高。皋俗字。《說文解字》：「从本从白。」《韻會》：「居勞切。」

【補注】夔皐：按，上言述堯舜，下言引皐夔。注：夔，夔龍也；皐，皐陶也。

15.【注疏】孫曰：「貞元二十一年正月，順宗即位。是年二月，甲子，赦天下。」

【補注】赦書：《舊唐書．順宗紀》：「貞元二十一年正月丙申，順宗即位。二月甲子大赦。及八月，憲宗即位，改貞元二十一年為永貞元年。自八月五日以前，天下死罪降從流，流以下遞減一等。」

16.【注疏】言其速也。

17.【注疏】三解，四句亦是關鈕處。

18.【補注】滌瑕：揚雄文：「滌瑕蕩穢。」

19.【補注】州家：《吳志．太史慈傳》：「州家，謂刺史也。」

20.【補注】使家：按東野《韓詩》注：「使家，謂湖南觀察使。」

21.【注疏】孫曰：「使家，謂湖南觀察使。」

22.【補注】坎軻：古詩：「坎軻長苦辛。」

23.【注疏】孫曰：「江陵。」

24.【注疏】孫曰：「功曹。」

25.【補注】捶楚：《漢書．路溫舒傳》：「捶楚之下，何求不得？」唐制，參軍簿尉，有過即受笞杖。按，杜甫〈送高記室〉詩：「脫身簿尉中，始與捶楚辭。」

26.【補注】幽險：劉向《九歎》：「阜隘狹而幽險。」

27.【注疏】四解，此段皆從君歌中敘出，所以見張功曹被謫赦回，歷歷所受之苦也。《正字通》：「悲痛曰酸。」其辭苦故聲酸，則令聽之者安能終其曲！不禁淚下如雨也。以下寫君歌。洞庭湖，名湖水之廣，勢遠連天也。《水經注》：「九疑山下，蟠其蒼梧之野，峯秀數郡之間，……異嶺同勢，遊者疑焉，故曰九疑。」蛟龍出沒，承洞庭腥鼯，號承九疑。《山海經》：「人面豕身，能言語，今交趾封谿縣出，猩猩狀，如獾狁，聲似小兒啼。」《爾雅．釋鳥》：「鼯鼠，夷由。」注，狀如小狐，似蝙蝠，肉翅項脅，毛紫赤色，背上蒼艾色，腹下黃，喙頷雜白，腳短爪長，尾二尺許，飛且乳。亦謂之飛生鼠。聲如人呼，亦曰夷由。十死九死，言所歷極其艱險也。幽居，無事也。默，不語也。藏，不用也。逃，避世也。公有句云「畏蛇不下榻」，大抵所貶之處多蛇，故詩常及之，又多毒藥故，每飲食常防之。海氣多濕，故易蟄而多腥臊。《易．繫辭》：「龍蛇之蟄。」《說文》：「蟄，藏也。薰，蒸也。」《禮．月令》：「仲秋之月其臭腥。」《史記．晉世家》：「犯肉腥臊，何足食！」搥音椎，擊也。州前擊鼓，鳴赦書也。夔皐未詳。辟，刑也。秋官，小司寇。移官曰遷，流放也。瑕，玉玷。垢，塵滓。言朝中權奸掃清也。韓曰：「老杜〈送高書記〉詩：『脫身簿尉中，始與棰楚辭，借問今何官，觸熱向武威？』」唐曰：「即江陵《途中寄三翰林》云『何況親犴獄，敲榜發姦偷』者也。」蔡曰：「按：《唐志》，參軍簿尉有過即受笞杖之刑，猶今之胥吏也。故杜牧詩云『參軍與簿尉，塵土驚劻勷，一語不中治，鞭笞身滿瘡』是也。」同時，同貶之輩流也。上道遇赦而就道，而我尚在天涯之路，冀何日得追其轍而攀其轅以同歸哉？末句有自傷留滯意。

28. 【注疏】完截。

29. 【注疏】起下文。

30. 【補注】殊科：陳琳《書》（按為《與公孫瓚書》）：「強弱殊科，眾寡異論。」

【注疏】同貶之人也。

31. 【注疏】破愁為笑。

32. 【注疏】自勸自解。

33. 【注疏】俗語云：「今朝有。」

【注疏】公撰《張署墓誌》：「署，河間人，舉進士，拜監察御史。為幸臣所讒，與同輩韓愈、李方叔三人，俱為縣令南方。二年，逢恩俱徙掾江陵，半歲，邕管奏為判官。」

【注疏】《舊唐書．順宗紀》：「貞元二十一年正月丙申，順宗即位。二月，甲子大赦。及八月，憲宗即位，改貞元二十一年為永貞元年。自八月五日以前，天下死罪降從流，流以下遞減一等。是年，公為江陵府法曹參軍，署為功曹參軍。」

## 謁衡嶽廟遂宿嶽寺題門樓[1]

五嶽祭秩皆三公[2]，（眉批）敍衡岳。四方環鎮[3]嵩當中[4]。火維[5]地荒[6]足妖怪，天假神柄專其雄。[7]噴雲泄霧藏半腹，雖有絕頂誰能窮？我來正逢秋雨節，（眉批）敍謁廟。陰氣晦昧[8]無清風。[9]潛心默禱若有應，豈非正直[10]能感通？須臾靜掃眾峯出，仰見突兀撐青空。[11]紫蓋連延接天柱[12]，石廩騰擲[13]堆祝融。[14]森然魄動下馬拜，松柏一逕趨靈宮。[15]粉牆丹柱[16]動光彩，鬼物圖畫填青紅。[17]升階傴僂[18]薦脯酒，欲以菲薄[19]明其衷。廟內老人[20]識神意，睢盱[21]偵伺[22]能鞠躬。[23]手持盃珓[24]導我擲，云此最吉餘難同。竄逐蠻荒[25]幸不死，衣食纔足甘長終[26]。侯王將相[27]望久絕，神縱欲福難為功。[28]夜投佛寺上高閣，〔眉批〕敘宿寺。星月掩映雲曈曨[29]。猿鳴[30]鐘動不知曙，杲杲[31]寒日生於東。[32]

1. 【補注】衡嶽：《地理志》：「衡山在長沙湘南縣南。」《元和志》：「衡嶽廟在衡山縣西三十里。」
【注疏】樊曰：「唐衡山隸潭州。神龍三年來屬。衡州有南嶽衡山祠。《潮州廟記》云：『公之精神，能開衡山之雲。』皆取此事。補注，公前後兩謫南方，初自陽山，北還過衡，在永貞元年八月至潭，適當殘秋，〈陪杜侍御遊湘西寺〉詩云『是時秋向殘』是也，今云『我來正逢秋雨節』，故知此詩自陽山還時作。」

2. 【補注】祭秩三公：《尚書》：「柴，望秩於山川。」《禮記》：「天子祭天下名山大川，五嶽視三公。」

3. 【補注】鎮：《周禮》：「正南曰荊州，其山鎮曰衡山。」

4. 【補注】嵩當中：《白虎通》：「嵩山夾居四方之中，故曰嵩。」按，嵩山在河南登封縣北。

5. 【補注】火維：徐靈期《南岳記》：「衡山者，朱陵之靈臺，太靈之寶洞。上承翼軫，鈐總萬物，故名衡山。下踞離宮，統攝火帥，故號南岳。赤帝館其巔，祝融宅其陽。」

6. 【補注】地荒：唐太宗詩：「圓蓋歸天壤，方輿入地荒。」

7. 【注疏】一解，先敘衡嶽。《白虎通》曰：「嵩山夾居四方之中，故曰嵩。」《周禮》：「其山鎮曰會稽。」注，鎮名山地，德者也。衡嶽，南方火，故謂之火維。維，方圍也。唐太宗詩：「圓蓋歸天壤，方輿入地荒。」足，多也。《莊子．逍遙遊》：「氣變常，人妖物孽曰怪。」柄，權也。神，衡嶽之神也。言二公祭秩五嶽，皆有常典。而嵩山當五嶽之中，則四山環繞而嵩山獨鎮於此，此乃火維。地荒之區，足多妖怪，若無神靈鎮之，安能制伏也。故天假以嵩嶽之神，與其柄權而使得以專其雄，以鎮四方也。

8. 【補注】晦昧：吳均詩：「晦昧崦嵫色。」

9.【注疏】二解，敘秋雨之時。半腹，山之半腰。絕頂，山之最高處也。窮，窮覽其勝景也。以衡嶽之山，今為雲霧所蔽，雖有絕頂佳境，誰能縱目窮其勝哉？而我來謁，正逢秋雨之節，則陰氣晦昧之中，恨無清風掃蕩耳。

10.【補注】正直：《詩·小雅》：「神之聽之，正直是與。」

11.【注疏】三解，敘謁嶽之誠，可以感通神明也。《詩》：「神之聽之，正直是與。」突兀，山勢也。撐，撐於雲霄之間。青，青天。空，空大也。潛心默禱，含下「手持盃珓」六句。

12.【補注】紫蓋天柱、石廩祝融：《長沙記》：「衡山七十二峯最大者五：芙蓉、紫蓋、天柱、石廩、祝融為最高。」按，杜甫〈望嶽〉詩：「祝融五峯尊，峯峯次低昂。紫蓋獨不朝，爭長業相望。」

13.【補注】騰擲：按，賈岱宗賦（按〈大狗賦〉）：「若應龍之騰擲。」

14.【注疏】四解，敘衡嶽之景，承「突兀」、「撐青空」句。《長沙記》：「衡山七十二峯最大者五：芙蓉、紫蓋、石廩、天柱、祝融為最高。」

15.【補注】靈宮：〈西都賦〉：「乃有靈宮，起乎其中。」

【注疏】五解，敘謁嶽之初見一路之景。森然，言五峯並立，極其嚴厲也。靈宮，即嶽廟。韓曰：「盧元明《嵩山記》：『最是棲神之靈藪，長松綠柏，生於嶺間。』」

16.【補注】丹柱：崔駰《七依》：「丹柱雕楹。」

17.【注疏】六解，敘廟景。粉牆，廟壁。丹桂，牆外所植也，應「秋」字。鬼，鬼神之像；物，神馬之像。青紅，丹青之色。填，寫也。

18.【補注】傴僂：《左傳》：「一命而僂，再命而傴，三命而俯。」

19.【補注】菲薄：《禮記正義》：「言君子不以貧窶菲薄，廢禮不行。」

20.【補注】廟令：按《韓集點勘》：「唐制，五岳四瀆，令各一人，正九品上，掌祭祀。」此廟令蓋謂衡嶽廟中令也。

【注疏】僧道，廟祝之類。

21.【音釋】睢音雖。盱音虛。

【補注】睢盱：《莊子》：「而睢睢盱盱，而誰與居。」

22.【補注】偵伺：《後漢書．清河孝王慶傳》：「使御者偵伺得失。」按，偵音檉，候也，探伺也。

23.【補注】鞠躬：《論語》：「入公門，鞠躬如也，如不容。」

【注疏】七解，正敘「謁」字。階，廟中階也。《淮南子．齊俗訓》：「傴者使之塗。」注，傴人塗地，因其俯也。《六書故》：「傴，曲背也。」《說文》：「脯，乾肉也。」《論語》：「菲飲食，而致孝乎鬼神。」衷，誠也。識神意，習慣也。睢，仰目視貌。《說文》「盱，張目也。」《正韻》：「偵音檉，候也。伺音四，察也。」《後漢書．清河孝王慶傳》：「內使御者偵伺得失。」

24.【音釋】珓音較。

【補注】盃珓：按《演繁露》：「問卜於神明，有器名盃珓。以兩蚌殼投空擲地，觀其俯仰，以斷休咎。後人或用竹，或用木，斲為蛤形而中分為二，亦名盃珓。擲法則以半俯半仰者為吉。」《廣韻》：「珓，盃珓也，古者以玉為之。」

25.【注疏】孫曰：「陽山。」

26.【補注】長終：《史記．扁鵲傳》：「長終而不得返。」

27.【補注】侯王將相：《史記．陳涉世家》：「王侯將相寧有種乎。」

28.【注疏】八解，敘謁後以卜終身休咎也，應「潛心默禱」句。「云」字下，皆從老人說出。《廣韻》：「珓，盃珓也。古者以玉為之。」程大昌《演繁露》：「問卜於神，有器名盃珓。以兩蚌殼投空擲地，觀其俯仰，以斷休咎。後人或用竹或用木斷，如蛤形而中分為二，亦名盃珓。其擲法則以半俯半仰者為吉。」珓音教，一本作盃教。云老人斷辭，占此乃隱遁為最吉，餘占名利，難同此珓之利。何則？身雖竄逐蠻荒，屢被淒苦，然所幸者不死，足矣。只求衣食纔足，飽煖無餘，願甘長恤餘生，以終天年而已，毋冀侯王將相再遇也。君令潛心默禱所求，必如其願，神縱有欲福君之心，吾恐君之運蹇時乖，即神能假其柄而專其雄，亦難為之功矣。

29. 【補注】曈曨：潘岳〈秋興賦〉：「月曈曨以含光兮。」注，曈曨，欲明也。按《說文》：「曈曨，月將入也。」

30. 【補注】猿鳴：謝靈運詩：「猿鳴誠知曙。」

31. 【補注】杲杲：《詩・衛風》：「其雨其雨，杲杲出日。」《淮南子・天文訓》：「日登於扶桑，是謂朏明。故杲字日在木上。」按，注：杲音縞。

32. 【注疏】九解，結到「宿」字。高閣，寺樓也。補注，曈曨，本日出貌，前輩月詩多用之。《詩》：「杲杲出日。」杲杲，初日貌。雲曈曨，應「秋雨寒日應靜掃」句。

## 石鼓歌[1]

張生[2]手持〈石鼓文〉，勸我試作〈石鼓歌〉。少陵無人[3]謫仙[4]死，才薄[5]將奈石鼓何？[6]周綱淩遲[7]四海沸，宣王憤起揮天戈[8]。大開明堂[9]受朝賀，諸侯劍佩鳴相磨。蒐于岐陽[10]騁雄俊，萬里禽獸皆遮羅。[11]鐫功勒成[12]告萬世，鑿石作鼓隳嵯峨[13]。從臣才藝咸第一，揀選撰刻留山阿。[14]（眉批）先敘石鼓原委。雨淋日炙野火燎[15]，鬼物守護煩撝呵。[16]公從何處得紙本？毫髮盡備無差訛。[17]辭嚴義密讀難曉，字體不類隸與蝌[18]。（眉批）此段寫字體及文義之妙。年深豈免有缺畫？快劍斫斷生蛟鼉。[19]鸞翔鳳翥眾仙下，珊瑚碧樹[20]交枝柯。金繩鐵索鎖鈕壯，古鼎躍水[21]龍騰梭。[22]（眉批）四句申明字體句。陋儒編《詩》不收入，二〈雅〉褊迫無委蛇[23]。孔子西行不到秦，掎摭[24]星宿遺羲娥。[25]（眉批）四句申明辭嚴義密句。嗟余好古生苦晚，對此涕淚雙滂沱。[26]憶昔初蒙博士徵，其年始改稱元和。故人從軍在右輔[27]，為我度量掘臼科[28]。濯冠[29]沐浴告祭酒[30]，如此至寶存豈多？[31]氈包席裹[32]可立致，十鼓祇載數駱駝。[33]薦諸太廟比郜鼎[34]，（眉批）襯筆。光價豈止百倍過？（眉批）此段自述己見。聖恩若許留太學，諸生講解得切磋。[35]觀經鴻都[36]尚填咽，（眉批）再襯。坐見舉國來奔波[37]。剜苔剔蘚露節角，安置妥帖[38]平不頗。大廈深簷與蓋覆，經歷久遠期無佗。[39]中朝[40]大官老於事，詎肯感激徒媕婀[41]。牧童敲火牛礪角，誰復著手為摩挲？日銷月鑠就埋沒，（眉批）此段嘆其失所。六年西顧空吟哦。羲之俗書[42]趁姿媚，數紙尚可博白鵝[43]。（眉批）又作一襯。繼周八代[44]爭戰罷，無人收拾理則那。[45]方今太平日無事，[46]柄任儒術崇丘軻。[47]安能以此上論列？[48]願借辯口如懸河。[49]石鼓之歌止於此，嗚呼吾意其蹉跎！[50]

1.【補注】石鼓：《集古錄》：石鼓久在岐陽，至唐人始盛稱之。韋應物以為周文王之鼓，至宣王刻詩，韓退之直以為宣王之鼓。今在鳳翔孔子廟中。鼓有十，散棄於野，鄭餘慶始置於廟而亡其一。皇祐四年，向傅師求於民間，得之，十鼓乃足。《元和郡縣志》：「石鼓文在鳳翔天興縣南二十許里，石形如鼓，其數有十，蓋紀周宣王田獵之事，即史籀大篆也。」按《名勝志》：「鳳翔縣南有石鼓鎮，石鼓初散陳倉野中。韓文公為博士，請於祭酒，欲輿致太學，不從。後鄭餘慶始遷於孔子廟。於元季移燕京國子監。」按，趙堯卿《東坡石鼓歌注》：「石鼓十，其一無文，其九有文，可見者四百一十七字，可識者二百七十二字。」

【注疏】樊曰：「歐陽文忠《集古錄》云：『石鼓文在岐陽，初不見稱於世，至唐人始盛稱之。而韋應物以為周文王之鼓，至宣王刻詩爾。韓退之直以為宣王之鼓在今鳳翔孔子廟。鼓有十，先時散棄於野。鄭餘慶始置於廟而亡其二。皇祐四年，向傅師求於民間，得之，十鼓乃足。其文可見者，四百六十五；磨滅不可識者，過半。然其可疑者四。退之好古不妄者，予姑取以為信耳。至於字畫，亦非史籀，不能作也。』文忠所跋如此。此歌元和六年作。孫曰：『石鼓文可見者其略。曰「我車既攻，我馬既同」，又曰「我車既好，我馬既駒。君子負獵，負獵負游。麀鹿速速，君子之求」。又「左驂旛旛，右驂騝騝，秀弓時射，麀豕孔庶」。又曰「其魚維何，維鱮維鯉，何以橐之？維楊與柳」。』」

2.【補注】張生：按，蘅塘退士《唐詩》注及方扶《南韓昌黎詩》注，俱以張生作張籍。

【注疏】即張籍。

3.【補注】少陵謫仙：《長安志》：「少陵原西有杜子美故宅。」《唐書．李白傳》：「賀知章曰：『子謫仙人也。』」

【注疏】杜甫。

4.【注疏】李白。

5.【注疏】自謙。

6.【注疏】一解，總起。〈調張籍〉詩：「李杜文章在，光焰萬丈長。」

7.【補注】淩遲：鄭康成〈詩譜序〉：「後王稍更陵遲。……厲也，幽也，政教尤衰，周室大壞。」

8.【補注】天戈：按《宋史．天文志》：「天戈一星……在招搖北。」

9.【補注】明堂：《孝經援神契》：「明堂者，天子布政之宮。」《禮記》：「昔周公朝諸侯於明堂之位，天子負斧扆，南向而立。」《大戴禮》：明堂者凡九室，一室而有四戶八牖，以茅蓋屋，上圓下方，所以明諸侯之尊卑也。

10.【補注】岐陽蒐：《左傳》：「成有岐陽之蒐。」按岐陽，即今鳳翔府岐山縣。蒐，音搜。春獵曰蒐。

11.【補注】遮羅：《玉篇》：「遮，要也、攔也。」《爾雅注》：「羅，謂羅絡之。」

【注疏】二解，敘石鼓原始。按《史記》：國人謗王，召公諫，王不聽，於是國人莫敢言。二年乃相與叛襲厲王。厲王出奔於彘。厲王太子靜匿召公家，國人聞之，乃圍之。召公曰：「昔吾驟諫王，王不從，以及此難也。今殺王太子，王其以我為讎而懟怒乎？夫事君者，險而不讎懟，怨而不怒，況事王乎！」乃以其子代王太子，太子竟得脫。召公、周公二相行政，號曰共和。共和十四年，厲王死於彘。所謂周綱凌遲也。後王太子靜長於召公家，二相乃共立之為王，是為宣王。宣王即位，二相輔之，修政，法文、武、成、康之遺風，諸侯復宗周。所謂宣王憤起也。《孝經》說曰：「明堂者，天子行政之堂也。」蒐，周宣王田獵也。岐陽，今岐山縣。言宣王中興也。

12. 【補注】勒成：班固〈東都賦〉：「憲章稽古，封岱勒成。」

13. 【音釋】隳音輝。

【補注】嵯峨：〈西京賦〉：「嵯峨𡾊嶪。」按，隳嵯峨，謂隳壞高山也。

14. 【注疏】三解，敘鐫石鼓文之始也。功，功臣成就鐫勒石也。隳與毀通，言毀嵯峨之石，以歸平整也。從臣，周公、召公之輩。揀選第一者，撰而刻之，留塈山阿以告萬世。《元和郡縣志》：「石鼓在鳳翔天興縣南二十許里，石形似鼓，其數有十，蓋紀周宣王田獵之事。」

15. 【補注】火燎：《書經》：「如火之燎於原。」

16. 【音釋】撝音輝。

【補注】撝呵：《說文》：「撝，手指也。呵，大言譴責也。」

【注疏】完上截。撝，指揮也。呵，斥也。言石鼓文若不煩鬼物守護，撝呵則雨淋日炙，而兼野火焚燎，必為埋沒矣。

17. 【注疏】起下文，言紙本之全，毫髮不錯也。

18. 【補注】隸蝌：《書斷》：「隸書者，秦下邽人程邈所作也。……始皇善之，用為御史，以奏事煩多，篆字難成，乃用隸字。以為隸人佐書，故曰隸書。」《水經注》：「古文出於黃帝之世，蒼頡本鳥跡為字。秦用篆書，焚燒先典，古文絕矣。魯共王得孔子宅書，不知有古文，謂之蝌蚪書，蓋因科斗之名，遂效其形耳。」《書旨述》：「周宣王史史籀，循科斗之書，采蒼頡古文，綜其遺美，別署新意，號曰籀文。」按，《爾雅・釋魚》：「科斗，活東。疏，蝦蟆子，此蟲一名科斗，一名活東，頭圓而大，尾小，古文似之。」又按，科斗亦作蝌蚪，一名懸針。

19. 【補注】蛟鼉：《禮記》：「伐蛟取鼉。」〈子虛賦〉：「雲夢西則有湧泉清池，其中則有神龜蛟鼉，瑇瑁鼈黿。」按《韓詩》注：「此下皆狀石鼓文如此。」

【注疏】四解，敘字體遒勁，但石鼓之文一經年久，定有損缺也。《晉書・衛恒傳》：「秦既用篆奏事繁多，篆字難成，即令人左書，曰隸字。」蝌蚪，蚪也。《疏》：「蝦蟇子，此蟲一名科斗，一名活東，頭圓大而尾細，古文似之，故孔安國皆云蝌蚪文字是也。」祝曰：「蛟鼉，水蟲。」《禮記》：「伐蛟取鼉。」韓曰：「此下皆狀石鼓文如此。」子美〈李潮八分小篆歌〉所謂「況潮小篆逼秦相，快劍長戟森相向。八分一字值千金，蛟龍盤拏肉屈強」者也，含下八句。

20. 【補注】珊瑚碧樹：〈西都賦〉：「珊瑚碧樹，周阿而生。」

21. 【補注】古鼎躍水：《史記・封禪書》：「宋太邱社亡，而鼎沒於泗水彭城下。」《水經注》：「周顯王四十二年，九鼎淪沒泗淵，秦始皇時而鼎見於斯水。始皇自以德合三代，大熹，使數千人沒水繫而行之。未出，龍齒齧斷其繫。」

22. 【補注】龍梭：《晉書・陶侃傳》：「侃少時，漁於雷澤，網得一織梭，以掛於壁。有頃，雷雨，自化為龍而去。」

【注疏】五解，申明字體。「鸞翔」句，狀其活潑也。「珊瑚」句，狀其珍重也。「金繩」句，狀其遒勁也。「古鼎」句，狀其剛健也。《晉書》：「陶侃少時，漁於雷澤，網得一梭，歸而掛於壁上。有頃，大雷而至，梭化為龍而去。」

23. 【補注】委蛇：《詩・召南》：「退食自公，委蛇委蛇。」《箋》：「委音威，蛇音移，叶唐何反，音駝。委蛇，自得之貌。」

24. 【音釋】掎音己。摭音直。

25.【補注】掎摭：曹植書：「劉季緒好詆訶文章，掎摭利病。」《說文》：「掎，偏引也。摭，采取也。」

【補注】羲娥：按羲和日御、嫦娥月御。羲娥，蓋言日月也。按《韓昌黎詩集箋》注：「《容齋隨筆》云：『文士為文，有矜夸過實，雖韓文公不能免。如〈石鼓歌〉極道宣王之事偉矣，至云：「孔子西行不到秦，掎摭星宿遺羲娥。陋儒編《詩》不收入，二〈雅〉褊迫無委蛇。」是謂三百篇皆如星宿，此詩如日月也！』二〈雅〉褊迫之語，尤非所宜言。今世所傳石鼓之詞尚在，豈能出〈車攻〉、〈吉日〉之右？安知非經聖人所刪乎？」

【注疏】六解，申明辭嚴義密句入選也。羲娥，日月也。孫曰：「羲，日御；娥，月御。」韓曰：「詩意謂石鼓文不編於《詩》，而二〈雅〉不載。孔子刪《詩》小者且述，而此文獨遺詩，是猶掎摭星宿而遺日月也。」《說文》：「掎音羈，上聲，偏引也。」楊子《方言》：「摭，言柘取也。」

26.【補注】滂沱：《詩》：「寤寐無為，涕泗滂沱。」

【注疏】七解，覽古有感也。樊曰：「蘇內翰〈鳳翔八觀〉詩，其一曰〈石鼓〉，其辭曰：『韓公好古生已遲，我今況又百年後。』則此詩所謂好古生苦晚也。」此者，石鼓也。滂，沛也。沱，涕垂貌。孫曰：「《詩》：『涕泗滂沱。』」

27.【補注】右輔：按東雅注：「右輔謂右扶風，即鳳翔府。」

28.【補注】臼科：按，臼科，謂石鼓故處。公意蓋欲度量而行之也。

29.【補注】濯冠：〈禮器〉：「澣衣濯冠以朝。」

30.【補注】祭酒：《史記》：「荀卿三為祭酒。」注，禮食必祭先，飲酒亦然，以席中之尊者一人當祭耳。後因以為官名。

31.【注疏】八解，自述。孫曰：「元和元年，公自江陵召為國子博士。右輔，謂右扶風，即鳳翔府也。公故人為鳳翔節度府從事，故云從軍在右輔。唐制，國子有祭酒一人，從三品。時公為博士，故告之也。」舊科，謂埋鼓之處。至寶，為石鼓文也。

32.【補注】氈裹：《魏志．鄧艾傳》：「陰平道山高谷深，至為艱險。艾以氈自裹，推轉而下。」

33.【補注】駱駝：《漢書．匈奴傳》注：「橐駝，言能負橐囊而駝物也。」《牟子》：「諺云：『少所見，多所怪，覩駱駝言馬腫背。』」

【注疏】九解，申明紙本之便，惟紙本可以氈包席裹也。至於石鼓之重，若不以數匹駱駝負載，安得立致於前哉！孫曰：「駱駝，巨獸也。」《漢書．匈奴傳》云：「橐駝，言其可以負橐囊而駝物也。」

34.【音釋】郜音告。

35.【注疏】十解，作襯一筆。韓曰：「《春秋．桓二年》：『取郜大鼎於宋，戊申，納於太廟。』觀詩意，公蓋欲遷此鼓於太學，是時必有以阻之者也。」

【補注】切磋：《詩．衛風》：「如切如磋，如琢如磨。」

【補注】郜鼎：《左傳》：「取郜大鼎於宋，納於大廟。」

36.【補注】觀經鴻都：《後漢書．靈帝紀》：「光和元年二月，始置鴻都門學士。」《水經注》：「蔡邕以熹平四年與五官中郎將堂溪典等，奏求正定六經文字，靈帝許之。邕乃自書丹於碑，使工鐫刻，立太學門外。觀視及摹寫者，車乘日千餘輛，填塞街陌。今碑上悉銘刻蔡邕等名。」

37.【補注】奔波：《晉書．慕容垂載記》：「塞奔波之路。」

38.【補注】妥帖：陸機〈文賦〉：「或妥帖而易施，或齟齬而不安。」

39.【注疏】十一解，又襯一筆。孫曰：「漢靈帝元和元年，始置鴻都門學士。熹平四年三月，詔諸儒正五經文字，命議郎蔡邕為古文、篆、隸三體，書之刻石於大學門外，便後生晚學咸取正焉。碑始立，其覩見及摹寫者，車乘日千，填塞街陌。鴻都與觀經蓋二事，公并用之。剡剡也，頗不平也。」《楚辭》：「循繩墨而不頗。」蓋言大廈深簷，與其覆蓋不過期，其經歷久遠，不為雨淋日炙所壞也。

40.【補注】中朝：《三禮義宗》：「天子諸侯，皆有三朝。一曰外朝，二曰中朝，三曰內朝。中朝之名，或內或外，人君旦夕視政，見卿大夫之朝也。」《漢書》注：「中朝，外朝也。大司馬，左右前後將軍。侍中、常侍、散騎諸吏為中朝。丞相以下六百石為外朝也。」

41. 【音釋】媕音安。娿音阿，《說文解字》：「从女阿聲。」

42. 【補注】媕娿：《說文》：「媕娿，不決之貌。」

43. 【補注】俗書：按《塵史》：「右軍書多不講偏旁，此退之所謂俗書趁姿媚者也。」

【補注】白鵝：《晉書．王羲之傳》：「性愛鵝。山陰有一道士養好鵝，羲之往觀焉。意甚悅，固求市之。道士云：『為寫《道德經》，當舉群相贈耳。』羲之欣然，寫畢，籠鵝而歸。」

44. 【補注】八代：按八代，蓋謂秦、漢、魏、元魏、齊、周、隋也。

45. 【補注】則那：《左傳》：「犀兕尚多，棄甲則那。」注：那，猶何也。

【注疏】十二解，傷石鼓文之廢棄，又以俗書作襯一筆。孫曰：「詎，豈也，謂不肯也。徒，但也。媕音掩，娿音阿。媕娿，不決貌。」謝芳〈煮茗軒〉詩：「星飛白石童敲火，烟出青林鶴上天。」礪，磨也。《後漢．蓟子訓》：至長安摩挲銅人。鑠，亦銷也。六年西顧，未詳。《晉．王羲之傳》：山陰道士愛養鵝，羲之求市之，曰：「為寫道德經，當舉群相贈。」羲之寫畢，籠鵝而歸。樊曰：其曰俗書者，周宣王時，史籀始著大篆為籀書。石鼓文，籀書也。秦變古為篆為隸，今又變而為楷。世俗書爾，非古也。補注：王得臣《塵史》云：「王右軍書多不講偏傍，此退之所謂羲之趁姿媚，俗書者也。」《韻會》：「博，貿易也。」孫曰：「八代謂漢、魏、晉、宋、齊、梁、陳、隋，自周而下，不啻八代。論其正統，又頗多說。今以石鼓所在，言之其秦、漢、魏、晉、元、魏、齊、周、隋八代與那何也！」言石鼓文之湮沒久矣，當今朝中，非無大官、老練於事者，忍視牧童敲火於其上，而牛礪角於其間，誰肯感激？一為摩挲其文，毋使日銷月鑠就於埋沒也。而徒覺媕娿不決，何哉？而我也六年西顧，雖有感激之心，無如事遭中阻，用是吟哦而已。曷不觀王羲之之俗書乎！彼羲之之俗書且趁一時姿媚，僅以數字之工，尚博白鵝之眾。

46. 【注疏】正可修文。

47. 【注疏】正值崇儒之世。

48.【注疏】應「詎有感激」句。

49.【補注】懸河：《晉書．郭象傳》：「王衍每云：『聽象語如懸河瀉水，注而不竭。』」

【注疏】十三解，嘆石鼓文之理，沒有能伸其屈者，願竭力以相助也。尚，猶冀也。論列，論其理，應列太學也。韓曰：「晉郭象能清言，王衍每云：『聽郭象語如懸河瀉水，注而不竭也。』」

50.【補注】蹉跎：《晉書》：「周處曰：『欲自修而年已蹉跎，恐將無及。』」

【注疏】十四解，收到「歌」字，有一段無可如何之意。《晉書．周處傳》：「入吳，尋二陸，見雲，具以情告曰：『欲自修而年已蹉跎。』」

## 柳宗元

# 漁翁

漁翁夜傍西巖宿，曉汲清湘然楚竹。煙銷日出不見人，欸乃1一聲山水綠。迴看天際2下中流，巖上無心3雲相逐。4

1.【補注】欸乃：按《康熙字典》：「欸乃，棹船相應聲。」《正字通》：「今行搖櫓戛軋聲似之。元結〈欸乃曲序〉：「大曆丁未中，漫叟以軍事詣都。使還，舟行不進，作〈欸乃〉五首，舟子唱之，蓋欲取適于道路耳。」注，欸音襖，乃音靄。按，後人因《柳集》注云：「一本作襖靄。」遂直音欸為襖，乃為靄，不知彼注自謂別本作襖靄，非謂欸乃當作襖靄也。

2. 【補注】天際：謝脁詩：「天際識歸舟，雲中辨江樹。」

3. 【補注】無心：陶潛〈歸去來辭〉：「雲無心以出岫，鳥倦飛而知還。」

4. 【注疏】徐鉉：「然，俗作燃。」《孟子》：「若火之始然。」《說文》：「汲，引水於井也。」湘水至清，故曰清湘。湘水出零陵、陽海山，北入江楚，地多竹，故曰楚竹。迴看天際，當作瀑布解，故曰「下中流」。《藝苑名言》：「按字典，欸乃，湖中節歌聲。唐·元結有〈欸乃曲〉，劉蛻《文藻》中有〈湖中靄迺曲〉，劉言史〈瀟湘〉詩有：『云間歌暖迺深峽裡』，三者皆一事。但川字異耳，疑音。《考畧》曰：『欸音哀，上聲，乃如字。讀音作罯靄者，非也。讀欸作欸者，更訛。』此諸書之歷歷可據者，後人因《柳子厚集》中有註字云：『一本作襖靄。』不知彼註謂別本作襖靄，非謂欸乃，當音襖靄也。雲謂當作襖靄，近是此，乃漁家網魚之聲，非曲也。今之鸕鷀船，聲口類是，習俗相沿，定當不易。其音節故依襖靄為是。」東坡云：「熟味之此詩有奇趣。」結二語雖不必，亦可。

## 白居易

字樂天，下邽人。貞元中擢進士第，元和初對策翰林學士，遷左拾遺。母喪歸。還拜左贊善，以言事貶江州司馬，後入爲中書舍人。乞外遷，爲杭州刺史，移蘇州刺史。文宗立，擢刑部侍郎。太和中，以朝多黨禍乞歸。開成中，起太子少傅。會昌初，以刑部尚書致仕。自稱香山居士，與胡杲等九人讌集，皆年七十者，人繪爲圖，稱香山九老。年七十五卒，謚曰文。

# 長恨歌[1]

漢皇重色思傾國[2]，（眉批）七字一篇綱領。思傾國，果傾國矣。欲而得之，何恨之有。御宇[3]多年求不得。楊家有女初長成，養在深閨人未識。[4]天生麗質[5]難自棄，一朝選在君王側。回眸一笑百媚生，六宮粉黛無顏色。[6]春寒賜浴華清池，溫泉[7]水滑洗凝脂[8]。侍兒扶起嬌無力，始是新承恩澤時。[9]雲鬢花顏金步搖[10]，芙蓉帳[11]暖度春宵。春宵苦短日高起，從此君王不早朝。[12]承歡侍宴無閑暇，春從春遊夜專夜[13]。後宮佳麗三千[14]人，三千寵愛在一身。金屋[15]妝成嬌侍夜，玉樓宴罷醉和春。[16]姊妹弟兄皆列土[17]，可憐光彩生門戶。遂令天下父母心，不重生男重生女。[18]驪宮[19]高處入青雲，仙樂風飄處處聞。緩歌慢舞凝絲竹，盡日君王看不足。漁陽鼙鼓[20]動地來，驚破〈霓裳羽衣曲〉。[21]九重[22]城闕煙塵生，千乘萬騎西南行。翠華搖搖行復止，西出都門百餘里；六軍[23]不發無奈何，宛轉蛾眉[24]馬前死。[25]花鈿[26]委地無人收，翠翹[27]金雀[28]玉搔頭[29]。君王掩面救不得，回看血淚相和流。[30]黃埃散漫風蕭索，雲棧縈紆登劍閣[31]。峨嵋山[32]下少人行，旌旗無光日色薄。[33]蜀江水碧蜀山青，聖主朝朝暮暮情。行宮見月傷心色，夜雨[34]聞鈴腸斷聲。[35]天旋地轉迴龍馭[36]，到此躊躇不能去。馬嵬坡[37]下泥土中，不見玉顏空死處[38]。君臣相顧盡霑衣，東望都門信馬歸。[39]歸來池苑皆依舊，（眉批）以下八句寫日中情景，花草人物都到。太液[40]芙蓉未央[41]柳；芙蓉如面柳如眉[42]，對此如何不淚垂？春風桃李花開日，秋雨梧桐葉落時。西宮南內[43]多秋草，落葉滿階紅不掃。梨園弟子白髮新，椒房[44]阿監[45]青娥[46]老。[47]（眉批）以下八句寫夜間情景，日初昏至將曉都到。

夕殿螢飛思悄然，孤燈挑盡未成眠。遲遲鐘鼓初長夜，耿耿星河欲曙天。[50]

鴛鴦瓦[48]冷霜華重，翡翠衾[49]寒誰與共？悠悠生死別經年，魂魄不曾來入夢。

（眉批）一句起下。

臨邛[51]道士鴻都客，能以精誠致魂魄。為感君王展轉思，遂教方士殷勤覓。[52]

排空馭氣奔如電[53]，升天入地求之徧。上窮碧落[54]下黃泉[55]，兩處茫茫皆不見。[56]忽聞海上有仙山，山在虛無縹緲間。（眉批）詠諧入妙。樓閣玲瓏五雲起，其中綽約[57]多仙子。中有一人字太真[58]，雪膚花貌參差是。[59]金闕西廂叩玉扃，轉教小玉報雙成[60]。聞道漢家天子使，九華帳[61]裡夢魂驚。[62]攬衣推枕起徘徊，珠箔銀屏迤邐開。雲鬢半偏新睡覺，花冠不整下堂來。[63]風吹仙袂飄飄舉，猶似霓裳羽衣舞。（眉批）空虛處偏有實證。玉容寂寞淚闌干[64]，梨花一枝春帶雨。[65]含情凝睇謝君王，一別音容兩渺茫。昭陽殿[66]裡恩愛絕，蓬萊宮[67]中日月長。[68]回頭下望人寰處，不見長安[69]見塵霧。惟將舊物表深情，鈿合金釵寄將去。[70]釵留一股合一扇，釵擘黃金合分鈿。但教心似金鈿堅，天上人間會相見。[71]臨別殷勤重寄詞，詞中有誓兩心知，七月七日長生殿[72]，夜半無人私語時：「在天願作比翼[73]鳥，在地願為連理枝。」[74]天長地久有時盡，此恨緜緜無絕期。[75]

（眉批）點題結穴。

1.【補注】長恨歌：前進士陳鴻撰《長恨歌傳》曰：開元中，泰階平，四海無事。玄宗在位歲久，倦於旰食宵衣，政無大小，始委於右丞相。深居遊宴，以聲色自娛。先是，元獻皇后，武淑妃皆有寵，相次即世。宮中雖良家子千數，無可悅目者，上心忽忽不樂。時每歲十月，駕幸華清宮。內外命婦，熠燿景從，浴日餘波，賜以湯沐，春風靈液，澹盪其間。上心油然，若有所遇，顧左右前後，粉色如土。詔高力士潛搜外宮，得弘農楊玄琰女於壽邸，即笄矣。鬒髮膩理，纖穠中度，舉止閑冶，如漢武帝李夫人。別疏湯泉，詔賜澡瑩，既出水，體弱力微，若不任羅綺，光彩煥發，轉動照人，上甚悅。進見之日，奏霓裳羽衣曲以導之。定情之夕，授金釵鈿合以固之，又命戴步搖，垂金璫。明年，冊為貴妃，半后服用。由是冶其容，敏其詞，婉孌萬態，以中上意，上益嬖焉。時省風九州，泥金五嶽，驪山雪夜，上陽春朝，與上行同輦，居同室，宴專席，寢專房。雖有三夫人、九嬪、二十七世婦、八十一御妻，暨後宮才人、樂府妓女，使天子無顧盼意。自是六宮無復進幸者。非徒殊豔尤態致是，蓋才智明慧，善巧便佞，先意希旨，有不可形容者。叔父昆弟皆列位清貴，爵為通侯，姊妹封國夫人，富埒王室，車服邸第，與大長公主侔矣，而恩澤勢力則又過之。出入禁門不問，京師長吏為之側目。故當時謠詠有云：「生女勿悲酸，生男勿喜歡。」又曰：「男不封侯，女不作妃，看女卻為門上楣。」其人心羨慕如此。天寶末，兄國忠盜丞相位，愚弄國柄。及安祿山引兵向闕，以討楊氏為辭。潼關不守，翠華南幸，出咸陽，道次馬嵬亭。六軍徘徊，持戟不進，從官郎吏伏上馬前，請誅晁錯以謝天下。國忠奉氂纓盤水，死於道周，左右之意未快。上問之，當時敢言者，請以貴妃塞天下怒。上知不免，而不忍見其死，反袂掩面，使牽之而去。蒼黃展轉，竟就絕于尺組之下。既而玄宗狩成都，肅宗受禪靈武。明年，大赦改元，大駕還都，尊玄宗為太上皇，就養南宮。自南宮遷於西內，時移事去，樂盡悲來。每至春之日、冬之夜，池蓮夏開，宮槐秋落，梨園弟子，玉琯發音，聞〈霓裳羽衣〉一聲，則天顏不怡，左右欷歔。三載一意，其念不衰。求之魂夢，杳不能得。適有道士自蜀來，知上皇心念楊妃如是，自言有李少君之術。玄宗大喜，命致其神。方士乃竭其術以索之，不至。又能遊神馭氣，出天界，沒地府以求之，不見。又旁求四虛上下，東極大海，跨蓬壺，見最高仙山，上多樓闕，西廂下有洞戶，東向，闔其門，署曰「玉妃太真院」。方士抽簪扣扉，雙童女出應門。方士造次未及言，而雙鬟復入，俄有碧衣侍女又至，詰其所從？方士因稱唐天子使者，且致其命。碧衣云：「玉妃方寢，請少待之。」於時雲海沉沉，洞天日晚，瓊戶重闔，悄然無聲。方士屏息斂足，拱手門下。久之，而碧衣延入，且曰：「玉妃出。」見一人冠金蓮，披紫綃，珮紅玉，曳鳳舄，左右侍者七、八人，揖方士問：「皇帝安否？」次問天寶十四載已還事。言訖憫然，指碧衣取金釵鈿合，各折其半授使者曰：「為我謝太上皇，謹獻是物，尋舊好也。」方士受辭與信，將行，色有不足。玉妃固徵其意，復前跪致詞：「請當時一事，不為他人聞者，驗於太上皇。不然，恐鈿合金釵，負新垣平之詐也。」玉妃茫然退立，若有所思，徐而言之曰：「昔天寶十載，侍輦避暑於驪山宮。秋七月，牽牛織女相見之夕，秦人風俗，是夜張錦繡、陳飲食、樹瓜果，焚香於庭，號為『乞巧』，宮掖間尤尚之。夜始半，休侍衞于東西廂，獨侍上。上凭肩而立，因仰天感牛女事，密相誓心，願世世為夫婦。言畢，執手各嗚咽。此獨君王知之耳。」因自悲曰：「由此一念，又不得居此。復墮下界，且結後緣。或為天、或為人，決再相見，好合如舊。」因言：「太上皇亦不久人間，幸唯自安，無自苦耳。」使者還奏太上皇，皇心震悼，日日不豫。其年夏四月，南宮宴駕。元和元年冬十二月，太原白樂天自校書郎尉於盩厔。鴻與瑯琊王質夫家於是邑，暇日相攜遊仙遊寺，話及此事，相與感歎。質夫舉酒於樂天前曰：「夫希代之事，非遇出世之才潤色之，則與時消沒，不聞於世。樂天深于詩、多于情者也，試為歌之，如何？」樂天因為〈長恨歌〉。意者不但感其事，亦欲懲尤物、窒亂階，垂於將來者也。歌既成，使鴻傳焉。世所不聞者，予非開元遺民，不得知；世所知者，有〈玄宗本紀〉在，今但傳〈長恨歌〉云爾。

2. 【補注】傾國：《漢書》：「李延年善歌，侍武帝歌曰：『北方有佳人，絕世而獨立。一顧傾人城，再顧傾人國。寧不知傾城與傾國，佳人難再得。』上嘆息曰：『善，世豈有此人乎？』平陽主因言延年有女弟，上乃召見之。實妙麗善舞，由是得幸。」

3. 【補注】御宇：《晉書．武帝紀》：「握圖御宇，敷化導民。」

4. 【注疏】先敘楊妃出身，蘅塘首曰：「七字一篇綱領，思傾國，果傾國矣。欲而得之，何恨之有。」按「重」字、「思」字，皆一篇著力字，警人君不可妄思妄動也，暗埋長恨之根。李延年歌：「北方有佳人，絕世而獨立。一顧傾人城，再顧傾人國。寧不知傾城與傾國，佳人難再得。」《綱鑑》：初，武惠妃薨，上悼念不已，後宮數千，無當意者。或言壽王有妃，楊氏之美，絕世無雙。上見而悅之，乃令妃自以其意乞為女官，號太真，更為壽王娶左衛郎將韋昭訓女，潛納太真宮中。太真肌態豐豔，曉音律，性警穎，善承迎上意，不暮歲寵遇如惠妃。宮中號曰『娘子』。凡儀禮皆如王后，至是冊為貴妃。

5.【補注】麗質：梁簡文帝〈妾薄命〉：「名都多麗質。」

6.【注疏】此敘貴妃姿色，天然雅麗。埋六宮長恨之根，伏下承歡侍宴一段。

7.【補注】溫泉：《唐書．地理志》：「京兆府昭應驪山宮，溫泉宮。天寶六載更溫泉宮曰華清宮。治湯井為池，環山列宮室，又築羅城，置百司及十宅。」《水衡記》：「靈池山上有八泉，一曰溫泉，其水長溫。」

8.【補注】凝脂：《詩．衛風》：「膚如凝脂。」《箋》：「脂寒而凝，亦言白也。」

9.【注疏】此敘新入宮中，先承恩澤，已伏長恨之機也。《唐書．地理志》：「天寶六年更溫泉宮曰華清宮，治湯井為華清池。」溫泉，即湯井。凝脂，言貴妃肌膚嬌膩也。侍兒，宮中侍女。李白〈吳王美人半醉〉詩云：「西施醉舞嬌無力，笑倚東窗白玉床。」

10.【補注】步搖：《晉書．輿服志》：「皇后首飾，則假髻步搖，俗謂之珠松是也。」《釋名》：「步搖上有垂珠，步則搖也。」

11.【補注】芙蓉帳：鮑照〈行照難〉：「七綵芙蓉之羽帳。」庾信賦：「掩芙蓉之行帳。」

12.【注疏】此敘承恩之日，又埋百官長恨之根。《晉書．輿服志》：「皇后首飾，則假髻步搖，俗謂之珠松是也。」《釋名》：「步搖上有垂珠，步則搖也。」《綱鑑》：戊子七載，上從容謂高力士曰：「朕不出長安近十年，天下無事，朕欲高居無為，悉以政事委李林甫何如？」對曰：「天子巡狩，古之制也。且天下大柄不可假人。彼威勢既成，復誰敢議之者？」上不悅。力士自是不致深言天下事矣。

13.【補注】專夜：《禮》：「五日之御。」注：諸侯娶九女、夫人專夜。

14.【補注】三千：《後漢書．后妃紀序》：「自武元之後，世增淫費，至乃掖庭三千。」

15.【補注】金屋：《漢武故事》：武帝為太子時，長公主欲以女配帝。問曰：「兒欲得婦，阿嬌好否？」帝曰：「若得阿嬌，當以金屋貯之。」

16.【注疏】此敘其專寵三千，宮人懷恨，作襯一筆。《漢武故事》：武帝年數歲，長公主抱問曰：「兒欲得婦否？」曰：「欲得。」指女阿嬌：「好否？」笑曰：「若得阿嬌為婦，當作金屋貯之。」所謂嬌侍伇者，言侍貴妃之夜，皆後宮佳麗之妃嬪也。

17. 【補注】列土：《漢書．谷永傳》：「臣聞天生烝民，不能相治，為立王者以統理之。方制海內非為天子，列土封疆非為諸侯，皆以為民也。」

18. 【注疏】敘其不但寵專一身，而且及親戚內外。百官懷恨，又襯一筆。乙酉四載秋八月，贈貴妃父楊玄琰兵部尚書，以從兄銛為尉中少監，錡為駙馬都尉，三姊皆贈第京師，寵貴赫然。從祖兄釗後改賜名國忠，善樗蒱，引之見上，得出入禁中，授金吾兵曹參軍。戊子七載冬十一月，以貴妃姊為國夫人。貴妃姊三人，皆有才色，上呼之為姨，出入宮掖，並承恩澤，勢傾天下。至是，封韓、虢、秦國夫人與銛、錡五家，凡有請托，府縣承迎，峻於制敕，四方賂遺，惟恐居後。上所賜與五家如一，時楊貴妃有寵，中外爭獻珍玩。張九章、王翼因所獻精美，九章加三品，翼入為戶部侍郎。民間歌之曰：「生男勿喜女勿悲，君今看女作門楣。」

19. 【補注】驪宮：按驪宮，即驪山華清宮也。

20. 【補注】漁陽鼙鼓：《唐書．地理志》：「薊州漁陽郡，開元十八年置。」《禮記》：「君子聽鼓鼙之聲，則思將帥之臣。」《說文》：「鼙，騎鼓也。或作鞞。」按《綱鑑》：「天寶乙未十四載冬十一月，安祿山反于范陽，引兵而南。所過州縣，牧令或出迎，或竄匿，或為所擒戮，無敢抗之者。時附祿山者有六郡，范陽、盧龍、密雲、汲鄴而外，漁陽與焉。」香山用漁陽，當以此。至連用鼙鼓，又取〈漁陽三撾〉，鼓聲悲壯，與下〈霓裳羽衣曲〉作對勘耳。

21. 【補注】霓裳羽衣曲：唐《逸史》：「開元中，中秋夜，羅公遠取拄杖向空擲之，化為大橋，請明皇同登。至大城闕，公遠曰：『此月宮也。』見仙女數百，皆素練寬衣，舞於廣庭，曰霓裳羽衣之曲。明皇密記其聲調，作〈霓裳羽衣曲〉。」《唐書．禮樂志》：「河西節度使楊敬忠，獻〈霓裳羽衣曲〉。」鄭愚津《楊門詩》注：「葉法善嘗引明皇入月宮，聞仙樂。及上歸，但記其半，遂於笛中寫之。會西涼府都督楊敬述進婆羅門曲，與其聲調相符，遂以月中所聞為散序，用敬述所進為其腔，名〈霓裳羽衣曲〉。」

【注疏】敘其善歌舞，巧媚承迎。末句起下有樂極生悲之慨，已兆長恨之端也。《太真外傳》：「楊貴妃，小字玉環，寵傾後宮。上每年冬十月幸華清宮。華清有端正樓，即貴妃梳洗之所；有蓮花池，即貴妃澡沐之室。」《唐書》：「開元五年置溫泉宮於驪山。天寶六年改為華清宮，即驪宮也。」《綱鑑》：「乙未年十四載冬十一月，安祿山反。祿山專制三道，陰蓄異志，殆將十年。以上待之厚，欲俟上宴駕然後作亂。會楊國忠與祿山不相悅，屢言祿山且反，上不聽。國忠數以事激之，欲其速反，以取信於上。祿山由是決意遽反。會有奏事官從京師還，祿山詐為敕書，悉召諸將示之曰：『有密旨，令祿山將兵入朝，討楊國忠，諸君宜即從軍。』眾愕然相顧，莫敢異言。於是發所部十五萬眾反於范陽，引兵而南。時海內久承平，百姓累世不識兵革，猝聞范陽兵起，遠近震駭。河北皆祿山統內，所過州縣，望風瓦解，令或開門出迎或棄城竄匿，或為所擒戮，無敢拒之者。附祿山者，惟范陽、盧龍、密雲、漁陽、汲、鄴六郡而已。」鞞鼓，戰鼓也。《廣德初異錄》：「葉法善嘗引上遊於月宮，因聆其天樂。上自曉音律，默記其曲而歸，傳之，遂為〈霓裳羽衣曲〉。」《唐書．禮樂志》：「河西節度使楊敬忠獻〈霓裳羽衣曲〉十二遍。凡曲終必遽，惟〈霓裳羽衣曲〉將畢，引聲益緩。」

22. 【補注】九重：《古雋》：「九，陽數之極，故天子稱九重。」《楚辭》：「君之門兮九重。」《易林》：「紫闕九重，尊嚴在中。」駱賓王詩：「山河千里國，城闕九重門。」

23. 【補注】六軍：《周禮．地官》：「五師為軍。」注，萬二千五百人。周制，天子六軍，諸侯大國三軍，次國二軍，小國一軍。

24. 【補注】峨眉：《詩．衛風》：「螓首蛾眉。」注，蛾，蠶蛾也。其眉細而長曲。

25. 【注疏】此敘天子出奔、楊妃賜死。積眾人之長恨，釀成貴妃之長恨矣。《綱鑑》：「丙申十五載，帝出奔蜀，哥舒翰麾下來告急，上不時召見。及暮，平安火不至，上始懼，召宰相謀之。楊國忠首唱幸蜀之策，上然之，乃命龍虎大將軍陳元禮整比六軍，厚賜錢帛，選閑廄馬九萬餘匹。黎明，上獨與貴妃姊妹、皇子、妃主、皇孫及親近宦官、宮人，出延秋門。妃主、皇孫之在外者，皆委之而去。上至馬嵬驛，將士饑疲，皆憤怒。陳元禮以禍由楊國忠，欲誅之。會吐蕃使者二十餘人遮國忠馬前，訴以無食。國忠未及對，軍士呼曰：『國忠與胡虜謀反！』追殺之，以鎗揭其首。上杖屨出驛門，慰勞軍士，令收隊，軍士不應。上使高力士問之，元禮對曰：『國忠謀反，貴妃不宜供奉。願陛下割愛正法。』上曰：『貴妃居深宮，安知國忠謀反？』力士曰：『貴妃誠無罪，然將士已殺國忠，而貴妃在陛下左右，豈敢自安？願陛下審思之。將士安則陛下安矣。』上乃命力士引貴妃於佛堂縊殺之，輿屍置驛庭，召元禮等入視之，於是始整步伍為行計。」按《綱鑑》，安祿山不意上遽西幸，遣使止崔乾祐兵，留潼關凡十日，乃遣孫孝哲將兵入長安，於是賊勢大熾。嗣後祿山聞曩日百姓乘亂多盜庫物，既得長安，命大索三日，并其私財盡掠之。又令府縣推按銖兩之物，無不窮治，連引搜捕，枝蔓無窮，即所謂「九重城闕煙塵生」也。

26. 【補注】花鈿：《舊唐書．輿服志》：「內外命婦服花鈿……翟衣青質。」沈約〈麗人賦〉：「雜錯花鈿。」

27. 【補注】翠翹：宋玉〈招魂〉：「砥室翠翹，絓曲瓊些。」注，翠，鳥名。翹，羽也。

28. 【補注】金雀：陸機詩：「金雀垂藻翹。」

29. 【補注】玉搔頭：《西京雜記》：「武帝過李夫人，取玉簪搔頭。自是後宮人搔頭皆用玉。」

30. 【注疏】敘貴妃已死，永懷長恨矣。《說文》：「鈿音田。」《正字通》：「螺鈿，婦人首飾，用翡翠、丹粉為之。」韋應物詩：「麗人綺閣情飄飄，頭上鴛釵雙翠翹。」翠，鳥名。翹，羽也。陸機詩：「金雀垂藻翹瓊佩。」結、珮、璠，婦人首飾也。《西京雜記》：「武帝遇李夫人，就取玉簪搔頭。自後宮人搔頭皆用玉。」

31. 【補注】劍閣：《水經注》：「小劍戍北去大劍三十里，連山絕險，飛閣通衢，故謂之劍閣也。」《舊唐書．地理志》：「劍州，劍門縣界大劍山，即梁山也。其北三十里有小劍山、大劍山，有閣道三十里。」《一統志》：「蜀所恃為外戶，其山峭壁中斷，兩崖相嵚如門之闢，如劍之植，又名劍門山。」張載〈劍閣銘〉：「一人荷戟，萬夫趑趄。」

32.【補注】峨嵋山：《水經注》：「峨嵋山去成都千里，然秋日清澄，望見兩山相峙如峨眉焉。」按，峨嵋山在今嘉定府峨嵋縣南。

33.【注疏】此敘皇入蜀之苦，一路之長恨也。埃，塵也。劉宰〈題第山潑墨池慶雲庵〉詩：「澗落呂公泉，橋橫蜀道棧。」蘇軾詩：「西幸峨嵋棧。」《水經注》：「小劍戍北去大劍三十里，連山絕險，飛閣通衢，故謂之劍閣。」少人，寂寞也。峨嵋山，詳後〈蜀道難〉注。

34.【補注】雨鈴：《明皇雜錄》：「帝幸蜀，南入斜谷，霖雨彌旬。于棧道中，聞鈴聲與雨相應。帝既悼貴妃，因採其聲為〈雨霖鈴曲〉，以寄恨焉。」

35.【注疏】此敘明皇入蜀，隨所遇無非長恨也。〈吳都賦〉：「梁岷有陟方之館、行宮之基歟？」《太真外傳》：「上至斜谷口，霖雨彌旬，於棧道中，聞鈴聲隔山相應。上既悼念貴妃，內採其聲為〈雨霖鈴曲〉，以寄恨焉。」

36.【補注】龍馭：《拾遺記》：「禹踰峻山，則神龍而為馭。」

37.【補注】馬嵬坡：《一統志》：「馬嵬坡在西安府興平縣西二十五里。」

38.【補注】不見玉顏空死處：庾肩吾詩：「春花競玉顏。」《唐書》：「貴妃縊路祠下，裹尸以紫茵，瘞道側。帝自至蜀，密遣中使具棺槨，他葬焉。」

39.【注疏】此敘太上皇自蜀歸長安，經其縊處，更觸長恨也。《綱鑑》：「九月，廣平王俶、郭子儀收西京。十二月，上皇還西京。」「馬嵬坡」下二句，有生離死別之慨。

40.【補注】太液：《漢書．郊祀志》：「北治大池，漸臺高二十餘丈，名曰泰液。」按，泰與太同。《西京雜記》：「始元元年，黃鵠下建章宮太液池，帝乃作歌。」

41.【補注】未央：《詩》：「夜如何其？夜未央。」《疏》：「未央者，前限未到之辭。」故漢有未央宮。《括地志》：「未央宮在雍州長安縣西北十里。」

42.【補注】芙蓉如面柳如眉：《西京雜記》：「卓文君眉色不加黛，如望遠山，臉際若芙蓉，肌膚如凝脂。」梁元帝詩：「柳葉生眉上。」

43.【補注】西宮南內：《唐書》：「上皇愛興慶宮，自蜀歸，即居之。時御長慶樓，父老過者，往往瞻拜呼萬歲。宦者李國輔慮上皇與外人交通，會上不豫，矯稱上詔，迎上皇遷居西內。」又《地理志》：「宮城在皇城北，謂之西內。興慶宮謂之南內。」

44.【補注】椒房：《爾雅翼》：「椒實多而香。漢世皇后稱椒房，取其實蔓延盈升，以椒塗屋，亦取其溫暖。」按，〈上官皇后傳〉注：「椒房，殿名，在未央宮，皇后所居。」

45.【補注】監：按宋〈后妃傳〉：「紫極中監女史一人，光興中監女史一人，官品第四。」

46.【補注】青娥：江淹〈水上神女賦〉：「青娥羞豔，素女慚光。」

47.【注疏】此敘明皇日懷長恨也。言花草人物依然如舊，而貴妃不見也。太液、芙蓉、未央、楊柳皆與貴妃當日賞玩之景，今而春風已過，秋色生愁，滿目宮中，秋草委綠，空階落葉，誰掃理紅？晚景催來俱成老境，即梨園青年弟子白髮添新，抑椒房阿監青娥亦生老態，安得不懷長恨耶！《漢書》：「武帝作大池，漸臺二十餘丈，名曰太液池。」《唐書．禮樂志》：「明皇既知音律，又酷愛法曲，選作部伎子弟三百，教於梨園。聲有誤者，帝必覺而正之，號皇帝梨園弟子。」椒房，殿名，在未央宮皇后所居。阿監，宮監之類。

48.【補注】鴛鴦瓦：昭明太子詩：「日麗鴛鴦瓦，風度蜘蛛屋。」《鄴中記》：「鄴城銅雀臺，皆鴛鴦瓦。」

49.【補注】翡翠衾：《楚辭》：「翡翠珠被，爛齊光些。」按，衾，大被也。

50.【注疏】此敘明皇夜懷長恨也。自昏達曉，觸處皆傷。末句起下。吳均詩：「肘懸辟邪印，屋曜鴛鴦瓦。」李華〈長門怨〉：「弱體鴛鴦薦，啼妝翡翠衾。」

51.【補注】臨邛：《唐地理志》：「邛州有臨邛縣。」按，即今四川邛州蒲江縣。

52.【注疏】此敘道士能致其神，承「夢」字。《玉篇》：「蜀郡有臨卭縣。」《後漢書．靈帝紀》：「光和元年始置鴻都門學士。」注，鴻都，門名是也。

53.【補注】如電：《九思》：「奔電兮光晃，涼風兮悽悽。」《魏書》：「楊大眼，跳走如飛。」

54.【補注】碧落：《度人經》注：「東方第一天有碧霞徧滿，是云碧落。」

55.【補注】黃泉：《左傳》：「不及黃泉，無相見也。」

56.【注疏】此敘道士竭其術以索之，不至，亦懷長恨。作一襯筆。

57.【補注】綽約：《莊子》：「藐姑射之山，有神人居焉。肌膚若冰雪，綽約若處子。」

58.【補注】太真：《唐書》：「貴妃楊氏丐籍女冠，號太真。」

59.【注疏】此敘道士方尋入玉妃太真之院。先寫境，次寫院，再寫侍女，然後寫出太真，有層次。

60.【補注】小玉、雙成：按白居易詩：「吳妖小玉飛作煙，越豔西施化為土。」注，小玉，吳王夫差女。《漢武內傳》：「西王母命玉女董雙成吹雲和之笙。」

61.【補注】九華帳：鮑照〈行路難〉：「七綵芙蓉之羽帳，九華蒲萄之錦衾。」按，九華，疑是古時花式之名。《博物志》：「漢武帝好神仙，西王母遣使乘白鹿告帝當來，乃供帳九華殿以待之。」

62.【注疏】此敘道士已入其門，尚未遇見太真，用筆不驟。前段用「聞」字，是道士聞太真之信；此段用「聞」字，是太真聞天子之使。引出後段「見」字。善用襯托法。公有句云：「吳妖小玉飛作煙，越豔西施化作土。」注，小玉，夫差女名。《漢武內傳》：「王母命侍女董雙成吹雲和之笙。」王維詩：「羅幃送上七香車，寶扇迎歸九華帳。」

63.【注疏】此未敘出太真，是文章縫中筆。有此一筆，更覺文情縹渺，毫無真致之病。

64.【補注】闌干：按《韻會》：「眼眶亦謂之闌干。」《吳越春秋》：「越王涕泣闌干。」蔡琰〈胡笳〉：「嘆息欲絕兮淚闌干。」按，闌干，淚流貌。

65.【注疏】此敘道士方見太真。俱從道士眼中寫出，不見板實。霓裳衣重出，不惟不見重複，抑且愈出愈新。寫貴妃死後，猶懷長恨也。末二句又引起下文。

66.【補注】昭陽殿：《三輔黃圖》：「武帝後宮八區有昭陽殿。」

67.【補注】蓬萊宮：《山海經》：「蓬萊山在海中。」注，上有仙人宮室，皆以金玉為之。鳥獸盡白，望之，如雲在渤海中矣。

68. 【注疏】此敘道士見太真。不說道士為天子致意於太真，偏說太真先致意於天子。文情組織，莫過於斯。更見太真生日善於承迎，死後不忘故態。昭陽殿，生日所居；蓬萊宮，死日所托。末句引起下文。

69. 【補注】不見長安：《晉書．明帝紀》：「帝幼而聰哲，為元帝所寵異。年數歲，常坐置膝前，屬長安使來。因問帝曰：『汝謂日與長安孰遠？』對曰：『長安近。不聞人從日邊來。』元帝異之。明日宴群僚，又問之。對曰：『日近。』元帝失色曰：『何乃異間者之言乎？』對曰：『舉目則見日，不見長安。』」

70. 【注疏】此敘太真托道士致意於天子，所寄鈿合金釵，較生前忤旨遣歸之日，剪髮一繚而獻之，更加 倍。末句又起下文。

71. 【注疏】此敘太真，且訂後期。第一回致囑，未曾送別道士，一層。

72. 【補注】長生殿：《會要》：「華清宮，天寶元年十月造長生殿，名為集靈臺，以祀神。」

73. 【補注】比翼：《爾雅》：「南方有比翼鳥焉。不比不飛，其名謂之鶼鶼。」

74. 【補注】連理枝：《搜神記》：「韓憑墓樹多連理枝。」《孝經援神契》：「德至于草木，則木連理。」

【注疏】此敘出隱誓以作證。第二回致囑，臨別道士，又一層。末二句是誓中語。長生殿名為集仙臺，以祀神。《爾雅》：「南方有比翼鳥焉。不比不飛，其名為之鶼鶼。」張正見詩：「同心綺袖連理枝。」辛德源詩：「合歡芳樹連理枝。」

75. 【注疏】結「長恨」二字。

## 琵琶行并序

元和十年，余左遷[1]九江郡司馬。明年秋，送客湓浦口[2]，聞舟中夜彈琵琶者。聽其音，錚錚然有京都聲。問其人，本長安倡女，嘗學琵琶於穆曹二善才。年長色衰，委身為賈人婦。遂命酒，使快彈數曲，曲罷憫然。自敘少小時歡樂事，今漂淪顦顇，轉徙於江湖間。余出官

二年，恬然自安，感斯人言，是夕，始覺有遷謫意，因為長句歌以贈之，凡六百一十六言，

命曰〈琵琶行〉。

潯陽江頭夜送客，楓葉荻花秋瑟瑟[3]。主人下馬客在船，舉酒欲飲無管絃。[4]醉不成歡慘將別，別時茫茫江浸月。忽聞水上琵琶聲，主人忘歸客不發。尋聲闇問彈者誰？琵琶聲停欲語遲。[5]移船相近邀相見，添酒回燈重開宴。千呼萬喚始出來，猶抱琵琶半遮面。[6]轉軸撥絃三兩聲，未成曲調先有情。絃絃掩抑聲聲思，似訴生平不得志；（眉批）四句為後文張本。低眉信手續續彈，說盡心中無限事。[7]（眉批）以下寫琵琶。輕攏慢撚[8]抹復挑，初為〈霓裳〉後〈六么〉[9]。大絃[10]嘈嘈如急雨，小絃切切如私語；嘈嘈切切錯雜彈，大珠小珠落玉盤[11]。間關[12]鶯語花底滑，幽咽泉流水下攤；[3]水泉冷澀絃凝絕，凝絕不通聲漸歇。別有幽愁闇恨生，此時無聲勝有聲。[14]銀瓶乍破水漿迸，鐵騎突出刀鎗鳴。[15]曲終收撥[16]當心畫，四絃一聲如裂帛[17]。東船西舫悄無言，唯見江心秋月白。[18]（眉批）應前。沉吟放撥插絃中，[19]整頓衣裳起斂容。[20]自言「本是京城女，家在蝦蟆陵[21]下住。十三學得琵琶成，名屬教坊第一部。曲罷曾教善才[22]服，妝成每被秋娘[23]妬。五陵年少爭纏頭[24]，一曲紅綃不知數。鈿頭銀篦擊節碎，血色羅裙翻酒汙。今年歡笑復明年，秋月春風等閑度。[25]弟走從軍阿姨死，暮去朝來顏色故；門前冷落車馬稀，老大嫁作商人婦。商人重利輕別離，前月浮梁[26]買茶去。去來江口守空船，繞船明月江水寒。（眉批）再應前。夜深忽夢少年事，夢啼妝淚紅闌干。」[27]我聞琵琶已歎息，又聞此語重

唧唧[28]。同是天涯淪落人，（眉批）一句作詩之旨。相逢何必曾相識？「我從去年辭帝京，謫居臥病潯陽城。潯陽地僻無音樂，終歲不聞絲竹聲。[29]住近湓江地低濕，黃蘆苦竹繞宅生。其間旦暮聞何物？杜鵑啼血[30]猿哀[31]鳴。春江花朝秋月夜，往往取酒還獨傾。豈無山歌與村笛？嘔啞[32]嘲哳[33]難為聽。[34]今夜聞君琵琶語，如聽仙樂耳暫明。[35]莫辭更坐彈一曲，為君翻作〈琵琶行〉。」[36]感我此言良久立，卻坐促絃絃轉急。悽悽不似向前聲，滿座重聞皆掩泣。座中泣下誰最多？江州司馬[37]青衫[38]濕。[39]

1. 【補注】左遷：《漢書‧周昌傳》：「高祖召昌謂曰：『公彊為我相趙，吾極知其左遷，然吾私憂念，非公無可者。』」《晉書‧杜預傳》：「優多劣少者敍用之，劣多優少者左遷之。」

2. 【補注】湓浦：《九江志》：「青湓山有井形如盆，因號湓水，城曰湓城，浦曰湓浦。江州故有湓江。」《一統志》：「湓浦在九江府城西青湓山。潯陽城在府西北一十五里。」
【注疏】《一統志》：「湓浦在九江府城西，源出瑞昌青盆山。」

3. 【補注】瑟瑟：劉公幹詩：「瑟瑟谷中風。」

4. 【注疏】此敘送客時正在深秋，以楓葉荻花之聲，反襯琵琶之聲。《一統志》：「潯陽城在府西一十五里。」

5. 【注疏】此敘其耳中所聞琵琶也。「醉」字承「酒」。「江浸月」含下「秋月」、「明月」等句。「語」字含「說盡心中無限事」。

6. 【注疏】此敘其目中所見琵琶也。「移船」句，承「尋」字，「千呼萬喚」寫其身分不輕接人。

7. 【注疏】此敘彈琵琶之事。軸，所以繫絃也。撥，鼓絃之具。掩，撫也。抑，按也。凡鼓琴瑟，有掩、抑、勾、剔、抹、挑手法。「說盡」二字，常從琵琶聲中聽出。

8. 【補注】攏撚：《樂府雜錄》：「貞元中，有裴興奴與曹鋼同時。曹善運撥，若風雨，而不事扣絃。興奴長於攏撚。時人謂曹有右手，裴有左手。」

9. 【補注】六么：《樂府雜錄》：「康崑崙善琵琶，登街東綵樓，彈一曲新翻羽調六么，自謂街西無敵。」

10. 【補注】大絃、小絃：《韓詩外傳》：「治國者譬若張琴，大絃急則小絃絕矣。」

11. 【補注】珠落盤：〈吳都賦〉注：「鮫人水底居，曾寓人家積日賣綃。臨去，從主人索器，泣而出珠滿盤，以與主人。」

12. 【補注】間關：《詩》：「間關車之舝兮。」

13. 【注疏】此敘琵琶聲之悠揚也。大珠、小珠、鶯語、流泉、下灘，皆狀琵琶之聲。《樂府雜錄》：「康崑崙善琵琶，登街東彩樓，彈一曲新翻羽調六么，自謂街西無敵。」

14. 【注疏】此敘琵琶聲之幽咽也。

15. 【注疏】此寫收尾時極其激烈。

16. 【補注】撥：按，撥，所以揮絃。《明皇雜錄》：「楊妃琵琶，以龍香板為撥。」

17. 【補注】裂帛：江淹〈恨賦〉：「裂帛繫書，誓還漢恩。」

18. 【注疏】此敘曲終時，有江上數峯青之慨。當心，琵琶中心。畫，以撥畫之，則四絃併響，裂帛，如裂布然。琵琶只四絃，傅玄賦序（編按，〈琵琶賦序〉）：「四絃，法四時也。」

19. 【注疏】東上。

20. 【補注】斂容：《漢書．霍光傳》：「光每朝見，上虛己斂容禮下之。」

21. 【注疏】起下。

【補注】蝦蟆陵：《雍錄》：「蝦蟆陵在萬年縣南六里。」按，萬年縣即今西安咸寧縣也。按，《國史補》：「董仲舒墓，門人過皆下馬，故謂之下馬陵。後人語訛為蝦蟆陵。」

22. 【補注】善才：按，善才，蓋曲師之稱。

23. 【補注】秋娘：見下。

24.【補注】纏頭：《唐書》：「代宗詔許大臣宴郭子儀於其第。魚朝恩出錦三十疋為纏頭之費，賞歌舞人。以錦綵置之頭上，謂之纏頭。宴享加惠，借以為詞。」

25.【注疏】此敘其自述青春極盛之時，何等風華也。《雍錄》：「蝦蟆嶺在萬年縣南六里。」《百官志》：「武德後置內教坊於禁中，開元中又置內教坊於蓬萊殿側，有音聲博士。京都置左右教坊，掌優俳雜妓，以中官為教坊使。」善才，曲師之稱。《樂府雜錄》：「〈望江南曲〉始自朱崖李太尉鎮浙西日，為姬謝秋娘所製。」五陵，在京師延秋門外，皇孫公子遊佚之所也。《舊唐書．郭子儀傳》：「大曆二年二月，子儀入朝，宰相元載、王縉，僕射裴冕、京兆尹黎幹、內侍魚朝恩共錢三十萬，置宴於子儀第。恩出羅錦二百匹為子儀纏頭之費，極歡而罷。」陸游詩：「濯錦江邊憶舊遊，纏頭百萬醉青樓。」紅綃，彩帛也，給賞之物。鈿頭雲篦擊節而不顧其碎，血色羅裙酒翻而不惜其汙，只覺貪圖歡笑，消遣歲月，殊不知將秋月春風俱付等閒而度也，悔何及焉！

26.【補注】浮梁：《唐書．地理志》：「饒州鄱陽郡縣浮梁，武德四年置。」

27.【注疏】此敘其自述老大悲傷之事，暮去朝來，時光易過也。故，舊也。浮梁，詳白居易〈河南經亂〉題注。繞船明月，又應「江浸月」。

28.【補注】唧唧：〈木蘭詩〉：「唧唧復唧唧。」

29.【注疏】此敘其聞，訴感傷，自述嘈讀之苦。唧唧，聲也。音樂絲竹反襯琵琶。「地僻」起下。

30.【補注】杜鵑啼血：李膺《蜀志》曰：「望帝稱王於蜀，時荊州有一人化，從井中出，名曰鼈靈。於楚身死，屍反泝流上至汶山之陽，忽復生，乃見望帝，立以為相。……鼈靈乃鑿巫山開三峽，降邱宅，土民得陸居。……望帝以其功高，禪位於鼈靈，號曰開明氏。望帝修道，處西山而隱，化為杜鵑鳥，亦曰子規。」《寰宇記》：「蜀之後主，名杜宇，號望帝，讓位鼈靈。望帝自逃，後欲復位不得，死化為鵑，每春月晝夜悲鳴。蜀人聞之曰：『我望帝魂也。』」《華陽風俗志》：「杜鵑其大如鵲而羽烏，聲哀而吻有血。春至則鳴。」《本草集解》：「杜鵑，春暮即鳴，鳴必北向，其聲哀而吻有血，至夏尤甚，徹夜不止。」

31.【補注】猿鳴：《宜都山川記》：「峽中猿鳴至清，山谷傳其響，泠泠不絕。行者歌之曰：『巴東三峽巫峽長，猿鳴三聲淚霑裳。』按，猿似猴，大，黑色，長前臂。

32.【補注】嘔啞：嘔，《韻會》：「音歐。」啞，《韻會》：「音雅。」《集韻》：「嘔啞，小兒學言。」

33.【補注】嘲哳：潘岳〈藉田賦〉：「簫管嘲哳以啾嘈兮。」按，此嘲哳當作啁哳。見《韻府》啁哳注。《九辯》：「鵾雞啁哳而悲鳴。」

34.【注疏】此敘所寓之境又極淒苦，鵑啼、猿鳴、山歌、邨笛，反襯琵琶秋月，又應「江浸月」。所見者，無非春花、秋月，同賞無人。所聞者，無非邨笛、山歌，何堪入耳。

35.【注疏】東上。

36.【注疏】起下。

37.【補注】司馬：按《唐書．百官志》：「刺史之僚佐，有司馬一人，位在別駕長史之下。上州者從五品下，中州者正六品下，下州者從六品上。」

38.【補注】青衫：《唐書．儀衞志》：「凡五路，皆有副，駕士皆平幘，大口絝衫，從路色，玉路服青衫。」

39.【注疏】結之，兩相歎感。收之，此行似江潮湧雪，餘波盪漾，有悠然不盡之妙。凡作長題，步步映襯，處處點綴，組織處，悠揚處，層出不窮。筆意鮮豔，無過於白香山者。

## 李商隱

字義山，河內人。開成中進士，官宏農尉。會昌中，王茂元鎮河陽，辟掌書記，得侍御史。茂元以子妻之。李德裕素厚茂元，而李宗閔令狐楚與德裕爲讎，以商隱爲茂元從事，薄之。後楚子綯作相，商隱屢□陳情，綯不之省。會河南尹柳仲郢鎮東蜀，辟爲節度判官。大中末，仲郢左遷，商隱罷，未幾，卒。按：商隱博學強記，有所作多檢閱書冊，左右鱗次，號獺祭魚。

# 韓碑[1]

元和天子神武[2]姿，彼何人哉軒與羲[3]。誓將上雪列聖恥，坐法宮中[4]朝四夷。[5]淮西有賊[6]五十載，封狼生貙貙生羆[7]。不據山河據平地[8]，長戈利矛日可麾。[9]帝得聖相相曰度[10]，賊斫不死[11]神扶持。腰懸相印作都統[12]，陰風慘澹天王旗。[13]愬武古通[14]作牙爪[15]，儀曹外郎載筆[16]隨。行軍司馬[17]智且勇，十四萬眾猶虎貔。[18]入蔡縛賊[19]獻太廟[20]，功無與讓[21]恩不訾[22]。帝曰：「汝度功第一，汝從事愈宜為辭。」[23]愈拜稽首蹈且舞：「金石刻畫臣能為，古者世稱大手筆[24]，此事不係於職司，當仁自古有不讓[25]。」言訖屢頷天子頤。[26]公退齋戒坐小閣，濡染大筆何淋漓。（眉批）詠韓碑即學韓體，才大者無所不可也。點竄〈堯典〉、〈舜典〉字，塗改〈清廟〉、〈生民〉詩。文成破體[27]書在紙，清晨再拜鋪丹墀。表曰：「臣愈昧死上。」詠神聖功書之碑。[28]碑高三丈字如斗，負以靈鼇[29]蟠以螭。[30]句奇語重喻者少，讒之天子言其私。長繩百尺拽碑倒，麄砂大石相磨治。[31]

公之斯文若元氣，先時已入人肝脾[32]，湯盤孔鼎[33]有述作，今無其器存其辭。[34]嗚呼！聖王及聖相，相與烜赫流淳熙。公之斯文不示後，曷與三五[35]相攀追？[36]願書萬本誦萬遍，口角流沫[37]右手胝[38]，傳之七十有二[39]代，以為封禪玉檢[40]明堂基。[41]

1.【補注】韓碑：《舊唐書．韓愈傳》：「元和十二年八月，宰臣裴度為淮西宣慰處置使，請愈為行軍司馬。淮蔡平，十二月隨度還朝，以功授刑部侍郎，仍詔撰平淮西碑。碑辭多敘裴度事。時入蔡擒吳元濟，李愬功第一。愬不平之。愬妻，唐安公主女也。出入禁中，因數碑不實，詔令磨去愈文，命翰林學士段文昌重撰文勒石。」按，段文昌改作亦自明順，然較之韓碑，不啻蟲吟草間矣。宋代，陳珣磨去段文，仍立韓碑，大是快事。《一統志》：「平淮西碑在河南汝寧府城內，裴晉公廟中。」按，元和，唐憲宗年號。

2.【補注】神武：《周易》：「神武而不殺。」

3.【補注】軒羲：昭明太子詩：「鴻名冠子姒，德澤邁軒羲。」按，黃帝有熊氏，公孫姓，名軒轅，在位百年。太昊伏羲氏，風姓，在位一百十五年。

4.【補注】法宮中：《漢書．鼂錯傳》：「五帝神聖，處法宮之中。」

5.【注疏】先敘憲宗剛明果斷，足為中興之主。

6.【補注】淮西賊：史：肅宗寶應初，以李忠臣鎮蔡州。大曆末，為軍所逐。歷李希烈、陳仙奇、吳少誠、吳少陽、元濟，據有淮西凡五十餘年。按韓愈平淮西碑，九年，蔡將死，蔡人立其子元濟以請，不許，遂燒舞陽、犯葉襄城，以動東都，放兵四劫。皇帝歷問於朝，一二臣外，皆曰：「蔡帥之不廷授，於今五十年，傳三姓四將，其樹本堅，兵利卒頑，不與他等，因撫而有，順且無事。」大官臆决唱聲，萬口附和，并為一談，牢不可破。

7.【音釋】貙音出。《說文解字》：「从豸區聲。」《廣韻》：「敕俱切，二。」羆音皮。

【補注】封狼貙羆：張衡〈思玄賦〉：「射嶓冢之封狼。」注，封，大也。《說文》：「貙似狸，能捕獸。一云，虎五指為貙。」《爾雅》：「羆如熊，黃白文。」柳宗元《熊說》：「鹿畏貙，貙畏虎，虎畏羆。」

8. 【補注】據平地：《舊唐書》：「吳少誠阻兵三十餘年，王師未嘗及其城下。嘗走韓全義、敗于頔，驕悍無所顧忌。又恃陂浸阻迴，故以天下兵環攻，三年所得者一縣而已。」

9. 【補注】日可麾：《淮南子》：「魯陽公，楚將也。與韓遘難。戰酣，日暮，援戈而麾之，日為之反三舍。」

【注疏】此敘吳少誠父子據淮蔡五十餘年。張衡賦：「彎威弧之拔刺兮，射嶓冢之封狼。」注，嶓冢山上有封狼星。貙，音踰。《爾雅．釋獸》：「貙獌，似狸。」注：今貙虎也。大如狗，紋如貍。羆音陂。《爾雅．釋畜》：「羆如熊，黃白文。」注：似熊而長頭高腳，憨悍多力，能拔樹本。《說文》：「戈，平頭戟也。酋，矛也。」徐曰：「鉤，兵也。」《玉篇》：「麾，旌旗之屬，所以指麾也。言指日可麾而平也。」

10. 【補注】聖相曰度：《晏子春秋》：「仲尼，聖相也。」《唐書》：「元和十年六月，上召裴度入對，拜中書侍郎，同平章事。」

11. 【補注】賊斫不死：《唐書．裴度傳》：「度御史中丞，進兼刑部侍郎。王承宗李師道謀緩蔡兵，乃伏盜京師，刺用事大臣，已害宰相武元衡，又擊度。刃三進，斷鞾，刜背裂中單，又傷首，墮溝中。度氈帽厚，得不死。」

12. 【補注】都統：《通考》：「天寶末，置天下兵馬元帥都統。」〈裴度傳〉：「元和十二年七月，度身督戰。帝獨目度曰：『果為朕行乎？』度俯伏流涕曰：『臣誓不與賊偕存。』即拜門下侍郎平章事，彰義軍節度使，淮西宣慰招討處置使。入對延英曰：『主憂臣辱，義在必死。賊未授首，臣無還期。』帝壯之。」

13. 【注疏】此敘憲宗得裴度能任將相之職，詳後序文注。

14. 【補注】愬武古通：《唐書》：「元和十一年十二月，李愬為隋唐鄧節度使。十年九月，韓弘為淮西都統。弘請使子公武以兵萬三千會蔡下。十一年，李道古為鄂岳觀察使。十一年二月，李文通為壽州團練使。」碑文：「光顏、重允、公武合攻其北，道古攻其東南，文通戰其東，愬入其西。」

15. 【補注】牙爪：《詩》：「祈父，予王之爪牙。」

16.【補注】外郎載筆：《舊唐書》：「以司勳員外郎李正封，都官員外郎馮宿，禮部員外郎李宗閔，皆兼御史，從度出征。」《禮記》：「史載筆。」

17.【補注】行軍司馬：《唐書》：「度奏右庶子韓愈兼御史中丞，充彰義軍行軍司馬。」《唐書．百官志》：「行軍司馬掌弼戎政。居則習蒐狩，有役則申戰守之法。器械糧糒，軍籍賜予，皆專焉。」

18.【補注】虎貔：《尚書．牧誓》：「尚桓桓如虎、如貔、如熊、如羆，于商郊。」注，桓桓，威武貌。欲將士如困獸之猛，而奮鬬于商郊也。

【注疏】此敘裴度所用文武，亦能任職。《舊唐書》：「以司勳員外郎李正封、都官員外郎馮宿、禮部員外郎李宗閔，皆兼侍御隨度出征。度奏右庶子韓愈兼御史中丞，充彰義軍行軍司馬。」猶，猶如也。貔音毗。《爾雅．釋獸》：「貔曰狐。」《說文》：「豹屬，出貉國。」《尚書．牧誓》：「如虎如貔。」餘詳後序注。

19.【補注】入蔡縛賊：《唐書．李愬傳》：「愬字元直，以父蔭起家。憲宗討吳元濟，愬求自試，遂檢校左散騎常侍，為唐鄧節度使將。襲蔡州，告師期于裴度。會大雨雪，風偃旗裂膚，馬皆縮慄，士抱戈凍死於道十一二。夜半，至懸瓠城。雪盛，城旁皆鵝鴨池。愬令擊之以亂軍聲。坎墉先登，殺門者，發關，留持柝，傳夜自如。黎明雪止，愬入，駐元濟外宅。蔡吏驚曰：『城陷矣！』元濟尚不信，及聞號令曰：『常侍傳語。』始驚曰：『何常侍得至此？』率左右登牙城，田進誠兵薄之，火南門。元濟請罪，梯而下，檻送京師。」

20.【補注】獻太廟：《唐書》：「十二年十月己卯，李愬執吳元濟送長安，帝御與安門受俘，以元濟獻廟社。御於市，朝之。」

21.【補注】功無與讓：庾信〈商調曲〉：「功無與讓，銘太常之旌。」

22.【補注】恩不訾：《唐書》：「度策勳，進金紫光祿大夫上柱國，封晉公，戶三千。」《管子》：「百姓之不田，貧富之不訾。」注，訾，限也。《商子．懇令篇》：「訾粟而稅。」注，訾，量也。按，訾，亦作貲。又按，呂公著《定州謝上表》：「百年舊族，荷累聖不貲之恩。一介微軀，辱主上非常之遇。」

23.【注疏】此敘其成功，敕愈紀頌勒石。功無與讓，言無功者亦不濫與，有功者不必遜讓。訾從柴，讀平聲。

《說文》：「不思稱意也。」《詩．小雅》：「翕翕訿訿。」餘詳序注。《舊唐書．韓愈傳》：「淮蔡平，十二月，隨度還朝，以功授刑部侍郎，仍詔撰《平淮西碑》。」

24. 【補注】大手筆：《晉書．王珣傳》：「夢人以大筆如椽與之，既覺，語人曰：『此當有大手筆事。』」《唐書》：「蘇頲封許國公，張說封燕國公，時號燕許大手筆。」

25. 【補注】當仁不讓：《論語》：「當仁不讓於師。」

26. 【補注】頷頤：郭璞詩：「洪崖頷其頤。」

【注疏】此敘韓愈受旨撰敘碑文也。《晉書．王珣傳》：「珣夢人以人筆如椽與之，既覺，語人曰：『此當有大手筆事。』」

27. 【補注】破體：按程注，破體，破當時為文之體。又按《法書苑》：「徐浩論書云：『鍾善真書，右軍行法，稍令破體，皆一時之妙。』」

28. 【注疏】此敘其碑文撰成，進呈勒石也。淋漓，渥貌。

29. 【補注】負靈鼇：《說文》：「鼇，海中大鼈。」《玉篇》：「神靈之鼇，背負蓬萊。」

30. 【補注】蟠螭：《說文》：「螭如龍而黃。」〈靈光殿賦〉：「蟠螭宛轉而承楣。」

【注疏】正敘勒碑。靈鼇，載碑龜也。螭音摛。《說文》：「若龍而黃，或曰無角曰螭。」言鐫碑兩傍，蟠以螭也。

31. 【注疏】此敘碑遭讒毀。宰相裴度為淮西宣慰處置等，使公為行軍司馬，蔡平，隨度還朝，詔撰《平淮西碑》。公以吳元濟之平，由度能固天子意，得不赦，卒擒之，多歸度功。而李愬恃以入蔡功居第一。愬妻，唐安公主女也。出入禁中，訴碑不實。帝詔斷其文，更命翰林學士段文昌為之。蘇內翰《記臨江驛詩》云：「淮西功業冠吾唐，吏部文章日月光。千載斷碑人膾炙，不知世有段文昌。」補注，按《夷堅志》云：「政和中，陳珦守蔡州，始視事，謁裴晉公廟，讀平淮西乃文昌所作者，忿然不平，即日磨去，別委能書者寫韓碑刻之。」

32. 【補注】肝脾：繁欽《與魏文帝牋》：「薛訪車子，年始十四，能轉喉引聲，與笳同音，……悽入肝脾，哀感頑豔。」

33.【補注】湯盤孔鼎：《史記正義》：「湯沐浴之盤而刻銘為戒。」《禮記》：「湯之盤銘曰：『苟日新，日日新，又日新。』」《左傳》：「孔丘，聖人之後也。其祖弗父何？以有宋而授厲公。及正考父佐戴武宣，三命茲益共。故其鼎銘云：『一命而僂，再命而傴，三命而俯。循墻而走，亦莫予敢侮。』」

34.【注疏】此敘碑石雖沒，終難掩其文章。人之欣誦者，早已入於肝脾，一若湯之《盤銘》，孔氏之鼎，代有述作，今雖無其器，而能滅其辭哉。《左傳》：「鼎銘云：『一命而僂，再命而傴，三命而俯。循牆而走，亦莫余敢侮。饘於是，鬻於是，以糊余口。』」考父廟之鼎也。

35.【補注】三五：按，三五，三皇五帝也。

36.【注疏】此嘆聖王、聖相大功，烜赫人間，而公文不能示後，如之何可也。何不與三五同志者攀追其文，為之表揚也。烜音咺。《玉篇》：「火盛貌。」流，傳也。淳，大也。熙，光也。

37.【補注】流沫：揚雄《解嘲》：「頷頤折頞，涕涶流沫。」

38.【補注】胝：《廣韻》：「胝，皮厚也。」

39.【補注】七十二：《史記》：「古者封泰山禪梁父者七十二家。」

40.【補注】封禪玉檢：《封禪儀》：「玉牒長一尺三寸，廣厚五寸。玉檢如之，厚減三寸。其印齒如璽，纏以金繩五周。」

【注疏】此承「三五相攀追」結之。沫音末，口中汁也。胝，張尼切，音底。《玉篇》：「腁，胝。」《廣韻》：「皮厚也。」七十二代，言其久也。禪音善。《韻會》：「築土曰封，除地曰禪。」《後漢書・祭祀志》：「上許梁松等奏乃求封禪故事，議所施用，有司奏，當用方石，再累置壇中，皆方五丈、厚一尺。用主牒書藏方石，牒厚五寸，長尺三寸，廣五寸，有玉檢。又用石檢十枚，列於石旁。」《汲冢周書》：「東方曰青陽，南方曰明堂，西方曰總章，北方曰玄堂，中央曰太廟。」《晏子春秋》：「明堂之制，士事不文，本事不鏤。」《大戴記》：「明堂者，凡九室，一室而有四戶八牖，以茆蓋屋，上圓下方，所以明諸侯之尊卑也。」

【注疏】附韓愈平淮西奉敕撰并序：天以唐克肖其德，聖子神孫，繼繼承承，於千萬年，敬戒不怠，全付所覆，四海九州，罔有內外，悉主悉臣（補注：謂悉以為主而臣之也）。高祖太宗，既除既治（除，除亂也）；高宗中睿，休養生息；至於玄宗，受報收功，極熾而豐，物眾地大，孽牙其間；肅宗代宗，德祖順考，以勤以容，大慝適去。稂莠不薅（孫曰：「大慝，大惡也。謂安祿山、史思明等。稂，草也。薅，器也。以剌地除草也），相臣將臣，文恬武嬉，習熟見聞，以為當然。睿聖文武皇帝，既受群臣朝，乃考圖數貢（祝曰：「考輿地之廣狹，計貢賦之至與不至。」），曰：「嗚呼！天既全付予有家，今傳次在予，予不能事事，其何以見於郊廟？」群臣震懾，奔走率職。明年，平夏（永貞元年八月夏，綏銀節度留後李惠琳叛。元和元年三月，兵馬使張承金討斬之。）；又明年，平蜀（永貞元年八月，劍南節度使韋皐卒，行軍司馬劉闢自稱留後。元和元年九月，東川節度使高崇文擒闢以獻）；又明年，平江東（元和二年十月，鎮海軍節度使李錡反，大將張子良執錡以獻）；又明年，平澤潞。遂定易定（元和五年十月，義成節度使張茂昭以易、定二州，歸於有司）致魏、博、貝、衛、澶、相（元和七年十月，魏博節度使田宏正以所管六州，歸於有司。祝曰：「澶，澶淵也。」《說文》：「澶淵水在宋。」《左氏》：「盟於澶淵。」）無不從志。皇帝曰：「不可究武，予其少息。」九年，蔡將死。蔡人立其子元濟以請，不許（元和九年間八月，彰義節度使吳少陽卒，其子元濟攝蔡州刺史，匿喪，以病聞，自領軍務，表請主兵，上不許）。遂燒舞陽，犯葉、襄等城，以動東都，放兵四劫（韓曰：「元濟發兵四出，屠舞陽，焚葉縣，攻掠魯山、襄城，汝、許州人皆竄伏榛莽間，剽掠千餘里，關東大恐。」）。皇帝歷問於朝，一二臣外，皆曰：「蔡帥之不廷授，於今五十年，傳三姓、四將（孫曰：「廣德元年七月，以李忠臣為淮西節度使；正元二年四月，以陳奇；十月，以吳少誠，為之是為三姓。大曆十四年三月，忠臣為其將李希烈所逐，自為節度。忠臣、希烈、少誠、少陽是為四將。」）。其樹本堅，兵利卒頑，不與他等。因撫而有，順且無事。」大官臆決唱聲，萬口和附，并為一談，牢不可破。皇帝曰：「惟天惟祖宗所以付任予者，庶其在此，予何敢不力？況一二臣同（韓曰：「宰相李吉甫言淮西非如河北，四無黨援，失今不取，後難圖矣。張宏靖曰，請先為少陽輟朝，贈官弔贈，待其有不順之迹，然後加兵。」），不為無助。」曰：「光顏，汝為陳、許帥（元和元年十月，以陳州刺史李光顏為忠武節度史。忠武管陳、許二州），維是河東、魏博、郃陽三軍之在行者（樊曰：「元和十年正月，命宣武等十六道進軍討元濟，以光顏等分掌行營。二月，命神策軍郃陽鎮遏將索曰：『進以涇源，兵六百人，會李光顏。』」祝曰：「郃陽，《說文》：『左馮翊郃陽縣』。」），汝皆將之。」曰：「重胤，汝故有河陽、懷，今益以汝（孫曰：「元和九年閏八月，以河陽節度使烏重胤為汝州刺史，充河陽懷汝節度使，徙隸汝州。」），維是朔方、義成、陝、益、鳳翔、延、慶（韓曰：「義成，管鄭、滑二州；陝、益，即劍南東西川，延屬鄜坊，丹延節度使，慶屬邠寧節度使。」）七軍之在行者，汝皆將之。」曰：「弘，汝以卒萬二千屬而子公武往討之（韓曰：「元和十月九月，以宣武節度使韓宏，為淮西諸軍都統。曰：『無自行以遏北寇。』宏請使子公武以兵萬三千會蔡下，歸財與糧，以濟諸軍。」）。」曰：「文通，汝守壽（孫曰：「元和十年二月，以左金吾大將軍李文通為壽州團練使，拒固始之險。」），維是宣武、淮南、宣歙、浙西四軍之在行于壽者，汝皆將之。」曰：「道古，其觀察鄂岳（孫曰：「元和十一年，以黔州觀察使李道古為鄂岳觀察使。」）。」曰：「愬，汝帥唐、鄧、隨（孫曰：「元和十一年十二月，以太子詹事李愬，為唐鄧隨節度使。」），各以其兵進戰。」曰：「度，汝長御史（孫曰：「謂裴度為御史中丞，故曰長。」），其往視師（孫曰：「元和十年五月，上遣度詣行營宣慰，察用兵形勢。」）。」曰：「度，惟汝與予同（補注：同，謂同謀），汝遂相予（孫曰：「元和十年六月，以度為中書侍郎同平章事。」），以賞罰用命不用命。」曰：「弘，汝其以節都統討軍（洪曰：「按韓弘為淮西諸軍行營都統，故或者疑『討』字當作『諸』字。然謂討元濟之軍，亦何不可？若作諸軍，則語凡矣。」）。」曰：「守謙，汝出入左右，汝惟近臣（補注：謂守謙為內侍），共往撫師（樊曰：「諸軍討淮西者近九萬人，久而無功。元和十一年十二月，上命知樞密梁守謙宣慰，因留監其軍。」）。」曰：「度，汝其往，衣（去聲）食（入聲）予士，無寒無饑。以既厥事，遂生蔡人。賜汝節斧，通天御帶，衞卒三百（孫曰：「元和十二年八月，度赴淮西，詔以神策軍三百人衞從，賜以犀帶。」）。凡茲廷臣，汝擇自從，惟其賢能，無憚大吏（孫曰：「元和十二年七月，度以宰相出為淮西宣慰處置使。度奏刑部侍郎馬摠為副使，右庶子韓愈為行軍司馬，判官、書記，皆朝廷之選，上皆從之。」）。庚申，予其臨門送汝（補注：度行，上御通化門送之）。」曰：「御史，予閔士人夫戰甚苦，自今以往，非郊廟祠祀，其無用樂。」顏、胤、武合攻其北，大戰十六，得柵城縣二十三，降人卒四萬。道古，攻其東南，八戰，降萬三千，再入申，破其外城（孫曰：「元和十二月，道古攻申州，克其外郭。」）。文通，戰其東，十餘遇，降萬二千。愬，入其西，得賊將，輒釋不殺（樊曰：「元和十二年五月，淮西騎將李佑率士卒刈麥於張柴村。李愬令廂虞侯史用誠生擒以歸，待以客禮。」），用其策，戰比有功。十二年八月，丞相度至師（韓曰：「度赴淮西，二十七日至郾城。」），都統弘責戰益急，顏、胤、武合戰，益用命（韓曰：「度至軍，宣達上旨，士皆賈勇。時諸道兵皆有中使監陣，進退不由主將。度至行營，並奏去之，以是百戰皆捷。」），元濟盡并其眾，洄曲以備（孫曰：「四月，蔡人董昌齡以郾城降，李光顏引兵入據之，元濟甚懼。時董重質將騎軍守洄曲，元濟悉發親近及守城卒，詣重質以拒之。」）。十月壬申，愬用所得賊將，自文城因天大雪，疾馳百二十里，用夜半到蔡，破其門，取元濟以獻（樊曰：「李佑言於李愬曰：『蔡之精兵皆在洄曲及四境，拒守州城者皆羸老之卒，可以乘虛直抵其城北。賊將聞之，元濟已成擒矣。』愬然之。十月，愬命隋州刺史史旻等留鎮文城，自領李佑諸軍行六十里，夜至張柴村，留數百人斷洄曲救兵之路，復引兵出門。時大風雪，人馬凍死者相望。夜半，雪愈甚，四鼓，至蔡州城，下坎垣而登擒元濟以獻。按《綱鑑》，冬十月，李佑言於李愬曰：『蔡之精兵皆在洄曲及四境，拒守州城者皆羸老之卒，可以乘虛直抵其城北。賊將聞之，元濟已擒矣。』愬然之，遣掌書記鄭澥白裴度。度曰：『兵非出奇不勝，常侍良圖也。』愬等夜至張柴村，夜半雪甚，行七十里至州城，近城有鵝鴨池。愬令驚之，以混軍聲。自吳少誠拒命，官軍不至蔡州城下三十餘年，故蔡人不為備。四鼓，愬至城下，無一人知者。李佑、李忠義钁其城為坎，以先登壯士從之。雞鳴雪止，愬入居元濟外宅，或告元濟曰：『官軍至矣！』元濟尚寢，笑曰：『俘囚為盜耳，曉當盡殺之。』又有告者曰：『城陷矣！』元濟起聽於庭，聞愬軍號令。曰：『常侍傳語，應者近萬人！』元濟始懼，乃帥左右登牙城拒戰。時重質擁精兵萬人，據洄曲。愬曰：『元濟所望者，重質之救爾。』乃訪重質家，厚撫之，遣其子傳道持書諭重質。重質遂單騎詣愬，降元濟於城上，請罪梯而下之，檻送京師，不戮一人。屯鞠場以待裴度。度入城，李愬具櫜鞬出迎，拜於道左，度將避之，愬曰：『蔡人頑悖不識上下之分數十年矣，願公因而示之，使知朝廷之尊度。乃受之。』」），盡得其屬人卒（韓曰：「申、光二州及諸鎮兵二萬餘人，相繼來降。」）。辛巳，丞相度入蔡，以皇帝命赦其人。凡蔡卒三萬五千，其不樂為兵願歸為農者十九，悉縱之（韓曰：「詔淮西立功將士委韓宏、裴度條疏聞奏，淮西軍人，一切不問，宜淮。元敕給復二年。」）。斬元濟於京師（孫曰：「十一月丙戌，朔，御興安門受淮西之俘。以元濟徇兩市，斬於一獨柳樹。」）。冊功：弘加侍中；愬為左僕射，帥山東南道（樊曰：「制加檢校尚書左僕射、襄州刺史充山南東道節度、襄鄧隋唐復郢均房觀察使、涼國公。」）；顏胤皆加司空（樊曰：「李光顏、烏重胤並檢校司空。光顏封武安郡公；重胤，邠國公。」）；公武以散騎常侍，帥鄜坊丹延（鄜音孚。孫曰：「以宣武軍都虞侯，韓公武為檢校左散騎常侍、鄜州刺史、鄜坊丹延節度使。」）；道古進大夫；通加散騎常侍。丞相度朝京師，道封晉國公，進階金紫光祿大夫，以舊官相（孫曰：「度歸京師，十二月，制加彰義軍節度、申光蔡溵觀察使充淮西宣慰處置等使，朝議大夫門下侍郎平章事，兼蔡州刺史、飛騎尉。裴度金紫光祿大夫依前，門下侍郎、弘文舘大學士，仍賜上柱國，封晉國公，食邑三千戶。」），而以其副揔為工部尚書，領蔡任（樊曰：「以蔡州留後，馬揔檢校工部尚書為蔡州刺史、彰義節度使。」）。既還奏，群臣請紀聖功，被之金石。皇帝以命臣愈。臣愈再拜，稽首而獻文曰：唐承天命，遂臣萬方。孰居近土（補注：近土諸鎮之叛命者），襲盜以狂。往在玄宗，崇極而圮。河北悍驕（孫曰：「安史既平，燕、趙、魏相繼而起。」），河南附起（孫曰：「謂汴、蔡之屬，居於河南者也。」）。四聖不宥（肅、代、順、德也），屢興師征。有不能尅，益戍以兵。夫耕不食，婦織不裳。輸之以車，為卒賜糧。外多失朝，曠不嶽狩。百隷怠官，事亡其舊。帝時繼位（憲宗也），顧瞻咨嗟。惟汝文武，孰恤予家。既斬吳蜀，旋取山東。魏將首義，六州降從。淮蔡不順，自以為強。提兵叫讙（補注：叫讙，驚呼貌），欲事故常。始命討之，遂連姦鄰。陰遣刺客，來賊相臣（《綱鑑》：「自上李吉甫葬，悉以用兵事委武元衡。李師道所養客說師道曰：『天子所以銳意誅蔡者，元衡贊之也。請密往刺之。元衡死，則他相不敢主其謀，爭勸天子罷命矣。』師道以為然，資給遣之。……六月，癸卯，天未明，元衡入朝，出所居靖安坊東門，有賊自暗中殺之，取其顱骨而去。又入通化坊擊裴度，傷其首。度氊冒厚，得不死。」）。方戰未利，內驚京師。群公上言，莫若惠來。帝為不聞（嚴曰：「謂不聽其言也。初憲宗平蔡，以師入無功，命裴度往視形勢。度還奏，言必可之狀時，宰相李逢吉、韋貫之及在朝之臣，皆莫欲進兵，謂莫若因而撫之。惟憲宗確然不聽其言，故能用度以成伐功。史臣謂非度破賊之難，憲宗任度之為難蓋謂此也。」），與神為謀。乃相同德，以訖天誅。乃敕顏胤，愬武古通。咸統於弘，各奏汝功。三方分攻，五萬其師。大軍北乘，厥數倍之。常兵時曲（韓曰：「元和十年五月，胤顏大破賊黨於時曲。」），軍士蠢蠢。既翦凌雲（韓曰：「元和十一月九月，光顏奏拔凌雲栅。」），蔡卒大窘。勝之邵陵，郾城來降。自夏入秋，復屯相望。兵頓不勵，告功不時。帝哀征夫，命相往釐。士飽而歌，馬騰於槽。試之新城，賊遇敗逃。盡抽其有，聚以防我（孫曰：「董重兵守洄曲。」）。西師躍入，道無留者（補注：謂李愬入蔡之師）。頟頟蔡城（頟與額同。頟、頟，大貌），其疆千里。既入而有，莫不順俟。帝有恩言，相度來宣（祝曰：「謂宣達王命。《詩》云：『來旬來宣。』元濟既誅，上封二劍以授梁守謙，使誅元將舊將。度欲使俱入蔡州，量罪施行，不盡如詔旨，仍上疏言之。」）；誅止其魁，釋其下人。蔡之卒夫，投甲歡呼（樊曰：「蔡平，度以蔡卒為牙兵，或諫曰：『蔡人反側者尚多，不可不備。』度笑曰：『元惡既擒，蔡人則吾人也，又何疑焉？』蔡人聞之感泣。」）；蔡之婦女，迎門笑語。蔡人告饑，船粟往哺；蔡人告寒，賜以繒布。始時蔡人，禁不往來；今相從戲，里門夜開（樊曰：「先是吳氏父子阻兵，禁人偶語於途。夜不燃燭，有以酒食相過，從者罪死。度既視事，惟禁盜賊鬬殺，餘皆不問。蔡人始知有生之樂。」）。始時蔡人，進戰退戮；今旰而起（補注：旰，日晚也），左餐右粥。為之擇人，以收餘憊；選吏賜牛，教而不稅。蔡人有言，始迷不知；今乃大覺，羞前之為。蔡人有言：天子聖明，不順族誅，順保性命。汝不吾信，視此蔡方；孰為不順，往斧其吭（吭，喉也。古郎切）。凡叛有數，聲勢相倚。吾強不支，汝弱奚恃。其告而長，而父而兄（而汝也）奔走偕來，同我太平。淮蔡為亂，天子伐之。既伐而饑，天子活之。始議伐蔡，卿士莫隨。既伐四年，小大並疑。不赦不疑，由天子明。凡此蔡功，惟斷乃成。既定淮蔡，四夷畢來。遂開明堂，坐以治之。

# 七言樂府

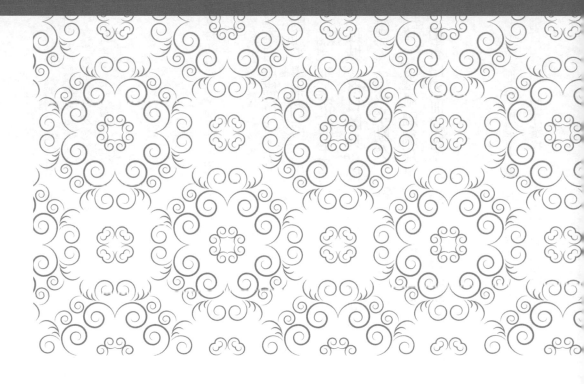

**高適**

字達夫，一字仲武，滄洲人。舉有道科，授封邱尉，哥舒翰表爲書記。翰兵敗，奔赴行在，遷左拾遺侍御史，擢諫議大夫，出爲彭、蜀二州刺史、西河節度使，入爲刑部侍郎。廣德中，以左散騎常侍封渤海侯，謚曰忠。按，適年五十始爲詩，每一篇出，爲時稱頌。

# 燕歌行[1]并序

開元二十六年，客有從元戎出塞而還者，作〈燕歌行〉以示適，感征戍之事，因而和焉。

漢家煙塵[2]在東北，漢將辭家破殘賊[3]。男兒本自重橫行[4]，天子非常賜顏色。[5]摐金伐鼓[6]下榆關[7]，旌旗逶迤[8]碣石[9]間。校尉[10]羽書飛瀚海，單于獵火[11]照狼山。[12]山川蕭條極邊土，（眉批）路遠。胡騎憑陵[13]雜風雨[14]。（眉批）敵勁。戰士軍前半死[15]生，（眉批）苦者自苦。美人帳下猶歌舞！[16]（眉批）樂者自樂。大漠[17]窮秋塞草衰，（眉批）邊寒。孤城[18]落日鬬兵[19]稀。（眉批）兵少。身當恩遇[20]常輕敵[21]，（眉批）本以身許。力盡關山未解圍[22]。（眉批）不克成功。鐵衣[23]遠戍辛勤久，（眉批）以下寫室家之思。玉筯[24]應啼別離後；少婦城南[25]欲斷腸，征人薊北[26]空回首。[27]邊風飄颻那可度？絕域蒼茫更何有。殺氣三時作陣雲[28]，寒聲一夜傳刁斗。[29]相看白刃血紛紛，死節[30]從來豈顧勳？君不見沙場爭戰苦？至今猶憶李將軍。[31]

1.【補注】燕歌行：按，魏文帝有〈燕歌行〉。《歌錄》：「燕，地名，猶楚苑之類。」此不言古辭，起自此也。《樂府解題》曰：「晉樂府奏魏文帝〈秋風〉、〈別日〉二曲，時序遷換，行役不歸，婦人怨曠無所訴也。」《廣題》曰：「燕，地名。言良人從役於燕而為此曲。」

2. 【補注】煙塵：蔡琰〈胡笳〉：「煙塵蔽野兮胡虜盛。」

3. 【補注】殘賊：《詩》：「廢為殘賊，莫知其尤。」

4. 【補注】橫行：《史記》：「樊噲曰：『臣願得十萬眾，橫行匈奴中。』」

5. 【注疏】此以奉命出征起，煙塵比叛亂也。東北，單于之境。〈季布傳〉：「樊噲曰：『臣願得十萬眾，橫行匈奴中。』」宋之問〈桂州〉詩：「兩朝賜顏色，二紀陪遊宴。」

6. 【補注】摐金伐鼓：〈子虛賦〉：「摐金鼓，吹鳴籟。」注，摐，擊也。《毛詩》：「鉦人伐鼓。」

7. 【補注】榆關：《漢書．枚乘傳》：「北備榆中之關。」注，即今榆關也。《地理通釋》：「趙之上黨，燕之榆關。」

8. 【補注】逶迤：《楚辭》：「戴雲旗之逶迤。」

9. 【補注】碣石：《唐書．地理志》：「平州石城縣有碣石山。」《水經注》：「碣石，右北平驪城縣西南。漢武登之，以望巨海。」

10. 【補注】校尉：《漢書》：「八校尉，秩皆二千石。」

11. 【補注】獵火：庾信詩：「寒沙兩岸白，獵火一山紅。」

12. 【補注】狼山：《魏志》：「太祖北征烏丸，登白狼山。」《一統志》：「山在寧夏衛城東南二百九十里。」

【注疏】此正寫出征。摐，音窗。司馬相如〈子虛賦〉：「摐金鼓，吹鳴籟。」《漢書》：「北備榆中之關。」注，即今所謂榆關也。《唐書．地理志》：「平州石城縣有石碣山。」《漢書．百官公卿表》：「司隸校尉，捕巫蠱，督大奸猾。城門校尉掌城門屯。兵中壘校尉掌北軍壘門內屯。騎校尉掌騎士。步兵校尉掌上林苑門屯兵。越騎校尉掌待詔射聲士。虎賁校尉掌輕車。凡八校尉，皆武帝初置。」羽書、單于俱詳〈輪臺歌〉注。瀚海詳〈白雪歌〉注。火，烽火也。《名山記》：「通州之山有五，而狼山為最奇。東為軍山，西為塔山，左右翼狼山之名，以形似，或謂有白狼據焉。」陳後主〈昭君怨〉：「狼山聚雲暗，龍沙飛雪輕。」

13.【補注】憑陵：《左傳》：「憑陵我城郭。」

14.【補注】風雨：〈新序〉：「韓安國曰：『匈奴來若風雨，解若收電。』」

15.【補注】半死：《史記》：「陵軍五千人，……士死者過半。」

16.【注疏】此敘征人戰陣之時。雜風雨，狀軍聲也。半死生，苦者自苦，而君王不知也。猶歌舞，而樂者自樂，不思戰士之苦。

17.【補注】大漠：《漢書》：「《燕然山銘》……經磧鹵，絕大漠。」李陵書：「出大漠之外。」（編按，查李陵〈答蘇武書〉並無此句，出處不明，姑從之）

18.【補注】孤城：《後漢書》：「耿恭以甲兵守孤城於絕域。」

19.【補注】鬭兵：《說苑》：「君子守國安民，非特鬭兵。」

20.【補注】恩遇：《後漢書．賈復傳》：「恩遇甚厚。」

21.【補注】輕敵：《老子》：「禍莫大於輕敵。」

22.【補注】解圍：〈新序〉：「高帝圍於平城，七日乃解圍。」

23.【注疏】此敘其忠憤，不辭死戰也。塞外俱屬沙漠，故稱大漠。塞外之草皆白，至秋易衰。「鬭兵稀」應「半死生」句。《韓非子》曰：「賞厚而信人，輕敵矣。」李嶠〈詠箭〉詩：「漢甸初收羽，燕城忽解圍。」羅鄴詩：「力盡秋來破虜圍。」

24.【補注】玉筯：梁簡文帝詩：「玉筯衣前滴。」劉孝威詩：「誰憐雙玉筯？流面復流襟。」

25.【補注】城南：曹植詩：「借問女何居？乃在城南端。」

26.【補注】薊北：孔稚圭詩：「徵兵離薊北。」

27.【注疏】此敘征人思婦久別之苦。〈木蘭歌〉：「朔氣傳金柝，寒光照鐵衣。」李白詩：「啼流玉箸盡，坐恨金閨切。」吳均詩：「賤妾思不堪，採桑渭城南。」孔稚圭《白馬篇》：「徵兵離薊北，輕騎出漁陽。」

28.【補注】陣雲：庾信詩：「君訝漁陽少陣雲。」

29.【補注】刁斗：《史記．李廣傳》：「廣行無部伍行陣，就善水草屯，舍止，人人自便，不擊刁斗以自衛。」注，以銅作鐎器，受一斗，晝炊飯食，夜擊持行，名曰刁斗。

【注疏】此敘所聞者皆悽慘之聲。《左傳》：「務其三時。」何遜詩：「陣雲橫塞起，赤日下城圓。」《史記．李廣傳》：「行軍無部伍行陣，就善水草屯，舍止，人人自便，不擊刁斗以自衛。」注，以銅作鐎器，可受一斗，晝炊飲食，夜擊持行，名曰刁斗。

30.【補注】死節：《史記．貨殖傳》：「賢人守信死節。」

31.【補注】李將軍：《史記》：李牧厚遇戰士。匈奴入，急收保，匈奴數歲無所得，邊士皆願一戰。於是多為奇陣，張左右翼擊之，破匈奴十餘萬騎。單于數十載不敢近趙。

【注疏】以李將軍之事結之，欲效其功，以冀太平也。李牧破匈奴十餘萬兵，單于十餘載不敢近趙。

## 李頎

# 古從軍行[1]

白日登山望烽火，黃昏飲馬傍交河[2]。行人刁斗風沙暗，公主琵琶[3]幽怨多。[4]野營萬里（眉批）地廣。無城郭，[5]雨雪紛紛（眉批）天寒。連大漠。[6]胡雁哀鳴（眉批）所聞。夜夜飛，[7]胡兒眼淚（眉批）所見。雙雙落。[8]聞道玉門猶被遮，應將性命逐輕車[9]。年年戰骨埋荒外，空見蒲萄[10]

入漢家。11

1.【補注】從軍行：《樂府解題》曰：「從軍行，皆軍旅苦辛之辭。」《廣題》曰：「左延年辭云：『苦哉邊地人，一歲三從軍。三子到燉煌，二子詣隴西。五子遠鬬去，五婦皆懷身。』」陳伏知道又有〈從軍五更轉〉。

2.【補注】交河：《漢書．西域傳》：「車師前王居交河城。河水分流繞城，故號交河。去長安八千一百五十里。」

3.【補注】公主琵琶：石崇序（按〈王昭君辭序〉）：「昔公主嫁烏孫，令琵琶馬上作樂，以慰其道路之思。」

4.【注疏】此以塞外起。《漢書》：「車師前國王治交河城，河水分流，繞城下，故號交河。去長安八千一百五十里。」聽公主之琵琶且多幽怨，況行軍者乎。一層。

5.【注疏】一層。

6.【注疏】一層。

7.【注疏】聞。一層。

8.【注疏】見。一層。此敘其所遇，無非苦境。首句無所依托也，次句極其荒冷也，三句所聞皆悲聲也，四句所見皆慘色也。野營，屯兵之所。胡兒且然，況從軍者乎。

9.【補注】輕車：《周禮》注：「輕車，用以馳敵致師之車也。」《漢書》：「李廣弟蔡，元朔中為輕車將軍。」

10.【補注】葡萄：按，蔔作陶，亦作桃。《漢書．西域傳》：「大宛左右，以蒲桃為酒，富人藏之，酒至萬餘石。宛貴人立蟬封為王，遣子入侍，質於漢。漢因使使賂賜鎮撫之。宛王蟬封與漢約，歲獻天馬二匹。漢使采蒲陶、苜蓿種歸。天子以天馬多，又外國使來眾，益種蒲陶、苜蓿離宮館傍，極望焉。」

11.【注疏】結，敘其出征不能回者。《漢書．西域傳》：「漢軍正任文將兵屯玉門關，為貳師後距。」注詳〈關山月〉。《漢書・西域傳》：「大宛左右以葡萄為酒，富人藏酒至萬餘石。宛貴人立蟬封為王，遣子入侍質於漢。漢因使使賂賜鎮撫之。宛王蟬封與漢約，歲獻天馬二匹。漢使採葡萄、目宿種歸。天子以天馬多，又外國使來眾，益種葡萄、目宿離宮館旁，極望焉。」以漢家不知損卻多少兵糧，方換得一件葡萄、目宿歸來，在人眼目，故曰空見也。

## 洛陽女兒行

王維

洛陽女兒[1]對門居[2]，纔可顏容十五餘。良人玉勒[3]乘驄馬，侍女金盤[4]鱠鯉魚。畫閣珠樓盡相望，紅桃綠柳垂簷向。羅幃送上七香車[5]，寶扇迎歸九華帳。[6]狂夫富貴在青春，意氣驕奢劇季倫[7]。自憐碧玉[8]親教舞，不懂珊瑚持與人。[9]春牕曙滅九微火[10]，九微片片飛花瑣[11]。戲罷曾無理曲[12]時，〔眉批〕與〈西施詠〉同一寓意。粧成祇是薰香坐。[13]城中相識盡繁華，日夜經過趙李[14]家。誰憐越女顏如玉[15]，貧賤江頭自浣紗。[16]

1. 【補注】洛陽女兒：梁武帝〈河中之水歌〉：「河中之水向東流，洛陽女兒名莫愁。」
2. 【補注】對門居：梁武帝樂府：「誰家女兒對門居。」
3. 【補注】玉勒：庾信〈馬射賦〉：「控玉勒而搖星，跨金鞍而動月。」

4.【補注】金盤：〈羽林郎〉古詩：「就我求珍餚，金盤鱠鯉魚。」

5.【補注】七香車：魏武帝〈與楊彪書〉曰：「今贈足下四望通幰七香車二乘，青牸牛二頭。」梁簡文帝〈烏棲曲〉：「青牛丹轂七香車。」

6.【補注】以出身驕貴起。《說文》：「勒，馬頭絡銜也。」玉勒，以玉為之。《玉海》：「噴玉勒而沫素，鳴金珂而響清。」鮑照〈結客少年場行〉：「驄馬金絡頭，錦帶佩吳鉤。」王褒《僮約》：「築肉臛芋，膾魚炰鱉。」

7.【注疏】此敘居處行止極其富麗。魏武〈與楊彪書〉曰：「今贈足下四望通幰七香車二乘，青牸牛二頭。」又古樂府：「青牛白馬七香車。」九華帳，詳見〈長恨歌〉。

【補注】季倫：《晉書》：「石崇，字季倫，財產豐積，室宇宏麗。後房百數，皆曳紈繡，珥金翠。絲竹盡當時之選，庖膳窮水陸之珍。與貴戚王愷、羊琇之徒，以奢靡相尚。愷以粭澳釜，崇以蠟代薪。愷作紫絲布步障四十里，崇作錦步障五十里以敵之。崇塗屋以椒，愷用赤石脂。崇、愷爭豪如此。武帝每助愷，嘗以珊瑚樹賜之，高二尺許，枝柯扶疏，世所罕比。愷以示崇，崇便以鐵如意擊之，應手而碎。愷既惋惜，又以為嫉己之寶，聲色方厲。崇曰：『不足多恨，今還卿。』乃命左右，悉取珊瑚樹。有高三、四尺者六、七株，條幹絕俗，光彩曜日。如愷比者甚眾。愷怳然自失矣。」

8.【補注】碧玉：按，宋汝南王妾碧玉，寵愛之，因作歌。梁元帝詩：「碧玉小家女，來嫁汝南王。」

9.【注疏】敘其良人亦極豪狂。夫，指良人。「富」字總上「畫閣」四句，「貴」字總上「洛陽」四句。《玉篇》：「劇，甚也。」《晉書》：「石崇，字季倫，生於青州，故小字齊奴。少敏慧，勇而有謀。苞〈石崇父〉分財物與諸子，獨不及崇。苞曰：『此兒雖小，後日能得。』頃出為征虜將軍。……崇有別館，在河陽之金谷，一名梓澤。送者傾都，帳飲於此焉。與貴戚王愷、羊琇之徒，以奢靡相尚。愷以粭澳釜，崇以蠟代薪；愷作紫絲布步障四十里，崇作錦步障五十里。爭豪如此。嘗與王敦入太學，見顏回、原憲之像，顧而嘆曰：『若與之同升孔堂，去人何必有間。』敦曰：『不知餘人云何，子貢去卿差近。』崇正色曰：『士當身名俱泰，何至甕牖語人哉！』」其立意類此。

10. 【補注】九微火：《漢武內傳》：「七月七日設座大殿上，以紫羅薦地，燔百木之香，燃九光九微之燈，以待王母。」何遜詩：「月映九微火，風吹百和香。」

11. 【音釋】璅音所。《說文》：「从玉巢聲。」《廣韻》：「子晧切，音早。」

12. 【補注】理曲：古詩：「當戶理清曲。」徐陵〈玉臺新詠序〉：「五日猶賒，誰能理曲。」

13. 【補注】趙李：阮籍〈詠懷〉詩：「西游咸陽中，趙李相經過。」顏延年注：「趙，漢成帝趙后飛燕也。李，漢武帝李夫人也。」《漢書．谷永傳》云：「成帝數為微行，多近幸小臣。趙李從微賤專寵，皆皇太后與諸舅夙夜所常憂。」按，此指趙飛燕、李平二女寵而言也。《王右丞集》注：「亦作指趙、李二家戚屬言也。」按《敘傳》云：「會許皇后廢，班婕妤供養東宮，進侍者李平為婕妤，而趙飛燕為皇后。」

14. 【注疏】此以女兒良人，總敘春字，「應桃柳」句。「理曲」句，應「親教舞」句。《漢武內傳》：「七月七日設座大殿上，以紫羅薦地，燔百合之香，燃九光九微之燈，以待王母。」繅，細小也。燈滅之時，有青煙浮出，篆成花片，細碎可觀也。梁簡文帝詩：「蘭膏盡更益，薰爐滅復香。」

15. 【補注】顏如玉：古詩：「燕趙多佳人，美者顏如玉。」

16. 【注疏】此敘其所交盡貴，末以西施出身微賤反襯之。阮籍〈詠懷〉詩：「西遊咸陽中，趙李相經過。」西施浣紗於溪，故曰貧賤江頭自浣紗。

## 老將行

少年（眉批）從年少起。十五二十時，步行奪得胡馬[1]騎。射殺山中白額虎，肯數鄴下黃鬚兒[2]。

一身轉戰[3]三千里，一劍曾當百萬師。漢兵奮迅如霹靂[4]，虜騎奔騰畏蒺藜[5]。衛青不敗[6]由天幸，李廣無功[7]緣數奇。[8]（眉批）起下。自從棄置便衰朽，（眉批）以下寫廢棄至老情景。世事蹉跎成白首。昔時飛箭無全目[9]，今日垂楊生左肘[10]。路旁時賣故侯瓜[11]，門前學種先生[12]柳。蒼茫古木連窮巷，寥落寒山對虛牖[13]。誓令疏勒出飛泉[14]，不似潁川空使酒。[15]（眉批）二句又起下。賀蘭山下陣如雲[16]，羽檄[17]交馳日夕聞。（眉批）以下明老而復起之故。節使[18]三河[15]募年少，詔書五道出將軍[16]。試拂鐵衣如雪色，聊持寶劍動星文[17]。願得燕弓[18]射大將，恥令越甲[19]鳴吾君。莫嫌舊日雲中守[20]，猶堪一戰立功勳。[21]

1. 【補注】奪胡馬：《史記》：「李廣兵敗，胡騎得廣。廣佯死，睨其傍有一胡兒騎善馬，廣暫騰而上胡兒馬，因推墮兒，取其弓，鞭馬南馳得脫。」白額虎：《晉書．周處傳》：「處好田獵，父老歎曰：『三害未除。』處曰：『何謂也？』曰：『南山白額虎、長橋下蛟，并子為三矣。』處乃入山射虎，沒水殺蛟。遂勵志好學，志存義烈。期年，州府交辟。」

2. 【補注】黃鬚兒：《魏志》：「任城王彰，少善射御。太祖喜，持彰鬚曰：『黃鬚兒竟大奇也。』」

3. 【補注】轉戰：《後漢書》：「踰越險阻，轉戰千里。」按，轉戰，謂相馳逐戰鬥也。

4. 【補注】霹靂：《爾雅》：「疾雷為霆霓。」注，雷之急擊者為霹靂。《隋書》：「長孫晟為總管，突厥聞其弓聲，謂為霹靂。」

5. 【補注】蒺藜：《爾雅翼》：「軍旅以鐵作茨，布敵路，謂之鐵蒺藜。」《埤雅》：「蒺藜布地蔓生，子有三角，刺人，狀如菱而小。今兵家乃鑄鐵為之，以梗敵路，亦呼蒺藜。」

6. 【補注】衛青不敗：《漢書》：衛青拜車騎將軍，至龍城，斬首虜數百，天子使使即軍中拜為大將軍。……霍去病從大將軍為嫖姚校尉，敢深入軍，亦有天幸，未嘗困絕。按，天幸，乃霍去病事。今指衛青，蓋借用也。

7.【補注】李廣無功：《史記．李廣傳》：「元朔六年，廣復為後將軍，從大將軍軍出定襄，擊匈奴。諸將多中首虜，率以功為侯者，而廣軍無功。元狩四年，廣從大將軍青擊匈奴，青陰受上誡，以為李廣老數竒，毋令當單于。」按，奇音基。

8.【注疏】此以年少奮勇起。《史記》：「李廣以都尉為將軍，出雁門擊匈奴。匈奴兵多，破敗廣軍，生得廣。單于素聞廣賢，令曰：『得李廣必生致之。』胡騎得廣，廣時傷，病置廣兩馬間，絡而盛臥。廣行十餘里，廣佯死，睨其傍有一胡兒騎善馬，廣暫騰而上胡兒馬，因推墮胡兒，取其弓鞭，馬南行數十里，復行其餘軍，因引而入塞。匈奴捕者騎數百追之，廣行取胡兒弓射殺追騎，以故得脫。」《晉書》：「周處好田獵，父老嘆曰：『三害未除。』處曰：『何謂也？』曰：『南山白額虎、長橋蛟，并子而三矣。』處乃入山射虎，没水殺蛟。」《魏志》：「任城王彰少善射，太祖曰：『黃鬚兒竟大奇也。』」「一身轉戰」句未詳。《三國志》：「常山趙子龍手持一劍，當曹師百萬中左衝右突，如入無人之境。」《隋書》：「長孫晟為總官，突厥聞其弓聲，謂為霹靂。」《爾雅翼》：「軍旅以鐵作茨，布敵路，為之鐵蒺藜。」《史記．衛將軍驃騎列傳》：「自元光五年為車騎將軍，擊匈奴出谷起凡七。出擊匈奴，斬捕函首五萬餘級，未曾一敗，故曰天幸。」〈李將軍列傳〉：「孝景初，立廣為隴西都尉，徙為騎郎將。吳楚軍時，廣為驍騎都尉，從太尉亞夫擊吳楚軍，取旗，顯功名昌邑下。以梁王授廣將軍印，還，賞不行。」一回數奇，從漢以馬邑城誘單于，使大軍伏馬邑傍谷，而廣為驍騎將軍，領屬護軍將軍。是時，單于覺之去，漢軍皆無功；二回數奇，其後匈奴破廣軍，生擒奪馬，得脫至漢。漢下廣吏。吏當廣所失亡多，為虜所生得，當斬，贖為庶人；三回數奇，元朔六年，廣復為後將軍，從大將軍衛青軍擊匈奴。諸將多中首虜，率以功為侯者數十人，而廣不為後人然，無尺寸之功以得封邑者，何也？大將軍亦陰受上誡，以為李廣老數奇。

9.【補注】全目：《帝王世紀》：「帝羿有窮氏與吳賀北遊。賀使羿射雀。羿曰：『生之乎，殺之乎？』賀曰：『射其左目。』羿引弓射之，誤中右目。羿抑首而愧，終身不忘。故羿之善射，至今稱之。」鮑照詩：「驚雀無全目。」

10.【補注】左肘：《莊子》：「支離叔與滑介叔觀於冥伯之邱，崑崙之墟，黃帝之所休。俄而柳生其左肘，其意蹶蹶然惡之。」注，柳，瘍瘤也。按，右丞衍柳為垂楊。聞人倓注，以為誤甚。然《右丞全集》五古中，有〈胡居士臥病遺米因贈〉詩：「徒言蓮花目，豈惡楊枝肘。」則以柳作楊，當另有解矣。

11.【補注】故侯瓜：《史記》：「邵平者，故秦東陵侯。秦破，為布衣。貧，種瓜於長安。瓜美，世謂之東陵瓜。」

12.【補注】先生：陶潛《五柳先生傳》：「先生不知何許人，亦不詳其姓氏。宅邊有五柳，因以為號。」

13.【補注】虛牖：慧淨詩：「落照侵虛牖。」

14.【補注】疏勒出泉：《後漢書．耿恭傳》：「恭以疏勒城傍有澗水可固，乃引兵據之。匈奴於城下擁絕澗水，恭於城中穿井十五丈不得水。吏士渴乏，笮馬糞汁而飲之。恭仰天歎曰：『聞昔貳師將軍，拔佩刀刺山，飛泉湧出。今漢德神明，豈有窮哉！』乃整衣服，向井再拜，為吏士禱。有頃，水泉奔出，乃令吏士揚水以示虜。虜以為神，遂引去。」

15.【補注】穎川使酒：《史記》：「灌夫為人剛直，使酒，家累數千萬，食客日數十百人。陂池田園，宗族賓客為權利，橫於穎川。」師古曰：「使酒，因酒而使氣也。」賀蘭山：《元和郡縣志》：「賀蘭山在靈州保靜縣西九十三里。山有樹木青白，望如駮馬，北人呼駮為賀蘭。其山阿東望雲中，形勢相接，迤邐向北經靈武縣，又西北經保靜西，又北經定遠城西，又東北抵河。其抵河之處，亦名乞伏山，在黃河西。從首至尾，有像月形，南北約長五百餘里，直邊城之拒防山之東。」

【注疏】此敘其衰老，棄而勿用也。置，置於閒散之地。衰，志衰。朽，枯朽也。《帝王世紀》：「羿與吳賀北遊。賀使羿射雀曰：『射其左目。』羿中右目，抑首而愧，終身不忘。」《莊子》：「支離叔與滑介叔觀於冥伯之邱，崑崙之虛，黃帝之所休，俄而柳生其左肘。」史肅詩：「古人隨物化，今已柳生肘。」《史記．蕭相國世家》：「召平侯，故秦東陵侯，為布衣，貧，種瓜於長安市東。瓜美，故世俗謂之『東陵瓜』。從邵平以為名也。」陸游詩：「古道泥塗居士屩，荒畦煙雨故侯瓜。」《晉書．陶潛傳》：「嘗著

《五柳先生傳》以自況曰：『先生不知何許人也，亦不詳其姓字，宅邊有五柳，因以為號焉。』」《後漢書》：「耿恭以疏勒城旁有澗水，引兵據之。匈奴壅絕澗水，恭穿井不得水，向井再拜，水泉奔出。」《史記》：「灌夫，潁陰人，為人剛直，使酒。」末二句引起下文。

16. 【補注】陣雲：《史記》：「陣雲如立垣。」

17. 【補注】羽檄：陸倕《石闕銘》：「羽檄交馳，軍書狎至。」

18. 【補注】節使：《通典》：「朔方有寇戎之地，則加以旌節，謂之節度使。」

19. 【補注】三河：《史記》：「漢王悉發關內兵，收三河士。」《史記・貨殖傳》：「昔唐人都河東，殷人都河內，周人都河南。夫三河，在天下之中，若鼎足，王者所更居地。」《水經注》：「韋昭曰：『河南、河東、河內為三河也。』」

20. 【補注】五道出將軍：《漢書・傅介子傳》：「漢大發十五萬騎，五將軍分道出。」〈宣帝紀〉：「御史大夫田廣明為祁連將軍，後將軍趙充國為蒲類將軍，雲中太守田順為虎牙將軍，及度遼將軍范明友、前將軍韓增，咸擊匈奴。」

21. 【補注】星文：吳筠詩：「劍抱十星文。」

22. 【補注】燕弓：《周禮》：「燕之角翰曰角弓，出幽燕。」

23. 【補注】越甲：《說苑》：「越甲至齊，雍門子狄請死之。齊王曰：『鼓鐸之聲未聞，矢石未交，長兵未接，子何務死之為？』雍門子狄對曰：『昔者王田於囿，左轂鳴，車右請死之。王曰：「左轂鳴，工師之罪也，子何事之有焉？」車右曰：「臣不見工師之乘，而見其鳴吾君也。」遂刎頸而死，知有之乎？』齊王曰：『有之。』雍門子狄曰：『今越甲至，其鳴吾君，豈左轂之下哉。車右可以死左轂，而臣獨不可死越甲也？』遂刎頸而死。是日，越人引甲而退七十里。曰：『齊王有臣，鈞如雍門子狄，擬使越社稷不血食。』遂引甲而歸。齊王葬雍門子狄以上卿之禮。」

24. 【補注】雲中守：《史記・馮唐傳》：「馮唐曰：『臣竊聞魏尚為雲中守，其軍市租、盡以饗士卒，私養錢，五日一椎牛，饗賓客、軍吏、舍人。是以匈奴遠避，不近雲中之塞。上功首虜差六級，陛下下之吏，削其爵。由此言之，陛下雖得廉頗、李牧弗能用也。』文帝悅。是日，令馮唐持節，赦魏尚，復以為雲中守。」

《括地志》：「今大同府，古雲中郡也。」

25.

【注疏】此敘其老而復起。《一統志》：「賀蘭山在寧夏衛城西六十里。」羽檄，羽書也。日夕，晝夜也。節使，節度使。《貨殖傳》：「昔唐人都河東，殷人都河內，周人都河南。夫三河在天下之中若鼎足，王者所更居也。」募，募兵也。五道，言詔書五下也。三聘而出伊尹，三顧而起臥龍，今五道詔書而始出將軍者，不敢輕出，故下句曰「試拂」、曰「願得」，俱形容老將之態。《說苑》：「趙甲至齊，雍門子狄請死之，曰：『昔王田於囿，左轂鳴，王曰：「工師之罪也。」車右曰：「不見工師之乘，而見其鳴吾君也。」刎頸而死。今越甲至其鳴吾君，豈在轂之下哉！』遂刎頸而死。」雲中守者，言舊日棄置雲林之中，不負所守，而今日垂老應詔，猶堪一戰立功。

## 桃源[1]行

漁舟逐水愛山春，兩岸桃花夾古津。坐看紅樹不知遠，行盡青溪忽值人。[2]山口潛行始隈隩[3]，山開曠望旋平陸。遙看一處攢雲樹[4]，近入千家散花竹。樵客初傳漢姓名，居人未改秦衣服。[5]居人共住武陵[6]源，還從物外起田園。月明松下房櫳[7]靜，[8]日出雲中雞犬喧。[9]驚聞俗客爭來集[10]，競引還家問都邑。平明[11]閭巷掃花開，[12]薄暮[13]漁樵乘水[14]入。[15]初因避地去人間，更問神仙遂不還。峽[16]裡誰知有人事，世中遙望空雲山。[17]不疑靈境[18]難聞見，塵心未盡思鄉縣。出洞無論隔山水，辭家終擬長遊衍。自謂經過舊不迷，安知峯壑今來變。[19]當時只記入山深，青谿幾度到雲林？春來遍是桃花水[20]，不辨仙源[21]何處尋？[22]

1.【補注】桃源：陶潛《桃花源記》：「晉太元中，武陵人，捕魚為業。緣溪行，忘路之遠近。忽逢桃花林，夾岸數百步，中無雜樹，芳草鮮美，落英繽紛。漁人甚異之！復前行，欲窮其林，林盡水源，便得一山，山有小口，髣髴若有光。便捨舟從口入。初極狹，纔通人，復行數十步，豁然開朗。土地平曠，屋舍儼然，有良田美池，桑竹之屬。阡陌交通，雞犬相聞。其中往來種作，男女衣著，悉如外人。黃髮垂髫，並怡然自樂。見漁人，乃大驚，問所從來？具答之。便要還家，設酒殺雞作食。村中聞有此人，咸來問訊。自云先世避秦時亂，率妻子邑人來此絕境，不復出焉，遂與外人間隔。問今是何世？乃不知有漢，無論魏晉。此人一一為具言所聞，皆歎惋。餘人各復延至其家，皆出酒食。停數日，辭去。此中人語云：『不足為外人道也。』既出，得其船，便扶向路，處處誌之。及郡下，詣太守說如此。太守即遣人隨其往，尋向所誌，遂迷，不復得路。南陽劉子驥，高尚士也。聞之欣然，欲往，未果，尋病終。後遂無問津者。」

2.【注疏】此總起法。

3.【補注】隈隩：《玉篇》：「隈，水曲也。隩，水涯也。」謝靈運詩：「逶迤傍隈隩。」

4.【補注】雲樹：劉孝威詩：「雲樹交為密。」

5.【注疏】此敘漁人始入桃源境。

6.【補注】武陵：《武陵先賢傳》：「潘京世長為郡主簿，太守趙偉問京：『貴郡何以為武陵？』京答曰：『鄙郡秦名秦陵，在辰陽縣界，與夷相接，數為所破。光武時，移治東山之上，遂爾易號。』」《傳》曰：「止戈為武，高平曰陵，於是名焉。」

7.【補注】房櫳：〈班婕妤賦〉：「房櫳虛兮風泠泠。」注，櫳，疏檻也。〈吳都賦〉注：「櫳，房室之疏也。」

8.【注疏】夜景。

9.【注疏】日景。此敘桃源之景。

10.【補注】來集：《禮記》：「四方來集。」

11.【補注】平明：江淹詩：「平明登雲峯。」《楚辭》：「平明發兮蒼梧。」

12.【注疏】朝。

13.【補注】薄暮：《廣雅》：「日將落曰薄暮。」

14.【補注】乘水：《管子》：蛟龍乘水則神立。

15.【注疏】夕。此敘桃源中與漁翁交接之人。

16.【補注】峽：《韻會》：「山峭夾水曰峽。」

17.【補注】雲山：蔡琰〈胡笳〉：「雲山萬重兮歸路遐。」

【注疏】此敘其仙境非人間可比。

18.【補注】靈境：江淹詩：「靈境信淹留。」游衍：《詩》：「及爾游衍。」

19.【注疏】此敘漁人還家，不疑，自謂，俱用反筆逼出，方見下段有力。

20.【補注】桃花水：《漢書》：「來春桃花水盛。」師古注：「仲春之月始雨水，桃始花。蓋桃方花時，既有雨水。川谷冰泮，眾流猥集，波瀾甚長，故謂之桃花水耳。」《韓詩章句》：「三月桃花水下時。鄭國之俗，上巳祓除不祥。」

21.【補注】仙源：《雲笈七籤》：「福地第四曰東仙源，第五曰西仙源。」庾信詩：「更尋終不見，無異桃花源。」

22.【注疏】此結出迷不知路。

李白

# 蜀道難[1]

噫吁[2]嚱！危乎高哉！蜀道之難難於上青天。[3]蠶叢及魚鳧[4]，開國何茫然。爾來四萬八千歲，始與秦塞[5]通人煙[6]。西當太白有鳥道[7]，可以橫絕峨嵋巔。地崩山摧壯士死[8]，然後天梯[9]石棧[10]方鉤連。[11]上有六龍迴日[12]之高標[13]，下有衝波逆折[14]之迴川。黃鶴之飛尚不得，猿猱[15]欲度愁攀緣。青泥[16]何盤盤，百步九折[17]縈巖巒[18]。捫參歷井[19]仰脅息[20]，以手撫膺[21]坐長歎。[22]問君西遊何時還？畏途[23]巉巖[24]不可攀。但見悲鳥號古木，雄飛從雌[25]繞林間；又聞子規啼夜月，愁空山。蜀道之難難於上青天，使人聽此凋朱顏。[26]連峯去天不盈尺，枯松倒挂倚絕壁。飛湍[27]瀑流[28]爭喧豗[29]，砯[30]崖轉石萬壑雷[31]。其險也若此！嗟爾遠道之人，胡為乎來哉？[32]劍閣崢嶸而崔嵬，一夫當關，萬夫莫開；所守或匪親[33]，化為狼與豺。[34]朝避猛虎[35]，夕避長蛇[36]，磨牙[37]吮[38]血，殺人如麻。[39]錦城[40]雖云樂[41]，不如早還家。（眉批）結出通篇主意。蜀道之難難於上青天，側身西望[42]長咨嗟。[43]

1. 【補注】蜀道難：《古今樂錄》曰：「王僧虔《技錄》有〈蜀道難行〉，今不歌。」《樂府解題》：「〈蜀道難〉備言銅梁玉壘之阻，與〈蜀國絃〉頗同。」《尚書談錄》曰：「李白作〈蜀道難〉以罪嚴武，後陸暢謁韋南康皐於蜀郡，感韋之遇，遂反其詞，作〈蜀道易〉云：『蜀道易，易於履平地。』」《唐書・嚴武傳》：「武節度劍南，房琯以故相為巡內刺史。武慢倨不為禮。最厚杜甫，然欲殺甫數矣。李白為〈蜀道難〉者，蓋為房與杜危之也。」按，《唐詩別裁》解云：「諸解紛紛。蕭士贇謂祿山亂華，天子幸蜀而作。為得其解。臣子忠愛之辭，不比尋常穿鑿。」又按《太白集注》解：「胡震亨曰：『此詩說者不一，有謂為嚴武鎮蜀放恣、危房琯、杜甫而作者，出范攄《雲溪友議》，新史所採也；有謂為章仇、兼瓊作者。沈存中、洪駒父駁前說，而為之說者也；有謂諷玄宗幸蜀之非者，蕭士贇注語也。兼瓊在蜀，無據險跋扈之跡，可當斯語。而嚴武出鎮在至德後，玄宗幸蜀在天寶末，與此詩見賞賀監在天寶初者，年歲亦皆不合。則此數說似並屬揣摩。愚謂〈蜀道難〉自是古〈相和曲〉。梁、陳間擬者不乏，詎必盡有為而作。白，蜀人，自為蜀詠耳。言其險，更著其戒。如云，所守或匪親，化為狼與豺。風人之義遠矣，必求一時一人之事以實之、不幾失之鑿乎。』」

2. 【注疏】為明皇入蜀而作也。按《樂府詩集》：「王僧虔《技錄》相和歌瑟調三十八曲，內有〈蜀道難行〉。」《樂府古題要解》：「〈蜀道難〉備言銅梁玉壘之險。」

【補注】噫吁嚱：《宋景文筆記》：「蜀人見物驚異，輒曰『噫吁嚱』。」李白作〈蜀道難〉因用之。注，噫音衣，嚱音希。

3. 【注疏】擘空一棒起。《宋景文公筆記》：「蜀人見物驚異，輒曰『噫嘻嚱』。」

4. 【補注】蠶叢魚鳧：揚雄〈蜀王本紀〉：「蜀王之先，名蠶叢、栢濩、魚鳧、蒲澤、開明。是時，人民椎髻哤言：『不曉文字，未有禮樂，從開明上至蠶叢，積三萬四千歲。』」《成都記》：「魚鳧獵湔山，得道乘虎而去，杜宇遂續魚鳧。秦惠王滅蜀，封公子通為蜀侯。惠王二十七年，使張儀築都城。後置蜀郡，以李冰為守。冰穿兩江，為人開田，百姓享其利，蜀人始通中國。」

5. 【補注】秦塞：《史記》：「秦四塞之國。」

6. 【補注】人煙：曹植詩：「千里無人煙。」

7.【補注】太白鳥道：慎蒙《名山記》：「太白山在鳳翔府郿縣東南四十里。鍾西方金宿之秀，關中諸山，莫高於此。其山巔高寒，不生草木，常有積雪不消，盛夏視之猶爛然，故以太白名。鳥道，謂連山高峻，少低缺處，惟飛鳥過此，以為徑路，總見人跡所不能至也。」按，太白山在洋州真符縣，山面隸鳳翔，山背屬真符。《南中志》：「鳥道四百里。」

8.【補注】地崩山摧壯士死：〈蜀王本紀〉：「天為蜀生五丁力士，能徙山。秦王獻美女與蜀王，遣五丁迎女。見一大蛇入山穴中，五丁共引蛇，山崩，壓殺五丁，秦女皆化為石，而山分為五嶺。」

9.【補注】天梯：王逸〈九思〉：「緣天梯兮北上，登太乙兮玉臺。」

10.【補注】棧：《漢書．張良傳》：「說漢王燒絕棧。」注，棧，險絕之處，旁鑿山巖，施版梁為閣也。《梁州圖經》：「棧道連空，極天下之至險。」《通志》：「棧道在褒斜谷中。」

11.【注疏】此敘蜀道之始。劉逵〈三都賦〉注：「揚雄〈蜀王本紀〉曰：『蜀王之先，名蠶叢、柏濩、魚鳧、蒲澤、開明。是時，人民推髻哤言：「不曉文字，未有禮樂，從開明上至蠶叢，積三萬四千歲。」』」《華陽國志》：「蜀侯蠶叢，其目縱，使稱王。死，作石棺石槨，國人從之，故俗以石棺槨為目縱人冢。次王曰柏濩，次王曰魚鳧。魚鳧田於湔山，忽得仙道，蜀人思之，為立祠。」慎蒙《名山記》：「太白在鳳翔府郿縣東南四十里。鍾西方金宿之秀，關中諸山，莫高於此。其山巔高寒，不生草木，常有積雪不消，盛夏視之猶爛然，故以太白名。山高徑仄之處，皆云鳥道。」峨嵋山與後劍閣俱詳〈長恨歌〉。《華陽國志》：「秦惠王知蜀王好色，許嫁五女於蜀，蜀遣五丁迎之，還到梓潼，見一大蛇入穴中，一人攬其尾掣之，不出，至五人相助，大呼拽蛇，山崩時壓殺五人及秦五女，并將從而山分為五嶺。」天梯、石棧，皆棧道也。

12.【補注】六龍迴日：《淮南子》：「爰止羲和，爰息六螭，是謂懸車。」注，日乘車，駕以六龍，羲和御之。日至此而薄於虞泉，羲和至此而迴六螭。

13.【補注】高標：〈蜀都賦〉：「羲和假道於峻岐，陽烏回翼乎高標。」《圖經》：「高標山，一名高望，乃嘉定府之主山。巋然高峙，萬象在前。」

14.【補注】衝波逆折：陸機《連珠》：「衝波安流。」〈上林賦〉：「橫流逆折。」注，逆折，旋回也。

15.【補注】猨猱：《埤雅》：「猨，猴屬。長臂善嘯，便攀援。」《韻會》：「猱，母猴，似人。」《爾雅》：「猨猱善援。」注，便攀援也。

16.【補注】青泥：《九域志》：「興州有青泥嶺，乃入蜀之路。」《元和志》：「青泥嶺在興州長舉縣西北五十三里。上多雲雨，行者多逢泥淖。」

17.【補注】九折：〈天台賦〉：「既克隮於九折。」《水經注》：「邛崍山南有九折坂，夏則凝冰，冬則毒寒。」

18.【補注】巖巒：徐悱詩：「襟帶盡巖巒。」《爾雅》：「巒，山墮。」注，山形長狹者。荊州謂之巒。《說文》：「小山而高曰巒。」

19.【補注】捫參歷井：《楚辭》：「遂倏忽而捫天。」按，捫參歷井者，謂仰視天星，去人不遠，若可以手捫及之。極言其嶺之高也。按，《星經》：「參井二星本相近，參，三星。居西方，七宿之末，占度十，為蜀之分野。井，八星，居南方，七宿之首，占度三十三，為秦之分野。」又按，青泥嶺乃自秦入蜀之路，故舉二方分野之星相聯者言之。

20.【補注】脅息：〈高唐賦〉：「脅息增欷。」李善注：「脅息，縮氣也。」《通鑑注》：「脅息者，屏氣鼻不敢息，唯兩脅潛動以舒息耳。」《漢書》：「豪強脅息。」注，脅，斂也，屏氣而息。

21.【補注】撫膺：《列子》：「齊子撫膺而恨。」

22.【注疏】此敘其高峻也。《淮南子》：「爰止羲和，爰息六螭，是謂懸車。」注曰：乘車，駕以六龍，羲和御之，日至此而薄於虞泉，羲和至而迴六螭。〈蜀都賦〉：「羲和假道於峻岐，陽烏回翼乎高標。」琦按：「高標，指蜀山之最高為一方之標識者言也。」〈上林賦〉：「橫流逆折，轉騰潎洌。」司馬彪注：「逆折，旋回也。」顏師古《急就篇》注：「黃鵠一舉千里，其鳴聲埤。」《爾雅》：「猨猴屬長臂，善嘯，便攀援。」蕭士贇曰：「黃鶴飛之至高者，狷猨最便捷者，尚不得度，其險絕可知矣。」《元和郡縣志》：

「青泥嶺在興州長舉縣西北五十三里，接溪山東，即今通路也。懸崖萬仞，上多雲雨，行者屢逢泥淖故，號青泥嶺。」郭璞注：「謂山形長狹者，荊州謂之巒。」捫參歷井者，謂仰視天星，去人不遠，若可以手捫及之，極言高也。參、井二宿本相近，參三宿居西方，七宿之末，占度十，為蜀之分野。井八星居南方，七宿之首，占度三十三，為秦之分野。青泥嶺乃自秦入蜀之路，故舉二方分野之星相聯者言之。《漢書》：「豪強。」顏師古注：「脅，歛也，屏氣而息。」胡三省《通鑑》注：「脅，息者，屏氣，鼻不敢息，惟兩臂潛動以舒氣息耳。」

23. 【補注】畏途：《莊子》：「夫畏途者卜殺一人，則父子兄弟相戒也。」

24. 【補注】巉巖：《新論》：「舜捐黃金于巉巖之山。」

25. 【補注】雄飛從雌：〈雉子班〉古辭：「雉子高飛止，黃鵠飛之以千里。雄來飛，從雌視。」

26. 【補注】朱顏：王康琚詩：「凝霜凋朱顏。」

【注疏】此敘蜀道之難，不惟親歷者懼其危險，且令聞之者亦為駭異。李善《文選注》：「巉，岩山石峻高貌。」〈稚子班〉古辭：「稚子高飛止，黃鵠飛之以千里。雄來飛，從雌視。」子規，鳥名，即杜鵑也。詳李商隱〈錦瑟〉注。王康琚詩：「凝霜凋朱顏。」

27. 【補注】飛湍：李巨仁詩：「定檝下飛湍。」

28. 【補注】瀑流：《會稽記》：「懸霤千仞謂之瀑布，飛流灑散，冬夏不竭。」

29. 【音釋】豗音輝。《廣韻》：「呼恢切。」

【補注】喧豗：〈海賦〉：「磊匒匌而相豗。」注，相豗，相擊聲也。《韻會》：「豗，喧聲。」

30. 【音釋】砯音乒。《說文解字》：「从水从石。」《集韻》：「从力制切，音例。」

【補注】砯：〈江賦〉：「砯巖鼓作。」注：砯，水擊巖之聲也。砯音烹。

31. 【補注】萬壑雷：〈上林賦〉：「礧石相擊，若雷霆之聲。」《世說》：「萬壑爭流。」

32. 【注疏】此敘危險之區，遊人不宜到此，況人君也。豗音灰，砯音烹。《左傳》：「王使宰孔賜齊侯胙，曰：

『無下拜！』對曰：『天威不違顏咫尺，敢不下拜？』下，拜，登，受。」〈木華海賦〉：「磊匒（按音達）匌（按音格）而相慼。」李善注：「相灰，相擊也。」郭璞〈江賦〉：「砯巖鼓作。」李善注：「砯，水擊巖之聲也。」萬壑雷，亦狀水聲。

33. 【補注】匪親：張載《劍閣銘》：「形勝之地，匪親勿居。」

34. 【補注】狼豺：《史記・韓安國傳》：「雖有親父，安知其不為虎。雖有親兄，安知其不為狼。」《爾雅・釋獸》：「豺，狗足。」《疏》：「豺，貪殘之獸。」《說文》：「豺，狼屬。」

【注疏】此又申明蜀道危險之極，一防守關之人不妥也。《圖書編》：「蜀地之險甲於天下，而劍閣之險又甲於蜀。蓋以群峯劍插，兩山如門，信有所謂一夫當關，萬夫莫敵者。」張載《劍閣銘》：「一人荷戟，萬夫趑趄，形勝之地，匪親勿居。」

35. 【補注】猛虎：司馬遷〈報任少卿書〉：「猛虎在深山。」

36. 【補注】長蛇：《左傳》：「吳為封豕長蛇，以薦食上國。」《山海經圖贊》：「長蛇百尋，其鬣如彘。飛群走類，靡不吞噬。極物之惡，盡毒之利。」

37. 【補注】磨牙：〈長楊賦〉：「鑿齒之徒相與磨牙而爭之。」

38. 【補注】吮：吮，徂兗切，前上聲。《廣韻》：「吮，漱也。」《史記・吳起傳》：「卒有病疽者，起為吮之。」

39. 【補注】如麻：《漢書・天文志》：「死人如亂麻。」

【注疏】一防鄰境皆非良善。猛虎長蛇、北羌夷之類。歷言危險，申明不可久居意。

40. 【補注】錦城：《元和志》：「錦城在成都縣南十里。故錦官城也。」按，錦官，或以其地有錦官，如銅官、鹽官之類。《益州記》：「錦城在益州南，笮橋東，流江南岸。蜀時故錦官處也。號錦里，城墉猶在。」

41. 【補注】雖云樂：古詩：「客行雖云樂，不如早旋歸。」

42. 【補注】側身西望：張衡〈四愁〉詩：「側身西望涕霑裳。」

43.【補注】咨嗟：鮑照詩：「絃絕空咨嗟。」

【注疏】結出蜀地不可久居之意。《左傳》：「吳為封豕長蛇，以薦食上國。」《山海經圖贊》：「長蛇百尋，其鬣如豕。飛群走類，靡不吞噬。極物之惡，盡毒之利。」《廣韻》：「吮，舐也。」陳子昂《書》（按為《諫刑書》）：「殺人如麻，流血成澤。」《益州記》：「錦城在益州南，笮橋東，流江南岸，昔蜀時故錦官處也，號錦里。」古詩：「客行雖云樂，不如早旋家。」張衡〈四愁〉詩：「側身西望涕沾裳。」

# 長相思[1]二首

## 其一

長相思，在長安。絡緯[2]秋啼金井闌[3]，微霜淒淒簟色寒。孤燈不明思欲絕，卷帷望月空長歎。[4]美人如花[5]隔雲端[6]，上有青冥[7]之高天，下有淥水之波瀾。天長地遠[8]魂飛苦，夢魂不到關山難。長相思，摧心肝。[9]

1.【補注】長相思：郭茂倩《樂府古詩》曰：「上言長相思。」李陵詩：「各言長相思。」蘇武詩：「死當長相思。」長者，久遠之詞。言行人久戍，寄書以遺所思也。古詩又曰：「文綵雙鴛鴦，裁為合歡被。著以長相思，緣以結不解。」謂被中著綿，以致相思緜緜之意，故曰長相思也。又有千里意，與此相類。按，長相思，六朝始以名篇。如陳後主：「長相思，久相憶。」徐陵：「長相思，望歸難。」江總：「長相思，久離別。」諸作並以長相思發端。太白此篇，正擬其格。

【注疏】長相思，本漢人詩中語。古詩：「客從遠方來，遺我一書札，上言長相思，下言久離別。」蘇武詩：「生當復來歸，死當長相思。」六朝始以名篇，如陳後主：「長相思，久相憶。」江總詩：「長相思，久離別。」諸作並以發端。太白此篇，正擬其格。

2.【補注】絡緯：吳均詩：「絡緯井邊啼。」《古今注》：「莎雞，一名促織，一名絡緯，一名蟋蟀。促織，謂其鳴聲如急織。絡緯，謂其鳴聲如紡績也。」按，今之所謂絡緯，似蚱蜢而大，翅作聲，絕類紡績。秋夜，露涼風冷，鳴尤淒緊，俗謂之紡績娘，非蟋蟀也。或古今注稱謂不同歟。

3.【補注】金井闌：《西征記》：「太極殿上有金井闌。」按，金井闌者，井上闌干也。古樂府多有玉牀、金井之詞，蓋言其木石美麗，價值金玉云耳。

4.【注疏】此敘秋聲秋景，感物起興也。吳均詩：「絡緯井邊啼。」《古今注》：「一名促織，一名絡緯，形似蚱蜢而大，翅作聲，絕類紡績娘。」金井闌，井上闌干也。古樂府多用玉床、金井之詞，蓋言其木石美麗，價值金玉云耳。

5.【補注】如花：〈神女賦〉：「煒乎如花，溫乎如玉。」

6.【補注】雲端：枚乘詩：「美人在雲端，天路隔無期。」

7.【補注】青冥：《楚辭》：「據青冥而攄虹兮。」

8.【補注】天長地遠：陳後主《孫瑒銘》：「天長路遠，地久雲多。」

9.【補注】心肝：歐陽建詩：「痛哭摧心肝。」

【注疏】此敘長相思之苦，言所思之人，路隔雲端，不唯莫駕舟車，抑且難馳夢轂，則無限相思摧動心肝矣。宋玉〈神女賦〉：「曄兮如華，溫乎如瑩。」枚乘詩：「美人在雲端，天路隔無期。」青冥，天色也。陳後主《孫瑒銘》：「天長路遠，地久雲多。」歐陽建詩：「痛哭摧心肝。」

## 其二[1]

日色欲盡花含煙，月明欲素愁不眠。趙瑟初停鳳凰柱[2]，蜀琴欲奏鴛鴦絃[3]。此曲有意無人傳，願隨春風寄燕然。[4]憶君迢迢隔青天，昔時橫波目[5]，今作流淚泉。不信妾腸斷，歸來看取明鏡前。[6]

1. 【注疏】按〈長相思〉二首，三百篇中錄在一處。然此題雖一，而所詠非在一時，所思之人，又非一處。《太白集》中分為前後二處。考其詞則一曰長安，一曰寄燕然。視此可知其概矣。

2. 【補注】趙瑟、鳳凰柱：楊惲〈書〉（按報孫會宗書）：「婦，趙女也，雅善鼓瑟。」吳均詩：「趙瑟鳳凰柱，吳醥金罍尊。」按，鳳凰柱，刻柱為鳳凰形。

3. 【補注】蜀琴鴛鴦絃：鮑照詩：「蜀琴抽白雪。」按，司馬相如，蜀郡人，善鼓琴。鴛鴦絃，以雄雌也。

4. 【補注】燕然：《後漢書》：「燕然山，去塞三千里。即燕支山。」〈竇憲傳〉：「為車騎將軍，溫犢須日逐等八十一部，率眾降，憲軍遂登燕然山，刻石勒功，紀漢威德，令班固作銘。」

【注疏】此感物興詩也。王勃詩：「狹路塵間黯將暮，雲開月色明如素。」吳均詩：「趙瑟鳳凰柱，吳醥金罍尊。」楊齊賢曰：「鳳凰柱，刻瑟柱為鳳凰形也。」鮑照詩：「蜀琴抽白雪。」《漢書．匈奴傳》：「貳師引兵還至速邪烏燕然山。」顏詩古注：「速邪烏，地名。燕然山在其中。」《後漢書．竇憲傳》：「燕然山，去塞三千餘里。溫犢須日逐等八十一部率眾降，憲秉遂登燕然山，刻石勒功，紀漢威德，令班固作銘。」是知燕然山為漠北極遠之地。

5. 【補注】橫波目：王筠詩：「愁牽翠羽眉，淚滿橫波目。」傅毅〈舞賦〉：「目流睇而橫波。」注，言目斜視如水之橫流也。

6. 【注疏】結出長相思。末二句以妾思之苦，甚至腸斷，君如不信，他日歸來，看取明鏡之前，則形容枯槁，一目了然矣。傅毅〈舞賦〉：「目流睇而橫波。」李善注：「橫波，言目斜視如水之橫流也。」王筠詩：「淚滿橫波目。」

# 行路難[1]三首

## 其一

金樽清酒斗十千[2]，玉盤珍羞值萬錢[3]。停杯投筯不能食[4]，拔劍四顧心茫然。[5]欲渡黃河冰塞川[6]，將登太行[7]雪滿山。閑來垂釣碧溪上，忽復乘舟夢日[8]邊。[9]〔眉批〕舉念不忘君側。行路難！行路難！多岐路[10]，今安在？長風破浪[11]會有時，直挂雲帆[12]濟滄海。[13]

1.【補注】行路難：《樂府古題要解》：「〈行路難〉備言世路艱難，及離別傷悲之意。多以君不見為首。」

【注疏】《樂府古題要解》：「〈行路難〉備言世路艱難，及一別傷悲之意。多以君不見為首。」按《陳武別傳》曰：「武常牧羊諸家，牧監有知歌謠者，武遂作〈行路難〉。」則所起亦遠矣。唐王昌齡又有〈變行路難〉，考《李白集》中〈行路難〉有三首，皆是辭官還家、放浪江湖而作。今三百首只錄其一，安足見李白之志？故補入。

2.【補注】斗十千：曹植詩：「美酒斗十千。」

3.【補注】萬錢：《北史》：「韓晉明好酒縱誕，招飲賓客。一席之費，動至萬錢，猶恨儉率。」

4.【補注】不能食：鮑照詩：「對案不能食，拔劍擊柱長歎息。」

5.【補注】茫然：古詩：「四顧何茫然。」

【注疏】此言身居富貴，奉食非不豐厚，一朝患難加臨，雖有嘉肴旨酒，安能甘食哉？曹植詩：「美酒斗十千。」《北史》：「韓晉明好酒，縱誕招飲，賓客一席之費，動至萬錢，猶恨儉率。」鮑照詩：「對案不能食，拔劍擊柱長嘆息。」古詩：「四顧何茫然。」

6.【補注】冰川雪山：鮑照〈舞鶴賦〉：「冰塞長川，雪滿群山。」

7.【補注】太行：《河南志》：「太行山在懷慶府城北。其山西自濟源，東北接河內，由武輝縣、林縣至磁州界，緜亙數十里。其間峯谷巖洞，景物萬狀。雖各因地立名，其實太行一山也。為中州巨鎮。」

8.【補注】夢日：按，王琦注：「《宋書》：『伊摯將應湯命，夢乘船過日月之傍。』」

9.【注疏】此敘其道不行。鮑照〈舞鶴賦〉：「水塞長川雪滿群山。」《十道山川考》：「太行山在懷州河內縣西北，連亙河北諸州為天下之脊，一名王母，一名女媧。其上有女媧祠。」《宋書》：「伊摯將應湯命，夢乘船過日月之旁。」

10.【補注】多岐路：《列子》：「楊子之鄰人亡羊，既率其黨，又請楊子之豎追之。楊子曰：『亡一羊何追者之眾？』鄰人曰：『多岐路。』」

11.【補注】長風破浪：《晉書》：「宗慤少時，叔父炳問其志。慤曰：『願乘長風破萬里浪。』」

12.【補注】雲帆：馬融〈廣成頌〉：「張雲帆，施蜺幬。」《釋名》：「隨風張幔曰帆。」

13.【注疏】將行路難重申之，以明無復望用意，決志歸隱，不復留繫。《列子》：「楊子之鄰人亡羊，既率其黨，又請楊子之豎追之。楊子曰：『亡一羊何追之者眾？』鄰人曰：『多歧路。』」《宋書》：「宋慤少時，叔父炳問其。志慤曰：『願乘長風破萬里浪。』」馬融〈廣成頌〉：「張雲帆，施蜺幬。」會，適逢其會，言不常遇也。

## 其二

大道如青天，我獨不得出。羞逐長安社中兒，赤雞白狗賭梨栗。[1]彈劍作歌奏苦聲，[2]曳裾王門不稱情。[3]淮陰市井笑韓信，[4]漢朝公卿忌賈生。[5]君不見，昔時燕家重郭隗，擁篲[6]折節無嫌猜；劇辛樂毅感恩分，輸肝剖膽效英才。昭王白骨縈蔓草，誰人更掃黃金臺？行路難，歸去來！[7]

1.【注疏】此敘其不能自如也。按，「赤雞白狗」句，《史記．袁盎傳》：「盎與閭里浮沉相隨行，鬪雞走狗。」《五代史》：「王彥章曰：『亞次鬪雞小兒耳，以為世道之大，猶如青天，儘可出入，而我之局促不得出於其間，翻不如長安社中小兒，鬪雞走狗以賭梨栗之為得也。』」

2.【注疏】一層。

3.【注疏】一層。

4.【注疏】一層。

5.【注疏】又一層。此敘四等人以映襯也。《史記》：「馮驩聞孟嘗君好客，躡屩而見孟嘗君，置傳舍十日。孟嘗君問傳舍長曰：『客何所為？』答曰：『馮先生甚貧，猶有一劍耳，嘗倚柱彈其劍而歌曰：長鋏歸來乎，食無魚！』孟嘗君遷之幸舍，食有魚矣。孟嘗君復問傳舍長，答曰：『客復彈劍而歌曰：長鋏歸來乎，出無輿！』孟嘗君遷之代舍，出入乘輿車矣。五日，孟嘗君復問傳舍長。『先生又嘗彈劍而歌曰：長鋏歸來乎，無以為家！』孟嘗君不悅。」《漢書》：「鄒陽曰：『飾固陋之心，則何王之門不可曳長裾乎？』」《史記》：「韓信，淮陰人。淮陰屠中少年有侮信者，曰：『若雖長大，好帶刀劍，中情怯耳。』眾辱之曰：『信能死，刺我；不能死，出我胯下。』於是信孰視之，俯出胯下，蒲伏。一市人皆笑信，以為怯。」賈生，詳〈長沙過賈誼宅〉題注。

6.【音釋】篲音會。《爾雅》：「祥歲切，九。」

7.【注疏】此又引數人以引證，以為郭隗、劇辛、樂毅等，既遇昭士，一則禮賢下士，一則盡心報主，各得其願矣。無奈昭王一死，義士分奔，再四籌思，不如歸去來之為得也。《史記》：「燕昭王於破燕之後即位，卑身厚幣，以招賢者。謂郭隗曰：『齊因孤國之亂而襲破燕，孤極知燕小力少，不足以報，然誠得賢士共國，以雪先王之恥。孤之願也！先生視可者，得生事之。』郭隗曰：『王必欲致士，先以隗始。況賢於隗者，豈遠千里哉！』於是昭王為隗改作宮而師事之。樂毅自魏往，鄒衍自齊往，劇辛自趙往，士爭趨燕。燕王弔死問孤，與百姓同甘苦。二十八年，燕國殷富，士卒樂軼輕戰，於是遂以樂毅爲上將軍，與秦、楚、三晉合謀以伐齊。齊兵敗，湣王出亡於外，燕兵獨追，北入至臨淄，盡取齊寶，燒其宮室、宗廟。齊城之不下者，獨惟聊、莒、即墨，其餘皆屬燕。六歲。昭王三十三年卒，子惠王立。惠王為太子時，與樂毅有隙，及即位，疑毅，使騎劫代將。樂毅亡走趙。」《上谷郡圖經》曰：「黃金臺在易水東南十八里，燕昭王置千金於臺上，以延天下之士。」《史記》：「鄒衍如燕，燕昭王擁篲先驅。」《索隱》曰：「篲，帚也，為之埽也。以衣袂埽帚而卻行，恐塵埃之及其長者，所以為敬也。」《戰國策》：「主折節以下其臣，臣推體以下死士。」鮑彪注：「折節，屈折肢節也。」江淹〈恨賦〉：「蔓草縈骨。」

## 其三

有耳莫洗潁川水，有口莫食首陽蕨。含光混世貴無名，何用孤高比雲月？[1]吾觀自古賢達人，功成不退皆殞身。子胥既棄吳江上，屈原終投湘水濱。陸機雄才豈自保，李斯稅駕苦不早。華亭鶴唳詎可聞，上蔡蒼鷹何足道。[2]君不見，吳中張翰稱達生，秋風忽憶江東行。且樂生前一杯酒，何須身後千載名？[3]

1. 【注疏】此言孤高者，未免流於餘萬。《高士傳》：「許由耕於中岳，潁水之陽，箕山之下。堯召為九州長，由不欲聞之，洗耳於潁水之邊。」首陽，詳送別註。

2. 【注疏】此又引數人戀於仕進者，愚之至也。《吳越春秋》：「吳王聞子胥之怨恨也，乃使人賜屬鏤之劍。子胥伏劍而死，吳王取子胥尸，盛以鴟夷之器，投之於江中。子胥因隨流揚波，依潮來往，蕩激崩岸。」《拾遺記》：「屈原以忠見斥，隱於沅、湘，披榛茹草，混同禽獸，不交世務，採柏實以和桂膏，用養心神，被王逼逐，乃赴清冷之水。楚人思慕，謂之水仙。其神遊於天河，精靈時降湘浦。」《晉書》：「成都王潁起兵討長沙王，又假陸機後將軍、河北大都督，督北中郎將王粹、冠軍牽秀等諸軍二十餘萬人，戰於鹿苑。機軍大敗。宦人孟玖譖機於潁，言其有異志。潁怒，使秀密收機，機釋戎服、著白帢，與秀相見，神色自若，既而嘆曰：『華亭鶴唳，豈可復聞乎！』遂遇害於軍中。」《世說》注八王故事曰：「華亭，吳由拳縣郊外野也，有清泉、茂林。吳平後，陸機兄弟共遊於此十餘年。」《語林》曰：「機為河北都督，聞警角之聲，謂孫丞曰：『聞此，不如華亭鶴唳。』故臨刑而有此嘆。」《說文》：「唳，鶴鳴也。」《史記》：「李斯為丞相，長男由為三川守，諸男皆尚秦公主，女悉嫁秦諸公子。李由告歸咸陽，李斯置酒於家，百官長皆前為壽，門庭車馬以千數。李斯喟然嘆曰：『吾聞之，荀卿曰：「物禁大盛。」夫斯乃上蔡布衣，閭巷之黔首，上不能其駑下，遂擢至此。當今人臣之位無居臣上者，可謂富貴極矣。物極則衰，吾未知稅駕也！』」《索隱》曰：「稅駕，解駕休息也。言今日富貴已極，未知後日吉凶，乃泊於何處也。」《太平御覽》：「《史記》曰：『李斯臨刑，思牽黃犬、臂蒼鷹，出上蔡東門不可得矣。』」

3.【注疏】此獨題張翰曠達以結之。李白托寓之意，可見矣。《晉書》：「張翰，字季鷹，吳郡吳人也。有清才，善屬文，而縱任不拘。齊王冏辟為大司馬東曹椽。冏時執權，翰因秋風起，乃思吳中菰菜、蓴羹、鱸魚膾，曰：『人生貴得適志，何能羈宦數千里，以要名爵乎？』遂命駕而歸。俄而冏敗，人皆謂之見機。翰任心自適不求當世，或謂之曰：『卿乃可縱適一時，獨不為身後名耶？』答曰：『使我有身後名，不如即時一杯酒。』時人貴其曠達。」

## 將進酒[1]

君不見，黃河之水天上來，奔流到海不復回？君不見，高堂明鏡悲白髮，朝如青絲暮成雪？人生得意須盡歡，（眉批）此句一篇之主。莫使金樽空對月。[2]天生我材必有用，千金散盡還復來。烹羊宰牛[3]且為樂，會須一飲三百杯。[4]岑夫子，丹丘生，[5]將進酒，杯莫停。與君歌一曲[6]，請君為我傾耳聽[7]；鐘鼓饌玉[8]不足貴，但願長醉不願醒。古來聖賢皆寂寞，唯有飲者留其名。[9]陳王昔時宴平樂[10]，斗酒十千恣歡謔。主人何為言少錢？徑須沽取對君酌。[11]五花馬，千金裘[12]，呼兒將出換美酒，與爾同銷萬古愁。[13]

1. 【補注】將進酒：《宋書》：「漢鼓吹鐃歌十八曲，有〈將進酒曲〉。」《樂府詩集》：「〈將進酒〉，古詞云：『將進酒，乘大白。』大略以飲酒放歌為言。」宋．何承天《將進酒篇》曰：「將進酒，慶三朝。備繁禮，薦佳肴。」則言朝會進酒，且以濡首荒志為戒，若梁昭明太子云：「洛陽輕薄子，但敍遊樂飲酒而已。」

【注疏】王琦曰：《宋書》：「漢鼓吹鐃歌十八曲，有〈將進酒曲〉。」太白大略以飲酒放歌為言。

2. 【注疏】此敘人壽幾何，當及時以行樂也。以天上之水比人生之壽，皆去而不返也。
3. 【補注】烹羊宰牛：曹植詩：「中廚辦豐膳，亨羊宰肥牛。」
4. 【補注】三百杯：《世說》注：「《鄭玄別傳》曰：『袁紹辟玄，及去，餞之城東，欲玄必醉。會者三百餘人，皆離席奉觴，自旦及暮，度玄飲三百餘杯，而溫克之容，終日無怠。』」

【注疏】此敘千金是倘來之物，何必孜孜將富貴求也。曹植詩：「中廚辦豐膳，烹羊宰肥牛。」〈陳暄與兄子秀書〉：「鄭康成一飲三百杯，吾不以為多。」

5. 【補注】岑夫子丹丘生：按，岑夫子，即《太白集》中所稱岑徵君是。丹丘生，亦集中所稱元丹丘是，皆太白好友也。

【注疏】提。

6. 【補注】一曲：鮑照詩：「爲君歌一曲。」
7. 【補注】傾耳聽：《禮記》：「傾耳聽之，不可得而聞也。」
8. 【補注】饌玉：《論語》注：「饌，飲食也。」左思〈吳都賦〉：「矜其晏居，則珠服玉饌。」注，玉饌，言珍美可比於玉也。

9. 【注疏】此以點化語醒世人。岑夫子，即《李白集》所謂岑徵君也。丹丘生，元丹丘也。皆白好友。《禮記》：「傾耳聽之，不可得而聞也。」左思〈吳都賦〉：「矜其晏居，則珠服玉饌。」李周翰注：「玉饌，言珍美可比於玉。」末二句言聖賢苦於拘束，飲者樂於曠達，非抑聖賢而揚飲者也。

10. 【補注】陳王宴平樂：曹植《名都篇》：「歸來宴平樂，美酒斗十千。」注，平樂，觀名。按，曹植以太和六年封爲陳王。

11. 【注疏】此承「飲者留其名」。徑，直也。曹植以太和六年封為陳王，其所作《名都篇》有曰：「歸來晏平樂，美酒斗十千。」李善注：「平樂，觀名。」「言少錢」句起下文。

12. 【補注】五花馬千金裘：按，五花馬者，謂馬之毛色作五花紋也。又按，張萱畫〈虢國出行圖〉中，有三花馬。三花者，剪馬鬣爲三瓣。白居易詩：「鳳書裁五色，馬鬣剪三花。」乃知所謂五花者，蓋是剪馬鬣爲五瓣耳。《史記》：「孟嘗君有一狐白裘，值千金，天下無雙。」

13. 【注疏】此結「不足貴」，句中出曠達之意。五花馬，謂馬之毛色作五花紋。杜甫〈高都護驄馬行〉云：「五花散作雲滿身。」《史記》：「孟嘗君有一白狐裘，值千金，天下無雙。」

# 兵車行[1]

車轔轔，馬蕭蕭[2]，行人弓箭各在腰。（眉批）此詩自首至末，皆言西北戍之苦，或以為征南詔發者，非也。耶孃[3]妻子走相送，塵埃[4]不見咸陽橋[5]。牽衣[6]頓足[7]攔道哭，哭聲直上干雲霄。[8]道旁過者問行人，行人但云：「點行[9]頻。或從十五北防河[10]，便至四十西營田[11]。去時里正與裹頭[12]，歸來頭白還戍邊。邊庭流血[13]成海水，武皇[14]開邊意未已。君不聞，漢家山東二百州[15]，千村萬落[16]生荊杞[17]？縱有健婦[18]把鋤犁[19]，禾生隴畝無東西。況復秦兵耐苦戰，被驅不異犬與雞。[20]長者[21]雖有問，役夫[22]敢申恨？且如今年冬，未休關西[23]卒。縣官[24]急索租，租稅[25]從何出？信知生男惡，反是生女[26]好；生女猶得嫁比鄰[27]，生男埋沒[28]隨百草[29]。君不見，青海[30]頭，古來白骨[31]無人收？新鬼[32]煩寃[33]舊鬼哭，天陰雨[34]濕聲啾啾。[35]」

1. 【補注】兵車：《周禮》：「有兵車之會。」按，《杜臆》：「舊注謂為明皇用兵吐蕃，民苦行役而作也。」
【注疏】《杜臆》：「舊注謂明皇用兵吐蕃，民苦行役而作此。……當作於天寶中年。」《周禮》有「兵車之會」。
2. 【補注】車轔轔馬蕭蕭：《詩・秦風》：「有車鄰鄰。」又：「蕭蕭馬鳴，悠悠旆旌。」（按旆音配）
3. 【補注】耶娘：〈木蘭〉詩：「不聞耶娘喚女聲，但聞黃河之水鳴濺濺。」
4. 【補注】塵埃：按《錢箋》：「塵埃不見，言出師之盛。」
5. 【補注】咸陽橋：《一統志》：「便橋，唐時名咸陽橋。」《元和郡縣志》：「便橋在咸陽縣西南十里。」

《長安志》：「中渭橋在咸陽東南二十里，本名橫橋，貫渭水上。」

6. 【補注】牽衣：魏文帝詩：「妻子牽衣袂。」古樂府：「兒女牽衣啼。」

7. 【補注】頓足：《史記》：「溫舒頓足而歎。」

8. 【補注】干雲霄：孔稚圭文：「干雲霄而直上。」

【注疏】此敘送別悲楚之狀。《詩》有「車鄰鄰」。又「蕭蕭馬鳴」，又「行人彭彭」。《搜神記》：「李楚賓帶弓箭遊獵。」古樂府：「不聞耶孃哭子聲，但聞黃河流水鳴濺濺。」耶，即爺字。魏文帝詩：「妻子牽衣袂。」《錢箋》：「塵埃不見，言出師之盛。」《元和郡縣志》：「便橋在咸陽縣西南十里，與便門相對。」《一統志》：「唐時名咸陽橋。」何遜詩：「兒女牽衣泣。」《酷吏傳》云：「溫舒頓足而泣嘆。」《北山移文》：「干青雲而直上。」

9. 【補注】點行：按，點行者，以丁籍點照上下，更換差役。

10. 【補注】防河：《舊唐書》：「開元十五年十二月，制，以吐蕃為邊害，令隴右道及諸軍團兵五萬六千人，河西及諸軍團兵四萬人，又徵關中兵萬人集臨洮，朔方兵萬人集會州，防秋，至冬初，無寇而罷。」按，是時吐蕃侵擾河右，故曰防河也。

11. 【補注】營田：《唐書・食貨志》：「開軍府以捍要衝，因隙地以制營田。有警則以軍若夫千人助役。」按，《杜臆》：「營田，乃戍卒備吐蕃者。」

12. 【補注】里正裹頭：《海錄碎事》：「唐制，凡百戶為一里，里置正一人。」《二儀實錄》：「古以皂羅三尺裹頭，曰頭巾。」按，鮑氏云：「時老幼俱戰亡，又括鄉里之少小者，故里正為之裹頭擐甲也。」

13. 【補注】流血：《史記》：「流血成川。」

14. 【補注】武皇：《漢書》：「武帝開置邊郡。」按，唐人詩稱明皇多云武皇。王昌齡：「白馬金鞍從武皇。」韋應物：「少事武皇帝。」公亦云「武帝旌旗在眼中」也。

15. 【補注】山東二百州：趙傻曰：「山東者，太行山之東。古之晉地，今之河北。唐都長安，故以河北爲山東。」元好問曰：「古之山東，今河朔燕趙魏是也。」《十道四蕃志》：「關以東七道，凡二百一十七州。」

16. 【補注】村落：《世說》：「陸士衡入洛，次河南偃師逆旅。嫗曰：『此東數十里無村落。』」

17. 【補注】荊杞：阮籍詩：「堂上生荊杞。」

18. 【補注】健婦：古樂府：「健婦持門戶，亦勝一丈夫。」

19. 【補注】鋤犂：王粲詩：「相隨把鋤犂。」

20. 【注疏】此敘征夫盡役，征婦代耕，設問語以申之。以「君不聞」作收應。曰防河、曰營田、曰戍濞，所謂「點行頻」也。開邊未已，識當日之窮兵，至於村落蕭條，夫征婦耕，則民不聊生可知。本言秦兵，而兼及山東，見無地不行役矣。古樂府詞：「觀者盈道旁。」師氏曰：「點行，漢史謂之更行，以丁籍點照，上下更換差役。」《舊唐書》：「開元十五年十二月，制，以吐蕃為邊害，今隴右道及諸軍團兵五萬六千人，河西及諸軍團兵四萬人，又徵關中兵萬人集臨洮、朔方兵萬人集會州，防秋，至冬初，無寇而罷。」是時，吐蕃侵擾河右，故曰防河。唐《食貨志》：「開軍府以捍要衝，因隙地以置營田，有警則以軍若夫千人助役。」《杜臆》：「營田，乃戍卒以備吐蕃者。」《海錄碎事》：「唐制，凡百戶為一里，置里正一人。」《二儀實錄》：「古以皂羅三尺裹頭，曰頭巾。」鮑氏曰：「時老幼俱戰亡，又括鄉里之少小者，故里正為之裹頭擐甲也。」《史記》：「中國擾亂，諸秦所徙戍邊者皆復去。」《後漢書》：「臥鼓邊庭。」《史記·蔡澤傳》：「流血成川。」《錢箋》：「唐人詩稱明皇多云武皇。班固『武帝廣開三邊』。」黃希曰：「古所謂山東，即今河北晉地也。今所謂山東，古之齊也。」青，齊也。《十道四蕃志》：「關以東七道，凡二百一十七州。」《世說》：「陸士衡入洛，次河南郾師逆旅。嫗曰：『此東數十里無村落。』」阮籍詩：「堂上生荊杞。」注：兵亂地荒，盡生荊棘、枸杞。王彥輔曰：「健婦耕，則夫遠征可知。」王粲詩：「不能效沮溺，相隨把鋤犂。」師氏曰：「疆場不修，故東西莫辨。」《杜臆》：「秦即關中之兵，正此時點行者，因堅勁耐戰，故驅之尤迫。今驅負來者為兵，直棄之耳，與犬雞何異？」駱賓王詩：「龍庭但苦戰。」《左傳》：「行出犬雞。」

21.【補注】長者：《禮記》：「長者問，不辭讓而對，非禮也。」

22.【補注】役夫：《左傳》：「呼役夫。」

23.【補注】關西：《通鑑》：「天寶九載冬十二月，關西遊奕使王難得擊吐蕃，克五城，拔樹敦城。」朱注：「關西，即隴外也。」

24.【補注】縣官：《史記索隱》：「謂國爲縣官者，畿內縣即國都。王者官天下，故曰官也。」《漢書》注：「縣官，謂天子，不敢指斥，故謂之縣官。」

25.【補注】租稅：〈嚴助傳〉：「租稅之收，足以給乘輿之御。」

26.【補注】生男、生女：陳琳詩：「生男慎莫舉，生女哺用脯。」

27.【補注】比鄰：《周禮》：「五家為比，使之相保。五比為閭，使之相受。」又按，朱注：「比鄰，即近鄰也。」

28.【補注】埋沒：庾信〈哀江南賦〉：「身名埋沒。」

29.【補注】百草：江淹詩：「零落被百草。」

30.【補注】青海：《舊唐書》：吐谷渾有青海，周回八、九百里。高宗龍朔三年，為吐蕃所併。儀鳳中，李敬玄與吐蕃戰，敗于青海。開元中，王君㚟、張景順、張忠亮、崔希逸、皇甫維明、王忠嗣，先後破吐蕃，皆在青海西。天寶中，哥舒翰築神威軍於青海上，又築城龍駒島，吐蕃始不敢近青海。

31.【補注】白骨：〈企喻歌〉：「尸喪狹谷中，白骨無人收。」

32.【補注】新舊鬼：《左傳》：「新鬼大，故鬼小。」

33.【補注】煩寃：鮑照詩：「煩寃荒隴側。」

34.【補注】陰雨：《後漢書》：「陳寵為太守，洛陽城每陰雨常有哭聲。」

35.【補注】啾啾：漢樂府：「嗚聲何啾啾。」

【注疏】此敘民不聊生，設答語以申至死得休之意。以「君不見」作總結。「未休」、「戍卒」，應『上開邊未已』；「租稅何出」，應上「村落荊杞生」。男因前耶孃妻子送別而為此永訣之詞。青海鬼哭，則驅鋒鏑之禍至此極矣。此是一頭兩腳體，下面兩扇各有起結。各有四韻，各十四句，條理秩然而善於曲折變化。長者，即道旁過者。《左傳》：「呼役夫。」〈嚴助傳〉：「租稅之收，足以給乘輿之御。」朱注：『名隸征伐，則當免其租稅矣。今以遠戍之身，復督其家之輸賦，豈可得哉！與『健婦鋤犁』相應。』〈漢衛皇后歌〉：「生男無喜，生女無怒。」《周禮．族師》：「五家為比。」又〈遂人〉：「五家為鄰。」庾信〈哀江南賦〉：「身名埋沒。」青海，詳〈哥舒翰〉題注。〈企喻歌〉：「尸喪狹谷中，白骨無人收。」《左傳》：「夏父弗忌曰：『吾見新鬼大，故鬼小。』」鮑照詩：「煩冤荒隴側。」《後漢書》：「陳寵為太守，洛陽城每陰雨，常有哭聲。」漢樂府：「嗚聲何啾啾。」周注：「啾啾，猶言唧唧，嗚咽聲也。」

## 麗人行[1]

三月三日[2]天氣新，長安水邊多麗人。態濃意遠[3]淑且真[4]，（眉批）神韻。肌理細膩骨肉[5]勻。
繡羅衣裳[6]照暮春，蹙金[7]孔雀銀麒麟[8]。（眉批）妝飾。頭上何所有？翠微匐葉[9]垂鬢脣[10]。
背後何所見？珠壓腰衱[11]穩稱身。[12]（眉批）以上泛詠麗人，此才入秦、虢。就中[13]雲幕[14]椒房親，賜名大國[15]虢與秦。紫駞之峯[16]出翠釜[17]，水精之盤[18]行素鱗。犀筯[19]厭飫[20]久未下[21]，鸞刀縷切[22]空紛綸。（眉批）四句寫其奢侈。黃門[23]飛鞚[24]不動塵，御廚絡繹送八珍[25]。簫鼓哀吟感鬼神，賓從[26]雜遝[27]實要津。[28]（眉批）四句寫其寵眷。以下才入國忠。後來鞍馬何逡巡！當軒[29]下馬入錦茵[30]。楊花[31]雪落覆白蘋，青鳥[32]飛去銜紅巾[33]。炙手可熱[34]勢絕倫，慎莫近前丞相[35]嗔。[36]

1.【補注】麗人行：《樂府廣題》曰：「劉向《別錄》云：『昔有麗人，善雅歌，後因以名曲。』」崔國輔〈麗人曲〉：「紅顏稱絕代，欲並真無侶。獨有鏡中人，由來自相許。」《舊唐書》：「玄宗每年十月，幸華清宮，國忠姊妹五家扈從。每家為一隊，著一色衣，五家合隊照映，如百花之煥發。遺鈿墜舄，瑟瑟珠翠，燦爛芳馥于路。而國忠私於虢國，不避雄狐之刺。每入朝，或聯鑣方駕，不施帷幔。每三朝慶賀，五鼓待漏，靚妝盈巷，蠟炬如晝。」按《錢箋》注引：「十月幸華清事，度上巳修禊，亦必爾也。」

【注疏】劉向《別錄》云：「昔有麗人，善雅歌，後因以名曲。」崔國輔〈麗人曲〉：「紅顏稱絕代，欲並真無侶。獨有鏡中人，由來自相許。」鶴注：「天寶十二載，楊國忠與虢國夫人鄰居第，往來無期，或並轡入朝，不施障幕，道路為之掩目。冬，夫人從車駕幸華清宮，會於國忠第，於是作〈麗人行〉。此當是十二年春作，蓋國忠十一年為右丞相也。」

2.【補注】三月三日：《風俗通》：「按《周禮》：女巫掌歲時以祓除疾病。禊者，潔也。故於水上盥濯之也。巳者，祉也。邪疾已去，祈介祉也。」《周禮注》：「如今之三月三日，往水上之類是也。」《晉書》：「魏以後，但用三日，不復用巳。」《荊楚歲時記》：「三月三日，士民並出臨清渚，爲流杯曲水之飲。」

3.【補注】意遠：庾信《啟》（按《謝趙王示新詩啟》）：「飄飄意遠。」

4.【補注】淑真：王粲〈神女賦〉：「何產氣之淑真。」

5.【補注】理膩骨肉：《楚辭》：「靡顏膩理。」注，膩，滑也。又〈招魂〉：「豐肉微骨。」

6.【補注】羅衣裳：古詩：「被服羅衣裳。」

7.【補注】蹙金：按，趙注：「蹙金實事，唐人常語，故杜牧自謂其詩蹙金結繡而無痕迹。」

8.【補注】孔雀麒麟：按，周注：「孔雀麒麟，皆衣上所繡物也。」

9.【音釋】㔩音厄。

【補注】翠微㔩葉：《廣韻》：「㔩綵，婦人髻飾花也。」舊注：「翠微㔩葉，言翡翠微布於㔩綵之葉。」

【注疏】音盍。

10.【補注】鬢脣：按，仇注：「鬢脣，鬢邊也。」

11.【補注】珠衱：《爾雅》：「衱，謂之裾。」郭注：「衣，後裾也。」趙注：「謂之腰衱，則裙腰耳。以珠綴之，故言珠壓腰衱。」按，舊注：「腰衱，即今之裙帶，綴珠其上，壓而下垂也。」

12.【注疏】此刺諸楊遊宴曲江之事。首敘遊女之佳麗也，三言丰神之麗，四言體貌之麗，五、六言服色之麗。頭背四句，舉上下、前後而通身之華麗，俱見矣。本寫秦、虢冶容，乃概言麗人，以隱括之。此詩家含蓄得體處，趙曰：「晉宋諸人，侍宴曲水，皆以三月三日為題。唐開元中都人遊賞於曲江，莫盛於中和、上巳節。王右軍〈蘭亭曲水序〉：『天朗氣清，惠風和暢。』王績〈三月三日賦〉：『聚三都之麗人。』庾信《謝趙王示新詩啟》：『飄飄意遠。』王粲〈神女賦〉：『何產氣之淑貞，濃如紅桃裛露，遠如翠隴含煙，淑如瑞日祥雲，貞如澄川朗月。』一句中寫出絕世丰神。」〈東京賦〉：「擘肌分理。」《楚辭・招魂》：「靡顏膩理。」又：「豐肉微骨。」趙曰：「杜牧自謂其詩『蹙金結繡』，知蹙金乃唐人常語。」周注：「孔雀奇禽，麒麟瑞獸，衣上所綉物也。」趙曰：「翠微㔩葉，言翡翠微布於㔩綵之葉。」《廣韻》：「㔩綵，婦人髻飾花也。唇，邊也。」腰衱，即今之裙拖。綴珠其上，壓而下垂也。劉緩詩：「袜小稱腰身。」趙曰：「此四句即曹植『頭上金雀釵，腰佩紫琅玕』之勢也。」

13.【補注】就中：庾信詩：「就中不言醉。」

14.【補注】雲幕：《西京雜記》：「成帝設雲幄、雲帳、雲幕於甘泉紫殿，世謂之三雲殿。」

15.【補注】大國：《舊唐書》：「太真有姊三人，皆有才貌，並封國夫人。長曰大姨，封韓國；三姨封虢國；八姨封秦國。同日拜命。」《通鑑》：「適崔者爲韓，適裴者為虢，適柳者為秦。」

16.【音釋】駞音拖。通駝。

【補注】駞峯：《漢書》：「大月氏，本西域國，出一封槖駝。」注，脊上有一封高也，如土封然。今俗呼爲犎。按舊注：「封，亦作峯。駝峯味美。」《酉陽雜俎》：「衣冠家名食，有將軍曲良翰作駝峯炙。」

17.【補注】翠釜：王績〈遊北山賦〉：「裛翠釜而出金精。」

18.【補注】水精盤：《三輔黃圖》：「董偃以水精為盤。」

19.【補注】犀筯：《酉陽雜俎》：「明皇恩寵祿山，所賜有金平脫、犀頭筯。」

20.【補注】厭飫：《楚辭》：「時厭飫而不用兮。」

21.【補注】筯未下：《晉書》：「何曾日食萬錢，猶曰無下筯處。」

22.【補注】鸞刀縷切：《詩》：「執其鸞刀。」〈西征賦〉：「饔人縷切，鸞刀若飛。」

23.【補注】黃門：《漢書》注：「禁中黃門，謂閹人。居禁中，在黃門之內給事者。」《明皇雜錄》：「虢國夫人出入禁中，常乘紫驄，使小黃門為御，紫驄之駿健、黃門之端秀，皆冠絕一時。」

24.【補注】飛鞚：鮑照詩：「飛鞚越平陸。」《通俗文》：「制馬口曰鞚。」

25.【補注】送八珍：《新唐書》：「帝所得奇珍及貢獻，分賜之。使者相銜於道，五家如一。」《周禮》：「珍用八物。」注，珍謂淳熬、淳母、炮豚、炮牂、擣珍、漬熬、肝、膋也。梁武帝詩：「雕案出八珍。」

26.【補注】賓從：魏文帝〈與吳質書〉：「賓從無聲。」

27.【補注】雜遝：《漢書．劉向傳》：「及至周文開基，西郊雜遝，眾賢罔不肅和。」注，雜遝，聚積之貌。

【注疏】音沓。

28.【補注】要津：古詩：「先據要路津。」

【注疏】此誌秦、虢之華侈也。「駞峯」二句，言味窮。「水陸」、「犀筯」二句，言飲食暴殄。「黃門」二句，言寵賜優渥。簫管，言聲樂之盛。賓從，言趨附者多。庾信詩：「就中言不醉。」《西京雜記》：「成帝設雲幄、雲帳、雲幕於甘泉紫殿，世謂之三雲殿。」周注：「謂鋪設幕帳如雲霧也。」《三輔黃圖》：「椒房殿在未央宮，以椒和泥塗壁。」虢、秦，詳〈長恨歌〉。《通鑑》：「適崔氏者為韓國；適裴氏者為虢國；適柳氏者為秦國。」《明皇雜錄》：「上幸華清宮，貴妃姊妹，競飾衣服，共會於國忠第，同入禁中，炳煥照燭，觀者如堵。上已修禊，亦必爾也。」洙曰：「《漢書》：『大月氏，本西域國。出一封橐駝。』注云：脊上有一峯，高也如封土然。今俗呼為犎。」《酉陽雜俎》：「衣冠家名食，有將軍曲良翰作駞峯炙，味甚美。」王績〈遊北山賦〉：「拭丹爐而調石髓，裛翠釜而出金精。」周注：「《三輔黃圖》：『董偃以水精為盤。』王廙〈笙賦〉：『舞靈蛟之素鱗。』」《酉陽雜俎》：「明皇賜祿山有金平脫、犀頭匙筯。」《楚辭》：「時厭飫而不用兮。」《晉書》「何曾日食萬錢，猶曰無下筯處。」《詩》：「執其鸞刀。」〈西征賦〉：「饔人縷切，鸞刀若飛。」《漢．百官表》注：「禁中黃門謂閹人，居禁中，在黃門之內給事者。」《明皇雜錄》：「虢國夫人出入禁中，常乘紫驄，使小黃門為禦。紫驄之駿健，黃門之端秀，皆冠絕一時。此所謂黃門飛鞚也。」《錢箋》：「《新書》：『帝所得奇珍及貢獻，分賜之，使者相銜於道，五家如一，此所謂御廚絡繹也。』」《周禮．膳夫》：「珍用八物。」注：珍用淳熬、淳母、炮豚、炮牂、擣珍、漬熬、肝膋也。漢武帝〈秋風歌〉：「蕭鼓鳴兮發棹歌。」曹植〈七啟〉：「過庭長哀吟。」〈詩序〉：「動天地，感鬼神，莫近於詩。」魏文帝〈與吳質書〉：「輿輪徐動，賓從無聲。」〈劉向傳〉：「雜遝眾賢。」古詩：「先據要路津。」

29.【補注】當軒：王融詩：「當軒卷羅轂。」

30.【補注】錦茵：仇注：「錦茵，謂地鋪錦褥。」

31.【補注】楊花：《梁書》：「楊華，少有勇力，容貌雄偉。魏胡太后逼通之。華懼及禍，乃率其部曲降梁。胡太后思之，爲作〈楊白花歌〉，使宮人連臂蹋足歌之，聲甚悽惋。其歌曰：『楊春二三月，楊柳齊作花，春風一夜入閨闥，楊花飄蕩落南家。含情出戶腳無力，拾得楊花淚沾臆。春去秋來雙燕子，願銜楊花入窠裡。』」按，此楊花亦寓意於楊氏也。楊花入水化爲萍。《爾雅翼》：「萍，其大者曰蘋。五月有花，白色。」又按《本注》：「蘋根生水底，不若小浮萍無根漂浮。」楊國忠實張易之之子，冒楊姓，與虢國通，是以無根之楊花，落而覆有根之白蘋也。

32.【補注】青鳥：《山海經》：「三危之山，有青鳥居之。」注，青鳥，主爲西王母取食者。《漢武故事》：「王母有二青鳥如烏，夾侍王母。」沈約詩：「銜書必青鳥。」

33.【補注】紅巾：梁元帝詩：「柳邊通粉色，葉裡映紅巾。」趙注：「紅巾，婦人之飾。」黃注：「巾，蓋樹間所挂之綵。」

34.【補注】炙手可熱：《兩京新記》：「安樂公主，上之季妹也。附會韋氏，熱可炙手，道路懼焉。」按，炙手可熱，蓋唐時長安語如此。《唐語林》：「語曰鄭、楊、段、薛，炙手可熱。」

35.【補注】丞相：《通鑑》：「天寶十一載十一月，以楊國忠爲右相兼文部尚書。」

36.【注疏】末指國忠，形容其煊赫聲勢也。鞍馬逡巡，見擁護填街、按轡徐行之象。當軒下馬，見意氣洋洋、旁若無人之狀。楊花、青鳥，點暮春景物，唯見花鳥相親，遊人不敢仰視也。一時氣燄，可畏如此。末句用倒插作收。朱注：「國忠與虢國為從兄妹，不避雄狐之刺，故有『近前丞相嗔』之語，蓋微詞也。」曹植詩：「遊馬後來。」鮑照詩：「賓御紛颯沓，鞍馬光照地。」錦茵，謂地鋪錦褥。樂府〈楊白花歌〉曰：「楊花飄蕩落南家。」此句寓諷楊氏。〈七命〉：「素膚雪花。」《廣韻》：「楊花入水化為蘋。」薛道衡詩：「願作王母三青鳥，飛去飛來傳消息。」梁元帝〈詠柳〉：「枝邊通粉色，葉裡映紅巾。」趙注：「紅巾，婦人之飾。」《唐語林》：「會昌中語曰：鄭、楊、段、薛，炙手可熱。」趙曰：「炙手可熱，言勢焰薰灼。」桓麟詩：「超等絕倫。」丞相，國忠也。漢桓帝時童謠曰：「撫梁之下有懸鼓，我欲擊之丞相怒。」瞋，張目怒貌。《樂史外傳》：「十一載，李林甫死，以國忠為右相。」此詩語極鋪揚而意含諷刺，故富貴華麗中特有清剛之氣。

## 哀江頭[1]

少陵[2]野老吞聲[3]哭（眉批）三字通首眼目。，春日潛行[4]曲江[5]曲。江頭宮殿鎖千門，細柳新蒲為誰綠？[6]憶昔霓旌[7]下南苑[8]，苑中萬物生顏色。昭陽[9]殿裡第一人，同輦[10]隨君侍君側。輦前才人[11]帶弓箭，白馬嚼齧黃金勒[12]。翻身向天仰射雲，一箭正墜雙飛翼。[13]

（眉批）以下數語，夫妻、父子、死生、離別、觸物引緒，字字俱有哭聲。明眸皓齒14今何在？血汙15遊魂歸不得16。清渭17東流劍閣深，去住18彼此無消息。人生有情淚霑臆，江水江花豈終極。黃昏胡騎塵滿城，欲往城南望城北。19

1.【補注】哀江頭：按，詩意本哀貴妃，不敢斥言，故借江頭行幸處，標爲題目耳。

【注疏】鶴註：「此至德二載春日，公陷賊中作。長安朱雀街東，有流水屈曲，謂之曲江。此地在秦為宜春院，在漢為樂遊園。開元疏鑿，遂為勝境。其南有紫雲樓、芙蓉苑，其西有杏園、慈恩寺。江側菰蒲蔥翠，柳陰四合，碧波紅蕖，依映可愛。黃生曰：『詩意本哀貴妃，不敢斥言，故借江頭行幸處，標為題目耳。』」

2.【補注】少陵：《雍錄》：「宣帝陵在杜陵縣，許后葬杜陵南園。師古曰：『即今謂小陵者也。』去杜陵十八里。它書比白作少陵。杜甫家焉，故自稱杜陵老，亦曰少陵也。……在長安縣南四十里。」

3.【補注】吞聲：江淹〈恨賦〉：「自古皆有死，莫不飲恨而吞聲。」

4.【補注】潛行：《韓非子》：「張孟談曰：『臣請試潛行而出。』」

5.【補注】曲江：《寰宇記》：「曲江，漢武帝所造，名為宜春苑。其水曲折，有似廣陵之江，故名。」《劇談錄》：「曲江在秦爲宜春苑，在漢爲樂遊園。開元疏鑿，遂爲勝境。其南有紫雲樓、芙蓉苑。其西有杏園、慈恩寺。江頭菰蒲葱翠，柳陰四合，碧波紅葉，依映可愛。」

6.【注疏】此見曲江蕭條而作也。首段有故宮離黍之感，曰吞聲、曰潛行，恐賊知也。曰鎖門、曰誰綠，無人迹矣。程大昌《雍錄》：「少陵原在長安縣西南四十里。」朱注：「他書俱作少陵，杜甫家在焉，故自稱杜陵老。」〈恨賦〉：「莫不飲恨而吞聲。」《韓非子》：「張孟談曰：『臣請試潛行而出。』」王筠詩：「千門皆閉夜何央。」

7.【補注】霓旌：〈西都賦〉：「虹旃霓旌。」〈高唐賦〉：「霓爲旌，翠爲蓋。」

8.【補注】南苑：《雍錄》：「曲江，都城東南，其南即芙蓉苑，故名南苑。」第一人，謂楊貴妃也。

9.【補注】昭陽：《漢書》：「飛燕立爲皇后，寵少衰。女弟絕色，幸爲昭儀，居昭陽殿。」

10.【補注】同輦：《漢書》：「成帝遊於後庭，欲與班婕妤同輦。」

11.【補注】才人：《舊唐書》：「內官，才人七人。」按，唐制，巡幸，宮人扈從者，騎而挾弓矢。見〈王才人傳〉。

12.【補注】黃金勒：何遜詩：「白馬黃金勒。」《明皇雜錄》：「上幸華清宮，貴妃姊妹各購名馬，以黃金爲銜勒。」

13.【注疏】此憶貴妃遊苑，極言盛時之樂。苑中生色，佳麗多也。昭陽第一寵，特專也。同輦侍君，愛之篤也。射禽供笑，宮人獻媚也。〈高唐賦〉：「霓為旌翠為蓋。」《雍錄》：「曲江，在都城東南，其南即芙蓉苑，故曰南苑。」李白詩：「宮中誰第一？飛燕在昭陽。」亦指楊妃也。漢帝成帝遊於後庭，欲與班婕妤同輦。《舊唐書．百官志》：「內官，才人七人，正四品。」《明皇雜錄》：「上幸華清宮，貴妃姊妹，各購名馬，以黃金為銜勒。」阮籍〈亢父賦〉：「被害嚼齧。」《謝氏詩源》：「更嬴善射，能仰射入雲中，以一囊繫箭頭而射，名曰鎖雲。」潘岳〈射雉賦〉：「昔賈氏之如皐，始解顏於一笑。」潘尼詩：「舉弋落雙飛。」

14.【補注】明眸皓齒：〈洛神賦〉：「丹唇外朗，皓齒內鮮。明眸善睞，靨輔承權。」

15.【補注】血汙：吳均詩：「血汙秦王衣。」

16.【補注】魂歸不得：《國史補》：「玄宗幸蜀，至馬嵬驛，縊貴妃於佛堂梨樹之間。」《太真外傳》：「妃死，瘞於西郭之外一里許，道北坎下，時年三十八歲。」

17.【補注】清渭劍閣：按，杜詩注：「清渭，貴妃縊處。劍閣，明皇入蜀所由。」按，《錢箋》：「帝由便橋渡渭，自咸陽望馬嵬而西，由武功入大散關、河池、劍閣，以達成都。」舊注：「渭水在京城，劍閣在蜀。時明皇西幸，尚留蜀也。」

18.【補注】去住：蔡文姬〈胡笳曲〉：「去住兩情兮難具陳。」

19.【補注】望城北：《兩京新記》：「曲江最高，四望寬敞。靈武行在，在長安之北。往城南潛行曲江者，欲望城北，冀王師之至耳。」《悲陳陶篇》：「都人回首北面啼，日夜更望官軍至。」二語即此意。「望」字一本作忘。若作忘字，有何意義！

【注疏】此慨馬嵬西狩事，深致亂後之悲。妃子遊魂、明皇幸劍，死別生離極矣。江草江花，觸目增愁。城南城北，心亂目迷矣。曹植〈洛神賦〉：「丹唇外朗，皓齒內鮮，明眸善睞，靨輔承權。」吳均詩：「血汙秦王衣。」血汙，言貴妃死於馬嵬也。注詳〈長恨歌〉。《錢箋》：「帝由便橋度渭，自咸陽望馬嵬，而西由武功入大散關、河池、劍閣以達成都。」蔡琰〈笳曲〉云：「住兩情兮難其情。」虞羲詩：「君去無消息。」陶潛詩：「人生似幻化。」謝眺詩：「有情知望鄉。」樂府：「拾得楊花淚霑臆。」江頭花草豈終極乎！蓋望長安之復興也。曹植詩：「天地無終極。」《前漢書．周勃傳》：「擊胡騎，平城下原。」注：甫家居城南。朱注：「陸游《筆記》：『欲往城南忘城北。』言迷惑避死，不能記其南北也。」

## 哀王孫[1]

長安城頭頭白烏[2]，夜飛延秋門[3]上呼；又向人家啄大屋[4]，屋底達官[5]走避胡。[6]金鞭[7]斷折九馬[8]死，骨肉不待同馳驅。腰下[9]寶玦青珊瑚[10]，可憐王孫泣路隅。問之不肯道姓名，但道困苦乞為奴[11]。已經百日竄荊棘，身上無有完肌膚[12]。高帝子孫盡隆準[13]，龍種[14]自與常人殊。豺狼[15]在邑龍在野[16]，王孫善保千金軀。[17]（眉批）先從寶玦看出，次從隆準看定。忠愛之心、倉卒之意，叮嚀周至，如聞其聲。不敢長語臨交衢[18]，且為王孫立斯須[19]。昨夜東風吹血腥[20]，東來橐駝[21]

滿舊都[22]。朔方健兒[23]好身手[24]，昔何勇銳[25]今何愚？竊聞天子已傳位[26]，聖德北服南單于[27]。花門[28]剺面[29]請雪恥，慎勿出口[30]他人狙[31]。哀哉王孫慎勿疏，五陵[32]佳氣[33]無時無。[34]

1.【補注】哀王孫：按仇注：「肅宗即位，改元至德，在七月甲子。是月丁卯，祿山殺霍國長公主及王妃、駙馬等八十人。己巳，又殺王孫及郡縣主二十餘人。此詩所以作也。」

【注疏】按明皇西狩，在天寶十五年六月十五日。肅宗即位，改元至德，在七月甲子。是月丁卯，祿山使人殺霍國長公主及王妃、駙馬等，以下又殺皇孫及郡縣主二十餘人。詩云「已經百日竄荊棘」，蓋在九月間也。詩必此時所作。《唐鑑》：「楊國忠首倡幸蜀之策，帝然之。甲午既夕，命陳玄禮整比六軍，選廄馬九百餘，外人皆莫知也。乙未黎明，帝獨與貴妃姊妹，妃、主、王孫之在外者，皆委之而去。」《通鑑》：「是日，百官猶有入朝者，至宮門漏聲猶聞，三衛立仗儼然。門既啟，宮人亂出，中外擾攘，王公士民四外逃竄。」

2.【補注】頭白烏：《三國典略》：「侯景篡位，令飾朱雀門。其日，有白頭烏萬計，集於門樓。童謠曰：『白頭烏，拂朱雀，還與吳。』」此蓋以侯景比祿山也。

3.【補注】延秋門：《舊唐書》：「十五載六月九日，潼關不守。十二日凌晨，上自延秋門出，微雨沾濕。國忠與貴妃及親屬，擁上出。親王、妃、主、皇孫以下，多從之不及。平明渡渭，即令斷便橋。辰時至咸陽望賢驛置頓。」《通鑑》：「上出延秋門，妃、主、皇孫之在外者，皆委之而去。是日，百官猶有入朝者，至宮門猶聞漏聲，三衛立仗儼然。門既啓，則宮人亂出。中外擾攘，不知上所之。王公士民四出，逃竄山谷。」《雍錄》：「玄宗幸蜀，自苑西門出，在唐為苑之延秋門。既出，即由便橋渡渭，自咸陽望馬嵬而西。」《長安志》：「苑中宮亭凡二十四所。西面二門，南曰延秋門，北曰玄武門。」

4.【補注】大屋：《史記》：「高門大屋尊寵之。」

5.【補注】達官：《禮記》：「公之喪，諸達官之長杖。」注，受命於君者名達於上，謂之達官。

6.【注疏】首段憶禍亂之徵。趙曰：「頭白烏，不祥之物。號門上，故明皇出延秋門。啄大屋，故朝官一時逃散。」《漢書．五行志》：「成帝時，童謠曰：『城上烏尾畢逋。』」楊慎曰：「侯景篡位，令飾朱雀門，其日有白頭烏，萬計集於門樓。童謠曰：『白頭烏，拂朱雀，還與吳。』此蓋用其事，以侯景比祿山也。」《雍錄》：「玄宗幸蜀，自苑西門出。在唐為苑之延秋門。」《記》：「公之喪，諸達官之長杖。」注：受命於君者，名達於上，謂之達官。

7.【補注】金鞭：沈炯詩：「晉后鑄金鞭。」

8.【補注】九馬：《西京雜記》：「文帝自代來，有良馬九匹，曰浮雲、赤電、絕群、逸驃、紫燕騮、綠螭驄、龍子、驎駒、絕塵，號為九逸。」

9.【補注】腰下：《史記．陳平世家》：「舟人疑其亡將，要中當有金玉寶器。」

10.【補注】珊瑚玦：《西京雜記》：「飛燕女弟遺飛燕珊瑚玦、瑪瑙彄。」

11.【補注】乞為奴：《晉紀論》：「劉淵、王彌之亂，將相王侯，交頭受戮，乞為奴僕，而猶不獲。」

12.【補注】肌膚：《史記》：「其次毀肌膚、斷支體，受辱。」

13.【補注】隆準：《漢書》：「高帝隆準而龍顏。」

【注疏】音拙。

14.【補注】龍種：《隋書》：「房陵王勇，生子儼雲，定興女所生也。文帝曰：『乃皇太孫，何生不得地？』定興奏曰：『天上龍種，所以因雲而出。』」

15.【補注】豺狼：《後漢．張綱傳》：「豺狼當道，安問狐狸。」

16.【補注】龍野：《易》：「龍戰於野。」〈光武紀〉：「四七之際龍鬥野。」

17.【補注】千金軀：陶潛詩：「客養千金軀。」

【注疏】次段言事，記當時避亂匿身之迹。「金鞭」四句，言上皇急於出奔，致委王孫而去。「問之」四句，備寫痛苦之詞，并狼狽之狀。「高帝」四句，恐其相貌特殊，而為賊所得，曰慎保軀危之也。沈炯詩：「陳王裝腦勒，晉后鑄金鞭。」《西京雜記》：「文帝自代來，有良馬九匹，曰浮雲、曰赤電、曰絕群、曰逸驃、曰紫燕騮、曰綠螭驄、曰龍子、曰驎駒、曰絕塵，號為九逸。」〈伍子胥傳〉：「疏骨肉之親。」《史記．陳平世家》：「舟人疑其亡將，要中當有金玉寶器。」《西京雜記》：「飛燕女弟昭儀，遺飛燕珊瑚玦、碼瑙彄。」漢阮籍詩：「楊朱泣路歧。」《東觀漢紀》：「第伍倫變易姓名。」〈李斯傳〉：「困苦之地。」《南史》：「宣城王遣典籤柯，令孫殺建安王子真。子真走入床下，叩頭乞為奴，不許死之。」竄，逃也。《左傳》：「被苫蓋，蒙荊棘。」司馬遷〈書〉：「其次毀肌膚、斷支體，受辱。」文穎曰：「高帝感龍而生，故其顏貌似龍，長頸高鼻。」李斐曰：「準，鼻也。」《隋書》：「房陵王勇生子雲儼，定興女昭訓所生也。文帝聞之曰：『此乃皇太孫，何乃生不得地？』定興奏曰：『天上龍種，所以因雲而出。』」《史記．扁鵲傳》：「長桑君亦知扁鵲非常人也。」《後漢．張綱傳》：「豺狼當道，安問狐狸。」《易》：「龍戰於野。」豺狼指祿山。龍指玄宗。陶潛詩：「客養千金軀。」

18. 【補注】郊衢：嵇康詩：「楊氏歎郊衢。」
19. 【補注】斯須：李陵詩：「且復立斯須。」
20. 【補注】血腥：《山海經》：「禹殺相柳，其血腥。」
21. 【補注】槖駝：《唐書．史思明傳》：「祿山陷兩京，以駱駝運御府珍寶於范陽，不知紀極。」
22. 【補注】舊都：按，肅宗時在靈武，故號長安為舊都。
23. 【補注】朔方健兒：按，朱注，時哥舒翰將河隴朔方兵，及蕃兵共二十萬，拒賊，敗績於潼關。《唐書》：「天寶十四載，京師召募十萬，號天武健兒。」
24. 【補注】身手：《顏氏家訓》：「頃世亂離，衣冠之主，雖無身手。或聚徒眾，違棄素業，僥倖成功。」
25. 【補注】勇銳：《六韜》：「將不勇則三軍不銳。」
26. 【補注】傳位：天寶十五載七月，肅宗即位於靈武。

27.【補注】南單于：按，盧注，明皇臨行，諭太子曰：「西北諸胡，我撫之素厚，汝必得其用。」按，此所謂聖德北服單于也。《後漢書》：「匈奴薁鞬日逐王，比自立為南單于。」按，此云南單于者，指回紇也。按，舊注，肅宗即位，遣使與回紇和親。二載，其首領入朝。

28.【補注】花門：《唐志》：「甘州有花門山堡。東北千里，至回紇衙帳。」

29.【補注】剺面：《後漢書．耿秉傳》：「耿秉卒，匈奴舉國號哭，或至梨面流血者。」按，梨、剺，古字通用。《說文》：「剺，割也，劃也。」又按，剺面，北俗有哀憤事則然。

【注疏】即犁割也。

30.【補注】出口：《史記》：「願君慎弗出於口。」

31.【補注】狙：《史記．留侯世家》：「良與客狙擊秦皇帝博浪沙中。」注，狙，伺候也。亦云狙，伏伺也。狙之伺物必伏而候之。按，《集韻》、《韻會》，狙，七慮切，並音覷。玃屬。按，《廣韻》：「狙，千余反，音疽。猿屬。」又按，音詛，亦猿類。

32.【補注】五陵：按，舊注：五陵，漢五陵也。今依仇注作唐五陵近是。《唐紀》：「高祖葬獻陵，太宗葬昭陵，高宗葬乾陵，中宗葬定陵，睿宗葬橋陵，是為五陵。」

33.【補注】佳氣：〈光武紀〉：「蘇伯阿為王莽使，至南陽，遙望舂陵郭，唶曰：『氣佳哉，鬱鬱蔥蔥然。』」

34.【注疏】末敘亂極將治之機，且立斯須欲屏跡而密語也。「昨夜」四句，祿山猖獗而恨哥舒之失計。「竊聞」四句，太子龍興而喜回紇之助討。末二，又反覆以致其丁寧，曰慎勿疏，戒之也。嵇康詩：「楊氏嘆交衢。」注，交衢，謂路相交錯，要衝之所。李陵詩：「長當從此別，且復立斯須。」《山海經》：「禹殺相柳，其血腥不可以樹五穀。」〈史思明傳〉：「祿山陷兩京，以橐駝運御府珍寶於范陽，不知紀極。」仇曰：「長安時為祿山所陷，故曰舊都。」時哥舒翰將河隴朔方兵及蕃兵共二十萬，拒賊，敗績於潼關。《唐書》：「天寶十四載，京師召募十萬，號天武健兒。」《顏氏家訓》：「頃世亂離，衣冠之士，雖無身手，或聚徒眾，違棄素業，徼倖成功。」《六韜》：「將不勇，則三軍不銳。」傳位肅宗，即位靈武也。盧注：

「明皇臨行，諭太子曰：『西北諸胡，我撫之素厚，汝必得其用。』所謂聖德北服單于也。」〈光武紀〉：「匈奴薁鞬日逐王，比自立為南單于。建武二十五年，南單于遣使詣闕貢獻，奉藩稱臣。」《後漢書．李固傳》：「四海欣然，歸服聖德。」《唐書》：「甘州有花門山堡，東北千里，至回鶻衙帳。」剺面，謂披其面皮，示誠悃也。樂毅書：「先王報怨雪恥。」〈蘇秦傳〉：「願君慎勿出於口。」《史記．留侯傳》：「秦皇東遊，良與客狙。」《索隱》：「狙，伺伏也。狙之伺物，必伏而俟之。」五陵，詳〈岑參與高適據登浮圖〉注。佳氣，言有興隆之象。〈光武紀〉：「蘇伯阿為王莽使，至南陽，遙望舂陵郭，唶曰：『氣佳哉，鬱鬱蔥蔥然。』」

【注疏】或曰：至德元載九月，孫孝哲害霍國長公主、永王妃及駙馬楊馹等八十人，害皇孫二十餘人，並剖其心，以祭安慶宗。王侯將相扈從入蜀者，子孫兄弟，雖在嬰孩之中，皆不免於刑戮。當時降逆之臣，必有為賊耳目，搜捕皇孫妃主以獻者，故曰「王孫善保千金軀」，又曰「哀哉皇孫慎勿疏」，危之，復戒之也。宋靖康之難，群臣為金人搜索趙氏，遂無遺種。此詩如出一轍。明皇平韋后之難，身致太平、開元之際，幾於貞觀盛時，及天寶末，不唯生民塗炭，而妻子亦且不免。讀〈江頭〉、〈王孫〉二詩，至今猶慘然在目，孟子云：「苟能充之，足以保四海；不能充之，不足以保妻子。」即一人之身，而治亂興亡之故昭然矣。

# 五言律詩

律詩權輿於梁、陳；諧協於初唐；精切於沈、宋。偶麗精切，故曰律詩。

## 唐玄宗

姓李，諱隆基。睿宗子，靖內難即位。開元中，任姚崇、宋璟、韓休、張九齡諸人，治稱太平。天寶後，任李林甫、楊國忠，內寵楊貴妃，外寵邊將，治亂較然矣。安祿山反，幸蜀，太子即位靈武，明年還京，居西內，崩。唐祚至此不復再振。

# 經魯祭孔子而嘆之[1]

夫子〔眉批〕孔子。何為者？栖栖[2]一代中。[3]地[4]猶鄹氏邑[5]，宅[6]即魯王宮。[7]〔眉批〕經魯。歎鳳[8]嗟身否，[9]傷麟[10]怨道窮。[11]〔眉批〕歎之。今看兩楹奠，[12]當與夢時同。[13]

1. 【補注】經魯祭孔子：《新唐書》：「開元十三年十一月庚辰；封於泰山，丙申幸孔子宅。遣使以太牢祭其墓。」
2. 【注疏】至德二載，肅宗發精騎三千奉迎上皇玄宗還西京，詩當此時而作。
   【補注】栖栖：《論語》：「微生畝謂孔子曰：『丘何為是栖栖者與，無乃為佞乎。』」注，栖栖，依依也。如鳥之栖木而不去，指聖人行跡說。
3. 【注疏】栖栖，依依也。一代，指春秋時。暗寫「嘆」字之神。《論語》：「子何為是栖栖者與。」
4. 【注疏】昌平鄉。
5. 【注疏】邑名，至今未改。
6. 【注疏】孔子所居宅。
7. 【注疏】〈尚書序〉：「魯恭王，壞孔舊宅，以廣其居。升堂聞金石絲竹之音，乃不壞舊宅，以經魯子承之。深寓「嘆」字之神。

8.【補注】歎鳳：《論語》：「子曰：『鳳鳥不至，河不出圖，吾已矣夫。』」

9.【注疏】即〈接輿歌〉，詳李白詩。以鳳兮之嘆興起唐主之歎。賓中賓也。

10.【補注】傷麟：《孔叢子》：「叔孫氏之車子鉏商，樵於野而獲麟焉，眾莫之識，以為不祥。夫子往觀焉，泣曰：『麟也。麟出而死，吾道窮矣。』乃歌曰：『唐虞世兮麟鳳遊，今非其時兮來何求，麟兮麟兮我心憂。』」

11.【注疏】即〈獲麟歌〉。以孔子之歎興起唐主之歎。主中賓也。正寫「歎」字以轉之。《孔叢子》：「叔孫氏之車子鉏商，樵於野而獲麟焉，眾莫之識，以為不祥。夫子往觀焉，泣曰：『麟也。麟出而死，吾道窮矣。』歌云：『唐虞世兮麟鳳遊兮，非其時來何求，麟兮麟兮我心憂。』」

12.【補注】兩楹奠：《禮記》：「孔子曰：『疇昔之夜，夢坐奠于兩楹之間。』」

【注疏】奠，薦也。頓爵，神前也。此句合承聯。

13.【注疏】此句合起聯，即孔子坐於兩楹之夢也。總合「祭」字。此詩筆意靈妙，章句字法處處不同，結出「嘆」字之神。

## 望月懷遠

張九齡

海上生明月，[1]天涯（眉批）遠。共此時。[2]情人怨（眉批）望。遙夜，竟夕起相思。[3]滅燭[4]憐光滿，5披衣覺露滋。6〔眉批〕二句望月。不堪盈手7贈，8〔眉批〕遠。還寢夢佳期。9

1.【注疏】先提起月，以下皆從「月」字描出。

2.【注疏】天涯，遍天下之無所不至。此時此際，以明月出海之時。鮑照〈翫月城西門廳中〉詩：「三五二八時，千里與君同。」即「共」字，暗寓懷遠。

3.【注疏】串。正承懷遠，惟有情人所以懷遠，唯懷遠，所以竟夕起相思也。遙夜，長夜。竟夕，終夕也。相思，言我此時思念遠人，而情人在遠方，亦當思念於我也。應上「共」字。

4.【補注】滅燭：梁簡文帝〈夜夜曲〉：「愁人夜獨長，滅燭臥蘭房。祇恐多情月，旋來照妾床。」謝靈運〈怨曉月賦〉：「臥洞房兮當何悅，滅華燭兮弄素月。」

5.【補注】盈手：陸機詩：「照之有餘輝，攬之不盈手。」

6.【注疏】謝靈運〈怨月賦〉：「臥洞房兮當何怨，滅華燭兮弄曉月。」此句當作將曉解。十五之月將曉未落，如此解法，則上句竟夕「竟」字，下句還寢「還」字，方有層次。光滿，三五之月也。憐，愛也。

7.【注疏】披，振也。陸機〈赴洛道中〉詩：「清露墜素輝，明月一何朗。撫枕不能寐，振衣獨長想。」曉初之時，明月光中必多寒露，蓋言懷人不能安睡，躊躇月下，覺衣巾為露所滋耳。此亦串讀，正轉望月，暗寓懷遠。

8.【注疏】陸機〈擬明月何皎皎〉詩：「安寢北堂上，明月入我牖。照之有餘暉，攬之不盈手。」言不堪攬此明月，以贈我所懷之遠人也。

9.【注疏】謝朓〈同王主簿有所思〉詩：「佳期未歸望，望之下鳴機。徘徊東陌上，月出行人稀。」細按「還寢」二字，當作已曉時解。天已曉，不宜寢矣，乃曰還寢者，則知望月懷人達旦不寐也。上句合「望月」，下句合「懷遠」。唐人作詩，若以日夕起，必以天曉結之；若以天曉起，必以日夕結之。大概皆用此法。

王勃

字子安，絳州龍門人，善屬文。麟德初，對策，授朝散郎，年未及冠也。沛王召署府修撰。時諸王鬥雞，勃戲爲檄周王雞。周王，即中宗也。高宗怒其搆釁，斥免爲虢州參軍，坐擅殺當誅，除名。父福時，因勃坐謫交趾令。勃往省，渡南海，溺水，悸而卒。勃與楊炯、盧照鄰、駱賓王齊名，世稱王楊盧駱爲「四傑」。炯嘗曰：「吾愧在盧前，恥居王後。」知文者以爲然。初，裴行儉在吏部見蘇味道、王勮，曰：「二君皆後掌銓衡。」李敬玄盛稱王勃、楊炯、盧照鄰、駱賓王。行儉曰：「勃等雖有才，然浮躁衒露，豈享爵祿者？炯頗沉默，可至令長，餘皆不得其死。」後俱如行儉言。

# 杜少府之任蜀川[1]

城闕輔三秦[2]，風煙望五津。[3]與君離別意，同是宦遊人。[4]海內[5]存知己[6]，天涯[7]若比鄰[8]。（眉批）贈別不作悲酸語，魄力自異。無為[9]在歧路，兒女共霑巾。[10]

1. 【補注】蜀州：《輿地志》：「崇慶州唐名蜀州。」按，舊本俱作〈杜少府之蜀川〉，今從《唐詩別裁》注。
【注疏】金崇慶府。
2. 【補注】三秦：《史記》：「項籍滅秦後，分其地為三，名曰雍王、塞王、翟王，號曰三秦。」
3. 【補注】五津：《華陽國志》：「蜀大江自湔堰下至犍為有五津，一曰白華津、二曰萬里津、三曰江首津、四曰涉頭津、五曰江南津。」
【注疏】以將別語敘起。城闕，長安也。風煙，蜀川也。昔項羽三分關內，王秦三降將，故曰三秦。輔，夾輔也。《華國志》：「蜀大江自湔堰下至犍為有五津，一曰白華、二曰萬里、三曰江首、四曰涉海、五江南。」言長安與蜀相隔雖遠，乃在城闕上望之，彼蜀川五津之風煙猶入目矣，是遠而不遠，可以不必傷別。一層。

4.【注疏】串以欲別之情承。杜少府，襄陽人；王勃，絳州人。二人俱在異鄉，原有離別之意，以為我由長安，君由長安而之蜀，同是宦遊人也。別中送別，又何為傷哉！一層。

5.【注疏】四海之內。

6.【注疏】必有知己焉。

7.【注疏】普天之涯。

8.【注疏】轉思別後之情，言天下為一家。雖之夷狄，亦若比鄰，更不必傷也。又是一層。

9.【注疏】承上貫下。

10.【注疏】上三層意，合以為無在歧路間。兩淚霑巾，一若兒女態也。結出所以不必傷別意。以上三層，不必傷別意，逼出「無為」二字，格外有力。

## 駱賓王

義烏人，七雖能文。武后時，數上疏言事，除臨海丞，怏怏不得志，棄官去。徐敬業起兵，署爲府屬，傳檄天下，斥武后罪狀，文出賓王手。后讀之，但嬉笑，至「一杯之土未乾，六尺孤安在」，矍然曰：「誰爲此？」或以賓王對。后曰：「宰相安得失此人。」敬業敗，賓王亡命，不知所之。中宗詔求其文，得數百篇。

# 在獄[1]詠蟬 並序

余禁所禁垣西，是法廳事也。有古槐數株焉。雖生意可知，同殷仲文之古樹，而聽訟斯在，即周召伯之甘棠。每至夕照低陰，秋蟬疎引，發聲幽息，有切嘗聞。豈人心異於曩時，蟲響悲於前聽？嗟乎！聲以動容，德以象賢，故潔其身也，稟君子達人之高行；蛻其皮也，有仙都羽化之靈姿。候時而來，順陰陽之數；應節為變，審藏用之機。有目斯開，不以道昏而昧其視；有翼自薄，不以俗後而易其真。吟喬樹之微風，韻姿天縱；飲高秋之墜露，清畏人知。僕失路艱虞，遭時徽纆。不哀傷而自怨，未搖落而先衰。聞蟪蛄之流聲，悟平反之已奏。見螳螂之抱影，怯危機之未安。感而綴詩，貽諸知己，庶情沿物應，哀弱羽之飄零；道寄人知，憫餘聲之寂寞。非謂文墨，取代幽憂云爾。

**西陸[2]蟬聲唱，南冠[3]**（眉批）在獄。**客思深。[4]不堪玄鬢[5]影，**（眉批）承首句。**來對〈白頭吟〉。[6]**（眉批）承次句。

**露重[7]飛難進[8]，**（眉批）自喻。**風多[9]響易沉。[10]無人信高潔[11]，誰為表予心？[12]**

1. 【補注】在獄：按舊注，賓王在獄事，史失傳，無考。按《賦鈔箋略．賓王小傳》云：「賓王七歲能賦詩。初為道王府屬，調長安主薄。上疏言事，下獄，貶臨海丞。」又按駱賓王〈螢火賦〉注云：「此賦當在言事下獄時作。」
2. 【補注】西陸：司馬彪《續漢書》：「日行西陸謂之秋。」
3. 【補注】南冠：《左傳》：「晉侯見鍾儀問之曰：『南冠而縶者誰也？』有司對曰：『鄭人所獻楚囚也。』」
4. 【注疏】對起法。司馬彪《續漢書》：「日行西陸謂之秋。」賓王家在浙江義烏，故曰南冠。為草討武氏檄繫於獄，有扶王室意，故曰客思深。
5. 【補注】玄鬢：《煙花記》：魏宮人莫瓊樹，製蟬鬢，飄渺如蟬翼。（按《煙花記》原名應為《大業拾遺記》，又名《隋遺錄》，亦名《南部煙花錄》，據傳為唐顏師古所撰，亦有後人考證為宋代小說。查其內容，未有「莫瓊樹製蟬鬢」等語，疑傳抄有誤。此文出典應為崔豹《古今注》：「魏文帝宮人絕所愛者，有莫瓊樹、薛夜來、田尚衣、段巧笑，皆日夜在帝側。瓊樹始制為蟬鬢，望之縹緲如蟬翼，故曰蟬鬢。」）

6. 【注疏】上句承「蟬」，下句承「客思」，串吟蟬鳴。蟬首玄色，故曰玄鬢。白頭者，賓王自傷其老也。

7. 【注疏】陰寒之氣重，喻武氏。

8. 【注疏】見。

9. 【注疏】承風之人，多喻倖臣。

10. 【注疏】聞。以比興轉之。君子道長，小人道消也。詠蟬正所以詠己也。

11. 【補注】高潔：《職林》：「漢侍中，冠加金璫，附蟬，取其居高食潔。」《漢書．馬援傳》：「行能高潔。」

12. 【注疏】以推開法結之。上句合首句，下句合次句。蟬吸風飲露，其性高潔。俗語云「相識滿天下，知心能幾人」，此賓王一段忠憤之心，因草檄以及難，嘆無人相助以扶王室也。

## 杜審言

字必簡，襄陽人，杜預之後。舉進士，爲隰城尉。武后時，累擢學士。按〈杜甫世系表略〉，審言，杜預十一代孫。官修文館學士，尚書膳部員外郎。《唐書．文藝傳》：「杜審言，字必簡，襄州襄陽人。侍才高，以傲世見疾。嘗語人曰：『吾文章當得屈宋作衙官，王羲之北面。』與李嶠、崔融、蘇味道爲文章四友。生子閑，閑生甫。」《唐詩紀事》：「審言初貶吉州司户，與同僚忤。司馬周季重、司户郭若訥誣以罪，繫獄。審言子并年十三，因季重酒酣，懷刃刺之。季重臨死曰：「吾不知審言有孝子。若訥誤我，焉避害？」審言因此免官。還東都，則天召，將用之。問曰：「卿喜否？」審言舞蹈謝恩，因作〈懽喜〉詩，授著作佐郎。神龍初，坐通張易之，流峯州。入爲修文館學士，卒。將死，謂宋之問：「武平一曰：『吾在，久壓公等。』今且死，固大慰，但恨不見替人云。」審言卒，李嶠以下請加命，武平一爲表，乃贈著作郎。

# 和晉陵[1]陸丞[2]相早春遊望[3]

獨有宦遊人，偏驚物候新。[4]雲霞出（眉批）遠。海[5]曙[6]，梅柳渡（眉批）近。江[7]春[8]。淑氣[9]催黃鳥[10]，晴光[11]轉綠蘋[12]。[13]忽聞歌古調，歸思欲霑巾。[14]

1. 【補注】晉陵：《一統志》：「今江南常州府……唐天寶間為晉陵郡。」
2. 【補注】丞：《通典》：「隋開皇中，改郡贊治為丞。」
3. 【注疏】今常州府。
4. 【注疏】宦遊人，審言自謂也。茲因陸丞相歸晉陵，乃有早春遊望原唱。陸公克遂歸鄉之願，以賞物候之。新獨有杜君，尚在宦遊，所以覩物，候而驚新也。「驚」字貫通章意。

5.【注疏】雲感日光以成霞。

6.【注疏】因曙而見雲霞出海也。

7.【注疏】江南地高得春早，江北地低得春遲，故梅柳先從江南開起，然後開及江北。江南、江北中界一大江，故曰渡。

8.【注疏】出「春」字。下二句緊跟「春」字。

9.【注疏】春氣至和，故曰「淑」。

10.【注疏】黃鸝，趨時鳥也，得春風而鳴。若為淑氣所催也，黃鳥且知時而我不知時也。

11.【注疏】春光也。

12.【注疏】蘋，大苹也，葉似槐而連生淺水中。蘋乃無知之物，且知轉綠，而我不得轉於家也。

13.【注疏】陸丞相原唱。杜君正在傷春之日，忽聞陸丞相早春遊望之歌，觸其悲傷感物之情為何如耶，正足「驚」字意。

14.【注疏】結出本意。

【注疏】雲按此詩以「驚」字作主，通首不離「驚」字意。細玩獨有「偏」字、「忽聞」等字，俱得其神。「物候」二字作柱意。雲霞、梅柳是物，曙春是候，淑氣、晴光是候，黃鳥、綠蘋是物，將「物」、「候」二字完足，然後結出陸君原唱自己傷春本意。

## 沈佺期

字雲卿，內黃人。第進士。長安中，預修《三教珠英》，轉考功員外郎。坐張易之黨，流嶺表。神龍中，授起居郎，後歷太子詹事。按，佺期與宋之問作詩，音韻相和，約句準篇，號「沈宋體」，鳴於時。《唐詩紀事》：「佺期，字雲卿，相州人，除給事中，考功郎，受贓，劾，未究。會張易之敗，遂長流驩州。稍遷台州錄事參軍。入，許召見，拜起居郎，兼修文直學士。侍宴，爲弄辭悅帝，賜牙緋，尋爲太子詹事。開元初卒。」

### 雜詩 1

聞道黃龍戍 2，頻年不解兵。3 可憐閨裡月，（眉批）能在漢營，惟閨月耳。長在漢家營。4 少婦 5 今春意，6（眉批）承閨月。良人 7 昨夜情。8（眉批）承漢營。誰能將旗鼓？一為取龍城。9

1. 【補注】雜詩：江淹〈雜體詩序〉：「關西鄴下，既已罕同，河外江南，頗為異法。……今作三十首，斅其文體。」按，漢孔融有〈雜詩〉一首。又按，皮日休〈雜體詩序〉：「由古至律，由律至雜，詩之道盡乎此也。」
2. 【補注】黃龍戍：《宋書》：「馮跋治黃龍城，故謂之黃龍戍。」
3. 【注疏】二句一氣，含結意。《宋書》：「馮跋治黃龍城，故謂之黃龍戍。」頻年，連年也。
4. 【注疏】二句亦一氣，上句承「不解兵」，下句含「誰能」意。閨裡月，團圞之月；營中月，離別之月也。以團圞之月常作離別之月，而在漢家營者，可不憐乎？
5. 【注疏】即閨中相與玩月之人。

6.【注疏】年少青春，那堪久別。

7.【注疏】即營中獨自嘆月之人。

8.【注疏】離長會短，難忘繾綣之人。「昨」字不可泥，猶言昔也。二句含容渾厚，有一段幽淒之苦。

9.【補注】龍城：《漢書・匈奴傳》：「五月大會龍城，祭其先天地鬼神。」《齊地記》：「平昌城有井，與荊水通。有神龍初入焉，故名龍城。」

【注疏】亦一氣。將，將兵也。旗，所以標步伍也。鼓，進兵也。《漢書・匈奴傳》：「五月大會龍城。」言當此之時，誰能為將，樹立旗幟，將不平之寇一鼓而下，為朝廷克取龍城，則黃龍之戍庶可解，而離別之月仍為團圞之月矣！

## 宋之問

字延清，汾州人。偉儀貌，雄於辯。甫冠，武后昭與楊炯分直內教，預修《三教珠英》。坐附張易之，左遷瀧州，未幾，逃匿張仲之家，旋發仲之與王同皎謀殺武三思事，得復官。中宗增置修文館學士，之問首膺其選。睿宗立，以易之三思黨徙欽州，賜死。《唐詩紀事》：「之問與沈佺期、劉元濟媚附易之。及敗，貶瀧州參軍事，逃歸，復附三思。景龍中，詔事太平公主。安樂公主權盛，復往諧結，太平深嫉之。中宗將用爲中書舍人，太平發其贓，下遷越州長史，賦詩流傳京師。睿宗立，以獪險盈惡，詔流欽州，賜死。」

# 題大庾嶺北驛1

陽月2南飛雁，傳聞至此迴。3我行殊未已，何日復歸來？4〔眉批〕四句一氣旋折，神味無窮。江靜潮初落，5林昏瘴不開。6明朝望鄉處，7〔眉批〕題驛。應見隴頭梅。8

1.【補注】大庾嶺：《舊唐書》：「東嶠縣即大庾嶺，屬韶州，一名梅嶺。」《白帖》（按即《白氏六帖》），即《經史類要》，亦名《事類集要》）：「大庾嶺上梅，南枝落，北枝開。」《聞見近錄》：「大庾嶺險絕通渠，流泉涓涓不絕。紅白梅夾道，仰視青天，如一線然。」

【注疏】《舊唐書》：「東嶠縣即大庾嶺，屬韶州，一名梅嶺。」

2.【補注】陽月：《爾雅》：「十月為陽。」

3.【補注】雁迴：《方輿勝覽》：「回雁峯在衡陽之南。雁至此不過，遇春而回。」

【注疏】興起法。十一月，一陽生，是謂陽月。鴻雁九月而南，正月而北，故曰隨陽鳥。至此，至大庾嶺也。迴，雁回也。

4.【注疏】串承「迴」字。已，止也。言飛雁至此而迴，而我尚在征途，殊無已時，不知何日復歸返，不能如雁之南北自如也。

5.【注疏】水。比也。言如潮水初落，不能回也。

6.【注疏】陸。比也。言寇亂未息，無由得歸也。

7.【注疏】即大庾嶺，言其高也。

8.【注疏】結出題面。曰明朝，今日尚未至大庾嶺也。《東坡詩》注：「庾嶺梅花南枝已落，北枝方開。」《荊州記》：「陸凱與范曄相善，自江南寄梅花一枝詣長安與曄，並贈詩曰：『折梅逢驛使，寄與隴頭人。江南無所有，聊贈一枝春。』」

王灣

洛陽人。登先天進士第。開元初，爲滎陽主簿。馬懷愼欲校正群集，分部撰次，灣在選中。後爲洛陽尉。

## 次北固山[1]下

客路青山（眉批）陸。下，行舟綠水（眉批）水。前。[2]潮平[3]兩岸（眉批）陸。闊，[4]風正[5]一帆（眉批）水。懸。[6]
海日生殘夜，[7]江春入舊年。[8]鄉書[9]何處達？歸雁洛陽邊。[10]

1. 【補注】北固山：《一統志》：「北固山在鎮江府治北，下臨大江。」
2. 【注疏】《一統志》：「在鎮江府治北，下臨大江。」
3. 【注疏】對偶起。青山，北固山。綠水，大江也。青山綠水，伏下「春」字。
4. 【注疏】潮滿大江，故見其平。
5. 【注疏】水漲及岸，益見其濶。
6. 【注疏】春風和暢，故見其正。
7. 【注疏】言孤舟也。
8. 【注疏】日過一日。
9. 【注疏】年復一年。海日生於殘夜，江春入於舊年，在外日久，傷歲月之蹉跎也。
10. 【補注】雁書：《蘇武傳》：「匈奴與漢和親，漢求武等，匈奴詭言武死。後漢使至，與匈奴言：『天子射上林，得雁足繫帛書，言武等在某澤中。』單于視左右而驚，謝漢使曰：『武等實在。』以始元六年至京師，拜為典屬國。」

10.【注疏】鄉書無由寄達，無聊之極，想及雁可傳書，因其歸近洛陽，故妄想耳。

## 常建

# 題破山寺[1]後禪院

清晨入古寺，[2]（眉批）山寺。初日照高林。[3]曲徑通幽處，[4]（眉批）後禪院。禪房花木深。[5]山光[6]（眉批）仰看。
悅鳥性，潭影[7]（眉批）俯看。空人心。[8]萬籟[9]此俱寂，惟聞鐘磬音。[10]（眉批）上二句見、二句聞。

1.【補注】破山寺：《一統志》：「興福寺在虞山，齊彬州刺史捨宅為寺。唐常建題『曲徑通幽處』即此。」
《唐詩解》：「今常熟縣虞山興福寺。」
【注疏】《唐詩解》：「今常熟縣虞山興福寺。」

2.【注疏】設意要去。

3.【注疏】起程之時。八字不可呆看。未入時，先設欲入之想。方才出門，正遇初日，其光照於高林之上。

4.【注疏】正行路上，將到破山寺。

5.【注疏】已到禪院。

6.【注疏】寺後之山。

7.【注疏】寺前之水。

8.【注疏】正寫寺院風景，以為青嵐、翠靄、眾鳥亦達天機，以悅其性。潭影澄澈，中無一物，何等洞達！而臨潭顧影，不覺中心澄靜，與水俱空。二句深得禪理，不落色相。

9.【補注】萬籟：《莊子》：地籟、人籟、天籟，吹萬不同。

10.【注疏】以初日起，以日暮收。「此」字，作日暮解。言到日暮之時，山空境靜，眾聲不作，萬籟俱寂，惟聞禪院鐘磬之音悠然入耳，將塵心俗慮更滌殆盡矣。

## 岑參

# 寄左省杜拾遺[1]

聯步趨丹陛，分曹[2]限紫微。[3]曉[4]隨天仗入，[5]暮惹御香歸。[6]白髮[7]（眉批）自悲。悲花落[8]，

青雲羨（眉批）羨杜。鳥飛。[9]聖朝無闕事，（眉批）寓規諷意。自覺諫書稀。[10]

1.【補注】左省：《舊唐書．職官志》：「門下省，龍朔中改為東臺，故稱左省。」又，「垂拱初，置左右拾遺二員，掌供奉諷諫，扈從乘輿。」杜拾遺：《新唐書》：「杜甫奔行在，拜左拾遺。」

【注疏】參時為右補闕。《舊唐書．職官志》：「門下省，龍朔中改為東臺，故稱左省。」《新唐書》：「杜甫奔行在，拜左拾遺。」

2.【補注】分曹：甫為左拾遺，參為右補闕，相隔中書省，故云限。見沈歸愚《重訂唐詩別裁》旁批。

3.【補注】紫微：《初學記》：「唐改中書省曰紫微省。」《花木考》：「紫微花，俗名怕癢花。樹身光滑，高丈餘，花瓣紫皺，蠟附茸萼。四、五月始花，至六、七月。唐省中亦多植此，取其耐久，爛熳可愛。」

【注疏】丹陛，天子之階。聯步，兩人同行也。分曹，東西兩曹。參為補闕屬中書，居右署。子美為拾遺署門下，居左署，故分曹。唐中書省中植紫薇花，故云紫薇省。限，即界也。

4.【注疏】天子視朝。

5.【注疏】千官朝罷。

6.【注疏】朝衛之儀，仗從外而入也，故曰隨御。爐之香從殿而薰也，故曰惹而歸。前半極言師弟同朝之樂。

7.【注疏】岑參。

8.【注疏】杜拾遺。

9.【注疏】悲余白髮之年，慘同落花；羨君青雲之路，捷若飛鳥。

10.【注疏】頌揚得體。更進一層。以為羨君青年，不但得志，抑且躬逢明主，無事關心，則宦途坦然可知矣。

## 李白

### 贈孟浩然[1]

吾愛孟夫子，風流天下聞。[2]紅顏（眉批）少。棄軒冕，[3]白（眉批）老。首臥松雲。[4]醉（眉批）酒。月頻中聖，[5]迷花（眉批）花。不事君。[6]高山安可仰？[7]徒此揖清芬。[8]

1.【注疏】《唐書》：「孟浩然，襄州襄陽人。少好節義，喜拯人患難。隱鹿門山，年四十乃遊京師，嘗於太學賦詩，一座嘆服無敢抗。張九齡、王維雅稱道之。維私邀入內署，俄而玄宗至，浩然匿床下，維以實對。帝喜曰：『朕聞其人而未見也，何懼而匿？』詔浩然出。初，帝問其詩，浩然再拜，自誦所為，至『不才明主棄』之句，帝曰：『卿不求仕而朕未嘗棄，卿奈何誣我？』因放還。採訪使韓朝宗約浩然偕至京師，欲薦諸朝。會故人至，劇飲歡甚，或曰：『公與韓公有期。』浩然曰：『業已飲，遑恤他！』卒不赴。朝宗怒辭行，浩然不悔也。張九齡為荊州，辟置於府，府罷，開元末，病疽背，卒。」

2.【注疏】聞，聞其名。愛，愛其名聞天下也。

3.【補注】軒冕：《莊子》：「今之所謂得志者，軒冕之謂也。軒冕在身，物之儻來，寄者也。」

【注疏】紅顏，少年也。即隱於鹿門山。軒，車也。冕，朝冠也。棄，不慕榮名也。

4.【補注】松雲：《南史》：「眷戀松雲，輕迷人路。」

【注疏】白首，晚年也。《南史》：「眷戀松雲，輕迷人路。」含末二句「清芬」字。

5.【補注】中聖：《三國志》：「徐邈為尚書郎，時科酒禁，而邈私飲，至於沉醉。校事趙達問以曹事，邈曰：『中聖人。』達白之太祖，太祖盛怒。鮮于輔進曰：『平明醉客，謂酒清者為聖人，濁者為賢人。邈性修慎，偶醉言耳。』」

【注疏】即所謂已飲，遑恤他也。《三國志》：「徐邈為尚書郎，時科酒禁，而邈私飲，至於沉醉。校事趙達問以曹事，邈曰：『中聖人。』達白之太祖，太祖甚怒。鮮于輔進曰：『平日醉客謂酒清者為聖人、濁者為賢人。邈性修慎，偶醉言耳。』」

6.【注疏】暗用桃源事，不事王侯，高尚其事。

7.【注疏】〈小雅〉：「高山仰止。」

8.【注疏】揖，拱也。令人不可企及也。

【補注】清芬：陸機〈文賦〉：「誦先人之清芬。」

# 渡荊門送別[1]

渡遠[2]荊門外，來從楚國遊。[3]山[4]隨平野盡，[5]〔眉批〕山盡。江[6]入大荒流；[7]〔眉批〕江寬。月下[8]〔眉批〕夜月。飛天鏡，[9]雲生[10]〔眉批〕曉雲。結海樓。[11]仍憐故鄉水，[12]萬里送行舟。[13]〔眉批〕送別。

1. 【補注】荊門：《通典》：「荊門山，後漢岑彭破田戎於此。公孫述又遣將任滿拒吳漢，作浮橋處。在今峽州宜都縣西北五十里。」《水經注》云：「江水東楚荊門虎牙之間。荊門山在南，上合下開，若門。虎牙山在北，石壁危江間，有白文類牙，故名。荊門、虎牙二山，即楚之西塞。」
【注疏】《通典》：「荊門山，後漢岑彭破田戎於此。公孫述又遣將任滿拒吳漢，作浮橋處。在今峽州宜都縣西北五十里。」《水經注》：「江水東楚荊門虎牙之間。荊門山在南，上合下開，若門。虎牙山在北，石壁危江間，有白文類牙，故名。荊門、虎牙二山，即楚之西塞。」
2. 【注疏】含萬里。
3. 【注疏】先以渡荊門敘起。
4. 【注疏】詠山。
5. 【補注】山盡：按，肆園居士注：「楊齊賢曰：『荊門軍有山名荊門，蜀之諸山，至此不復見矣。』」
【注疏】楊齊賢曰：「荊門軍有山名荊門，蜀之諸山，至此不復見矣。」
6. 【注疏】詠水。
7. 【注疏】承楚國之山水，言一片長江從大地而流去也。
8. 【注疏】夜。
9. 【補注】天鏡：薛道衡《老氏碑頌》：「響發地鐘，光垂天鏡。」
10. 【注疏】喻月下。

10.【注疏】曉。

11.【補注】海樓：《史記》：「海旁蜃氣象樓臺。」《國史補》：「海上居人，時見飛樓如締構之狀，甚壯麗。」

【注疏】曉雲重出，一若蜃樓。《史記》：「海旁蜃氣象樓臺。」《國史補》：「海上居人，時見飛樓如締構之狀，甚壯麗。」言江水之濶，一晝夜尚未竟渡也。

12.【注疏】水不堪憐，故鄉之水仍堪憐耳。

13.【注疏】應「遠」字。萬里之外，仍復送人行舟。離別中之離別，其傷更為何如耶。

# 送友人

青山（眉批）山。橫北郭，白水（眉批）水。遶東城。1 此地一為別，孤蓬2萬里征。3 浮雲4（眉批）飄飄無定，依依不捨。遊子意5，落日6故人情7。揮手自茲去，蕭蕭班馬鳴。8

1.【注疏】對。起。先敘送別之地。

2.【補注】孤蓬：鮑照〈蕪成賦〉：「孤蓬自振，驚砂坐飛。」

3.【注疏】以未別之時，先敘已別之後。承上「青山」、「白水」。蓬，水面無根之草，隨風飄盪，喻征人也。流水對「為」字，似回音，又是假對法。上句情，下句景，融會一處。

4.【注疏】無定也。

5.【注疏】指友人。鮑照〈蕪城賦〉：「孤蓬自振，驚砂坐飛。」浮雲一往而無定迹，以比遊子之意。

6.【注疏】難挽也。

7.【注疏】指友人。二句景中寓情。

8.【補注】蕭蕭班馬鳴：《詩》：「蕭蕭馬鳴。」《左傳》：「有班馬之聲。」杜預注：「班，別也。」按，主客之馬，將分道而蕭蕭長鳴，亦若有離群之憾。

【注疏】至此方才別去。揮，散手也。《左傳》：「有班馬之聲。」班，別也。《詩》：「蕭蕭馬鳴。」馬猶作離別之聲，況人乎！

## 聽蜀僧濬彈琴

蜀僧（眉批）僧。抱綠綺1（眉批）琴。，西下峨眉（眉批）蜀。峯。為我一揮手，如聽萬壑松。2（眉批）聽。客心洗流水，3餘響入霜鐘。4（眉批）清。不覺（眉批）聽畢。碧山暮，5秋雲暗幾重？6

1.【補注】綠綺：傅玄〈琴賦序〉：「蔡邕有綠綺琴，天下名器也。」

2.【注疏】四句一氣。綠綺，司馬相如之琴也。《唐書．地理志》：「嘉州羅目縣有峨嵋山。」嵇康〈琴賦〉：「伯牙揮手。」琴譜有〈風入松〉、〈石上流泉〉二調名。

3.【注疏】伯牙鼓琴，詳孟浩然詩（按為〈夏日南亭懷辛大〉詩）。

4.【補注】霜鐘：《山海經》：「豐山有鐘九耳，是知霜鳴。」郭璞注：「霜降則鐘鳴，故言知也。」

【注疏】《山海經》：「豐山有鐘九耳，是知霜鳴。」郭璞注：「霜降則鐘鳴，故言知也。」二句亦串。

5.【注疏】聽之久也。

6.【注疏】正足「暮」字，意有雙關。《列子》：瓠巴鼓琴，鳥舞魚躍。師文聞之，從師襄，學三年不成。無幾，見師襄曰：「文得之矣！」於是當春而叩商絃，以召南呂，涼風忽至，草木成實；及秋而叩角絃以激角鐘，溫風徐迴，草木發榮；當夏而叩羽絃以召黃鐘，霜雪交下，地瀑沍及；至冬而叩徵絃以激蕤賓，陽光熾烈，堅水立散。將畢，而景風翔慶，雲海浮，甘露降，醴泉涌。

## 夜泊牛渚懷古1

**牛渚西江夜，青天無片雲。登舟望秋月，空憶謝將軍2。余亦能高詠，斯人不可聞。3**

**明朝挂帆去，楓葉落紛紛。**4（眉批）以謫仙之筆作律，如豢神龍於池沼中，雖勺水無波，而屈伸盤拏，出沒變化，自不可遏，須從空靈一氣處求之。

1.【補注】牛渚：《一統志》：「牛渚山在太平府城北二十五里，下有磯，曰牛渚，去采石磯僅一里。」《太平寰宇記》：「牛渚山在太平州當塗縣北三十五里，突出江中，謂為牛渚磯。古津渡處也。」《輿地志》：「牛渚山，昔有人潛行，云此處通洞庭，旁達無底。見有金牛狀異，乃驚怪而出。」牛渚山北謂之采石。按，今對采石渡口，上有謝將軍祠。

【注疏】即謝尚聞袁宏詠史處。《一統志》：「牛渚山在太平府城北二十五里，下有磯，曰牛渚。去采石磯僅一里。」〈袁宏傳〉：「謝尚，字仁祖，號鎮西將軍，鎮牛渚。秋夜乘月，與左右微服泛江，會宏在舫中諷詠，聲既清高，辭又藻拔，久之，遣問焉，答曰是宏。既迎升舟，與之談論，申旦不寐，自此名譽日茂。」

2.【補注】謝將軍：《晉書》：「謝向，字仁祖，官鎮西將軍。」〈袁宏傳〉：「宏曾為詠史詩：『謝尚鎮牛渚，秋夜乘月泛江。』會宏在舫中諷詠，遣問焉。答云：『是袁臨汝兒郎誦詩。』尚即迎升舟，談論申旦。自此名譽日茂。」

3.【注疏】斯人指謝尚。牛渚山之西有江焉，李白泊此，望月懷古，暢飲吟詩，欲冀江上知音，效袁宏得遇謝尚故事，而終不可得，故作詩以詠嘆之。此六句一氣呵下，自有起承轉在內。若天分不高者，不能辨此也。

4.【注疏】《釋名》：「隨風張幔曰帆。」帆以布為之，席以蒲為之。月夜不遇知者，則來朝可以速去。挂帆之時，正遇秋風蕭颯，兩岸紛紛，楓葉吹落西江，何其觸動愁思以傷遲暮耶！

## 杜甫

### 月夜[1]

今夜鄜洲[2]月，閨中只獨看。[3]遙憐小兒女，未解憶長安。[4]〔眉批〕獨看月者，憶長安也。小兒女豈解此哉！香霧雲鬟濕，清輝玉臂寒。[5]何時倚虛幌[6]？雙照淚痕乾。[7]〔眉批〕故月應獨看。

1.【注疏】鶴注：「天寶十五載八月，公在鄜州，赴行在，為賊所得。時身在長安，家在鄜州，對月懷室人，故作此詩。」

2.【補注】鄜洲：《唐書．地理志》：「鄜洲，洛交郡，本上郡，天寶元年更名。」〈杜甫傳〉：「安祿山亂，甫走避三川。肅宗立，自鄜洲羸服欲奔行在，為賊所得，至德二年王走鳳翔，上謁，拜左拾遺。」按，杜詩舊注：「天寶十五載，公自鄜洲赴行在為賊所得，時身在長安，家在鄜洲。」

3.【注疏】寫室人看月，一層。對面起法。鄜音夫。《唐書》：「鄜州，洛交郡，屬關內道。」獨，只妻子一人。

4.【注疏】寫兒女看月，二層。對面起法。夫鄜州之月，原可共賞之景，何獨我閨中只一人看耶？看月者未嘗無人，彼兒女無知，只管看月未識。我遠在長安，受幾許淒其，是憐其年少未解。相憶之情耳。

5. 【注疏】總上二層。意「濕」字、「寒」字，深夜之意。言雲鬟如香霧耳。濕，為露浸濕也。清輝，月光也。

6. 【補注】虛幌：江淹詩：「煉藥照虛幌。」《玉篇》：「幌，帷幔也。」

7. 【注疏】冀望日後看月，又是對面收法。通首做來不著題面，所以脫空靈動，無挂角之跡。江淹詩：「煉藥照虛幌。」幌，帷也，應「閨中」二字。雙照，照二人。以為何時得蒙朝廷之威，掃清海宇，使我克還鄜州，與妻同聚閨中，倚於虛幌之外，中天月色得照兩人，則兩人之淚亦可乾矣。

【注疏】此詩妙在筆法不同。首聯不說自己見月憶妻，單說妻子見月憶己。二聯不說自己看月，偏說兒女隨母看月，寫兒女不解憶之憶，其憶更深。三聯從憶妻子之憶，憶其憶中之憶。末聯滿望憶中，克遂兩人之憶，總重一「憶」字。

## 春望1

國破山河在，城春草木深。2感時3花（眉批）見。濺淚4，恨別5鳥（眉批）聞。驚心6。（眉批）四句十八層。烽火連三月，7（眉批）承「感時」。家書抵萬金。8（眉批）承「恨別」。白頭搔更短，渾欲不勝簪。9

1. 【注疏】仇兆鰲輯鶴注：「此當是至德二載三月陷賊營時所作。三月者指季春三月。趙氏謂祿山反於天寶十四年之十一月，至次年正月為三月。失于不考耳。顧宸云：『十五年正月，明皇在長安，六月始幸蜀，安得謂之破？是時，公移家在奉先，五月方入鄜州，道路未嘗隔絕，安得云家書抵萬金？』當從鶴說為止。」

2. 【注疏】祿山陷京師，故曰國破。《齊國策》：「王蠋曰：『國破君亡，吾不能存。』」庾信詩：「山河不復論。」國破則城空，城空則春日草木茂盛矣，故曰深此憂亂，傷春而作也。

3. 【注疏】承「春」字。

4. 【補注】濺淚：《拾遺記》：「漢獻帝為李傕所敗，后以淚濺帝衣。」

【注疏】濺音箭。激也。言感時之深，花亦濺淚。

5. 【注疏】承「國破」。

6. 【注疏】聞人蒨詩：「林有驚心鳥，園多奪目花。」言國破之後鳥亦驚心。

7. 【注疏】《索隱》曰：「《纂要》云：『烽見敵則舉，燧有難則焚。烽主晝，燧主夜。』」連三月，言其亂之久也。

8. 【注疏】魏文帝《書》（按《又與鍾繇書》）：「價越萬金。」抵，當也。言道路阻隔，家書不能達也。

9. 【補注】勝簪：鮑照曰：「白髮凌落不勝冠。」

【注疏】搔，手也。鮑照詩：「白髮凌落不勝冠。」言憂亂傷春之極也。

【注疏】司馬溫公曰：「古人為詩，貴於意在言外，使人思而得之，故言之者無罪，聞之者足以為戒。近世唯杜子最得詩人之體，如〈春望〉詩『國破山河在』，明無餘物矣；『城春草木深』，明無人跡。花、草、鳥，平時可娛之物，見之而泣，聞之而悲，則時可知矣。他皆類此。」

## 春宿左省[1]

花隱掖垣暮，（眉批）日暮起。啾啾棲鳥過。[2]星[3]臨萬戶動，[4]（眉批）星出。月[5]傍九霄多。[6]（眉批）月上。不寢聽金鑰[7]，（眉批）中夜。因風想玉珂。[8]（眉批）將曉。明朝有封事[9]，數問夜如何？[10]

1. 【注疏】鶴注：「公為左拾遺，屬門下省，在東。故曰左省，曰左掖。」

2.【注疏】先詠「暮」字。《長安志》：「宣武殿東有東士閣門，西有西士閣門，故以掖稱。」掖，挾扶也，謂在旁扶之。卑墻曰垣掖。垣生暮色則花隱矣。日暮，欲棲之鳥作啾啾之聲。啾啾，小鳥鳴也。

3.【注疏】先見星。

4.【注疏】萬戶，建章宮也。動，星光搖動也。

5.【注疏】後見月。

6.【注疏】二句，見。九霄，九天也。帝居之高，譬如九霄。多，得月光之多也。先半夜見星，後半夜見月。起下文「不寢」二字。

7.【補注】金鑰：《黃庭經》：「玉匙金鑰常完堅。」

【注疏】二句，聞即轉下，有封事意。金鑰，午門之鎖鑰。玉珂，勒飾曰珂，即馬鈴也。未開金鑰而先不寢，以聽之未鳴玉珂，而先因風以想之。因上封事，乃一夜不寢，其誠敬有如此者。

8.【補注】玉珂：張華詩：「文軒樹羽蓋，乘馬鳴玉珂。」《通俗文》：「馬勒飾曰珂。」唐車服制，五品以上有珂繖九車之制，三品以上珂九子，四品七子，五品五子，六品以下去通幰及珂。按，珂，朝馬飾也，馬行則響，謂之鳴珂。

9.【補注】封事：〈光武紀〉：「詔百僚俱上封事。漢儀，密奏皂囊封版，故曰封事。」《唐書》：「補闕、拾遺，掌供奉諷諫。大事廷諍，小則上封事。」

10.【注疏】合上「不寢」句。《詩》：「夜如何其？夜未央，庭燎之光。君子至止，鸞聲鏘鏘。」此詩下半截全用此意。封事，奏疏也。漢儀，密奏皂囊封版，故曰封事。數，頻也。《晉．傅玄傳》：「每有奏疏，竦踴不寐，坐而待旦。於是貴遊攝伏，臺閣生風。」

**至德二載，甫自京金光門出，間道歸鳳翔。乾元初，從左拾遺移華**

## 州掾，與親故別，因出此門，有悲往事1

此道2昔歸順3，西郊胡正繁。4至今猶破膽5，（眉批）今尚如此，當日可知。應有未招魂。6近侍（眉批）拾遺。歸京邑，移官7（眉批）華州掾。豈至尊。8無才9（眉批）申上句移官之故。日衰老10，駐馬11望千門12。

1.【補注】金光門：《長安志》：「唐京師外郭城西面三門，北曰明遠，中曰金光，南曰延平。」華州：《唐書》：「華州在京師東一百八十里。」
【注疏】胡夏客曰：「至德二載，公拜左拾遺，即疏救房琯。時琯罷相，猶在朝，故公仍為拾遺。至乾元元年五月，琯貶。六月，公即出為華州司功參軍。師氏曰：『是時，賀蘭進明譖琯於帝，并及甫故被逐。』」《長安志》：「唐京師外郭城，西面三門。北曰明遠門，中曰金光門，西曰出趨昆明池，南曰延平。」《唐書》：「華州華陰縣，屬關內道，在京師東一百八十里。」

2.【注疏】金光門之路。

3.【注疏】撫今思昔也。言昔日祿山得寵，吐蕃入貢，皆曲此道而歸順也。

4.【注疏】在今日也。西郊，西邊也。胡，指祿山、吐蕃。言陷京師掠長安，正繁亂而未平也。

5.【補注】破膽：《北魏書》：「李穆曰：『高歡破膽矣。』」

6.【補注】招魂：《楚辭．招魂篇》：「魂兮歸來！入修門些。」
【注疏】串此。《魏書》：「李穆曰：『高歡破膽矣。』」《楚辭．招魂篇》：「魂兮歸來！入修門些。」言今日從此經過，猶有驚恐之心。想當時神魂驚散之餘，應有未招而歸之者也。

7.【補注】移官：按，舊注：「公上疏救房琯，詔三司推問，以張鎬力救，敕放就列。至次年，復與房琯、嚴武俱貶，坐琯黨也。」

8.【注疏】此二句轉到杜公身上。沈約《安陸昭王碑》：「還居近侍。」蔡邕為《袁逢碑》：「乃尹京邑。」京邑，京兆也。《王制》：「不貳事，不移官。」言當日近侍於君王正歸京邑之時，而今日移官遠貶，豈至尊之意哉，是賀蘭進明譖之耳。

9.【注疏】一層。

10.【注疏】一層。

11.【注疏】師氏曰：「駐馬回望，戀君不忍去也。」

12.【注疏】即建章宮也。

【注疏】顧宸曰：「公疏救房琯，詔三司推問，以張鎬力救，敕放就列。至次年，與房琯、嚴武俱貶，坐琯黨也。此公事君、交友、平生出處之大節。曰：『移官豈至尊。』不敢歸怨於君也。當時讒毀不言自見，又以無才自解，更見深厚。王維詩云：『執政方持法，明君無此心。』與此詩同意，而老杜尤為渾成。此詩有介子從龍之感，而詞意歸於厚，所謂詩可以怨也。仇兆鰲云：『此再出國門而有感也。』」

## 月夜憶舍弟[1]

戍鼓[2]斷人行，邊秋一雁聲。[3]露從今夜白[4]，月是故鄉明。[5]有弟皆分散[6]，無家問死生。[7]寄書長不達，[8]況乃未休兵。[9]

（眉批）錄少陵律詩，止就其綱常倫紀間至性至情流露之語，可以感發而興起者，使學者得其性情之正，庶幾養正之義云。

1.【注疏】鶴注：「詩云：『戍鼓斷人行，邊秋一雁聲。』當是乾元二年秦州作。是年九月，史思明陷東京，及齊、魯、鄭、滑四州戍鼓之未休。二弟一在許、一在齊，皆在河南。故月夜憶之。」

2.【補注】戍鼓：劉孝綽〈繁昌浦〉詩：「隔山聞戍鼓，傍浦喧棹謳。」

3.【注疏】庾信詩：「戍樓鳴夕鼓。」《漢書》：「赤眉燒長校宮室，城中無行人。」斷，絕也。張正見詩：

「對月想邊秋。」又：「終無一雁帶書飛。」蓋言兵戈阻隔，音難問通。以起「憶」字之由，即含結意。

4.【補注】露白：按，仇注：「時逢白露節。」

5.【注疏】承「秋」字，正寫月夜。月令中秋之月，白露降。故鄉，家鄉也。蓋言秋露已從今夜白矣，而秋月之明，豈非故鄉月乎！猶是月也，胡照人離別耶。

6.【補注】分散：按，鶴注：「二弟一在許、一在齊。」

7.【注疏】串。轉到舍弟。言有二弟，一在許、一在齊，故曰「皆分散」。蓋言散離三處，無由得知其信息，又何以問其生死哉！觀下句接筆，言「長不達」，妙！

8.【注疏】兼路遙、歲久二意。

9.【注疏】深一層。結言干戈未息，應上「斷人行」三字。

【注疏】此詩信手寫來，層次井然，首尾相應，句句不離「憶」字。王彥輔曰：「子美善用故事及常語，多顛倒用之。語峻而體健，如『露從今夜白，月是故鄉明』之類是也。」

## 天末懷李白[1]

涼風起天末，[2]君子意如何？[3]鴻雁幾時到？（眉批）雁飛不到。江湖秋水多。[4]（眉批）魚書難達。文章憎命達，[5]魑魅[6]喜人過。[7]應共冤魂[8]語，投詩贈汨羅。[9]

1.【補注】天末：陸機詩：「游子渺天末。」李白：按，舊注，時李白流竄夜郎。

【注疏】按，趙子櫟曰：「白於至德二載坐永王璘事而謫夜郎，公在秦州懷之，而作是也。」邵寶謂：「白已死在夔州，作，蓋誤認冤魂為白魂耳。」

2.【注疏】涼風伏「秋」字，「天末」寫結意。

3.【注疏】君子指李白。言李白遭貶遠竄，當涼風正起之時，淒其之意為如何耶。

4.【注疏】承上。串。鴻雁比李白。到，到夜郎也。言一路而去，正值秋風多浪也。

5.【注疏】此言命運蹭蹬，即造物所忌意。當其立進〈清平調〉三章，蒙明皇賞幸，是文章與命達矣。後因高力士相讒、太真深恨，從中捍止，是憎命達也。及永王璘重其才名，辟為府僚佐，是亦命達矣。後永王璘兵敗。長液，夜郎夷國名，姓竹氏，故址在播州北。即憎命達也。

6.【補注】魑魅：《左傳．文公十八年》：「投諸四裔，以禦魑魅。」注，魑魅，山林異氣所生為人害者。又注，魑，山神，獸形。魅，怪物。《史記．五帝紀》注：「魑魅人面獸身，四足，好惑人。」按，舊注：喜人之來而得食也。

7.【注疏】此言遭逢險阻也。《左傳》：「魑魅魍魎莫能逢之。」《錢箋》：「白流夜郎，乃魑魅之地。蓋言魑魅喜人而食也。」

8.【補注】冤魂：後漢審配《書》（按《與袁譚書》）：「冤魂痛於幽冥。」

9.【補注】汨羅：《一統志》：「汨羅，江名，在長沙湘陰縣北十里，源出豫章，流經湘陰分二水，一南流曰汨水，一經古羅城曰羅水，至屈潭復合，故曰汨羅。西流入湘。」按，〈屈原傳〉：「原字平，與楚同姓，仕為三閭大夫。上官靳尚妒其能，毀之，王流之江南，原乃作《離騷經》。終不見省，遂赴汨羅而死。」《漢書．賈誼傳》：「誼既以謫去，意不自得，及渡湘水，為文以弔屈原。屈原，楚賢臣也，被讒放逐，作〈離騷賦〉。其終篇曰：『已矣，國亡人莫我知也。』遂自投江而死。誼追傷之，因以自諭。」

【注疏】合上「天末」句，蓋言吾有贈詩，除非投於汨羅之淵耳。《水經注》：「湘水又北，汨水注之。汨水東初豫章，艾線恒山。西經羅縣北，謂之羅水。汨水又西為屈潭，即汨淵也。屈原懷沙，自沉於此。」《一統志》：「汨羅在長沙湘陰縣北。」

【注疏】仇兆鰲云：「風起天末，感秋托興。鴻雁，想其音信。江湖，慮其風波。四句對景懷人。下則放逐而重為悲惻之詞。蓋文章不遇，魑魅見侵，夜郎之竄，幾與汨羅同冤。說到流離生死，千里關情，真堪聲淚交下。此懷人之最慘怛者。」又云：「文人多遭困躓，似憎命達。山鬼擇人而食，故喜人過。」冤魂，指屈原；投詩，謂李白。

## 奉濟驛重送嚴公四韻[1]

遠送[2]從此別[3]，青山空復情。[4]幾時盃重把？（眉批）後會無期。昨夜月同行。[5]（眉批）舊歡如昨。列郡[6]謳歌[7]（眉批）民情。惜[8]，三朝（眉批）主眷。出入[9]榮[10]。江村獨歸處，[11]寂寞[12]養殘生[13]。

1. 【補注】奉濟驛：按杜詩本注：「奉濟驛去緜州二十里。」重送：按杜詩本注：「先有〈奉送入朝〉及〈送嚴到緜州〉二詩。」
2. 【注疏】郭知達本注（按為郭知達《九家集注杜詩》）：「驛在綿州三十里。」嚴公，即嚴武也。
3. 【注疏】《詩》：「遠送於野。」
4. 【注疏】此奉濟驛。
5. 【注疏】言嚴公此去，惟留驛外青山空復在此，轉傷離情耳。
6. 【注疏】此二句倒裝法。平居久敘，故不可得。回思昨夜，同在明月之下，盃酒送別，殊深繾綣，不知幾時重逢此會也。
6. 【補注】列郡：按，本注謂西川諸郡。
7. 【注疏】言東、西兩川蜀人思慕也。
8. 【注疏】棄此而去尤為可惜，言德政之美也。

9.【注疏】指明宗、肅宗、代宗。出入，迭為將相也。

10.【注疏】言歷朝有功也。

11.【注疏】言不仕也。江村，隱居處。「獨」字，見嚴公獨能幽隱也。

12.【注疏】無紅塵之處。

13.【注疏】殘生，餘生也。養，佛經有〈養生篇〉。

## 別房太尉墓[1]

他鄉復行役，駐馬別孤墳。[2]近淚無乾土，[3]（眉批）低頭。低空有斷雲。[4]（眉批）抬頭。對碁[5]陪謝傅，[6]（眉批）生前友誼。把劍[7]覓徐君。[8]（眉批）死後交情。唯見林花落，鶯啼送客聞。[9]

1.【補注】房太尉：《舊唐書．房琯傳》：「琯以乾元元年貶邠州刺史，上元元年為漢州刺史，寶應二年拜刑部尚書。在路遇疾，廣應元年八月卒於閬州。」

2.【注疏】顏注：「廣德二年，公在閬州將赴成都作。」《舊唐書》：房琯，字次律，玄宗幸蜀，拜為相，因陳濤斜之敗，肅宗乾元元年六月，貶為邠州刺史。上元元年四月，改禮部尚書，尋出為晉州刺史。寶應二年四月，拜特進刑部尚書。在路遇疾，廣德元年八月卒於閬州僧舍。六十七。贈太尉。仇兆鰲注：「考琯長子乘，自少兩目盲，孽子孺復尚幼，故去世未久，塚間寂寞如此。」

3.【注疏】樂府〈他鄉各異縣〉詩：「嗟予子行役。」駐，住也。既行役於他鄉，又從他鄉而行役，故曰「復」。言由閬州以赴成都也。孤墳，太尉墓寂寞蕭疏，無人祭掃，故曰孤也。含結「惟見」二字意。

4.【注疏】近淚，哀悼之淚尚近目前。無乾土，一坏之土未乾也。

5.【注疏】二句意串。斷雲、荒草，言荒蕪也。低空，無人祭掃之墓，其墳必低陷而空虛，言墳土未乾，荒蕪若此也。

6.【補注】對碁：《晉書．謝安傳》：苻堅率眾百萬次淮肥，加安征討大都督。命駕出山墅，親朋畢集，與幼度圍碁賭別墅，遊涉，至夜乃還，指授將帥，各當其任。按，安卒贈太傅。

【注疏】生前。〈謝安傳〉：謝玄等破苻監，有檄書至安，方對客圍棋，了無喜色。安薨，贈太傅。李德裕〈遊房太尉西池〉注：⋯⋯「房公以好琴聞於海內。」此以謝傅圍棋為比。

7.【補注】把劍：《史記》：「季札之初使北，過徐。徐君好季札劍，口弗敢言。季札心知之，為使上國未獻。還至徐，徐君已死，于是乃解其寶劍繫之徐君冢樹而去。從者曰：『徐君已死，尚誰與乎？』季子曰：『不然，始吾心已許之，豈以死背吾心哉。』」

8.【注疏】死後。《說苑》：「吳季札聘晉過徐，心知徐君愛其寶劍，及還，徐君已歿，遂解劍繫其塚樹而去。」此以徐君比太尉也。

9.【注疏】迎人者，唯見林花飛落；送客者，唯聞鶯鳥頻啼，不見親人，何其隱惻耶！應上「孤墳」二字。

【注疏】仇兆鰲云：「上四句墳前哀墳，下四句臨別留連。行役將適成都，淚沾土濕，多哀痛也；斷雲孤飛，帶愁慘也。」

## 旅夜書懷[1]

細草微風岸，〔眉批〕陸。危檣獨夜舟。[2]〔眉批〕水。星垂平野闊，[3]〔眉批〕陸。月湧大江流。[4]〔眉批〕水。名[5]豈文章著？[6]〔眉批〕承三句。官[7]因老病休[8]。〔眉批〕承四句。飄飄何所似？天地一沙鷗。[9]

1.【注疏】鶴注：「當是永泰元年去成都，舟下渝、忠時作。」

2.【注疏】日夕對起法。危檣，帆柱也；獨夜舟，孤舟也。

3.【注疏】已夜，寫岸上夜景。

4.【注疏】夜深，寫江上夜景。

5.【注疏】聲名。

6.【注疏】《顏氏家訓》：「上士忘名，中士立名，下士竊名。」

7.【注疏】時為華州司功。

8.【注疏】致仕曰休。言大丈夫立功名不徒在文章顯著，而休官皆因老病之時。

9.【注疏】飄飄，不定貌。沙鷗，水鳥。言己之飄白猶如天地間一沙鷗耳，含無限悲傷意。「一」字應上「獨」字。

## 登岳陽樓[1]

昔聞（眉批）聞。洞庭水，[2]今上（眉批）見。岳陽樓。[3]吳楚（眉批）陸。東南[4]坼，[5]乾坤日夜浮。[6]親朋無一字，[7]（眉批）承三句。老病有孤舟。[8]（眉批）承四句。戎馬關山北，[9]憑軒[10]涕泗流。[11]

1.【補注】岳陽樓：《岳陽風土記》：「岳陽樓，城西樓也。」《方輿勝覽》：「樓在郡治西南，西面洞庭，左顧君山，不知創始。開元四年，張說出守是邦，與才士登臨賦詠，自此名著。」

1.【注疏】鶴注：「當是大曆三年作。」《岳陽風土紀》：「岳陽樓，城西門樓也。下瞰洞庭，景物寬闊。」

2.【注疏】言昔聞洞庭之水極其寬闊，然未臨其境耳。

3.【注疏】今而憑軒一望，果然寬闊，則見浩浩無邊岸也。

4.【補注】東南：《史記．趙世家》：「地坼東南。」

5.【注疏】吳屬東，楚屬南。坼，裂也。言吳楚之界從此分裂。

6.【注疏】言湖水之濶，一若乾坤浮於水面。正承洞庭水。葉秉敬曰：「或疑洞庭楚地，何遠及於吳？」考《荊州記》，君山在洞庭湖中，有道通於吳之包山。今吳之太湖，亦有洞庭山以潛通君山，故得名。或疑「乾坤日夜浮」，有似詠海。考《水經注》，洞庭湖廣五百里，日月若出沒其中。以上俱是詠景。

7.【注疏】他鄉異縣，既無親朋往來，阻隔關津，又且音書斷絕。

8.【注疏】以下詠情二句，暗串兼開合法。老而且病，奉侍無人，孤苦之情，奚堪處此。所幸代余杖履者，有孤舟耳。

9.【注疏】關山之北是故鄉所必由之路，久為干戈阻隔，望何日太平也？盧注：「大曆三年，郭子儀將兵五萬，屯奉天，備吐蕃，曰：『元光、李抱玉各出兵擊之。』是『戎馬關山北』也。」

10.【注疏】憑臨樓上之軒以悵望也。

11.【注疏】張載詩：「登崖遠望涕泗流。」鼻出曰涕，目出曰泗。此三字包含親朋老病，戎馬阻隔不能還鄉，極至生死存亡未卜，餘魂殘骨飄零，言念及此，誰能禁其涕泗交流哉？

【注疏】黃生曰：「前半寫景，如此濶大。五、六自敘，如此落寞，詩境濶狹頓異，結語湊泊極難，轉出『戎馬關山北』五字。胸襟氣象，一等相稱，宜使後人擱筆也。」

## 輞川閒居贈裴秀才迪1

寒山（眉批）山。轉蒼翠，2秋水（眉批）水。日潺湲。3倚仗柴門外，4（眉批）二句聞。臨風聽暮蟬。5渡頭餘落日，墟里6上孤煙。7（眉批）二句見，又從上「暮」字生出。復值接輿醉，狂歌8五柳前。9

1.【補注】輞川：《唐書．王維傳》：「維成墅在輞川，地奇勝。有華子岡、欹湖、竹里館、柳浪、茱萸沜（古沜字）、辛夷塢。與裴迪游其中，賦詩相酬為樂。」《雍錄》：「輞川在藍田縣西南二十里，王維別墅在焉。本宋之問別墅也。」

【注疏】《唐書》：「王維，字摩詰，得宋之問藍田別墅，在輞川，地奇勝，有華子岡、欹湖、竹里館、柳浪、茱萸洲、辛夷堆，日與裴迪浮舟往來其中，彈琴、賦詩、嘯詠終日。」又「王維善畫，措思入神，至山水平遠、雲勢石色，絕跡天機，非人公所到。有別墅在輞川。」蘇東坡云：「味摩詰之詩，詩中有畫；觀摩詰之畫，畫中有詩。」

2.【注疏】見。

3.【注疏】聞。以山水對起，至秋則寒疏矣。然此山之佳，轉覺蒼翠也。水至秋則涸，宜無聲矣。然此水之佳，日聞潺湲流水聲。

4.【注疏】看。

5.【注疏】聞。二句承「秋」字、「暮」字，起下「落日」、「孤煙」二句。倚，依也。蜂腰格。

6.【補注】墟里：陶潛詩：「曖曖遠人村，依依墟里煙。」

7.【注疏】亦串。單頂「見」字。上句寓水，下句寓山。餘，落日之光也。墟，邱墟也。

8.【注疏】二字連上解。

9.【注疏】單頂「聞」字，方結出裴迪。以楚狂比裴迪，然終不敢以孔子自比。五柳先生，其風趣優游，雅與契合，故敢以陶潛為自比耳。

# 山居秋暝

空山新雨後，（眉批）山居。天氣晚來秋。[1]（眉批）秋暝。明月（眉批）仰看。松間照，[2]清泉（眉批）俯看。石上流。[3]竹喧[4]（眉批）陸路。歸浣女，[5]蓮動[6]（眉批）水路。下漁舟。[7]隨意[8]春芳歇，[9]王孫[10]自可留。

1. 【注疏】雨後。含下「明月」、「清泉」二句，意晚來秋，天氣晚晴，始見秋光也。
2. 【注疏】見。
3. 【注疏】聞。承新雨後。
4. 【注疏】聞。竹為人聲所喧。
5. 【注疏】寫「見」字。日已晚，則浣紗之女歸矣。
6. 【注疏】見。蓮為漁舟所動。
7. 【注疏】寓「聞」字。月已明，則漁人之舟下矣。
8. 【補注】隨意：薛道衡詩：「庭草無人隨意綠。」
9. 【注疏】芳草逢春，隨意而綠，至秋隨意而歇。
10. 【補注】王孫：《楚辭》：「王孫遊兮不歸，春草生兮萋萋。」【注疏】《楚辭》：「王孫遊兮不歸，春草綠兮淒淒。」

# 歸嵩山作 1

清川帶長薄，2 車馬去閒閒。3 流水如有意，4（眉批）一去不返。暮禽相與還。5（眉批）倦飛知還。荒城臨古渡，6（眉批）水路。落日滿秋山。7（眉批）陸路。迢遞嵩高下，歸來（眉批）歸題。且閉關。8

1.【補注】嵩山：《元和郡縣志》：「嵩高山，在河南府告成縣西北二十三里，登封縣北八里，亦名外方山。東曰太室，西曰少室，總名嵩高，即中嶽也。」

【注疏】《郡縣志》：「中岳總名嵩山，東曰太室，西曰少室。」

2.【補注】長薄：陸機〈挽歌〉詩：「按轡遵長薄。」注，草木叢曰薄。《楚辭》注：「草木交錯曰薄。」

【注疏】《楚辭》註：「草木交錯曰薄。」公辭官而歸，由清川以至嵩山，寫一路之景起。

3.【注疏】去，即歸去來兮之意。致仕而歸，故覺身閒。

4.【注疏】承「清川」、「有意」，有示我急流勇退之意。

5.【注疏】承「長薄」。〈歸去來辭〉：「雲無心以出岫，鳥倦飛而知還。」相與者，鳥而知還，吾亦相與而還也。

6.【注疏】應上「長薄」，一片淒涼之景。

7.【注疏】應上「暮」字，轉下歸隱意。滿，曰遲暮之客，歸宜速也。

8.【注疏】迢遞，遠貌。嵩山之下可以棲遲。「且」字，深一層說，言歸隱尚未隱適，且閉門杜客為安耳，寓時亂世衰之意。

# 終南山 1

太乙2近天都3，（眉批）高。連山到海隅。4（眉批）遠。白雲迴望5合6，（眉批）纔開即合。青靄7入看8無。9
（眉批）似有實無。分野10中峯變，11陰晴眾壑殊。12欲投人處宿，隔水問樵夫。13

1. 【注疏】《括地志》：「終南山，一名南山。」《詩緝》：「周都豐鎬，面對終南。」餘詳李白〈下終南山〉題內。

2. 【補注】太乙：《五經要義》：「太乙，一名終南山，在扶風武功縣。」《名勝志》：「終南山，道書謂之太乙山。」

3. 【補注】天都：《晉書》：「天都星主衣裳文繡。」

4. 【注疏】以高遠起。上句言高，次句言遠。《福地記》：「終南太乙山，在長安西南，左右四十里內皆福地。」天都，喻京都也。《書》：「帝光天之下，至於海隅蒼生。」連山，言山勢連綿也。以為終南之高，近乎天都，遠到夫海隅也。

5. 【注疏】回首而望。

6. 【注疏】白雲也。

7. 【補注】青靄：江淹詩：「虛堂起青靄，崦嵫生暮雲。」

8. 【注疏】入於青靄也。

9. 【注疏】無青靄也。青靄謂山嵐秀氣，以為南山之雲，從下而望，似罩乎上矣。及至於上，不見白雲，回首望之，又合乎下矣。抑見遠處青靄空翠可掬，及入看之，毫無形影，則陰陽開闔、變幻無窮，真靈境也。上句承高意，下句承遠意。首聯濶大，次聯細膩。

10. 【補注】分野：《陝志》云：「終南西起隴山，東踰商洛，綿亙千里。南北亦然。其盤踞不止一州之地，則知天之分野，亦不專隸一舍。」蔣注：「謂中峯之北為雍。為井鬼，中峯之南為梁，為翼軫，失之鑿矣。」

11.【注疏】頂首聯。王堯衢注：「天文各有分野，以二十八宿分別九州。今中峰之北為雍，為井鬼；其南為梁、為荊，為翼軫，則是天之分野，由中峰之變。」

12.【注疏】頂次聯。王堯衢注：「山中之壑甚眾，此處無雲遮而晴，彼處有雲遮而陰。陰晴各異，此之謂殊。」

13.【注疏】以日暮結之，可見南山之勝，不可一日窮其概也。如此勝境，必有幽棲者家乎其中。當此日暮之時，欲投宿處，以備來日復覽。無奈層巒重壑，山路皆迷，悵望隔水之遠，有樵夫擔薪而出，故問之。

## 酬張少府

晚年惟好靜，萬事不關心。[1]自顧無長策，空知返舊林。[2]（眉批）上四句情，下四句景。松風吹解帶，山月照彈琴。[3]君[4]問窮通理，[5]漁歌入浦深。[6]（眉批）即景寫情。

1.【注疏】公晚年退居輞川，樂遊山水，惟其好靜，所以萬事不關心。含末句意。

2.【注疏】串承上二句，欲大振經綸，自顧毫無長策，欲沉潛著述。空知，隱遯山林，所以萬事不關心，唯知好靜而已。《過秦論》：「振長策而御宇內。」舊林，故鄉之山林也。返，自朝而返野也。

3.【注疏】亦串寫幽隱之樂趣，應上「好靜」二字。解帶，即褫帶之意。陶弘景《十賚文》：「於是褫帶青墀，挂冠朱闕。」

4.【注疏】指張少府也。

5.【注疏】問。

6.【注疏】答。以問答法結之，仍含首聯意。蓋言君問我窮通之理，全不關心，乃余心最好者，自與漁歌共入秋浦之深耳。

## 過香積寺[1]

不知香積寺，〔眉批〕語語是過。數里入雲峯。[2]古木無人逕，[3]〔眉批〕過。深山何處鐘？[4]〔眉批〕聞。泉聲咽危石，[5]〔眉批〕低頭聽。日色冷青松。[6]〔眉批〕仰頭見。薄暮空潭曲，安禪[7]制毒龍。[8]

1. 【補注】香積寺：《雍錄》：「香積寺在子午谷正北，近昆明池，鎬水發源之處。」
【注疏】《雍錄》：「香積寺在於子午谷正北，近昆明池，鎬水發源之處。」
2. 【注疏】串。「不知」二字，即寓「過」字意。以為香積寺只聞其名，未遊其境耳。今而經過，不知隔此處，還要行了幾程，方入雲峯之內。
3. 【注疏】見。寫復上景所見者。古木參天，中有幽徑，並無往來之人，尚未見香積寺。
4. 【注疏】聞。寫「將近」字。深山疊嶂之中，有鐘聲透出，究在何處也？「無人」、「何處」承「不知」二字。又，未見香積寺。
5. 【補注】泉咽：《北山移文》：「石泉咽而下愴。」
【注疏】聞。寫其境。只聞碧澗寒泉迴環流動，觸於危石而咽然成其聲也。
6. 【注疏】見。此寫近寺，只見日暮餘輝，含在青松冷然生色中。二聯啗用「聞」、「見」二字分遞。
7. 【補注】安禪：〈南征賦〉：「令築室以安禪。」
8. 【補注】毒龍：《法苑珠林》：「西方山中有池，毒龍居之。昔五百商人止宿池側，龍怒，泛殺商人。槃陀王婆羅門咒，就池咒龍。龍悔過向王，王乃捨之。」

【注疏】至此方詠香積寺，言薄暮時立於空潭之曲，見潭水澄清，照澈心膽，將一切塵慮洗滌虛無，禪家所謂降伏其心也。毒龍，比心之妄想也。《大灌頂神咒經》：「安禪於空潭之曲。」

## 送梓州李使君[1]

萬壑樹參天，（眉批）見。千山響杜鵑。（眉批）聞。山中一夜雨，（眉批）承「千山」句。樹杪百重泉。[2]（眉批）承「萬壑」句。漢女輸橦布，[3]巴人訟芋田。[4]文翁[5]翻教授，（眉批）送李。不敢倚先賢。[6]

1. 【補注】梓州：《唐書．地理志》：「梓州，梓潼郡。本新城郡，天寶元年更名。」《一統志》：「四川潼川州，唐為梓州。」

【注疏】《一統志》：「唐梓州，領縣五，又分置遂州，改靜戎軍。天寶初，改梓州為梓潼郡。至德中，置東川節度使，屬劍南道，治梓州。綿州在其直北，今為潼川州。」

2. 【注疏】四句一氣。頸聯串倚山樹組做法，起勢雄壯。

3. 【補注】橦布：〈蜀都賦〉：「布有橦華。」注，橦，樹名，其花柔毳，可績為布。《元和志》：「梓州輸布。」《晉書．食貨志》：「夷人輸橦布，戶一匹，遠者或一丈。」

【注疏】織。

4. 【補注】芋田：左思〈蜀都賦〉：「瓜疇芋區。」郭義《恭廣志》：「蜀漢既繁芋，民以為資。」《圖經本草》：「芋，今處處有之。閩、蜀、淮、楚尤多植。蜀川出者，形圓而大，狀若蹲鴟，謂之芋魁。彼人種以當糧食而度饑年。」

【注疏】耕。左思〈蜀都賦〉：「布有橦華。」注，橦華者，樹名，其樹柔毳，可織為布也。輸，捐也。此言女織也。巴人訟田，未詳。

5.【補注】文翁：《漢書》：「文翁少好學，通《春秋》，為蜀郡守。見蜀地僻陋，欲誘進之，選郡縣小吏開敏有材者，遣諸京師，受業博士。又修起學宮，招下縣子弟以為弟子，由是大化，比於齊魯。」《三國志》：「蜀本無學士，文翁遣相如東授七經，還教吏民，於是蜀學比於齊魯。」

6.【注疏】《漢書》：「文翁少好學，通《春秋》，為蜀郡守。見蜀地僻陋，誘進之，選郡縣小吏聞敏有才者，遣詣京師，受業博士。又修起學宮，招下縣子弟以為弟子，由是大化，比齊魯焉。」蓋言梓州地雖僻陋，然衣食既足之時，亦可興其教化，切勿以斯民之不淑，遂翻文翁之教授也。吾想梓州之民，當不敢倚先賢之賢而遂，不遵使君之諭也已。

## 漢江臨眺[1]

楚塞三湘[2]接，荊門九派通。[3]江流天地外，[4]（眉批）水勢浩蕩。山色有無中。[5]（眉批）山色微茫。郡邑浮前浦，（眉批）承山色句。波瀾動遠空。[6]（眉批）承江流句。襄陽[7]好風日[8]，留醉與山翁。[9]

1.【補注】漢江：《一統志》：「漢江，源出隴西嶓冢山，由漢中流經鄖縣、均州、光化，至襄陽城北。」

【注疏】《史記．河渠書》：「九川既疏，九澤既灑，諸夏艾安，功施於三代。自是之後，滎陽下引河東南為鴻溝，以通宋、鄭、陳、蔡、曹、衛與濟、汝、淮、泗會。於楚，西方則通渠漢水、雲夢之野，東方則通鴻溝江淮之間。於吳，則通渠三江、五湖；於齊，則通菑、濟之間；於蜀，蜀守冰（《漢書》曰永姓李）鑿離碓，辟沫水之害，穿二江成都之中。此渠皆可以行舟。」蜀守冰之功也。

2.【補注】三湘：《寰宇記》：「湘潭、湘鄉、湘陰為三湘。」

3.【注疏】實起。《寰宇記》：「湘潭、湘鄉、湘陰為三湘。」《水經注》：「江水東歷荊門、虎牙之間。」荊門，詳前李白〈渡荊門〉詩內。《說苑》：「禹鑿江倚通於九派，灑五湖而定東海。」郭璞〈江賦〉：「流九派乎潯陽。」

4.【注疏】濶大。

5.【注疏】虛涵。以天對地，以有對無。本句對為就對法。此江之源出於九川，似從天地外流也。遙視江上之山，明明滅滅，其色皆含於有無之中。

6.【注疏】二句暗串。上之郡邑列於目前，一若浮於湘浦，其間波瀾閃爍、搖動空中，實寫「眺」字之神。

7.【注疏】《唐書．地理志》：「山南東道，襄州有襄陽縣。」

8.【補注】風日：庾信詩：「何當好風日，極望長沙垂。」

9.【補注】山翁：《晉書．山簡傳》：「簡鎮襄陽，諸習氏有佳園池，簡出必之池上置酒，輒醉，曰：『此我高陽池也！』時有兒童歌曰：『山公出何許，往至高陽池。』」

【注疏】風曰春風，淑，日也。心和神全曰醉。《淮南子．覽冥訓》：「通於太和者，惛若純醉而甘臥以遊其中，不知其所由也。」山翁，自謂也。蓋言襄陽有此風日之好，願其常留目前，與我時時賞覽，乃得神遊太和也。

【注疏】《襄陽記》：「漢侍中習郁於峴山南，依范蠡養魚法作魚池，池邊有高堤，種竹及長楸，芙蓉菱芡覆水，是遊宴名處也。簡每臨此池，未嘗不大醉而還，曰：『此是我高陽池也。』襄陽小兒歌之。」

## 終南別業

中歲[1]頗好道，晚[2]家南山陲。[3]興來每獨往，〔眉批〕獨行。勝事空自知。〔眉批〕獨覺。行到水窮處，

（眉批）低處。坐看雲起時。（眉批）高處。偶然值林叟，談笑無還期。[4]

1.【注疏】中年。

2.【注疏】晚年。

3.【注疏】頗，偏也。陲，邊遠也。言中年已存好道之心，不能如願，直至晚歲始家南山，方遂好道之願耳。

4.【注疏】六句一氣，不分轉合而轉合自分，不分律法而律法俱備，有絕處逢生之筆。盡而不盡，全是學道人氣象。

## 臨洞庭上張丞相[1]

孟浩然

八月湖水平，[2]涵虛[3]混[4]太清。[5]氣蒸[6]雲夢[7]澤[8]，波撼岳陽城。[9]（眉批）四句，洞庭。欲濟[10]無舟楫[11]，端居[12]恥聖明。[13]坐觀垂釣者，徒有羨魚情。[14]（眉批）四句，上張相。

1.【補注】洞庭：《水經注》：「洞庭湖廣員五百餘里，日月若出沒於其中也。」《荊州記》：「洞庭湖，一名青草湖。」

【注疏】洞庭湖在岳州府南，與青草湖相連，為五湖之二。雲夢澤在其旁。

2.【注疏】比昔日唐朝天下也，平治也。

3.【注疏】湖水。

4.【注疏】不分也。有下凌上之意。

5.【補注】太清：〈吳都賦〉注：「太清，天也。」

【注疏】天也，比當世之亂也。「混」字含下二句意。

6.【補注】氣蒸：《參同契》：「山澤氣蒸。」

【注疏】水氣。

7.【補注】雲夢：《周禮》：「正南曰荊州，其澤藪曰雲夢。」《一統志》：「雲夢在德安府安陸縣南五十里。」

8.【注疏】湖波。

9.【注疏】上句言水勢之遠，下句言水勢之高。蒸，勝也。撼，動也。雲夢澤在德安府安陸縣南五十里。岳陽樓在洞庭湖上。

10.【注疏】渡也。「欲」字貫下「端居」句，欲利涉大川也。

11.【補注】舟楫：《書》：「若濟巨川，用汝作舟楫。」

【注疏】櫂也。一曰捷，撥水舟行捷疾也。《書》曰：「用汝作舟楫。」

12.【注疏】欲端居草野。

13.【注疏】聖明，指君也。恥，對君有愧也。此二句有一段無可如何意。

14.【補注】羨魚：《漢書》：「臨淵羨魚，不如退而結網。」

【注疏】結。推開說。垂釣者，出仕之人。魚比祿也。「坐觀」二字，不可指別人說，總要緊貼垂釣者身上，以為世之垂釣者，既有舟楫，兼有釣具，曷不利濟巨川以安瀾於天下，乃竟坐視旁觀，徒有貪祿之心，毫無拯救之功，恥孰甚焉。

# 與諸子登峴山1

人事有代謝，往來成古今。2〔眉批〕憑空落筆，若不著題，而自有神會。江山留勝跡，3我輩復登臨。4水落5漁梁淺6，天寒7夢澤深8。羊公碑9尚在10，讀罷淚沾襟。11〔眉批〕應上半首。

1.【注疏】《晉書．羊祜傳》：「祜樂山水，每風景必造。峴山置酒言詠，終日不倦。嘗慨然嘆息，謂從事中郎鄒湛等曰：『自有宇宙，便有此山。由來賢達勝士，登此遠望，如我與卿者多矣，湮滅無聞，使人悲傷。』湛曰：『公令望必與此山俱傳，至若湛等，乃當如公所言耳。』後祜卒，襄陽百姓建碑於山，見之者無不墮淚。因名曰墮淚碑。」

2.【注疏】代謝，後事代之則前事謝去。往來，日往月來也。往來之久，積成古今。往即古也，來即今也。

3.【注疏】承「古」字。

4.【注疏】承「今」字、「復」字。有羊公登臨意，我輩足上人事代謝意。

5.【注疏】水乾也。

6.【注疏】即魚床。水落則魚梁露出，故見其水淺於魚梁之下。

7.【注疏】秋深也。

8.【注疏】天寒水清，故見其潭深沉莫測。

9.【補注】羊公碑：《晉書．羊祜傳》：「祜性樂山水，每風景必造。峴山置酒言詠，終日不倦。嘗慨然太息，顧謂從事中郎鄒湛等曰：『自有宇宙，便有此山。由來賢達勝士登此遠望，如我與卿者多矣。皆湮滅無聞，使人悲傷。』湛曰：『公令聞令望，必與此山俱傳。至若湛等，乃當如公言耳。』祜卒，襄陽百姓建碑於山，見者墮淚。」

【注疏】即墮淚碑。

10.【注疏】羊公不在也。

11.【注疏】讀罷碑文，不禁淚下沾襟。傷羊公，正所以傷己也。

## 宴梅道士山房

林臥[1]愁春盡[2]，搴帷覽物華。[3]忽逢青鳥使，[4]邀入赤松家。[5]金竈初開火，（眉批）山房內。

仙桃正發花。[6]（眉批）山房外。童顏若可駐，[7]何惜醉（眉批）宴。流霞。[8]

1.【注疏】山林高臥。

2.【注疏】在家。

3.【注疏】出門。從題起，「愁」字，一章之主。林泉高臥原為暢敘幽情。所愁者，青春欲盡耳。際此暮春之時，急急搴帷而出，猶得覽夫物華也。

4.【注疏】路遇。

5.【注疏】串。「忽逢」二字，緊承上文，有出其不意之意。《漢武故事》：「七月七日，忽有青鳥飛集殿前，東方朔曰：『此西王母欲來。』有頃，王母至。三青鳥來侍王母旁。」《列仙傳》：「赤松子，神農時雨師也。服水玉散教神農，入水不濡、入火不燒，至崑崙山西王母石室中，隨風雨上下。炎帝少女追之，亦得仙俱去。」

6.【注疏】正寫道士。山房金竈，所以煉丹也。仙桃發花，應「春」。

7.【注疏】飲宴。

8.【補注】流霞：《論衡》：「河東項曼斯好道，去鄉三年而反，曰：『去時，有數仙人將上天，離月數里而止。月之旁甚寒淒愴。飢欲食，輒飲我流霞一杯，每飲輒數月不飢。』」
【注疏】駐，馬止也。流霞，酒名，仙醞。使仙酒可以能駐童顏，何必惜此一醉乎！句句不離道士。

## 歲暮歸南山[1]

北闕休上書，南山歸敝廬。[2]不才[3]明主棄，多病[4]故人疏[5]。白髮催年老，〔眉批〕年老。青陽[6]逼歲除。[7]〔眉批〕歲暮。永懷[8]愁不[9]寐[10]，松月夜窗虛。[11]

1. 【注疏】注詳前李白〈贈孟浩然〉題內。
2. 【補注】敝廬：庾信〈小園賦〉：「余有數畝敝廬，寂寞人外。」
【注疏】宮門、寢門、家門皆曰闕。休，息也。書，策也。敝，敗也。廬，故鄉之廬。浩然應舉不第，故歸南山也。
3. 【注疏】自咎。
4. 【注疏】自諒。
5. 【注疏】承上。
6. 【補注】青陽：《爾雅》：「春為青陽，一曰發生。」注，氣青而溫陽。
7. 【注疏】《爾雅．釋天》：「春為青陽。」白髮催來，年已老暮。今歲逼來，而舊歲除去。正起下文結意。
8. 【注疏】長思也。
9. 【注疏】懷之極也。
10. 【注疏】愁之聲也。

11.【注疏】一段無可如何之苦。窗外空虛，無人知覺。知余心者，唯松間一月耳。

## 過故人莊〔眉批〕題便佳。

故人具雞黍[1]，邀我至田家。[2]綠樹村邊合，[3]青山郭外斜。[4]開軒[5]面場圃，[6]把酒[7]話桑麻。[8]待到重陽日，還來就菊花。[9]

1.【補注】具雞黍：《漢書》：「范式，字巨卿，金鄉人，遊太學，與汝陽張劭友，並告歸。式約後二年當過拜尊親，共刻期日。至期，劭白母具雞黍以待，而式果至。」

2.【注疏】對面起法。「田家」二字，一章之眼。具，設也。

3.【注疏】至故人莊，近景。

4.【注疏】遠景。正承「田家」。「合」字，見樹之多；「斜」字，見山之遠。

5.【注疏】檐宇之末曰軒。

6.【注疏】至家。

7.【注疏】把，握也。

8.【注疏】坐席。面，面臨也。鍊日法。所見者，皆田家之景；所說，皆田家之話。

9.【注疏】合到「過」字，訂後期也。「就」字甚妙。故人即不來邀我，而我必待重陽之日，還要就君莊中，飲菊花酒耳。

# 秦中寄遠上人[1]

一邱常欲臥，三徑[2]苦無資。[3]北土[4]（眉批）秦中。非吾願，[5]東林[6]懷我師。[7]黃金燃桂[8]盡，[9]（眉批）旅況。壯志逐年衰。[10]（眉批）懷。日夕涼風至，[11]聞蟬但益悲。[12]

1. 【注疏】晉惠遠居廬山東林寺，與劉凝之、陶潛結白蓮社。秦中，長安也。
2. 【補注】三徑：《晉書．陶潛傳》：「潛躬耕自資，遂抱羸疾，復為鎮軍建威參軍，謂親朋曰：『聊欲弦歌以為三徑之資，可乎？』執事者聞之，以為彭澤令。」
3. 【注疏】一邱，一壑，幽棲處也。常欲臥，言有心欲臥。邱，壑也。既有此心，毫無資用，何以克遂三徑之願？故曰苦。〈歸去來辭〉曰：「三徑就荒。」
4. 【注疏】秦中。
5. 【注疏】不慕榮名。
6. 【補注】東林：《高僧傳》：「沙門慧永，居在西林，與慧遠同宗舊好，遂要同永，謂刺史桓伊曰：『遠公方當弘道，今徒屬已廣，而來者方多。貧道所棲褊狹，不足相處，如何？』桓乃為遠復於山東更立房殿，即東林是也。」
【注疏】《高僧傳》：「沙門惠永，居西林，與慧同門舊好，遂要同上永，謂刺史桓伊曰：『遠公方當弘道，今徒屬已廣，而來者方多。貧道所棲褊狹，不足相處，如何？』桓乃為遠復於山道，更立房殿，即東林是也。」
7. 【注疏】懷，念也。師，稱遠上人也。
8. 【補注】燃桂：《戰國策》：「楚國之食貴於玉、薪貴於桂，謁者難見如鬼，王難見如天帝。今臣食玉炊桂，因鬼見帝，不亦難乎！」沈佺期詩：「歲炬常然桂，春盤預折梅。」然，一作燃。

9.【注疏】貧。蘇軾詩：「一落泥塗迹愈深，尺薪如桂米如金。」盡者，無資之意。

10.【注疏】老年，老而志衰也。此二句正頂「苦」字。

11.【補注】涼風至：《爾雅》：「北風謂之涼風。」《禮．月令》：「是月也，涼風至。」

【注疏】日夕遲暮，涼風秋聲，感時興嘆也。

12.【注疏】此時此景，觸目傷心，聞蟬益動，其悲惻乎。

【注疏】《高僧傳》：「晉義熙間，法師慧遠居廬山東林寺，與劉遺民等十八賢，同修淨土。寺中有白蓮池，因號白蓮社。以書招。陶淵明曰：『若許飲酒即往。』師許之，遂造焉。既而無酒，陶攢眉而去。謝靈運求入社，遠公以其心雜止之。故有詩云：『陶令醉多招不得，謝公心亂去還來。』」

## 宿桐廬江寄廣陵舊遊1

山暝2聽猿3愁4，滄江5急夜流。6風鳴7兩岸葉8，月照9一孤舟10。建德11（眉批）桐廬。非吾土12，維揚13憶舊遊14。還將兩行淚，遙寄海西頭。15（眉批）二十字可作十五、六層，而一氣貫注，無斧鑿痕迹。

1.【補注】桐廬：《唐書．地理志》：「睦州新定郡有桐廬縣。」《輿圖備考》：「嚴州府桐廬縣桐江。」

【注疏】《唐書．地理志》：「睦州新定郡有桐廬縣。」又「睦州，隋遂安郡。武德四年改睦州。萬歲登封二年，移治建德。」

2.【注疏】見。山色暝。

3.【注疏】聞。猿聲鳴。

4.【注疏】以動客愁也。

5.【注疏】見。

6.【注疏】聞。舟泊嚴瀨而宿焉，日暮時也。

7.【注疏】聞。

8.【注疏】寓見，承首句「山」。

9.【注疏】見。

10.【注疏】見。承次句「水」，寫清秋時也。

11.【補注】建德：《唐書·地理志》：「睦州，隋遂安郡，武德四年改睦州。萬歲登封二年，移治建德。」

12.【注疏】桐廬。

13.【注疏】嘆離鄉之遠。

【補注】維揚：《一統志》：「揚州府為廣陵郡，古名維揚。」

14.【注疏】廣陵。

15.【注疏】不忘故鄉之情。

【注疏】廣陵在西，故曰海西頭。蓋言不但憶舊遊，而寄此詩也。客路艱難，淒其苦況，還將兩行之淚，遙寄海西頭。俾廣陵舊遊，知客途之苦況，當為我興悲也夫。

## 留別王維[1]

寂寂竟何待，朝朝空自歸。欲尋芳草去，惜與故人違。當路[2]誰相假？知音世所稀。
祇應守寂寞，還掩故園扉。[3]

1.【注疏】當是玄宗放還時作。

2.【補注】當路：《孟子》：「夫子當路於齊。」注，當路，居要地也。

3.【注疏】此詩一氣渾成，通首皆串其間，線索層次，亦復井然，似對非對，首尾相應，真妙筆也。

## 早寒有懷

木落雁南渡，北風江上寒。[1]（眉批）早寒。我家襄水[2]曲，遙隔楚雲端。[3]（眉批）有懷。鄉淚客中盡，孤帆天際看。[4]迷津欲有問[5]，平海夕漫漫。[6]

1.【注疏】以早寒起，以下句句俱寫有懷。

2.【補注】襄水：《一統志》：「襄水在湖廣襄陽府城西北，北為檀溪，南為襄水。」

3.【注疏】串。襄，襄陽。楚，荊楚也。

4.【注疏】思鄉之淚，盡於客中片影，孤帆目斷天際。

5.【補注】問津：《論語》：「使子路問津焉。」

6.【注疏】漫漫，浩漫。無由問信。平海，一片平洋也。

**劉長卿**——字文房，河間人。開元末進士，至德中，官鄂岳觀察使，吳仲孺奏貶，後終隨州刺史。

# 秋日登吳公臺上寺遠眺1

古臺（眉批）臺。搖落後，秋入望鄉心。2（眉批）秋日登。野寺來人少，3雲峯（眉批）遠眺。隔水深。4夕陽5（眉批）見。依舊壘6，寒磬7（眉批）聞。滿空林8。惆悵南朝事，9（眉批）陳戰場。長江獨至今！10

1.【補注】寺，即陳將吳明徹戰場。吳公臺：《一統志》：「揚州府城北，劉宋沈慶之所築弩臺也。陳將吳明徹增築，故名。」
【注疏】《一統志》：「揚州府城北，劉宋沈慶之所築弩臺也。陳將吳明徹增築，故名。」寺，即陳將吳明徹戰場。
2.【注疏】搖，動也。落，落寞，言傾廢也。以秋日登臺起。
3.【注疏】隱僻。
4.【注疏】遙遠。串。言野寺遊人之少，總由雲峯隔水而深也。
5.【注疏】臺。
6.【注疏】見。
7.【注疏】寺。
8.【注疏】聞。壘，軍壘。舊壘，吳公臺也。應首聯。空林，禪家一切皆空，故曰空林。
9.【注疏】周齊屬北，曰北朝；陳在南，故曰南朝。惆悵，傷往事也。
10.【注疏】臺上之吳公今已往矣，南朝之事業安在哉？臺外常存者獨有長江耳，感慨繫之矣。

## 送李中丞歸漢陽[1]別業

流落征南將，[2]曾驅十萬師。[3]罷歸無舊業，[4]（眉批）二句承「流落」。老去戀明時。[5]獨立三邊靜，（眉批）二句承「曾驅」。輕生一劍知。[8]茫茫江漢上，日暮欲何之？[9]（眉批）仍歸到首二字結。

1. 【補注】漢陽：《唐書．地理志》：「鄂州江夏郡漢陽縣。」
2. 【注疏】今日。
3. 【注疏】昔日。統領十萬之兵以鎮邊庭也。曾，已曾也。
4. 【注疏】其為人公而忘私、國而忘家，所以罷歸之日毫無舊業也。
5. 【注疏】其處心忠君愛國，所以老去，猶刻刻常念聖明之時也。
6. 【補注】三邊：《後漢書．鮮卑傳》：「幽、并、涼三州緣邊諸郡，歲被寇抄殺略。」又：「鮮卑寇三邊。」
7. 【注疏】串。追想獨鎮關塞之時威風凜凜，則見三邊之寇寂然安靜矣。王維老將，一生轉戰三千里，一劍曾當百萬師，公有句云：「家散萬金酬死士，身當一劍答君恩。」
8. 【注疏】江漢，即漢陽江也。茫茫，天下滔滔意。日暮，喻世衰也。仍合「流落」二字。

【注疏】首句以「流落」二字，嘆征南將軍不遇時也。次句言其有將才。貳聯言老而罷歸，廉且忠也。三聯追念鎮邊時勇猛可制敵，忠良可對君也。末聯嘆流落，老而不遇也。日暮，喻君昏；茫茫，寓世亂。

## 餞別王十一南遊

望君煙水闊，[1]（眉批）五字通首作意。揮手淚沾巾。[2]飛鳥沒何處？青山空向人。[3]長江一帆遠，落日五湖4春。5誰見汀洲上，相思愁白蘋？6

1. 【注疏】含下「五湖」、「汀洲」意。

2. 【注疏】含下「愁」字。

3. 【注疏】串。「飛鳥」比「王十一」，二句含下相思意。蓋言征人如飛鳥而翔去，將沒於何處耶？唯留青山列於江，青空向送別之人，動我離愁矣。

4. 【補注】五湖：《周禮》：「揚州，其浸五湖，即太湖。其派有五，故名。」又云：「周五百里，故名。」《蘇州圖經》：「太湖接蘇、常、湖、秀四州界，范蠡泛五湖，當在此。一說洞庭、應澤、青草、雲夢、巴邱，亦曰五湖。」

5. 【注疏】層次。言長江之上，極遠處，只見一帆之影，不見其人。從此一別，逆料將到五湖當逢春日也。落日，喻王君一去不可留也。

6. 【補注】白蘋：〈九歌〉：「登白蘋兮騁望。」柳惲詩：「汀洲采白蘋。」

【注疏】對面收結，合「春」字，應首聯。言君到汀洲之上，正逢春日蘋開，觸目動情，必起相思之恨。吁，吾誰見之耶！

## 尋南溪常道士

一路經行處，（眉批）語語是尋。莓苔見屐痕。1白雲（眉批）遠處。依靜渚，2芳草（眉批）近處。閉閒門。3過雨看松色，4（眉批）高處。隨山到水源。5（眉批）低處。溪（眉批）南溪。花與禪（眉批）道士。意，相對亦忘言。6

1. 【注疏】始至其路，人迹罕到，故路上遍生莓苔。今我特尋道士而來，一路經行之處，先有屐痕印於莓苔。不知何人經過也？將毋道士已出遊乎。

2. 【注疏】入其境。

3. 【注疏】至其門，則見白雲絮絮，戀靜渚而常依青草離離，嘆閒門而獨閉，則道士不在家矣。

4. 【注疏】門外景。

5. 【注疏】欲尋道士不遇，忽然遇雨。頃之，雨霽雲收，則見松色蒼翠可餐。道士雖不遇，吾且隨山尋到水源，以覽其勝景耳。

6. 【補注】忘言：《莊子》：「言者所以在意，得意而忘言。」《晉書》：「山濤與嵇康呂安善，後遇阮籍，便為竹林之交，著忘言之契。」

【注疏】將不遇意盡情結出，直到水源則見溪花，俱有禪意。我亦覺心跡雙清，萬慮俱寂，淡然寂靜中忘其所以然矣。

【注疏】清淨寂滅謂之禪，非專言釋也。此詩不分起承轉合，句句俱「尋」。不見道士，意以不見道士。意為主，偏寫出所見者，如此鬧熱。

## 新年作[1]

鄉心新歲切，天畔獨潸然。[2]（眉批）讀二句須將上兩字作一住。老至居人下，[3]春歸在客先。[4]嶺猿同旦暮，[5]江柳共風煙。[6]已似長沙傅，[7]從今[8]又幾年[9]？

1. 【注疏】此詩吳仲儒誣奏公，貶南巴尉時作。

2.【補注】潸然：潸音刪。《說文》：「涕流貌。」《詩・小雅》：「潸焉出涕。」

3.【注疏】天畔，即南巴。潸然，淚下也。思鄉之心，新歲更切，所以獨在天畔，兩淚常為潸然矣。

【注疏】《魏志・武帝紀》：「呂布襲劉備，取下邳。備來奔。程昱說公曰：『觀劉備有雄才而甚得眾心，終不為人下，不如早圖之。』」

4.【注疏】春風先從江南而起，然後歸於江北。春歸在客先者，言我尚未歸也。

5.【注疏】聞巴蜀多猿，故曰嶺猿同旦暮，傷與猿雜處也。

6.【注疏】見江南多柳，故曰江柳共風煙。所見無非愁境，「同」、「共」二字應上「獨」字。聞猿憎別，恨見柳繫，離情安能禁其潸然之淚乎！上句山，下句水。

7.【補注】長沙傅：《漢書・賈誼傳》：「誼，雒陽人也。能誦詩書，屬文，稱於郡中。文帝召以為博士，時誼年二十餘，最為少。每召令議，諸老先生未能言，誼盡為之對，人人各如其意所出，諸生於是以為能。文帝說之，超遷，歲中至大中大夫。誼以為漢興二十餘年，天下和洽，宜當改正朔、易服色、制法度、定官名、興禮樂，迺草具其儀法，色上黃，數用五，為官名，悉更奏之，文帝謙讓未皇也。然諸法令所更定及列侯就國，其說皆誼發之，於是天子議以誼任公卿之位。絳灌東陽侯馮敬之屬，盡害之，迺毀誼曰：『雒陽之人，年少初學，專欲擅權，紛擾諸事。』於是天子後亦疏之，不用其議，以誼為長沙王傅。三年，後歲餘，文帝思誼，徵之至。入見，上方受釐坐宣室。上因感鬼神事而問鬼神之本，誼具道所以然之故。至夜半，文帝前席。既罷曰：『吾久不見賈生，自以為過之，今不及也。』迺拜誼為梁懷王太傅。懷王，上少子，愛而好書，故令誼傅之，數問得失。梁王勝墜馬死，誼自傷其為傅無狀，常哭泣，後歲餘亦死。賈生之死，年三十三矣。」注，宣室，未央前正室也。釐，祭餘肉也。

8.【注疏】公有句云：「賈誼上書憂漢室，長沙謫去古今憐。」長沙傅，賈誼也。今被謫南巴，故曰已似。

9.【注疏】從今日起。

【注疏】不知又淹留幾年，方得回鄉也。

## 錢起

字仲文，吳興人。天寶十年賜進士第一人，授祕書郎，終考功郎中。時與韓翃、李端輩十人號「十才子」，形於圖畫，又與郎士元齊名。人爲之語曰：「前有沈宋，後有錢郎。」

# 送僧歸日本1

上國2隨緣3住，4來途若夢行。5浮天6滄海遠，7（眉批）來。去世法舟8輕。9（眉批）去。水月通禪寂，10（眉批）寂。魚龍聽梵11聲。12（眉批）響。惟憐一燈13影，萬里眼中明。14

1. 【補注】日本：《唐書．日本國傳》：「日本，古倭奴也。去京師萬四千里，在海中。隋開皇末始與中國通。」
【注疏】《唐書．日本國傳》：「日本，古倭奴也。去京師萬四千里，在海中。隋開皇末始與中國通。」
2. 【補注】上國：《左傳》注：「上國，諸夏。」
3. 【補注】隨緣：《南史．顧歡傳》：「物有八萬四千行，說有八萬四千法。法乃至於無數，行亦達於無央。等級隨緣，須導歸一。」
4. 【注疏】陶宏景論：「越裳白雉，尚稱重譯，則天竺、罽賓，久與上國殊絕。」此言大唐為上國也。《南史．顧歡傳》：「物有八萬四千行，說有八萬四千法，法乃至於無數，行亦達於無央。等級隨緣，須導歸一。」住，住持也。
5. 【注疏】〈甘泉賦〉：「雖方征僑與偓佺兮，猶彷彿其若夢。」此言迹其來途，一若夢中而行也。
6. 【補注】浮天：《晉．天文志》：「天在地外，水在天外。水浮天而載地者也。」〈海賦〉：「浮天無岸。」

7.【注疏】即承「來途若夢」意，此倒裝語。言自日本而來，直從滄海之遠，其舟如浮於天際也。

8.【補注】法舟：《宋書・天竺迦毗黎國傳》：「無上法船，濟諸沉溺。」

9.【注疏】今而送之去也，一若離乎塵世，乘此法舟，飄然輕蕩於海波之上。

10.【注疏】見其斂而為靜也，則水月澄空，助其寂靜，故曰通。

11.【補注】梵：《法華經》：「梵音海潮音，勝彼世間音。」

12.【注疏】聞其發而為聲也。則魚龍出聽，如領梵音。《韻會》：「華言清淨，正言寂靜。」《字彙》：「梵，唄吟聲。」此二句寫其別後仍從海上飄歸也。

13.【補注】一燈：《維摩詰經》：「譬一燈，然百千燈，冥者皆明，明終不盡。」

14.【注疏】惟憐，猶言最愛也。燈，禪燈。萬里，應「遠」字。《維摩經》：「有法門，名無盡燈。……譬如一燈，然百千燈，冥者皆明，明終不盡。……夫一菩薩，開導千百眾生。……令發阿耨多羅三藐三菩提心，其於道意亦不滅盡。……是名無盡燈。」二句用意本此。

【注疏】前半不寫送歸，偏寫其來處。後半不明寫出送歸，偏寫海上夜景。送歸之意，自然寓內。如此則詩境寬而不散，詩情蘊而不侮矣。

## 谷口書齋寄楊補闕 1

泉壑帶茅茨，（眉批）齋外。雲霞生薜帷。2（眉批）齋中。竹 3 憐新雨後，（眉批）雨。山 4 愛夕陽時。5（眉批）晴。

閒鷺栖常早，（眉批）鳥。秋花落更遲。6（眉批）花。家僮掃蘿徑，昨與故人期。7（眉批）寄楊。

1.【補注】補闕：《唐書・儀衛志》：「左補闕一人在左，右補闕一人在右。」益公題跋：「國朝雍、熙，詔改拾遺補闕為司諫。」
2.【注疏】言書齋在泉壑之間，結茅為屋。時有雲霞之氣，生於薜蘿之帷。寫幽高也。
3.【注疏】齋外竹。
4.【注疏】谷口山。
5.【注疏】雨後之竹，蒼翠可憐，夕陽在山，紫綠萬狀。寫書齋佳境也。
6.【注疏】鷺栖常早，以閒故也。秋花落遲，山深故也。待其共賞，以娛情耳。
7.【注疏】起用「薜帷」，合用「蘿徑」，遙相呼應，真幽境也。昨與故人期，言與楊補闕早訂遊期也。

韋應物

## 淮[1]上喜會梁川[2]故人

江漢曾為客，相逢每醉還。浮雲一別後，流水十年間。[3]歡笑情如舊，蕭疏鬢已斑。[4]何因不歸去？（眉批）收「淮上」。淮上對秋山。[5]（眉批）一氣旋折，八句如一句。

1.【補注】淮：《山海經》：「淮水至下邳淮陰縣，與泗水合。」
2.【編按】一本作「梁州」，今從章本。
【補注】梁州：梁州，今河南開封府。

3.【注疏】四句皆串。江漢，漢江也。浮雲聚散無常，如與故人相會，不能久聚。流水，喻歲月如流，以為吾昔在江漢之間，曾為旅客時，與故人相逢，陶然飲酒，不期與君一別之後，不覺又至十年之間，而傷老之意，寓於中矣。

4.【注疏】亦暗串。從十年轉下，論其歡笑，則風情慷慨依然而如舊，視其鬢髮，則全然斑白，殊覺蕭疏。蕭疏，髮短貌。

5.【注疏】想君會後即還梁川矣，余不知何因，久滯於斯，不克旋歸。日在「淮上」愁對「秋山」，安能久耐寂寞耶！

## 賦得暮雨送李曹

楚江1微雨裡，〔眉批〕雨。建業2暮鐘時。3〔眉批〕暮。漠漠帆來重，4〔眉批〕雨。冥冥鳥去遲。5〔眉批〕暮。

海門6深不見，7〔眉批〕暮。浦樹遠含滋。8〔眉批〕雨。相送9情無限，〔眉批〕送。沾襟比散絲。10

1.【補注】楚江：《淮南子》：「荊楚之地，江漢以為池。」

2.【補注】建業：《吳志．孫權傳》：「城石頭，改秣陵為建業。」

3.【注疏】對起。《吳志．孫權傳》：「城石頭，改秣陵為建業。」

4.【注疏】承「雨」字。

5.【注疏】承「暮」字，先言雨，次言暮，再以送別言之。敘法井然。帆來，春帆細雨來意。重，飽也。此句記其來時亦乘雨也。遲，指李曹有不忍即別意。

6.【補注】海門：《地理志》：「京江口外有海門。」

7.【注疏】頂「暮」字。海門有山，及暮辨之不見。

8.【注疏】頂「雨」字。浦樹，湘浦之樹。浦樹被春雨霑濡，遠處更見其含滋挺秀。

9.【注疏】結出「送」字。

10.【補注】散絲：張協詩：「密雨如散絲。」

【注疏】情，離別之情。無限，無窮也。散絲，淚下如散絲。襟，衣襟也。

韓翃

字君平，南陽人。大曆辟爲從事，不得意，家居。一日，夜將半，叩門急。賀曰：「旨除駕部郎中，知制誥。」翃曰：「誤矣。」客曰：「制誥乏人，中書兩進名不從。」又請，曰：「與韓翃。」時有同姓名者，爲江淮刺史，又具二人同進，御批「與詠『春城無處不飛花』之韓翃」。此君詩也，翃始信。時建中初也。終中書舍人。

## 酬程延秋夜即事見贈

長簟1迎風早，空城澹月華。星河秋一雁，（眉批）見。砧杵夜千家。2（眉批）聞。四句當作十七、八層看。節候（眉批）即事。看應晚，3心期臥已賒。4向來吟秀句，5不覺已鳴鴉。6

1.【補注】簟：《正韻》：「竹名。」《南越志》：「博羅縣東洲足簟竹銘曰：『簟竹既大，薄且中空，節長一丈，其長如松。』」

2.【注疏】以秋夜作主。四句，籠起法。長簟，竹名。華，月光也。星河，天河。宋之問《明河篇》：「南陌征人去不歸，誰知今夜搗寒衣。鴛鴦機上疎螢渡，烏鵲橋邊一雁飛。」砧，搗衣石。《禮記・雜記》：「杵以梧。」注：所以搗也。千家，言至秋之夜，家家皆聞搗衣之聲。「秋」字、「夜」字，凝煉。

3.【注疏】秋夜。

4.【注疏】心中之期會也。臥已賒，言相酬贈樂而忘其倦也。

5.【注疏】向來，即鄉也之意。「秀」句，稱程述見贈原唱。

6.【注疏】鳴鴉，自謙其所酬之詩也，即塗鴉之意。

**劉昚虛**——字挺卿，江東人，夏縣令。與賀知章、張旭、包融爲「吳中四友」。昚，古「慎」字。

## 闕題

道由白雲盡，春與青溪長。時有落花至，遠隨流水香。[1]閑門向山路，[2]深柳讀書堂。[3]幽映每白日，清輝照衣裳。[4]

4（眉批）此以「深柳」句為主，言由白雲盡處而來，見溪水長流，落花浮至，而門向山開，堂極深窈，雖白日，惟清輝幽映耳。

1.【注疏】對起，承似不對，而實暗對。道，山路。白雲盡，是山窮之處。「春」字，一詩之主。青溪長，是永不盡，有絕處逢生之妙。四句串。

2.【注疏】入其境，則見門外清閒，向山路而開。

3.【注疏】入其門，則見讀書之堂，深藏綠柳之內。

4.【注疏】幽，柳陰也。映，日光也。柳色與日光交相接映。此詩疑其訪友人隱居而作也。

## 戴叔倫

字幼公，潤州人。師事蕭穎士，爲門人冠。劉晏管鹽鐵，表主管湖南。至雲安，楊惠琳反，馳客劫之曰：「歸我金帶可緩死。」叔倫曰：「身可殺，財不可得。」乃捨之。德宗嘗賦〈中和節〉詩，遣使者寵賜。歷撫州刺史，容管經略使，所至治行稱最。

# 江鄉故人偶集客舍

天秋月又滿，[1]城闕夜千重。[2]還作江南會，翻疑夢裡逢。[3]風枝[4]驚（眉批）以比客況。暗鵲[5]，露草[6]覆寒蟲。[7]羈旅[8]長堪醉，[9]相留[10]畏曉鐘[11]。

1.【注疏】「又」字，有「留」字意。

2.【注疏】客舍在長安城內。首句敘時，次句敘地，敘法分明。

3.【注疏】串敘到「江鄉故人偶集」意。公家在閩州，故曰江南。「還」字有出其不意之神，與「翻疑」二字兩相呼應，真得神筆。

4.【注疏】高。

5.【注疏】見。

6.【注疏】下。

7. 【注疏】聞。魏武帝〈短歌行〉：「月明星稀，烏鵲南飛，遶樹三匝，無枝可依。」寒蟲，蟋蟀之類，凡離鄉之人遇此景物，必起思歸之念。頸聯純乎情，此二句景中寓情，皆有「秋」字意。

8. 【補注】羈旅：《廣韻》：「羈旅，旅寓也。」《周禮．地官》：「遺人野鄙之委積，以待羈旅。」注：羈旅，過行寄止者。

9. 【注疏】旅，《卦疏》（按即孔穎達《周易正義》）：「旅者，客寄之名。……失其本居而寄他方。」凡羈旅者，醉則忘思，是以長堪醉耳。

10. 【注疏】兩相留繫，但欲久敘相鄉情耳。

11. 【注疏】唯畏曉鐘，曉鐘一聞，勢必分手矣。

## 盧綸

字允言，河中蒲人。大曆初，數舉進士不入第，以元載薦，授監察御史。舅韋渠牟得幸德宗，表其才，召見。帝有所作，輒使賡和。與吉中孚、韓翃、錢起、司空曙、苗發、崔峒、耿湋、夏侯審、李端齊名，號「大曆十才子」。既從渾瑊在河中，驛召之，會卒，官止檢校戶部郎中。文宗尤愛其詩，遣中人悉索家笥，得詩五百篇。

## 送李端[1]

故關衰草遍，[2]離別正堪悲。[3]路[4]出（眉批）行者。寒雲外[5]，人[6]歸（眉批）送者。暮雪時。[7]少孤為客早，（眉批）悲李。多難識君遲。[8]（眉批）自悲。掩泣空相向，[9]風塵[10]何所期。[11]

1.【補注】李端：字正己，趙州人。大曆中進士，官杭州司馬。

2.【注疏】故關，故鄉也。衰草遍，時在冬也，映下「暮雪」。

3.【注疏】在離別中送別，情更堪悲耳。

4.【注疏】別路。

5.【注疏】遠。

6.【注疏】送別之人。

7.【注疏】敘時。「流水」相對言李端。從此路別去，出於寒雲之外。盧綸送別而回，剛遇日暮飛雪之時。

8.【注疏】自敘。言少年失怙，殊覺為客之早；終年多難，深恨識君之遲。頸聯，景中寓情。此二句純乎情也。

9.【注疏】掩泣，即掩淚。李君已去，而我尚立於斯，掩淚相向，殊覺空悲耳。

10.【注疏】天下風塵擾攘。

11.【注疏】欲訂後期，在於何所。

## 喜見外弟[1]又言別

**李益**

字君虞，姑臧人。成進士，不達，劉濟辟爲從事。呈詩有「不上望京樓」句，憲宗召還，官集賢殿學士。負才凌眾，諫官暴其在濟時詩，貶官散秩，後仍屢遷，以禮部尚書終。

十年離亂後，[2]長大一相逢。[3]問姓驚初見，[4]〔眉批〕初見。稱名憶舊容。[5]〔眉批〕接談。別來滄海事，6（眉批）敘舊。語罷暮天鐘。7（眉批）畢。明日巴陵8道，（眉批）又別。秋山又幾重？9

1.【補注】外弟：《儀禮》：「姑之子。」注，外兄弟也。《疏》：「外兄弟者，姑是內人，以出外而生故也。」

2.【注疏】別。

3.【注疏】見。

4.【注疏】喜見。

5.【注疏】外弟離分。離，亂世。「亂」一字，初見皆傷平昔不能相見意。四句一氣，情詞懇切，悲喜交集，讀之令人淒然。

6.【注疏】見時雨別。

7.【注疏】喜見愁別。以為自別以來，十年間，人、世事桑田滄海，何其更變也。情之殷殷，言之絮絮，方始休聲，不覺已聞暮天之鐘。此夜情詞苦況，不能一語盡矣。

8.【補注】巴陵：《舊唐書．地理志》：「岳州，天寶元年改為巴陵郡。」

9.【注疏】又別。《水經注》：「巴邱，山在湘水右岸。山有巴陵故城，本吳之巴邱邸閣城也。」蓋言今日聚談，前事已隔十年之遙。而明日分手一別，弟就巴陵之道，漸隔秋山，又不知幾重矣。後會之期，能復望乎？

## 司空曙——字文明，廣平人。貞元年中登進士第，爲水部郎中，終虞部郎中。

## 雲陽[1]館與韓紳宿別

故人江海別，（眉批）一句從前別起。幾度隔山川。[2]乍見（眉批）會。翻疑夢，相悲各問年。[3]（眉批）敘談。孤燈寒照雨，[4]深竹暗浮煙。[5]更有明朝恨，（眉批）又別。離杯惜共傳。[6]

1.【補注】雲陽：《舊唐書．地理志》：「京兆府領，雲陽縣。今陝西三原縣地。」
【注疏】今陝西三原縣。
2.【注疏】以昔別襯起今別，起下文「翻疑夢」句。故人，韓紳也。
3.【注疏】串。相別久，料無會期。今日乍見，翻疑是夢，既而兩相驚訝，不遑問及他事，各詢年紀若何。此別久相會之情也。
4.【注疏】夜深逢雨，孤燈照之，不勝寒寂。
5.【注疏】館外有竹，從暗裡看見浮煙，是天將曉未曉時也。
6.【注疏】離杯，餞別杯也。惜，傷也。共傳，爾餞我、我餞爾，兩相傳遞也。言未別先憶將別之時也。別久會難，先有一恨；乍見不久，又是一恨。而且更有來朝相別之恨，何以為情哉！

## 喜外弟盧綸見宿

靜夜四無鄰，荒居舊業貧。（眉批）十字八層。雨中黃葉樹，[1]燈下白頭人。[2]以我獨沉久，愧君相見頻。[3]平生自有分，況是霍家親。[4]（眉批）外弟。

1.【注疏】秋聞。

2.【注疏】夜見。

3.【注疏】一頓。

4.【補注】霍家親：《唐詩別裁》作蔡家親。注：《博物志》：「蔡伯喈母，袁曜卿之姑。羊祜為蔡伯喈外孫，將進爵土，乞以賜舅子蔡襲。」又《南史》：「蔡興宗甥袁顗、子昂，皆名士。」《全唐詩》亦作蔡家親。
【注疏】收到外弟。此詩一氣相接，線索條理井然。結聯以親戚收之，則更加情熱矣。

## 賊平後送人北歸

世亂同南去，時清獨北還。他鄉（眉批）承「南去」。生白髮，[1]舊國（眉批）承「北還」。見青山。[2]曉月過（眉批）早行。殘壘，[3]繁星宿（眉批）晚宿。故關。[4]寒禽（眉批）聞。與衰草，（眉批）見。處處伴愁顏。[5]

1.【注疏】南。

2.【注疏】此四句對起。世亂也，與友人同避而南遊，時清也，唯友人獨還而北去，其間淹滯之久，兩人白髮俱向他鄉而生，想君歸國之時，世事更遷，唯有青山而如故。

3.【注疏】想其早行也。

4.【注疏】想其晚宿也。早行遲宿，已歸之意，誠急切也。

5.【注疏】此四句，憶想一路之間，勢必觸物興感。早行也，曉月未墜之時，傍殘壘而經過；晚宿也，繁星燦爛之際，依故關而始宿。寒禽、衰草，處處伴爾愁顏，無非增君恨而益君老也。余之歸期未卜，不且為之更傷乎！離亂後荒涼風景，此詩描盡。

## 劉禹錫

字夢得，彭城人。始附王叔文，擢度支員外郎。憲宗立，叔文敗，夢得貶連州，後召還，出刺播州，易連州，易夔州、和州，入爲主客郎，進集賢學士，又出刺蘇州。會昌時，檢校禮部尚書。

# 蜀先主廟

天地英雄1氣，2千秋尚凜然。3勢分三足鼎，4業復五銖錢。5得相6能開國，7生兒8不象賢。9淒涼蜀故妓，來舞魏宮前。10〔眉批〕字字精切簡括。

1.【補注】英雄：《三國志》：「初，董承稱受獻帝衣帶中詔，與帝謀誅曹操。操從容謂帝曰：『今天下英雄惟使君與操耳。本初之徒，不足數也。』」

2.【注疏】《三國志》：「操與先主曰：『夫英雄者，胸懷大志，腹有良謀，有包藏宇宙之機，吞吐天地之志者也。今天下英雄，惟使君與操耳。』」

3.【注疏】英雄之氣，雖歷千秋，尚覺凜然有餘威也。

4.【補注】鼎足：孫楚〈與孫皓書〉：「自謂三分鼎足之勢，可與泰山相終始。」

【注疏】敘其創始。三國孔明取畫軸指謂玄德曰：「此西川五十四州之間，夫將軍欲成霸業，北讓曹操，占天時；南讓孫權，占地利。將軍可占人和。先取荊州為家，後即西川建基業，以成鼎足以勢，然後方可圖中原也。」

5.【補注】五銖錢：《漢書．武帝紀》：「元狩五年，罷半兩錢，行五銖錢。」漢末童謠云：「黃牛白腹，五銖當復。」

6.【注疏】敘其成功。《漢書・武帝紀》：「五年春三月，罷半兩錢，行五銖錢。」漢末謠：「黃牛白腹，五銖當復。」蓋謂先主能復漢業也。
【補注】得相：《三國志》：「諸葛亮寓居隆中草廬，自比管仲、樂毅。帝訪于司馬徽。徽曰：『識時務者在俊傑，此間自有伏龍鳳雛。』帝問誰？曰：『諸葛孔明、龐士元也。』帝由是請亮，三往乃得見。帝曰：『孤之有孔明，猶魚之有水也。』」
7.【注疏】先主三顧茅廬，得孔明以為相，取西川以開蜀國也。
8.【補注】生兒：〈後帝紀〉：「魏鍾會鄧艾，統十餘萬眾趨漢。中衛將軍諸葛瞻與艾戰于綿竹，敗績，及其子尚皆死之。艾至成都，譙周勸帝，遂出降。姜維得帝勅命，亦降魏。魏封帝為安樂公。他日與宴，作蜀技，旁人皆感愴，帝喜笑自若。司馬昭謂賈充曰：『人之無情，乃至於是。雖使諸葛亮在，不能輔之，況姜維乎。』」
9.【補注】象賢：《禮記》：「繼世以立諸侯，象賢也。」
【注疏】即伏結意。後主阿斗不象先主之賢也。
10.【注疏】《三國志》：後主親詣司馬府，下拜謝昭。宴設款待，先以魏樂舞戲於前，蜀官感傷，獨後主有喜色。昭令蜀人扮蜀樂於前，蜀官皆墜淚，後主嬉笑自若，正結其不象賢之處也。

## 張籍

《唐書．張籍傳》：「字文昌，和州烏江人。第進士，韓愈薦爲國子博士，歷水部員外郎，主客郎中，當時有名士皆與游而重之。籍性狷直，嘗責愈喜簙塞及爲駁雜之說，其排釋、老，不能著書，若孟軻、揚雄以垂世者。仕終國子司業。」按：簙塞，戲具。

# 沒蕃故人

前年戍月支，[1]城下沒全師。[2]蕃漢斷消息，死生長別離。[3]無人收廢帳，歸馬識殘旗。[4]欲祭[5]疑君在，[6]天涯哭此時。[7]

1. 【補注】月支：支，同氏。西域國名。
2. 【注疏】戍，守也。支同氏，西域國名。
3. 【注疏】城下一戰，全師盡為蕃軍覆沒也。
4. 【注疏】串。西蕃、中漢，兩相阻隔而消息為之斷絕，所以故人死於蕃，而我生於漢，長別離於幽明間也。
5. 【注疏】帳，帷帳也。軍沒而帳亦廢、旗亦殘矣。無人收，全師沒也。馬見殘旗而識歸，人竟無歸矣。
6. 【注疏】欲向空致祭。
7. 【注疏】又疑凶聞不實，猶冀其生還也。
8. 【注疏】此時情不自禁，所以向天涯而哭也。

# 草

離離原上草，1（眉批）詩以喻小人也。一歲一枯榮。2野火3燒不盡，（眉批）銷除不盡。春風吹又生。4（眉批）得時即生。

遠芳侵古道，5（眉批）干犯正路。晴翠接荒城。6（眉批）文飾鄙陋。又送王孫去，萋萋滿別情。7（眉批）卻最易感人。

1. 【注疏】離離，蒙茸貌，相附結而不散也。高者為原，比君側也。草，喻朝中小人。
2. 【注疏】去一小人，來一小人，言其多也。
3. 【補注】野火：曹植詩：「願為林中草，秋隨野火燔。」
4. 【注疏】流水對喻，言不能徹底除根，蔓延難制。正承「一歲一枯榮」句。
5. 【注疏】其勢真侵古道，喻殘害忠良也。
6. 【注疏】其妍接入大城，喻欺凌君上也。
7. 【注疏】合上「一歲一枯榮」句。王孫，草名。萋萋，盛貌。吾且待秋霜之日，送王孫而歸去，殊不知陽春一動，又且滿目萋萋，是草將何日除之耶？

## 杜牧

字牧之，宰相佑之孫。太和二年第進士，復舉賢良方正，沈傳師表爲江西團練府巡官，又爲牛僧孺節度府掌書記，擢監察御史，分司東都、歷黃、池、睦三州刺史，入爲司勳員外郎。嘗兼史職，復乞爲湖州刺史，以考功郎中知制誥，終中書舍人。史稱其剛直有奇節，不爲齷齪小謹，敢論列大事，指陳利病尤切。至時無右援，怏怏卒。今有《樊川集》。詩情至豪邁，人號「小杜」，以別於少陵。

# 旅宿

旅館無良伴，凝情自悄然。1寒燈2〔眉批〕見。思舊事，斷雁3〔眉批〕聞。警愁眠。4遠夢歸〔眉批〕去。侵曉，5家書到〔眉批〕來。隔年。6〔眉批〕中二聯當作二十層看。滄江好煙月，門繫釣魚船。7

1. 【注疏】旅館豈無伴侶？如求其良則無矣。所以凝情，獨自悄然耳。凝情，思想貌。《詩》：「憂心悄悄。」
2. 【注疏】見。
3. 【注疏】聞。
4. 【注疏】承「凝情」、「寒燈」、「旅館」、「孤燈」。舊事，已往之事。斷雁，無偶之雁。以為獨坐寒燈之下，舉舊事而皆思。獨眠旅館之中，聞雁聲而警肅，言坐臥不安也。
5. 【注疏】從旅館想到家鄉。
6. 【注疏】從家鄉想到旅館。歸，歸家也。侵曉而其夢始達於家，則路程遙遠可知矣。到，到旅館也。隔年視其緘封，是隔年所書也。
7. 【注疏】以幽閒之意結之，益見旅人跋踄之苦，則思鄉之情更難堪矣。滄江，旅館外之滄江。門，旅館之門。

漁船何等清閒以賞烟月，而我獨跋踄風塵，不得在家賞玩，何不如漁翁之自在也。

**許渾**——字用晦，丹陽人。大和六年進士，歷官當塗、太平二令，潤州司馬。大中間任監察御史，終睦、郢二州刺史。

## 秋日赴闕題潼關驛樓1

紅葉（眉批）秋日。晚蕭蕭，長亭（眉批）驛樓。酒一瓢。2（眉批）格意直追初盛。殘雲歸太華3，疎雨過中條。4樹色（眉批）見。隨關迴，5河聲（眉批）聞。入海遙。6帝鄉（眉批）赴闕。明日到，7猶自夢漁樵。8

1. 【補注】潼關：《水經》：「河水又南至華陰潼關，渭水從西來注之。」《注》：「河在關內，南流潼激關山，因謂之潼關，灌水注之。」按，潼關在今陝西同州府潼關縣。
【注疏】《水經注》：「河在關內，南流激潼關，由灌水注之。」《玉篇》：「驛，譯也。」《增韻》：「今之遞馬，又傳舍也。」
2. 【注疏】起句用叶韻法。古詩：「白楊多悲風，蕭蕭愁殺人。」長亭，驛樓也。瓢酒，飄宿於此，故用「晚」字。
3. 【補注】太華：《夏書》：「西傾、朱圉、鳥鼠，至于太華。」《爾雅》：「華山為西嶽。」注：太華，《地志》：「在京兆華陰縣西。」
4. 【補注】中條：《括地志》：「蒲州河東縣雷首山，一名中條山，亦名首陽。」

【注疏】串。從「晚」字做出。大雨後，其雲必斷，故曰殘。殘雲過去，必有疎雨。〈禹貢〉：「至於太華。」《爾雅．釋山》：「華山為西岳。」《括地志》：「蒲州河東縣雷首山，一名中條山，一名首陽。」

5. 【注疏】見雨後之樹色。闕，潼關。迴，遠也。隨，隨近以及遠也。

6. 【注疏】聞雨後之河聲。四句俱從晚景晴。

7. 【注疏】從潼關計至京師，明日可到。

8. 【注疏】今夜潼關，寄寓假寐中猶在家鄉，自作漁樵之夢耳。

## 早秋

遙夜汎清瑟，西風生翠蘿。[1]（眉批）字字切「早」。殘螢棲（眉批）低處。玉露，[2]早雁拂（眉批）高處。金河。[3]高樹曉還密，[5]（眉批）近處。遠山晴更多。[6]（眉批）遠處。淮南一葉[7]下，自覺洞庭波。[8]

1. 【注疏】秋夜始長，旅人遇之，故曰遙夜。汎同泛。清瑟，淒清蕭瑟，秋宵風景也。時當草木黃落，惟蘿薜之色不凋，遇秋更翠。

2. 【補注】玉露：蕭統《七月啓》：「金風曉振，偏傷征客之心。玉露夜凝，直泣仙人之掌。」
【注疏】杜甫〈殘螢〉詩：「十月清霜重，飄零何處歸。」玉露，秋露也，其色如玉。

3. 【補注】金河：《禮》：「立秋，盛德在金。」庾信文：「玉臺真氣，金河仙液。」江總歌：「織女金夕渡銀河。」
【注疏】《周書》：「白露之日，鴻雁來。」故曰早。拂，渡也。《唐書．地理志》：「單于大都護府，龍朔三年，領縣一，曰金河。」上官儀〈王昭君〉詩：「玉關春色晚，金河路幾千。」

4. 【注疏】沈佺期詩：「小池殘暑退，高樹早涼歸。」還密，尚未凋零，故見其早也。

5. 【注疏】謝靈運詩：「杪秋尋遠山，山遠行不近。」儲光羲詩：「落日登高嶼，悠然望遠山。」更多，言餘輝尚未全收也。

6. 【補注】一葉：《淮南子》：「見一葉落而知歲之將暮。」

7. 【補注】洞庭波：屈原《九歌》：「嫋嫋兮秋風，洞庭波兮木葉下。」

【注疏】《初學記》：「淮南道者，《禹貢》揚州之域，又得荊州之東界。自淮以南，略江而西，盡其地。」《淮南子》：「一葉落而知秋。」謝希逸〈月賦〉：「洞庭始波，木葉微脫。」《荊州記》：「青草湖一名洞庭。」梧桐一葉落、洞庭始波，皆言早也。

【注疏】寓意遙。夜，寓「長夜漫漫何時旦」意。西風，寓叛逆之臣。翠蘿比嬪妃之類，柔媚招風，以釁禍患之端也。殘螢比忠憤之臣，偏失其權。早雁比吐蕃之賊，以致入寇。高樹，寓近臣還有保國之心。遠山，寓遠臣豈無鎮守之士。淮南，言君王一經昏暗，必失政於權奸。洞庭波，言四境不平，自起風波於世界。許公先知之，故用「自覺」二字。

## 蟬[1]

李商隱

本以高難飽，徒勞恨費聲。（眉批）無求於世，不平則鳴。鳴則蕭然，止則寂然。五更疎欲斷，一樹碧無情。[2]（眉批）上四句借蟬喻己，以下直抒己意。

薄宦梗猶汎[3]，故園蕪[4]已平。煩君最相警，我亦舉家清。[5]

1.【注疏】託蟬以寄意也。

2.【注疏】串。《埤雅》：「蟬為其變脫而禪，故曰蟬舍。卑穢趨高潔，其禪足道也。《孝經援神契》：「蟬無力，故不食。」溫嶠賦：「饑吸晨風，渴飲朝露。」詠蟬即所以詠己也。

3.【補注】梗汎：《說苑》：「土偶謂桃梗曰：『子東園之桃也。刻子為梗，遇天大雨，水潦並至，必浮子，泛泛乎不知所止。』」

4.【補注】蕪：陶潛〈歸去來辭〉：「田園將蕪胡不歸。」

5.【注疏】《南史．陶潛傳》：「弱年薄宦，不潔去就之迹。」《爾雅．釋詁》：「梗，正直也。」《說文》：「汎，浮貌。蕪，薉也。平，治也。」君，謂禪也，警，戒也，舉，合也，清，廉也。此四句抒己意。夫蟬以清高飲露，何由得飽？吾猶恨其飽葉悲鳴，朝夕嘒嘒，不勝其勞，徒費清聲。所以「五更疎」引「欲斷」，以秋風白露中耳，然一樹之蔭不能保其身，亦覺無情甚矣。此蟬之患，可不預防螳螂乎？乃我也，宦情已薄，強梗自居，猶泛泛於斯，何也？況我之故園荒蕪未久，尚可治平，歸則宜矣。適聞蟬聲煩君，相警最為關切，而我之舉家清貧廉潔，亦猶之吸風飲露而已。

## 風雨

凄涼《寶劍篇》[1]，羈泊欲窮年。[2]黃葉仍風雨，青樓[3]自管絃。[4]〔眉批〕「仍」字、「自」字，詩眼。新知遭薄俗，舊好隔良緣。[5]心斷新豐酒[6]，銷愁又幾千？[7]

1.【補注】寶劍篇：《唐書》：「武后索郭元振所為文章，上《寶劍篇》。」

2.【注疏】淒，淒楚。涼，寒涼。《唐書．郭震傳》：「武后召，與語，奇之。索所為文章，上《寶劍篇》，后覽嘉嘆。」羇，羇旅。泊，飄泊。《莊子》：「和之以天倪，因之以曼衍，所以窮年也。」

3.【補注】青樓：曹植〈美女篇〉：「青樓臨大路，高門結重關。」《南史》：「齊武帝於興元樓上施青漆，謂之青樓。」詩家多以為狹斜之稱。

4.【注疏】仍，因也。王昌齡〈青樓曲〉：「馳道楊花滿御溝，紅妝縵綰上青樓。」青樓，妓女所居也。自，自然。管絃，妓女所奏也。

5.【注疏】《楚辭》：「樂莫樂兮新相知。」《漢書．元帝紀》「詔曰：『……壬人在位，而吉人壅蔽。重以周秦之弊，民漸薄俗，去禮義，觸刑法，豈不哀哉！』」王維〈崔興宗寫真詠〉：「今時新識人，知君舊時好。」陸機〈擬迢迢牽牛星〉詩：「跂彼無良緣，睆焉不得度。」觀「遭」、「隔」二字，有含下「愁」字意

6.【補注】新豐：《漢．地理志》：「太上皇思東歸，於是高祖改築城市街里以象豐，徙豐民以實之，故號新豐。」按，新豐，即今西安臨潼縣。新豐酒：梁元帝詩：「試酌新豐酒，遙勸陽臺人。」

7.【注疏】《三輔舊事》：「太上皇不樂關中，思慕鄉里。高祖徙豐沛屠兒、沽酒、煮餅商人，立為新豐。」梁元帝詩〈試酌新豐酒〉：「遙勸陽臺人。」白居易詩：「午茶能散睡，卯酒善銷愁。」此詩託風雨以起興也。彼郭震上《寶劍》一篇而武后遇之，似得其時。無奈氣屬淒涼，寶劍文章其光畢掩，則羈泊之機，欲遭窮年矣。試觀紅葉偶豔一時，仍因風雨飄搖，墮落泥塵。蓋言屬於女流，亦若青樓之輩，惟知管絃，安能識乎忠臣文士之心哉！吁，縱有新知，偏遭薄俗，豈無舊好，已隔良緣，則愁恨之情為何如乎！吾聞惟酒可以解憂，雖予心不嗜，果能銷愁，亦不惜沽酒之錢。

## 落花

高閣客竟去，[1]〔眉批〕花落則無人相賞，故竟去也。小園花亂飛。參差連曲陌，迢遞送斜暉。[2]腸斷[3]未忍掃[4]，眼穿[5]仍欲歸。[6]〔眉批〕望春留而春自歸。芳心向春盡，[7]所得[8]是沾衣[9]。

1. 【注疏】以客去興落花。
2. 【注疏】承「亂飛」、「參差」。花影陌阡。陌，迢遠也。遞，更迭，迴風疊舞貌。斜暉，日落光也。
3. 【注疏】愁腸欲斷。
4. 【注疏】愛惜落花不忍掃去也。
5. 【注疏】杜甫詩：「舊好腸堪斷，新愁眼欲穿。」
6. 【注疏】春歸，仍不能留也。
7. 【注疏】芳心向春盡，而我芳心亦向春而盡也。
8. 【注疏】一春所得者。
9. 【注疏】唯是傷春之淚，沾於衣襟耳。

## 涼思

客去波平檻，[1]蟬休露滿枝。[2]永懷當此節，〔眉批〕足「思」字意。倚立自移時。[3]〔眉批〕「涼」字，分四層。北斗兼春遠，[4]南陵[5]寓使遲。[6]天涯占夢數，[7]疑誤有新知。[8]

1.【注疏】春。

2.【注疏】秋。

3.【注疏】對起，以不對承之。《詩法》云：「偷春格，如梅花偷春色而先開也。」波平檻，言春日波濤平於檻下也。休，休聲。永懷，懷友人也。言昔日倚此送別是春，今日倚此凝思是秋。同此倚也，而其時已移矣。

4.【注疏】言今倚立思君，欲兼春日之情，尚覺其遠。

5.【補注】南陵：《舊唐書》：「梁置南陵縣，武德七年屬池州，後屬宣州。」

6.【注疏】君到南陵安寓之時，必不是秋，固覺其遲。《舊唐書》：「梁置南陵縣，武德七年屬池州，後屬宣州。」

7.【注疏】「沾」字，疑「占」字之誤（編按，章燮原錄詩文為「天涯沾夢數」，因「沾」字疑有誤，本書詩文從章注，改作「占」）。李公在北，友人使南，一若天涯不能相通，欲通音問，當以夢占之，必得其數，術數也。《易》：「極數知來之謂占。」

8.【注疏】疑其有新知而遂忘故交，斯誤斷也。

## 北青蘿[1]

殘陽西入崦，[2]茅屋訪孤僧。[3]〔眉批〕初不見，故訪。落葉人何在，[4]寒雲路幾層。[5]〔眉批〕路遠。獨敲初夜磬，[6]〔眉批〕初聞磬。閒倚一枝籐。[7]〔眉批〕後見枝。世界微塵[8]裡，吾寧愛與憎？[9]

1.【補注】青蘿：江淹〈江上之山賦〉：「挂青蘿兮萬仞，豎丹石兮百重。」

2.【補注】入崦：《山海經》：「崦嵫下有虞淵，日所入處。」

【注疏】敘其時。《山海經》：「鳥鼠同穴，山西南曰崦嵫，下有虞泉，日所入處。」本音淹，讀作掩，同義。

3.【注疏】敘事。

4.【注疏】聞。

5.【注疏】見。敘一路之景。串煉腰字。以為只聞落葉之聲，不聞行人；只見寒雲幾層，不見孤僧，方入其境也。

6.【注疏】未見其寺先聞其磬。剛近初夜之時。「獨敲」應「孤僧」二字。

7.【注疏】既見其寺門外，籐蘿蒼古，吾且閒倚其間，以賞幽雋，何其清淨如斯，令人萬籟俱空也。

8.【補注】微塵：《法華經》：「譬如有大經卷書寫三千大千世界事，全在微塵中。時有智人，破彼微塵，出此經卷。」

9.【補注】愛憎：《楞嚴經》：「人在世間，直微塵耳，何必拘于憎愛而苦此心也。」
【注疏】因想大千世界俱是微塵之理，物我一切皆空，有何憎愛？此悟道之言也。

## 溫庭筠

本名岐，字飛卿，并州人。工側詞豔曲，累舉不第。大中末，以上書授方山尉，仍失意歸。與令狐綯不協，薄爲有才無行。徐商知政事，用爲國子助教。商罷，尋廢。相傳庭筠入試時，押官韻八叉手而賦成，名「溫八叉」。與李商隱齊名，不虛也。

# 送人東遊

荒戍落黃葉，[1]浩然離故關。[2]高風漢陽[3]渡，初日郢[4]門山。[5]〔眉批〕直逼初盛。江上幾人在，天涯孤櫂還。[6]何當重相見？樽酒慰離顏。[7]

1. 【注疏】敘時當秋深之日。
2. 【注疏】志決不可留也。
3. 【補注】漢陽：《左傳》：「漢陽諸姬，楚實盡之。」按，漢陽，即今湖廣漢陽府。
4. 【補注】郢：《說文》：「郢，楚都，在南郡江陵北十里許。」
5. 【注疏】串。蓋言帆挂高風，自漢陽一渡，明朝日出之初，君必到郢門山下矣。言去之速也。《唐書・地理志》：「鄂州江夏郡漢陽縣。」按《六書故》云：「郢，楚所都。今為江陵府江陵縣。」
6. 【注疏】上句泛言下句，指友人以為江面上風波險阻，有幾人在也。而君之孤櫂直泛天涯，吾日望其無恙而還也。
7. 【注疏】望何日當還，重與君相見，得備樽酒以慰離顏，則愁顏庶可破矣。

**馬戴**

字虞臣，未詳里居，會昌四年進士。大中初，太原李司空辟掌書記，以正言斥爲龍陽尉，終太常博士。

## 灞上秋居[1]

灞原風雨定，晚見雁行頻。[2]（眉批）二句十層。落葉他鄉樹，[3]寒燈獨夜人。[4]空園白露滴，[5]孤壁野僧鄰。[6]寄臥郊扉久，何年致此身？[7]

1. 【補注】灞：《水經注》：「灞水出藍田縣。」按，灞水上有橋，漢時送行者多至此折柳贈別。
【注疏】《水經注》：「灞水出藍田縣。藍田谷，所謂多玉者也。」
2. 【注疏】此亂後不得回鄉，有感而作。岑參詩：「見雁思鄉信。」行，序也。
3. 【注疏】淺。
4. 【注疏】深。客子悲秋既已悽苦，而況一人長夜獨坐寒燈下，傷更何如耶。
5. 【注疏】頂「落葉」句。
6. 【注疏】頂「寒燈」句。轉下草木黃落，故秋園為之空。一人寂靜，故聞白露滴響。單墻孤壁，四境無鄰，傍於野僧之寺，愈覺蕭疎矣。
7. 【注疏】致身者，欲致其身於君也。

## 楚江懷古

露氣寒光集，[1]微陽下楚邱。[2]猿啼（眉批）聞。洞庭樹，人在木（眉批）見。蘭舟。[3]廣澤（眉批）水。生明月，[4]蒼山（眉批）山。夾亂流。[5]雲中君[6]（眉批）懷古。不見，竟夕自悲秋。[7]

1. 【注疏】由於寒光所集，故有露氣。

2. 【注疏】大江中何以寒光俱集？蓋因微陽下楚邱耳。寓言人君勢弱，奸邪輻輳，以起禍端也。

3. 【補注】木蘭舟：《述異記》：「木蘭川在潯陽，江中多木蘭樹，魯班刻為舟。」
【注疏】串。猿在洞庭樹上悲啼，我在木蘭舟中愁聽。寓言四境遭亂，一路行來，只聞啼哭。《述異記》：「木蘭舟在潯陽，江中多木蘭樹，魯班刻為舟。」

4. 【注疏】廣澤，洞庭湖也。生明月，寓肅宗至德二載，廣平王俶與郭子儀克復京師意。

5. 【注疏】蒼山，君山也，比上皇。夾亂流，言上皇避蜀，有安祿山陷京師、吐蕃入寇意，故用「夾」字。

6. 【補注】雲中君：《九歌．雲中君》：「靈皇皇兮既降，猋遠舉兮雲中。」注，言雲神往來急疾。
【注疏】湘君也。

7. 【注疏】竟夕，終夜也。不見，不見湘君也。雲中君，寓上皇。蓋言天子遭憂，不克護隨左右，則抱恨自悲耳。秋，寓已衰暮意。

## 書邊事

**張喬**

池州人。咸通中，與許棠、鄭谷、張蠙諸人同號「十哲」。黃巢之亂，隱九華以終。

調角斷[1]清秋，征人倚[2]戍樓。[3]春風對青冢，[4]白日落梁州。大漠無兵阻，窮邊有客遊。[6]蕃情[7]似此水，長願向南流。[8]

1. 【注疏】眼。
2. 【注疏】眼。
3. 【注疏】「征人」二字，一章之主。《演繁露》：「蚩尤率魑魅與黃帝戰。帝命吹角為龍鳴禦之。」《唐書・百官志》：「節度使入境州縣，築節樓，迎以鼓角。」今鼓角樓始此，即戍樓。調，角聲也。
4. 【補注】青冢：《歸州圖經》：「胡中草多白，王昭君冢草獨青，號曰青冢。」
【注疏】《漢紀》：「竟寧元年，王嬙嫁單于。昭君死葬。胡中地多白草，唯昭君塚獨青。」
5. 【補注】梁州：《書》：「華陽黑水惟梁州。」按，今陝西商州，即古梁州之域。
【注疏】二句蹉對。《書》：「華陽黑水惟梁州。」梁屬西邊，故白日從西而落也。
6. 【注疏】串。上句應「斷」字，下句應「倚」字。關外沙漠之地，故曰大漠。蓋因大漠之中無兵阻隔，所以窮邊之地，有客閒遊、征人無事，閒倚戍守之樓。顯見西蕃已平，願歸大唐，太平之景象也。
7. 【注疏】蕃人反覆無信，今察其情則已服矣。
8. 【注疏】西塞極高，故其水長向南國而流也。今蕃情畏服，諒必長願稱臣，向南職貢，亦似此水矣。

## 除夜有懷

**崔塗** —— 字禮山，江南人。光啟中進士。

迢遞三巴路，羇危萬里身。[1]（眉批）十字十層。亂山殘雪夜，[2]孤燭異鄉人。[3]漸與骨肉遠，

〔眉批〕有懷。轉於僮僕親。[4]那堪正飄泊，明日歲華新。[5]〔眉批〕除夜。

1.【注疏】迢遞，遠貌。三巴，詳〈長干行〉。王琦注：「三巴路，蜀路之極險者。」除夕在羈旅之中，更危萬里之身也。

2.【注疏】承「危」字。

3.【注疏】承「萬里身」。孤獨，一人也。

4.【注疏】串。以為年盡路遙，與骨肉漸見疏遠，於僮僕轉覺相親。

5.【注疏】言今日除夕正在飄泊之中，而明日歲新，春情無限，那能堪此飄泊之況耶。

## 孤雁

幾行歸塞盡，[1]念爾獨何之。[2]〔眉批〕十字切「孤」。暮雨相呼失，[3]寒塘欲下遲。[4]〔眉批〕四句二十層。渚雲低暗渡，關月冷相隨。[5]未必逢矰繳，[6]孤飛自可疑。[7]〔眉批〕點明「孤」字。

1.【注疏】不但歸，而且盡也。

2.【注疏】爾，孤雁也。乃獨羈留於此，而欲何之也。

3.【注疏】失偶也。

4.【注疏】遲，遲延也。相呼，呼其侶也。《白虎通》：「贄用雁，又取飛成行、止成列也。」許渾詩：「晨雞鳴遠戍，宿雁起寒塘。」言當暮雨之時，隻影悲鳴，因其失偶，寒塘之內幾回欲下，猶復遲延，寓孤雁之情形也。

5.【注疏】「低」、「冷」字，凝鍊。渚雲從寒塘遞下，關月從暮雨翻來，誠妙句也。按「失」、「遲」、「低」、「冷」四字，俱著意處，正是詩律細也。洲渚、雲低、孤身、暗度、關山、月冷、孑影相隨，寫孤雁之苦況，入妙也。

6.【補注】矰繳：《淮南子》：「雁銜蘆而飛，以避矰繳。」《三輔黃圖》：「具矰繳。以射鳧雁，給祭祀。」

【注疏】拓開一筆。

7.【注疏】矰，通作繒。《三輔黃圖》：「佽飛具矰繳，以射鳧雁。」註：「箭有綸白，矰繳即綸也。」若遇矰繳，固不可言生矣。今之孤苦之情不必逢夫矰繳，而其生詎可必乎。此托孤雁以自比。

**杜荀鶴**——字彥之，池州人。大順中進士，後授翰林學士，知制誥。自序其文爲《唐風集》。

## 春宮怨

早被嬋娟[1]誤，欲妝臨鏡慵。承恩不在貌，教妾若為[2]容？[3]（眉批）傷心在此。風暖（眉批）聞。鳥聲碎，（眉批）切「春」。[4]日高（眉批）見。花影重。[5]年年越溪[6]女，相憶采芙蓉。[7]

1.【補注】嬋娟：《說文》：「嬋娟，好姿態也。」

2.【補注】若為：陳後主后沈婺華詩：「情知不肯住，教妾若為留。」

3.【注疏】四句一氣，文情流麗，讀頸聯更宜急，一若急如流水。此真流水對法。嬋娟，美也。慵懶，梳妝也。

以為我已知早被嬋娟所誤，以致宮中見妬矣。今欲歸房，臨鏡而慵意梳妝也。夫濃妝以冀君寵，乃承「不在貌」，教妾將何以為容哉。「怨」字躍於言外。

4.【注疏】聞。

5.【注疏】見。春風放暖，鳥聲多則碎，日，春日亭午，即日高。日高，則花影交映重疊也。鳥聲，比宮人；碎，比讒言，煩碎也；花影，比宮人豔妝不一也；風，比君恩；日，比君王也。此杜公托宮人以自比也。花鳥比宮人，比中之比也。

6.【補注】越溪：《方輿勝覽》：「若耶溪，一名越溪，西施采蓮於此。」

7.【注疏】越，今會稽山陰縣。古詩：「涉江采芙蓉，蘭澤多芳草。」彼夫越溪之中，自西施一去，寵專後宮，無人奪愛，恩遇之隆，古今無二致，使越溪之女至今相憶，無怪其仰慕之深也。

**韋莊**

字端己，杜陵人。乾寧中進士，授校書郎，後依王建。建即僞位，拜散騎常侍，進吏部侍郎平章事，卒。

## 章臺夜思[1]

清瑟怨遙夜，繞絃風雨哀。[2]孤燈聞（眉批）聞。楚角，[3]殘月（眉批）見。下章臺。[4]（眉批）四句「夜」。芳草已云暮，[5]故人殊未來。[6]鄉書不可寄，秋雁又南迴。[7]（眉批）四句「思」。

1.【補注】章臺：《漢書・張敞傳》：「走馬章臺街，以便面拊馬。」注，章臺，在長安中。

【注疏】《漢書・張敞傳》：「走馬章臺街，自以便面拊馬。」蔡珪〈畫眉〉詩：「五陵年少多才思，數點章臺走馬人。」《異聞錄》：「韓翃將妓柳氏歸置。柳氏都下，三歲不迓，寄詩云：『章臺柳，章臺柳，昔日青青今在否？』」

2. 【注疏】清溪。蕭瑟，絃聲也。聞絃聲之悲，易起遙夜之怨，而更繞以風雨之聲。其情愈哀矣。
3. 【注疏】明聞。孤燈獨坐，又聞楚角，其悲惻之情更為何如。
4. 【注疏】暗見。風雨稍定，秋夜已深，楚角聲中，見殘月西墮，沉下章臺。其孤苦寂靜，更不可言矣。此四句，一層深一層。
5. 【注疏】若言其青春，則芳草已暮。時及秋也。
6. 【注疏】若言其處與，則交情已隔，欲冀故人，殊覺未來也。
7. 【注疏】以上句句俱含「秋」字，至此方顯出。蓋言時已暮矣，友已疎矣，歸又無期，何時解悶？只得冀通音問，以寄離情。無奈鄉書不可達，何也？寄鄉書者，秋雁。今而秋雁又且南回，則鄉書終不可寄耳。一段無可如何之恨，全含四十字中。

**僧皎然**——俗姓謝氏，字清晝，吳興人，靈運第十世孫。居杼山。顏魯公爲刺史，集文士撰《韻海》，皎然預其論者。貞元中取集藏之，于頔爲序。

## 尋陸鴻漸[1]不遇

移家（眉批）尋家。雖帶郭，野徑（眉批）途中。入桑麻。近（眉批）將到。種籬邊菊，秋來未著花。[2]（眉批）上四句「尋」。扣門

〔眉批〕到門。無犬吠，[3]欲去問西家。[4]報道〔眉批〕不遇。山中去，歸時每日斜。[5]〔眉批〕下四句「不遇」。

1.【補注】陸鴻漸：按，《唐書・隱逸傳》：「陸羽，字鴻漸，復州竟陵人。嗜茶，著《茶經》三本，言茶之原、之法、之具尤備，天下益知飲茶矣。時鬻茶者至陸羽形置煬突間，祀為茶神。」

2.【注疏】蓋言訪陸公於斯其家，雖帶郭而居，滿眼蒙茸，俱是桑麻成徑，幽靜閑雅之區，豈為城市所汙哉！近日所種之菊尚含蕊於籬邊，故秋來未曾著花也。陶潛詩：「采菊東籬下。」

3.【注疏】不遇。

4.【注疏】欲去，不即去意。欲冀其遇，所以要問。西家，鄰家也。

5.【注疏】西家答語也。曰：「今早往此山中，不去則已，去則每日歸家，必至日斜。」以問答法收之，則倒題不為板實。前半詠其境，後半詠「尋」字與「不遇」。此詩通首流麗，不以對仗為工，不以法律所拘，真禪家逸品也。

# 七言律詩

是五言八句之變也。在唐以前，沈君攸七言儷句已近其調，至唐人始專此體。

崔顥——汴州人。開元進士，官司勳員外郎。

## 黃鶴樓[1]

昔人已乘黃鶴去，此地空餘黃鶴樓。黃鶴一去不復返，白雲千載空悠悠。[2]晴川[3]歷歷漢陽樹，芳草萋萋鸚鵡洲。[4]日暮鄉關何處是？煙波江上使人愁。（眉批）嚴滄浪云：「唐人七律詩，當以此為第一。」

1. 【補注】黃鶴樓：《齊諧記》：黃鶴山者，仙人子安乘黃鶴過此。按，黃鶴，亦作黃鵠。
【注疏】《述異記》：「荀瓌憩江夏黃鶴樓上，望西南有物飄然降自雲漢，乃駕鶴之賓也，賓主歡對辭去，跨鶴騰空，渺然煙滅。」
2. 【注疏】昔人，指仙人。嚴滄浪云：「唐人七言律詩，當以此為第一。」余謂切不可學，恐其畫虎不成也。
3. 【補注】晴川：袁嶠之詩：「俯仰晴川渙。」按，晴川閣在漢陽府東。
4. 【補注】鸚鵡洲：在江夏西大江中，黃祖殺禰衡處。衡嘗作〈白鸚鵡賦〉，故遇害之地得名。庾信〈哀江南賦〉：「落帆黃鶴之浦，藏船鸚鵡之洲。」
【注疏】歷歷，明晰也。《唐書．地理志》：「鄂洲江夏郡漢陽縣。」萋萋，茂盛貌。公又〈江夏贈韋南陵冰〉詩：「我且為君槌碎黃鶴樓，君亦為吾倒卻鸚鵡洲。」《廣輿記》：武昌府城南，黃祖殺禰衡處，即鸚鵡洲。
5. 【注疏】此以懷故鄉結之。查李白〈登金陵鳳凰臺〉詩注，而菴所選詩，首句俱云「昔人已乘白雲去」，當作白雲為是。

## 行經華陰[1]

岧嶢[2]太華俯咸京[3]，天外三峯[4]削不成。[5]武帝祠[6]前雲欲散，仙人掌[7]上雨初晴。[8]

河山北枕秦關[9]險，驛路西連漢畤[10]平。[11]借問路旁名利客，何如此地學長生？[12]

1. 【補注】華陰：華陰縣在同州府，因華山在前，故名。
2. 【注疏】《書》：「導河、積石，至於龍門。南至於華陰。」《漢書．地理志》：「京兆尹縣華陰。」
3. 【補注】咸京：按，唐仲言《唐詩解》：「咸京，即咸陽。秦漢建都於此，故名。」
4. 【補注】太華三峯：《述征記》：「太華石壁直上如削成，最著者曰蓮花、玉女、明星三峰，而仙掌崖、日月巖、蒼龍嶺，皆奇境也。」
5. 【注疏】太華，京都之主山。岧嶤，高也。太華高，咸京低，故曰俯。《述征記》：「太華石壁直上如削成，最著者曰蓮花、玉女、明星三峰，而仙掌崖、日月巖、蒼龍嶺，皆奇境也。」《山海經》：「太華山，削成而四方，高五千仞，廣十里。」杜甫詩：「肅宗昔在靈武城，指揮猛將收咸京。」
6. 【補注】武帝祠：《華山志》：「巨靈，九元祖也。武帝觀仙掌，特立巨靈祠。」
7. 【補注】仙人掌：薛綜注〈西京賦〉：「華山對海東首陽山，黃河流于二山之間。古語云：『此本一山當河，河水過之而曲行，河神以手擘開其上，足蹈離其下，中分為兩、以通河流。』手足之形，於今尚在。」
8. 【注疏】以太華之景承之。《華山志》：「巨靈。九元祖也。武帝觀仙掌，特立巨靈祠。」《雲笈七籤》：華山名太極總仙之天。巨靈手擘其上，足蹈其下，以通河流。仙掌之行，燦然瑩目。雲欲散，雨初晴。此時山嵐秀氣，更可觀也。
9. 【補注】秦關：《雍錄》：「華陰縣東二百里，秦函谷關也。」

10.【音釋】時音置。

11.【補注】漢時：《括地志》：「漢武帝時，在岐州雍縣南。孟康曰：『時者，神靈之所止也。』」

【注疏】此寫其開曠。《雍錄》：「華陰縣東北二百里，秦函古關也，在太華之北。」《括地志》：「漢武帝時在岐州雍縣南。孟康曰：『時者，神靈之所止也。』」在太華山之西。

12.【補注】長生：《莊子》：「廣成子曰：『無勞汝形，無搖爾精，乃可以長生。』」

【注疏】此以欲退山林意結之。以為此處經過者，俱是爭名奪利之客，何不安心靜志，以學長生之術耶！《莊子》：「廣成子曰：『無勞汝形，無搖爾精，乃可以長生。』」

**祖詠** —— 洛陽人，開元十三年進士。張說在并州引為駕部員外郎。

## 望薊門[1]

燕臺[2]一去客心驚，笳鼓喧喧漢將營。[3]萬里（眉批）遠望。寒光生積雪，[4]三邊（眉批）高望。曙色動危旌。[5]（眉批）字字是望，非泛詠薊門。沙場烽火（眉批）承「危旌」句。侵胡月，[6]海畔雲山（眉批）承「積雪」句。擁薊城。[7]少小雖非投筆[8]吏，論功還欲請長纓。[9]

1.【補注】薊門：《一統志》：「薊門關在薊州。」王褒〈燕歌行〉：「惟有漢北薊城雲。」

【注疏】《雙槐歲鈔》：「京都十景其一曰薊門煙樹。」盧藏用詩：「負劍登薊門，孤遊入燕市。」《一統志》：「薊門關在薊州。」

2.【補注】燕臺：《六帖》：「燕昭王置千金於臺上，以延天下士，謂之黃金臺。」

3.【注疏】先從燕薊寫起。燕昭王置千金於臺上，以延天下士，謂之黃金臺。一去，謂郭隗、樂毅、鄒衍、劇辛等去後，燕滅於秦也。燕王臧荼，反攻下代地，高祖自將擊之，得燕王臧荼，即所謂「笳鼓喧喧漢將營」也。

4.【注疏】遠望。

5.【注疏】望高。

6.【注疏】永危旌。

7.【注疏】承「積雪」。薊門極北塞之地，北地最寒，故曰萬里寒光生積雪。燕北迫蠻貊，故曰三邊曙色動危旌。胡月者，烽火之盛，其光直侵乎邊塞之月也。燕近北海，故曰海畔雲山擁薊城也。

8.【補注】投筆：《後漢書．班超傳》：超家貧，為官傭書，嘗輟業投筆歎曰：「大丈夫無他志略，猶當效傅介子、張騫立功異域，以取封侯，安能久事筆硯間乎？」

9.【補注】長纓：《漢書．終軍傳》：「軍自請願受長纓，必羈南越王而致之闕下。」

【注疏】結句自寫。〈班超傳〉：超家貧，為官傭書，嘗輟業投筆嘆曰：「大丈夫無他志略，猶當傅介子、張騫立功異域，以取封侯，安能久事筆硯間乎？」《史記．孫吳列傳》：「吳起謂田文曰：『請與子論功，可乎？』《漢書．終軍傳》：「自請願受長纓，必羈南越王而致之闕下。」

## 送魏萬[1]之京

朝聞（眉批）聞。游子唱離歌，昨夜微霜（眉批）見。初度河。[2]鴻雁（眉批）聞。不堪愁裡聽，[3]雲山（眉批）見。況是客中過。[4]關城（眉批）見。曙色催（眉批）早。寒近，[5]御苑砧（眉批）聞。聲向晚（眉批）晚。多。[6]莫是長安行樂處，空令歲月易蹉跎。[7]（眉批）良友規勉之言。

1. 【補注】魏萬：《唐詩紀事》：「魏萬，後名顥，上元初登第。」
2. 【注疏】暗藏「秋」字，從未離之前詠起。于志寧詩：「賓筵未半醉，驪歌不用催。」離歌及驪歌。河，謂銀河。
3. 【注疏】行程聞淺。
4. 【注疏】路上。見深。
5. 【注疏】至成都。見早。
6. 【注疏】到京聞晚，此詩從別處敘到京師，不離秋景，其別況更加蕭疏也。
7. 【注疏】結以警醒語，勉之，莫以長安為行樂之區，空令歲月蹉跎也。

### 崔曙

——宋州人。開元二十六年進士。以〈試明堂火珠〉詩有云：「夜來雙月合，曙後一星孤。」由是得名。明年卒，惟遺一女名星星，是其讖也。

# 九日登望仙臺[1]呈劉明府

漢文皇帝有高臺，[2]此日登（眉批）登。臨曙色開。[3]（眉批）二句臺前形勢。三晉[4]雲山皆北向，[5]二陵[6]風雨自東來。[7]關門令尹[8]誰能識？（眉批）言望之無益也。河上仙翁[9]去不回。[10]且欲近尋彭澤宰，（眉批）明府。陶然共醉菊花杯。[11]

1. 【補注】望仙臺：《神仙傳》：「河上公授文帝《老子》而去，失所在，帝於西山築臺望之。」
【注疏】《神仙傳》：「河上翁授文帝《老子》而去，失所在，帝於西山築臺望之，名曰望仙臺。」按《三輔黃圖》：「通天臺，亦名望仙臺。」
2. 【注疏】先寫臺。
3. 【注疏】次寫「登」字。
4. 【補注】三晉：《孟子》注：「魏氏、韓氏、趙氏，共分晉地，號為三晉。」
5. 【注疏】北極三晉。
6. 【補注】二陵：《左傳》：「殽有二陵焉。其南陵，夏后皋之墓也；其北陵，文王之所避風雨也。」
7. 【注疏】東極二陵。言登高可以遠望也。韓、魏、趙本晉卿，分晉國而號三晉。《左傳》：「殽有二陵焉。其南陵，夏后皋之墓也；其北陵，文王之所避風雨也。」《晉書．杜預傳》：首陽之南為將來兆域，東奉二陵，西瞻宮闕。
8. 【補注】關門令尹：《漢書．藝文志》：「關尹子九篇，名喜，為關吏。老子過關，喜去吏而從之。」
9. 【補注】河上仙翁：葛洪《神仙傳》：「河上公，漢文帝時結草庵河上。帝讀《老子》有不解，遣問之，曰：『道尊德貴，非可遙問。』帝幸其庵問曰：『普天之下，莫非王臣，不能自屈，無乃高乎！』公即內冉在空曰：『余上不至天，中不至人，下不至地，何臣之有？』帝乃下車稽首，公授素書一卷。」

10. 【注疏】以「望仙」二字點綴二句。《漢書．藝文志》：「關尹子九篇，名喜，為關吏。老子過關，喜去吏而從之。」葛洪《神仙傳》：「河上翁，漢文帝時結草庵河上。帝讀《老子》有不解，遣問之，曰：『道尊德貴，非可遙問。』帝幸其庵問之曰：『普天之下，莫非王臣，不能自屈，無乃高乎！』公即冉冉在空曰：『余上不至天，中不至人，下不至地，何臣之有？』帝乃下輦稽首，公授素書一卷。」能誰識去不回者？言望之無益也。

11. 【注疏】上句結到劉明府，下句結到九日，近尋言不必遠求，神仙且與劉明府同飲共醉可也。

## 登金陵鳳凰臺[1]

李白

鳳凰臺上鳳凰遊，鳳去臺空江自流。吳宮[2]花草埋幽徑，晉代衣冠成古邱。[3]三山[4]半落青天外，二水[5]中分白鷺洲。[6]總為浮雲[7]能蔽日，〔眉批〕傷時事。長安不見使人愁。[8]

〔眉批〕憂帝室。

1. 【補注】鳳凰臺：《六朝事蹟》：「宋元嘉中，鳳凰集于是山，乃築臺于山椒，以旌嘉瑞。」在府城西南二里，今保寧寺是也。《江寧通志》：鳳凰臺在江寧府城內之西南隅，猶有陂陀，可以眺望。

【注疏】《江南通志》：「鳳凰臺在江寧府城內之西南隅，猶有陂陀，尚可登覽。宋元嘉十六年，有三鳥翔集山間，文彩五色，狀如孔雀，音聲和諧，眾鳥群附，時人謂之鳳凰。起臺於上，謂之鳳凰臺。山曰鳳凰山，里曰鳳凰里。」《珊瑚鉤詩話》：「金陵鳳凰臺，在城之東南，四顧江山，下窺井邑，古題詠唯謫仙為絕唱。」

2. 【補注】吳宮：吳宮，謂孫權建都時所造宮室。

3. 【注疏】有感古興懷意。言古之君臣，盡行湮沒，所存者，僅鳳凰臺耳。吳宮，謂孫權建都時所造宮室也。晉代，謂晉朝之百官也。古邱，荒塚。承上「空」字。

4. 【補注】三山：《一統志》：「三山，在應天府西南五十七里，周迴四望，高二十九丈。」《輿地志》：「其山積石森鬱，濱於大江，三峯排列，南北相連，故號三山。」

5. 【補注】二水：《史正志碑》：「秦淮源出句容、溧水兩山間，至建康分為二支，一支入城，一支繞城外，共夾一洲，曰白鷺。」

6. 【注疏】古今不變者，唯臺外三山二水。《景定建康志》：「三山在城西南五十七里，周圍四里，高二十九丈。」《輿地志》云：「其山積石森鬱，濱於大江，三峯排列，南北相連，故號三山。」史正志《二水亭記》：「秦淮源出句容、溧水兩山，自方山合流至建業，貫城中而西，以達於江，有洲横截其間。」《一統志》：「白鷺洲在應天府西南江中。」

7. 【補注】浮雲：陸賈《新語》：「邪臣之蔽賢，猶浮雲之障日月也。」

8. 【注疏】以此寓意結之。陸子《新語》：「邪臣之蔽賢，猶浮雲之障日月也。」劉昭《幼童傳》：晉明帝，元帝子。幼聰慧。元帝鎮揚州時，有人從長安來。帝因問之曰：「長安何如日遠？」答曰：「長安近。不聞人從日邊來，只聞人從長安來。」帝異之。明日宴群臣，又問之。答曰：「日近。」帝動容問故？曰：「舉頭見日，不見長安。」帝大悅。按此詩，必為楊國忠等執權而作。長安者，寓明皇也。

## 高適

# 送李少府[1]貶峽中王少府貶長沙[2]

嗟君此別意何如？駐馬銜杯[3]問謫居。[4]巫峽[5]啼猿[6]〔眉批〕峽中。數行淚，[7]衡陽〔眉批〕長沙。歸雁[8]幾封書。[9]青楓江[10]〔眉批〕長沙。上秋帆遠，[11]白帝城[12]邊古木疏。[13]〔眉批〕峽中。聖代即今多雨露，暫時分手莫躊躇。[14]

1. 【補注】少府：按，即縣尉。
2. 【注疏】峽中，即巴蜀。秦置蜀郡，即益州也。《舊唐書．地理志》：「秦置長沙郡，漢為長沙國，治臨湘縣。後漢為長沙郡。吳不改。晉懷帝置湘州。至梁初不改，隋平陳為潭州，以昭潭為名。煬帝改為長沙郡，仍改臨湘為長沙縣。武德復為潭州。」《增韻》：「貶，謫也。」
3. 【補注】駐馬銜杯：《開元遺事》：長安俠少，每春時，並轡往來，使僕從執杯而隨之，遇好花則駐馬而飲。
4. 【注疏】二句餞別，總起下一「問」字。中二聯，好完他地位。
5. 【補注】巫峽：《唐書．地理志》：夔州雲安郡有巫山縣，中有巫山。巫峽在夷陵，首尾百六十里，三峽之一。
6. 【注疏】山。
7. 【補注】啼猿數行淚：《荊州記》：「漁者歌曰：『巴東三峽巫峽長，猿鳴三聲淚霑裳。』」伏挺詩：「聽猿方對岫。」

【注疏】一完。出峽中，貶成都，先從巫峽而進三峽，多啼，猿聲悽苦，聞者每多下淚。

8. 【注疏】水。

9. 【注疏】一完。出長沙，貶長沙，先從衡陽經過。《晉書．地理志》：「孫權分長沙，立衡陽、湘東二郡。」王勃〈滕王閣序〉：「漁舟唱晚，響窮彭蠡之濱；雁陣驚寒，聲斷衡陽之浦。」即此。

10. 【補注】青楓江：本注，長沙有青楓江。《名勝志》：瀏水至長沙縣南為青浦，亦名雙楓浦。縣有八景，楓浦漁樵其一也。

11. 【注疏】水。又完。出長沙。長沙有青楓江。

12. 【補注】白帝城：夔州府東有白帝山，與赤甲山相接。按，公孫述據蜀時，有白龍自井中出，因名山併以名城。

13. 【注疏】山。又完。出峽中。白帝城，詳〈早發白帝城〉，李白詩句也。

14. 【注疏】二句以寬慰語結之。雨露，恩澤也，言不久召還也。躊躇，行不進貌。

岑參

## 和賈至舍人早朝大明宮之作[1]

雞鳴[2]紫陌[3]曙光寒，[4]鶯囀皇州[5]春色闌。[6]金闕曉鐘[7]開萬戶，[8]（眉批）聞自宮內。玉階仙仗[9]擁千官。[10]（眉批）見自外人。花迎劍（眉批）低頭看。珮星初落，柳拂旌旗（眉批）仰頭看。露未乾。[11]獨有鳳凰池上客，

〈陽春〉12一曲和皆難。13（眉批）和賈。

1.【補注】賈至：字幼鄰，洛陽人。擢明經第，為單父尉。明皇幸蜀，拜中書舍人，知制誥。撰肅宗冊文，命往奉冊，累封信都縣伯，以散騎常侍卒，謚曰文。大明宮：《長安志》：大明宮在禁苑之東南。貞觀八年置為永安宮城，九年改曰大明宮，以備太上皇清暑。百官獻貲財以助役。龍朔三年大加興造，號曰蓬萊宮。

【注疏】《雍錄》：唐有三大內。太極宮在西，名西內。大明宮在東，明東內。別有興慶宮，號南內。三內迭受朝，而大明最數。

2.【注疏】聞。

3.【補注】紫陌：謝莊《齋應詔詩》：「紫階協笙鏞。」

【注疏】見。

4.【注疏】出門。

5.【補注】鶯囀皇州：《禽經》：「鶯喜則囀。」謝朓詩：「春色滿皇州。」注，皇州，謂帝都也。

【注疏】（鶯囀）聞。（皇州）見。

6.【注疏】到城。蓋言早朝之時，當三月也。

7.【注疏】聞。

8.【注疏】近殿未朝，從內聞出。金殿，金闕也。曉鐘，漏鐘萬戶，即千門萬戶。

9.【補注】玉階：班固〈西都賦〉：「玉階彤庭。」注，玉階，玉飾階也。

【注疏】見。

10.【注疏】金殿從外見入。仙仗，天子之儀仗。千官兼文武，言擁見眾多也。

11.【補注】花柳：按，朱晦庵云：唐時殿庭間皆植花柳，故杜甫詩有「退朝花底散，歸院柳邊迷」之句。此岑詩用「花」、「柳」字，亦其一證。

12.【注疏】二句朝罷。上句指武官，下句指文官，言早朝，而退朝亦早也，故曰「星初落」、「露未乾」。

【補注】陽春：宋玉對楚王問：「客有歌於郢中者，其始曰〈下里巴人〉，國中屬而和者數千人。其為〈陽阿〉、〈薤露〉，國中屬而和者數百人。其為〈陽春〉、〈白雪〉，國中屬而和者不過數十人。引商刻羽，雜以流徵，國中屬而和者不過數人而已。是其曲彌高，其和彌寡。」

13.【注疏】結出和賈至詩意。賈至有〈早朝大明宮〉原唱，故岑參、王維、杜甫諸公和之，獨有言，無人能有也。《晉書．荀勗傳》：勗自中書監除尚書，令人賀之。勗曰：「奪我鳳凰池，諸君何賀耶？」宋玉對楚王：「客有歌於郢中者，其始曰〈下里巴人〉，國中屬而和者數千人。其為〈陽阿〉、〈薤露〉，國中屬而和者數百人。其為〈陽春〉、〈白雪〉，國中屬而和者數十人。」

王維

## 和賈至舍人早朝大明宮之作

絳幘雞人[1]報曉籌，尚衣[2]方進翠雲裘。[3]（眉批）自內而外。九天[4]閶闔[5]開宮殿，[6]萬國衣冠拜冕旒。[7]（眉批）自外而內。日色纔臨仙掌[8]動，[9]（眉批）宮外。香煙欲傍袞龍[10]浮。[11]（眉批）宮中。朝罷須裁五色詔[12]，珮聲歸到鳳池頭。[13]（眉批）和賈。

1.【音釋】幘音則。

【補注】絳幘雞人：《漢官儀》：「宮中輿臺，並不得畜雞，夜漏未明三刻雞鳴，衛士候於朱雀門外，著絳幘，專傳雞唱。」《周禮》：「雞人夜嘑旦、以嘂（按音叫，古同叫字）百官。」

2.【補注】尚衣：《唐書・百官志》：「尚衣局，奉御二人，直長四人，掌供冕旒几案。」

3.【補注】翠雲裘：宋玉〈諷賦〉：「主人之女，翳承日之華，披翠雲之裘。」

【注疏】以早朝起。《漢官儀》：「夜漏未鳴三刻雞鳴，衛士候於朱雀門外，著絳幘。」雞唱，《周禮》：「雞人夜嘑旦，以嘂百官。」虞世南〈早朝〉詩：「玉花停夜燭，金壺送曉籌。」尚衣，尚衣局也。曹植《與陳琳書》：「披翠雲以為衣，戴北斗以為冠。」

4.【補注】九天：《呂氏春秋》：中央曰鈞天，東方曰蒼天，東北曰變天，北方曰玄天，西北曰幽天，西方曰顥天，西南曰朱天，南方曰炎天，東南曰陽天。

5.【補注】閶闔：《漢書・禮樂志》：「游閶闔。」注：「閶闔，天門。」《淮南子》注：「閶闔，始升天之門。」

6.【注疏】天子出。九天，九重也。《漢書・禮樂志》：「天馬徠，龍之媒，游閶闔，觀玉臺。」注：「閶闔，天門。」

7.【補注】冕旒：《禮記・玉藻》：「天子玉藻、十有二旒。」注：「天子以五采為旒，旒十有二。」按，冕旒，以絲繩貫玉，垂冕前後也。

【注疏】百官朝。此寫「朝」字，衣冠，兼文武。言《世本》，黃帝作冕旒。《古今注》：「牛亨問曰：『冕旒以繁露，何也？』答曰：『綴珠垂下重，如露之繁多也。』」

8.【補注】仙掌：《三輔黃圖》：「《廟記》曰：『神明臺，武帝造，祭仙人處。上有承露盤，有銅仙人，舒掌捧銅盤玉杯，以承雲表之露。以露和玉屑服之，以求仙道。』」《長安記》：「仙人掌大七圍，以銅為之。」

9.【注疏】言其早也。動、日，興露光也。《史記・武帝紀》：「作柏梁、銅柱，承露仙人掌之屬矣。」

10.【補注】衮龍：《禮》：「天子龍衮。」

11.【注疏】香煙，御爐之煙。衮龍，君王法服。〈東都賦〉：「盛三雍之上儀，修衮龍之法服。」

12.【補注】五色詔：《事始》：「石季龍詔書，用五色紙，銜於木鳳口而頒行。」

13.【注疏】結到賈至原作。令狐楚為人謝詔問疾狀，特降千金之方，兼飛五色之詔。鳳池在中書之府。

## 奉和聖製從蓬萊向興慶閣道中留春雨中春望之作應制[1]

渭水自縈秦塞曲，黃山[2]舊繞漢宮斜。[3]鑾輿[4]迴出千門柳，閣道迴看上苑花。[5]雲裡帝城雙鳳闕，[6]（眉批）仰看。雨中春樹萬人家。[7]（眉批）俯看。為乘陽氣[8]行時令[9]，不是宸遊翫物華。[10]

1.【補注】蓬萊：《雍錄》：「大明宮南端門名丹鳳，在平地門北，三殿相踏，皆在山上，至紫宸又北，則為蓬萊殿。殿北有池，亦云蓬萊池。」興慶：劉昫《唐書》：「興慶宮在東內之南隆慶坊，本玄宗在藩時宅也。自東內達南內，有夾城複道，經通化門達南內。人主往來兩宮，人莫知之。」閣道：《史記》：「周馳為閣道，自殿下直抵南山。」張衡〈西京賦〉：「鉤陳之外，閣道穹隆。」注：閣道，飛陛也。

【注疏】按，蓬萊宮即大明宮。龍朔三年，號蓬萊宮，尋復故。興慶閣即興慶宮。

2.【補注】黃山：《漢書．地理志》：右扶風槐里縣，有黃山宮，孝惠二年起。〈楊雄傳〉：「北繞黃山，瀕渭而東。」《三輔黃圖》：「黃山宮在興平縣西三十里。」《水經》：「渭水又東北，逕黃山宮南。」

3.【注疏】以蓬萊、興慶起。《山海經》：「鳥鼠同穴之山，渭水出焉。……而東流注於河。」駱賓王《帝京篇》：「秦塞重關一百二，漢家離宮三十六。」〈西京賦〉：「繞黃山而款牛首。」注：右扶風槐里縣有黃山宮。李白詩：「盧橘為秦樹，葡萄出漢宮。」

4. 【補注】鑾輿：班固〈西都賦〉：「乘鑾輿，備法駕。」

5. 【注疏】正寫道中留春。《元和志》：「漢之複道不只長樂有之，未央之北，桂宮、北宮、光明之屬，各皆有宮而長相往來者，皆有複道也。」注：複道，即閣道也。《卓異記》：「武后天授二年將遊上苑，遣宣詔曰：『明朝遊上苑，火速報春知。花須連夜發，莫待曉風吹。』於是淩晨各花瑞草布苑而開，若有神助。」

6. 【注疏】仰望。

7. 【注疏】俯望。二句正寫雨中春望。《劇談錄》：「含元殿，國初建造，鑿龍首崗以為基址，彤墀釦砌，高五十餘尺左右，立栖鳳、翔鱗二闕。龍尾道出於闕前，倚欄下瞰，前山如在指掌。」

8. 【補注】陽氣：《禮記．月令》：「陽氣發泄。」《後漢書．郎顗傳》：「方春東作，布德之元，陽氣開發，養導萬物。王者因天視聽，奉順時氣，宜務崇溫柔，遵其行令。」

9. 【補注】時令：《禮記．月令》：「天子乃與公卿大夫共飭國典，論時令。」

10. 【注疏】此以頌揚結之。《漢書．律曆志》：「陽氣動物，於時為春。」《禮記》：立春之日，天子親帥公卿、諸侯大夫迎春於東郊。所謂行時令也。

## 積雨輞川莊作[1]

積雨空林煙火遲，蒸藜[2]炊黍[3]餉東菑。[4]漠漠水田（眉批）低處。飛白鷺，[5]（眉批）見。陰陰夏木（眉批）高處。囀黃鸝。[6]（眉批）聞。山中習靜[7]觀朝槿[8]，松下清齋[9]折露葵。[10]野老與人爭席[11]罷，海鷗[12]何事更相疑？[13]

1.【注疏】詳〈輞川閒居〉題注。

2.【補注】蒸藜：《爾雅翼》：「《毛詩義疏》：『萊，藜也。』莖葉皆似王芻。今兗州蒸以為茹，謂之萊藜。」

3.【補注】黍：《古今注》：「稻之黏者為黍。」

4.【補注】東菑：謝朓詩：「簟笠聚東菑。」

【注疏】《說文》：「炊，爨也。」《爾雅翼》：「藜，莖葉似王芻，兗州蒸為茹。」《說文》：「餉，饋也。」《集韻》：「自家之野曰餉。」《詩經．小雅》：「於此菑畝。」《疏》：「菑者，始菑役其草木也。」

5.【注疏】見。

6.【注疏】閒。承「東菑」二字，漠漠，布列貌。陰陰，夏木連陰也。

7.【補注】習靜：何遜詩：「習靜閟衣巾，讀書煩几案。」

8.【補注】朝槿：《埤雅》：「木槿似李，五月始花。」〈月令〉：「木槿榮，是也。花如葵，朝生夕隕。一名舜，蓋瞬之義取於此。」王僧孺詩：「妾意在寒松、君心逐朝槿。」

9.【補注】清齋：《楞嚴經》：「我時辭佛，晏晦清齋。」按，《舊唐書．文藝傳》：「王維奉佛，居常蔬食，不茹葷血，晚年長齋，不衣文彩。」

10.【補注】露葵：宋玉賦：「烹露葵之羹。」曹植《七啟》：「霜蓄露葵。」蓄與葵，宜於霜露之時。

【注疏】《玉篇》：「木槿，朝生夕隕，可食。」《正韻》：「齋，潔也。」王禎《農書》：「葵，陽草也，為百菜之主，備四時之饌。」《說文》：「葵，衛也。傾葉向日，不令日色照其根。」此田家之風味。

11.【補注】爭席：《列子》：楊朱南之沛，至梁而遇老子。老子曰：「而睢睢盱盱，而誰與居？大白若辱，盛德若不足。」楊朱居蹵然變容曰：「敬聞命矣。」其往也，舍者將迎，家公執席，妻執巾櫛，舍者避席，煬者避竈。其反也，舍者與之爭席矣。

12.【補注】海鷗：《列子．黃帝篇》：「海上之人有好漚鳥者，每日之海上，從漚鳥游，漚鳥之至者百住而不去。其父曰：『吾聞漚鳥皆從汝游，汝取來，吾玩之。』明日之海上，漚鳥舞而不下。」

13.【注疏】《莊子》：陽子居南之沛，老聃西遊於秦，邀於郊，至於梁而遇老子。老子曰：「而睢睢盱盱，而誰居與？大白若辱，盛德若不足。」陽子居蹵然變容曰：「敬聞命矣。」其往也，舍者迎將，其家公執席，妻執巾櫛，舍者避席，煬者避竈。其返也，舍者與之爭席矣。《列子．黃帝篇》：「海上之人有好漚鳥者，每旦之海上從，漚鳥遊。漚鳥之至者百往而不止。」注：漚同鷗。野老，王維自謂也，以為我既致仕，而反則與人無爭，將隨海漚以忘機，不必更起相疑之心矣。

## 酬郭給事[1]

洞門[2]高閣靄餘暉，[3]桃李陰陰柳絮飛。[4]（眉批）二句所見。禁裡疏鐘官舍[5]晚，[6]省中[7]啼鳥吏人稀。[8]（眉批）二句所聞。晨搖玉珮趨金殿，[9]（眉批）入。夕奉天書拜瑣闈。[10]（眉批）出。強欲從君無那[11]老，將因臥病解朝衣。[12]（眉批）酬郭。

1.【補注】給事：《漢書．百官志》：「中常侍五員，掌侍左右，從入內宮，贊導內眾事，顧問應對給事。」《唐書．百官志》：「門下省給事中，四人，正五品上。常侍左右，分判省事。」

2.【補注】洞門：《漢書．董賢傳》：「重殿洞門。」注：「洞門，謂門門相對也。」

3.【注疏】此喻其官高年尊也。

4.【注疏】此喻其門生顯達也。

5.【補注】官舍：《史記．陳豨傳》：「邯鄲官舍皆滿。」

6.【注疏】此寫其清閒。

7.【補注】省中：《漢書．昭帝紀》：「共養省中。」注：「本為禁中，門閤有禁，非侍衛之臣不得妄入。……

孝元皇后父名禁，故避之曰省中。」師古曰：「省，察也。言入此中，皆當省察視，不可妄也。」

8. 【注疏】此寫其廉靜。靄，餘暉，日將暮矣。柳絮飛春，將暮矣。《事文類聚》：唐狄仁傑嘗薦姚崇桓、彥範、敬暉數人，率為名臣。或謂仁傑，曰：「天下桃李，盡在公門。」仁傑曰：「薦賢為國，非為私也。」省中啼鳥，無訟事也。省中無事，故吏人自稀也。

9. 【注疏】入朝。

10. 【補注】瑣闈：劉昭《後漢書》注：「《後漢書》曰：『黃門郎屬黃門令，日暮，入對青瑣門拜，名曰夕郎。』」《宮閣簿》：「青瑣門在南宮。」衛瓘注〈吳都賦〉曰：「青瑣，戶邊青鏤也。」

【注疏】退朝。以上敘郭給事之事，下二句結到自身。

11. 【補注】那：《韻會》：「那，語助也。乃箇切。音與奈同。」《後漢書．韓康傳》：「公是韓伯休那。」注：「那，語餘聲也，音乃賀反。」

12. 【補注】解朝衣：張協詩：「抽簪解朝衣，散髮歸海隅。」

【注疏】君，郭給事。老，自歎也。解朝衣，不仕也。

## 杜甫

## **蜀相**[1]

丞相祠堂[2]何處尋？錦官城外柏森森。映階碧草（眉批）見。自春色，[3]隔葉黃鸝（眉批）聞。空好音。[4]三顧[5]頻煩[6]天下計，兩朝[7]開濟[8]老臣心。出師未捷[9]身先死，長使英雄淚滿襟。[10]〔眉批〕自始至終，一生功業心事，四語括盡。

1.【注疏】仇兆鰲注：「此公初至成都時作。先主建安二十六年即帝位，冊亮為丞相，錄尚書事。」《方輿勝覽》：「廟在府西北二里。武侯初亡，百姓遇節朔，各私祭於道中。李雄稱王，始為廟於少城內。桓溫平蜀，夷少城，獨存孔明廟。」

2.【補注】祠堂：按，在成都府城南二里。《方輿勝覽》：「武侯初亡、百姓遇節朔，私祭於道。李雄稱王，始為廟於少城內。桓溫平蜀，夷少城，獨存武侯廟。」

3.【注疏】見。

4.【注疏】聞。「自」字、「空」字，有感慨意。仇兆鰲曰：「此四句敘祠堂之景。首聯，自為問答，記祠堂所在。草自春色，鳥空好音，寫祠堂荒涼，而感物思人之意，即在言外。」直書丞相尊正統也。朱子《綱目》大書丞相亮出師，先後同旨。題稱「蜀相」，仍舊稱耳。《寰宇記》：「諸葛武侯廟在先主廟西，府城西有故宅。」《華陽國志》：「成都西城，故錦官城也。錦江，錦濯其中，則鮮明，故命曰錦江。」孫季昭曰：「成都呼為錦官城，以江山明麗，錯雜如錦也。」《儒林公議》曰：「成都先主廟側，有諸葛武侯祠。祠前有大柏，係孔明手植。圍數丈。唐相段文昌有刻詩存焉。唐末漸枯，歷王建、孟知祥二偽國，不復生，然亦不敢伐。皇宋乾德五年丁卯夏五月，枯柯再生。余于皇佑初守成都，又八十年矣，則見新枝聳雲，枯幹存者若老龍之形，所以謂柏森森也。」

5.【補注】三顧：諸葛亮〈出師表〉：「三顧臣於草廬之中。」

6.【補注】頻煩：庾亮表：「頻煩省闥，出總六軍。」

7.【補注】兩朝：按，《杜集》注：「兩朝，指先主、後主也。」

8.【補注】開濟：《晉書．楚隱王瑋傳》：「瑋性開濟，能得眾心。」

9.【補注】未捷身死：〈諸葛亮傳〉：亮悉大眾由斜谷出，據武功五丈原，與司馬懿對於渭南，相持百餘日，疾，卒於軍。

10.【注疏】仇兆鰲曰：「此四句敘丞相之事，天下計，見匡時雄畧，老臣心，見報國苦衷。有此二句之沉摯悲壯，結作痛心酸鼻語，方有精神。宋宗簡公臨沒時誦此二語，千載英雄有同感也。」〈出師表〉：「三顧臣於草廬之中。」頻煩，言頻數繁多也。《韓非子》：「周公旦假為天子七年。」非為天下計也，為其職也。兩朝，指先主、後主言。朱翰注：「開濟，謂章武開基建興。」濟，美謚法，開物濟務。老臣，指孔明。〈諸葛亮傳〉：亮悉大眾由斜谷出，據武功五丈原之間，與司馬懿對於渭南，相持百餘日，疾，卒於軍。《蜀志》：「天下英雄，喁喁有望。」楊慎曰：正德戊寅，於武侯祠，見壁間有詩云：「劍江春水綠沄沄，五丈原頭日又曛，舊業未能歸後主，大星先已落前軍。南陽祠宇空秋草，西蜀關山隔暮雲。正統不慚傳萬古，莫將成敗論三分。」此詩始終皆武侯事，雖子美未能過之。惜未知其姓氏耳。

## 客至[1]

舍南舍北皆春水，但見群鷗日日來。[2]花徑不曾緣客掃，[3]蓬門今始為君開。[4]盤飧[5]市遠無兼味，[6]樽酒家貧只舊醅。[7]肯與鄰翁相對飲，隔籬呼取盡餘杯。[8]

1.【音釋】醅音胚。

【補注】喜崔明府見過。

【注疏】原注：「喜崔明府相過。」邵氏注：「公母崔氏，明府是其舅氏也。此是草堂既成後春景。〈黃鸝〉編在上元二年。」

2. 【注疏】此以鷗來引起客至。舍，草堂也。日日來，相親也。

3. 【注疏】言草堂始成，不防客至，但未掃徑以待耳。

4. 【注疏】此句正寫客至，門雖設而常關。

5. 【補注】盤飧：《左傳》：「乃饋盤飧，置璧焉。」

6. 【補注】兼味：潘岳誄：「重珍兼味。」

【注疏】二句款客。

7. 【補注】醅：《廣韻》：「醅，酒未漉也。」

8. 【注疏】鄰翁致趣相洽者。仇兆鰲曰：「飧，熟食也。醅，酒之未漉者。」《左傳》：「乃饋盤飧，置璧焉。」潘岳作〈夏侯湛誄〉：「重珍兼味。」《抱朴子》：「奇士碩儒，或隔籬而不授。」以為君若肯與鄰翁對飲，則余當隔籬呼來，與君同盡此餘杯耳。

## 野望[1]

西山[2]白雪（眉批）高處望。三城戍[3]，南浦清江（眉批）低處望。萬里橋。[4]（眉批）三句八層。海內風塵諸弟隔，天涯涕淚一身遙。[5]惟將遲暮供多病，未有涓埃答聖朝。跨馬出郊時極目，不堪人事日蕭條。[6]

1. 【注疏】鶴注：「此詩當是寶應元年成都作。」

2. 【補注】西山：《一統志》：「西山，在成都府西，一名雪嶺。」

3. 【補注】三城戍：按《杜集》本注：「三城，在松維等州之界，時為吐蕃所擾。」《唐書．高適傳》：上皇還京，復分劍南為兩節度。百姓疲于奔命，而西山三城列戍。

4. 【補注】萬里橋：《一統志》：「萬里橋在成都府中和門外。」

【注疏】對起法。

5. 【注疏】此四句懷家。

6. 【注疏】此四句憂國。唐氏注：「西山，在成都府西，一名雪嶺。三城戍，即松、維、堡三城。」《錢箋》：「西山三城界於吐蕃，為蜀邊要害。」《一統志》：「萬里橋在成都府中和門外。」《漢．終軍傳》：「邊境時有風塵之警，諸弟隔皆離散也。」古詩：「各在天一涯。」《楚辭》：「恐美人之遲暮。」涓，除也。涓埃，謂除惡以取美成者也。鮑照詩：「跨馬出北門。」

## 聞官軍[1]收河南河北[2]

劍外忽傳收薊北，初聞涕淚滿衣裳。卻看妻子[3]愁何在？漫卷詩書喜欲狂。白日放歌須縱酒，青春作伴好還鄉。即從巴峽穿巫峽，便下襄陽向洛陽。[4]〔眉批〕一氣旋折，八句如一句，而開合動盪，元氣渾然，自是神來之作。

1. 【補注】官軍：本注：「寶應元年十一月，官軍破賊于洛陽，進取東都，河南平。朝義走河北，李懷仙斬其首以獻，河北平。此詩蓋公在劍外聞捷書而作也。」《唐書》：「寶應元年冬十月，僕固懷恩等屢破史朝義兵，進克東京。其將薛嵩以相、衛等州降，張志忠以恆、趙等州降。次年春正月，朝義走至廣陽自縊，其將田承嗣以莫州降，李懷仙以幽州降。」

2. 【注疏】一云收兩河。

【注疏】仇兆鰲曰：「此廣德元年春，在梓州作。」《唐書》：「寶應元年冬十月，僕固懷恩等屢破史朝義兵，進克東京。其將薛嵩以相、衛等州降，張志忠以恆、趙等州降。次年春正月，朝義走至廣陵自縊，其將田承嗣以莫州降，李懷仙以幽州降。」

【注疏】蘅塘退士曰：「寶應年十一月，官軍破賊於洛陽，進取東都，河南平。朝義走河北，李懷仙斬其首以獻，河北平。此詩蓋公在劍外聞捷書而作也。」

3.【補注】妻子：按，原注：「時已迎家至梓。」

4.【補注】襄陽洛陽：原注：「余田園在東京，又出峽東北向，便由襄陽入洛陽。」顧注：「公先世襄陽人，曾祖依藝為鞏令，徙河南。父閑為奉天令，徙杜陵。」

【注疏】原注：「余田園在東京。」舊注：「巴縣有巴峽，巫山縣有巫峽，襄陽屬楚，洛陽屬河南。」顧注：「公先世為襄陽人，祖依藝為鞏令，徙河南；父閑為奉天令，徙杜陵。而田園則尚在洛陽。」仇兆鰲曰：「上四，聞收復而喜。下四，思急還故鄉也。初聞而涕，痛憶亂離。破愁而喜歸家有日也。縱酒，承狂喜。還鄉，承妻子。末乃還鄉所經之路。」顧注：「『忽傳』二字，驚喜欲絕。愁何在，不復愁矣。漫卷者，拋書而起也。」黃生注：「此通首敘事之體。劍外，見地。青春，見時。曰作伴者，風和景明，能助行色也。」雲謂一氣奔馳如洪泉注下，奚遑分其兩截。

## 登高[1]

風急天高猿嘯哀，[2]（眉批）上。二句十四層。渚清沙（眉批）下。白鳥飛迴。[3]無邊落（眉批）上。木蕭蕭下，[4]不盡
長江（眉批）下。滾滾來。[5]（眉批）二句又十四層。一橫說，一豎說。萬里悲秋常作客，百年多病獨登臺。（眉批）二句又十餘層。艱難苦
恨繁霜鬢[6]，潦倒[7]新停濁酒杯。[8]

1.【注疏】朱注：「舊編〈成都〉詩內。按詩有「猿嘯哀」之句，定為夔州作。」

2. 【注疏】聞山。

3. 【注疏】見水。

4. 【注疏】聞山。

5. 【注疏】見水。仇兆鰲曰：「此寫登高聞見之景。」《楚辭》：「鳥飛還故鄉。」又曰：「洞庭波兮水葉下。」又：「風颾颾兮木蕭蕭。」《說文》：「滾滾，相繼不絕也。」

6. 【補注】繁霜鬢：《詩》：「正月繁霜。」〈子夜歌〉：「霜鬢不可視。」

7. 【補注】潦倒：《五總志》：魏天保間謂容止蘊藉為潦倒。宋武帝舉止行事，以劉穆之為節度，此非蘊藉潦倒之士耶！而後世以潦倒為不偶之人，誤矣。嵇康〈與山巨源絕交書〉：「足下舊知吾潦倒麤疎，不切事情。」

8. 【注疏】仇兆鰲曰：「此寫登高感觸之情。按公家杜陵至成都，路途遙遠，故曰萬里。魏文帝樂府：「遠從軍旅萬里客。」」《養生經》：「中壽百年。」曹植賦：「聊登臺以娛情。」《左傳》：「險阻艱難備嘗之矣。」《詩》：「正月繁霜。」〈子夜歌〉：「霜鬢不可之，絕交論潦倒。」麤疎，朱注：「時公以肺疾斷酒，曰新停。」《唐詩解》：「久客則艱苦備嘗，病多則潦倒日甚，是以白髮頻添，酒杯難舉。」

## 登樓1

花近高樓傷客心，萬方多難此登臨。錦江2春色來天地，〔眉批〕如春去復來。玉壘3浮雲變古今。4〔眉批〕如雲出即變。北極朝廷終不改，西山寇盜5莫相侵。可憐後主6還祠廟，日暮聊為〈梁甫吟〉。7〔眉批〕昏庸如後主，人猶祀之，可見終不改也，得武侯則寇靖矣。

1. 【注疏】鶴注：當是廣德二年春，初歸成都之作。吐蕃去冬陷京師，郭子儀復京師，乘輿反正，故曰「朝廷終不改」。

2. 【補注】錦江：《蜀志》：「錦江，織錦濯其中則鮮明，故名曰錦里。」按，錦江在成都府華陽縣南。

3. 【補注】玉壘：〈蜀都賦〉：「包玉壘而為宇。」注：「玉壘，山名，湔水出焉。在成都西北岷山界。」《一統志》：「玉壘山在成都府灌縣西北。」

4. 【注疏】仇兆鰲曰：「此敘登樓所見之景，賦而興也。」多難，即安祿山、吐蕃等陷京師。錦江，即沱江。《漢書》：「沱水，在蜀郡郫縣西，東入大江。其一在汶江縣西南，東入江。」李商隱詩：「相如未是真消渴，猶放沱江過錦城。」李白詩：「地轉錦江成渭水，天迴玉壘作長安。」〈蜀都賦〉：「包玉壘而為宇。」劉注：「玉壘，山名，湔水出焉。在成都西北岷山界。」《寰宇記》：「在茂州，汶川縣北三里。」《詩》：「王事多難。」《杜臆》：「玉壘山在灌縣西，唐貞觀年間設關於其下，乃吐蕃往來之衝要路也。」

5. 【補注】西山寇盜：廣德元年，吐蕃陷松、維、堡三城及雲山新築二城，于是劍南西山諸州，亦入于吐蕃。

6. 【補注】後主：按，《吳曾漫錄》：「蜀先主廟在成都錦官城外，西挾即武侯祠，東挾即後主祠。」

7. 【補注】梁甫吟：《史記》注：「梁甫，泰山下小山。」《西溪叢話》：「《藝文類聚》載諸葛亮作梁甫吟，不知何義。」張衡〈四愁〉詩：「欲往從之梁甫艱。」注：「言人君有德則封泰山，泰山喻人君，梁甫喻小人也。諸葛好為〈梁甫吟〉，恐取此意。」按，杜詩本注：「以後主比天子，無理之甚。〈梁甫吟〉句兼對嚴公，蓋以諸葛勳名望之也。」按，《錢箋》云：「代宗任程元振、魚朝恩，致蒙塵之禍，故以後主之任黃皓比之。」

【注疏】仇兆鰲曰：「此敘登樓之所感之懷，賦而比也。」《爾雅》：「北極，謂之北辰。」指長安也。遠注：「終不改，所謂廟貌依然、鐘簴無恙也。」顧注：「廣德元年十月，吐蕃陷京師，立廣武郡王承宏為帝。郭子儀收京，承輿反正。是年十二月，吐蕃又陷松、維、堡三州，高適不能救。西山近於維州。《吳曾漫錄》：『蜀先主廟在成都錦官門外，西挾即武侯祠，東挾即後主祠。』蔣堂率蜀，以禪不能保有土宇，始去之。所為還祠廟者，書所以誌慨也。」朱瀚曰：「《蜀志》：『亮躬耕隴畝，好為〈梁父吟〉。』本傳不載吟詞。樂府所載二桃殺三士，其義殊鄙，何取好而吟之？且躬耕南陽而其詞則曰『步出齊城門，遙望蕩陰里』，於事不合。」又曰：「力耕南山，文絕地紀，語氣浮誕，豈武侯所屑道？嘗考《樂府解》，曾子耕太山之下，天雨雪，旬日不得歸，思其父母而作〈梁父歌〉，本琴操也。武侯早孤力耕，為〈梁父吟〉，意實本此。又陸機、沈約皆有作，一則曰豐水零露，一則曰秋色寒光，嘆時暮而失志，正與雨雪思歸有合。益欲三士之說為不經矣。今按舊注以〈梁父吟〉為欲去朝中讒佞。黃生謂即指登樓所作之作，此另一說也。」

## 宿府[1]

清秋幕府[2]井梧[3]寒，獨宿江城蠟炬殘。（眉批）讀二句，上五字略頓，神味倍永。永夜角聲悲自語，中庭月色好誰看？[4]風塵荏苒音書斷，關塞蕭條行路難。已忍伶俜[5]十年事[6]，強移棲息一枝安。[7]

1. 【注疏】鶴注：「此廣德二年在幕府作。」
2. 【補注】幕府：《漢書．李廣傳》：「莫府省文書。」注，莫府者，以軍幕為義。古字通。軍旅無常居止，故以帳幕言之。
3. 【補注】井梧：《鴻書》：「世嘗言：『金井梧桐飄。』以葉上有黃圈文如井，故曰金井，非井欄也。」
4. 【注疏】仇兆鰲曰：「此秋夜宿而有感也。四句敘景。」《漢書》：「李廣，幕府省文書。」蠟炬，燭也。角，軍器。詳〈張喬書〉邊注。
5. 【補注】伶俜：〈寡婦賦〉：「少伶俜而偏孤兮。」

6.【補注】十年事：按，邵注：「自祿山初反至此為十年。」

7.【注疏】仇兆鰲曰：「四句言情。」風塵，指世亂。《廣韻》：「荏苒，展轉也。音書，家書。關塞屬邊鄙之地，蔡琰〈笳曲〉：『關山修阻兮行路難。』古〈猛虎行〉：「伶俜到他鄉。」邵寶云：「自祿山初反至此為十年。」宋孝武帝：「或棲息閭閻，懷寶待耀。」左思詩：「巢林棲一枝。」

## 閣夜[1]

歲暮陰陽催短景，天涯霜雪霽寒宵。[2]（眉批）二句十餘層。五更鼓角聲悲壯，[3]三峽星河影動搖。[4]

野哭千家聞戰伐？[5]夷歌[6]幾處起漁樵。[7]臥龍[8]躍馬[9]終黃土，人事音書漫寂寥。[10]

（眉批）賢愚同歸于盡，則寂寥何足計矣。

1.【注疏】即夔西閣。仇兆鰲曰：「此當是大曆元年冬作。」鶴注詩：「云聞戰伐時，崔旰之亂未息也。」

2.【注疏】對起。

3.【注疏】聞。

4.【補注】動搖：《天官書》注：「左旗九星，在河鼓左。右旗九星，在河鼓右。」動搖，則兵起。

【注疏】見「聲」、「影」二字，凝煉。仇兆鰲曰：「四句寫閣夜景像。按頸聯承「寒宵」二字，古詩〈折楊柳〉：『陰陽催我去，那得有定主。』庾信詩：「短景負餘輝。」曰短景歲暮也。古詩：「各在天一涯。」《楚辭》：「悲霜雪之俱下。」《顏氏家訓》：「或問：『一夜何故五更？』答曰：『……更，歷也。』」《李衛公兵法》：「鼓三百三十三搥為一通，角動吹十二聲為一疊，故又曰『鳴笳疊鼓』。」《天官書》注：「《正義》曰：左旗九星，在河鼓左；右旗九星，在河鼓右。動搖，則兵起。」《漢書》：「元光中，天星盡搖，上以問候星者，對曰：『星搖者，民勞也。』後征伐四夷，百姓勞於兵革。」三峽，詳巫峽注。

5. 【注疏】足上「星」、「動搖」句。

6. 【補注】夷歌：〈蜀都賦〉：「陪以白狼，夷歌成章。」

7. 【注疏】起下，點醒語。

8. 【補注】臥龍：《蜀志》：「徐庶謂先主曰：『諸葛孔明，臥龍也。』」

9. 【補注】躍馬：〈蜀都賦〉：「公孫躍馬而稱帝。」注：「《後漢書》曰：『公孫述，字子陽，扶風人。王莽時為導江卒正。更始立，述恃其地險眾附，遂自立為天子。』」

10. 【注疏】仇兆鰲曰：「四句寫閣夜情事。千家幾處，言哭多而歌少也。」〈蜀都賦〉：「陪以白狼，夷歌成章。」注：「白狼夷在漢壽西界，漢明帝時，作三章以頌漢德。」何遜詩：「予念返漁樵。」以為聞戰伐則千家皆為野哭，思漁樵而幾處未起漁歌，言世亂不能定也。此二句倒裝法，臥龍，孔明也。躍馬，公孫氏，〈蜀都賦〉：「公孫躍馬而稱帝。」終黃土，終歸黃土也。漫，徒然也。《楚辭》：「寂寥兮收潦而水清。」

# 詠懷古跡五首[1]

## 其一

支離東北風塵際，（眉批）自敘起為五詩總貫。飄泊西南天地間。[2]（眉批）俞云：「二句作詩本旨。」下四句即庾自喻。三峽樓臺淹日月，五溪衣服[3]共雲山。[4]羯胡事主終無賴，[5]詞客哀時且未還。[6]庾信平生最蕭瑟[7]，暮年詩賦動江關。[8]

1.【注疏】此懷庾信而作也。鶴注：「當是大曆元年夔州作。」《杜臆》：「五首各一古跡。首章前六句，先發己懷，亦五章之總冒。其古跡，則庾信宅也。宅在荊州。公未到荊而將有江陵之行，流寓等於庾信，故詠懷而先及之。然五詩俱借古跡以見己懷，非專詠古跡也。又云懷庾信、宋玉以斯文為己任也；懷先主、武侯，嘆君臣際會難逢也。中間昭君一章，蓋入宮見妒與入朝見嫉者，千古同感焉。」

2.【補注】東北、西南：公避祿山之亂，自東北而西南。謂從陷賊謁上鳳翔，旋棄官客秦。入蜀自乾元二年，至此已八年矣。因風塵故懷及先主、武侯，因飄泊故懷及庾宋、明妃，知非泛詠古跡。

【注疏】三百篇只錄二首，今補入。

3.【注疏】對起。

【補注】五溪衣服：《水經注》：「武陵有五溪，謂雄溪、樠溪、力溪、無溪、西溪、辰溪其一焉。夾溪悉是蠻左所居，故謂此五溪蠻也。」注，《宋書》說：「五溪曰雄溪、樠溪、西溪、潕溪、辰溪、無力溪二字。」《後漢書》：「武陵五溪蠻，皆槃瓠之後。槃瓠者，犬也，得高辛氏少女，生六男六女，織績木皮，染以草實，好五采衣服，裁製皆有尾形。」注：五溪在湖廣辰州界，正在夔南。

4.【注疏】支離，流離。延，滯也。漂泊，栖止無定貌。風塵，按下羯胡言。鶴曰：「《峽程記》：三峽謂明月、巫山、廣澤峽，其瞿塘、灩澦、燕子屏風之類，皆不在三峽之數。此三峽指巫山第三峽言，非兼明月、廣澤也。下章蜀主幸三峽，亦同此義。」《杜臆》：「樓臺，指西閣言。淹，留滯也。」《後漢書．南蠻傳》：「武陵五溪蠻皆槃瓠之後。」槃瓠，犬也。得高辛氏少女生六男六女，織績衣皮，好五色衣服。《敘州圖經》：「五溪諸蠻，遙接益州西郡，故先主伐吳，使馬良招五溪諸蠻，授以官爵。」《水經注》：「五溪謂雄溪、樠溪、西溪、沅溪、辰溪也。在今湖廣辰洲界。」《左傳》：「飲食衣服不與華同。」雲山，蜀山也。四句暗「羯胡」一句。

5.【注疏】足上四句。因其無賴，所以支離。漂泊，淹日月，共雲山也。羯，末也。《世說》：謝夫人既往王氏，大薄凝之。太傅慰釋之。答曰：「一門，叔父則有阿大、中郎，群從兄弟則有封、胡、羯、末，不意天壞之中，乃有王郎！」無賴，謂其反覆無常也。《史記》注：「江湖間謂小兒多作狡猾為無賴。」

6. 【注疏】暗寫己意，起下文。

7. 【補注】庾信、蕭瑟：〈庾信傳〉：「信在周雖位望通顯，常有鄉關之思，乃作〈哀江南賦〉。其辭曰：『信年始二毛，即逢喪亂，藐是流離，至於暮齒。燕歌遠別，悲不自勝，楚老相逢，泣將何及？』」又云：「將軍一去，大樹飄零。壯士不還，寒風蕭瑟。」

8. 【注疏】〈庾信傳〉：庾信言在周雖位望通顯，常有鄉關之思，乃作〈哀江南賦〉以致其意。其辭曰：「信年始二毛，即逢喪亂，藐是流離，至於暮齒，燕歌遠別，悲不自勝，楚老相逢，泣將何即？」又云：「將軍一去，大樹飄零；壯士不還，寒風蕭瑟。……提挈老幼，關河累年。」〈傷心賦〉：「對玉關而羈旅，坐長河而暮年。」末二句，用其賦語。庾信初在江南，江關正其地也。《後漢書》：「岑彭破荊門，長驅入江關。」仇兆鰲曰：「此章詠懷，以庾信自方也。」公避祿山之亂，故自東北而西南也。日月，留久也。雲山，共雜處也。五六實，主雙關。蓋祿山叛唐，猶侯景叛梁。公思故國，猶信哀江南。末應詞客哀時，後四章皆依年代為先，後首章括庾信從自敘帶言之耳。

## 其二[1]

搖落[2]深知宋玉悲，風流儒雅亦吾師。〔眉批〕「亦」字承庾信來，有嶺斷雲連之妙，流水對一往情深。悵望千秋一灑淚，蕭條異代不同時。[3]江山故宅[4]空文藻，雲雨[5]荒臺豈夢思？最是楚宮俱泯滅，舟人指點到今疑。[6]〔眉批〕意在言外。

1. 【注疏】此懷宋玉而作也。

2. 【補注】搖落：宋玉《九辨》：「悲哉！秋之為氣也。蕭瑟兮草木搖落而變衰。」按，玉言此，本懷亡國之憂也。

3.【注疏】黃生曰：「此四句懷宋玉，所以悼屈原。悼屈原，所以自悼也。」仇兆鰲曰：「望而洒淚，恨不同時也。二句乃流對，余謂就對耳。宋玉《九辨》：「悲哉！秋之為氣也。蕭瑟兮草木搖落而變衰。」庾信〈枯樹賦〉：「殷仲文風流儒雅，海內知名。」邵注：「風流，言其標格；儒雅，言其文學。」仇曰：「宋玉以屈原為師，杜公又以宋玉為師，故曰亦吾師。」李陵〈書〉：「悲風蕭條。」蕭條，嘆人亡也。謝靈運詩：「異代不同調。」漢武帝讀相如〈子虛賦〉曰：「朕獨不得與此人同時哉。」

4.【補注】故宅：趙曰：「歸州荊州，皆有宋玉宅，此當指在歸州者。」

5.【補注】雲雨：宋玉〈高唐賦〉：昔先王嘗遊高唐，夢見一婦人曰：「妾巫山之女也。」王因幸之。去而辭曰：「妾在巫山之陽、高丘之岨，旦為行雲，暮為行雨。朝朝暮暮，陽臺之下。」旦朝視之，如言，故為立廟，號曰朝雲。《漢書》注：「宋玉此賦，蓋假設其事，諷諫淫惑也。」

6.【注疏】黃生曰：此四句，即楚王所以揚宋玉。揚宋玉者，亦所以自揚，是謂詠懷古跡也。《楚辭》：「爾何懷乎故宅。」趙曰：「歸州、荊州皆有宋玉宅。此言歸州宅也。空文藻，言其所留者，空留文藻耳。宋玉〈高唐賦〉：「昔先王嘗遊高唐，夢見一婦人，王因幸之，去而辭曰：『妾在巫山之陽，高丘之岨，朝為行雲，暮為行雨。朝朝暮暮，陽臺之下。』豈夢思，言本無此夢。俱泯滅，與故宅俱亡矣。《寰宇記》：「楚宮在巫山縣西二百里陽臺古城內，即襄王所遊之地。陽雲臺，高一百二十丈，南枕長江。」張正見詩：「忽聽晨雞曙，非復楚宮歌。」鐘會檄文：「生民之命，幾於泯滅。」《抱朴子》：「莫不指點之。」《杜臆》：「玉之故宅已亡，而文傳後世。其所賦陽臺之事，本托夢思以諷君王。今楚宮久沒，而舟人過此，尚有行雲行雨之疑。總因文藻所留，足以感動後人。風流儒雅，真足為師矣。一說宋宅雖亡，其文藻猶存，豈若楚宮泯滅，指點一無可憑。然則富貴而名湮沒者，烏足與詞人爭千古哉。此言外感慨之詞，亦見姿致。張綖云：「賦稱先王夢神女，蓋以懷王之亡國警襄王也。」朱注云：「豈夢思，明其為子虛，亡是之說。」

## 其三[1]

群山萬壑赴荊門，生長明妃尚有村[2]。（眉批）山水鍾靈，生此尤物。一去紫臺[3]連朔漠，（眉批）生歸異域。獨留青塚向黃昏。[4]（眉批）死葬胡沙。畫圖[5]省識春風面，（眉批）肖與否？未可知。環珮空歸月夜魂。千載琵琶[6]作胡語，分明怨恨曲中論。[7]（眉批）歸與否？未可必。惟琵琶一曲，千載流傳，得悉其怨恨耳。

1. 【注疏】此懷明妃而作也。
2. 【補注】明妃村：《一統志》：「昭君村在荊州府歸州東北四十里。」《漢書》注：「昭君，本蜀郡秭歸人也。」
3. 【補注】紫臺：江淹〈恨賦〉：「若夫明妃去時，仰天太息。紫臺稍遠，關山無極。」注：「紫臺，漢宮名。」
4. 【注疏】此四句敘其從生致死之事。《世說》：「千巖競秀，萬壑爭流。」群山，即千巖之意。赴，趨也。荊門，詳王維詩。《漢書》注：「文穎曰：『昭君本蜀郡秭歸人也。』」王嬙，字昭君，石崇〈明君辭並序〉：明君，本昭君，觸晉文帝諱，改焉。《一統志》：「昭君村在荊州府歸州東北四十里。」薛道衡詩：「一去無消息。」〈別賦〉：「若夫明妃去時，仰天太息。紫臺稍遠，關山無極。……望君王兮何期，終蕪絕兮異域。」李善注：「紫臺，即紫宮也。」邵注：「漢宮名。」朱瀚曰：「此詩連字，即無極意。『青塚』句，即蕪絕意。」謝惠連〈雪賦〉：「朔漠飛沙。」《爾雅》：「朔，北方也。」《說文》：「漠，北方流沙也。」《歸州圖經》：「邊地多白草，昭君塚獨青。鄉人思之，為立廟香溪。」《琴操》：「昭君有子曰世違。單于死，世違繼立。凡為胡者，父死妻母。昭君問世違曰：『汝為漢也？為胡也？』世違曰：『欲為胡耳。』昭君乃吞藥自殺。」
5. 【補注】畫圖：《琴操》：王昭君名嬙，齊國王襄之女也。年十七入元帝宮，會單于遣使請一女子，帝謂後宮誰肯行者？昭君喟然而起，遂以賜單于。《西京雜記》：元帝後宮既多，使畫工畫形，按圖召幸。宮人皆賂畫工，昭君不與，乃惡圖之。後匈奴求美人為閼氏，以昭君行，及見，貌第一。帝按其事，畫工毛延壽棄市。

6.【補注】琵琶：石崇〈王明君辭並序〉：王明君者，本是王昭君，以觸文帝諱，改之。昔公主嫁烏孫，令琵琶馬上作樂，以慰其道路之思，其送明君亦必爾也。〈琴操〉：昭君作怨思之歌，後人名為〈昭君怨〉。

7.【注疏】此敘其遺恨千古。《西京雜記》：元帝後宮既多，始畫工圖形，按圖召幸。宮人皆賂畫工，昭君自恃其貌，獨不與，乃惡圖之，遂不得見。後匈奴來朝求美人以為閼氏，上以昭君行。及去，召見，貌為後宮第一。帝悔之，窮按其事，畫工毛延壽棄市。瀚曰：「省乃省約之省，言但於畫圖中畧識其面也。」江總〈和東宮故妃〉詩：「猶憶窺窗處，還如解佩時。……若令歸就月，照見不須疑。」漢章帝詔：「想望歸魂於沙漠之表。」庾信〈昭君辭〉：「胡風入骨冷，夜月照心明。方調琴上曲，變入胡笳聲。」《琴操》：昭君在外恨帝，始不見遇，乃作怨思之歌，後人名為〈昭君怨〉。其詩云：「秋木萋萋，其葉萎黃，有鳥處山，集於苞桑。養育毛羽，形容生光。既得升雲，遊倚曲房。離宮絕曠，身體摧藏。志念抑沉，不得頡頏，雖得餧食，心有徊徨。我獨伊何？改往變常。翩翩之燕，遠集西羌。高山峩峩，河水泱泱。父兮母兮，道里悠長。嗚呼哀哉，憂心惻傷。」仇兆鰲曰：「生長名邦而歿身塞外，此足該舉明妃始末。五、六承上作轉語，言生前未經識面，則歿後魂歸，亦徒然耳。唯有琵琶寫意，千載留恨而已。」

## 其四[1]

蜀主窺吳幸三峽，崩年亦在永安宮[2]。翠華想像空山裡，玉殿[3]虛無野寺中。[4]古廟杉松巢水鶴[5]，歲時伏臘走村翁。武侯祠[6]屋常鄰近，一體君臣祭祀同。[7]

1.【注疏】此懷先主廟而作也。

2.【補注】永安宮：《蜀志》：先主忿孫權之襲關羽，遂帥諸軍伐吳。次，秭歸。章武二年、敗於猇亭，由步道還魚復，改魚復為永安。三年四月，先主殂於永安宮。《寰宇記》：「宮在州西七里。」

3.【補注】玉殿：原注：「殿今為臥龍寺，廟在宮東。」

4.【注疏】仇兆鰲曰：「此四句記永安遺跡。」「蜀主征吳」句，查前三峽五溪注。《水經注》：石門灘北岸有山，山上有下開，洞達東西，緣江步路所由。先主為陸遜所敗，走逕此門，追者甚急，乃燒鎧斷道。孫桓為遜前驅，斬上夔道，截其要逕，先主越山踰險，僅乃得免，忿恚而嘆曰：「昔吾至京，桓尚小兒，而今迫孤，乃至於此。」遂發憤而薨。《華陽國志》：「先主戰敗，委舟舫，由步道還魚復，改魚復為永安。明年正月，召丞相亮於成都，四月，隕於永安宮。」《上林賦》：「建翠華之旗。」《楚辭》：「思故舊以想像兮。」玉殿虛無，言坍圮也。原注：「殿今為臥龍寺，廟在宮東。」謝莊〈送神歌〉：「璇庭寂，玉殿虛。」

5.【補注】巢水鶴：《抱朴子》：「千歲之鶴，隨時而鳴，能登於木，其未千載者，終不集於樹上。」《春秋繁露》：「鶴知夜半。」注：鶴，水鳥也。夜半水位感其生氣，則益喜而鳴。

6.【補注】武侯祠：《寰宇記》：「武侯祠在先主廟西。」

7.【注疏】仇兆鰲曰：「此四句敘廟中景事。鶴，水鳥。伏，伏日。臘，臘月。楊惲〈報孫會宗書〉：「田家作苦，歲月伏臘，烹羊炰羔，斗酒自勞。」走村翁，言只村翁祭禱出入廟中也。結二句，申明「走村翁」三字，蓋言武侯祠屋與先主廟祠鄰近，村翁歲時伏臘，一體同祭，不分先主為君，武侯為臣也。

## 其五[1]

諸葛大名垂宇宙，宗臣[2]遺像肅清高。三分割據紆籌策，萬古雲霄一羽毛。[3]〔眉批〕其時事已不可為，其人則高不可及。伯仲4之間見伊呂，5指揮6若定失蕭曹。7〔眉批〕當於伊、呂間求之，蕭、曹不足道也。運移漢祚終難復，8〔眉批〕申「三分」句。志決9身殲10軍務勞。11〔眉批〕申「萬古」句。

1. 【注疏】此懷武侯而作也。
2. 【補注】宗臣：《蜀志・本傳》注：「張儼曰：『一國之宗臣、霸主之賢佐。』」
3. 【注疏】仇兆鰲曰：「此四句稱其大名之不朽。三分割據，見時勢難為；萬古雲霄，見才品傑出。大名垂宇宙，言與天地同參也。」《漢書》贊：「蕭何、曹參，位冠群臣。聲施後世，為一代之宗臣。」注：「言為後世之所尊仰。」遺像，諸葛也。《高士傳》：「鄭樸修靜默，世服其清高。」三分割據，見劉禹錫〈蜀先主廟〉注。紆，屈也。《史記》：「高帝曰：『運籌策帷幄中。』」《晉書・陶侃傳》：「志凌雲霄，神機獨斷。」澤州陳冢宰注：「武侯在軍，嘗綸巾羽扇。」
4. 【補注】伯仲：魏文《典論》：「傅毅之於班固，伯仲之間耳。」
5. 【補注】伊呂：彭羕〈與諸葛亮書〉：「足下乃當今伊呂。」注：「伊尹、呂尚也。」
【注疏】以古比之。
6. 【補注】指揮：〈陳平傳〉：「誠能去兩短，集兩長，天下指揮即定矣。」
7. 【補注】蕭曹：《漢書》贊：「蕭何、曹參為一代宗臣。」〈丙吉傳〉贊：「高祖開基，蕭、曹為冠。」
【注疏】以後比之。
8. 【注疏】所以指揮不能定也。
9. 【注疏】鞠躬盡瘁。
10. 【注疏】死而後已。
11. 【補注】軍務勞：《魏氏春秋》：亮使至，宣王問其寢食及其事之煩簡。使對曰：「諸葛公夙興夜寐，罰二十以上，皆親覽焉，所噉食不及數升。」宣王曰：「亮將死矣。」

【注疏】即司馬懿云：「事煩食少，其能久乎。」仇兆鰲曰：「此四句惜其大功之不成。伯仲，兄弟之稱也。伊，伊尹也。呂，呂尚也。間者，與其相上下也。孔明在軍中嘗以羽扇指揮三軍平定天下。蕭，蕭何。曹，曹參也。《莊子．應帝王》：「自失而走也。」言不及也。彭羕〈獄中與諸葛亮書〉：「足下，乃當世伊、呂。」張輔〈樂葛優劣論〉：「孔明包文武之德，殆將與伊、呂爭儔，豈徒樂毅為伍！」運，天運。祚，國祚。復，中興也。蔡琰〈胡笳曲〉：「我生之後漢祚衰。」

【注疏】俞浙曰：「孔明之品，足上方伊呂，使得盡其指揮，以底定吳、魏，則蕭、曹何足比論乎？無如漢祚將移，志雖決於恢復，而身則殲於軍務，此天也，而非人也。五、六，承「萬古雲霄」；七、八，承「三分割據」。

【注疏】金．郝居中〈題五丈原武侯廟〉詩：「籌筆無功事可哀，長星飛墮蜀山摧。三分豈是平生志，十倍寧論蓋世才。壞壁丹青仍白羽，斷碑文字只蒼苔。夜深老木風聲惡，猶想褒斜萬馬來。」按，「三分」、「萬古」以虛對實。郝氏將「十倍」對「三分」，全用實事，乃放公意而參酌者。

【注疏】盧世漼曰：「杜詩〈諸將〉五首、〈詠懷古跡〉五首，此乃七言律命脈根柢。子美既竭心思以一身之全力，為廟算運籌、為古人寫照，一腔血悃，萬遍水磨，不惟不可輕議，抑且不可輕讀。養氣滌腸，方能領略。人知有〈秋興〉八首，不知尚有十首。則杜詩之所以為杜詩，行之不著，習矣不察者，其埋沒亦不少矣。」

## 劉長卿

# 江州重別薛六柳八二員外[1]

生涯豈料承優詔，世事空知學醉歌。[2]江上月明[3]胡雁（眉批）聞。過，[4]淮南木落[5]（眉批）見。楚山多。[6]寄身且喜滄洲近，[7]顧影無如白髮何？[8]今日龍鍾[9]人共老，媿[10]君猶遣慎風波。[11]

1. 【注疏】《晉書．地理志》：「惠帝元康元年，割揚州之豫章、鄱陽、廬陵、臨川、南康、建安、晉安、荊州之武昌、桂陽、安城，合十郡，因江水之名而置江州。」元稹詩：「西江流水到江州，聞道分成九道流。」鄭谷詩：「湓城分楚塞，廬岳對江州。」
2. 【注疏】此二句嘆一生遇而非遇，盡忠不能、休官不得，欲學醉酒長歌，殊覺空知其事耳。
3. 【注疏】水夜景。
4. 【注疏】見中寓聞。
5. 【注疏】陸日景。
6. 【注疏】聞中寓見。此二句即景，寫情江上送別處也。今夜我在江州江上送別，見明月而興思，聞胡雁而增恨；明日君在淮南道上同行，聞落雁而加慘，見楚山而多悽也。
7. 【注疏】以寬慰語。下文接去更緊。
8. 【注疏】即起結意。
9. 【補注】龍鍾：《廣韻》：「龍鍾，竹名。年老者如竹，枝葉搖曳，不自禁持。」
10. 【音釋】媿音愧。
11. 【注疏】結出老而遭貶，惟恐不能生還也。寄，栖也，即所貶之處。〈張充傳〉：「飛竿釣渚，濯足滄州。」龍鐘，詳岑參〈逢入京使〉注。人共老，劉公、薛公、柳公也。慎，警戒也。風波，恐有不測之虞。

# 長沙過賈誼宅1

三年謫宦此棲遲，萬古惟留楚客悲。秋草2〔眉批〕俯。獨尋人去後，寒林3〔眉批〕仰。空見日斜時。4漢文有道恩猶薄，〔眉批〕賈誼。湘水〔眉批〕長沙。無情弔豈知？寂寂江山搖落處，憐君何事到天涯？5〔眉批〕憐賈正以自憐。

1.【補注】賈誼宅：《一統志》：「賈誼宅在長沙府濯錦坊。」

【注疏】《史記．賈誼傳》：賈生名誼，雒陽人也。年十八，以能誦詩屬書聞於郡中。吳廷尉為河南守，聞其秀才，召置門下，甚幸愛。孝文皇帝初立，聞河南守吳公治平為天下第一，故與李斯同邑而嘗學事焉，乃徵為廷尉。廷尉乃言賈生年少，頗通諸子百家之書。文帝召以為博士。是時，賈生年二十餘，最為少。每詔令議下，諸老先生不能言，賈生盡為之對，人人各如其意所欲出。諸生於是乃以為不能及也。孝文帝悅之，超遷，一歲中至大中大夫。後，絳、灌、東陽侯、馮敬之屬盡害之，乃短賈生曰：「雒陽之人，年少初學，專欲擅權，紛亂之事。」於是天子後亦疏之，不用其議，乃以賈生為長沙王太傅。賈生既辭往行，聞長沙卑濕，自以壽不得長，又以謫去，意不自得。及渡湘水，為賦以弔屈原，其詞曰：「共承嘉惠兮，俟罪長沙。側聞屈原兮，自沉汨羅。造託湘流兮，敬弔先生。遭世罔極兮，乃隕厥身。嗚呼哀哉兮，逢時不祥！鸞鳳伏竄兮，鴟鴞翱翔。闒茸尊顯兮，讒諛得志；聖賢逆曳兮，方正倒植。世謂伯夷貪兮，謂盜跖廉；莫邪為頓兮，鉛刀為銛。吁嗟濹濹兮，生之無故！斡棄周鼎兮而寶康瓠，騰駕罷牛兮，獨離此咎亂曰：已矣，國其莫我知，獨堙鬱兮其誰語？鳳漂漂其高遰兮，夫固自縮而遠去。襲九淵之神龍兮，沕深潛以自珍。彌融爚以隱處兮，夫豈從螘與蛭螾？所貴聖人之神德兮，遠濁世而自藏。使騏驥可得而羈兮，豈云異夫犬羊！般紛紛其離此尤兮，亦夫子之辜也！瞝九州而相君兮，何必懷此都也？鳳凰翔於千仞之上兮，覽德輝而下之，見細德之險征兮，遙增翮逝而去之，彼尋常之汙瀆兮，豈能容吞舟之魚！橫江湖之鱣鱏兮，固將制於螻蟻。」後歲餘，賈生徵見孝文帝，數年疏言，文帝不聽，居數年，卒，時年止三十有三歲也。

2. 【注疏】俯。

3. 【注疏】仰。

4. 【注疏】先敘賈誼宅。楚客，屈原也。屈原作《離騷》，聲極悲惻，而賈誼作〈弔屈原賦〉則悲楚客之悲。至今惟見《楚辭》，不見屈原，只見弔屈原之詞，不見賈誼，故曰萬古惟留楚客悲。

5. 【注疏】此追嘆其生前之事。漢文有道，恩猶薄，可見無道之君更不可言矣。搖落，搖動也。憂漢室而貶天涯，故曰憐君何事也。憐君正以自憐，有不勝傷感意。

## 自夏口至鸚鵡洲夕望岳陽寄元中丞 1

汀洲無浪復無煙，楚客相思益渺然。2 漢口 3 夕陽斜渡鳥，4（眉批）夏口至洲。洞庭秋水（眉批）岳陽。遠連天。5 孤城背嶺寒吹角，6（眉批）聞。獨戍 7 臨江夜泊船。8（眉批）見。賈誼上書憂漢室，長沙謫去古今憐。9（眉批）寄源。

1. 【補注】夏口：《一統志》：「夏口在武昌府荊江之中，正對沔口。」唐稱鄂州為夏口。本在江北，自孫權取對岸名夏口，而江北之名始晦。《唐詩別裁》作阮中丞（按亦有本作「源中丞」）。

【注疏】《南史．何尚之傳》：孝武時欲分荊州置郢州。尚之議曰：「夏口在荊、江之中，正對沔口，通接雍、梁，實為要津，于事為允。」上從其議。《詩地理考》：「《楚辭．哀郢》：『遵江夏以流亡。』」江，大江。夏，水名。或以為自江而別，以通於漢，還復入江，冬竭夏流，故謂之夏。其入江處，今名夏口，即詩所謂『江有汜』也。」《水經注》：「江水又東，逕歎父山，江之右岸當鸚鵡洲。」

2.【注疏】先敘夏口，感懷屈原。楚客，屈原也。以為余至汀洲，憑舟一望，見湘川之上寂然無痕，亦復無煙，是無影響可求矣，而欲相思楚客，益覺渺然也。顏延之詩：「弔屈汀洲浦，謁帝蒼山蹊。」

3.【補注】漢口：《一統志》：「漢口在漢陽府大別山北。」

4.【注疏】此寫夏口至鸚鵡洲。

5.【注疏】此寫望岳陽。漢口在漢陽府大別山北，對鸚鵡洲。《博物志》：「吳左洞庭右彭蠡。」

6.【注疏】山。

7.【補注】獨樹：何遜詩：「天邊看獨樹。」

8.【注疏】水。此寫「夕」字。孤城，漢陽城也。城後有山，故曰「背嶺城吹角」。以警夜聞角聲，更覺孤城之寒極也。城而已孤，戍而已獨，則孤舟一人，更可慨矣。

9.【注疏】此結到寄元中丞。以為賈誼憂漢室，數上諫書，被謫長沙，古今未有不憐其忠憤者。而我之上書豈非憂唐室乎？自遭吳仲儒誣奏，乃貶南巴。君獨不為我憐耶？

錢起

## 贈闕下裴舍人

二月黃鸝飛上林，春城紫禁1曉陰陰。2長樂3鐘聲4（眉批）聞。花外盡，5龍池6柳色7（眉批）見。雨中深。8（眉批）句句從「闕下」生情。陽和9（眉批）時。不散窮途恨，霄（眉批）地。漢10常懸捧日11心。獻賦12

十年猶未遇，羞將白髮對華簪。13（眉批）贈裴。

1.【補注】紫禁：謝莊宣〈貴妃誄〉：「收華紫禁。」注：「王者之宮以象紫微，故謂宮中為紫禁。」呂注：「紫禁即紫宮，天子所居也。」

2.【注疏】此二句敘時。〈東方朔傳〉：「舉籍阿城以南，盩厔以東，宜春以西，欲除以為上林院，屬之南山。」崔顥詩：「西掖黃樞近，東曹紫禁連。」

3.【補注】長樂：《三輔黃圖》：「長樂宮本秦之興慶宮也，高皇帝始居櫟陽七年，長樂宮成，徙居長安城。」

4.【注疏】聞。

5.【注疏】愈遠愈疎。

6.【補注】龍池：沈佺期《龍池篇》：「龍池躍龍龍已飛。」按，明皇為諸王時，故宅在隆慶坊。宅有井，井溢成池。中宗時，數有雲龍之祥，後引龍首堰水注池中，池面遂益廣，即龍池也。

7.【注疏】見。

8.【注疏】愈近愈幸，此寫裴舍人之恩遇。《漢書》：漢七年，長樂宮成，諸侯群臣朝。因用朝儀。龍池，詳杜甫詩。

9.【補注】陽和：《史記》：始皇登之罘，刻石。曰：「時在中春，陽和方起。」

10.【補注】霄漢：謝靈運詩：「結念屬霄漢。」《玉篇》：「霄，雲氣也。」

11.【補注】捧日：《魏書》：程昱少時，常夢見兩手捧日。私異之，以語荀彧，彧以白太祖。太祖曰：「卿當終為吾腹心。」昱本名立，太祖乃加其上「日」，更名昱。

12.【補注】獻賦：《東觀漢紀》：「班固讀書禁中，每行巡狩，輒獻賦頌。」

13.【注疏】此四句轉到自身傷感遲暮。《宋史．文苑傳》：葛勝仲為太學正。上幸學，多獻頌者，勝仲則獨獻賦，上命中書第其優劣，而勝仲為首。

韋應物

## 寄李儋元錫

去年花裡逢君別，今日花開又一年。世事茫茫難自料，[1]春愁黯黯獨成眠。[2]身多疾病思田里，[3]邑有流亡愧俸錢。[4]（眉批）范文正歎為仁人之言。聞道欲來相問訊，西樓望月幾回圓？[5]

1. 【注疏】承上。
2. 【注疏】起下。
3. 【注疏】有退老歸田之志。
4. 【注疏】無德及民，愧食君祿。范文正公嘆為仁人之言。
5. 【注疏】幾回，言待多時也。

韓翃

# 同題仙遊觀 1

仙臺初見五城2樓，3風物淒淒宿雨收。4山色(眉批)見。遙連秦樹晚，5砧聲(眉批)聞。近報漢宮秋。6疎松(眉批)高處。影落7空壇靜，細草(眉批)低處。春香8小洞幽。9何用別尋方外10去，人間亦自有丹邱。11

1.【注疏】〈潘師正傳〉：「師正，居逍遙谷，高宗尊異之。詔即其廬作崇唐觀及營奉天宮，又敕直逍遙谷作門曰：仙遊北曰尋真。」

2.【補注】五城：《史記》：「方士有言，黃帝時為五城十二樓，以候神人。」

3.【注疏】見。

4.【注疏】聞。

5.【注疏】遠見。

6.【注疏】近聞。《漢書．郊祀志》：「方士有言，黃帝時為五城十二樓，以候神人於執期，名曰迎年。」「晚秋」二字，應「風物淒淒」句。砧聲，搗衣之聲。風，風景。物，物候。

7.【注疏】高。

8.【注疏】低。

9.【注疏】寫遊仙觀之景。上句應秋色。壇，觀也。下句言細草之香，還是春日。所留，由於小洞之幽也。

10.【補注】方外：《莊子》：「子桑戶、孟子反、子琴張三人相與友。子桑戶死，孔子聞之，使子貢往侍事焉。或編歌，或鼓琴，相和而歌。子貢反，以告孔子曰：「彼何人者耶？」孔子曰：「彼遊方之外者也，而某遊方之內者也。」」

11.【補注】丹丘：《拾遺記》：「有丹邱千年一燒，河千年一清，至聖之君，以為大瑞。」《楚辭》：「仍羽人於丹邱。」注：「丹丘，常明之處也。」

【注疏】結收到觀。《莊子》：「子桑戶、孟子反、子琴張三人相與友。子桑戶死，孔子聞之，使子貢往侍事焉。或編歌，或鼓琴，相和而歌。子貢反，以告孔子曰：『彼何人者耶？』孔子曰：『彼遊方之外者也，而某遊方之內者也。』」內外不相及，而某使汝往事之，某則陋矣。丹邱，比遊仙觀也。《楚辭》：「仍羽人於丹邱兮，留不死之舊鄉。」王逸注：「丹邱，晝夜常明也。」

## 春思

**皇甫冉**

字茂政，丹陽人。十歲能詩文，天寶中成進士第一。官無錫尉，左金吾兵曹。大曆中遷右補闕。

鶯啼燕語報新年，[1]〔眉批〕「春」。馬邑[2]龍堆[3]路幾千？[4]〔眉批〕「思」。家住層城[5]鄰漢苑，心隨明月到胡天。[6]機中錦字[7]論長恨，[8]樓上花枝笑獨眠。[9]為問元戎竇車騎，何時返旆勒燕然？[10]

1.【注疏】春。

2.【補注】馬邑：《搜神記》：「秦築長城于武川塞，有馬馳走其地，依以築城，因名馬邑。」

3.【補注】龍堆：《漢書．西域傳》：「樓蘭最在東陲，近漢，當白龍堆，乏水草，嘗主發導，負水儋糧，送迎漢使。」

4.【注疏】思。

5.【補注】層城：《水經注》：「崑崙之山三級，下曰樊桐，一名板松；二曰玄圃，一名閬風；上曰層城，一名天庭，是為太帝之居。」

6.【注疏】先敘春思。《搜神記》：「秦築長城於武川塞，有馬馳走其地，依以築城，因名馬邑。」《漢書・西域傳》：「樓蘭國最近東陲，近漢，當白龍堆，乏水草，嘗主發導，負水擔糧，送迎漢使。」言馬邑隔龍堆之路有幾千里之遙。《水經注》：「崑崙之山三級，下曰樊桐，一名板桐；二曰玄圃，一名閬風；上曰層城，一名天庭。是為太帝之居。」此在遠而望歸，以起春思也。

7.【補注】錦字：《晉書》：竇滔妻蘇氏，善屬文。苻堅時，滔為秦州刺史，被徙流沙，蘇氏思之，織錦為迴文詩寄滔，循環宛轉以讀之，詞甚悽切。

8.【注疏】寫妻子春思，是對面襯法。錦字，即織錦迴文。

9.【注疏】又一襯法。

10.【注疏】結出春思正意。《詩》：「元戎十乘，先以啟行。」元，大也。返，旆言旋也。燕然，山名，詳李白〈長相思〉其二注。

## 盧綸

# 晚次鄂州 1

雲開遠見漢陽城，猶是孤帆一日程。估客2晝眠知浪靜，〔眉批〕見。舟人夜語覺潮生。3
〔眉批〕聞。三湘愁鬢逢秋色，萬里歸心對月明。4舊業已隨征戰盡，更堪江上鼓鼙聲。5

1.【補注】鄂州：《一統志》：「湖廣武昌府，楚熊渠封其子紅為鄂王，置武昌府，隋置鄂州，唐因之。」
【注疏】《一統志》：「湖廣武昌府，楚熊渠封其子紅為鄂王，置武昌郡。隋置鄂州，唐因之。」

2.【補注】估客：梁元帝詩：「莫復臨時不寄人，漫道江中無估客。」按，估，市估也。

3.【注疏】晝夜。正承「一日程」。上句動中寓靜，下句靜中寓動。言漢陽之遠，雲開見之，則漢陽雖在望中，計水路猶有一日之程途也。

4.【注疏】此寫次鄂州之夜，有無限思老傷歸之意。

5.【注疏】更深一層，愈覺淒慘之苦。舊業，舊日之功業。征戰，指程元振吐蕃作亂。更堪者，何堪更聞也。江上，曲江之上，祿山陷京師由此從進。

## 柳宗元

# 登柳州城樓寄漳汀封連四州刺史1

城上高樓接大荒，2〔眉批〕陸。海天愁思正茫茫。3〔眉批〕水。驚風亂颭4芙蓉水，5〔眉批〕水。密雨斜侵薜荔6牆。7〔眉批〕二句近景。嶺樹〔眉批〕陸。重遮千里目，8江〔眉批〕水。流曲似九迴腸。9〔眉批〕二句遠景。共來百粵10文身11地，猶自音書滯一鄉。12〔眉批〕寄四刺史。

1. 【補注】四州刺史：公與韓泰、韓曄、劉禹錫、陳謙、凌準、程異、韋執誼皆貶，號「八司馬」。凌準、執誼皆卒貶所，異先用，餘四人與公皆例召至京師，又皆出為刺史。公為柳州、泰為漳州、曄為汀洲、禹錫為連州、謙為封州。
【注疏】公與韓泰、韓曄、劉禹錫、陳謙、凌準、程異、韋執誼皆貶，號「八司馬」。凌準、執誼皆卒貶所，異先用，餘四人與公皆列召至京師，又皆出為刺史。公為柳州、泰為漳州、曄為汀州、禹錫為連州、謙為封州。
2. 【注疏】陸近。
3. 【注疏】水遠。城，柳州城。高樓，城樓。大荒，沙漠之地也。茫茫，渺茫之極。
4. 【補注】颭：《說文》：「颭音戰，風吹浪動也。」
5. 【補注】芙蓉水：梁簡文帝詩：「日暮芙蓉水。」
【注疏】水。
6. 【補注】薜荔：《楚辭》注：「薜荔，香草，緣木而生。」
7. 【注疏】陸。二句頂首句，寫近景。沙漠之地，其風最勁，故曰驚風。《廣韻》：「颭，風吹落水也。」
8. 【注疏】陸。

9.【補注】迴腸：史遷《書》：「腸一日而九迴。」

【注疏】水。二句頂首聯。第二句寫遠景。

10.【補注】百粵：《漢書・高帝紀》：「粵人之俗，好相攻擊。前時秦徙中縣之民，使與百粵雜處。」（按一本作「百越」）

11.【補注】文身：《史記》：「太伯虞仲，知古公欲立季歷以傳昌，乃二人亡如荊蠻，文身斷髮，以讓季歷。」《正義》：「應劭曰：文身，象龍子，故不見害。」

12.【注疏】共者，韓泰、韓曄、劉禹錫、陳謙諸公也。《莊子》：「宋人資章甫而適諸越，越人斷髮文身，無所用之。」

劉禹錫

## 西塞山[1]懷古

王濬樓船[2]下益州[3]，（眉批）從懷古直起。金陵王氣[4]黯然收。千尋鐵鎖沉江底，一片降旛出石頭。[5]人世幾回傷往事？山形（眉批）西塞山。依舊枕寒流。[6]從今四海為家日，[7]故壘蕭蕭蘆荻秋。[8]

1.【補注】西塞山：《廣輿記》：「山在武昌府大冶縣，孫策擊黃祖於此。」

2.【注疏】《廣輿記》：「山在武昌府大治縣，孫策擊黃祖於此。」

【補注】王濬樓船：晉咸寧五年，帝大舉伐吳，遣龍驤將軍王濬等下巴蜀。吳人于江磧要害之處，並以鐵鎖橫截之。又作鐵錐，長丈餘，暗置江中，以逆拒舟艦。濬作大筏數十，方百餘步，縛草為人，被甲持杖，令善水者以筏先行。遇鐵錐，錐著筏而去。又作大炬，長十餘丈，大數十圍，灌以麻油。在船前，遇鐵，然炬燒之，須臾融液斷絕，船無所礙。吳督孫歆懼曰：「北來諸君，乃飛渡江也。」王濬自武昌順流徑趨建業，戎卒八萬，方舟百里，鼓譟入于石頭，吳主皓面縛輿櫬詣軍門降。

3.【補注】益州：《一統志》：「成都，漢曰益州。」

4.【補注】金陵王氣：《建康實錄》：「秦始皇東巡，望氣云：『五百年後，金陵有天子氣。』因鑿鍾阜，斷金陵長隴以流，至今呼為秦淮。」

5.【補注】石頭：《元和郡國志》：「石頭城在并州上元縣西，即楚之金陵城也。」吳改為石頭城。

【注疏】四句敘事一氣。晉武帝咸寧五年，帝大舉伐吳，遣龍驤將軍王濬等下巴蜀。吳人於江磧要害之處，並以鐵鎖橫截之。又作鐵錐，長丈餘，暗置江中，以逆拒舟艦。濬作大筏數十，方百餘步，縛草為人，披甲持杖，令善水者以筏先行。遇鐵錐，錐著筏而去。又作大炬，長十丈餘，大數十圍，灌以麻油，在船前，遇鐵，燃炬燒之，須臾溶液斷絕，船無所礙。吳督孫歆懼曰：「北來諸軍，乃飛渡江也。」王濬自武昌順流徑趨建業，戎兵八萬，方舟百里，鼓噪入於石頭。吳王皓乃面縛輿，櫬詣軍門降。石頭，城名也。

6.【注疏】吳王已往晉又復失。幾回，言代謝也。唯西塞之山依然如舊，枕於寒流也。

7.【注疏】天子四海為家，何等富貴。一頓。

8.【注疏】到後惟存故壘，何等悲涼。一折。

## 元稹

《唐韻》：「稹，音軫，叢緻也，又聚物也。」元稹，字微之，河南人。元和初對策舉第一，官左拾遺，後忤中人仇士良，擊稹敗面，貶江陵士曹參軍，久乃徙虢州長史。長慶初，監軍崔潭峻方親幸，以稹歌辭進，帝大悅，擢祠部郎中知制誥，俄遷中書舍人翰林學士，旋進同中書門下平章事。始忤中人，繼以依中人進，朝論鄙之，又連次欲傾裴度，蓋兩截人也。太和中爲武昌節度使，卒。《唐書》：「稹長于詩，與白居易名相埒，天下傳諷，號『元和體』，往往播樂府。穆宗在東宮，妃嬪近習皆誦之，宮中呼爲『元才子』。」

### 遣悲懷三首[1]

〔眉批〕古今悼亡詩充棟，終無能出此三首範圍者，勿以淺近忽之。

謝公最小偏憐女[2]，自嫁黔婁[3]百事乖。[4]顧我無衣[5]搜藎[6]篋，泥[7]他沽酒拔金釵。[8]

野蔬充膳甘長藿，[9]落葉添薪仰古槐。[10]今日[11]俸錢過十萬，[12]與君營奠復營齋。[13]

1. 【注疏】蘅塘退士曰：「古今悼亡詩充棟，終無能出此範圍者，勿以淺近忽之。」
2. 【補注】謝女：《晉書》：謝安最憐少女道韞，後嫁王凝之。按，元稹前妻韋蕙叢，既賢且美。稹未仕而韋氏卒，此以謝女比韋氏也。
3. 【補注】黔婁：《高士傳》：黔婁，齊人也。修身清潔，以壽終。陶潛詩：「安貧守賤者，自古有黔婁。」
4. 【注疏】困於貧苦，以黔婁自比。《高士傳》：黔婁先生者，齊人也。魯恭公聞其賢，遣使致禮，賜粟三千鍾，欲以為相，辭不受。齊王又禮之，以黃金百斤聘為卿，又不就。著書四篇，言道家之務，號黔婁子。陶潛詩：「安貧守賤者，自古有黔婁。」《玉篇》：「乖，戾也。」

5.【補注】無衣：古詩：「游子寒無衣。」

6.【補注】藎：音燼。《本草》：「一名黃草，一名盭（按音如隸）草，可染黃。」

7.【補注】泥：乃計切。柔言索物曰泥，諺所謂軟纏也。

【注疏】去聲。

8.【注疏】二句承「乖」字。顧，旋視也。古詩：「游子寒無衣。」篋，衣篋箱也。泥他，猶言累他。言妻不惜金釵，拔之以沽酒也。

9.【注疏】此言妻之儉。

10.【注疏】此言妻之勤。野蔬，野菜。《韻會》：「具食曰膳。」蓋言食不能具，以野蔬充之，甘，願也。藿，豆葉，食之粗糲者。槐，葉逢秋則落。添薪，言埽之以助炊爨。

11.【注疏】重頓，不比往日貧賤也。

12.【注疏】又重頓。俸過十萬，極其豐裕也。此時公遷中書門下平章事，深悼不克同享也。

13.【注疏】奠，薦也。齋，潔也。與君營者，皆死後事也。悲傷寓於言外。

【注疏】此詩前六句極形容其甘受貧苦之況，毫無怨色。入後第七句寫出富貴，極口一揚。末句轉到題面，有力，嘆其不能同享富貴，情慘悠揚，將「悲懷」二字顯然躍出。

## 其二

昔日戲言身後事，[1]今朝都到眼前來。[2]衣裳已施[3]行看盡，鍼線猶存未忍開。[4]尚想舊情[5]憐婢僕[6]，也曾因夢[7]送錢財[8]。誠知此恨人人有，[9]貧賤夫妻百事哀。[10]

1.【注疏】虛。

2.【注疏】實。首句敘言，次句敘事。

3.【補注】施：音賞是切，詩上聲，捨也，改易也。通弛。

4.【注疏】二句寫人亡物在，觸目生悲，不如未見之為得也。

5.【注疏】雖不見其針線，而不能忘其舊情，所以用「尚想」二字。

6.【注疏】足「舊情」二字。

7.【注疏】日之所思，夜則成夢。

8.【注疏】足「因夢」二字。

9.【注疏】作一宕筆，下句接去更緊。

10.【注疏】此從死後詠到生前，留言、遺物，真情、幻夢，一一揣出，何等悲懷。

## 其三

閒坐悲君[1]亦自悲[2]，百年多是[3]幾多時[4]？鄧攸無子[5]尋知命，[6]潘岳悼亡[7]猶費詞。[8]同穴[9]窅冥何所望，[10]他生緣會更難期。[11]唯將終夜長開眼，報答平生[12]未展眉。[13]

1.【注疏】一層，悲。

2.【注疏】又一層，悲。

3.【注疏】百年如夢，今是昨非。

4.【注疏】人生皆幻。

5.【補注】鄧攸無子：《晉書．鄧攸傳》：攸，字伯道，為河東太守。永嘉末，沒于石勒。勒過泗水，攸乃以牛馬負妻子而逃，遇賊掠其牛馬，步走擔其兒及其弟子綏。度不能兩全，乃謂其妻曰：「吾弟早亡，唯有一息，理不可絕。止應自棄我兒耳。」妻泣而從之，乃棄之而去，卒以無嗣。時人義而哀之，為之語曰：「天道無知，使伯道無兒。」

6.【注疏】《晉書．鄧攸傳》：攸字百道，為河東太守，永嘉末，沒於石勒。勒過泗水，攸乃以牛馬負妻子而逃，遇賊掠其牛馬，步走擔其兒及其弟子綏。度不能兩全，乃謂其妻曰：「吾弟早亡，僅存一息，理不可絕，止應自棄我兒耳。」妻泣而從之，乃棄之而去。時人義而哀之，為之語曰：「天道無知，使鄧伯道無兒。」尋，即常也。

7.【補注】潘岳悼亡：岳，字安仁，滎陽中牟人。總角辨慧，摛藻清豔，鄉邑稱為奇童。弱冠辟司空太尉府，舉秀才，高步一時，為眾所疾。按，潘岳有〈悼亡〉詩三首。《風俗通》：「慎終悼亡。」

8.【注疏】《晉書．潘岳傳》：岳，字安仁，美姿儀，詞藻絕麗。少時常挾彈出洛陽道，婦人遇之者，皆連手縈繞，投之以果，遂滿車而歸。嗣因妻亡，作〈悼亡〉詩三章。猶費詞者，言同歸于盡，不必悲悼也。

9.【補注】同穴：《詩》：「穀則異室，死則同穴。」

10.【注疏】窅，深遠貌。冥，幽也。言死不能同穴者多也。

11.【注疏】言今世尚不得齊眉，欲他生再訂緣會，更難期矣。

12.【注疏】有上四層襯托，則用「唯將」二字接去，自然有力。長開眼，不能睡也。

13.【注疏】三字轉到題面，既悲其生前受貧賤之苦，復悲其沒後未享富貴之榮。展轉長宵，雙眉鎖皺，而悲懷何以遣也。此詩純用襯法。

**自河南經亂，關內阻饑，兄弟離散，各在一處，因望月有感，聊書所懷，寄上浮梁大兄，於潛七兄，烏江十五兄，兼示符離及下邽弟妹**[1]

時難年荒世業空，弟兄羈旅各西東。田園寥落干戈後，[2]骨肉流離道路中。[3]弔影分為千里雁，[4]辭根散作九秋蓬。[5]共看明月應垂淚，一夜鄉心五處同。[6]（眉批）一氣貫注，八句如一句，與少陵〈聞官軍〉作同一格律。

1.【補注】關內：西安府，秦曰關中，唐曰關內。於潛：於潛縣，在浙江杭州府。烏江：《史記．項羽本紀》：「項王乃欲東渡烏江。」注：「在牛渚。」《括地志》：「烏江亭即和州烏江縣是也。」符離：《漢書．地理志》：「沛郡有符離縣。」下邽：在西安渭南縣。按，漢為下邽、蓮勺二縣。

【注疏】《爾雅》：「河南曰豫州。」《初學記》：「河南道者，〈禹貢〉豫、徐、青、兗四州之域，北距河，東至海，南及淮，西至荊州，盡其地也。」《晉書．地理志》：惠帝元康元年，割揚州之豫章、鄱陽、廬陵、臨川、南康、建安、晉安、荊州之武昌、桂陽、安成，合十郡因江水之名而置江州。《唐書．白居易傳》：拜左贊善大夫，出為江州刺史。中書舍人王涯上言不宜治郡，追貶江州司馬。按此詩，當在是時作。《唐書．地理志》：河中府河西縣有蒲津關。開元十二年，鑄八牛。牛有一人策之，牛下有山，皆鐵也。夾岸以維浮梁。十五年，自朝邑徙河瀆祠於此。《晉書．地理志》：「吳興郡統縣於潛，有泉水。」《史記．項羽本紀》：「項王乃欲東渡烏江。」注：「在牛渚。」《漢書．地理志》：「沛郡有符離縣。」《正字通》：「漢隴西有上邽縣，今為秦州天水縣，京兆弘農有下邽縣，今屬華州。或謂秦武公伐邽，戎潰其人於下邽，以有上邽，故名下邽。邽音圭。」

2.【注疏】承首句。

3.【注疏】承次句。

4.【注疏】足上。

5.【補注】秋蓬：《說文》：「蓬，蒿也。」《埤雅》：「蓬草之不理者，葉散生，遇風輒拔而旋。」《淮南子》：「聖人見飛蓬轉而知為車。」司馬彪詩：「秋蓬獨何辜，飄飄隨風轉。」

【注疏】轉下。

6.【注疏】蓬，無根草也。蘅塘退士曰：「一氣貫注，八句如一句。與少陵〈聞官軍〉作如一格律。」

## 李商隱

### 錦瑟

1（眉批）義山悼亡之作，集中屢見，此亦是也。

錦瑟無端五十絃2，一絃一柱3思華年。4莊生曉夢迷蝴蝶，5（眉批）合。望帝春心託杜鵑6。（眉批）離。滄海月明珠有淚，7（眉批）悲。藍田日暖玉8生煙。9（眉批）歡。此情可待成追憶，10（眉批）生前相聚，漫不經心，日後追思，覺當時已惘然。只是當時已惘然。

1.【補注】錦瑟：《周禮·樂器圖》：「雅瑟二十三絃，頌瑟二十五絃，飾以寶玉者曰寶瑟，繪文如錦曰錦瑟。」《漢書·郊祀志》：「泰帝使素女鼓五十絃瑟，悲，帝禁不止，故破其瑟為二十五絃。」按，《湘素雜記》謂：古今樂府有錦瑟，其聲適怨清和。以此詩中間四句分配為蘇黃問答之詞。又劉貢父謂：「錦瑟，乃當時貴人愛姬之名。」《唐詩紀事》：「以為令狐楚家之青衣名錦瑟。」其說皆非，謂為悼亡，乃定論也。

2.【注疏】《周禮．樂器圖》：「雅瑟二十三絃，頌瑟二十五絃，飾以寶玉，繪文如錦，曰錦瑟。」

3.【補注】五十絃：按，或謂此詩以二十五絃為五十絃，取斷絃之義。

【補注】一絃一柱：按，肄園居士注：「楊曰：『五十絃、五十柱，合之得百數。思華年者，猶云百歲偕老也。』」

4.【注疏】《漢書．郊祀志》：「泰帝使素女鼓五十絃瑟，悲，帝禁不止，故破其瑟為二十五絃。」按，柱所以繫絃也，故曰一絃一柱。華年，盛年也。「無端」二字，貫到「思」字。

5.【補注】莊生蝴蝶：《莊子》：莊周夢為蝴蝶，栩栩然蝴蝶也。自喻適志歟，不知周也。俄而覺，則蘧蘧然周也。不知周之夢為蝴蝶歟？蝴蝶之夢為周歟？周與蝴蝶，則必有分矣。此之謂物化。

【注疏】《莊子》：莊周夢為蝴蝶，栩栩然蝴蝶也。自喻適志與！不知周也。俄而覺，則蘧蘧周也。不知周之夢為蝴蝶？蝴蝶之夢為周與？周與蝴蝶，則必有分矣。

6.【注疏】《水經注》：「來敏《本蜀論》曰：……望帝者，杜宇也。從天下，女子朱利，自江源出，為宇妻，遂王於蜀，號曰望帝。」《成都記》：「望帝死，其魂化為鳥，名曰杜鵑，亦曰子規。」

7.【補注】月明珠淚：《文選》注：「月滿則珠全，月虧則珠闕。」《博物志》：「南海外有鮫人，水居如魚，不廢績織，其眼泣則能出珠。」

【注疏】《博物志》：「南海外有鮫人，水居如魚，不廢績織，其眼泣則能出珠。」

8.【補注】藍田玉：《長安志》：「藍田在長安縣東南三十里，其山產玉，亦名玉山。」《搜神記》：「楊公雍伯家於終山，有人與石子一斗令種之。其時往視，見玉生石上，人莫知也。北平徐氏有女，公試求之，要以白璧一雙。伯至玉田求得五雙，徐氏遂以女妻之。」

9.【注疏】藍田，美玉，喻姿容也。《宋書．謝莊傳》：莊韶令美容儀，太祖見而異之曰：「藍田出玉，豈虛也哉！」

10.【注疏】應「思」字。

11.【注疏】頓住。

12.【注疏】此情，今日之情。追憶，思其華年也。只是當時，言當時一刻是真也。已惘然，今日思之如夢矣。《集韻》：「惘，記失志貌，謂不稱適。」惘，惘然，無知意。按此詩句句悼亡，必有所指而作也。

## 無題 1

昨夜星辰昨夜風，2（眉批）其時。畫樓西畔桂堂東。3（眉批）其地。身無綵鳳4雙飛翼，5（眉批）形相隔。心有靈犀6一點通。7（眉批）心相通。隔座送鉤8春酒暖，9分曹射覆10蠟燈紅。11（眉批）此樓西堂東，相遇時之景。嗟余聽鼓12應官去，走馬蘭臺13類轉蓬。14

1.【注疏】無題者，無所命題也。蓋意中不可明言，託無題以寄意也。此作古今皆有之，唯李商隱更甚。

2.【注疏】敘時。星辰，牛、女星也。

3.【注疏】誌地。

4.【補注】采鳳：《山海經》：「丹穴山，鳥狀如鶴，五采而文，名曰鳳。」（按綵同采）

5.【注疏】一在樓西，一在堂東，形影相隔，不能聚會。故恨身無雙飛之翼。

6.【補注】靈犀：《南州異物志》：「犀有神異，表靈以角。」《抱朴子》：「通天犀角，有白理如線，置犀粟中，雞見輒驚，南人呼為駭雞犀。」《漢書．西域傳》：「通犀翠羽之珍，如淳曰：『通犀，謂中央色白通兩頭。』」

7.【注疏】《南州異物志》：「犀有神異，表靈以角。」《抱朴子》：「通天犀角，有白理如線，置犀粟中，雞見輒驚，」所幸者，心無阻隔耳。

8.【補注】送鉤：道源注：「《漢武故事》：鉤弋夫人，少時手拳，帝披其手，得一玉鉤，手得展。故因為藏鉤之戲，後人效之。別有酒鉤，當飲者以鉤引盃。」

9.【注疏】一西一東所以隔座。道源注：「《漢武故事》：鉤弋夫人，少時手拳，帝披其手，得一玉鉤，手得展。因為藏鉤之戲，後人效之，別有酒鉤，當飲者以鉤引盃。」

10.【補注】射覆：《漢書．東方朔傳》：「上嘗使諸數家射覆，置守宮盂下射之。」注，于覆器之下置諸物，令暗射之，故云射覆。

11.【注疏】一居樓、一居堂，猶如分曹。《漢書．東方朔傳》：「上使諸數家射覆，置守宮盂下射之。」

12.【補注】聽鼓：《唐書．百官志》：「宮門局，宮門郎二人，掌宮門管籥。凡夜漏盡，擊漏鼓而開；漏上水一刻，擊漏鼓而閉。」

13.【補注】蘭臺：《唐六典》：漢御史中丞掌蘭臺祕書圖籍，故歷代建臺省祕書，與御史為鄰。《杜氏通典》：御史大夫所居之署，謂之憲臺。後漢以來，亦謂之蘭臺寺。按，義山釋褐，得祕書省校書郎，王茂元辟為掌書記，得侍御史，故此用蘭臺事。

14.【注疏】結到不能聚會，所以心不定。走馬徘徊如蓬旋轉也。《唐書．百官志》：「宮門局，宮門郎二人，掌宮門管鑰。凡夜盡漏，擊漏鼓而開；漏上水一刻，擊鼓而閉。」《漢書．史丹傳》：「天子自臨軒檻上，隤銅丸以擿鼓，聲中嚴鼓之節。」應官去，言聽漏鼓之聲，應官而去，以朝君也。《杜氏通典》：「御史大夫所居之署，後漢以來謂之蘭臺寺。」蘅塘退士曰：「按義山釋褐後，王茂元辟為掌書記，得侍御史，故用此。」

# 隋宮 1

紫泉2宮殿鎖煙霞，欲取蕪城3作帝家。4玉璽5不緣歸日角6，（眉批）唐不受命，巡幸當無極也。錦帆7應是到天涯。8於今腐草（眉批）低處。無螢火9，終古垂楊10（眉批）高處。有暮鴉。11地下若逢陳後主12，豈宜重問〈後庭花〉？13

1. 【注疏】隋煬帝之宮，極其奢麗。餘詳五言樂府〈隋宮〉詩題注。
2. 【補注】紫泉：〈上林賦〉：「紫淵徑其北。」按，唐人避高祖諱，改淵作泉。文穎曰：「西河穀羅縣有紫澤，長安在其北。」
3. 【補注】蕪城：鮑照〈蕪城賦〉注：「宋孝武時，照為臨海王子頊參軍，隨至廣陵。子頊叛逆。照見廣陵故城荒蕪，乃漢吳王濞所都。照以子頊事同于濞，遂為賦以諷之。」按，蕪城，即古邗溝城。《隋書》：「大業元年，發民十萬開邗溝入江。自長安至江都，置離宮四十餘所。」
4. 【注疏】以隋宮原始起。〈上林賦〉：「紫淵徑其北。」唐人避高祖諱，改淵作泉。鎖煙霞，言其高也。鮑照〈蕪城賦〉注：「宋孝武時，照為臨海王子頊參軍，隨至廣陵。子頊叛逆。照見故城荒蕪，乃漢吳王濞所都。照以子頊事同於濞，為賦以諷之。」《隋書》：「大業元年，發民十萬開邗溝入江。自長安至江都，置離宮四十餘處。」
5. 【補注】玉璽：《獨斷》：「璽者，印也。天子璽以玉螭虎鈕，古者尊卑共之。自秦以來、天子獨以印稱璽，又獨以玉，群臣莫敢用也。」按，秦始皇得藍田之玉，命其李斯篆曰「受命于天，既受永昌」。自此專名璽。漢高祖入咸陽得秦璽，世世相授，號「傳國璽」。
6. 【補注】日角：鄭玄《尚書》注：「日角，謂中庭骨起狀如日。」《舊唐書》：「太宗年四歲，有書生相之曰：『龍鳳之姿，天日之表。』」

7. 【補注】錦帆：《開河記》：「煬帝御龍舟幸江都，舳艫相繼，錦帆過處，香聞十里。」

8. 【注疏】〈張駿傳〉：「得玉璽於河，其文曰『執萬國，建無極』。」鄭玄《尚書》注：「謂天庭中骨起狀如日。」《舊唐書》：「太宗年四歲，有書生相之曰：『龍鳳之姿，天日之表。』」錦帆，詳〈隋宮〉題注。上四句寫當時；下四句寫懷古。

9. 【補注】螢火：《隋書》：大業末，天下已盜起。帝于景華宮徵求螢火數斛，夜出遊山，放之，光照山谷。

10. 【補注】垂楊：《隋書》：煬帝自板渚引河作街道，植以楊柳，名曰「隋堤」，一千三百里。

11. 【注疏】《隋書》：大業末，帝徵求螢火數斛。夜出遊山，放之，光滿山谷。又，煬帝自板渚引河作街道，植以楊柳，名曰「隋堤」，一千三百里。無螢火、有暮鴉，傷之也。

12. 【補注】陳後主：《隋遺錄》：煬帝在江都，昏湎滋深，嘗遊吳宮宅雞臺，恍惚與陳後主相遇，尚喚帝為殿下。後主舞女數十，中一人迥美。帝屢目之，後主云：「即麗華也。」乃以海蠡酌紅粱新醞勸帝，帝飲之，甚歡，因請麗華舞〈玉樹後庭花〉。麗華徐起，終一曲。後主問帝：「蕭妃何如此人？」帝曰：「春蘭秋菊，各一時之秀也。」

13. 【注疏】《唐書．禮樂志》：〈玉樹後庭花〉，亡國之音。陳後主所作也。《隋遺錄》：煬帝在江都，嘗遊吳公宅雞臺，恍惚與陳後主遇。後主舞女中一人迥美，帝屢目之，後主曰，即麗華也。因請麗華舞〈玉樹後庭花〉。麗華徐起，終一曲。

# 無題二首

## 其一

來[1]是空言[2]去絕蹤[3]，月斜樓上五更鐘。[4]夢為遠別啼難喚，書被催成墨未濃。[5]蠟照（眉批）燈猶可見。半籠金翡翠[6]，麝熏（眉批）香猶可聞。微度繡芙蓉。[7]劉郎[8]已恨蓬山遠，[9]（眉批）而其人則已遠矣。更隔蓬山一萬重。[10]

1.【注疏】約言。
2.【注疏】負所約。
3.【注疏】無影響。
4.【注疏】待月至曉。
5.【注疏】四句，串。待到五更而成夢，因夢而遠別，因遠別以寫書。「夢」字貫二句。啼為遠別悲啼，雖喚之而不醒也。書，相憶之書，被別恨而催成，所以紙上之墨，淡而不濃也。
6.【補注】金翡翠：江淹〈翡翠賦〉：「糅紫金而為色。」劉遵詩：「金屏障翠帔。」
7.【注疏】此二句寫夢醒時所見所聞之景也。蠟，燭也。翡翠，鳥也。麝，麝香。古人燒麝以熏衣也。芙蓉，帳也。半籠，蠟炬之光，一半照著籠上也。
8.【補注】劉郎：《漢武內傳》：「武帝封禪，其後十二年而還，徧於五岳、四瀆矣。而方士之候祠神人，入海求蓬萊，終無有驗。」又，「西王母曰：『劉徹好道，然形慢神穢，雖語之以至道，恐非仙材也。』」
9.【注疏】東西相隔，見之猶恨，其遠如隔蓬山也。
10.【注疏】不見之情，更隔蓬山一萬重也。《幽明錄》：漢永平五年，剡縣劉晨、阮肇共入天臺山。渡山，出一大溪，溪邊有二女子，姿質妙絕，遂留半年。既歸，邑屋改異，無復相識，訊問得七世孫。

## 其二

颯1颯東風細雨來，2芙蓉塘外有輕雷。3金蟾4齧鏁5燒香入，玉虎6牽絲汲井迴。7（眉批）鏁雖固，香猶可入；井雖深，汲猶可出。賈氏8窺簾韓掾9少，（眉批）幸而合。宓妃10留枕魏王才。11（眉批）不幸終不合。春心莫共花爭發，一寸相思一寸灰。12（眉批）其同歸于盡則一也。

1.【補注】颯：音靸。《說文》：「風也，又風聲。」宋玉〈風賦〉：「有風颯然而至。」

2.【注疏】敘其來時。

3.【注疏】輕雷，車聲。颯，音趿，風聲。宋玉〈風賦〉：「有風颯然而至。」

4.【補注】金蟾：道源注：「蟾善閉氣，古人用以飾鏁。」

5.【音釋】鏁音鎖。

6.【補注】玉虎：玉虎，謂轆轤也，是井欄之飾，或以施汲器者。絲，井索也。

7.【注疏】彼金蟾雖固，香煙猶得入其鏁矣；井水雖深，玉虎猶得牽絲而汲之矣。乃我也何無隙而乘之耶？道源注：「蟾善閉氣，古人用以飾鏁。」玉虎，井欄之飾，或以施汲器者。絲，井索也。

8.【補注】賈氏：《世說》：韓壽美姿容，賈充辟以為掾。賈女于青瑣中，見壽，悅之，與之通。充祕之，以女妻壽。

9.【音釋】掾音院。

10.【補注】宓妃：〈洛神賦序〉：「黃初三年，予朝京師，還濟洛川。古人有言，斯水之神，名曰宓妃。」注：「宓妃，宓犧氏之女，溺洛水為神。」又曰：魏東阿王求甄逸女不遂。太祖回，與五官中郎將，植殊不平。

黃初中入朝，帝示甄后玉鏤金帶枕，植見之，不覺泣下，時已為郭后讒死。帝意尋悟，以枕賚植。植還，將息洛水上，忽見女來，自言我本託心君王，其心不遂，此枕是我嫁時物，前與五官中郎將，今與君王，遂用薦枕席，歡情交集。又云：豈不欲常相見，但為郭后以糠塞口，今披髮掩面，羞將此形貌重睹君王耳。言訖不見。王悲喜不自勝，遂作〈感甄賦〉。後明帝見之，改為〈洛神賦〉。

11.【注疏】《世說》：韓壽美姿容，賈充辟以為掾。賈女見壽，悅之，與之通。充祕之，以女妻壽。〈洛神賦序〉：「黃初三年，予朝京師，還濟洛川。古人有言，斯水之神，名曰宓妃。」注：「宓妃，宓犧氏之女，溺洛水為神。」又曰：魏東阿王求甄逸女不遂。太祖回，與五官中郎將，植殊不平。黃初中入朝。帝示甄后玉鏤金帶枕，植見之泣，時已為郭后讒死。帝尋悟，以枕賚植。植還，息洛水上，忽見女子來，自言：此枕是我嫁時物，前與五官中郎將，今與君王用薦枕席。言訖，乃不見。王遂作〈感甄賦〉。其後明帝見之，遂改為〈洛神賦〉。

12.【注疏】幻思妄想，徒亂春心，所以「春心莫共花爭發」也。此詩全用襯托法。

## 籌筆驛[1]

猿鳥猶疑畏簡書[2]，（眉批）能動物。風雲常為護儲胥。[3]（眉批）能感神。徒令上將揮神筆，終見降王[4]走傳車。[5]（眉批）不能保暗主之不失國。管樂有才終不忝，[6]關張無命[7]欲何如？[8]他年錦里經祠廟，[9]〈梁父吟〉成恨有餘。[10]

1.【補注】籌筆驛：《方輿勝覽》：籌筆驛在綿州綿谷縣北九十九里，蜀諸葛武侯出師，嘗駐軍籌畫於此。

【注疏】《方輿勝覽》：綿州綿縣北有籌筆驛，武侯出師駐籌畫於此。

2.【補注】簡書：《詩》：「豈不懷歸？畏此簡書。」

3.【補注】儲胥：〈長楊賦〉：「木擁槍纍，以為儲胥。」注：「以木擁柵其外，又以竹槍纍為外儲。」按，范實《詩眼》：「簡書，軍中約束。儲胥，軍中籓籬也。」

【注疏】《詩》：「豈不懷歸？畏此簡書。」〈長楊賦〉：「木擁槍纍，以為儲胥。」注：「木擁柵其外，又以竹槍為外儲。」常袞〈授李抱玉開府制〉：「風雲所感，挺此人傑。」蓋言武侯出師之處，至今靈氣如存，風雲常護，猿鳥過之，猶生驚畏，而況人乎！況當時乎！

4.【補注】降王：《蜀志》：鄧艾破蜀，後主銜璧輿櫬降，遂送洛陽。

5.【補注】傳車：《史記．田橫傳》：高帝赦齊王田橫罪，田橫迺乘傳詣洛陽。《漢書》注：「傳，若今之驛。古者以車謂之傳車，後人單置馬，謂之傳驛。」

【注疏】上將，武侯。降王，後主。《魏志》：夏侯泰初曰，漢家刺史，奉六條而已，故刺史稱傳車。君王而走傳車，羞之也。二句倒裝。《蜀志》：鄧艾破蜀，後主銜璧輿櫬以迎降，遂送洛陽。

6.【注疏】遠櫬。

7.【補注】關張無命：《蜀志．楊戲傳》：「關、張赳赳。……隕身匡國。」

8.【注疏】近櫬。管，管仲，齊相也。樂，樂毅，燕之謀士也。不忝，言武侯之才，不居二人之下。《蜀志．諸葛亮傳》：「躬耕隴畝。……每自比於管仲、樂毅。」關，關羽。張，張飛。欲扶漢室以至無命，孰意？後主降魏，不能保有天下，二公所欲何如。

9.【注疏】祠廟，武侯廟。杜〈蜀相〉詩云：「錦官城外柏森森。」蜀城名錦官城，其里曰錦里，武侯廟在此。經，過也。

10.【注疏】《蜀志．諸葛亮傳》：「亮躬耕隴畝，好為〈梁父吟〉。身長八尺，每自比於管仲、樂毅。」恨，有餘恨。後主不肖，先生未能展其經綸也。應上「徒令上將揮神筆」句。

# 無題

相見時難[1]別亦難[2]，東風無力百花殘。[3]春蠶到死絲方盡，蠟炬[4]成灰淚始乾。[5]（眉批）一息尚存，志不少懈，可以言情，可以喻道。曉鏡（眉批）見。但愁雲鬢改，[6]夜吟（眉批）聞。應覺月光寒。[7]蓬山此去無多路，[8]青鳥殷勤為探看。[9]

1. 【注疏】難於相見。
2. 【注疏】難於忘情。
3. 【注疏】時當暮春。
4. 【補注】蠟淚：庾信〈對燭賦〉：「銅荷承淚蠟，鐵鋏染浮煙。」
5. 【注疏】二句，比也。言一息尚存，志不少懈。
6. 【注疏】愁其髮白，應上「東風無力」句。
7. 【注疏】孤吟月下，起下結意。
8. 【注疏】《漢書．郊祀志》：「自威、宣、燕昭使人入海求蓬萊、方丈、瀛洲。」三神山相傳在渤海中，去人不遠，嘗有至者。《山海經》注：「上有仙人宮室，皆以金玉為之，鳥獸盡白，望之如雲。」
9. 【注疏】《史記．司馬相如傳》：「亦幸有三足鳥為之使。」注：「三足鳥，青鳥也。」為探看，探看其消息也。所謂勸君莫結同心結，一結同心解不開，此也。

## 春雨 [1]

悵臥新春白袷[2]衣，白門[3]寥落意多違。[4]（眉批）三句十層。紅樓隔雨[5]相望冷[6]，珠箔飄燈[7]獨自歸[8]。遠路應悲春晼[9]晚，[10]殘宵猶得夢依稀。[11]玉璫緘札[12]何由達？萬里雲羅一雁飛。[13]

1. 【注疏】按此詩亦無題之類。
2. 【補注】袷：音夾，衣無絮也。
3. 【補注】白門：《唐書．地理志》：武德九年，更金陵曰「白下」。按，白下故城在上元縣西北。張衡賦：「蹶白門而東馳兮。」李白詩：「驛亭三楊柳，正當白下門。」《南史》：「建康宣陽門，謂之白門。」
【注疏】樓名。
4. 【注疏】《說文》：「悵，望恨也。」李賀〈染絲上春機〉詩：「白袷玉郎寄桃葉，為君挑鸞作腰綬。」白袷，春衣也。寥落，寂寞意。多違，不遂其願也。
5. 【注疏】于鵠詩：「何處少年吹玉笛，誰家鸚䳇語紅樓。」
6. 【注疏】兩相遙望，為風雨所隔，故覺冷然。
7. 【注疏】《漢武故事》：武帝起神室，以白珠織為箔，玳瑁壓之。李白詩：「美人一笑搴珠箔，遙指紅樓是妾家。」
8. 【注疏】不能同往也。
9. 【補注】晼：晼音宛，明久也，景映也。《楚辭．哀時命》：「白日晼晚其將入兮。」
10. 【注疏】晼音宛。〈哀時命〉：「白日晼晚其將入兮。」室邇人遠，故曰遠路。
11. 【注疏】人雖不見而夢猶得。依稀，聚會也。下文又轉路遠。

12.【補注】玉瑲緘札：《風俗通》：「耳珠曰瑲。」玉瑲緘札，猶今所謂侑緘。《釋名》：「穿耳施珠曰瑲。」

13.【注疏】《風俗通》：「耳珠曰瑲。」玉瑲緘札，猶今所云侑緘。緘，封也。札，書札也。達，寄也。雁，傳書鳥也。

# 無題二首

## 其一

鳳尾香羅[1]薄幾重，碧文圓頂[2]夜深縫。[3]扇裁月魄[4]羞難掩[5]，〔眉批〕明明可見。車走雷聲[6]語未通[7]。〔眉批〕卻不可接。曾是寂寥金燼暗，[8]斷無消息石榴[9]紅。[10]〔眉批〕豈其事終不諧耶。斑騅[11]只繫垂楊岸，[12]何處西南待好風？[13]

1.【音釋】騅音椎。

1.【補注】鳳羅：《黃庭內景經》：「盟以金簡鳳文之羅四十尺。」按，《金史·百官志·官誥》：「二品，翔鳳標、金鳳羅十六副。」

2.【補注】碧文圓頂：按，程泰之《演繁露》：唐人昏禮多用百子帳，棬柳為圈，以相連瑣，百開百闔，大抵如今尖頂圓亭子，而用青氈通冒四隅上下，以便移置。義山殆指此。

3.【注疏】杜甫詩：「細葛含風軟，香羅疊雪輕。」

4.【補注】扇裁月魄：班婕妤《怨歌行》：「新裂齊紈素，鮮潔如霜雪。裁為合歡扇，團團似明月。」《春秋繁露》：「而月之魄常厭于日光。」《書》：「惟三月，哉生魄。」《傳》：「始生魄，月十六日，明消而魄生。」按，哉，始也。魄，月之質也。朔後魄死明生，曰哉生明；望後明死魄生，曰哉生魄。

5. 【注疏】齊紈之扇形如月魄。

6. 【注疏】以扇掩面，終難掩其羞澀之情。

【補注】車走雷聲：司馬相如〈長門賦〉：「雷隱隱而響起兮，聲象君之車音。」

7. 【注疏】車聲如雷。

8. 【注疏】不遑通語。

【注疏】燼，燭餘。曾，已曾也。

9. 【補注】石榴：《梁書》：扶南國南界頓遜國，有樹似安石榴，采其花汁停甕中，數日成酒。

10. 【注疏】斷，絕也。消息，音信也。石榴紅，時當五月也。

11. 【補注】斑騅：《說文》：「騅，馬蒼黑雜色。」一曰蒼白色。陳《樂府・明下童曲》：「陳孔驕赭白，陸郎乘斑騅。」按，陳暄、孔範、陸瑜，皆後主狎客。

12. 【注疏】陳〈明下童曲〉：「陳孔驕赭白，陸郎乘斑騅。」

13. 【注疏】吾欲乘其好風之便，則有因而至矣，何處望之切也。

## 其二

重幃深下莫愁堂[1]，臥後清宵細細長。[2]神女[3]生涯原是夢，（眉批）大徹大悟。[4]小姑[5]居處本無郎。[6]風波（眉批）風波只是相侵。不信菱枝弱，[7]月露誰教桂葉香？[8]直道相思了無益，[9]未妨惆悵是清狂。[10]（眉批）真香固自難掩，明知無益，而惆悵不已，直清狂本應耳。

1. 【補注】莫愁堂：梁武帝歌：「河中之水向東流，洛陽女兒名莫愁。莫愁十三能織綺，十四采桑南陌頭，十五嫁為盧家婦，十六生兒字阿侯。盧家蘭室桂為梁，中有鬱金蘇合香。」

2. 【注疏】幃，幙也。

3. 【補注】神女：《襄陽耆舊傳》：「赤帝女曰瑤姬，未行而卒，葬于巫山之陽。」楚懷王遊于高唐，晝寢，夢與神遇，自稱巫山之女。遂為置館，號曰朝雲。宋玉有〈神女賦〉。

4. 【注疏】詳前杜甫〈詠懷宋玉〉詩。

5. 【補注】小姑：《古樂府．清溪小姑曲》：「開門白水，側近橋梁。小姑所居，獨處無郎。」按，《異苑》：「小姑，蔣侯第三妹也。」

6. 【注疏】《古樂府．清溪小姑曲》：「開門白水，側近橋梁。小姑所居，獨處無郎。」

7. 【注疏】菱枝質弱，每被風波飄蕩。

8. 【注疏】月露之下，誰教桂葉之香，聞於我也。

9. 【注疏】「相思」應上「誰教」之神。

10. 【注疏】相思無益，釋之可也。孰意惆悵之情，又作清狂故態也。

## 溫庭筠

### 利州南渡[1]

澹然空水[2]〔眉批〕水中。對斜暉[3]，曲島〔眉批〕岸上。蒼茫接翠微。[4]波上〔眉批〕水中。馬嘶看棹去，[5]柳邊人〔眉批〕岸上。歇待船歸。[6]數叢沙草群鷗散，[7]萬頃江田一鷺飛。[8]誰解[9]乘舟尋范蠡[10]？五湖煙水獨忘機。11

1. 【補注】利州：《韻會》：「巴蜀地，晉西益州，梁改利州。」《唐書．地理志》：「隋義城郡，武德八年改為利州。」
2. 【注疏】《韻會》：「巴蜀地，晉西益州，梁改利州。」
3. 【注疏】水中，記其渡。
4. 【注疏】記其時。
5. 【注疏】坐船中，以望岸上之景。
6. 【注疏】水中。嘶，鳴也。棹，渡船也。人渡，馬亦渡。
7. 【注疏】岸上。人歇柳邊，以待渡也
8. 【注疏】水邊。沙草之鷗，見船近岸則驚而散矣。
9. 【注疏】岸上。百畝為頃。江田，江上之田。
10. 【注疏】貫下「獨」字。
11. 【補注】范蠡：《吳越春秋》：范蠡既佐越滅吳，遂辭於王，乘扁舟出入三江五湖，人莫知其所適。
【注疏】《史記．越王勾踐世家》：范蠡事越王勾踐，既苦身戮力，與勾踐深謀二十餘年，滅吳。返國以為大名之下難以久居，且勾踐為人，可與同患難，難與處安樂，乃乘舟浮海，變姓名為鴟夷子皮，致產數千萬，稱陶朱公。獨忘機者，羨其急流勇退也。

# 蘇武廟[1]

蘇武魂銷漢使前，古祠高樹兩茫然。[2]雲邊雁斷胡天月，（眉批）擡頭看。[3]隴上羊歸塞草煙。[4]（眉批）低頭看。回日（眉批）歸日。樓臺非甲帳[5]，去時（眉批）去日。冠劍是丁年。[6]茂陵不見封侯印，空向秋波哭逝川。[7]

1. 【補注】蘇武：《漢書．蘇武傳》：「武帝遣武以中郎將，使持節送匈奴使留在漢者。……單于欲降之，迺幽武至大窖中，絕不飲食。天雨雪，武臥齧雪與氈毛并吞之，數日不死。匈奴以為神。匈奴徙武北海上無人處，使牧羝。羝乳乃得歸。武仗漢節牧羊，臥起操持，節旄盡落。……武留匈奴凡十九歲。」注：「羝，牧羊也。羝不當乳，故說此言示絕其事。」
【注疏】《漢書．蘇武傳》：「武字子卿，天漢元年，以中郎將持節使單于。……幽置大窖中，絕不飲食，天雨雪，武臥齧雪與旃毛并咽之。……乃徙武北海上，使牧羊。……始元六年春至京師，拜為典屬國。甘露三年，圖畫騏麟閣。」
2. 【注疏】上句詠當時，下句詠身後。
3. 【注疏】在單于十九年，音問不通。
4. 【注疏】敘其牧羊之處。
5. 【補注】甲帳：《漢書．西域傳》贊：「孝武之世……興造甲乙之帳。」注，其數非一，以甲乙次第名之也。
《漢武故事》：「以琉璃、珠玉、明月、夜光，錯雜天下珍寶為甲帳，其次為乙帳。甲以居神，乙以自居。」
6. 【補注】丁年：李陵〈答蘇武書〉：「丁年奉使，皓首而歸。」

【注疏】二句倒裝。回日，回漢之日。去時，出使之時。非甲帳，嘆樓臺更換也。是丁年，悲其久遠也。《漢書．西域傳》：「贊：孝武之世，……興造甲乙之帳。」注：「其數非一，以甲乙次第名之也。」李陵〈答蘇武書〉：「丁年奉使，皓首而歸。」

7. 【注疏】《漢書．武帝紀》：建元二年初置茂林邑，元朔二年，徙群國豪傑於茂林。不見封侯印，悲蘇武不得志也。子在川上曰：「逝者如斯夫。」傷歲月也。

### 薛逢

字陶臣，蒲州人。會昌初擢進士第，崔鉉入相，引直宏文館，歷侍御史。持論鯁切，以謀略高自標顯。有荐逢知制誥者，會劉瑑當國，忌之，乃出爲巴州刺史，復斥蓬、綿二州刺史，稍遷祕書監，卒。

## 宮詞[1]

十二樓中盡曉妝，望仙樓[2]上望君王。[3]鎖銜金獸連環冷，[4]（眉批）人靜。水滴銅龍[5]晝漏長。[6]（眉批）日長。雲髻（眉批）容顏之美。罷梳還對鏡，[7]羅衣（眉批）妝飾之華。欲換更添香。[8]遙窺正殿簾開處，袍袴宮人掃御牀。[9]（眉批）反不及宮人之得進君王也。

1. 【注疏】宮詞者，宮中詞也。王建有宮詞百首，孟蜀花蕊夫人費氏效建亦作宮詞百首。

2. 【補注】望仙樓：《唐書．武宗紀》：「會昌五年，作望仙樓于神策軍。」

3. 【注疏】十二樓，詳前韓翃〈同題望仙觀〉注。《唐書．武宗紀》：「會昌五年，作望仙樓於神策軍。」元稹

〈連昌宮詞〉：「上皇正在望仙樓，太真同凭闌干立。」

4.【注疏】見。承「望」字。

5.【補注】銅龍：按，《初學記》：「殷夔《漏刻法》：為器三重，圓皆徑尺。差立於水輿踟蹰之上，為金龍口吐水，轉注入踟蹰經緯之中，流於衡渠之下。」

6.【注疏】聞。承「曉」字。金獸，以黃金鑄獸。連環，絡其項。玉鎖，鎖其頸，御物也。皮日休詩：「腰下佩金獸，手中持火鈴。」銅龍，漏鐘之類。漏鐘承露以候夜刻也，銅龍承水以候晝刻也。李商隱詩：「玉壺傳點咽銅龍。」

7.【注疏】頂「曉妝」。

8.【注疏】頂「望君王」。還對鏡，言容顏之美。更添香，言妝飾之華。

9.【注疏】正殿，君王之寢室也。簾開，則見御牀。短袍、綉袴，宮女妝飾也。遙窺，含怨恨意。掃御牀，含羨慕意。信手拈來，而深怨之情寓乎其內。此詩有溫厚和平之致。

**秦韜玉** —— 字仲明，京兆人。爲田令孜神策判官，中和二年得準敕及第，擢工部侍郎。

## 貧女

蓬門未識綺羅香，[1]擬託良媒亦自傷。[2]誰愛風流高格調？[3]共憐時世儉梳妝。[4]敢將十指誇鍼巧，[5]不把雙眉鬬畫長。[6]苦[7]恨年年壓金線，為他人作嫁衣裳。[8]

1.【注疏】蓬門，貧家也。貧女只穿布衣，未識綺羅之香也。

2.【注疏】良媒，意欲自託，豈不傷哉。

3.【注疏】風流，佳婿格調必高，安肯娶我，亦我何曾攀愛也。

4.【補注】儉妝：郝注：「唐文宗下詔：禁高髻、儉妝、去眉、開額。」

【注疏】時世不逢，難期豐裕，梳妝宜從儉也。

5.【注疏】女紅固不敢誇，而縫紉至不苟且。

6.【補注】眉長：《古今注》：「魏宮人好畫長眉。」

【注疏】又不畫眉鬭長以取媚也。

7.【注疏】苦其貧也。

8.【注疏】日望一日，年望一年，偏為他人作嫁衣裳耳。此詩俱從「傷」字寫出來也。

# 七律樂府

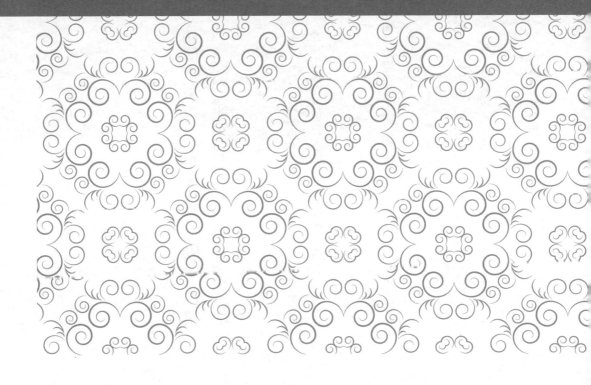

## 沈佺期

# 獨不見[1]

盧家少婦鬱金香，海燕雙棲玳瑁梁。[2]九月寒砧催木葉，[3]十年征戍憶遼陽。[4]白狼河北[5]音書斷[6]，〔眉批〕承「十年」句。丹鳳城南[7]秋夜長。[8]〔眉批〕承「九月」句。誰為含愁[9]獨不見[10]，更教明月照流黃。

1. 【補注】獨不見：《樂府解題》：「獨不見，傷思而不得見也。」按，此題諸本多作古意，今從郭茂倩樂府本改正。又，少婦作小婦，鬱金香作鬱金堂，木葉作下葉，誰為作誰知，更教作使妾，俱從作茂倩本。凡樂府字句有與別本異者，皆從茂倩本故也。

【注疏】《樂府解題》曰：「獨不見，傷思而不得見也。」

【注疏】按，此詩郭茂倩編入樂府，將少婦改小婦，將鬱金香改鬱金堂，將木葉改下葉，將誰為改誰知，將更教改使妾，不過協其樂音耳，令讀者殊覺拗硬無味，今乃使原本改正。

2. 【補注】玳瑁梁：沈約詩：「九華玳瑁梁。」

【注疏】梁武帝樂府：「十五嫁為盧家婦，十六生兒子阿侯。」《梁書．扶南國傳》：天監十八年，遣使獻火齊珠、鬱金、蘇合等香。《隋書．地理志》：「南海交趾，各一都會也。並所處近海，多犀、角、瑇瑁、珠璣奇異珍瑋。」瑇，亦作玳。

3. 【注疏】九月肅霜則木葉黃落，似為砧聲所催也。天寒搗衣，欲以寄遠征夫也。

4. 【補注】遼陽：《漢書・地理志》：「遼東郡有遼東縣。」

【注疏】十年，別久也。戍，守。憶，思征夫。《漢書・地理志》：「遼陽，郡縣。遼陽大梁水西南至遼陽入遼。」

5. 【補注】白狼河：《水經注》：「遼水又會白狼水，水出右北平。」

【注疏】《水經注》：「遼水又會白狼水，水出右北平白狼縣。」

6. 【注疏】承「十年」句。長安在白狼河北。年多路遠，故曰音書斷。

7. 【注疏】《六典》：「唐工部，丹鳳門內。中正殿曰含光殿，夾殿二閣，左曰翔鸞，右曰棲鳳。」

8. 【注疏】承「九月」句。征婦在丹鳳城之南，憶夫不寐，故覺秋夜長。

9. 【注疏】含此離愁為誰？

10. 【注疏】思婦不見其夫也。

11. 【補注】流黃：古樂府〈相逢行〉：「大婦織綺羅，中婦織流黃。」梁簡文帝詩：「思婦流黃素，溫姬玉鏡臺。看花言可折，定自非春梅。」羊勝〈屏風賦〉：「飾以文錦，映以流黃。」注：「流黃，間色素也。」

【注疏】古樂府〈相逢行〉：「大婦織綺羅，中婦織流黃。」梁簡文帝詩：「思婦流黃素，溫姬玉鏡臺。」蓋言不見其夫，妾已無限含愁矣，更教夜深之時而明月照於流黃之上，其愁益覺難堪也。

# 五言絕句

始漢魏樂府，如〈白頭吟〉、〈出塞曲〉、〈桃葉歌〉等篇，皆其體也。六朝述作漸煩，入唐尤甚。

王維

# 鹿柴1

空山不見人，但聞人語響。返景2入深林，復照青苔上。3

1. 【補注】鹿柴：〈輞州集并序〉：「余別業在輞川山谷，其遊止，有孟城坳、華子岡、文杏館、斤竹嶺、鹿柴、木蘭柴、茱萸沜、宮槐陌、臨湖亭、南垞、欹湖、柳浪、欒家瀨、金屑泉、白石灘、北垞、竹里館、辛夷塢、漆園、椒園等，與裴廸閒暇各賦絕句云爾。」按，柴，上邁切，本作砦，籬落也。按，《廣韻》：「砦，羊棲宿處。」鹿柴，蓋鹿所宿處也。故裴廸同詠詩云：「但有麏麚（按麏音君，麚音加）跡。」
【注疏】柴，上邁切，本作砦，一說籬落也。〈輞川詩序〉：余別業在輞川山谷，其遊止，有鹿柴、木蘭柴……。
2. 【補注】返影：《四時纂要》：「日西落，光返照于東，謂之返影。」（編按，景同影）
3. 【注疏】首二句，見輞川中花木幽深，靜中寓動。後二句，有一派天機，動中寓靜，詩意深寓，非靜觀不能自得。

# 竹里館[1]

獨坐幽篁[2]裡，彈琴復長嘯[3]。深林人不知，明月來相照。

1.【注疏】詳王維〈詠輞川閒居〉題注之內。
2.【補注】幽篁：《楚辭》：「余處幽篁兮終不見天。」注：「幽篁，竹林也。」呂向注：「幽，深也。篁，竹叢也。」
3.【補注】長嘯：《詩》：「其嘯也歌。」《箋》：「嘯，蹙口而出聲。」《楚辭》：「臨深淵而長嘯。」
4.【注疏】篁，竹也。林，竹林也。「獨」字起下「人不知」。《南史．漁父傳》：孫緬為潯陽太守，恒于渚際，見一漁父，神韻瀟洒，垂綸長嘯。緬甚異之，欲招以共仕。漁父悠然鼓棹而去。人不知，不知長嘯彈琴之意。知音者，唯林間明月耳。

# 送別

山中相送罷，[1]日暮掩柴扉。[2]春草明年綠，[3]王孫歸不歸？[4]

1.【注疏】寫送別處。
2.【注疏】寫別後歸家之時。
3.【注疏】有定期。
4.【注疏】未可卜也。王孫，作所別之人解。《楚辭》：「王孫遊兮不歸，春草生兮萋萋。」暗用此意解王孫者，不一其義。讀者必須揣辭推意，以合題旨耳。

## 相思

紅豆1生南國，春來發幾枝？願君多採擷，此物最相思。2

1.【補注】紅豆：《資暇錄》：「豆有圓而紅，其首烏者，舉世呼為相思子，即紅豆之異名也。……其樹大株而白枝，葉似槐，其花與皂莢花無殊，其子若穇豆，處於莢中、通身皆紅。」李善云：「其實赤如珊瑚是也。」《本草》：「相思子，一名紅豆。」按，穇與楄同，音邊，籬上豆。

2.【注疏】一氣呵成，亦須一氣讀下。《南州記》：海紅豆，生南海人家園圃中，葉圓有莢。《本草》：「相思子，一名紅豆。」《詩》：「采采芣薄。」言擷之以衣貯之，而扱其衽于帶間也。

## 雜詩

君自故鄉來，應知故鄉事。來日綺窗1前，寒梅著花未？2

1.【注疏】君稱故鄉人。

2.【注疏】通首都是所問口吻。

裴迪

《唐詩紀事》：「裴迪初與王維、崔興宗俱居終南，天寶後爲蜀州刺史。與杜甫交善。」《唐詩品彙》：「裴迪，關中人。」

## 送崔九

歸山深淺去，須盡邱壑美。莫學武陵人，暫遊桃源裡。[1]

1.【注疏】以為我今送君，歸山而去，君既閒遊，凡山之深、山之淺，須歷盡其邱壑之美，俾我他日歸，來與君同遊山水，引我入勝。切莫學武陵之人，暫遊桃源，終為迷路，不能指引後遊也。桃源，事詳《桃源記》。

祖詠

## 終南望餘雪[1]

終南陰嶺[2]秀，積雪浮雲端。林表明霽色，城中增暮寒。[3]

1.【注疏】詳李白〈下終南山〉題注內。

2. 【注疏】背陽山為陰。「嶺」映「霽」字。

3. 【注疏】霽，初晴也。末句仁人之言，其臭如蘭。

## 孟浩然

### 宿建德江[1]

移舟泊煙渚，[2]日暮客愁新。[3]野曠天低樹，[4]江清月近人。[5]〔眉批〕十字十層，咀詠不盡。

1. 【補注】建德江：《一統志》：「嚴州府建德縣有新安江。」又，「有東陽江。」
【注疏】《一統志》：「嚴州府建德縣有新安江。」
2. 【注疏】敘地。
3. 【注疏】敘時。
4. 【注疏】岸。
5. 【注疏】水。移，行也。泊，住也。秋暮之時，江渚有煙，故曰煙渚。旅客逢秋更愁，故曰客愁。新木葉凋零，曠野愈見其曠；秋波徹底，清江愈覺其清。天不低樹，而曠野之天，船中望之，似乎低於樹矣。月不近人，而清江之月，船中望之，確乎近於人矣。夫故鄉之天猶是天也，故鄉之月猶是月也，而故鄉何其遠耶！此懷故鄉而作也。

## 春曉

春眠不覺曉，處處聞啼鳥。[1]夜來風雨聲，花落知多少？[2]

1.【注疏】春宵貪睡，雖曉而不知曉。

2.【注疏】二句詠出不覺之神。

李白

## 夜思

牀前明月光，疑是地上霜。[1]舉頭望明月，[2]低頭思故鄉。[3]

1.【注疏】明是月光，而反疑是霜，所以詩怕直致而喜其曲折也。

2.【注疏】因疑地上霜，所以舉頭望也。

3.【注疏】瞥見明月，觸動故鄉之情，所以低頭而思也。

【注疏】只二十字，其中翻覆，層出不窮。本是牀前明月光，翻疑地上霜，因疑地上霜，則見天上明月，見明月則思故鄉，思故鄉則頭不得不低矣。牀前，則人已睡矣。疑是地上霜，則披衣起視矣。舉頭望明月，低頭思故鄉，則不能安睡矣。一夜縈思躊躇，月下靜中情形，描出如畫。

## 怨情

美人捲珠簾，[1]深坐顰蛾眉。[2]但見淚痕濕，不知心恨誰？[3]

1. 【補注】珠簾：《拾遺記》：越貢二美人於吳。吳處以椒華之房，貫細珠為簾幌，朝下以蔽景，夕捲以待月。
2. 【注疏】望。
3. 【注疏】望之不來。
3. 【注疏】不聞怨語，但見怨情。顰，蹙也。首句寫望，次句繼之愁，然後寫出淚痕。深淺有序，信手拈來，無非妙筆。

杜甫

## 八陣圖[1]

功蓋三分國[2]，名成八陣圖[3]。江流石不轉，遺恨失吞吳。[4]

1.【注疏】鶴注：「此當是大曆元年初至夔州時作。」《寰宇記》：「八陣圖在奉節縣西南七里。」舊注：「陣勢八：天、地、風、雲、飛龍、翔鳥、虎翼、蛇盤也。」《荊州圖副》云：「永安宮南一里，渚下平磧上，有孔明八陣圖，聚細石為之，各高五尺，廣十圍，歷然棊布，縱橫相當，中間相去九尺，正中間南北巷，廣悉五尺，凡六十四聚。或為人散亂，及為夏水所沒，冬時水退，復依然如故。」

2.【補注】三分國：〈出師表〉：「今天下三分。」

3.【補注】八陣圖：《東坡志林》：「諸葛亮於魚腹平沙之上，壘石為八行，相去二丈。自山上俯視，八行為六十四蕝，蕝正圜不見凹凸處，及就視，皆卵石，漫漫不可辨。」劉禹錫《嘉話錄》：三蜀雪消之際，澒湧滉瀁，大木十圍，隨波而下。水落川平，萬物皆失故態。諸葛亮小石之堆，行列依然，迨今不動。注：「陣勢八：天、地、風、雲、龍、虎、鳥、蛇也。」按《成都經》：「八陣有三，在夔者六十有四，方陣法也。在彌牟鎮者二十有八，當頭陣法也。在棋盤市者二百五十有六，下營陣法也。」

4.【補注】失吞吳：《東坡志林》：僕嘗夢見人，云是杜子美。世人誤會余〈八陣圖〉，謂恨不能滅吳，非也。我謂吳蜀脣齒，不當相圖。晉之取蜀，以蜀有吞吳之意，此為恨耳。此理甚長。錢云：「先主征吳敗績，還至魚腹。孔明嘆曰：『法孝直若在，必能制上之東行，不至傾危矣。』杜詩云亦如此。世傳子瞻云云，坡無此言，纖兒偽託耳。」

【注疏】仇兆鰲曰：「江流石不轉，此陣圖之垂名千載者所恨。吞吳失計，以致三分功業中遭跌挫耳。」下二句用分應。《東坡志林》：嘗夢子美謂僕，世人多誤會吾〈八陣圖〉詩，以為先主武侯欲與關公報仇，故恨不能滅吳，非也。吾意本謂吳、蜀脣齒之國，不當相圖；晉之所以能取蜀者，以蜀有吞吳之志，以此為恨耳。朱注：「史：昭烈敗秭歸，諸葛亮曰：『法孝直若在，必能制主上東行，就使東行，必不傾危。』觀此，則征吳非孔明意也。子美此詩，正謂孔明不能制征吳之舉，致秭歸挫辱，為生平遺恨。東坡之說殊非。劉建曰：『孔明以蓋世奇才，制為江上陣圖，至今不磨。使先主能用其陣法，何至連營七百里，敗績於猇亭哉？欲吞吳而不知陣法，是則當時之遺恨也。』今按，下句有四說：以不能滅吳為恨，此舊說；以先主之征吳為恨，此東坡說也；不能制主上東行，而自以為恨，此《杜臆》、朱注之說也；以不能用陣法而致吞吳失師，此劉氏說也。」

【注疏】附考《東坡志林》：「諸葛造八陣圖於魚腹，平沙之上，壘石為為八行，相去二尺。桓溫征譙縱，見之曰：『此常山蛇勢也。』文武皆莫識。吾嘗過之，自山俯視，百餘丈，凡八行為六十四蕝。蕝正圜，不見凹凸處，如日中蓋影。予就視，皆卵石，漫漫不可辨，甚可怪也。」

【注疏】劉禹錫《嘉話錄》：夔州西市俯臨江，沙下有諸葛亮八陣圖。聚石分布，宛然猶存。峽水大時，三蜀雪消之際，澒湧滉瀁，大木十圍，枯槎百丈，隨波而下。及乎水落川平，萬物皆失故態。諸葛小石之堆，標聚行列，依然如是者，近六百年，迨今不動。

【注疏】《成都圖經》：「武侯八陣有三，在夔者六十有四，方陣法也。在彌牟鎮者二十有八，當頭陣法也。在棋盤市者二百五十有六，下營陣法也。」

【注疏】永嘉薛氏云：「武侯之圖可見者三，一在沔陽之高平舊壘，一在廣都之八陣鄉，一在魚腹永安宮南江灘水上。在高平者，自酈道元已言傾褫難識。在廣都者，隆土為基，魁以江石，四門二首，六十四魁，八八成行，兩陣俱立，陣周四百七十二步，其魁百有二十。在魚腹者，因江為勢，積石平流，前蔽壁門，後依卻月，縱橫皆八，魁間二丈，偃月內面，九六鱗次。廣都舊無聞，惟見於李膺《益州記》，其言魁行皆八，財舉其半。」

【注疏】趙抃《成都記》稱耆老之說云：「為江石兵數，應六十四卦，則知兩陣二首之意，以體乾坤門戶，法象之所由生也。然其陣居平地，束於壁門，營陣之法具，而奇正之道蘊。魚腹陣於江路，因水成形。七八以為經，九六以為緯，體方於八陣，形圓於卻月。壁門可以觀營陣之勢，卻月可以識奇正之變，故雖長江東注，夏流湍駛，轟雷奔馬，不足以擬其勢；回山卷石，不足以言其怒。峩峩八陣，實激其衝，歷年千數，未嘗回撓。故桓溫以為常山之蛇，杜甫偉其江流而不轉也。」

【注疏】王昱曰：「陣勢八：二革二金為天，三革三金為地，二革三金為風，三革二金為雲，四革三金為龍，三革四金為虎，四革五金為鳥，五革四金為蛇。」

## 王之渙

——并州人，兄之咸、之賁皆能詩。之渙與王昌齡、高適唱和，名重於時。

### 登鸛雀樓[1]

白日依山盡，黃河入海流。[2]欲窮千里目，更上一層樓。[3]〔眉批〕二十字氣象萬千。

1. 【補注】鸛雀樓：《唐詩解》注：「《一統志》：『鸛鵲樓，在平陽府蒲州城上。』雀鵲聲相近，疑傳寫之誤。」按《三體唐詩》注：「鸛雀樓，在河中府，前瞻中條，下瞰大河。」

【注疏】《一統志》：「鸛雀樓，在平陽府蒲州城上。」雀鵲聲相近。李益〈登鸛雀樓〉詩：「鸛雀樓西百尺檣，汀洲雲樹共茫茫。」許渾詩：「征帆夜轉鸕鷀嶠，騁騎春辭鸛雀樓。」

2. 【注疏】對起法，言蒲城之高，四遠空曠，遊目堪馳，仰而視之，日之所至，無所不見。所不見者，為高山阻隔，故曰依山盡；俯而視之，則見黃河之水滾滾而來，遠入大海而流則目之所送，亦云遠矣。

3. 【注疏】如欲再窮千里之目，還須更上一層，則竭我目力皆可見矣。斯樓之高，可知也。

## 劉長卿

## 送靈澈[1]

蒼蒼竹林寺，[2]杳杳鐘聲晚。[3]荷笠帶斜陽，青山獨歸遠。[4]

1.【補注】靈澈：《唐詩紀事》：「僧靈澈生於會稽，本湯氏，字澄源，與吳興詩僧皎然遊。皎然薦之包佶、李紓，以是上人之名，由二公而揚。貞元中，遊京師，緇流嫉之，造飛語激動中貴人，浸誣得罪，徙汀州。後歸會稽。元和十一年，終于宣州。」

2.【補注】竹林寺：《南史》：「黃鵠山北有竹林精舍。」《輿圖備考》：「鎮江黃鶴山鶴林寺，舊名竹林寺。」

【注疏】先敘地。

3.【注疏】次敘時。

4.【注疏】承「晚」字。後寫出靈澈所以不直致。蒼蒼，古貌。杳杳，遠貌。《法苑珠林》：「隋蜀部灌口山竹林寺釋道仙，本康居國人……後達梓州牛頭山，值僧說法，深悟財累，乃沉江頓舍，便投灌口山竹林寺出家。」帶斜陽，言別時，尚有斜陽照於荷笠，帶而歸寺也。「遠」字應杳杳，斜陽應「晚」字，只二十字，先後映照，唐人作詩不離此法。

## 彈琴[1]

泠泠[2]七絃上，靜聽〈松風〉寒。古調雖自愛，今人多不彈。[3]

1.【注疏】《琴論》：琴長三尺六寸，法朞數也。廣六寸，象六合也。前廣後狹，尊卑之象也。上圓而斂，象天也；下方而平，法地也。龍池八寸，通八風也。鳳池四寸，合四氣也。五絃，象五行也。大絃為君，小絃為臣。

2.【補注】泠泠：《湘中記》：「衡山有懸泉滴瀝巖間，泠泠如絃、有白鶴迴翔其上如舞。」〈文賦〉：「音泠泠以盈耳。」

3.【注疏】泠泠，風聲。宋玉〈風賦〉：「清清泠泠，愈病析酲。」《說文》：「琴，禁也。神農所作。洞越。練朱五絃，周加二絃，象形。」《琴書》：琴本七絃，宮、商、角、徵、羽、文、武也。按琴本五絃，故舜彈五絃之琴，文王加一絃，武王加一絃，故曰周加二絃，即名文、武絃也。松風，即琴譜〈風入松〉。末二句嘆世無知音者。

## 送上人[1]

**孤雲將野鶴，豈向人間住？[2]莫買沃洲[3]山，時人已知處。[4]**

4〔眉批〕即終南捷徑之意。

1.【注疏】《圓覺要覽》：「內有德智，外有勝行，在人之上，曰上人。凡稱僧曰上人、曰禪師，尊之也。」

2.【注疏】孤雲，片雲。將，送也。野鶴，比上人。豈向人間住，即起下意。

3.【補注】沃洲：《雲笈七籤》：「七十二福地，沃洲在越州剡溪縣南。」《一統志》：「沃洲山在紹興府新昌縣東三十五里，與天姥峯對峙。《道書》為第十五福地。」

4.【注疏】緊承次句。《雲笈七籤》：「七十二福地，沃州在越州剡縣南。」以為沃州之山已被時人識破，勸君莫買也。君所處者，諒必別有天地耳。

# 秋夜寄丘員外

韋應物

懷君屬秋夜，散步詠涼天。空山松子[1]落，幽人應未眠。[2]

1.【補注】松子：《列仙傳》：「偓佺以松子遺堯，堯不暇服也。時人服者，皆至二、三百歲。」

2.【注疏】幽人，指邱員外也。應未眠，料其逢秋觸景，亦有所懷也。

# 聽箏[1]

李端

鳴箏金粟[2]柱，素手[3]玉房[4]前。[5]欲得周郎[6]顧，時時誤拂絃。[7]〔眉批〕故以誤為邀恩之地。

1.【補注】箏：《風俗通》：蒙恬造箏。《音樂指歸》：「箏形如瑟，長六尺，以應六律；絃有十二，象十二時；柱高三寸，象三才。」或曰十三絃。

【注疏】《通典》：「箏，秦聲也。」《急就篇》注：「箏，瑟類，本十二絃，今則十三。」或曰秦蒙恬所造。金粟柱、玉房，皆箏上所設。

2. 【補注】金粟：按，本注：「金粟柱，所以繫絃也。」

3. 【補注】素手：古詩：「娥娥紅粉妝，纖纖出素手。」

4. 【補注】玉房：按，本注：「所以安枕也。」

5. 【注疏】金粟柱，所以繫絃也。玉房，所以安枕也。古詩：「娥娥紅粉妝，纖纖出素手。」

6. 【補注】周郎：《三國志》：「周瑜，吳中呼為周郎，少精音樂，雖三爵之後，有誤必知。時人語曰：『曲有誤，周郎顧。』」

7. 【注疏】周郎，周瑜，年少貌美，吳中呼為周郎。精音樂，曲有誤必顧。時人謠曰：「曲有誤，周郎顧。」

## 新嫁娘

**王建**

字仲初，潁川人。大曆十年進士，官渭南尉，歷祕書丞侍御史。太和中出爲陝州司馬，從軍塞上，數年後歸，卜居咸陽，與張籍友善，工爲樂府，故張王並名。

三日入廚下，洗手作羹湯。[1] 未諳姑食性，[2] 先遣小姑嘗。[3]

1. 【注疏】潔以奉舅姑也。

2.【注疏】舅姑。

3.【注疏】夫之女妹曰小姑。諳，練也。言新嫁娘之謹畏也。推之，仕路上新進者類皆若是，及其老練日久，果能始終敬畏焉，又何患人臣不忠哉！

**權德輿**——字載之，略陽人。四歲能詩，第進士。德宗朝，歷官禮部侍郎，三典貢舉，憲宗即位，以尚書同平章事，貞元元和間爲縉紳羽儀。卒謚曰文。

## 玉臺體[1]

**昨夜裙帶解，[2]今朝蟢子[3]飛。[4]鉛華[5]不可棄，莫是藁砧[6]歸。[7]**

1.【補注】《滄浪詩話》：「玉臺體：《玉臺集》乃徐陵所序，漢、魏六朝詩皆有之，或者但謂纖豔者為玉臺體，其實則不然。」

2.【補注】裙帶解：樂府：「拾得娘裙帶，同心結兩頭。」按，章雲仙《唐詩注疏》：「裙帶解，主應夫歸之兆。」

【注疏】兆於昨夜。

3.【音釋】蟢音如喜。

【補注】蟢子：《詩》：「蠨蛸在戶。」《疏》：「蠨蛸，長踦。小蜘蛛長腳者，俗呼為蟢子。」《新論》：「今野人晝見蟢子者，以為有喜樂之瑞。」

4. 【注疏】兆於早晨。

5. 【補注】鉛華：〈洛神賦〉：「芳澤無加，鉛華不御。」

6. 【音釋】藳音稿。

【補注】藳砧：古樂府：「藳砧今何在？山上更有山。」按，砧，擣衣石也。古者婦目其夫每用之。

7. 【注疏】曹唐〈遊仙〉詩：「玉女暗來花下立，手挼裙帶問昭王。」裙帶而自解者，主應夫歸之兆。劉勰《新論》：「野人晝見蟢子者，以為有喜樂之瑞。」鉛，華粉也。古樂府：「藳砧今何在？山上更有山。」李白〈代美人愁鏡〉詩：「藳砧一別若箭弦，去有日，來無年。」藳，砧者，喻夫也。

柳宗元

## 江雪

千山鳥飛絕，[1]萬徑人蹤滅。[2]孤舟簑笠翁，獨釣寒江雪。[3]〔眉批〕二十字可作二十層，卻自一片，故奇。

1. 【注疏】詠山，暗「雪」字。
2. 【注疏】詠郊原，暗「雪」字。
3. 【注疏】簑笠翁，漁翁也。退士曰：「二十字可作二十層，卻是一片，故奇。」

# 行宮

元稹

寥落故行宮，宮花寂寞紅。[1]白頭宮女在，閒坐說玄宗。[2]

1. 【注疏】寥，空虛。落，落寞。故，舊也。行宮，王宮也。宮花，宮中之花。寂寞，冷淡也。春宮無主，花亦寂寞也。
2. 【注疏】白頭宮女在，而君不在也。只二十字，疊用三「宮」字，總由用意各別，所以不見雷同，更且信口拈來，一氣趨下，令人不覺也。

# 問劉十九

白居易

綠螘[1]新醅酒，紅泥小火爐。晚來天欲雪，能飲一杯無？[2]〔眉批〕信手拈來，都成妙諦，詩家三昧，如是如是。

1.【補注】綠螘：〈南都賦〉：「醪敷徑寸，浮蟻若萍。」謝朓詩：「嘉魴聊可薦，綠螘方獨持。」按，螘同蟻。浮螘，醪汁滓酒也。

2.【注疏】一筆掃去，毫不著力，且得「問」字神理，真妙手用上，語不見俗，乃是點鐵成金手法。綠螘，酒名。小火爐，紅泥所作，用以煨酒者，天寒正可飲酒。劉十九諒不能飲酒者。

## 張祜

字承吉，清河人。嘗客淮南，杜牧深重之。愛丹陽曲阿池，築室卜隱以終。長慶中，祜爲令狐楚所知，自草薦表，令以詩三百首隨薦表進。元稹在內廷，上問之，稹曰：「雕蟲小技，壯夫不爲。或獎激之，恐變陛下風教。」上頷之，遂失意東歸。

### 何滿子[1]

故國三千里，[2]深宮二十年。[3]一聲〈何滿子〉，雙淚落君前。[4]

1.【補注】何滿子：郭茂倩《樂府》：「白居易曰：『何滿子，開元中滄州歌者，臨刑，進此曲以贖死，竟不得免。』《杜陽雜編》曰：『文宗時，宮人沈阿翹為帝舞〈何滿子〉調詞，風態率皆宛暢。』然則亦舞曲也。」按，茂倩《樂府》止載白居易及薛逢二首，而此首不收，故錄于此。

【注疏】郭茂倩《樂府》：「唐．白居易曰：『何滿子，開元中滄州歌者，臨刑，進此曲以贖死，竟不得免。』《杜陽雜編》：『文宗時，宮人沈阿翹為帝舞〈何滿子〉調詞，風態率皆宛暢。』然則亦舞曲也。」按，郭茂倩《樂府》止載白居易薛逢二首，而此首不收，故錄於此。

2.【注疏】遠。

3.【注疏】久。

4.【注疏】故國三千里，離鄉遠；深宮二十年，侍君久也。末二句言不能保其身，居於深宮者且然，而況在於宮外者乎。此詩疑指滄州歌者作。

李商隱

# 登樂遊原[1]

向晚意不適，驅車登古原。夕陽[2]無限好，只是近黃昏。[3]（眉批）好景難長久，皆當作此態。

1.【補注】樂遊原：《關中記》：「宣帝少依許氏，長於杜縣，樂之。後葬于南原，立廟于曲池之北亭，曰樂遊原。」《名勝志》：「樂遊原在灞南五里，本杜縣之東南。」《兩京新記》：「漢宣帝樂遊廟，一名樂遊苑，亦名樂遊原。基地最高，四望寬敞。」

【注疏】《關中記》：「宣帝少依許氏，長於杜縣，樂之。後葬於南原，立廟於曲池之北亭，曰樂遊原。」《名勝志》：「樂遊原在灞南五里，本杜縣之東南。」

2.【注疏】承「晚」字。

3.【注疏】結到「意不適」。此李公傷老之詞也。夕陽之時，霞光返照，無限好景也。《淮南子》：「日至於虞淵，是謂黃昏。至於蒙谷，是謂定昏。」近，不多時也。以晚景雖好，不能久留也。

### 賈島

字閬仙，范陽人。初爲浮屠，名無本，來東都，韓昌黎奇其詩，令反初服。累舉不第，文宗時爲長江主簿。

## 尋隱者不遇

松下問童子，[1]言[2]：「師採藥去。[3]只在此山中，[4]雲深不知處。」[5]

1. 【注疏】尋。
2. 【注疏】句以下俱童子答言。
3. 【注疏】不遇。
4. 【注疏】暗寓一「問」字，去此不遠，似可尋者。
5. 【注疏】雖尋之亦不遇也。此詩一問一答，四句開合變化，令人莫測。

### 李頻

字德新，睦州人。少秀悟，多所記覽，嘗以詩走謁姚少監合、匄其品藻。合大加獎挹，以女妻之。大中八年登進士第，歷祕書郎、南陵尉、武功令，拜侍御史。乾符中，歷都官員外郎，建州刺史。

## 渡漢江[1]

嶺外音書絕，[2]經冬復立春。[3]近鄉情更怯，不敢問來人。[4]

1. 【注疏】查《唐詩合解》係宋之問所作，不知孰是？博雅君子證之可也。《史記》：穎川、南陽，東南受漢、江、淮、宛亦一都會。玉海端拱元年治荊南，漕河至漢江，行旅頗便。李白詩：「峴山臨漢江，水綠沙如雪。」
2. 【注疏】道阻且長。
3. 【注疏】歲月淹留。
4. 【注疏】渡漢江，則家鄉漸近矣。《說文》：「怯，多畏也。」離鄉日久，思之深，怯之甚也。不敢問來人者，恐知家音而其情更怯也。

金昌緒——臨安人。

## 春怨[1]

打起黃鶯兒，莫教枝上啼。啼時驚妾夢，不得到遼西。[2]

1.【注疏】查《唐詩合解》，題是〈伊州歌〉，係蓋嘉運所作，此〈春怨〉題又注金昌緒名。考《樂苑》：「〈伊州〉，商調曲，西涼蓋嘉運所進也。」則知金昌緒之非矣。

2.【注疏】打起，使其飛去也。黃鶯遇春只管枝上亂啼，不管有心人在閨中作夢。莫教其啼，使妾夢到遼西，以會夫也。《漢書·地理志》：「遼西郡，秦置。」薛道衡〈昔昔鹽〉：「前年過代北，今歲往遼西，一去無消息，那能惜馬蹄。」

## 西鄙人

### 哥舒歌[1]

北斗七星[2]高，[3]（眉批）先著此五字，比興極奇。哥舒[4]夜帶刀。[5]至今窺牧馬[6]，不敢過臨洮。[7]

1.【注疏】《唐書·哥舒翰傳》：翰能讀《左傳》、《春秋》、《漢書》，通大義，為左衛郎將。吐蕃盜邊，翰持半段鎗迎擊，所向披靡，懼。河源軍使築神威軍青海上，二千人戍之，由是吐蕃不敢近青海，後進封西平郡王。

2.【補注】北斗七星：《天官書》：「北斗七星，所謂璇璣、玉衡以齊七政。」

3.【注疏】比也，以下賦也。《星經》：「北斗星謂之七政，天之諸侯，亦謂帝車。魁四星為璇璣，杓三星為玉衡，齊七政。斗為人君，號令之主。」以北斗七星比哥舒翰之威也。

4. 【補注】哥舒：《唐書》：哥舒翰事王忠嗣，署牙將。吐蕃盜邊，翰持半段槍迎擊，所向輒披靡。後築龍駒島戍之，吐蕃遂不敢近青海。

5. 【注疏】夜帶刀，以出師衝折其陣，所向披靡，使吐蕃心膽俱裂。

6. 【補注】牧馬：〈過秦論〉：「乃使蒙恬北築長城而守藩籬，卻匈奴七百餘里，胡人不敢南下而牧馬。」

7. 【注疏】《漢書．地理志》：「隴西郡臨洮縣。」以為自哥舒征吐蕃之後，至今觀其牧馬，且不敢過臨洮，安能興兵犯境乎！

# 五絕樂府

崔顥

## 長干行[1]二首

### 其一

「君家何處住？」「妾住在橫塘[2]。」「停船暫借問，或恐是同鄉。」[3]

1.【注疏】詳李白〈長干行〉題注內。

2.【補注】橫塘：《一統志》：「吳自江口沿淮築隄，謂之橫塘。」在今應天府。

3.【注疏】《一統志》：「吳自江口沿淮築堤，謂之橫塘。」今在應天府。未識君家住處，先出自己鄉貫，又悟所事卑賤，恐是同鄉，被其所笑，故停船暫住，又問君家究係何鄉？此首是問。

### 其二（眉批）前首問，此首答。

「家臨九江水，來去九江側。同是長干人，生小不相識。」[1]

1.【注疏】九江，詳李白〈廬山謠〉詩注。君欲知我家住於何處耶？我家臨九江之水，原無定所，或來或往，不離九江之側，未有常處耳。總之同是長干之人，因自小離鄉，未返故土，所以終不能相識也。此首是答。

# 玉階怨[1]

玉階生白露，[2]夜久侵羅襪。[3]卻下水精簾，[4]玲瓏望秋月。[5]

1. 【補注】玉階怨：王僧虔《技錄》：「相和歌楚調十曲，有〈玉階怨〉。」
【注疏】題始自謝脁，太白擬之。
2. 【注疏】夜深。
3. 【補注】羅襪：〈洛神賦〉：「凌波微步，羅襪生塵。」
【注疏】夜久露冷，寒氣侵入羅襪。
4. 【補注】水晶簾：沈佺期詩：「水晶簾外金波下，雲母窗前銀漢回。」蕭士贇曰：「水晶簾以水晶為之，如今之琉璃簾也。」（編按，水精同水晶）
【注疏】欲障寒氣。
5. 【注疏】終不能障月色也。「秋」字應「白露」。〈西京賦〉：「金戺（按音如室）玉階。」宋之問詩：「雲母帳前初汎濫，水晶簾外轉逶迤。」蕭士贇曰：「水晶簾以水晶為之，如今之琉璃簾也。」無一字言怨，而怨意在內。晦庵所謂聖于詩者，此歟。

# 塞下曲四首

## 其一

**鷲1翎金僕姑，2燕尾3繡蝥弧。4獨立揚新令，千營共一呼。5**〔眉批〕發令之初。

1. 【補注】鷲：疾救切，音袖。大鵰也，黑色多子。
2. 【補注】金僕姑：《左傳》：「乘邱之役，公以金僕姑射南宮長萬。」注：「金僕姑，矢名。」《嫏嬛記》：「魯人有僕忽不見，旬日而返。曰：『臣之姑得道，白日上升，昨降于泰山，召臣飲，極歡，不覺旬日，臨別贈臣以金矢一乘，曰此矢不必善射，宛轉射人而復歸于笮。』主人試之果然，韞而寶焉，因以金僕姑名之。自後魯之良矢皆以此名。」
【注疏】《本草》：「鷲悍多力，盤旋空中，無細不見，即白鵰也。」鷲翎，箭羽也。金僕姑，矢名。《左傳》：「乘邱之役，公以金僕姑射南宮長萬。」
3. 【補注】燕尾：《爾雅》：「繼旐曰旆。」注：「帛續旐，末為燕尾者。」
4. 【音釋】蝥音矛。
【補注】蝥弧：《左傳》：「穎考叔取鄭伯之旗蝥弧以先登。」注：「蝥弧，旗名。」
【注疏】《爾雅》：「繼旐曰旆。」注：「帛續旐，末為燕尾者。」蝥弧，旗名。《左傳》：「穎考叔耶鄭伯之旗蝥弧以先登。」

5.【注疏】新，猶言始也。將帥獨立將臺，揚其號令，千營之兵共聽一呼，無不響應，此言出兵之日，號令嚴明也。

## 其二

林暗草驚風，將軍夜引弓。[1]平明尋白羽，沒在石稜中。[2]

1.【注疏】林暗，視不見也。草驚風，耳有聞也。言箭羽之勁，草亦驚風作響，即「風勁角弓鳴」之意。

2.【補注】石沒羽：《漢書・李廣傳》：「廣居右北平，出獵，見草石以為虎而射之，中石沒羽，視之石也。他日射之，終不能入矣。」《新序》：「楚熊渠子夜行見寢石以為伏虎，關弓射之，滅矢飲羽。」

【注疏】平明，平旦也。《史記・李將軍列傳》：廣出獵，見草中石以為虎而射之，中石沒簇，視之石也。因復更射之，終不能復入石矣。此言將軍武藝也。

## 其三

月黑雁飛高，[1]單于夜遁逃。[2]〔眉批〕卻敵。欲將輕騎逐，[3]大雪滿弓刀。[4]

1.【注疏】奔逃之塵上衝於天，則月為之蔽。黑，塞雁驚飛，高翔乎空中矣。

2.【注疏】承上「月黑雁飛」，因單于夜遁使然也。

3.【注疏】《唐書・太宗紀》：「高祖擊歷山飛，陷其圍中。太宗馳輕騎取之而出，遂奮擊，大破之。」逐，追殺也。

4.【注疏】塞外之地常多雨雪，苦寒之極也。此言將軍勇猛，戰退敵人也。

## 其四

野幕蔽瓊筵，[1]羌戎賀勞旋。[2]〔眉批〕凱旋。醉和金甲舞，[3]雷鼓[4]動山川。[5]

1. 【補注】瓊筵：謝朓詩：「既通金閨籍，復酌瓊筵醴。」
   【注疏】幕，帳也。野幕圍帳設於郊野。敞，開也。開瓊筵以勞軍也。
2. 【注疏】因征羌有功，賀勞三軍，慶其奏凱，言旋也。
3. 【注疏】「醉」承「瓊筵」。和，連也。王昌齡詩：「黃沙百戰穿金甲，不破樓蘭終不歸。」舞，舞戰器也。有餘勇可賈意。
4. 【補注】雷鼓：《周禮》注：「雷鼓，八面鼓也，祀天神則鼓之。」〈東京賦〉：「雷鼓鼝鼝（按音淵），六變既畢。」
5. 【注疏】言旋之日，鳴得勝鼓，歡聲如雷，震山動川也。此言將軍得勝有功，班師回朝也。四首前後布置，層次井然，可作一首讀。

李益

## 江南曲[1]

嫁得瞿塘賈[2]，朝朝誤妾期。早知潮有信[3]，嫁與弄潮[4]兒。[5]

1. 【補注】《古今樂錄》：「梁武帝改西曲，製〈江南弄〉七曲：一曰〈江南弄〉、二曰〈龍笛曲〉、三曰〈采蓮曲〉、四曰〈鳳笙曲〉、五曰〈采菱曲〉、六曰〈游女曲〉、七曰〈朝雲曲〉。」又：「沈約作四曲，一曰〈鳳瑟曲〉、二曰〈秦箏曲〉、三曰〈陽春曲〉、四曰〈朝雲曲〉。」

【注疏】《古今樂錄》：「梁武帝改西曲，製〈江南弄〉七曲：一曰〈江南弄〉、二曰〈龍笛曲〉、三曰〈採蓮曲〉、四曰〈鳳笙曲〉、五曰〈採菱曲〉、六曰〈遊女曲〉、七曰〈朝雲曲〉。」又：「沈約作四曲：一名〈鳳瑟曲〉、二曰〈秦箏曲〉、三曰〈陽春曲〉、四曰〈朝雲曲〉。亦謂之〈江南弄〉。」

2. 【補注】賈：按，賈音古。行販曰商，坐賣曰賈。

3. 【補注】潮信：按，潮者，地之喘息也，隨月消長。早曰潮，晚曰汐，所以應月者，從其類也。一日之內，自子後陽升之時，陽交于陰而潮生，午後陰升之時，陰交于陽而汐至，如人喘息之象也。一月之內，自三日明生之時則陽長，猶一日之子後也，故潮勢大。十八日魄生之時則陰長，猶一日之午後也，故潮勢亦大。此天地間陰陽造化之妙，莫知其所以然者。大抵朔望前三日潮勢長，朔望後三日潮勢大。

4. 【補注】弄潮：《元和志》：「浙江潮每日晝夜再至，常以月十日、二十五日最小，月三日、十八日極大。小則水漸漲不過數尺，大則濤湧高至數丈。每年八月十八日，數百里士女共觀舟人漁子泝濤觸浪，謂之弄潮。」

5. 【注疏】瞿塘，灘名，在夔州東一里，古西陵峽也。賈，商也。期，歸期。誤，失也。王充《論衡》：「水者，地之血脈，隨氣進退而為潮。」《初學記》：「水朝夕而至曰潮信。」《皇極經世》：「海潮者，地之喘息也。隨月消長，早曰潮，晚曰汐。」按，浙江潮每月初三、十八必有潮信，唯八月更甚。潮水將至，必有弄潮之人先撐小舟迎潮而入，衝波激浪，不避危險，亦隨潮水消長而進退，所謂弄潮兒也。以為妾自嫁夫，而后誰知瞿塘之賈，經商而去，年久不回，所以朝朝誤妾之期，何無信也？夫唯有信而不失者，江上潮耳。早知潮有信，則當嫁與弄潮兒，俾期朝夕，隨潮以符信也。則妾之期，庶不至於誤矣。

# 七言絕句

古樂府〈挾瑟歌〉，梁元帝〈烏夜曲〉等作，皆七言四句。唐人始穩順聲勢，定為絕句。

## 賀知章

字季眞，越州永興人。性曠夷，善談說。證聖初擢進士，超拔群類科，累遷太子右庶子充侍讀。肅宗爲太子，知章遷賓客，授祕書監，棄官徒步歸里，自號「四明狂客」及「祕書外監」。天寶初，請爲道士，詔許之。以宅爲「千秋觀」而居，又求周公湖數項爲放生池，有詔賜〈鏡湖〉一曲。卒年八十八。〈李白傳〉：「白與知章、李適之、汝陽王璡、崔宗之、蘇晉、張旭、焦遂爲『飲中八仙』。」李白〈送賀監歸四明應制詩序〉云：「賀知章官祕書監，號『四明狂客』。天寶中請爲道士還鄉，詔許之。既行，帝賜詩，太子百官餞送，百官和之。」

# 回鄉偶書

少小離家[1]老大回[2]，鄉音無改[3]鬢毛催[4]。兒童相見不相識，笑問客從何處來？[5]

1. 【注疏】少，好貌。小，年少也。
2. 【注疏】老，顏老。大，年大。
3. 【注疏】本鄉之音。
4. 【注疏】催，促也。言鬢毛催白（一本作「衰」或「縗」），意指斑白。《唐詩別裁》作「摧」）。
5. 【注疏】久客回家，兒童相見情形盡行描出。一「客」字，則傷老之意寓內，令讀者一時不測，真天然佳句也。

## 張旭

字伯高，蘇州吳人。嗜酒，每大醉，呼叫狂走乃下筆，或以頭濡墨而書，自視以爲神，世號張顛。自言始見公主擔夫爭道，又聞鼓吹而得筆法意，觀公孫舞劍器得其神。後人論書，至旭無非短者。〈李白傳〉：「文宗時，詔以李白歌詩、裴旻劍舞、張旭草書爲三絕。」《金壺記》：「旭官右率府長史。」

### 桃花谿[1]

隱隱飛橋隔野煙，[2]石磯西畔問漁船[3]：「桃花盡日隨流水，洞在清溪何處邊？」[4]

〔眉批〕四句抵得一篇〈桃花源記〉。

1. 【補注】桃花谿：《一統志》：「常德府桃源縣西南有桃源洞，洞北有桃花谿。」
2. 【注疏】遠景。飛橋，即虹橋。被野煙所隔，故曰隱隱。
3. 【注疏】暗藏武陵人捕魚為業意。「問」字，理末句意。《玉篇》：「磯，水中磧也。」漁人知源，故向磯畔而問。
4. 【注疏】應「問」字口吻。只見桃花之片，隨流漂出，盡日不止。其中應有桃源洞，但不知在於何處？故向漁翁而問之。盡日，猶言鎮日也。

## 王維

# 九月九日憶山東兄弟[1]

獨在異鄉為異客，每逢佳節倍思親。[2]（眉批）孝友之思，藹然言外。遙知兄弟登高處，徧插茱萸[3]少一人。[4]

1. 【注疏】按，王維，太原人，今屬山西。題曰山東，山東古稱濟南，與王維之鄉相遠。查《唐詩合解》：「憶山中兄弟。」當以山中為是。
2. 【注疏】地離故土，即為異鄉人；在異鄉，即為異客。佳節，如清明仲秋之類。思親，平日亦思也，每逢佳節，思之益倍。
3. 【補注】茱萸：《風土記》：「俗於九月九日折茱萸以插頭，言辟邪惡。」
4. 【注疏】遙，遙思。知，知今日兄弟亦必登高也。《續齊諧記》：「汝南桓景隨費長房學。長房謂曰：『九月九日，汝家當有災厄，急宜去，令家人各作綵囊盛茱萸以繫臂，登高飲菊酒，此禍可消。』景如言。夕還，見雞犬牛羊一時暴死。」少一人，維在異鄉，家中兄弟少一人登高也。

王昌齡

## 芙蓉樓送辛漸[1]

寒雨連江夜入吳，平明送客楚山孤。[2]洛陽親友如相問，[3]一片冰心在玉壺。[4]

1.【補注】芙蓉樓：《一統志》：「芙蓉樓在鎮江府城上西北隅。」

2.【注疏】《一統志》：「芙蓉樓在鎮江府城上西北隅。」

3.【注疏】自夜至曉，餞別風景，盡情描出。下二句寫臨別之語。

4.【注疏】呼。

4.【補注】玉壺：鮑照〈代白頭吟〉：「直如朱絲繩，清如玉壺冰。」

【注疏】應。《史記．貨殖傳》：「彭城以東，東海、吳、廣陵，東楚也。」君自茲一別，他日至洛陽遇親友問我，則當告之曰：近見其所事清廉，存心明潔，有如一片冰心貯玉壺之中，毫無塵垢所侵也。

## 閨怨

閨中少婦不知愁，[1]（眉批）偏先著此三字，返起下文。春日凝妝上翠樓。[2]忽見陌頭楊柳色，悔教夫婿覓封侯。[3]

1.【注疏】蘅塘曰：「偏著『不知愁』三字，逼起下文。」

2.【注疏】正承「不知愁」。

3.【注疏】翠樓眺望，忽見楊柳，方觸離愁。因憶夫婿從軍不歸，人未相聚，乃起悔心也。在今思之，不必功名有無，即或覓得封侯，亦所不願也，教之從軍何哉。

## 春宮曲[1]

昨夜風開露井桃，[2]未央前殿月輪高。[3]平陽[4]歌舞新承寵，[5]簾外春寒賜錦袍。[6]

1.【注疏】此與〈長門怨〉同格。

2.【補注】露井桃：古樂府：「桃生露井上，李樹生桃傍。」
【注疏】昨夜言突然得春氣也。風，春風。漢宮有露井，井邊多植桃花。開，被春風吹開也。以露井桃興起平陽承寵也。

3.【注疏】漢蕭何治未央宮，立東闕、北闕、前殿、武庫、太倉，周迴二十八里。月輪高，夜深也。

4.【補注】平陽：《漢書》：衛皇后字子夫，為平陽主謳者。武帝過平陽，既飲，謳者進，帝悅子夫，賜平陽主金千斤。

5.【注疏】平陽公主也。

6.【注疏】頂「寵」字。漢武帝幸平陽主家，悅善歌舞者，李延年女弟。帝召見之，實妙麗，由是得幸，即李夫人也。新，始也，有棄舊圖新之意。春寒，即賜寵之極也。錦袍，霓裳也。獨賜與歌舞者，深怨之情，含乎其內。

## 王翰

字子羽，并州晉陽人。爲汝州長史，徙化州別駕。杜甫詩：「李邕求識面，王翰願卜鄰。」

# 涼州詞[1]

**蒲萄美酒夜光杯，[2]欲飲[3]琵琶馬上催。[4]醉臥沙場[5]君莫笑，[6]古來征戰幾人回？[7]**

〔眉批〕作曠達語，倍覺悲痛。

1. 【補注】涼州曲：《晉書．地理志》：「漢改雍州為涼州。」《樂苑》：「〈涼州〉，宮詞曲。開元中，西涼都督郭知運所進。」
【注疏】樂府〈涼州宮詞〉曲，開元中，西涼府都督郭知運所進也。《西域記》：「龜茲國王與臣庶知樂者，於大山間聽風水之聲，約節成音，後翻入中國，如〈伊州〉、〈涼州〉、〈甘州〉，皆龜茲之境也。

2. 【補注】夜光杯：《十洲記》：「周穆王時，西胡獻昆吾刀及夜光常滿杯。刀長一尺，杯受三升，刀切玉如切泥，杯是白玉之精，光明夜照。暝夕出杯於中庭以向天，比明而水汁滿中，汁甘而香美，斯實靈人之器。」
【注疏】葡萄酒，大宛富人所藏也，出自涼州。夜光杯，白玉杯也。白玉之精，夜有光色。

3. 【注疏】一頓。

4. 【注疏】正欲飲酒之間，可恨琵琶一聲未了，一聲又催，何其太急也。

5. 【注疏】一頓。他在那裡催，我在這裡飲，即醉臥沙場，亦得一時暢快。沙場，關外地也。

6. 【注疏】一頓。君，指軍中人。笑，笑其醉臥也。莫，禁止之辭。意在下句伸出。

7. 【注疏】一挫。自古以來，有幾個生回者？所以君莫笑也。此詩頓挫得法，頓得透。末句一挫有力，文情曲折，餘韻悠揚。

## 送孟浩然之廣陵

故人西辭黃鶴樓，[1]煙花三月下揚州。[2]〔眉批〕千古麗句。孤帆遠影碧山[3]盡，惟見長江天際流。[4]

1.【注疏】敘地。楊齊賢曰：「黃鶴樓，以黃鶴山而名，在鄂州。」

2.【注疏】敘時。《通典》：「廣陵郡今之揚州。」

3.【編按】唐人敦煌本寫作「碧山」。

4.【注疏】盡，不見也。李白在樓中送別，只見孤帆遠影直至碧山而盡，則不見浩然之孤帆矣。唯有長江從天際而流，猶在目前也。

## 早發白帝城[1]

朝辭白帝[2]彩雲間，[3]千里江陵[4]一日還。[5]兩岸猿聲啼不住，輕舟已過萬重山。[6]

1.【注疏】原本〈下江陵〉，今從《李白文集》改正。

2.【補注】白帝：《寰宇記》：「公孫述更魚腹曰白帝城。」

3.【注疏】辭，別也。彩雲間，言其高也。

4.【補注】江陵：盛宏之《荊州記》：「朝發白帝，暮宿江陵，凡一千二百餘里。雖飛雲迅鳥不能過也。」《漢書．地理志》：「南郡縣江陵。」按，注：「故楚郢都，楚文王自丹陽徙此。」《唐書．地理志》：「荊州江陵府，隋為南郡，天寶元年改為江陵郡。」

5.【注疏】白帝城在夔州，隔江陵一千二百里。峽溪多灘，其水甚駛。一日還者，言江陵到白帝城，拖舟上來，不可以日計也。今從上放下，只消一日間可抵江陵，故曰還也。

6.【注疏】峽長七百里，兩岸俱是峽。峽中多猿，善啼，其聲淒苦，聞之令人傷悲。啼不住，言峽水迅速，兩岸猿聲處處相繼，不住其聲，而輕舟頃刻間已過萬重山矣。

【注疏】楊齊賢曰：「白帝城，係述所築。初，公孫述至魚腹，有白龍出井，自以承漢土運，故稱白帝。改魚腹為白帝城。」王琦曰：「白帝城，在夔州奉節縣，與巫山相近。所謂綵雲，正指巫山之雲也。」《水經注》：「自三峽七百里中，兩岸連山，畧無闕處；重巖疊嶂，隱蔽天日。自非亭午夜分，不見曦月。至於夏水襄陵，沿泝阻絕，或王命急宣，有時朝發白帝，暮到江陵。其間千二百里，雖乘奔御風不以疾也。……每至晴初霜旦，林寒澗肅，常有高猿長嘯，屬引淒異，空谷傳響，哀轉久疾。故漁者歌曰：『巴東三峽巫峽長，猿鳴三聲淚沾裳。』即是。」

## 岑參

## 逢入京使

故園東望路漫漫，[1]雙袖龍鍾[2]淚不乾。[3]馬上相逢無紙筆，[4]憑君傳語報平安。[5]

1.【注疏】漫漫，遠貌。此言故鄉遙遠也。

2.【補注】龍鍾：卞和歌云：「空山歔欷涕龍鍾。」

3.【注疏】龍鍾，竹名，喻年老者如枝葉搖曳，不自禁持。老年人必以兩袖常拭其淚。不乾，有一段淒苦意，此言年又衰邁也。

4.【注疏】馬上相逢，匆遽間，交臂即失，縱有深情緘寄，恨無紙筆也。

5.【注疏】憑，託也。無紙筆，只得傳語。報，報知故人也。家遠也，兼年邁在外無所。平安，曰平安慰家人，正所以傷己也。

杜甫

## 江南逢李龜年[1]

岐王[2]宅裡尋常見，[3]崔九[4]堂前幾度聞？[5]正是江南好風景，[6]落花時節[7]又逢君。[8]

〔眉批〕世運之治亂、年華之盛衰，彼此之淒涼流落，俱在其中。少陵七絕，此為壓卷。

1. 【補注】李龜年：《明皇雜錄》：「樂工李龜年特承恩遇，於東都道通里大起第宅，後流落江南，每遇良辰勝景，常為人歌數闋，座客聞之，莫不掩泣。」

【注疏】《明皇雜錄》：「樂工李龜年特承恩遇，於東都道通里大起第宅，後流落江南，每遇良辰勝景，常為人歌數闋，座客聞之，莫不掩泣。」

2. 【補注】岐王：《舊唐書》：岐王範，好學工書，雅愛文章之士，為時所稱。開元十四年薨。

3. 【注疏】上得遇於王公。尋常，時常也。《舊唐書》：岐王範，好學工書，雅愛文章之士，為時所稱。開元十四年薨。

4. 【補注】崔九：《舊唐書》：崔湜弟滌，素與玄宗款密，用為祕書監，出入禁中。後賜名澄，開元十四年卒。」按，原注：「崔九，即崔滌。

5. 【注疏】下得遇於顯宦。《舊唐書》：崔湜弟滌，素與元宗密，用為祕書監，出入禁中。後賜名澄，開元十四年卒。此二句極揚其華年遇寵之隆。

6. 【注疏】得其地。

7. 【注疏】失其時。

8. 【注疏】傷龜年，正有以自傷也。白居易〈憶江南〉：「江南好，風景舊曾諳。日出江花紅勝火，春來江水綠如藍，能不憶江南？」《爾雅》：「江南，曰揚州。」

## 韋應物

## 滁州西澗[1]

獨憐幽草澗邊生，[2]上有黃鸝深樹鳴。[3]春潮帶雨[4]晚來急[5]，野渡無人[6]舟自橫[7]。

1. 【補注】滁州西澗：《一統志》：「隋改南譙州為滁州，因滁水得名。西澗在州城西，俗名上馬河。」
【注疏】《一統志》：「隋初改南譙州為滁州。……西澗在州城西，俗名上馬河。」
2. 【注疏】憐其被雨水所侵也。
3. 【注疏】上，岸上也。黃鸝居高且栖深隱，所以獨得而鳴也。
4. 【注疏】潮大助雨，則江山鼎沸矣。
5. 【注疏】晚來人心已急，更加風波之急。斯時驚畏，為何如也。「晚」字有傷時意。
6. 【注疏】欲渡者，俱畏風波而止，無人立在渡頭也。
7. 【注疏】斯時，舟人亦畏風波而去，渡船橫在渡口，任風飄蕩而不顧也。
【注疏】幽草空含碧，黃鸝漫囀聲，風波相畏處，誰惜一舟橫？蓋言幽草近水，被其所侵；黃鳥高居，所以無恙。際此春潮正漲，兼帶雨聲，且在日暮時，則情勢交急之處，俱懷畏避之心，何人在此思濟耶？只得將舟拋掉，自橫於風波之內矣，彼遇亂世而能扶社稷，靖國難者有幾人哉？

**張繼** —— 字懿孫，襄州人。天寶末進士，大曆末授祠部員外□。

# 楓橋[1]夜泊

月落[2]烏啼[3]霜滿天[4]，江楓漁火對愁眠。[5]姑蘇城外寒山寺[6]，夜半[7]鐘聲[8]到客船[9]。

1.【補注】楓橋：《一統志》：「楓橋在蘇州府城西七里，南北往來，必經於此。」
2.【注疏】在姑蘇。今之蘇州。
3.【注疏】見。天將曉。
4.【注疏】聞。天已曉。
5.【注疏】見。天大曉。
6.【注疏】江楓，岸上楓也。漁火，漁船燈也。愁眠，未曾交睫。漁火射於江岸之楓，江岸之楓其光返照於客船之內。愁眠之客對此，何能睡去。此天曉回想一夜之詞。
7.【補注】寒山寺：在楓橋東。《一統志》：「寒山寺在蘇州府城西十里。」
8.【注疏】明知姑蘇城外寒山寺之鐘也，既已天曉，計若夜半者，一夜未嘗交睫也。
9.【注疏】用「如何」二字，夾在裡面解之。
【注疏】鐘聲傳響，無處不聞，而獨到客船上？因愁人不能酣睡也。全用疑詞收，不直致。

## 韓翃

# 寒食[1]

春城無處不飛花，[2]寒食東風御柳斜。[3]日暮漢宮傳蠟燭，輕煙[4]散入五侯[5]家。[6]

〔眉批〕唐代宦官之盛，不減于桓、靈。詩比諷深遠。

1.【補注】寒食：《荊楚記》：「去冬至一百五日，即有疾風甚雨，謂之寒食，禁火三日。」《歲時記》：「介子推三月五日為火所焚，國人哀之，每歲春暮不舉火，謂之禁煙，犯之則雨雹傷田。」《鄴中記》：「并州俗，為介子推斷火冷食三日，作乾粥。今之糗是也。」

【注疏】《荊楚記》：去冬節百五日，即有疾風甚雨，謂之寒食，禁火三日。據曆合在清明前二日，亦有去冬百有六日者。《歲時記》：「介子推三月初五日為火所焚，國人哀之，每歲春暮不舉火，謂之禁煙，犯之則雨雹傷田。」《風俗通》：「冬至後百四日、五日、六日，有疾風暴雨，則為之寒食。」

2.【注疏】先寫花。

3.【注疏】次寫柳。

4.【補注】輕煙：唐《輦下歲時記》：「清明日取榆柳之火，以賜近臣。」

5.【補注】五侯：按，《唐詩別裁》注云：「五侯，或指王氏五侯，或指宦官滅梁冀之五侯。總之，先及貴近之家也。」《後漢書．宦者傳》：「桓帝封單超新豐侯、徐璜武原侯、貝瑗東武侯、左悺上蔡侯、唐衡漁陽侯，世謂五侯。」

6.【注疏】漢宮指唐宮而言。傳蠟燭，傳火以順陽氣也。唐《輦下歲時記》：「清明日取榆柳之火，以賜近臣。」韋莊詩：「內官初賜清明火，上相閒分白打錢。」《後漢書．宦者傳》：「桓帝封單超新豐侯、徐璜武原侯、貝瑗東武侯、左悺上蔡侯、唐衡漁陽侯，世謂五侯。」蘅塘退士曰：「唐代宦官之盛，不減於靈、桓。此詩托諷深遠。」

【注疏】按此詩曰飛花，有春宮不禁意。曰御柳斜，有持躬不正意。末二句，有特寵宦官意。

**劉方平**——河南人。不樂仕進，元魯山與之善，蕭穎士稱之。

## 月夜

**更深月色半人家，[1]北斗闌干[2]南斗斜。[3]今夜偏知春氣暖，蟲聲新透綠窗紗。[4]**

〔眉批〕春意盎然。

1. 【注疏】言更深之時，一半人家照著月色也。
2. 【補注】闌干：〈吳都賦〉：「縩賄紛紜，器用萬端，金鎰磊砢，珠琲闌干。」注：「闌干，縱橫也。」古樂府〈善哉行〉：「月沒參橫，北斗闌干。」
3. 【注疏】闌干，橫也。北斗橫於天南，斗斜於西，則更深矣。
4. 【注疏】新，初也。春氣暖則蟲聲初出，直透窗紗，令紗窗人一一聽之，觸動春愁，不能安睡矣。

# 春怨

紗窗日落漸黃昏，金屋無人見淚痕。[1]寂寞空庭春欲晚，梨花滿地不開門。[2]

1.【注疏】二句一截。日暮無人，寵衰也。

2.【注疏】二句亦一截。春欲晚，愁遲暮也。不開門，召幸無日也。劉方平，河南人，不仕，詠此必有寓意。

柳中庸——本名淡，以字行，京兆人。官洪府戶曹。

# 征人怨

歲歲金河[1]復玉關，[2]朝朝馬策[3]與刀環。[4]三春白雪歸青塚，萬里黃河繞黑山。[5]

1.【補注】金河：《唐書．地理志》：「單于大都護府，龍朔二年置縣一金河。」

2.【注疏】言所城之地，歲歲不一，不是戍金河，即是戍玉關，故曰復。金河，詳許渾〈早秋〉詩注。玉關，詳李白〈關山月〉詩王琦注內。

3.【補注】馬策：《吳志．孫策傳》：「揮馬策下江南數十城。」注：「策，馬箠也。」

4.【補注】刀環：《樂府解題》：「大刀頭者，刀頭有環也。何當大刀頭者，何日當還也。」吳均詩：「蓮花穿劍鍔，秋月掩刀環。」

【注疏】言所作之事。朝朝，非一朝。策，馬鞭也。吳均詩：「蓮花穿劍鍔，秋月掩刀環。」

5. 【補注】黑山：蘇晉〈承相賜宴序〉：「寢黑山之柝，包青海之戈。」按，黑山在榆林衛。

【注疏】此言死於戍所，三春猶有白雪，寒苦之極也。塞草皆白，昭君之塚獨青，故曰青塚。蘇晉〈丞相賜宴序〉：「寢黑山之拆，包青海之戈。」山，在榆林衛，蓋言人歸青塚，而黃河、黑山依然常在。

## 顧況

字逋翁，蘇州海鹽人。與柳渾李泌善。渾輔政，以校書徵泌爲相，稍遷況爲著作郎。坐以詩語調謔，貶司户參軍。隱居茅山，自號「華陽眞逸」。以壽終。

# 宮詞

玉樓天半起笙歌，[1]風送宮嬪笑語和。[2]月殿[3]影開聞夜漏，[4]水精簾捲近秋河。[5]

1. 【注疏】聞。
2. 【注疏】聞。
3. 【補注】月殿：謝莊〈月賦〉：「去燭房，即月殿。」蕭子良詩：「月殿風轉，層臺氣寒。」
4. 【注疏】聞。
5. 【注疏】見言其高而難近也。《十州記》：「崑崙山一角有積金，為天墉城，面方千里。城上安金臺五所，玉樓十二所。」《禮．昏義》：「古者天子后立六宮、三夫人、九嬪、二十七世婦、八十一御妻。」謝莊〈月賦〉：「去燭房，即月殿。」水晶簾，以水晶為簾也。秋河，天河也。聞夜漏則知夜深，水晶簾捲則隱隱見宮嬪得寵矣。近秋河者，猶言近於君王左右也。

【注疏】按此詩不言怨情，而怨情顯露。言外若無心人，安得於夜深時，猶在此間，一一聞之悉而見之明耶。

李益

## 夜上受降城[1]聞笛

回樂[2]峯前沙似雪，[3]〔眉批〕低頭見。受降城外月如霜。[4]〔眉批〕擡頭見。不知何處吹蘆管，一夜征人盡望鄉。[5]〔眉批〕總上一句。

1. 【補注】受降城：《唐書．張仁願傳》：「仁願請乘虛取漠北地，於河北築三受降城，絕虜南寇路。」
2. 【補注】回樂：《唐書．地理志》：「靈州大都護府有回樂縣。」
3. 【注疏】下視。
4. 【注疏】仰見。
5. 【注疏】回樂峯，未詳。沙如雪，月如霜，上下交映，已覺苦寒。更聞蘆管之聲，益增淒惻，而征人觸動離愁，安得不望鄉以思歸也。蘆管，以蘆為管，吹之，以警軍士。

劉禹錫

# 烏衣巷[1]

朱雀橋[2]邊野草花，[3]烏衣巷口夕陽斜。[4]舊時王謝堂前燕，飛入尋常百姓家。[5]

1.【補注】烏衣巷：《一統志》：「烏衣巷在應天府南，晉王導、謝安居此。其子弟皆烏衣，故名。」

【注疏】《一統志》：「烏衣巷在應天府南，晉王導、謝安居此，其子弟皆烏衣，故名。巷口有朱雀橋。」

2.【補注】朱雀橋：《六朝事迹》：「晉咸康二年作朱雀門。新立朱雀浮航，在縣城東南四里，對朱雀門，南渡淮水，亦名朱雀橋。」《一統志》：朱雀橋，在烏衣巷口。

3.【注疏】《六朝事迹》：「晉咸康二年作朱雀門。新立朱雀浮航，在縣城東南四里，對朱雀門。南渡淮水，亦名朱雀橋。昔時王、謝書院設在橋邊，何等光耀，今成綠野，只有花草而已。」

4.【注疏】昔時王、謝子弟，投其門者，皆烏衣滿巷。今日只有夕陽斜照而已。

5.【注疏】今日之燕，猶是舊日之燕也。飛入尋常百姓家，則王謝之堂何在耶？感傷之意在言外。王謝堂前看重，尋常百姓家看輕解。

## 春詞

新妝宜面[1]下朱樓[2]，深鎖春光[3]一院愁[4]。行到中庭數花朵，[5]蜻蜓飛上玉搔頭。[6]

〔眉批〕無情處都有情。

1. 【注疏】脂粉調勻與面相宜也。
2. 【注疏】妝成然後下樓也。
3. 【注疏】宮門封鎖。
4. 【注疏】備新妝，不能召幸，則一院春光鎮日封鎖，安能不愁也。
5. 【注疏】無聊之極，且數花朵以解愁悶。
6. 【注疏】只有蜻蜓飛在玉搔頭上，以賞新妝，可見君王不幸也。

白居易

## 後宮詞

淚濕羅巾夢不成，[1]夜深前殿按歌聲。[2]紅顏未老恩先斷，斜倚熏籠[3]坐到明。[4]

1. 【注疏】睡而復起。
2. 【注疏】開簾竊聽。按，按節歌也。
3. 【補注】熏籠：《東宮舊事》：「太子納紀，有漆畫熏籠二、大被熏籠三、衣熏籠三。」劉遵詩：「金屏障翠帔，藍帊覆熏籠。」
4. 【注疏】愁而不寐。《東宮舊事》：「太子納妃，有漆畫熏籠二、大被熏籠三、衣熏籠三。」明，天明也。

## 張祜

### 贈內人[1]

禁門宮樹月痕過，[2]媚眼惟看宿鷺窠。[3]斜拔玉釵燈影畔，剔開紅燄救飛蛾。[4]

〔眉批〕慧心仁術。

1. 【注疏】《教坊記》：「妓女入宜春院，謂之內人，亦曰前頭人。以常在上前頭也。」
2. 【注疏】寫其地。
3. 【注疏】寫其入。窠，巢也。
4. 【注疏】燄，燈燄。飛蛾，蠶蛾也。飛蛾見燈撲死，故剔開燈燄以救也。蘅塘退士曰：「慧心仁術。」

# 集靈臺[1]二首

## 其一

日光斜照集靈臺，[2]紅樹花迎曉露開。[3]昨夜上皇新授籙[4]，太真含笑入簾來。[5]

1.【補注】集靈臺：《一統志》：「集靈臺在華清宮長生殿側。」
【注疏】《一統志》：「臺在華清宮長生殿側。」

2.【注疏】日，曉日，比君王。

3.【注疏】露，恩露，比貴妃得寵也。

4.【補注】授籙：《魏書‧釋老志》：「寇謙之奏曰：『陛下以真君御世，應登受符書，以彰聖德。』世祖從之，於是親至道壇受符籙。」《隋書‧經籍志》：「道經受道之法，初受五千文籙，次受三洞籙，次受洞玄籙，次受上清籙。籙皆素書，記諸天曹官屬佐吏之名。」

5.【注疏】上皇，玄宗。太真，楊貴妃。新授籙，言初籙貴妃之名也。

## 其二[1]

虢國夫人承主恩，[2]平明騎馬[3]入宮門。[4]卻嫌脂粉汙顏色，淡掃蛾眉朝至尊。[5]

1.【注疏】此詩亦載《杜工部集》。

2.【注疏】虢國，詳白居易〈長恨歌〉注。主，君王。承，承君王之特寵。曰虢國夫人，非皇后，可知諷之也。

3.【補注】騎馬：《明皇雜錄》：「虢國夫人常乘驄馬，入禁行。」

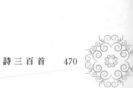

4.【注疏】平明，天大曉。金門，金殿門也。平明非召幸之時，金門非騎馬之地，今乃騎馬而入，大人之恩寵特隆也。

5.【補注】淡掃：《楊妃外傳》：「虢國不施朱粉，自有美豔，常素面朝天。」

【注疏】《外傳》載：「虢國不施脂粉，自有美豔，常素面朝天。」此寫自恃姿色至尊君也。曰卻嫌、曰汙、曰淡掃，皆在矜誇自耀意耳。

## 題金陵渡

**金陵津渡小山樓、[1]一宿行人自可愁。[2]潮落夜江斜月裡，兩三星火是瓜州。[3]**

1.【注疏】樓在金陵渡口小山上。

2.【注疏】行人在此樓上過了一宿，自有可愁之處。

3.【補注】瓜州：《名勝志》：「瓜州在揚州府南，本名瓜州渡，亦名瓜州村。揚子江之砂磧也。唐為鎮，今其上有城。」按，〈虞允文傳〉：「金主率大軍臨采石，而別以兵爭瓜州。」《正字通》：「今鎮江有瓜州，異地同名。」

【注疏】在樓上所望夜景。韓偓詩：「金陵渡口去來潮。」星火，燈。兩三，兩三點也。是，疑是也。瓜州在京口對渡，一宿之中，思鄉之愁，無處不出現也。

## 朱慶餘[1]

《唐書》作朱慶，名可久，以字行，又字慶緒，越州人。登寶曆進士第而官不達。

# 宮中詞

寂寂花時閉院門，[2]美人相並立瓊軒。[3]含情欲說宮中事，[4]鸚鵡[5]前頭[6]不敢言[7]。

〔眉批〕深得慎言之旨。

1. 【注疏】朱慶餘，名可久，越中人，登敬宗寶曆三年進士第，宦不達，故托〈宮中詞〉以寄怨也。
2. 【注疏】花時，盛春也。花時寂寂，過此花時更覺寂寂矣。院門，宮院之門。花時且閉，過此花時更覺鎖閉也。先敘幽冷之宮。
3. 【注疏】美人，含怨宮人也。相並立於瓊軒下，似有相訴之情者。
4. 【注疏】情，怨情。事，怨事也。欲說欲露而不敢露者。
5. 【補注】鸚鵡：《禮》：「鸚鵡能言，不離飛鳥。」《禽經》：「鸚鵡出隴西，能言鳥也。」
6. 【注疏】鸚鵡能言之鳥，見立於前頭，恐其竊聽也。
7. 【注疏】含住欲說之言，不敢作聲，惟恐鸚鵡效舌，傳與君王得知也。

# 近試上張水部[1]

洞房[2]昨夜停紅燭，[3]待曉堂前拜舅姑。[4]妝罷低聲問夫婿：「畫眉[5]深淺入時無？」[6]

1.【補注】張水部：《全唐詩話》：「慶餘遇水部郎中張籍，因索慶餘新舊篇什，擇二十六章置之懷袖而推贊之，時人以籍重名，皆繕錄諷詠，遂登科。慶餘作是詩以獻。籍酬之曰：『越女新妝出鏡新，自知明豔更沉吟，齊紈未足時人貴，一曲菱歌敵萬金。』由是朱之名流於海內矣。」

【注疏】《全唐詩話》：慶餘遇水部郎中張籍，因索慶餘新舊編什，置之懷袖而推贊之，遂登科。慶餘作是詩以獻，由是朱之名流於海內矣。

2.【補注】洞房：〈長門賦〉：「徂清夜於洞房。」呂向注：「洞，深也。」

3.【注疏】梁元帝〈秋風搖落辭〉：「水周兮曲堂，花交兮洞房。」〈更衣曲〉：「博山炯炯叶香霧，紅燭引至更衣處。」此以「夜」字起，次以「曉」字繼之，有次序。

4.【補注】舅姑：《禮記．昏義》：「夙興，婦沐浴以俟見。質明，贊見婦於舅姑。」

5.【補注】畫眉：《漢書》：「張敞為婦畫眉，長安山傳張京兆眉嫵。有司以奏，上問之。對曰：『臣聞閨房之內，夫婦之私，有過於畫眉者。』上愛其能，弗責也。」《瑣碎錄》：「畫眉石出武昌樊湖。」

6.【注疏】低聲謹慎也。《漢書．張敞傳》：「敞為婦畫眉，長安中傳張京兆眉嫵。有司以奏，上問之。對曰：『臣聞閨房之內，夫婦之私，有過於畫眉者。』上愛之，弗能責也。」深淺，濃淡也。入時，猶合時之意。

## 將赴吳興登樂遊原[1]

清時有味是無能，閒愛孤雲靜愛僧。欲把一麾[2]江海去，樂遊原上望昭陵。[3]

〔眉批〕惓惓不忍去，忠愛之思，溢於言表。

1. 【補注】吳興：《晉書．地理志》：「吳興郡，吳置，統縣十一。」又：「建安郡統縣，吳興。」按，牧為司勳員外，乞為湖州刺史。
【注疏】《晉書．地理志》：「吳興郡，吳置，統縣十一。」牧為司勳員外郎，乞為湖州刺史。《兩京新記》：「漢宣帝樂遊廟，一名樂遊原，亦名樂遊苑。基地最高，四望寬敞。」

2. 【補注】一麾：按，肄園居士注云：「顏延年為阮始平詩：『屢薦不入官，一麾乃出守。』沈存中謂山濤薦咸為吏部郎，三上帝不用，後為荀勖一擠，遂出始平，故有此句。」一麾者，乃指麾，非旌麾之麾也，後人以一麾為牧守故事，誤自此詩始。

3. 【補注】昭陵：唐太宗因九嵕山為陵，在醴泉北。
【注疏】唐太宗因九嵕山為陵，在醴泉北五十里。際此清平之世，宦遊亦有趣味，總由自己無能也。公事畢，則乘閒愛賞孤雲，心跡靜，則入廟愛聆僧偈。誰想今日離任，欲把旌節一麾，遠從江海而去還，且依依不古，乃登樂遊原上，以望昭陵也。蘅塘退士曰：「惓惓不能去，忠愛之思，溢於言表。」

# 赤壁[1]

折戟沉沙鐵未銷，[2]自將磨洗認前朝。[3]東風不與周郎便，[4]銅雀[5]春深鎖二喬。[6]

（眉批）詩謂無此東風，則二喬當為銅雀中人矣。或以喬作橋，便與「東風」句不貫。

1.【補注】赤壁：《元和郡國志》：赤壁山在鄂州蒲圻縣西一百二十里，北臨大江，其北岸即與烏林相對。一云在鄂州上流八十里，與百人山相對。江邊石皆赤色，故號為赤壁磯。《一統志》：「赤壁山在武昌府東南九十里。」《圖經》：「赤壁山在嘉魚縣西七十里大江濱。」按，今江漢間言赤壁者五，漢陽、漢川、嘉魚、江夏。惟江夏之說合於史。《通鑑》：孫權以周瑜、程普為左右督，將兵與劉備并力逆曹操，進與操遇於赤壁。時操軍眾已有疾疫，初一交戰，操兵不利，引次江北。瑜等在南岸，部將黃蓋曰：「操軍方連船艦，首尾相接，可燒而走也。」乃取蒙衝鬬艦數十艘，載燥枯柴灌油其中，裹以帷幕，上建旌旗，豫備走舸，繫於其尾。先以書遺操，詐云欲降。時東南風急，蓋以艦最著前，中江舉帆，餘船以次俱進，操軍吏士皆出營立觀，指言蓋降。去北軍二里餘，同時發火，火烈風猛，船往如箭，燒盡北船，延及岸上營落，煙炎張天，人馬燒溺，死者甚眾。瑜等率輕銳繼其後，雷鼓大震，北軍大壞。操引軍從華容道步走。

【注疏】《吳志．周瑜傳》：「劉備為曹公所破，進往夏口，遣諸葛亮詣權。權遣周瑜及程普等與備併，力逆曹公遇於赤壁。」

2.【注疏】折，折斷。戟，有枝兵也，沉於沙底至今尚未消滅也。

3.【注疏】今日獲得者，未經磨洗，不知何代之物，自將磨洗，乃認是前朝東吳破魏之軍器也。

4.【注疏】《三國志》：「孔於十一月二十日，甲子吉辰，沐浴齋戒，身披道服，跣足散髮到壇，祈借東風。三更時，瑜出帳看，旗腳竟飄西北，霎時間東南風大起。」周郎，周瑜也。便，便其成功也。不與貫下結意。

5.【補注】銅雀：《魏志》：「武帝作銅雀臺，鑄大銅雀，高一丈五尺，置之樓巔。」《鄴中記》：「鄴城西北立臺，皆因城為基趾，中央名銅爵臺，北為冰井臺，西臺高六十七丈，上作銅鳳，皆銅籠疏、雲母幌。日之初出，流光照耀，一作銅雀臺。」劉孝綽詩：「雀臺三五日，歌吹似佳期。」

6.【補注】二喬：《吳紀》：「喬公有二女，大喬屬孫策，小喬屬周瑜。」按，三國時，喬公有二女皆國色，孫策納大喬，周瑜納小喬。策從容謂瑜曰：「喬公二女雖然流離，得吾二人作婿，亦足為歡。」

【注疏】《三國志》：「曹操在水寨中，顧謂諸將曰：『吾今年五十四歲矣，如得江南，竊有所喜。昔日喬公與吾至契，吾知其二女皆有國色，後不料為孫策、周瑜所娶。吾今新搆銅雀臺於漳水之上，如得江南，當取二喬置之臺上，以娛暮年，吾願足矣。』」蓋以周郎之智，如東風不與其便、孔明不助其成功，則東吳為北魏所有，將見孫策之大喬、周瑜之小喬，皆於銅雀臺中，以娛曹操之暮年矣。

## 泊秦淮[1]

煙籠寒水月籠沙，[2]夜泊秦淮近酒家。[3]商女不知亡國恨，隔江猶唱〈後庭花〉[4]。

1.【補注】秦淮：《建康實錄》：「秦始皇東巡，望氣者云：『五百年後金陵有天子氣。』因鑿鍾阜斷金陵長隴，以疏淮水，至今呼為秦淮。」《六朝事迹》：「秦始皇鑿鍾山、斷金陵長隴，以疏淮水，後人因名秦淮。」

【注疏】《六朝事跡》：「秦始皇鑿鍾山、斷金陵長隴，以疏淮水，後人因名秦淮。」今江寧府淮清河。

2.【注疏】籠，罩也。沙，沙洲。先敘夜景。

3.【注疏】次敘船泊。酒家開於水次，故曰近。

4.【補注】〈後庭花〉：《南史》：「陳後主、袁大捨等為友客共賦新詩，采其尤豔者有〈玉樹後庭花〉、〈臨春樂〉等曲。」陳後主〈玉樹後庭花曲〉：「麗宇芳林對高閣，新妝豔質本傾城，映戶凝嬌乍不進，出帷含態笑相迎。妖姬臉似花含露，玉樹流光照後庭。」

【注疏】《南史》：陳後主以宮人袁大捨等為文學士，因狎客其賦新詩，采其尤豔者，有〈玉樹後庭花〉、〈臨春樂〉等曲。蓋〈玉樹後庭花〉，陳後主所製也。商女何知，安識亡國之恨？所以亡國之后，猶聞亡國之音。則知唱者無心，而隔江聽者殊覺唏噓悲感也。

## 寄揚州韓綽判官

青山隱隱1水迢迢2，秋盡江南草未凋。3〔眉批〕二語與「謫仙」、「煙花」、「三月」，七字皆千古麗句。二十四橋4明月夜，玉人何處教吹簫？5

1. 【注疏】不明貌。
2. 【注疏】遠貌。
3. 【注疏】地氣暖。
4. 【補注】二十四橋：《一統志》：「揚州二十四橋在府城，隋置，並以城門坊市為名。」後韓令坤別立橋梁。所謂二十四橋不可考矣。按《補筆談》：「揚州在唐時最為富盛，舊城南北十五里一百一十步，東西七里三十步，可紀者有二十四橋，最西濁河茶園橋、次東大明橋，入西水門有九曲橋，次當帥牙南門有下馬橋、又東作坊橋，東河轉向南有洗馬橋、次南橋、又南阿師橋、周家橋、小市橋、廣濟橋、新橋、開明橋、顧家橋、通明橋、太平橋、利國橋，出南水門有萬歲橋、青園橋，自驛橋，北河流東有參佐橋，次東水門東出有山光橋，又自牙門下馬橋。直南有北三橋、中三橋、南三橋，號『九橋』，不通船、不在二十四橋之數，皆在今州城西門之外。」按，沈氏所列橋，下或自注今存，知已有不存者，且數亦不合。

5. 【注疏】玉人，謂韓綽也。二十四橋，言其遊樂之處極多，故下句曰何處。《一統志》：「揚州二十四橋在府，隋置，並以城門坊市為名。」

## 遣懷[1]

落魄[2]江湖載酒行，[3]楚腰[4]纖細掌中[5]輕。[6]十年一覺[7]揚州夢[8]，贏得青樓薄倖名。[9]

1. 【注疏】《別傳》：「牧在揚州，每夕為狹斜遊，所至成歡，無不會意，如是者數年。」

2. 【補注】落魄：《韻會》：「魄音托。」落魄，貧無家業。《史記．酈生傳》：「家貧落魄。」《漢書》注：「落魄，志行衰惡之貌。」師古曰：「失業無倚也。」

3. 【注疏】言流落江湖也。載酒行，言攜酒而遊也。

4. 【補注】楚腰：《漢書．馬廖傳》：「吳王好劍客，百姓多瘡瘢。楚王好細腰，宮中多餓死。」

5. 【補注】掌中：《飛燕外傳》：「趙飛燕體輕，能為掌上舞。」《南史．羊侃傳》：「儛人張淨婉，腰圍一尺六寸，時人咸推能為掌上舞。」

6. 【注疏】此揚州妓女而言，鄧鏗詩：「伎兒齊鄭樂，爭研學楚腰。」《飛燕外傳》：「飛燕體輕能為掌上舞。」

7. 【補注】十年一覺：《傳燈錄》：「十年一覺紅塵夢，不定風燈是此身。」

8. 【補注】揚州夢：《杜牧別傳》：「牧在揚州，每夕為狹斜遊，所至成歡，無不會意，如是者數年。」《全唐詩話》：杜牧不拘細行，故詩有是句。吳武陵以〈阿房宮賦〉薦于崔郾，遂登第。

9. 【注疏】十年，言久也。曹植〈美女篇〉：「青樓臨大路，高門結重關。」青樓，伎女所居也。《全唐詩話》：「杜牧不拘細行，故詩有『十年一覺揚州夢，贏得青樓薄倖名』。吳武陵以〈阿房宮賦〉薦於崔郾，遂登第。」一覺，猶言醒也。蓋色之迷人，古今被其害者豈淺鮮哉！觀杜公流落揚州，若不蒙吳公一薦，則喪名失節，文章淹沒千古之遺憾焉。鑒此當思深戒耳。

## 秋夕[1]

**銀燭秋光冷畫屏，[2]輕羅小扇撲流螢。[3]天階夜色涼如水，[4]坐看牽牛織女星。[5]**

〔眉批〕層層布景，是一幅著色人物畫。只「坐看」二字，逗出情思，便通身靈動。

1. 【注疏】按，此乃宮中秋怨也。
2. 【注疏】先敘宮中之景，時初夜，下一「冷」字，可見宮中寂寞。
3. 【注疏】輕羅，齊紈素也。此詩尚待君王臨幸，未曾觸動宮愁。
4. 【注疏】夜深矣。
5. 【補注】牽牛織女星：《星經》：「牛六星，在天河東，上抵天津扶筐，又名天穀，木星也。天之關梁，日月五星之中道，主犧牲之事。織女三星，在河西北，又名東橋。天帝之女，水官也，春夏必先見，主果蓏絲棉珍寶。三星俱明天下平，女工善。」《天官書》：「牽牛為犧牲，其北河鼓，婺女其北織女。」織女，天女孫也。
【注疏】有一團幽怨之情含於「坐看」二字內。

# 贈別二首[1]

## 其一

娉[2]娉嫋嫋[3]十三餘，豆蔻[4]梢頭二月初。[5]春風十里揚州路，捲上珠簾總不如。[6]

1.【補注】按，《才調集》：「《留青日札》：張好好年十三，杜牧以善歌置樂籍中，贈詩云云。」

【注疏】按此詩疑在揚州別妓而作。

2.【補注】娉：《韻會》：「娉婷，美好貌。」

3.【補注】嫋嫋：《九歌》：「嫋嫋兮秋風，洞庭波兮木葉下。」〈吳都賦〉：「藹藹翠幄，嫋嫋素女。」

4.【補注】豆蔻：《宋史．地理志》：「慶遠府貢生豆蔻、草豆蔻。」梁簡文帝詩：「別觀葡萄帶實垂，江南豆蔻生連枝。」《桂海虞衡志》：豆蔻花，春末發，初開花，先抽榦，有大籜包之，籜解花見，一穗數十蕊，每蕊心有兩瓣相並。詞人托與比目連理云。劉孟熙引《本草》云：「豆蔻未開者，謂之含胎花，言少而娠。」按《丹鉛總錄》：「牧之詩詠娼女，言美而少，如豆蔻花之未開。」

5.【注疏】娉娉，美貌。嫋嫋，長弱貌。十三餘，年少也。《宋史．地理志》：「慶遠府貢生豆蔻。」梁簡文帝詩：「江南豆蔻生連枝。」梢頭，言嫩也。二月初，正及時也。

6.【注疏】以為余在揚州街上，當春風和暢之時，珠簾捲處，遍視簾內佳人，儘行十里之遙，總不如吾所別者之娉婷窈窕也。

## 其二

多情卻似總無情，唯覺尊前笑不成。蠟燭有心[1]還惜別，替人垂淚到天明。[2]

1.【補注】燭心：梁簡文帝〈燭賦〉：「挂同心之明燭，施雕金之麗盤。」

2.【注疏】憶昔聚會之日，固覺多情，今而欲別之時，轉覺無情。何也？姑勿論其有情、無情，唯覺餞別尊前，一若含住幽怨笑不成耳。彼蠟燭無知，尚且有心惜別，替人垂淚天明，乃卿也其將何以為情耶！

## 金谷園[1]

繁華事散逐香塵[2]，流水無情草自春。[3]〔眉批〕二句十三層。日暮東風怨啼鳥，落花猶似墜樓人。[4]

1.【補注】金谷：石崇〈金谷詩序〉：「有別廬在河南縣界金谷澗。」《水經注》：「金谷水。水出河南太白原，東南流歷金谷，謂之金谷水。東南流經……石崇故居。」庾信〈枯樹賦〉：「若非金谷滿園樹，即是河陽一縣花。」

【注疏】石崇〈金谷詩序〉：「有別廬在河南縣界金谷澗。」《水經注》：「金谷水出河南太白原，東南流歷金谷，謂之金谷水。東南流經……石崇故居。」

2.【補注】香塵：《拾遺記》：「石季倫屑沉水之香如塵末，布象床上，使所愛者踐之，無迹者賜以真珠。」

3.【注疏】方干詩：「笙歌引出桃花洞，羅繡擁來金谷園。」何遜詩：「金谷賓遊盛，青門冠蓋多。」駱賓王〈豔情〉詩：「銅駝路上柳千條，金谷園中花幾色。」觀諸公詩，知金谷園極一時盛，觀杜公過之，必為荒廢，故有「繁華事散」、「草自春」之語。

4.【補注】墜樓人：《晉書．石崇傳》：「崇有妓曰綠珠，美而豔，善吹笛。孫秀使人求之。崇勃然曰：『綠珠吾所愛，不可得也。』秀怒，矯詔收崇。崇正宴于樓上，介士到門。崇謂綠珠曰：『我今為爾得罪。』綠珠泣曰：『當效死於君前。』因自投于樓下而死。」

【注疏】以感懷意結之。《晉書．石崇傳》：「崇有妓曰綠珠，美而豔，善吹笛。孫秀使人求之，崇勃然怒曰：『綠珠吾所愛，不可得也。』秀怒，矯詔收崇。崇正宴於樓上，介士到門，崇謂綠珠曰：『我今為爾得罪。』綠珠泣曰：『當效死於君前。』因自投於樓下而死。」

李商隱

## 夜雨寄北

君問歸期[1]未有期[2]，巴山[3]夜雨漲秋池。[4]何當共剪西窗燭？卻話巴山夜雨時。[5]

1.【注疏】問。
2.【注疏】答。
3.【補注】巴山：《一統志》：「四川保寧府大巴嶺，在通江縣東北五百里，與小巴嶺相接。世傳九十里巴山是也。」
4.【注疏】斯言也，曾記前年與君遇於巴山，正值夜雨淒其，秋池漲滿之候，兩相問答也。至今倏忽幾年，冀其苹合亦復難矣。巴山，在四川保寧府通江縣。

5.【注疏】剪燭而談也，以為歸期未卜，聚首誠難，且冀何年與君？又遇如昔日在西窗之下，剪燭談心，卻話巴山夜雨之時也可得乎？更進一層。

## 寄令狐郎中[1]

嵩雲秦樹久離居，[2]雙鯉[3]迢迢一紙書。[4]休問梁園舊賓客，茂陵秋雨病相如。[5]

1.【補注】令狐郎中：〈令狐綯傳〉：「大中二年拜考功郎中，尋知制誥，充翰林學士。」

【注疏】〈令狐綯傳〉：「大中二年召拜考功郎中。」

2.【注疏】嵩山雲，秦山樹，一別之後，久索離居。

3.【補注】雙鯉：古詩：「客從遠方來，遺我雙鯉魚。呼兒烹鯉魚，中有尺素書。」按、肄園居士注：「《升庵詩話》：『古樂府詩：「尺素如殘雪，結成雙鯉魚。要知心裡事，看取腹中書。」據此，則古人尺書結為鯉魚形，即緘也。』」

4.【注疏】〈飲馬長城窟行〉：「客從遠方來，遺我雙鯉魚，呼童烹鯉魚，中有尺素書。」迢迢，遙遠也。

5.【補注】相如：《史記》：司馬相如客遊梁，梁孝王令與諸生同舍，後為孝文園令。病免，家居茂陵。

【注疏】公以司馬相如自況，深嘆離居寂寞也。《史記》：司馬相如客遊梁，梁孝王令與諸生同舍，後為孝文園令。病免，家居茂陵。蔣防〈白兔賦〉：「笑魯殿之浮名，恥梁園之舊價。」

## 為有

為有雲屏[1]無限嬌，[2]鳳城[3]寒盡怕春宵。[4]無端嫁得金龜[5]婿，辜負香衾事早朝。[6]

1. 【補注】雲屏：《西京雜記》：趙飛燕為皇后，女弟趙昭儀遺雲母屏風、琉璃屏風。
2. 【注疏】王延齡〈夢遊仙庭賦〉：「蕊珠履地，雲屏匝廊。」公贊雲屏，則屏後之人更可贊矣。「為有」二字貫全首意。
3. 【補注】鳳城：梁戴暠詩：「丹鳳俯臨城。」趙次公《杜》注：「秦穆公女吹簫，鳳降其城，因號丹鳳城。」其後言京師之盛曰鳳城。
4. 【注疏】沈佺期〈奉和樂遊苑迎春〉詩：「歌吹銜恩歸路晚，棲烏半下鳳城來。」按此則知鳳城與樂遊苑相近。寒盡，冬宵已去也。逢春宵轉覺生愁，故曰怕。
5. 【補注】金龜：《唐書》：「天授二年，改佩魚皆為龜，其後三品以上，龜袋飾以金。」
   【注疏】《唐書》：「天授二年，改佩魚皆為龜，其後三品以上，龜袋飾以金。」無端，猶言無何，不解之辭也。
6. 【注疏】言有事於早朝，所以辜負香衾也。

## 隋宮[1]

乘興南遊[2]不戒嚴，九重誰省諫書函？[3]春風舉國裁宮錦，半作障泥[4]半作帆。[5]

1.【注疏】羅隱詩：「路遠連天水接空，幾年行樂舊隋宮。」按唐人多謂揚州為隋宮。

2.【補注】南遊：大業十二年幸江都，奉信郎崔民象表諫。上大怒，先解其頤乃斬之。

3.【注疏】《隋書》：大業十二年幸江都，奉信郎崔民象表諫。上大怒，先解其頤乃斬之。《晉書．輿服志》：袴褶之制未詳所起，近世凡車駕、親戎、中外、戒嚴服之，蓋言主上不戒嚴，因以南遊。崔民象慮有不測之虞，所以表諫，以遭刑戮，原因九重天子未省其所諫之書函耳。

4.【補注】障泥：道原注：「障泥，以披馬鞍旁者。」《西京雜記》：武帝時，貳師得天馬，以綠地五色錦為蔽泥。《晉書》：王濟所乘，不肯渡水。曰：「馬必是惜障泥。」解之乃渡。

5.【注疏】梁簡文帝〈繫馬〉詩：「未垂青鞘尾，猶挂紫障泥。」《開河記》：「煬帝御龍舟幸江都，舳艫相繼，目大隄至淮口，聯綿不絕，錦帆過處，香聞十里。」舉一國之宮錦，一半裁作障泥，一半裁作錦帆，以南遊者，是不戒嚴也。

## 瑤池[1]

瑤池阿母綺窗開，[2]〈黃竹〉[3]歌聲動地哀。[4]八駿[5]日行三萬里，穆王何事不重來？[6]

1.【補注】瑤池：《太平廣記》：西王母所居，宮室九層，玄室紫翠丹房，左帶瑤池，右環翠水。《列子》：「穆王肆意遠遊，命駕八駿之乘馳驅……遂賓於西王母，觴於瑤池之上。」

【注疏】《穆天子傳》：「觴西王母於瑤池之上。」《神仙傳》：「崑崙玄圃閬風之苑有金城千重，玉樓十二，……左帶瑤池，右環翠水，其山之下弱水九重。」

2.【注疏】阿母，謂西王母。所居之室有青林之宇、朱紫之房，連琳彩帳。明月四朗，所謂綺窗開也。

3.【補注】黃竹：《穆天子傳》：天子遊黃臺之邱，獵於苹澤，有陰雨，天子乃休。日中大寒，北風雨雪，有凍人，天子作詩三章以哀之曰：「我徂黃竹，負閟寒謝。」惠連〈雪賦〉：「岐昌發詠于來思，姬滿申歌于黃竹。」

4.【注疏】《穆天子傳》：天子乃休，日中天寒，北風雨雪，有凍人，天子作詩三章以哀之，曰：「我徂黃竹，負閟寒謝。」等句，此乃寫其生前觸王母於瑤池之上，見凍人而作黃竹之歌也。

5.【補注】八駿：《拾遺記》：穆王八駿，一名絕地、二名翻羽、三名奔宵、四名起影、五名逾輝、六名超光、七名騰霧、八名挾翼。《穆天子傳》：八駿之乘，曰赤驥、盜驪、白義、踰輪、山子、渠黃、驊騮、騄耳。劉孝威詩：「二龍巡夏代，八駿馭周朝。」

6.【注疏】有感古之意。《拾遺記》：穆王八駿，一名絕地、二名翻羽、三名奔宵、四名起影、五名踰輝、六名超光、七名騰霧、八名挾翼。八駿，名馬也。日行三萬里，言其捷也。不重來，傷之也。

## 嫦娥[1]

雲母[2]屏風燭影深，[3]長河漸落[4]曉星沉。[5]嫦娥[6]應悔偷靈藥，碧海青天夜夜心。[7]

1.【注疏】《後漢書．天文志》注：「羿請不死之藥於西王母，姮娥竊以奔月。」一作嫦娥，或曰羿妻也。此詩蓋有托寄也。

2.【補注】雲母：按、《本草綱目》：「《荊南志》云：『華容方臺山出雲母，土人候雲所出之處，於下掘取，無不大獲。有長五、六尺可為屏風者。』」

3.【注疏】燭影在屏風之內，故曰深。時當夜也。

4.【注疏】夜已深。

5.【注疏】天曉也。先寫燭影，次寫長河，再寫曉星，然後引出嫦娥。層次。

6.【補注】嫦娥：《後漢書．天文志》注：羿請無死之藥於西王母，姮娥竊之以奔月。將往，枚筮之於有黃，有黃筮之，曰：「吉。翩翩歸妹，獨將西行，逢天晦芒，毋驚毋恐，後且大昌。」姮娥遂託身於月，是為蟾蜍。按，姮亦作嫦。嫦娥，羿妻。蟾蜍，月中三尺物也。

7.【注疏】以嫦娥自奔月，而后則夜夜有心相照，下窮碧海，上澈清天，周而復始，應悔以前不當竊藥，以自取其勞也。

## 賈生[1]

宣室求賢訪逐臣，[2]賈生才調更無倫。[3]可憐夜半虛前席，不問蒼生問鬼神。[4]

1.【注疏】詳劉長卿〈長沙過賈誼宅〉題注。

2.【注疏】以賈生為長沙太傅，是逐臣也。後歲餘復徵見，是訪也。餘亦詳〈過賈誼宅〉題注。

3.【注疏】倫，比也。言無人可比其才也。

4.【注疏】虛，前席空有禮賢下士之名，問鬼神，譏其問不當問，故曰可憐。然則賈生之應徵亦無望矣。詠史詩。大有議論。

# 瑤瑟怨

冰簟銀牀夢不成，1（眉批）通首布景，只「夢不成」三字露怨意。碧天如水夜雲輕。2 雁聲遠過瀟湘3去，4 十二樓5中月自明。6

1.【注疏】簟，竹席也。序所睡之處。

2.【注疏】秋雲薄似羅，故曰夜雲輕。序秋夜之景。

3.【補注】瀟湘：《圖經》：「湘水自揚海發源，至零陵北而營水會之，二水合流，謂之瀟湘。瀟者，水清深之名也。」按，《一統志》：「瀟湘雖自古並稱，然《漢志》、《水經》俱無瀟水之名。唐柳宗元〈愚溪詩序〉始稱謫瀟水上，然不詳其源流。宋祝穆始稱瀟水出九疑山。今細考之，唯道州北出瀟山者為瀟水，其下流皆營水故道也。至祝穆所謂出九疑山者，乃《水經注》之『泠水，北合都谿以入營』者也。」又：「零陵蔣本厚《山水志》云：『瀟水，一支出江華，一支出永明，一支出濂溪。唯出濂溪者猶為近之，出江華者乃以沱水為瀟水，出永明者以掩水為瀟水。蓋後人以營水所經注謂之瀟水，而遂不知有營水矣。』」

4.【注疏】瀟湘在洞庭。

5.【補注】十二樓：《神仙傳》：崑崙閬風苑有玉樓十二，立臺九層，左瑤池，右翠水，有弱水九重，蓋不可到。

6.【注疏】十二樓，在京城。吳均詩：「雍臺十二樓，樓樓鬱相望。」以為鼓秋宵之瑟，固覺寒涼，聞秋雁之聲，益加悽惻者猶可忍也。今而夜深矣，雁聲遠過蕭湘而去，唯留十二樓中，一輪孤月，觸動幽情，更何如乎。

## 鄭畋

字台文，系出滎陽。會昌進士第，授檢校司徒、太子太保，僖宗朝同平章事。爲人仁恕，姿采如峙玉。黃巢之亂，先諸軍破賊，雖功不終，而還相天子，坐籌帷幄，終能復國云。

# 馬嵬[1]坡

玄宗回馬[2]楊妃死[3]，雲雨[4]難忘日月新。[5]終是聖明天子事，景陽宮井[6]又何人？[7]

〔眉批〕唐人馬嵬詩極多，惟此首得溫柔敦厚之意，故錄之。

1. 【補注】馬嵬：《闕史》：馬嵬，太真縊所。題詩者多淒感。鄭畋為鳳翔從事，題是詩，觀者以為有宰輔之器。
2. 【注疏】上皇自蜀還京師。
3. 【注疏】貴妃早已縊死。
4. 【補注】雲雨：宋玉〈高唐賦序〉：「昔者楚襄王與宋玉遊於雲夢之臺，望高唐之觀，其上獨有雲氣……王問玉曰：『此何氣也？』玉對曰：『所謂朝雲者也。』王曰：『何謂朝雲？』玉曰：『昔者先王嘗遊高唐，怠而晝寢，夢見一婦人曰：「妾巫山之女也，為高唐之客，聞君遊高唐，願薦枕席。」王因幸之。去而辭曰：「妾在巫山之陽，高丘之阻，旦為朝雲，暮為行雨，朝朝暮暮，陽臺之下。」旦朝視之，如言，故為立廟，號曰朝雲。』」
5. 【注疏】上皇思念貴妃，雖至日久月長，俱如新喪。
6. 【補注】景陽井：《南畿志》：「景陽井在臺城內，陳後主與張麗華、孔貴嬪投其中以避隋兵將。舊傳闌有石脈，以帛拭之作臙脂痕，名臙脂井，一名辱井。」

7.【注疏】孫孝根曰：「此言玄宗使楊妃自盡，終是聖明之事。彼陳後主與張麗華同入井中，豈可比哉？」《闕史》：馬嵬，太真縊所。題詩者多悽感。鄭畋為鳳翔從事，題此詩，觀者以為有宰輔之器。

## 韓偓

字致光，本字致堯，冬郎其小字也。昭宗龍紀元年擢進士第，召拜左拾遺，累翰林學士中書舍人。劉季述之變，佐崔允反正爲功臣。韓全誨等劫上西幸，偓夜追及鄠，見上慟哭。至鳳翔，遷兵部侍郎，進承旨。上欲用偓爲相，偓薦趙崇、王贊自代。忤朱全忠，貶濮州司馬，上與泣別。偓曰：「是人非復向來之比，臣得貶死爲幸，不忍見篡弒之辱。」及昭宗被弒，挈其族依王審知，終身不食梁祿。捐館日，有一篋緘鐍甚密，家人意其中有珍玩，發觀之，唯得燒殘龍鳳燭百餘條，蠟淚尚新。蓋在翰苑日，昭宗詔對金鑾。深夜，宮伎秉燭以送，偓悉藏之，識不忘也。其大節與司空表聖略相等。而《唐書》本傳但言偓不敢入朝，不少發明其心迹，惜哉！偓富才情，詞致婉麗，幼喜爲閨閣詩，後遭國禍，出語依於節義，得詩人之正焉。

# 已涼

碧闌干外繡簾垂，猩色[1]屏風畫折枝。[2]八尺[3]龍鬚[4]方錦褥，[5]已涼天氣未寒時。[6]

〔眉批〕此亦通首布景，並不露情思，而情愈深遠。

1. 【補注】猩色：《爾雅》：「猩猩小而好啼。」注：「人面而豕生，能言語，今交趾封谿縣出猩猩，狀如貛狍，聲似小兒啼。」《華陽國志》：「猩猩血可以染朱罽。」
2. 【注疏】猩，血色也。屏風所畫者，美人折花枝之象也。先序室中之飾。
3. 【補注】八尺：《東宮舊事》：「皇太子拜有八尺褥一、中褥一、步輿褥一。」
4. 【補注】龍鬚：《水經注》：「自洮嵹南北三百里中，地草徧是龍鬚，而無樵柴。」胡三省《通鑑》注：「龍鬚席以龍鬚草織成，今淮上安慶府居人多能織。」
5. 【注疏】龍鬚，草也。古以為席八尺長也，方，四方褥藉。後序床中之妝飾。
6. 【注疏】正好安睡也。

韋莊

## 金陵圖

江雨霏霏江草齊，六朝[1]如夢鳥空啼。[2]無情最是臺城[3]柳，依舊煙籠十里隄。[4]

1. 【補注】六朝：按、東吳、晉、宋、齊、梁、陳，皆都金陵，是謂六朝。
2. 【注疏】羅鄴詩：「四海已歸新雨露，六朝空認舊江山。」以上實境。
3. 【補注】臺成：《一統志》：「臺城在上元縣治東北五里。」《容齋隨筆》：「晉宋間，謂朝廷禁近為臺，故稱禁城為臺城，官軍為臺軍，使為臺使。」

4.【注疏】《一統志》：「臺城在上元縣治東北五里。」此乃圖中之景，以為今日。視江上之雨、江邊之草，至今無恙，而六朝已往，世事遂如夢中矣。今於圖內觀之，則見長堤綠柳絲絲，輕煙裊裊，依然如舊，何其觸我憂思，感人長嘆也。

## 陳陶

字嵩伯，嶺南人。大中時遊學長安，善天文曆數，於時不合，隱居洪州西山，種柑橙，令賣之自給。妻子亦知讀書。自號「三教布衣」。宋開寶中猶見之，或云僊去。

### 隴西行[1]

誓掃匈奴不顧身，[2]五千[3]貂錦[4]喪胡塵。[5]可憐無定河[6]邊骨，猶是春閨夢裡人。[7]

〔眉批〕較之「一將功成萬骨枯」句更為深痛。

1.【補注】隴西行：《文獻通考》：「秦置隴西郡，以居隴坻之西為名。」按，此係樂府舊題，而茂倩不收，故錄於此。又按，古樂府瑟調十三曲有〈隴西行〉。

2.【注疏】《文獻通考》：秦置隴西郡，以居隴坻之西為名。按，此係樂府舊題而茂倩不收，故附此。

【注疏】掃，掃清也。言其忠勇。

3.【補注】五千：李陵〈答蘇武書〉：「昔先帝授陵步卒五千，出征絕域。」

4.【補注】貂錦：按，岑參詩：「將軍縱博場場勝，賭得單于貂鼠袍。」鼠，亦作錦。

5.【注疏】五千，言兵多也。塞外地寒，故戰袍皆用貂錦。喪，全師覆沒也。胡，即匈奴。塵，塵頭也。映上「掃」字。

6.【補注】無定河：《輿地記》：「唐立銀州，東北有無定河。」《一統志》：「無定河，在陝西延安府。」

7.【注疏】《一統志》：「無定河，在陝西延安縣青湖縣東六十里。」孫孝根曰：「骨已拋於無定河邊，而人猶是春閨夢裡也。」

## 無名氏

### 雜詩

近寒食雨[1]草萋萋[2]，著麥苗風[3]柳映隄。[4]（眉批）二句十數層。等是有家歸未得，杜鵑[5]休向耳邊啼。[6]

1.【注疏】一愁。

2.【注疏】一愁。

3.【注疏】一愁。

4.【注疏】一愁。所見無非愁景，所觸者亦無非愁緒也，傷哉。

5.【補注】杜鵑：《零陵記》：「杜鵑，其音云不如歸去。」按，康與之詞：「鎮日丁寧千百遍，只將一句頻頻說。道不如歸去、不如歸，傷情切。」

6.【注疏】等是，猶言都是也。有家，有家鄉也。歸，思歸也。未得，未得而歸也。杜鵑，蜀鳥，善啼，其聲最悲。休向耳邊啼，不忍聞也。以所見者，事事觸動離愁，令聞者更加悽惻也。此乃為遠征不歸者詠也。

## 張泌

——淮南人，初官句容尉。上書言治道，後主徵爲監察御史舍人。入宋後，家毗陵。按，《南唐書》作張佖。

## 寄人

別夢依依到謝家，小廊回合曲闌斜。[1]多情只有春庭月，猶為離人照落花。[2]

1.【注疏】別後思成夢。依依，不舍貌。謝家，未詳。回合，迴抱也。上句寫夢，下句夢中所見之景。

2.【注疏】醒後所見之景。以為多情者，只有一月，於夜深時猶在春庭之上，為我離人照看落花，似惜別也。詩人以落花比惜春，其殆所別者佳人乎！

# 七絕樂府

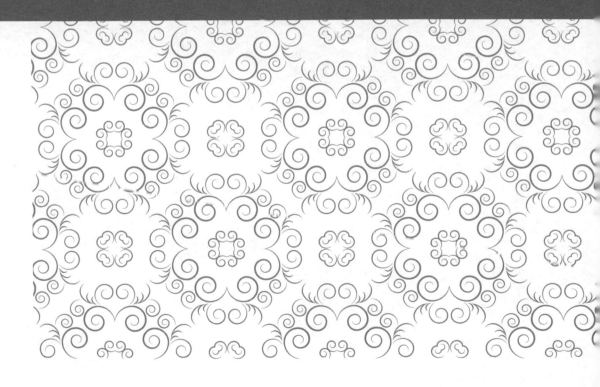

王維

# 渭城曲1

渭城2朝雨浥輕塵，3客舍青青柳色新。4勸君更盡一杯酒，西出陽關5無故人。6

1. 【注疏】本〈送元二使安西〉詩，後人送行俱唱此，謂之〈陽關三疊〉、〈渭城〉，一曰〈陽關〉。劉禹錫〈與歌者〉詩：「舊人唯有何戡在，更與殷勤唱渭城。」白居易〈對酒詩〉：「相逢且莫推辭醉，聽唱陽關第四聲。」
2. 【補注】渭城曲：渭城，一曰陽關。《王右丞全集》：本作〈送元二使安西〉詩，後遂被於謌。劉禹錫〈與歌者〉詩云：『舊人唯有何戡在，更與殷勤唱渭城。』白居易〈對酒〉詩云：『相逢且莫推辭醉，聽唱陽關第一聲。』注：『殷勤君更盡一杯酒，西出陽關無故人也。』渭城，陽關之名。蓋因辭云。按，此詩唐人歌，入樂府，以為送別之曲。至「陽關」句反覆歌之，謂之〈陽關三疊〉，亦謂之〈渭城曲〉。又按，相傳曲調最高，倚歌者笛為之裂。《水經注》：「太史公曰：『長安，故咸陽也，高帝更名新城，武帝別為渭城。』」
3. 【注疏】送行時正值朝雨初霽之後。浥，淨也。
4. 【注疏】送行處正值柳舒春色客舍。餞別，送行也。
5. 【補注】陽關：《漢書．西域傳》：「西域，孝武時始通。東接漢，阸以玉門陽關，西則限以蔥嶺。」又，《地理志》：「龍勒縣有陽關、玉門關。」按，陽關在中國外，安西更在陽關外。此詩言陽關已無故人矣，況安西乎。

6.【注疏】玩「更」字，當散席後酌酒一杯，殷勤再勸。下句臨別贈言有一段離群索居之苦。

## 秋夜曲1

**桂魄2初生3秋露微4，輕羅已薄未更衣5。銀箏6夜久殷勤弄，7心怯空房不忍歸。8**

〔眉批〕貌為鬧熱，心實淒涼，非深於涉世者不知。

1.【補注】秋夜曲：他本俱作王涯，今照郭茂倩本。

【注疏】蘅塘退士曰：「他本俱作王涯，今照郭茂倩本。」

2.【補注】桂魄：唐太宗〈望月〉詩：「魄滿桂枝圓。」《酉陽雜俎》：「月桂高五百丈，下有一人常斫之，樹創隨合。人姓吳名剛，西河人，學仙有過，謫令伐樹。」

3.【注疏】月初。

4.【注疏】秋初。

5.【注疏】涼初也。

6.【補注】銀箏：《南史．何承天傳》：「承天好弈棋，頗用廢事，又善彈箏，文帝賜以局子及銀裝箏，承天奉表陳謝。上答曰：『局子之賜，何必非張武之金耶。』」

7.【注疏】聊以衍時光也。

8.【注疏】歸，歸房也。蘅塘退士曰：「貌為鬧熱，心實淒涼。」

# 長信怨[1]

奉帚[2]平明金殿開，[3]暫將團扇[4]共徘徊。[5]玉顏不及寒鴉色，猶帶昭陽[6]日影來。[7]

1. 【補注】長信：《漢官儀》：「帝祖母稱長信宮，帝母稱長樂宮。」《漢書．外戚傳》：班婕妤，左曹越騎校尉况之女，少有才學，成帝選入宮以為婕妤，趙飛燕譖其祝詛，遂求養太后長信宮，帝崩後充奉陵園。
【注疏】《漢書．外戚傳》：「班婕妤失寵，求供養太后長信宮。」
2. 【補注】奉帚：柳惲詩：「奉帚長信宮，誰知獨不見。」
3. 【注疏】願供養太后故，待平明金殿開時，先奉帚，以供洒掃之事。
4. 【補注】團扇：班婕妤〈怨歌行〉：「新裂齊紈素，皎潔如霜雪。裁為合歡扇，團團似明月。出入君懷袖，動搖微風發。常恐秋節至，涼飈奪炎熱。棄捐篋笥中，恩情中道絕。」
5. 【注疏】班婕妤〈怨歌行〉：「新製齊紈素，鮮潔如霜雪。裁為合歡扇，團團似明月。」共徘徊，扇與帚也。
6. 【補注】昭陽：按，《唐詩別裁》注：「昭陽宮，趙昭儀所居。宮在東方。寒鴉帶東方日影而來，言己不如鴉也。」
7. 【注疏】玉顏，自謂也。寒鴉色，黑也。不及，不如也。日影，比君恩也。

# 出塞[1]

秦時明月漢時關，[2]萬里長征人[3]未還[4]。但使龍城[5]飛將[6]在，不教胡馬度陰山。[7]

1. 【補注】出塞：郭茂倩《樂府》：「《晉書．樂志》曰：『〈出塞〉、〈入塞曲〉，李延年造。』」曹嘉之《晉紀》曰：「劉疇嘗避亂塢壁，賈胡數百欲害之，疇無憂色，援笳而吹之，為出塞，入塞之聲，以動其遊客之思，於是群胡皆垂泣而去。」按，《西京雜記》：「戚夫人善歌〈出塞〉、〈入塞〉，望歸之曲。」則高帝時已有之，疑不起於延年矣。又有〈塞上曲〉、〈塞下曲〉，蓋由於此。
【注疏】《晉書．樂志》：「〈出塞〉、〈入塞曲〉，李延年造。」
2. 【注疏】雁門，關也。今之關已屬漢，而關上明月，猶是秦時耳。
3. 【注疏】出塞之人。
4. 【注疏】尚未還家，言其久也。
5. 【補注】龍城：《史記．衛青傳》：「元光五年，青為車騎將軍，擊匈奴出上谷至蘢城，斬首虜數百。」《漢書》注：「蘢，讀作龍。」《晉書．張軓傳》：「姑臧城本匈奴所築，南北七里，東西三里，地有龍形，故曰龍城。」
6. 【補注】飛將：《魏志．呂布傳》：「布便弓馬，膂力過人，號為飛將。」李廣猿臂善射，結髮從征，大小七十餘戰，人莫敢敵，上拜廣北平太守。廣在郡，匈奴號曰漢飛將軍，避之，數歲不敢入界。按，龍城、飛將軍蓋二事，此合之，誤也。
7. 【注疏】《史記．李將軍傳》：廣居右北平，匈奴聞之，號曰漢之飛輝將軍，避之數年，不敢入右北平。《齊地記》：平昌城有水與荊水通，有神龍出入焉，故名龍城。陰山，詳〈岑參輪臺歌〉注。

王之渙

# 出塞[1]

黃河遠上白雲間，[2]一片孤城萬仞山。[3]羌笛何須怨〈楊柳〉，[4]春風不度玉門關。[5]

1. 【注疏】曹嘉言《晉紀》：「劉疇嘗避亂塢壁，賈胡數百欲害之，疇無懼，援笳而吹之，為〈出塞〉、〈入塞〉之聲，以動其遊客之思。於是群胡皆垂淚而去。」《西京雜記》：「戚夫人善歌，〈出塞〉、〈入塞〉，望歸之曲，高帝時已有之，唐又有〈塞上〉、〈塞下曲〉。」按，此曲即〈涼州詞〉也。涼州屬漢月氏國，武帝置酒泉郡、武威、張掖，後魏曰涼州。玉門關即在其處。
2. 【注疏】黃河源出崑崙，東流邊外之地，從西遠之，極其高遠，如挂白雲間者。
3. 【注疏】八尺曰仞，萬仞極言其高也。城，涼州城。一片，言其孤也。
4. 【補注】楊柳：《技錄》：「〈折楊柳〉，古曲名也。按，〈折楊柳〉、〈落梅花〉，皆笛曲名。《演繁露》：「笛亦有〈落梅〉、〈折柳〉二曲，今其曲亡，不可考矣。」
【注疏】羌笛，羌人所製也。楊柳，關東之樹。涼州無楊柳，然羌笛曲中有〈折柳詞〉。贈別俱唱此曲，離人聞之，無不怨恨。何須以為切，莫怨得聽此曲，猶為幸也。
5. 【注疏】楊柳，春風樹也，唯關內有之。關外寒冷之地，春風所以不能度也。若出玉門關，欲再聞此曲，亦不可得矣。更能怨楊柳乎！

# 清平調 三首[1]

## 其一

雲想衣裳花想容，[2]〔眉批〕此言妃子之美，花似之。春風拂檻露華濃。[3]若非群玉山[4]頭見，會向瑤臺[5]月下逢。[6]

1.【補注】清平調：《太真外傳》：「開元中，禁中初種木芍藥，即今牡丹也。得數本紅、紫、淺紅、通白者，上因移植於興慶池東，沉香亭前。會花方繁開，上乘照夜白，妃以步輦從。詔選梨園子弟中尤者，得樂一十六色。李龜年以歌擅一時之名，手捧檀板，押眾樂前，將欲歌之。上曰：『賞名花、對妃子，焉用舊樂詞為？』遽命龜年持金花箋，宣賜翰林學士李白立進〈清平樂〉詞三章。白承旨，宿酲未解，因援筆賦之。龜年捧詞進，上命梨園子弟略約詞調、撫絲竹，遂促龜年以歌之。太真妃持頗梨七寶杯酌西涼州蒲桃酒，笑領歌辭，意甚厚。上因調玉笛以倚曲，每曲偏將換，則遲其聲以媚之。妃飲罷，斂繡巾再拜。上自是顧李翰林尤異於諸學士。」《通典》：「平調、清調、瑟調，皆周房中之遺聲也。」《唐書．禮樂志》：「俗樂二十八調中，有正中調、高平調，則知所謂清平調者，亦其類也。」

【注疏】郭茂倩《樂府》：「《松窗錄》曰：『開元中，禁中木芍藥，會花方繁開，帝乘照夜白，太真妃以步輦從。李龜年以歌擅一時之名。帝曰：「對名花、賞妃子，焉用舊樂調為！」遂命李白作〈清平調〉詞三章，令梨園子弟略撫絲竹以促歌。帝自調玉笛以倚曲。』」《唐書．禮樂志》：「平調、清調，周房中樂遺聲。」

2. 【注疏】此句詠貴妃。言貴妃所穿之衣，想是天上之雲霓也。貴妃之容，想是花神所化也。

3. 【注疏】此句詠木芍藥。蓋言當春風搖動而花光拂於檻外，正得露華之濃也。

4. 【補注】群玉山：《穆天子傳》：天子北征至於群玉之山。《山海經》：「玉山，西王母所居也。」郭璞注：「此山多玉石，因以為名。」

5. 【補注】瑤臺：《楚辭》：「望瑤臺之偃蹇兮，見有娀之佚女。」王逸注：「有娀，國名。佚，美也。謂帝嚳之妃，契母簡狄也。」沈約詩：「含吐瑤臺月。」按，崑崙瑤臺，是西王母之宮。

6. 【注疏】此二句側重妃子。群玉山頭，仙女所居也。瑤臺月下，仙女所遊也。「若非」、「會向」承上「想」字，以為如此之容，若不是群玉山頭見之，必是瑤臺月下逢之。此詩雙起單承法，一作適逢其會非。《穆天子傳》：天子北征至於群玉之山。《楚辭》：「望瑤臺之偃蹇兮，見有娀城之佚女。」

## 其二

一枝紅豔露凝香，1（眉批）此言花之豔，妃似之。雲雨巫山枉斷腸。2借問漢宮誰得似？可憐飛燕3倚新妝。4

1. 【注疏】一枝芍藥雖然豔麗，只受夜露，凝香不沐，明皇實惠。一層，襯托法。

2. 【注疏】楚王妄想朝雲暮雨，而終不可得，是枉斷腸耳。又是一層，襯托法。

3. 【補注】飛燕：《漢書》：趙成皇后，本長安宮人，及壯，屬陽阿主家，學歌舞，號曰飛燕。成帝嘗微行出，過陽阿主，作樂。上見飛燕而悅之，召入宮，大幸。有女弟，復召入，俱為婕好，貴傾後宮。許后之廢也，乃立婕好為皇后。皇后既立後，寵少衰，而弟絕幸，為昭儀，居昭陽舍。」《西京雜記》：「趙后體輕腰弱，善行步進退。女弟昭儀不能及也。但昭儀弱骨豐肌，尤工語笑，二人並色如紅玉，為當時第一，皆擅寵宮中。」

4.【注疏】《飛燕外傳》：成帝微行，過陽阿主家，悅歌舞者趙飛燕，召入宮，大幸。又帝召趙合德入宮，令德新膏，沐沉水香，為卷行髮，號新興髻，為薄眉，號遠山黛，施小朱，號慵來妝。左右嘖嘖嗟賞，帝謂合德為溫柔鄉，曰：「吾老是鄉矣。不能效武帝求白雲鄉也。」統以漢宮，擬之有風韻者，只有趙飛燕耳。彼其姿色，還要倚著新妝以生媚也，安能及貴妃之天然佳麗乎！又是一層襯法，句句側重貴妃身上倚靠也。

## 其三

名花[1]傾國[2]兩相歡[3]，常得君王帶笑看。[4]（眉批）此花與妃合寫，歸到君。解釋春風無限恨，沉香亭[5]北倚闌干。[6]

1.【注疏】芍藥。
2.【注疏】貴妃。
3.【注疏】都得君王之歡。
4.【注疏】要側重貴妃，一邊解以暫言之俱得君王之歡，以常言之，畢竟貴妃常得君王帶笑看耳。
5.【補注】沉香亭：按，沉香亭以沉香為之，如柏梁臺以香柏為之也。
6.【注疏】斯時貴妃與君王同入宮矣。名花在沉香亭北夫，豈無恨乎！斯恨也，何人解釋？解釋者唯有春風耳。然春風雖則多情，未能解釋名花無限之恨也。則名花獨倚闌干，何其冷落也。沉香亭在興慶池東，即明皇與貴妃賞牡丹處。闌干，所以圍芍藥也。解釋，即解勸之意。此二句單說名花，不可帶妃子在內。此詩首一句雙起，次句承「傾國」，後二句承「名花」，是雙起雙承法。

## 杜秋娘

杜牧〈杜秋娘詩序〉：「杜秋，金陵女也，年十五爲李錡妾。後錡叛滅，籍之入宮，有寵於景陵。穆宗即位，命秋娘爲皇子傅母。皇子壯，封漳王，被罪廢削，秋因賜歸故鄉。」

# 金縷衣[1]

勸君莫惜金縷衣，[2]勸君惜取少年時。[3]花開堪折直須折，莫待無花空折枝。[4]（眉批）即聖賢惜陰之意，言近旨遠。

1. 【補注】杜牧〈杜秋娘詩序〉：「杜秋，金陵女也。年十五為李錡妾，後錡叛滅，籍之入宮，有寵於景陵。穆宗即位，命秋娘為皇子傅母。皇子壯，封漳王，被罪廢削，秋因賜歸故鄉。」
【注疏】杜牧〈杜秋娘詩序〉：「杜秋，金陵女也。年十五為李錡妾，後錡叛滅，籍之入宮，有寵於景陵。穆宗即位，命秋娘為皇子傅母。皇子壯，封漳王，被罪廢削，秋因賜歸故鄉。」
2. 【補注】金縷衣：《樂府詩集》：「金縷衣，近代曲詞。」
【注疏】金縷衣雖貴，不足惜也。
3. 【注疏】春光難再也。
4. 【注疏】蓋以花開之日，正堪折取，過此則青春易老，思欲再折盛時之花，只有空枝而已。故曰莫待無花空折枝也。

國家圖書館出版品預行編目資料

唐詩三百首／[清]蘅塘退士選輯；[清]章燮注疏；[清]陳婉俊注解；
林宏濤、陳名珉校勘. -- 初版. -- 臺北市 ：商周出版,
城邦文化出版：家庭傳媒城邦分公司發行；107.05
面： 公分.（中文可以更好；43）

ISBN 978-986-477-440-1（精裝）

831.4　　　　107004743

# 唐詩三百首

選　　輯／蘅塘退士（孫洙）
注　　疏／章　燮
注　　解／陳婉俊
校　　勘／林宏濤、陳名珉
責任編輯／陳名珉

版　　權／翁靜如
行銷業務／李衍逸、黃崇華
總 編 輯／楊如玉
總 經 理／彭之琬
發 行 人／何飛鵬
法律顧問／元禾法律事務所　王子文律師
出　　版／商周出版
城邦文化事業股份有限公司
台北市中山區民生東路二段141號9樓
電話：(02) 2500-7008 傳真：(02) 2500-7759
E-mail：bwp.service@cite.com.tw
Blog：http://bwp25007008.pixnet.net/blog
發　　行／英屬蓋曼群島商家庭傳媒股份有限公司城邦分公司
台北市中山區民生東路二段141號2樓
書虫客服服務專線：(02)2500-7718．(02)2500-7719
24小時傳眞服務：(02)2500-1990．(02)2500-1991
服務時間：週一至週五09:30-12:00．13:30-17:00
劃撥帳號：19863813　戶名：書虫股份有限公司
讀者服務信箱E-mail：service@readingclub.com.tw
歡迎光臨城邦讀書花園 網址：www.cite.com.tw
香港發行所／城邦（香港）出版集團有限公司
香港灣仔駱克道193號東超商業中心1樓
電話：(852) 2508-6231　傳眞：(852) 2578-9337
馬新發行所／城邦(馬新)出版集團【Cité (M) Sdn. Bhd. (458372U)】
41, Jalan Radin Anum, Bandar Baru Sri Petaling,
57000 Kuala Lumpur, Malaysia
電話：(603 )9057-8822　傳眞：(603) 9057-6622
Email：cite@cite.com.my

封面設計／周家瑤
版型設計／鍾瑩芳
排　　版／新鑫電腦排版工作室
印　　刷／章懋實業有限公司
總 經 銷／聯合發行股份有限公司
電話：(02) 2917-8022　傳眞：(02) 2911-0053
地址：新北市231新店區寶橋路235巷6弄6號2樓

■2018年（民107）5月3日初版
■2022年（民111）8月17日初版1.7刷
Printed in Taiwan

**定價 500元**



ISBN 978-986-477-440-1

商周出版

| 廣　告　回　函 |
| --- |
| 北區郵政管理登記證 |
| 台北廣字第000791號 |
| 郵資已付，免貼郵票 |

104台北市民生東路二段141號2樓

**英屬蓋曼群島商家庭傳媒股份有限公司　城邦分公司**

請沿虛線對摺，謝謝！

商周出版

**書號：**BK6043C　**書名：**唐詩三百首　**編碼：**

請於此處用膠水黏貼

商周出版

# 讀者回函卡

感謝您購買我們出版的書籍！請費心填寫此回函卡，我們將不定期寄上城邦集團最新的出版訊息。

不定期好禮相贈！
立即加入：商周出版
Facebook 粉絲團

姓名：＿＿＿＿＿＿＿＿＿＿＿＿＿＿＿＿ 性別：□男 □女

生日：西元＿＿＿＿＿＿年＿＿＿＿＿＿月＿＿＿＿＿＿日

地址：＿＿＿＿＿＿＿＿＿＿＿＿＿＿＿＿＿＿＿＿＿＿＿＿

聯絡電話：＿＿＿＿＿＿＿＿＿＿＿＿ 傳真：＿＿＿＿＿＿＿＿＿＿

E-mail ：

學歷：□ 1. 小學 □ 2. 國中 □ 3. 高中 □ 4. 大學 □ 5. 研究所以上

職業：□ 1. 學生 □ 2. 軍公教 □ 3. 服務 □ 4. 金融 □ 5. 製造 □ 6. 資訊

□ 7. 傳播 □ 8. 自由業 □ 9. 農漁牧 □ 10. 家管 □ 11. 退休

□ 12. 其他＿＿＿＿＿＿＿＿＿＿＿＿＿＿＿＿＿＿＿＿

您從何種方式得知本書消息？

□ 1. 書店 □ 2. 網路 □ 3. 報紙 □ 4. 雜誌 □ 5. 廣播 □ 6. 電視

□ 7. 親友推薦 □ 8. 其他＿＿＿＿＿＿＿＿＿＿＿＿＿＿

您通常以何種方式購書？

□ 1. 書店 □ 2. 網路 □ 3. 傳真訂購 □ 4. 郵局劃撥 □ 5. 其他＿＿＿

您喜歡閱讀那些類別的書籍？

□ 1. 財經商業 □ 2. 自然科學 □ 3. 歷史 □ 4. 法律 □ 5. 文學

□ 6. 休閒旅遊 □ 7. 小說 □ 8. 人物傳記 □ 9. 生活、勵志 □ 10. 其他

對我們的建議：＿＿＿＿＿＿＿＿＿＿＿＿＿＿＿＿＿＿＿＿＿＿

＿＿＿＿＿＿＿＿＿＿＿＿＿＿＿＿＿＿＿＿＿＿＿＿＿＿＿＿

＿＿＿＿＿＿＿＿＿＿＿＿＿＿＿＿＿＿＿＿＿＿＿＿＿＿＿＿



請於此處用膠水黏貼